해류 속의 섬들

해류 속의 섬들

어니스트 헤밍웨이

이동훈 옮김

차례

1부
비미니 제도

1장 · 7
2장 · 10
3장 · 16
4장 · 28
5장 · 57
6장 · 84
7장 · 89
8장 · 106
9장 · 116
10장 · 157
11장 · 174
12장 · 195
13장 · 213
14장 · 216
15장 · 218

2부
쿠바

1장 · 223

3부
바다에서

1장 · 363
2장 · 370
3장 · 376
4장 · 378
5장 · 383
6장 · 388
7장 · 393
8장 · 396
9장 · 403
10장 · 409
11장 · 418
12장 · 421
13장 · 434
14장 · 440
15장 · 452
16장 · 460
17장 · 464
18장 · 470
19장 · 478
20장 · 490
21장 · 500

제1부

비미니 제도

1

그 집은 항구와 외해 사이 혓바닥처럼 튀어나온 육지의 가장 높은 언덕 위에 지어졌다. 세 번의 허리케인을 견뎌 낸 배처럼 단단하게 지어진 집이었다. 바람에 휘어 버린 큰 코코넛 야자수들이 그늘을 드리우고 있는 집의 문을 열고 나오면, 절벽 앞의 하얀 모래를 지나 멕시코 만류를 향해 걸어 나갈 수 있었다. 평범한 바람이 부는 날엔 바닷물은 보통 어두운 파란색을 띠었다. 하지만 바다로 직접 걸어 나가 밀가루 같은 하얀 모래를 밟고 서서 바라보면 초록빛이었다. 그곳에서는 바닷속을 헤엄쳐 다니는 큰 물고기들의 어른거리는 그림자를 볼 수 있었다.

그곳은 낮에는 수영하기 괜찮은 장소였지만 밤에는 도저히 그럴 만한 곳이 못 되었다. 밤이 되면 상어들이 사냥을 하기 위해 해안가로 올라왔던 것이다. 조용한 날 밤 집의 위쪽 현관에서 귀를 기울이면 상어들에게 사냥당하는 물고기들이 물을 튀기는 소리가 들렸으며, 때때로 해변가에 나가 있다 보면 물고기들이 물속에서 뿌리는 인광을 볼 수 있었다. 밤의 상어들은 그야말로 모든 것들이 두려워하는 대상이었다. 하지만 낮에는 백사장에서 멀리 떨어진 바다에 있었으며, 그들이 다가온다 한들 멀리서부터 그들의 그림자를 알아챌 수 있었다.

훌륭한 화가였던 토머스 허드슨이라는 남자는 일 년 중 대다수의 날을 그 집에서 보냈다. 이 위도에서 오랜 시간 머물다 보면 계절의 변화가 무엇보다 중요하게 느껴진다. 섬을 사랑했던 토머스 허드슨은 이 집에서 보내는 봄과 여름 그리고 가을과 겨울 중 그 어느 것도 놓치고 싶지 않았다.

때때로 바람이 흔치 않은 8월이나 무역풍이 불지 않는 6월과 7월의 몇몇 날은 여름날에는 무척이나 더웠다. 9월과 10월 그리고 11월에는 허리케인도 자주 찾아왔다. 6월부터는 열대 지방의 유별난 폭풍이 언제든 찾아올 수 있었지만, 그 외의 달에는 날씨가 정말 좋았다.

토머스 허드슨은 몇 해에 걸쳐 열대 지방의 폭풍을 공부했고, 그로 인해 그는 하늘을 바라보는 것만으로 기압계에 표시되기도 전에 폭풍이 오는지 알 수 있었다. 또한 그는 어떻게 태풍을 견디는지 알았고, 어떤 주의를 해야 하는지도 알고 있었다. 그는 섬의 다른 사람들과 함께 수많은 허리케인을 견디며 자연스럽게 유대라는 것을 느꼈다. 또 강력한 허리케인이 닥치면 아무도 살아남지 못할 거라는 사실도 잘 알고 있었다. 하지만 그는 항상 생각했다. 만약 그렇게 무서운 허리케인이 다가온다면 집과 함께 사라지고 싶다고.

토머스 허드슨은 자신의 집을 배라고 여겼다. 폭풍들을 견디기 위해 마치 섬의 일부인 것처럼 지어졌으나 집에 나 있는 모든 창문에선 바다가 보였고, 통풍이 잘 되어 아무리 무더운 밤이라도 시원하게 잘 수 있었다. 그 집은 여름에 더 시원하게 보내기 위해 하얀색으로 칠해져 있었는데, 멕시코 만류에서 한참 떨어진 곳에서도 그 모습을 볼 수 있었다. 카수아리나(목마황속의 관목) 나무를 제외하고는 섬에서 가장 높은 곳에 존재한 그 집은 먼 바다에서 섬을 향해 다가갈 때에 제일 먼저 눈에 띄었다. 카수아리나 나무가 드리운 어두운 그림자의 흐릿함이 먼저 시야에 들어오면, 그다음으로 하얗게 칠해진 집의 모습을 볼 수 있었다. 섬에 가까워질수록 섬 가장자리에 위치한 야자수들과 판잣집, 백사장이 모습을 드러내고, 그 뒤로 남쪽 섬의 초록색 식물들이 자라는 것도 볼 수 있었다. 토머스 허드슨은 그 집을 바다에서 바라본 적은 없었지만 어쨌든 자신의 집을 볼 때마다 기뻤다. 그는 언제나 그 집이 배라고 생각했다. 겨울에 북풍이 불 때는 정말로 추웠지만 집 안은 따뜻하고 편했다. 섬에서 유일하게 벽난로가 지어진 집이었기 때문이리라. 벽난로는 아주 컸으며, 토머스 허드슨은 거기에다 유목을 태우곤 했다.

그는 집의 남쪽 벽에 유목들을 높이 쌓아 올렸다. 토머스 허드슨이 바람과 태양빛으로 인해 하얗게 탈색된 그 유목들을 바라보고 있노라면, 어쩐지 그의 모습에 친근감이 느껴져 태우기 아깝다는 생각이 들곤 했다. 하지만 큰 태풍이 지나고 나면 그곳엔 항상 유목들이 떠내려왔으므로 그가 친밀감을 느끼기 시작한 유목들을 태우는 것은 그가 누리는 삶의 재미 중 하나였다. 그는 바다가 더 많은 나무들을 떠내려 보내 줄 것을 알고 있었다. 추운 밤이 되면 벽난로 앞에 앉아 무거운 판자로 만들어진 테이블 위의 조명 아래에서 북서풍이 불어오는 소리와 파도가 부서지는 소리를 들었고, 탈색된 유목들이 타닥타닥 타들어 가는 것을 지켜보았다.

때때로 그는 조명을 끄고 바닥에 깔린 양탄자 위에 누워 벽난로를 바라보았다. 그 안에서는 바다의 소금과 모래들이 타오르며 불의 가장자리에 갖가지 색을 만들어 냈다. 바닥에 누워 있으면 그의 눈은 타고 있는 나무와 같은 높이에 있었으며, 그렇게 불이 다 타고 남는 선들이 나무들에서 하나둘씩 꺼지는 것을 바라보고 있으면 왠지 슬프기도 하고 기쁘기도 했다. 그가 태우는 모든 나무들은 매번 그에게 이런 감정을 주었다. 하지만 유난히 유목을 태울 때만큼은 그 자신도 설명할 수 없는 감정이 휘몰아치곤 했다. 자신이 친밀감을 느낀 유목들을 태우는 것이 잘못된 것이라는 생각이 들기도 했지만, 죄책감을 느끼지는 않았다.

그가 바닥에 누웠을 때 그는 자신이 바람 아래에 있다고 느꼈지만, 실제로는 바람이 집의 아래쪽 모서리와 섬의 가장 낮은 풀밭 그리고 바다풀 뿌리와 꼬막들이 숨어 있는 모래 속으로 불어드는 것이라는 걸 알았다. 바닥에 누운 그는 자신이 어렸을 적 포대 근처에 누워 있을 때 무거운 총이 발사되는 것을 느꼈던 것처럼 파도의 두근거리는 소리를 느낄 수 있었다.

겨울을 녹이는 벽난로는 참으로 대단한 것이었고, 그는 다른 모든 달 동안에도 애정을 가지고 벽난로를 바라보며 겨울이 다시 오면 어떨까 생각했다. 분명 겨울은 섬에서 가장 좋은 계절이었고, 그는 일 년 내내 겨울을 기대하고 있었다.

2

그해 겨울이 가고 봄도 거의 다 지날 무렵, 토머스 허드슨의 아들들이 섬에 왔다. 세 명의 아이들이 뉴욕에서 만나 함께 기차를 타고 내려온 다음, 본토에서 비행기를 타고 아버지가 있는 섬에 오기로 약속되어 있었다. 세 아들 중 아래로 두 아이의 어머니와는 언제나 마찰이 있었다. 그 여인은 아이들의 아버지인 나에게 한마디 상의도 없이 유럽 여행을 계획했다. 그녀는 여름에 자신의 아들들과 같이 있고 싶어 했다. 토머스 허드슨은 크리스마스 연휴를 아이들과 같이 보낼 수 있었다. 물론 크리스마스는 제외였다. 크리스마스 날 아이들은 자신의 어머니와 함께 지내게 될 것이다.

토머스 허드슨은 이제 이러한 상황에 익숙해졌고, 결국 관례가 되어 버린 타협을 하기에 이르렀다. 두 아들은 이 섬에서 5주일 동안 아버지와 함께 지낸 뒤 뉴욕에서 프렌치 라인 선박 회사 여객선을 이용해 파리로 가서 자신들의 어머니와 합류하게 될 것이다. 어머니는 그곳에서 아이들에게 필요한 몇 가지 옷가지를 사 둘 것이다. 이 여정에서는 두 아이들의 형인 어린 톰이 동생들의 보호를 맡았다. 보호자로서의 역할이 끝나면 어린 톰은 프랑스 남부에서 그림을 그리고 있는 자신의 어머니를 찾아가면 된다.

톰의 어머니는 아들을 찾지 않았다. 오히려 아들이 섬에서 아버지와 함께 머물러 주기를 원했을 것이다. 그러나 어머니는 자신의 아들을 보고 싶어 했다. 그 여인 역시 다른 두 아들의 어머니와 마찬가지로 단호하게 결정을 내리는 공정한 성격이었다. 그 여인은 지금까지 한번 결정한 계획은 결코 번복한 적 없는 유쾌하고 매력적인 여인이었다. 여인의 계획은 명장의 그것처럼 언제나 비밀리에 세워졌고, 또한 어김없이 실천에 옮겨졌다. 여인에게 있어 타협은 가능했지만 계획의 근본적인 변경은 절대로 있을 수 없었다. 그 계획이 잠 못 이루는 밤 또는 분노한 아침, 아니면 술을 마신 저녁 등 언제 구상되었건 간에 조금도 문제되지 않았다.

계획은 계획이었고 결정은 어김없는 결정이었다. 이 모든 것을 알고 있고 이혼의 관례에 대해서도 잘 교육받았던 터라 토머스 허드슨은 마침내 타협을 이룰 수 있었다. 그는 아이들과 5주 동안 함께 있을 수 있다는 사실이 너무나도 기뻤다. 만약 우리에게 5주가 주어진다면, 그 시간을 다 함께 보내야지, 라고 그는 생각했다. 5주는 당신이 사랑하고 항상 함께하길 원하는 사람들과 보내기에 참으로 좋은 시간이다. 하지만 내가 왜 애초에 톰의 어머니를 떠났을까? 아니, 그 생각은 하지 않는 게 좋을 거야, 라고 그는 혼잣말을 했다. 생각하지 않는 편이 좋은 것 중 하나라고. 그런데 다른 여인으로부터 받은 이 아름다운 두 아이는 또 어쩌고? 그들의 매우 이상하고 복잡하며 한편으로는 좋은 자질이 그녀를 얼마나 닮았는지 너도 잘 알고 있겠지. 그녀는 좋은 여자야. 넌 그녀 역시 떠나지 말았어야 했어. 그러고는 다시 혼잣말처럼 아니, 떠났어야 했지, 라고 말했다.

그러나 그는 그 어느 것에 대해서도 크게 걱정하지 않았다. 걱정하지 않는 것이 버릇이 된 지는 꽤 오래되었다. 그는 가능한 한 일로써 죄의식을 벗어버리고자 했다. 그가 이제 관심을 갖고 있는 것은 아이들이 섬으로 온다는 것, 그리고 아이들이 여름을 즐겁게 보내야 한다는 것뿐이었다. 그리고 아이들이 돌아간 다음 그는 다시 원래 하던 일로 돌아가면 되었다.

이 섬에서 쌓아 온 여러 경험들과, 직업으로서 꾸준하면서도 정상적인 그의 화가 생활은 아이들과 관련된 일을 제외한 그 모든 일에 있어서 그를 만족시켰다. 그는 스스로를 이 섬에 잡아 둘 수 있는 영원한 그 무언가를 만들어 놓았다고 생각했다. 이제 그는 파리가 그리워지면 직접 그곳에 가는 대신 추억을 더듬었다. 유럽 전역과 아시아, 아프리카 대부분의 지역에 대해서도 마찬가지였다.

그는 고갱이 그림을 그리기 위해 타히티로 갔다는 이야기를 듣고 르누아르가 했던 말을 기억한다. "이곳 바티뇰에서도 얼마든지 그림을 잘 그릴 수 있는데 무슨 이유로 그렇게 많은 돈을 써 가며 먼 곳까지 가서 그림을 그리려 하는가?" 불어로 말하는 것이 의미가 더 잘 통했겠다. 토머스 허드슨은 이 섬을 자기가 설 곳으로 생각했다. 그리하여 그는 이곳에 정착하고 이웃들을 사귀었다. 아들 톰이 갓난아기였을 때 파리에서 그랬던 것처럼, 그는 섬에서 열심히 일했다.

때로는 섬을 떠나 쿠바 앞바다에서 고기를 잡기도 하고, 또 가을철이면 등산을 가기도 했다. 몬태나주에 있는 그 소유의 목장은 남에게 대여해 주었다. 목장에서 가장 좋은 계절은 여름과 가을인데, 가을이 되면 아이들은 학교로 돌아가야 했기 때문이다.

그는 이따금 화상을 만나기 위해 뉴욕으로 가야 했다. 그러나 지금은 화상이 그를 찾아와서 화폭을 가지고 북으로 돌아가는 일이 더 많았다. 그는 화가로서 자리를 확고히 다졌으며, 자신의 고국을 포함한 유럽의 여러 나라에서 존경을 받았다. 게다가 할아버지로부터 물려받은 땅의 석유 발굴권으로 정기적인 소득을 얻었다. 이 땅은 방목지였는데, 팔 때에 광구권만은 유지해 두었다. 여기에서 나온 소득의 절반가량은 위자료로 나갔고, 나머지는 그의 안정적인 생활을 보장해 주었다. 이러한 이유로 그는 경제적인 부담 없이 자기가 원하는 대로 그림을 그리며 원하는 곳에서 살 수 있었고, 가고 싶은 곳에 갈 수 있었다.

그는 딱히 성공에 집착하는 편은 아니었으나 결혼 생활을 제외하고는 모든 면에서 성공을 이루었다. 그의 주요 관심사는 그림과 아이들이었다. 그는 아직도 첫사랑의 여인을 마음에 두고 있었다. 그 후에도 그는 많은 여인을 사랑했는데, 그중에는 섬에 머무르기 위해 오는 여인도 있었다. 그는 여자를 만날 필요가 있었기에 잠깐 동안은 섬에 오는 여인들을 환영했다. 그러나 그는 여인들이 떠나면 언제나 기뻐했다. 심지어 온 마음을 다해 좋아하고 있을 때도 말이다. 그는 여인들과 말다툼하지 않는 훈련을 스스로 해 나갔다. 또한 결혼하지 않는 방법도 알았다. 이 두 가지는 차분히 마음을 다잡고 질서 정연하게 그림 그리는 것만큼 쉽지는 않았지만, 결국 그는 이 방법들을 터득했다. 그리고 이 방법들이 영원히 통하기를 희망했다. 그는 오랫동안 그림을 그리는 법을 알았고, 매년 더 많이 배울 것이라고 믿었다. 그러나 지금까지 살아오는 동안 그에게는 무절제의 기간이 있었기에, 한 곳에 정착해서 규율을 바탕으로 그림 그리는 방법을 배운다는 것은 여간 힘든 일이 아니었다. 그는 결코 무책임한 사람이 아니었다. 그러나 무절제하고 이기적이고 잔인했다. 그는 이제야 이것을 알았다. 많은 여인들이 그에게 말해 주기도 했지만 결국에는 그 스스로가 이것을 깨달았다. 그 후 그는 자기의 그림을 위해서만 이기적이 되고, 자신의 일에 대해서만 잔인하기로 결심했다. 그는 스스로를 규제하고 이 규제를 받아들이기로 결심했다.

그는 그렇게 자신이 설정한 규율의 한도 내에서 인생을 즐기고 열심히 일하기로 마음먹었다. 그리고 오늘 아침, 그는 기분이 무척 들떠 있었다. 아이들이 오기 때문이었다.

"톰 씨, 원하는 건 없으신가요?" 그의 집에서 일하는 조셉이 물었다. "오늘은 쉬기로 하셨지요?"

조셉은 키가 크고 얼굴이 매우 까만 편이었으며, 손과 발이 컸다. 흰 재킷과 바지를 입고 있는 그는 맨발이었다.

"고맙네, 조셉. 아무것도 원하지 않아."

"진토닉 조금이라도요?"

"아니, 바비네 가게에 가서 한잔해야겠어."

"그냥 여기서 드세요. 그 편이 더 싸요. 제가 바비 씨네 근처를 지날 때 아저씨를 봤는데, 기분이 정말 안 좋아 보였어요. 술을 너무 많이 섞어 마셨다나. 요트에서 내린 어떤 여자가 바비 씨한테 화이트 레이디라는 걸 달라고 했는데, 아저씨는 하얀 모기장으로 만들어진 것 같은 드레스를 입은 여성이 호숫가에 앉아 있는 그림이 그려져 있는 아메리칸 미네랄워터를 한 병 주더라고요."

"일단 가 봐야겠구먼."

"제가 한 잔 만들어 드릴게요. 배로 우편물이 몇 개 도착했는데, 그걸 드시면서 읽어 보신 다음 바비 씨네로 가 보세요."

"알았네."

"잘 생각하셨어요." 조셉이 말했다. "왜냐하면 벌써 만들어 두었거든요. 아, 그리고 우편물은 별로 중요한 것은 없었던 것 같아요, 톰 씨."

"어디에 있지?"

"부엌에요. 제가 가지고 올라올게요. 여자가 쓴 것 같은 우편물이 몇 개 있었는데 뉴욕에서 온 것 하나, 팜비치에서 온 것 하나. 글씨가 무척 예쁘던데요. 그리고 뉴욕에서 그림을 대신 팔아 주는 사람이 보낸 거랑, 저도 잘 모르는 것 몇 개가 더 있었어요."

"나 대신 답장을 써 줄 수 있겠나?"

"원하신다면 얼마든지요. 저도 나름 분에 넘치는 교육을 받은 사람이니까요."

"그럼 가져다주게."

"네, 톰 씨. 참, 신문도 있어요."

"그건 아침 식사 때를 위해 아껴 두지."

토머스 허드슨은 바비가 가져다준 우편물을 읽으며 의자에 앉아 시원한 음료를 마셨다. 그는 하나의 우편물을 반복해서 읽고는 나머지 우편물과 함께 그의 책상에 첫 번째 서랍 속에 전부 넣어 버렸다.

"조셉." 그가 소리쳤다. "소년들을 위한 준비는 다 되었나?"

"네, 톰 씨. 코카콜라 두 상자까지도요. 첫째 톰은 이제 저보다 더 커졌겠죠?"

"아직."

"톰이 저를 이길 수 있을 것 같다고 생각하세요?"

"그렇진 않을 것 같은데."

"제가 전에 톰하고 몰래 수없이 싸워 봤거든요. 그런데 이제 미스터라고 불러야 한다니 정말 쑥스러운걸요. 미스터 톰, 미스터 데이비드, 미스터 앤드루, 내가 아는 가장 멋진 개구쟁이 세 소년. 그중에서는 앤드루가 가장 비열하지요."

"태어날 때부터 그랬지." 토머스 허드슨이 말했다.

"지금도 그런걸요!" 조셉이 감탄하며 말했다.

"좋은 본보기가 되어 주게."

"톰 씨는 제가 이번 여름 그 아이들한테 좋은 본보기가 되지 않길 바라실 거예요. 3, 4년 전 제가 순진했을 때는 괜찮았겠지만요. 차라리 제가 첫째 톰을 본받겠어요. 톰은 값비싼 학교에 다녔고, 또 그만큼 값비싼 예의를 배웠잖아요. 물론 제가 꼭 톰과 똑같이 보일 수는 없겠죠. 하지만 적어도 톰처럼 행동할 수는 있어요. 자유분방하면서도 예의 바르게. 그다음에는 데이비드같이 영리해질 거예요. 이것이 제일 어렵지만요. 마지막으로는 앤드루의 비열한 점을 배우겠어요."

"하지만 여기서는 못되게 굴면 안 돼."

"아뇨, 톰 씨, 제 말을 오해하셨나 봐요. 집 안에서 그럴 거라는 게 아니라 제 사생활에서 그럴 거란 말이었어요."

"그 아이들이 오면 자네도 좋을 거야. 안 그런가?"

"톰 씨, 아이들이 오면 큰불이나 질러 댈 텐데 뭐가 좋겠어요. 저는 그저 그 아이들이 두 번째 원정을 오는 거라고 생각할게요. 그것이 좋으냐고 물으신다면 네, 아주 좋지요, 라고 대답할 수 있어요."

"아이들이 이곳에서의 시간을 즐기기 위해선 우리 둘이 많은 것을 알아내고 처리해야 할 거야."

"아니에요, 톰 씨. 우리는 무시무시한 계획에서 아이들을 구하는 방법을 짜내야 해요. 저보다 아이들을 더 잘 아는 에디가 그 일을 도와줄 거예요. 저는 아이들과 친해서 알아내기 힘들어요."

"에디는 어떤데?"

"에디는 여왕의 탄신일을 기대하며 술을 좀 마셨어요. 아주 기분이 좋아요."

"바비가 아직 기분이 좋지 않을 동안 가 봐야겠구나."

"바비 씨가 톰 씨를 찾고 있었어요. 바비 씨야말로 진정한 신사예요. 요트로 쓰레기 같은 것들이 들이닥치면 아저씨는 완전히 녹초가 되죠. 제가 그곳을 떠나올 땐 이미 녹초가 되어 있었어요."

"자네는 거기서 무얼 하고 있었는데?"

"코카콜라를 가지러 갔다가 당구를 치려고 조금 머물렀었죠."

"당구대는 좀 괜찮던가?"

"더 안 좋던걸요."

"내려가 봐야겠군." 토머스 허드슨이 말했다. "샤워를 하고 옷 좀 갈아입고 싶은데."

"아저씨 침대 위에 갈아입을 옷을 펼쳐 놨어요." 조셉이 그에게 말했다. "진토닉 한 잔 더 하실래요?"

"아니, 고마워."

"로저 씨는 보트 위에 계세요."

"그래, 내가 그에게 연락하지."

"그분은 여기서 머물까요?"

"아마도."

"어쨌든 그분을 위해 미리 침대를 정돈해 놓을게요."

"그래."

3

토머스 허드슨은 샤워를 했다. 머리를 비누로 문지른 다음 날카롭게 분출되는 샤워기의 물에 비눗물을 헹구었다. 그는 덩치가 큰 편이었는데 옷을 입었을 때보다 벗었을 때가 더 커 보였다. 피부는 매우 검게 그을렸고 머리카락은 빛이 바랜 듯 희미해지고 희끗해져 있었다. 몸에 군살이라고는 없는 그가 체중계에 올라 보니 체중이 192파운드(87킬로그램)나 나갔다.

샤워하기 전에 수영하러 갔어야 한다고 그는 생각했다. 하지만 오늘 아침 일을 시작하기 전에 이미 수영을 많이 한 터라 지금은 피곤했다. 아이들이 오면 수영은 질리도록 하게 될 것이다. 로저도 여기 있으니 잘된 일이다.

그는 깨끗한 반바지 한 벌과 바스크 셔츠를 입은 다음 모카신을 신고 문밖으로 나갔다. 이어서 경사로를 지나고 피켓 대문을 통과해 킹스 고속도로의 햇빛에 그을린 산호의 하얗고 눈부신 빛 속으로 걸어 들어갔다.

검은 알파카 코트와 줄을 세운 짙은 색 바지를 입은 한 나이 든 흑인 노인이 길가에 서 있는 두 개의 커다란 코코넛 야자나무가 드리운 그늘 길을 따라 매우 꼿꼿한 자세로 걷고 있었다. 그는 칠도 하지 않은 판잣집에서 나와 허드슨보다 앞서서 고속도로로 접어들었다. 노인이 돌아볼 때 토머스 허드슨은 그의 고운 검은 얼굴을 보았다.

판잣집 뒤에서 한 아이가 조롱하듯 노래하며 오래된 영어 가락을 흥얼거렸다.

"에드워드 아저씨는 나소(Nassau, 바하마의 수도)에서 왔지요. 사탕을 좀 팔려고요. 나는 몇 개를 샀어요. P.H.도 몇 개를 샀고요. 그런데 사탕을 먹은 우리는 아주 혼이 났지요."

에드워드 아저씨는 밝은 오후의 밝은 빛 속에서 화가 난 것처럼 슬픈 표정을 지으며 그의 멋진 얼굴을 다시 앞으로 돌렸다.

"난 네놈을 알아." 그가 말했다. "네 얼굴을 볼 수는 없지만, 네놈이 누군지 알지. 순경 아저씨한테 신고해야겠다."

아이의 목소리가 점점 맑아지며 유쾌해졌다.

"오 에드워드, 오 에드워드, 거칠고 질기고 누렇게 뜬 에드워드 아저씨. 아저씨 사탕은 썩었지요."

"순경에게 가서 이 이야기를 할 거다. 순경은 널 어떻게 다스려야 하는지 알겠지." 에드워드 아저씨는 말했다.

"오늘도 썩은 사탕 있어요, 에드워드 아저씨?" 아이의 목소리가 커졌다. 자신의 모습이 눈에 띄지 않도록 조심하는 듯했다.

"인간 말세로다." 에드워드 아저씨가 걸어가면서 큰 소리로 말했다. "인간은 위엄의 옷이 벗겨지고 파괴당하는구나. 오, 주여, 용서하소서. 그들은 자신들이 행하는 것을 알지 못하나이다."

킹스 고속도로를 따라 계속 내려가자 폰세 데 레온의 뒤쪽에 있는 방들에서 더 많은 노랫소리가 흘러나왔다. 그때 한 흑인 소년이 산호 길을 따라 급히 내려왔다.

"싸움이 좀 있었어요, 톰 씨." 그가 말했다. "아니면 그 뭐랄까, 요트를 탄

신사분이 창문 밖으로 물건들을 던지고 있었어요."

"무엇을 던졌니, 루이스?"

"아무거나 다요. 신사는 손에 잡히는 건 무엇이든 집어 던져요. 숙녀가 말리려고 하니 숙녀까지 던지겠다고 하던걸요."

"그 신사는 어디에서 온 사람이지?"

"북쪽에서 온 거물이래요. 섬 전체를 사고팔 수 있다고 주장하더라고요. 지금까지 그가 하던 대로 계속 던지는 방법을 쓰면 꽤 싸게 살 수 있을 것 같긴 해요."

"순경이 무슨 조처를 했니?

"아뇨, 톰 씨. 아직 아무도 순경을 부르지 않았어요. 하지만 모든 사람이 생각하는 것처럼 곧 올 거예요."

"그 사람들과 함께 있니, 루이스? 내일 미끼가 좀 필요해서 말이야."

"알겠어요. 제가 미끼를 얻어 드릴 테니 걱정하지 마세요. 오늘 아침에 물고기 낚시를 하러 가려는데 그분들이 자기들도 데려가 달라고 저를 고용했거든요. 그래서 그 이후로 계속 같이 있었어요. 하지만 그분들은 물고기를 잡으러 가지 않았어요. 그 대신 접시와 컵, 머그잔과 의자를 던지거나 바비 씨가 계산서를 가져올 때마다 찢어 버렸고, 또 바비 아저씨에게 도둑놈이라고 하면서 사기꾼이 낚시를 하고 있다고 말했어요."

"까다로운 사람 같구나, 루이스."

"그는 톰 씨가 평생 동안 봐 온 사람들 중 가장 형편없는 사람일 거예요. 그 사람은 또 내게 노래를 시켰어요. 제가 조지처럼 노래를 잘 못 하는 거 아시잖아요. 하지만 최선을 다해서 부르긴 해요. 가끔은 실력 이상으로 잘 부르기도 하고요. 저는 노래를 최대한 잘 부르고 있어요. 선생님은 제 노래 들어 보셨으니 어느 정도인 줄 아시죠? 그 사람이 듣고 싶어 하는 것은 '엄마는 콩도 쌀도 야자유도 싫어하지 않는다'라는 노래였어요. 저는 계속해서 그 노래를 불렀어요. 오래된 노래인 데다가 계속 부르다 보니 지쳐서 저는 그에게 말했어요. 선생님, 제가 알고 있는 새로운 노래들이 있어요. 좋은 노래, 멋진 노래예요. 그리고 다른 오래된 노래라면 '타이태닉호에서 존 제이콥 애스터가 빙산에 부딪혀 침몰했을 때 잃어버린 것'과 같은 것도 알고 있는데, 당신이 그 노래를 듣기 원한다면 '엄마는 콩도 쌀도 야자유도 싫어하지 않는다'보다는 훨씬 더 잘 불러 줄 수 있습니다, 라고요. 저는 정말로 정중하고 상냥하게 말했어요. 선생님도 제가 어떻게 얘기했을지 아실 거예요. 그러자 그 신사가 이렇게 말했어요. '이 무식한 검은 개자식아, 너도 알다시피 내가 존 제이콥 애스터보다 더 많은 상점과 공장과 신문사를 소유하고 있어. 내가 듣고 싶은 말을 하려고 한다면, 내가 너를 데리고 가서 그 항아리에 머리를 쑤셔 넣을 거야.' 그러자 그의 부인이 말했어요. '여보, 어쩜 애한테 그렇게 무례하게 대하나요? 저는 이 아이가 노래를 아주 잘 불렀다고 생각해요. 그리고 새로운 노래 몇 곡을 더 듣고 싶어요.' 신사는 또 이렇게 말했지요. '당신, 잘 들어. 당신은 노래를 듣고 싶어 하지 않고, 이 아이는 노래를 부르려고 하지 않는단 말이야!' 톰 씨, 그는 정말로 이상한 사람이에요. 하지만 그의 부인은 '오, 여보, 당신은 어려운 사람이로군요.'라고 말했어요. 톰 씨, 그는 디젤 엔진이 엄마 배 속에서 갓 태어난 나무 원숭이를 잡는 것보다 더 어려운 존재 같아요. 이런, 제가 말이 너무 많았군요. 아무튼 그 일로 너무 화가 났어요. 그 사람은 부인의 감정을 매우 불쾌하게 받아들였어요."

"그럼 이제 어떻게 할 거야, 루이스?"

"부인에게 진주를 구해다 주려고요." 소년이 말했다.

그들은 대화를 하면서 걸었고 어느덧 야자수 그늘에서 멈추었다. 소년은 주머니에서 깨끗한 천을 꺼내어 펼쳐 보였다. 그 안에는 핑크빛을 띤 여섯 개의 번쩍이는 진주 같지 않은 진주가 놓여 있었다. 이런 진주는 원주민들이 이따금 왕조개를 씻다가 발견하는 것이다. 토머스 허드슨이 아는 어떤 여인도 이것을 선물로 갖고 싶어 한 사람은 없었다. 영국의 메리 여왕을 제외하고는 말이다. 물론 토머스 허드슨도 신문과 사진 그리고 뉴요커 잡지에 실린 여왕의 프로필을 통해 이 사실을 알았을 뿐 정말로 안다고 할 수는 없었다. 그러나 메리 여왕이 조개 진주를 좋아했다는 사실로 인해 그는 메리 여왕을 오랫동안 알아 온 누구보다도 그 자신이 더 잘 안다는 생각이 들었다. 메리 여왕이 조개 진주를 좋아하기 때문에 섬사람들은 오늘 밤 여왕의 탄신일 축제를 기념하는 것이라고 토머스 허드슨은 생각했다. 그러나 그는 그 신사의 부인이 조개 진주를 갖게 되더라도 기분이 별로 좋아지지 않을까 염려되었다. 하지만 역시 메리 여왕이 바하마 군도의 자기 백성들을 기쁘게 해 주기 위해 일부러 조개 진주를 좋아했을 수도 있는 일이었다.

그들은 폰세 데 레온을 향해 걸어갔고, 루이스는 이렇게 말했다. "그 사람의 부인은 울고 있었어요, 톰 씨. 아주아주 심하게요. 그래서 저는 로이 아저씨네 집에 가서 진주를 몇 개 얻어 와 그 부인에게 보여 주겠다고 했어요."

"틀림없이 진주를 보면 그 부인도 기뻐할 거야." 토머스 허드슨은 말했다. "만약 그녀가 소라 진주를 좋아한다면 말이다."

"꼭 그러길 바라요. 지금 그걸 가지고 가는 길이니까요."

토머스 허드슨은 바 안으로 들어갔다. 바 안은 시원했고 눈부신 산호 길을 지나온 터라 유난히 캄캄했다. 그는 라임 껍질과 앙고스투라 몇 방울을 섞은 진 토닉을 마셨다. 바비가 무서운 표정으로 바 뒤에 서 있었고, 네 명의 흑인 소년들이 당구를 치고 있었다. 어려운 공을 쳐야 할 때는 이따금 당구대를 들어 올렸다. 노랫소리가 위층에서 멈췄다. 공이 서로 부딪치는 소리를 제외하면 바 안은 무척 조용했다. 선창에 묶어 놓은 요트의 승무원 중 두 사람이 바 안에 있었다. 토머스 허드슨의 눈이 어느덧 이 공간에 익숙해지자, 바 안은 희미하고 시원하고 즐거웠다. 그때 루이스가 아래층으로 내려왔다.

"그 신사는 잠들었어요." 그가 말했다. "그리고 그의 부인에게 진주를 건넸어요. 진주들을 보더니 또 울었어요."

그는 요트에서 온 두 선원이 서로를 쳐다보는 것을 보았지만, 그들은 아무 말도 하지 않았다. 그는 그곳에 서서, 길고 기분 좋게 쓴 음료를 들고, 첫 모금을 맛보았다. 그것은 그로 하여금 탕가, 몸바사, 라무를 포함한 그 모든 해안들을 생각나게 했다. 순간적으로 그는 아프리카에 대한 향수에 젖어 들었다. 과거에 그는 아프리카에 정착할 수도 있었지만 여기 이 섬에 정착했다. 그는 자신이 언제든 그곳에 갈 수 있다고 생각했다. 어디에 있든 마음이 편하면 되니까. 여기서도 잘하고 있으니까.

"톰, 그 술 정말로 마음에 드나?" 바비가 그에게 물었다. "그럼, 그렇지 않으면 마시지 않겠지."

"내가 실수로 한 병을 열었는데 퀴닌 맛이 났거든."

"안에 실제로도 퀴닌이 들어 있는걸."

"사람들은 정말 미쳤어." 바비는 말했다. "원하는 것은 무엇이든 마시거든. 그러기 위해 돈을 지급하지. 그러면 즐거움을 얻어야 하는데, 퀴닌 같은 것을 넣어 일종의 힌두교도의 술을 만들어서는 훌륭한 진을 망친단 말이야."

"오히려 맛이 좋은걸. 나는 라임 껍질과 함께 먹는 키니네 맛을 좋아하거든. 속이 확 트이는 것 같은 기분이야. 다른 진 음료를 마실 때보다 훨씬 더 즐거움이 느껴져. 난 이걸 마시면 기분이 좋아진다네."

"알고 있지. 자네는 술을 마시면 언제나 기분이 좋아지잖아. 나는 술을 마시면 기분이 안 좋아지지만. 로저는 어딨어?"

토머스 허드슨의 친구인 로저는 섬 아래쪽에 어구 창고를 갖고 있었다. "곧 일이 끝날 거야. 나랑 조니 구드너와 함께 식사하기로 되어 있거든."

"자네와 로저 데이비스, 조니 구드너 같은 사람들이 왜 이런 섬 구석에 머물러 있는지 이유를 모르겠어."

"좋은 섬이야. 그래서 자네도 여기 머무르고 있는 거잖아, 안 그래?"

"나는 생계를 위해 머무는 거야."

"나소에서도 돈을 벌 수 있잖아."

"나소? 거긴 지옥이지. 여기가 더 재미있어. 놀기에 좋은 섬이라니까. 또 여기서 돈도 많이 벌었고."

"난 이 섬에 사는 게 좋아."

"물론이지." 바비가 말했다. "나도 마찬가지야. 자네도 알잖아. 내가 생계를 유지할 수 있는 곳이라면. 그나저나 요즘 자네 그림은 잘 팔리나?"

"이제 꽤 잘 팔려."

"사람들은 돈을 주고 에드워드 아저씨의 그림을 산단 말이야. 물속에 있는 흑인들, 땅 위의 흑인들, 보트를 탄 흑인들, 거북이 배, 스펀지 보트, 스콜의 형성, 용오름, 난파당한 스쿠너 범선들, 스쿠너 범선의 건조. 그들이 자유롭게 볼 수 있는 모든 것들. 정말 사람들이 이런 것들을 사 가나?"

"물론 사 가지. 그리고 그것들을 1년에 한 번 뉴욕에서 전시하고 판다네."

"경매로?"

"아니, 그림을 본 딜러들이 가격을 정해. 사람들은 그 가격만큼 돈을 주고 사고. 미술관에서도 가끔 한 번씩 사 가지."

"자네가 직접 팔 수는 없나?"

"당연히 팔 수 있지."

"나는 용오름 그림을 사고 싶어." 바비가 말했다. "정말 엄청나게 큰 용오름. 칠흑같이 시커먼 두 개의 커다란 물기둥이 우렁찬 소리를 내며 바다 위를 덮치며 지나가는 소리. 이럴 땐 아무것도 들리지 않지. 바닷물을 몽땅 빨아들이는 광경을 보면 정말로 무시무시하잖아. 딩기에 탄 채 그 속으로 말려드는 순간 꼼짝도 할 수 없고 손에 쥐었던 잔이 힘없이 바람에 날아가는, 딩기를 바다 위로 빨아올리는 것 같은 장면을 그린 그림은 값이 얼마나 하는가? 그런 그림이 있다면 사서 이곳에 걸어 둘 수도 있어. 집사람이 무서워하지 않는다면 집에 걸어 둘 수도 있을 거야."

"그림의 크기에 따라서 다르지."

"그럼 원하는 만큼 크게 만들어 봐." 바비가 거창하게 말했다. "그런 큰 그림은 그릴 수도 없을 거야. 물기둥을 세 개 그려 넣어 봐. 한번은 세 개의 물기둥이 안드로스섬에 더할 수 없이 바짝 붙어서 지나가는 것을 본 적이 있어. 물기둥은 하늘 위까지 솟구쳐 올라갔지. 물기둥 하나가 스펀지 보트를 빨아올렸는데 떨어질 때보니 모터가 선체를 정통으로 꿰뚫었더군."

"그럼 캔버스 값만 받지." 토머스 허드슨은 말했다. "캔버스 값만 내!"

"좋아, 그럼 큰 캔버스를 구하세." 바비가 말했다. "거기에 용오름을 그려서 사람들이 겁을 집어먹고 이 술집과 이 섬을 떠나게 만들어 보자고."

그는 자신이 떠올린 프로젝트의 웅장함에 감동했고, 그에 대한 여러 가지 가능성이 머릿속으로 떠올랐다.

"톰, 자네는 거대한 허리케인을 그릴 수 있다고 생각하나? 한쪽은 이미 허리케인이 지나간 후라 잔잔해졌고, 다른 쪽은 이제 막 불어닥치기 시작한 태풍의 눈을 그려 넣으면 어떨까? 야자수 나무에 깔려 자빠진 흑인에서부터 선박에 이르기까지 모든 것이 섬의 꼭대기 너머로 날아가 버리는 장면도 그려 넣고 말이야. 큰 호텔이 쓰러지는 모습이랑 배와 죽은 펠리컨이 돌풍과 함께 날아가는 장면도. 광풍은 풍속 27로 내려간 것으로 하지. 바다가 큰비에 무너지고 달이 태풍의 눈 가운데로 오게 하면 좋겠어. 그리고 해일이 밀어닥쳐 모든 생물을 삼켜 버리는 것처럼 그려 줘. 여자들은 바람에 옷이 벗겨진 채 바다로 날려 버리고. 바다 위에는 죽은 흑인들이 떠 있고, 공중으로 날아가고 있는 모습도……"

"엄청나게 큰 캔버스가 필요하겠는걸." 토머스 허드슨은 말했다.

"캔버스는 걱정하지 마!" 바비가 말했다. "스쿠너 범선의 중앙 돛을 떼어 오면 돼. 그 돛에 세상에서 가장 큰 그림을 그려서 역사에 길이 남도록 하는 거야. 자네는 늘 조그맣고 간단한 그림을 그려 왔잖아."

"나는 물기둥부터 시작하겠어." 토머스 허드슨은 말했다.

"그래." 바비는 자신이 세운 거대한 계획에서 조금도 후퇴하기 싫은 듯 말했다.

"하지만 우리가 가진 지식과 자네가 이미 쌓아 온 훈련을 합쳐서 아주 거대한 그림을 만들어 낼 수도 있지 않겠어?"

"내일 물기둥부터 시작하겠어."

"좋아." 바비가 말했다. "하지만 그건 시작에 불과해. 허리케인도 그렸으면 좋겠어. 타이타닉호의 침몰을 그린 사람이 있었나?"

"그런 대규모의 작품은 없어."

"우리가 그걸 그릴 수 있어. 난 항상 내 상상력에 호소하는 주제가 있어. 자네는 배가 빙산에 부딪힌 후 방향을 잃고 이동하는 빙산의 냉기를 그려 넣을 수 있었어. 그 모든 것을 짙은 안개 속에 일어나는 것으로 그리면 돼. 이것들을 자세히 그리는 거야. 요트 승무원이 도움이 될 수 있으니 여자들과 함께 보트에 탄 사람을 그 그림에 그려 넣자. 그 사람이 여자 몇 명을 밟고 있는 모습도 그리고. 가만히 생각해 보니 그 요트 승무원은 지금 위층에 있는 친구의 모습으로 그리면 될 것 같은데, 위층으로 올라가서 그 친구가 잠든 사이에 얼굴을 스케치해 두지. 그러면 이 그림에 잘 이용할 수 있지 않겠어?"

"내 생각엔 물기둥부터 시작하는 게 좋을 것 같아."

"톰, 나는 자네가 큰 화가가 되길 원해." 바비가 말했다. "그 병아리 같은 놈들을 다 뒤로 제쳐 놓고 말이야. 자네는 스스로를 낭비해 왔어. 우리는 30분도 채 안 되는 시간 동안 함께 세 폭의 그림에 대한 윤곽을 잡아 보았지만, 나는 아직 내 상상력을 발동시키지도 못했어. 그런데 자네는 지금까지 뭘 해 왔나? 흑인이 해변에서 바다거북의 목을 비트는 장면이나 그리고 말이야. 그것도 어디 초록빛 거북이나 되나? 흔해 빠진 바다거북이지. 그게 아니면 흑인들이 딩기를 타고 가재를 괴롭히는 장면이나 그렸잖나. 자네는 인생을 헛살았네, 이 사람아!" 바비는 말을 멈추고 급히 술을 한 잔 따라 마셨다.

"그런 건 중요하지 않아." 그가 말했다. "내가 그 그림을 가져가는 걸 본 적이 없잖아. 이봐, 톰, 우리가 말한 세 개의 그림들은 아주 훌륭한 작품이 될 거야. 큰 그림들. 전 세계적인 그림들. 역대 걸작들과 함께 크리스털 팰리스에 전시되기에 적합하지. 물론 첫 번째는 아주 작은 주제라는 걸 제외하면 말이지. 하지만 우리는 아직 시작도 하지 않았어. 그것 모두를 끝장내 버릴 만한 것을 그릴 수 없다는 법도 없지 않나. 자네, 이걸 어떻게 생각하나?"

그는 매우 빠르게 한 잔을 들이켰다. "무엇을?"

그는 다른 사람들이 들을 수 없도록 바 위로 몸을 기울였다.

"뒷걸음치지 마." 바비가 말했다. "웅대한 규모에 놀라지도 마. 톰, 자네는 이상을 가져야 하네. 우리는 세상의 종말을 그릴 수 있다고." 그는 잠시 말을 멈춘 뒤 다시 입을 열었다. "완전한 규모로 말이야."

"지옥 말인가?" 토머스 허드슨이 말했다.

"아니, 지옥 이전의 것이지. 지옥이 막 열리는 순간. 롤러가 교회에서 산등성이를 따라 굴러다니며 모두가 알아들을 수 없는 방언으로 지껄이면, 악마는 삼지창으로 그들을 집어 올려 차에 싣지. 그들은 소리치고 신음하며 여호와를 부르고 있어. 흑인들은 곳곳에 엎드려 있고, 가금류와 거미류, 게들은 그들의 시체 주위와 위를 돌아다니지. 커다란 해치가 열리고 악마는 흑인들과 교인들과 굴러다니는 사람들, 그 모든 사람들을 해치 안으로 집어넣어. 그들은 그렇게 사라져 버리는 거야. 이후 바닷물이 불어나 섬 전체가 물에 잠기면 온갖 상어 떼(고등어상어, 호랑이상어, 삽코상어)가 그 위를 헤엄쳐 돌아다니면서 증기가 솟아 나오는 커다란 구멍 밑으로 잡혀 내려가지 않으려고 헤엄쳐 도망가려는 사람들을 먹어치우지.

주정꾼들은 마지막 한 모금을 마시고는 술병으로 악마를 때리지. 하지만 악마들은 계속해서 그들을 구멍 속으로 집어넣고, 그렇게 되지 않은 사람들은 온갖 상어들(고래상어, 백상아리, 범고래)과 상어들에 의해 뜯어 먹히거나 넘친 바닷물 속으로 휘말려 들어.

섬의 꼭대기는 도망쳐 온 개와 고양이들이 몰려 있고, 악마들은 그들도 구멍 속으로 밀어 넣고 있어. 개들은 겁에 질려 울부짖고 고양이들은 이리저리 도망치면서 털을 곤두세우고 악마들을 할퀴지. 그러다가 결국에는 아주 능란하게 바다로 헤엄쳐 가지. 때때로 상어가 덮치는 걸 피하기 위해 고양이가 물속으로 들어가는 장면이 보여. 그러나 대부분 그들은 헤엄쳐 건너가지.

"구멍에서 뜨거운 열이 뿜어져 나오기 시작하지. 악마들은 교회 사람들을 그 안으로 집어넣으려다가 삼지창이 부러지자 그들을 구멍 쪽으로 끌어당기지. 자네와 나는 그림 한가운데 서서 이 모든 것을 침착하게 지켜보고 있는 거야. 자네, 몇 가지 기록 좀 하게나. 술로 정신을 새롭게 하면 자네한테 새로운 내용들을 제공할 수 있네. 이따금 땀을 흘리는 악마들은 거물급 교인을 잡아넣으려고 우리 옆을 지나가지. 거물급 교인은 구멍 속으로 끌려 들어가지 않기 위해 바닥에 엎드려 손가락으로 모래를 파고 여호와를 소리쳐 부른다네. 악마는 말하지. 톰 선생님, 죄송합니다. 바비 선생님, 죄송합니다. 오늘은 무척 바쁘군요. 나는 악마가 또 다른 교인을 잡아 가려고 시커먼 몸에 온통 땀을 흘리면서 내 옆을 지나갈 때 술을 한잔 권한단 말이지. 그러면 악마는 이렇게 말한다네. 감사합니다, 바비 선생님. 하지만 나는 일할 때는 술을 입에 대지 않습니다."

"톰, 우리가 이 모든 움직임과 웅장함을 그림 안에 집어넣을 수 있다면, 그것은 굉장한 작품이 될 거라네."

"오늘 우리가 할 수 있는 일은 거의 다 윤곽을 잡아 놓았다고 생각하는데."

"오, 하느님, 자네가 옳다고 생각해." 바비가 말했다. "그러한 그림의 윤곽을 설명하고 나니까 역시 목이 컬컬해지는군."

"보쉬라는 사람이 이러한 종류의 그림을 잘 그렸는데."

"발전기 기술자?"

"아니, 히에로니무스 보쉬 말야. 옛날 사람이야. 좋은 작품이지. 피터 브루겔도 역시 그런 그림을 잘 그렸고."

"그 사람도 옛날 사람인가?"

"아주 옛날 사람이지. 훌륭한 화가이고. 자네도 그 사람을 좋아할 거야."

"참 나." 바비가 말했다. "옛날 사람은 우리에게 큰 영향을 미치지 못할 거야. 또 세상은 아직 끝나지도 않았어. 과연 그 사람이 우리보다 더 많이 알까?"

"그는 이기기가 꽤 힘들 거야."

"나는 그 말을 한마디도 믿지 않네." 바비가 말했다. "우리에게는 그를 질식시킬 수 있는 그림이 있잖아."

"또 다른 하나는 어때?"

"아, 젠장. 여기가 술집인 걸 잊었군. 여왕님께 신의 가호가 있기를, 톰. 오늘이 무슨 날인지 깜빡 잊고 있었어. 자, 나도 술 한잔 따르고, 우리 함께 여왕님을 위해 건배하세."

그는 작은 럼주를 한잔 따른 다음 토머스 허드슨에게는 부스(Booth)의 노란 진과 접시에 담긴 라임과 칼, 그리고 슈웹스(Schweppes)의 인디언 토닉 워터 한 병을 건넸다.

"칵테일은 자네가 직접 만들게. 참 멋진 술이야."

토머스 허드슨이 칵테일을 만든 다음 코르크에 갈매기 깃이 꽂혀 있는 병에서 쓴 물방울 몇 방울을 흔든 후, 잔을 들고 바 아래쪽을 내려다보았다.

"두 분께서는 무엇을 마시나요? 간단하면 이름을 좀 알려 줄래요?"

"개의 머리,"라고 선원 중 한 명이 말했다.

"개의 머리 맞아." 바비는 이렇게 말한 다음, 얼음 통 안으로 손을 넣어 두 개의 차가운 맥주 두 병을 꺼내더니 그들에게 건네주었다. "잔은 없습니다. 술꾼들이 하루 종일 잔을 집어 던져 버렸거든요. 여러분, 모두들 술잔을 들었나요? 신사분들, 여왕님. 나는 여왕님이 이 섬을 무척 좋아했다고는 생각하지 않습니다. 이곳에서 잘 지내셨을 거라고 확신하지도 않고요. 그러나 여러분, 여왕께 축배를 듭시다."

술집 안의 사람들 모두가 여왕의 건강을 위해 건배했다.

"훌륭한 여성임에는 틀림없습니다." 바비가 말했다. "나에게는 조금 무정하지만. 나는 항상 알렉산드라 여왕을 상상했거든요. 그 아름다운 자태란. 하지만 우리는 우리 여왕님의 생일날에 최대의 경의를 표합시다. 이곳은 작은 섬이지만 애국적인 섬입니다. 이곳 사람 중 한 명이 지난 전투에 참전했다가 총을 맞고 한쪽 팔을 잃었습니다. 이보다 더 애국적일 수는 없지 않겠습니까."

"누구의 생일이라고 했죠?" 선원 중 한 명이 물었다.

"영국의 여왕, 메리." 바비가 말했다. "현 황제 폐하의 어머니."

"그 이름은 선대 메리 여왕의 이름에서 딴 것 아닌가, 그렇지?" 다른 선원이 물었다.

"톰," 바비가 말했다. "이번에는 자네와 나 단둘이서 축배를 드세."

4

이제 날은 어두워졌다. 산들바람이 불어 모기나 모래 파리도 없었고, 바다로 나갔던 보트들이 모두 돌아와 해협을 올라오는 동안 외장을 들어 올리고 있었다. 해변에서 항구로 돌출해 있는 부두 세 곳의 가장자리 경사진 곳에 보트들이 묶여 있었다. 조수는 빠르게 빠져나가고 있었고, 배들이 내는 불빛은 초록빛으로 반사되는 바닷물 표면을 비췄다. 물은 빠르게 흘러 선창의 버팀대를 삼키고, 그 위에 떠 있는 큰 쾌속선의 선미에서 소용돌이쳤다. 낡은 자동차와 트럭 타이어가 펜더처럼 매여 있는 부두의 페인트칠을 하지 않은 말뚝을 향해 있는 쾌속선의 널빤지에 불빛이 비쳐 물로 반사되었고, 그 빛은 바위 아래 어둠을 배경으로 검은 원을 그렸다. 불빛에 이끌린 바닷속 동갈치가 밀리는 조수에서도 버티고 있었다. 얇고 길고 물같이 초록빛으로 번뜩이며 꼬리만 움직이는 물고기들은 불빛에 취해 먹지도 놀지도 않고 그저 그 자리에 머물러 있었다.

로저 데이비스를 기다리고 있는 조니 구드너의 쾌속정 나월호는 뱃머리를 밀물 쪽으로 돌리고 있었고, 그 선미에는 하루 종일 보비의 바에 있던 사람들의 보트가 있었다. 조니 구드너는 선미에 걸상을 놓고 앉아 있었다. 그리고 다른 걸상 위에 두 발을 올려놓고는 오른손에는 톰 콜린스 술을, 왼손에는 길고 푸른 멕시코의 칠리 고추를 들었다.

"대단한걸." 그가 말했다. "조금 씹었는데 입안이 불타는 것 같아서 이걸로 식히고 있어."

그는 칠리 고추를 한입을 씹어 삼키더니 "으악!" 하고는 끼고 있던 술병을 한 모금 쭉 들이켰다. 그의 두툼한 아랫입술은 얇은 아일랜드의 윗입술을 핥았다. 그는 눈물이 글썽이며 웃었다. 입은 언제나 웃으려 하거나 아니면 막 웃고 난 것처럼 가로로 늘어나 있었다. 그러나 윗입술이 얇다는 점에 유의하지 않으면 입만 갖고는 그에 대해 거의 알 수 없었다. 그의 눈은 주의해서 볼 필요가 있었고, 체격은 중량이 약간 초과된 미들 웨이트급이었다. 그러나 배 위에서 쉬고 있는 그의 모습은 균형이 잘 잡혀 보였다. 정말로 완벽하게 균형이 잡혀서 도리어 흉해 보이기까지 한 그런 체격이었다. 얼굴은 구릿빛이었고 코에서 머리털이 성긴 앞이마까지 피부가 벗겨져 있었다. 턱에는 상처가 나 있었는데, 위치만 조금 좋았더라면 보조개로도 보일 수 있는 상처였다. 코는 전체적으로 납작한 편이었는데, 그렇다고 심각한 납작코는 아니었다. 마치 현대 조각가가 코 부분의 돌을 조각하다가 너무 많이 날려 버린 것 같았다.

"톰, 이 쓸모없는 인간아, 뭘 하고 있었던 거야?"

"꾸준하게 일하고 있었지."

"그러시겠지." 그는 이렇게 말한 다음 칠리 고추를 한 입 더 물었다. 그것은 약 6인치 길이의 매우 주름지고 축 늘어진 칠리 고추였다.

"첫 번째 것만 지독하게 맵군." 그가 말했다. "사랑처럼."

"무슨 개소리야. 칠리 고추는 다 맵다고."

"사랑은?"

"사랑의 지옥이지." 토머스 허드슨이 말했다.

"이 얼마나 감정적인가. 대단한 대화로군. 너는 무엇이 되고 싶은 거지? 이 섬에서 목자처럼 미치광이 희생자가 되려나."

"여기엔 양이 없어, 조니."

"그럼 돌게 잡는 미치광이라고 해 두지." 조니가 말했다. "우리는 자네가 어디에 붙잡히거나 아니면 무엇이 꼭 돼야 한다고 바라지 않아. 이 고추나 하나 먹어 봐."

"먹어 봤어." 토머스 허드슨이 말했다.

"오, 나는 너의 과거를 알고 있어." 그가 말했다. "나에게 화려했던 과거를 과장하지 말게. 아마 자네는 칠리 고추를 만들어 냈을지 몰라. 그리고 아마 노새 등에 실어 파타고니아에 그것을 수출했을지도 몰라. 그러나 나는 현대를 대표하는 사람이지. 내가 가진 이 칠리 고추에는 연어가 가득 채워져 있어. 바칼라우, 칠레의 보니토, 멕시코의 비둘기 가슴살, 칠면조 고기와 두더지도 넣었지. 가능한 건 다 채워 넣었다고. 그럼 나는 그것을 사는 나는 마치 군주 같은 기분이 들어. 하지만 이 모든 것이 다 도착된 것이야. 갈색의 추팡고 양념을 곁들인 이 길게 늘어지고, 시시하고, 속도 채워지지 않고, 가망이 없는 오래된 칠리 고추가 제일이라고." 그는 혓바닥을 꼬면서 말했다. "이번엔 너무 많이 먹었군."

조니는 톰 콜린스를 길게 쭉 들이켰다.

"마실 이유가 있어서 그래." 그가 설명했다. "내 이 빌어먹을 입 좀 식혀야 해. 뭐 먹을 텐가?"

"진토닉이나 한잔 더 할지도."

"얘야." 조니가 누군가를 불렀다. "바나 맥쿠바 아저씨에게 진토닉 한 잔 더 드려라."

조니의 선장이 고용한 섬 소년 중 한 명인 프레드가 술을 가져왔다.

"여기 있습니다, 톰 씨."

"고마워, 프레드." 토머스 허드슨이 말했다. "여왕께 신의 가호가 있기를." 그리고 그들은 술을 마셨다.

"그 늙은 오입쟁이는 어딨지?"

"자기 집으로 올라갔어. 곧 내려올 거야."

그는 칠리 고추에 대해 별다른 언급 없이 몇 개를 더 먹고 음료수를 다 마신 다음에야 "어떻게 지냈나, 톰?" 하고 물었다.

"좋아." 토머스 허드슨이 말했다. "혼자서 일하는 것을 배웠어. 아주 열심히 하고 있지."

"이곳이 맘에 드나? 내 말은, 항상 말이야."

"좋지. 이제 빈둥거리며 돌아다니는 것에는 싫증이 났어. 난 여기 있는 게 나아. 여기서 충분히 잘 지내고 있거든, 조니. 대단히 잘 지내는 거지."

"좋은 곳이긴 하지." 조니가 말했다. "원래부터 돈이 좀 있는 자네 같은 사람에게는 말이야. 하지만 나처럼 항상 누군가에게 쫓기고 피해서 달아나는 사람에게는 지옥 같은 곳이지. 로저가 우리한테 화가 났다는 게 사실인가?"

"벌써 그렇게들 말하고 있지."

"해안에서 들은 거야."

"밖에서 로저에게 무슨 일이 있던 거야?"

"다는 몰라. 그러나 뭔가 좋지는 않아."

"그렇게 나쁜 상황이야?"

"그곳에서는 좋지 않다는 것에 여러 가지 의미가 있지. 창녀를 두고 한 말이라면 잘못된 거야. 그곳은 날씨도 좋고, 신선한 채소도 있고, 없는 것이 없으니 계집애들 덩치가 축구 선수들만 하거든. 제기랄, 열여덟 살밖에 안 된 계집애들이 스물네 살처럼 보인다니까. 그 정도 나이면 마담이지. 결혼 안 한 남자라면 계집애들의 이를 자세히 들여다보는 것이 좋아. 물론 이로 구분할 수 있는 건 아무것도 없어. 그들은 모두 어머니와 아버지가 있거나, 아니면 둘 중 하나만 있어. 그리고 모두가 굶주렸지. 날씨가 좋으니 당연히 식욕도 좋을 거야. 문제는 사람들이 이따금 너무 열광적이라는 것과, 운전면허나 사회 보장 카드를 요구하지 않는다는 거야. 나는 사람을 평가할 때는 나이가 아니라 그 사람의 키나 몸무게, 일반적 능력을 고려해야 한다고 생각해. 나이를 먹었다는 이유만으로 너무나 많은 부당한 일들이 묵인되거든. 모든 점에서 말이야. 조숙하다는 이유로 다른 스포츠에서는 불이익을 당하지 않아. 오히려 그 반대지. 견습 수당을 청구하는 것은 아주 공정한 거야. 그건 경주와 같은 거라고 생각해. 그들은 그곳에서 나를 욕했을 뿐, 늙은 로저한테는 그러지 않았어."

"그들이 나를 이렇게 했다는 거야?" 로저 데이비스가 물었다.

그는 그 어떤 소리도 내지 않고 밑창이 밧줄로 된 신발을 신고 선착장에서 갑판으로 내려갔다. 세 치수는 족히 커 보이는 운동복 상의와 꽉 끼는 거친 무명천 바지를 입은 채 그는 그 자리에 서 있었다.

"여어." 조니가 말했다. "자네가 내려오는 소리를 못 들었군. 지금 톰한테 그들이 자네를 무슨 이유로 데려왔는지는 모르겠지만 적어도 성범죄는 아니라는 말을 하고 있었지."

"좋아." 로저가 말했다. "그 이야기는 그만두자고."

"너무 강압적으로 그러지 마." 조니가 말했다.

"강압적인 게 아니야." 로저가 말했다. "나는 정중하게 물었을 뿐이라고. 이 배에서 술을 마시나?" 그는 선미를 그들을 향한 채 정박해 있는 객실 순양함을 바라보았다. "누구야?"

"폰세의 사람들. 못 들었어?"

"아." 로저가 말했다. "그럼, 비록 그들이 우리에게 나쁜 본보기가 되긴 했지만, 어쨌든 한잔하자고."

"얘야." 조니가 부르자 프레드가 선실에서 나왔다. "네, 선생님." 그가 말했다.

"이 신사들에게 무엇을 마시고 싶은지 물어봐라."

"여러분?" 프레드가 물었다.

"톰 씨가 마시는 것이라면 뭐든지." 로저가 말했다. "그는 나의 가이드이자 상담자니까."

"올해는 캠프에 소년들이 좀 있나?" 조니가 물었다.

"아직 두 명뿐이야." 로저가 말했다. "상담사와 나."

"내 상담사와 나," 조니가 말했다. "도대체 어떻게 책을 쓰나?"

"문법적으로 쓰는 사람은 언제든지 고용할 수 있어."

"아니면 공짜로 해." 조니가 말했다. "자네의 상담사와 얘기를 좀 해 봤어."

"상담사는 꽤 만족스럽다던데. 그는 영주하려고 이곳에 온 거야."

"자네 그곳에 한번 가 보게나." 톰이 그에게 말했다. "그는 내게 술이나 한잔 하자고 이따금 나를 불러들이거든."

"여자들은?"

"여자는 없어."

"자네들은 뭐 해?"

"나는 하루 종일 일했잖아."

"근데 자네는 전에도 여기 있었잖아. 그때는 뭘 했는데?"

"수영하고, 먹고, 마시고. 톰은 일하고, 읽고, 말하고, 읽고, 낚시하고, 낚시하고, 수영하고, 마시고, 자고……"

"여자는 없어?"

"없다니까 그러네."

"아주 불건전하게 들리는군. 기분 나쁜 분위기야. 자네들, 아편은 하나?"

"톰?" 로저가 물었다.

토머스 허드슨은 "최고 품질만."이라고 말했다.

"품질 좋은 대미를 심었나?"

"그런 거야, 톰?" 로저가 물었다.

"나쁜 한 해였어." 토머스 허드슨은 말했다. "비가 농작물에게 지옥을 안겨 줬지."

"모든 것이 터무니없게 들리는군." 조니가 술을 마셨다. "그나마 구제할 만한 점은 자네가 여전히 술을 마신다는 것뿐이지. 자네들은 종교를 믿나? 톰은 하나님의 빛을 보았어?"

"톰?" 로저가 물었다.

"신과의 관계는 대부분 거의 마찬가지야." 토머스 허드슨은 말했다.

"화목한가?"

"우리는 관대해." 토머스 허드슨이 말했다. "네가 원하는 어떤 믿음이라도 실천하라. 섬 위에 그것을 연습할 만한 구장이 있어."

"방해하면 신을 혼내 주겠어." 로저가 말했다.

"로저." 조니가 나무라듯 말했다. "날이 저물었어. 자네는 황혼이 지고 땅거미가 내려앉고 어둠이 찾아온 것을 보지 못했나? 그리고 자네는 작가야. 어두워진 다음에야 신을 경시하는 그런 언행은 결코 좋은 태도가 아니야. 그가 방망이를 들고 자네 바로 뒤에 서 있을 수도 있어."

"신은 틀림없이 날 방해할 거야." 로저가 말했다. "최근에 그가 그러는 걸 봤거든."

"예, 알겠습니다." 조니가 말했다. "신은 자네의 급송구를 받아 쳐서 자네 머리를 부숴 놓을 거야. 나도 그가 그러는 걸 봤거든."

"그래, 나도 자네가 그걸 봤다고 생각하네." 로저가 동의했다. "톰도 그렇고 나도 그래. 그래도 나는 신에게 급송구를 던질 거야."

"신학적 논의는 생략합시다." 조니가 말했다. "그리고 먹을 것도 좀 가져오고."

"자네가 이 배를 바다로 끌고 다니기 위해 데리고 있는 그 병약한 늙은이가 요리도 할 줄 아나?" 토머스 허드슨이 물었다.

"잡탕이지." 조니가 말했다. "오늘 식사는 노란 쌀밥에 물떼새를 곁들인 거야. 황금 물떼새."

"인테리어 장식가처럼 말하는군." 톰은 말했다. "연중 이맘때는 물떼새에 황금빛이 돌지 않아. 자네, 어디서 물떼새를 잡았나?"

"우리가 닻을 내리고 수영하러 간 남섬에서. 호각을 두 번 불어 물떼새 떼를 날려 보낸 다음 마구 떨어뜨렸지. 한 번에 두 마리씩."

청명한 밤이었다. 저녁을 먹고 난 뒤 그들은 선미에 나가 앉아 커피를 마시거나 담배를 피우기도 했다. 쓸모없는 스포츠 캐릭터처럼 보이는 두 사람이 기타와 밴조를 들고 다른 배에서 넘어왔다. 흑인들은 선창에 모였다. 이따금 노랫소리가 들려왔다. 어둠 속에서 선착장에 있던 소년들이 노래를 불렀고, 그다음에는 기타를 든 프레드 윌슨이 노래를 불렀으며, 프랭크 하트가 되는 대로 밴조 소리를 흉내내며 박자를 맞춰 갔다. 토머스 허드슨은 노래를 부를 줄 몰랐다. 그래서 그는 어둠 속에서 뒤로 물러나 앉아 귀를 기울였다.

바비의 바에서는 다채로운 축하가 벌어지고 있었다. 열어 놓은 창문을 통해 바다 위에 비치는 불빛이 보였다. 물은 여전히 세차게 빠져나가고 있었다. 불빛이 비치는 곳에서 가끔씩 물고기들이 튀어 올랐다. 대체로 잿빛 도미였다. 톰은 그들이 조수에 밀려 나온 미끼로 쓰는 고기를 먹고 있는 거라고 생각했다. 흑인 소년 몇 명이 손으로 고기를 잡고 있었는데, 고기를 놓치면 조용히 욕지거리를 하는 소리가 들렸다. 소년들이 선창에 던진 도미들이 팔딱거리는 소리도 들을 수 있었다. 거기에는 큰 도미가 있었다. 소년들은 그날 오후 일찍 들어온 배에서 이미 걸어 놓고, 사진을 찍고, 중량을 단 뒤 죽어 버린 물고기의 고기 토막을 미끼로 하여 큰 도미들을 낚고 있었다.

노래가 시작된 지금, 선창에는 상당히 많은 군중이 모여 있었다. 루퍼트

핀더는 선창에서 아래를 향해 소리쳤다. "조니 선장님, 아이들이 목이 마르다고 해요."

루퍼트 핀더는 한때 혼자 힘으로 정부 선창에서 킹스 고속도로로 올라 허리케인에 날아가 버린 오래된 술집까지 피아노를 등에 지고 운반했다는 소문이 전해지는 덩치 큰 흑인이었다.

"싸고 건강에 좋은 것을 사게, 루퍼트."

"예, 그렇게 하죠. 조니 선장님. 럼은 어떨까요?"

"나도 마침 그걸 생각하고 있던 참이야." 존은 말했다. "데미존은 어떤가? 가격도 적당하고."

"존 선장님, 정말 감사합니다." 루퍼트가 말했다. 루퍼트는 재빨리 군중 사이를 빠져나갔다. 군중의 수는 빠르게 줄어들었다. 토머스 허드슨은 그들 모두가 로이의 집으로 향하고 있음을 볼 수 있었다.

바로 그때, 브라운의 부두에 묶여 있던 보트 중 한 척에서 로켓이 하늘 높이 휙 솟아올랐고, 순간 해협을 밝히더니 펑 하고 터졌다. 그 뒤 또 다른 로켓이 비스듬히 위로 날아가더니 이번에는 부두의 바로 끝에서 폭발했다.

"빌어먹을." 프레드 윌슨이 말했다. "우리도 저것 좀 몇 개 사러 마이애미로 보냈어야 했는데."

그날 밤은 휙휙거리며 터지는 로켓이 내는 빛으로 온통 반짝였다. 루퍼트와 그를 따라다니는 사람들은 다시 부두로 나오고 있었고, 루퍼트의 어깨에는 커다란 버드나무 케이스에 담긴 데미존이 매달려 있었다.

누군가가 보트에서 또다시 로켓을 발사하자, 로켓이 부두 바로 너머로 날아가 터지면서 군중과 그들의 어두운 얼굴, 목, 손 그리고 루퍼트의 납작한 얼굴과 넓은 어깨, 그의 머리맡에 놓여 있는 버드나무 케이스가 부드럽고 자랑스럽게 놓여 있는 모습을 환하게 비추었다.

"컵." 그는 뒤에 있는 사람들을 향해 어깨너머로 이렇게 말했다. "에나멜 컵."

"루퍼트 아저씨, 깡통 컵을 가져왔어요." 한 소년이 말했다.

"에나멜 컵." 루퍼트가 다시 말했다. "가서 가져와. 로이한테 사 오든가."

여기 돈이 있어."

"베리 권총을 가져와, 프랭크." 프레드 윌슨이 말했다. "저 예광탄들을 쏘아 올리고 새 예광탄을 사는 게 낫겠어."

루퍼트가 컵을 기다리고 있을 때 누군가가 소스 팬을 가져왔다. 루퍼트는 그 소스 팬에 술을 부었고, 소스 팬은 손에서 손으로 이어져 군중 사이를 떠돌았다.

"작은 사람들을 위하여." 루퍼트는 말했다. "마셔라, 중요하지 않은 사람들이여."

노래는 조직적이지는 않았지만 꾸준히 진행되고 있었다. 로켓이 터지자 어떤 보트에서는 라이플총과 권총을 발사하고 있었다. 브라운의 선창에서는 기관 단총이 수로 위로 예광탄을 날려 보내고 있었다. 이것은 세 발 또는 네 발씩 연속해서 작열했고, 총알이 가득 찼던 탄창 하나가 튀어나왔다. 기관 단총에서 나온 빨간 예광탄은 항구 위로 아름답게 호를 그리며 날아가고 있었다.

프랭크 하트가 베리 권총이 든 상자와 갖가지 예광탄을 가지고 선미로 내려갔을 때 에나멜 컵이 도착했다. 루퍼트의 시중꾼 하나가 컵에 술을 부어 잔을 돌리기 시작했다.

"여왕에게 축복이 있기를." 프랭크 하트는 이렇게 말했다. 그러고는 바비의 바에 있는 열린 창문을 겨냥하여 예광탄을 정통으로 쏘아 버렸다. 예광탄이 문 옆에 있는 콘크리트 벽을 맞히며 산호섬을 밝게 비췄다. 하얀 빛은 주변의 모든 것을 대낮같이 밝혔다.

"조심해." 토머스 허드슨이 말했다. "그러다가 사람이 맞으면 화상을 입을 수도 있어."

"조심은 무슨 망할 놈의 조심이야." 프랭크가 말했다. "판무관의 집도 맞힐 수 있는지 봐야겠어."

"그러다간 집이 타 버릴걸." 로저가 그에게 말했다.

"그럼 변상해 주지 뭐." 프랭크는 말했다.

잠시 후 불길이 하얀 초가집 쪽에서 치솟았지만 그것은 순간이었고, 판무관의 집 현관 바로 앞쪽에서 환하게 타올랐다.

"훌륭한 영감님." 프랭크가 총을 다시 장전하며 말했다. "우리가 애국적이든 아니든 그 개자식에게 똑똑히 보여 줘야겠어."

"조심해, 프랭크." 톰이 그에게 충고했다. "이렇게 거칠게 놀 필요는 없어."

"오늘 밤은 내 밤이야." 프랭크가 말했다. "여왕의 밤과 나의 밤. 비켜, 톰. 내가 브라운의 선창에 못을 박는 동안 말이야."

"선창에 휘발유가 있어." 로저가 말했다.

"오래 안 걸려." 프랭크가 그에게 말했다.

로저와 토머스 허드슨을 놀라게 하려고 매번 일부러 빗나가게 쏘는 것인지, 아니면 사실 잘 맞히지 못하는 것인지 알 수 없었다. 로저나 토머스 허드슨은 확신할 수 없었지만, 그들은 아무도 프랭크만큼 신호 권총을 쏘지 못한다는 걸 알고 있었다. 그리고 선창엔 휘발유가 있었다.

프랭크는 일어서서 마치 결투사처럼 왼팔을 옆구리에 대고 조심스럽게 조준을 한 다음 총을 쏘았다. 폭발음은 가스 드럼통이 쌓여 있는 곳에서 멀리 떨어진 독에 부딪혀 수로로 튕겨져 나갔다.

"이봐." 누군가가 브라운의 선창에 묶여 있는 배에서 소리쳤다. "도대체 뭐야?"

"거의 완벽한 사격이었어." 프랭크가 말했다. "이번에는 다시 판무관의 집을 노리겠어."

토머스 허드슨이 그에게 말했다. "그건 당장 집어치우는 게 좋을 거야."

"루퍼트." 프랭크가 토머스 허드슨의 말을 무시하며 소리쳤다. "그것 좀 마실 수 있을까?"

"네, 프랭크 선장님." 루퍼트가 말했다. "컵 있으세요?"

"컵 좀 가져다줘." 프랭크가 서서 자신을 지켜보고 있는 프레드에게 말했다.

"네, 프랭크 씨."

프레드는 펄쩍 뛰어서 컵을 가지고 돌아왔다. 그의 얼굴은 흥분과 기쁨으로 빛나고 있었다.

"판무관의 집을 정말로 불태우실 건가요, 프랭크 씨?"

"그가 불에 붙는다는 가정하에." 프랭크는 말했다.

그가 루퍼트에게 컵을 건네주자, 루퍼트는 컵의 4분의 3을 채운 다음 다시 돌려주었다.

"여왕에게, 신의 가호가 있기를." 프랭크가 단번에 컵을 비웠다.

럼주를 그렇게 마시는 것은 정말로 대단한 일이었다.

루퍼트는 "그녀에게 신의 가호가 있기를 바랍니다, 프랭크 선장님."이라고 엄숙하게 말했고, 다른 사람들도 따라서 말했다. "그녀에게 신의 가호가 있기를, 신의 가호가 있기를 빕니다."

"이제 판무관을 위하여." 프랭크는 말했다. 그는 바람을 약간 맞으며 허공을 향해 신호 권총을 똑바로 발사했다. 그는 낙하산 조명탄을 장전했고, 그것은 바람을 타고 순양함 선미 쪽으로 밝고 하얀 빛을 내며 떠내려갔다.

루퍼트는 "이번에는 완전히 빗나갔네요."라고 말했다. "왜 그러셨어요, 프랭크 선장님?"

"나는 그저 이 아름다운 경치를 밝히고 싶었을 뿐이야." 프랭크는 말했다. "판무관을 태워 버리는 일은 별로 급하지 않아."

"판무관은 잘 타오를 겁니다, 프랭크 선장님." 루퍼트가 충고했다. "내 말이 당신에게 영향을 끼치게 하고 싶지는 않지만, 두 달 동안 섬에 비가 오지 않았고 판무관은 불쏘시개처럼 바짝 말랐거든요."

"경찰은 어딨지?" 프랭크가 물었다.

"경찰은 간섭하지 않아요." 루퍼트가 말했다. "그러니까 경찰은 걱정하지 마세요. 이 부두에서 총을 쏜다 하더라도 그 어떤 경찰도 알아채지 못할 테니까요."

"이 부두에 있는 모든 사람들 또한 납작 엎드려 있어서 아무것도 보이지 않습니다." 군중 속에서 다시 목소리가 들려왔다. "아무 소리도 들리지 않습니다. 그리고 아무것도 보이지 않을 것입니다."

루퍼트는 "제가 명령을 내리죠."라고 재촉했다. "그러면 모두 얼굴을 돌릴 겁니다." 잠깐 말을 멈춘 다음, 그는 고무적으로, "저 오래된 집은 불쏘시개만큼 말라 있어요."

"어떻게 하는지 보자고." 프랭크가 말했다.

그는 또 다른 낙하산 조명탄을 장전한 다음 바람이 부는 방향으로 하늘을 향해 발사했다. 떨어지는 불꽃 속에 선창의 모든 사람들은 엎드려 있거나, 아니면 무릎을 꿇은 채 눈을 가리고 있었다.

"프랭크 선장님, 신의 가호가 있기를 빕니다." 불꽃이 사그라졌을 때 어둠 속에서 루퍼트의 깊고 엄숙한 목소리가 들려왔다. "그의 무한한 자비로 당신에게 판무관을 불태울 수 있는 용기를 주시기를 바랍니다."

"그의 아내와 아이들은 어딨지?" 프랭크가 물었다.

"우리가 그들을 데리고 나올게요. 걱정하지 마세요." 루퍼트가 말했다. "죄 없는 사람에게는 아무런 해도 끼치지 않을 겁니다."

"그를 태워 버릴까?" 프랭크는 조종실에 있는 다른 사람들 쪽으로 몸을 돌렸다.

"오, 집어치워,"라고 토머스 허드슨이 말했다. "빌어먹을."

"난 내일 아침에 떠날 거야." 프랭크가 말했다. "사실 난 괜찮아."

"그를 불태우자." 프레드 윌슨이 말했다. "원주민들이 좋아하는 것 같군."

"그를 불태우세요, 프랭크 선장님." 루퍼트가 또다시 재촉했다. "자네들은 어때?" 그는 다른 사람들을 향해 물었다.

"그를 태워라, 그를 태워라. 신은 당신에게 그를 태워 버릴 용기를 내릴 것입니다." 선착장에 있는 소년들이 말했다.

"태우지 않는 걸 바라는 자는 아무도 없나?" 프랭크가 그들에게 물었다.

"그를 태워요, 프랭크 선장님. 아무도 보지 못하니까요. 아무 소리도 들리지 않으니까요. 한마디도 못 할 겁니다. 어서 태워 버려요."

"연습 사격이 몇 번 더 필요해."라고 프랭크가 말했다.

"그를 태우려면 이 망할 보트에서 내리게나." 조니가 말했다.

프랭크는 그를 쳐다본 다음 로저와 부두에 있는 소년들이 보지 못하게 고개를 살짝 흔들었다.

"그는 이제 잿더미나 마찬가지야." 그가 말했다. "내 의지를 굳힐 수 있도록,

루퍼트, 딱 한 잔만 더 주게나."

그는 루퍼트에게 컵을 건넸다.

"프랭크 선장님." 루퍼트는 그에게 말을 걸기 위해 몸을 숙였다. "이것이 당신의 삶의 행위가 될 것입니다."

선착장에서 소년들이 새로운 노래를 시작했다.

"항구의 프랭크 선장

오늘 밤은 우리가 즐거웠던 밤."

그리고 잠시 멈추었다가 더 높은 소리로 불렀다…….

"항구의 프랭크 선장

오늘 밤은 우리가 즐거웠던 밤."

그다음 가사는 북을 울리듯 불렀다. 그들은 그렇게 계속 노래했다.

"판무관은 루퍼트를 더러운 검둥이 놈이라고 불렀지."

"프랭크 선장님은 신호 권총을 발사해 그를 태워 죽였지."

그들의 노래는 오랜 아프리카의 리듬으로 되돌아갔다. 론치선에 타고 있는 네 사람은 몸바사, 말린디, 라무 사이의 해안선 길에 연해 있는 강에서 흑인들이 나룻배 밧줄을 당기면서 이 노래를 부르는 것을 들은 적이 있었다. 흑인들은 힘을 모아 밧줄을 당기면서 즉흥적인 노래를 부르며 백인 손님들을 조롱했다.

"항구의 프랭크 선장

오늘 밤은 우리가 즐거웠던 밤.

항구의 프랭크 선장"

그 작은 음성들은 모욕적이고 절망적이면서도 도전적으로 점차 커져 갔다. 이어서 북이 울리는 소리가 들려왔다.

"오늘 밤은 우리가 즐거웠던 밤!"

"보이시나요, 프랭크 선장님?" 루퍼트가 조종실로 몸을 숙이며 재촉하듯 말했다. "행동을 하시기도 전에 이미 노래를 얻었군요."

"나도 상당히 빠져들고 있어." 프랭크가 토머스 허드슨에게 말했다. 그리고 나서 그는 루퍼트에게 "연습 사격 한 번 더,"라고 말했다.

"연습은 완벽을 만들죠." 루퍼트는 행복하게 말했다.

"프랭크 선장님은 지금 살인을 위해 연습하고 있습니다." 선착장에서 누군가가 말했다.

"프랭크 선장의 야생 멧돼지보다 더 사나워." 다른 목소리도 들려왔다.

"프랭크 대위는 남자야."

"루퍼트." 프랭크가 말했다. "한 잔 더 줘. 나를 격려하기 위해서가 아닌, 그저 조준을 더 잘하기 위해서."

"신이 인도하시길 바랍니다, 프랭크 선장님." 루퍼트가 컵을 채운 뒤 내려 보냈다. "프랭크 선장님의 노래를 불러라, 얘들아."

프랭크는 잔을 비웠다.

"마지막 연습 사격."이라고 말한 다음 그는 선미를 맞대고 있는 쾌속선 선실 바로 위로 신호탄을 쏘아 올려 그것이 브라운의 가스 드럼통에 맞고 튀어 물속으로 들어가게 했다.

"이 개자식아." 토머스 허드슨이 그에게 아주 조용히 말했다.

"닥쳐, 이 친구야." 프랭크가 토머스 허드슨에게 말했다. "이건 내 걸작이야."

바로 그때, 다른 순양함의 조종석에서 한 남자가 잠옷 바지만을 걸친 채 선미 위로 나와 소리쳤다. "이봐, 이 돼지 새끼야! 그만 좀 해, 응? 아래층 숙녀가 잠을 못 자고 있다고."

"숙녀?" 윌슨이 물었다.

"그래, 젠장, 숙녀." 그 남자가 말했다. "내 아내 말이야. 그리고 너희 더러운 자식들이 쏘아 대는 불꽃 때문에 그 숙녀를 포함해서 모두가 잠들지 못하고 있단 말이야."

"그렇다면 그 숙녀에게 수면제를 주는 게 어때?" 프랭크가 말했다. "루퍼트, 아이들한테 수면제 좀 사 오라고 해."

"당신 뭐 하고 있어? 왜 훌륭한 남편처럼 굴지 못하는 거지? 그러면 잠들 것 아냐. 마누라가 침울해 있으면 당신한테 불만이 있는 건지도 모르잖아.

상담사들이 언제나 내 마누라한테 하는 말이거든."

그들 사이에 거친 대화가 오갔다. 프랭크의 잘못이었다. 그는 하루 종일 술을 마셔 댔다. 그의 접근 방식은 처음부터 잘못되었다. 조니도, 로저도, 토머스 허드슨도 아무런 말도 하지 않았다. 하지만 프랭크와 그 남자는 그가 선미에 나와서 "개자식!"이라고 소리칠 때부터 정말 빠른 유격수와 2루 내야수처럼 함께 행동에 나섰다.

"이 더러운 돼지 새끼." 그 남자가 말했다. 어휘력이 별로인 듯한 그는 35에서 40세 사이로 보였다. 조종실 전등이 켜져 있음에도 나이를 자세히 알기는 어려웠다. 그는 하루 종일 얘기를 들은 사람치고 토머스 허드슨이 생각했던 것보다 훨씬 얼굴빛이 좋았다. 토머스 허드슨은 그가 틀림없이 잠을 좀 잔 것이라고 생각했다. 그리고 다음 순간, 토머스 허드슨은 그가 바비의 술집에서 잠을 잤다는 것을 기억해 냈다.

"숙녀에게 넴뷰탈(수면제)을 줘 봐." 프랭크가 그 남자에게 은밀한 말투로 말했다. "그녀에게 알레르기가 있는 게 아니라면 말이지."

"나는 그 숙녀가 왜 그렇게 불만스러운지 모르겠는걸." 프레드 윌슨이 그 남자에게 말했다. "도대체 왜? 당신은 체격도 정말 좋은데 말이야. 정말 빌어먹을 정도로 좋아 보인다고. 그 정도 몸이라면 당신은 라켓 클럽 사람들에게 공포의 대상일 거라고 봐. 그렇게 멋진 몸매를 유지하려면 비용이 얼마나 들지? 프랭크, 자네도 한번 봐봐. 저렇게 비싸게 생긴 남자의 상체를 본 적이 있어?"

"그나저나 나리, 실수를 하셨습니다요." 프랭크가 말했다. "파자마를 잘못 입었군요. 솔직히 말하면 잠옷을 그렇게 입은 사람은 한 번도 보지 못했는데, 당신 정말 그렇게 입고 잠자리에 드슈?"

"이 입이 더러운 돼지들아, 숙녀가 잠 좀 자게 할 수 없냐고!" 남자가 말했다.

"그냥 아래로 내려가는 게 어때." 프랭크가 그에게 말했다. "여기서 욕지거리나 하고 있다가는 문제가 생길 게 뻔한데. 네 뒤를 봐 줄 집사도 없고 말이야. 참, 네 집사가 학교에는 데려다 주나?"

"그는 학교에 가지 않아, 프랭크." 프레드 윌슨은 기타를 치면서 말했다. "그는 다 큰 소년이야. 사업가라고. 저런 거물급 사업가를 왜 알아보지 못하지?"

"야, 네가 사업가냐?" 프랭크가 물었다. "그러면 지금 당장 네 선실로 내려가는 것이 너에게 이익인 사업이라는 것을 알고 있을 텐데. 여기서 이런다고 네게 좋을 건 없거든."

"그의 말이 맞아." 프레드 윌슨이 말했다. "당신은 우리와 함께할 미래가 없어. 그냥 선실로 내려가. 조금 있으면 이 소음에도 익숙해질 테니."

"이 더러운 돼지들아." 그 남자가 다시 이렇게 말하며 그들 모두를 쳐다보았다.

"제발 그 아름다운 몸뚱이를 선실로 좀 내려다 놓으라고, 응?" 윌슨이 말했다. "난 네가 그 숙녀를 꼭 재울 수 있을 거라고 확신해."

"이 돼지야." 그 남자가 말했다. "썩은 돼지 새끼."

"다른 욕은 생각이 안 나나?" 프랭크가 말했다. "돼지는 점점 지겨워지고 있다고. 감기 걸리기 전에 빨리 내려가는 게 좋을 거야. 내가 그런 아름다운 가슴 근육을 가지고 있다면 이렇게 바람이 부는 밤에 위험을 무릅쓰지는 않은 텐데 말이지."

그 남자는 그들 모두를 어떻게든 기억하려는 것처럼 쳐다보았다.

"그래, 그래, 우리를 기억할 수 있을 거야." 프랭크가 그에게 말했다. "만일 그렇지 않다면 내가 너를 볼 때마다 상기시켜 줄게."

"이 더러운 놈." 그는 마지막으로 이렇게 말한 다음, 돌아서서 아래로 내려갔다.

"저 남자는 누구지?" 조니 구드너가 물었다. "어디선가 본 적이 있는 것 같은데."

"나는 그를 알고 그도 나를 알아." 프랭크는 말했다. "별로 좋은 사람이 아니야."

"그가 누군지 기억이 안 나?" 조니가 물었다.

"알아. 바보라는 거." 프랭크가 말했다. "그것 말고는 그가 누구라는 것이 뭔 상관인데?"

"상관없지." 토머스 허드슨이 말했다. "하지만 자네 둘은 확실히 그에게 달려들었어."

"바보를 보면 당연히 해야 할 일이야. 그에게 달려들어라. 게다가 그렇게 무례하게 굴지는 않았어."

"나는 자네들이 그에게 동정심이 전혀 없다는 걸 충분히 보여 줬다고 생각하는데." 토머스 허드슨이 말했다.

"방금 개 짖는 소리가 들렸어." 로저가 말했다. "신호탄이 개를 놀라게 한 모양이야. 이제 그만 쏘자고. 그리고 자네가 재미를 보고 있다는 건 알겠네, 프랭크. 살인을 저지른다 해도 벌을 받지는 않을 거야. 하지만 불쌍한 개를 놀라게 할 이유는 없지 않나?"

"개 짖는 소리는 그의 아내가 낸 소리일 거야." 프랭크가 쾌활하게 말했다. "신호탄 하나를 그의 선실 위로 쏘아 올려서 그 안의 모든 장면을 비춰 보자."

"아무래도 난 여기서 빠져나가야겠어." 로저가 말했다. "자넨 늘 내가 싫어하는 방식으로 농담을 해. 나는 자동차로 농담을 하는 것이 재미있다고 생각하지 않아. 취중 비행이 재미있다고 생각하지 않고. 개를 겁주는 것도 웃기지 않아."

"아무도 자네더러 남으라고 하지 않았어." 프랭크가 말했다. "어쨌든 최근 들어 자넨 모두에게 골칫거리였거든."

"뭐?"

"그래, 자네와 톰이 설교하는 거 말이야. 자네들의 설교는 그 어떤 재미도 망쳐 버리지. 자네들은 개혁된 부랑배들이야. 물론 한때는 재미있게들 놀았지. 하지만 이제 누구도 그럴 수 없어. 자네와 자네의 그 새로운 사회적 양심 때문에."

"그럼 내가 브라운의 선창에 불을 지르지 않는 편이 좋겠다고 생각하면 그것이 사회적 양심인가?"

"그래, 그 하나의 형태일 뿐이지. 게다가 자넨 좀 심해. 해안에서도 자네 얘기를 들었어."

"자네야말로 그 권총을 들고 다른 데 가서 노는 게 어때?" 조니 구드너가 프랭크에게 말했다. "자네가 그렇게 거칠어지기 전까지는 우리 모두 즐거웠거든."

"그래서 자네도 거칠어진 거로군." 프랭크가 말했다.

"조금만 진정하지." 로저가 그에게 경고했다.

"여기서 여전히 즐거운 시간을 보내고 싶어 하는 사람은 나밖에 없는 모양이로군." 프랭크는 말했다. "자네들은 모두 위대하고 지나치게 성장한 종교적 광신자, 자원 봉사자, 위선자들이야."

"프랭크 선장님." 루퍼트는 부두의 가장자리에서 몸을 숙였다.

"루퍼트만이 내 유일한 친구야." 프랭크가 고개를 들었다. "응, 루퍼트?"

"프랭크 선장님, 판무관은요?"

"그를 불태울 거야, 루퍼트 올드 보이."

"신의 가호가 있기를, 프랭크 선장님." 루퍼트가 말했다. "럼주 좀 더 드실래요?"

"이제 괜찮아, 루퍼트." 프랭크가 그에게 말했다. "모두 엎드려."

"모두 엎드려." 루퍼트가 선착장의 사람들을 향해 명령했다. "납작."

프랭크는 부두의 가장자리를 향해 총을 발사했고, 조명탄은 판무관의 집 현관에서 조금 떨어진 자갈이 깔린 산책로에 떨어지면서 불탔다. 선착장에 있던 소년들이 신음 소리를 냈다.

"빌어먹을." 루퍼트가 말했다. "거의 맞출 뻔했는데 운이 없었네요. 재장전하시죠, 프랭크 선장님."

그들의 배와 선미를 맞대고 있던 순양함 조종실에서 불이 켜졌다. 그리고 그 남자가 다시 나왔다. 이번에 그는 흰 셔츠와 흰 오리 바지를 입고 운동화를 신고 있었다. 머리는 가지런히 빗어져 있었고 하얀 점들이 드러난 그의 얼굴은 붉은빛이었다. 선미에서 그와 가장 가까운 위치에 있는 사람은 조니였다. 조니는 등을 돌리고 있었고, 그의 옆엔 로저가 우울한 표정으로 앉아 있었다. 선미 사이엔 약 3피트의 간격이 있었다. 그 남자는 선미에 올라서더니 로저를 손가락으로 가리켰다.

"이 얼간아." 그가 말했다. "이 더러운 쓰레기야."

로저는 그저 놀란 얼굴로 그 남자를 올려다보았다.

"그거 지금 나한테 한 말이지?" 프랭크가 그에게 말했다. "그리고 돼지였잖아, 얼간이가 아니라."

그 남자는 프랭크를 무시한 채 로저에게 계속 덤벼들었다.

"이 뚱뚱한 얼간이." 그 남자는 거의 숨이 막힐 듯 말을 뱉어 냈다. "이 사기꾼아, 이 바보야, 이 비열한 사기꾼아, 이 형편없는 작가와 형편없는 화가."

"지금 누구랑 무슨 얘길 하는 거야?" 로저가 일어섰다.

"당신, 넌 얼간이야. 이 사기꾼. 이 겁쟁이. 오, 이 얼간이. 이 더러운 놈아."

"당신 미쳤군." 로저가 조용히 말했다.

"뭐, 이 얼간아." 그 남자는 두 배를 갈라놓은 물웅덩이를 가로질러, 누군가가 창살은 없고 구덩이만 있는 현대 동물원의 동물에게 모욕을 주는 것처럼 말했다. "이 사기꾼아."

"저 자식 지금 나한테 얘기하는 거야." 프랭크가 행복하게 말했다. "어이, 나 몰라? 내가 그 돼지야."

"당신 말이야." 남자가 계속해서 로저를 손가락으로 가리켰다. "이 사기꾼아."

"이봐." 로저가 그에게 말했다. "너는 내게 말을 하고 있는 게 아니야. 그냥 내가 했던 말을 뉴욕 사투리로 앵무새처럼 반복할 뿐이지."

로저는 마치 그 남자가 정말로 자신의 말을 이해하고 입을 다물기를 바라는 것처럼 합리적이고 참을성 있게 말했다.

"이 얼간이!" 그 남자는 소리쳤다. 그는 심지어 그가 분장하고 있는 이 히스테리 속으로 점점 더 깊이 빠져들고 있는 것 같았다. "이 썩을 놈의 더러운 사기꾼아."

"내게 하는 말이 아니길 바라." 로저는 그저 이렇게 조용히 그에게 같은 말을 되풀이했고 토머스 허드슨은 그가 무언가를 결심한 듯한 표정을 보았다. "그러니 이제 입 다물어. 나랑 얘기하고 싶으면 선착장으로 가자고."

로저는 먼저 선착장으로 출발했고, 이상하게도 그 남자는 그가 원하는 만큼 빠르게 선착장으로 올라왔다. 그는 자기 자신을 설득한 듯 보였다. 흑인들은 뒤로 물러나 두 사람을 위해 충분한 자리를 만들어 주었다.

토머스 허드슨은 그가 부두에 올라섰을 때 어떤 일이 일어날지 예상하지 못했다. 그 누구도 아무런 말도 하지 않았고, 그들 주위에는 온통 검은 얼굴들이 가득했다. 그는 로저를 향해 먼저 주먹을 날렸고, 로저는 그의 입을 왼손으로 때렸다. 그러자 그의 입에서 피가 나기 시작했다. 그가 다시 로저에게 주먹을 휘둘렀고, 로저는 그의 오른쪽 눈을 두 번 세게 가격했다. 로저는 오른손으로 남자의 배 쪽 옷을 잡아 찢어 버린 뒤 세게 밀쳤고, 그 뒤 왼손 손등으로 얼굴을 세게 때렸다.

흑인들 중 그 누구도 한마디도 하지 않았다. 그들은 단지 두 사람을 둘러싼 채 그들에게 충분한 공간을 만들어 줄 뿐이었다. 누군가가 부두의 불을 켜서 잘 보이게 만들었다. 톰은 그것이 존의 아들 프레드라고 생각했다.

로저는 그 남자를 뒤쫓아 가서 머리가 젖혀지도록 세 번 빠르게 훅을 날렸다. 그 남자는 그를 붙잡았고, 로저가 그를 밀쳐내 그의 입을 두 번 잽싸게 때리면서 그의 상의는 다시 찢어졌다.

"왼손은 집어치워." 프랭크가 소리쳤다. "오른손으로 그 개자식을 던져 버리라고. 그리고 항복시켜."

"나한테 할 말 있어?" 로저는 그 남자에게 이렇게 말한 뒤 다시 한 번 그의 입을 세게 가격했다. 남자는 입에서 피를 심하게 흘리고 있었고, 얼굴 오른쪽 전체가 부어오르고 있었다. 오른쪽 눈은 거의 감긴 채였다.

그 남자는 로저를 붙잡은 뒤 자신의 가슴으로 끌어당겨 그를 안정시켰다. 남자는 그저 숨을 가쁘게 몰아쉬고 있을 뿐 아무 말도 하지 않았다. 로저는 남자의 두 팔꿈치 안쪽에 엄지손가락을 대고 있었는데, 톰은 그가 엄지손가락을 이두근과 팔뚝 사이의 힘줄에 대고 앞뒤로 문지르는 것을 볼 수 있었다.

"이 개자식아, 너 나한테 피 흘리지 마." 로저가 이렇게 말하고는 느슨해진 왼손을 빠르게 들어 올리더니 그 남자의 머리를 뒤로 젖혔다. 그런 다음 다시 그의 얼굴을 손등으로 때렸다.

"이제 새 코를 얻을 수 있겠네." 로저가 말했다.

"꼼짝 못 하게 만들어 버려, 로저. 꼼짝 못 하게." 프랭크가 그를 다그쳤다.

"프랭크가 뭘 하는지 모르겠어?" 프레드 윌슨이 말했다. "그는 지금 로저를 망치고 있어."

그 남자는 로저를 붙잡았고, 로저가 다시 그를 붙잡고 밀어냈다.

"때려 봐." 로저가 말했다. "때려, 때리라고."

그 남자는 그를 향해 주먹을 휘둘렀고, 로저는 재빨리 피한 다음 또다시 그를 붙잡았다.

"이름이 뭐야?" 로저가 그 남자에게 말했다.

남자는 대답하지 않았다. 그는 마치 천식으로 죽어 가고 있는 사람처럼 숨만 쉬었다.

로저는 다시금 엄지손가락으로 그의 팔꿈치 안쪽을 누르며 남자를 다시 붙잡고 있었다. "힘 좀 쓰는 개자식이로군." 로저가 그 남자에게 말했다. "대체 누가 너한테 싸움깨나 할 것 같다고 말한 거야?"

그 남자는 힘없이 로저를 향해 주먹을 휘둘렀고, 로저는 그를 붙잡아 앞으로 끌어당긴 뒤 살짝 돌린 다음 오른쪽 주먹 밑바닥으로 그의 귀를 두 번 때렸다.

"이제 사람들이랑 어떻게 대화해야 하는지 좀 배웠어?" 로저는 그 남자에게 물었다.

"그 남자 귀 좀 보세요." 루퍼트가 말했다. "포도송이 같아요."

로저는 다시금 엄지손가락을 남자의 이두근 힘줄에 대고 세게 그를 잡고 있었다. 토머스 허드슨은 그 남자의 얼굴을 주시하고 있었다. 그는 처음에는 겁먹지 않았다; 돼지처럼 비열했다; 정말 비열한 멧돼지. 하지만 지금은 정말로 완전히 겁에 질려 있었다. 그는 지금껏 아무도 말리지 않는 싸움에 대해 한 번도 들어 본 적이 없을 것이다. 아마도 그는 그가 읽은 이야기들 중 일부에 만약 싸우다가 쓰러지면 발에 차여 죽는다는 것에 대해 생각했을 것이다. 그는 여전히 싸우려고 했다. 로저가 그를 때리거나 밀어낼 때마다 그는 힘없이 펀치를 날리려고 했다. 그는 결코 멈추지 않았다.

로저가 그를 밀쳐내 버렸다. 밀려난 그는 비틀거리며 선 채 로저를 쳐다보았다. 로저가 그를 꼼짝 못 하도록 붙잡고 있지 않을 때는 그의 얼굴에 공포가 약간 가시고 비열함이 되돌아왔다. 그는 그렇게 거기 서 있었다. 그리고 몹시 다친 채였다. 얼굴은 망가지고, 입에서는 피가 흐르고, 귀는 혈관이 하나하나 뭉쳐 크게 부풀어 마치 무르익은 무화과 열매 같았다. 로저가 그로부터 떨어져 있자, 공포가 사라지고 불멸의 비열함이 또다시 솟아났다.

"뭐 할 말 있어?" 로저가 그에게 물었다.

"얼간이." 남자가 말했다. 그는 턱을 끌어당기고 손을 쳐들더니 구제불능의 아이들이 그러듯 몸을 반쯤 돌렸다.

"올 것이 왔군요." 루퍼트가 말했다. "이젠 쓰러질 겁니다."

그러나 극적이거나 과학적인 것은 없었다. 로저는 재빨리 그 남자가 서 있는 곳으로 가서는 왼쪽 어깨를 쳐들고 오른손 주먹을 밑으로 내려뜨렸다가 다시 위로 훑어 올리며 그의 옆머리를 쳤다. 그는 무릎을 꿇고 주저앉았다. 그러고는 이마가 선착장 바닥에 닿으며 쓰러졌다. 그는 그 자세 그대로 조금 기어갔다. 로저는 선창가로 가서 몸을 휙 돌리면서 쾌속선의 조종석으로 들어갔다.

그 남자의 요트 승무원들이 그를 들어다 배로 옮겼다. 그들은 선착장에서 일어난 일에 간섭하지 않았다. 그저 축 늘어진 남자를 일으켜 세워 배로 옮길 뿐이었다. 구경하던 흑인들 가운데 몇몇은 그들이 그를 선미에서 배 안으로 끌고 내려가는 것을 거들어 주었다. 그들은 그를 안으로 데리고 들어간 뒤 문을 닫아 버렸다.

"그는 의사의 진찰을 받아야 할 거야." 토머스 허드슨은 말했다.

"선착장 바닥에 세게 부딪히지는 않았어." 로저가 말했다. "그냥 살짝 쓰러진 것뿐이야."

"마지막에 귀를 얻어맞은 건 별로 치명적이진 않을 거야." 조니 구드너는 말했다.

"자네는 그 친구 얼굴을 망쳐 놓았어." 프랭크가 말했다. "그리고 귀도 말이야. 나는 귀가 그렇게 빨리 붓는 것을 처음 봤어. 처음에는 포도송이 같더니 나중에는 오렌지처럼 둥글둥글해지더군."

"역시 맨손 싸움은 끝이 좋지 않아." 로저가 말했다. "보통 사람들은 맨손 맛이 어떤지 몰라. 어쨌든 다시는 그를 만나지 않으면 좋겠어."

"자네는 그를 다시 만나도 알아볼 수 없을 거야."

"빨리 정신이 들면 좋겠군." 로저가 말했다.

"아름다운 싸움이었습니다, 로저 씨." 프레드가 말했다.

"싸우는 건 지옥이야." 로저가 말했다. "도대체 왜 이런 일이 일어나야만 했을까?"

"그분이 스스로 자초한 거니까요." 프레드가 말했다.

"걱정 같은 건 그만둬." 프랭크가 로저에게 말했다. "수많은 사람들이 그렇게 맞아 기절해도 결국 괜찮아지는 걸 봤으니까."

선착장에 있던 소년들은 두 남자의 싸움에 대해 한마디씩 하면서 뿔뿔이 흩어져 가 버렸다. 그 남자가 승무원들에 의해 배 안으로 옮겨질 때 그의 표정에는 그들이 싫어하는 그 무엇이 있었다. 판무관의 저택을 불사르라는 요구는 어느덧 차츰 증발해 가고 있었다.

"그럼 안녕히 주무세요, 프랭크 선장님." 루퍼트가 말했다.

"가는 거야, 루퍼트?" 프랭크가 그에게 물었다.

"바비 아저씨 술집에서 무슨 일들이 벌어지고 있는지 가 볼까 생각 중이에요."

"좋은 밤 보내게." 로저가 말했다. "내일 봐."

로저는 기분이 매우 언짢았다. 그의 왼손 역시 포도송이처럼 부어올랐다. 오른손도 부었으나 그렇게 심하지는 않았다. 셔츠가 찢어져 가슴 아래로 펄럭이는 점을 제외하고는 그가 싸웠다는 흔적은 찾아볼 수 없었다. 그 남자가 로저의 머리통을 한 번 후려갈긴 부분에 조그만 혹이 돋았다. 조니는 그의 손마디가 벗겨지고 찢어진 곳에 머큐로크롬(살균제)을 발라 주었다. 로저는 심지어 자기 손을 들여다보지도 않았다.

"바비의 집에 가서 재미있는 일이 있는지 보자고." 프랭크는 말했다.

"아무 걱정하지 마, 로저." 프레드 윌슨이 이렇게 말하고 선창으로 올라갔다. "걱정하는 건 오직 애송이들뿐이야."

그들은 기타와 밴조를 들고 부두를 따라 폰세 데 레온의 열린 문으로 불빛과 노래가 흘러나오는 곳을 향해 걸어갔다.

"프레디는 꽤 좋은 녀석이야." 존이 토머스 허드슨에게 말했다.

"그래, 항상 그랬지." 토머스 허드슨이 말했다. "하지만 그와 프랭크는 사이가 안 좋아."

로저는 아무 말도 하지 않았고, 토머스 허드슨은 그와 다른 것들에 대해 걱정했다.

"우리 이만 들어가는 게 어때?" 토머스 허드슨이 그에게 말했다.

"하지만 그 작자가 걱정돼." 로저가 말했다.

그는 선미 쪽으로 등을 돌리고 앉아 침울한 표정으로 오른손을 잡고 있었다.

"자, 이제 그럴 필요 없어." 존이 아주 조용히 말했다. "지금 멀쩡하게 걸어 다니고 있으니까."

"정말?"

"지금 이쪽으로 오고 있거든. 산탄총을 들고 말이지."

"나는 슬픈 개자식이 될 거야." 로저가 말했다. 그러나 그의 목소리는 다시 밝아져 있었다. 그는 선미 쪽으로 등을 돌리고 앉은 채 절대로 뒤돌아보지 않았다.

그 남자는 이번에는 잠옷 상의와 바지를 입고 선미에 나왔지만, 그보다 먼저 눈에 띈 것은 산탄총이었다. 토머스 허드슨은 산탄총에서 그 남자의 얼굴로 시선을 돌렸는데, 그의 얼굴은 상태가 매우 좋지 못했다. 뺨에는 거즈와 테이프가 잔뜩 붙어 있었고 머큐로크롬이 흠뻑 발라져 있었다. 귀에는 아무런 치료도 하지 않은 듯했다. 상처가 너무 심해서 차마 건드릴 수가 없었던 것 같다. 그의 귀는 퉁퉁 부은 채 빳빳하게 서 있었다. 그래서인지 귀는 그의 얼굴에서 가장 도드라져 보였다. 아무도 말이 없었다. 그 남자는 이지러진 얼굴을 하고 산탄총을 든 채 서 있었다. 그는 눈이 퉁퉁 부어 앞을 또렷하게 볼 수 없었을 것이다. 그는 그냥 거기에 선 채 아무 말도 하지 않았다. 다른 누구도 말이 없었다.

로저는 천천히 머리를 돌려 그를 보았다. 그러고는 어깨 너머로 말했다. "총은 집어치우고 잠이나 자."

그 남자는 총을 갖고 그대로 서 있었다. 그의 퉁퉁 부은 입술이 움직였으나 그는 아무 말도 하지 않았다.

"너는 너를 등지고 있는 사람을 총으로 쏠 만큼 비열한 인간이지만, 그렇다고 쏠 만한 용기가 있는 인간도 아니지." 로저는 어깨 너머로 조용히 말했다.

"총은 집어치우고 빨리 잠이나 자러 들어가."

로저는 여전히 등을 돌리고 앉아 있었다. 그런 다음 그는 토머스 허드슨이 끔찍한 기회라고 생각했던 것을 놓치지 않았다.

"자네들도 저자를 보고 잠옷을 입고 있는 맥베스 부인이 연상되지 않나?" 그는 선미에 있는 다른 세 사람을 향해 말했다.

토머스 허드슨은 그때 최종적인 순간을 기다렸다. 그러나 그의 예상과는 다르게 아무 일도 일어나지 않았다. 잠시 후, 그 사람은 돌아서서 산탄총을 들고 선실 안으로 들어갔다.

"기분이 훨씬 나아졌는걸." 로저는 말했다. "땀이 겨드랑이 밑에서 다리까지 흘러내리는 게 다 느껴질 정도였다니까. 집으로 가세나, 톰. 다행히 저 친구, 아무 탈도 없군."

"그렇지는 않아." 조니가 말했다.

"저 정도면 괜찮아." 로저가 말했다. "어찌나 인간다운 녀석인지."

"자, 로저." 토머스 허드슨이 말했다. "우리 집에 잠깐 오지."

"좋아."

그들은 존에게 잘 자라고 인사한 다음 킹스 고속도로를 따라 집 쪽으로 걸어갔다. 아직도 많은 축하 행사가 열리고 있었다.

"폰세로 갈 텐가?" 토머스 허드슨이 물었다.

"싫어." 로저가 말했다.

"프레드한테 그 남자가 괜찮다고 말해 주고 싶은데."

"그렇게 하게나. 나는 자네 집으로 먼저 가 있겠네."

토머스 허드슨이 집에 도착했을 때 로저는 스크린 현관의 맨 위, 섬 끝에 있는 침대에 엎드려 있었다. 날은 어두웠고 행사로 떠들썩한 사람들의 소리는 이제 거의 들리지 않았다.

"자나?" 토머스 허드슨이 그에게 물었다.

"아니."

"한잔하겠나?"

"별로 생각 없어. 고맙네."

"손은 어때?"

"그냥 조금 부었고 쑤실 뿐이야. 아무것도 아니야."

"또 기분이 우울한가?"

"그래, 심각해."

"애들은 아침에 올 거야."

"잘됐군."

"정말 한잔 더 안 하겠나?"

"아냐, 이 자식. 그냥 넌 마셔."

"난 위스키와 소다 한잔 마시고 자겠네."

토머스 허드슨은 아이스박스로 가서 음료를 섞은 다음, 스크린 현관으로 돌아와 로저가 누워 있는 침대의 옆 어둠 속에 자리를 잡았다.

"부랑배들이 정말 많이 돌아다닌다니까." 로저는 말했다. "그 친구, 질이 좋지 않았어."

"그래서 자네가 혼쭐을 내주었지."

"아니, 난 그렇게 생각하지 않아. 나는 그를 모욕했고 망쳐 놨어. 하지만 결국 그는 그걸 다른 사람에게 풀 거야."

"그가 자초한 일인걸."

"그렇지. 하지만 내가 제대로 끝내지 못했어."

"거의 죽여 놓았잖아?"

"내가 의미하는 건 그게 아니야. 이제 그 친구는 더 못되질 거야."

"하지만 난 자네가 그 친구를 정신이 들 정도로 잔뜩 혼을 내주었다고 생각하는데."

"아냐, 그렇지 않아. 해안에서도 마찬가지였어."

"정말 그곳에서 무슨 일이 있었던 거야? 여기 돌아온 후에도 아무 말도 하지 않았잖아."

"싸움이 있었어. 좀 전에 그랬던 것과 비슷한."

"누구하고?"

그는 그의 업계에서 상당히 높은 지위에 있는 사람의 이름을 입에 올렸다.

"나는 정말로 그 일에 관여되고 싶지 않았어." 로저는 말했다. "그 일은 내가 여자 문제로 고민을 하던 때 어느 집에서 일어났지. 엄밀히 따지면 난 거기에 있으면 안 됐어. 그러나 그날 밤 난 그 친구한테 도전을 받았어. 오늘 밤보다 훨씬 심했지. 나는 끝내 참을 수가 없어서 그에게 한 방 먹였다네. 아무 생각도 없이 정말 그냥 한 대 먹인 거야. 그런데 그가 힘없이 쓰러지면서 수영장으로 내려가는 대리석 계단에 머리를 부딪혔지. 그 집의 수영장 옆에서 일어난 일이었거든. 그는 이후 3일 째 되는 날 레바논의 세다르스 병원에서 퇴원했지. 그렇게 나는 살인을 겨우 면한 거라네. 하지만 그들은 모든 것을 조작했어. 그들만큼 나에게도 증인들이 있었더라면 나 또한 쉽게 조작했을 거야."

"그래서?"

"그래서 그가 일자리로 돌아온 뒤에 제대로 된 누명을 씌웠지. 손잡이까지 달아서."

"뭐였나?"

"그냥 모든 것. 시리즈로."

"나한테도 말해 주고 싶은가?"

"아니, 자네에게 얘기해 봐야 득이 되는 건 없을 거야. 그냥 내 말을 그대로 믿으면 돼. 그건 조작이었어. 너무도 무시무시해서 아무도 말하지 않지. 자네 눈치 챘나?"

"어느 정도는."

"그래서 나는 오늘 밤 별로 기분이 좋지 않았어. 여긴 나쁜 놈들이 많이 돌아다녀. 정말로 나쁜 놈들이. 하지만 그런 놈들을 때려 봤자 아무런 해결도 나지 않지. 바로 그 점이 그들이 자네를 도발하는 이유들 중 하나라고 생각하네." 그는 침대 위에서 몸을 돌려 벌렁 드러누웠다. "자네도 알겠지만, 악은 지독한 거야. 또 영악하기도 하고. 알다시피 그들도 옛날에는 선악을 조금이라도 구분할 수 있었겠지."

"많은 사람들이 자네를 아주 선하다고만 생각하진 않을 거야." 토머스 허드슨은 그에게 말했다.

"물론 나도 그렇다고 생각해. 심지어 선하지 않을 뿐더러 선함에 가깝지도 않지. 그래도 나 스스로가 그런 사람이 된다면 좋겠어. 단지 악의 반대편에 서 있다고 해서 선한 게 아니야. 나는 오늘 밤 악에 반대편에 서 있었고 나 자신도 악이었어. 그런 감정이 파도처럼 다가오는 게 느껴졌지."

"모든 싸움은 나쁜 거라네."

"알고 있어. 하지만 그렇게 돼 버린 걸 어떻게 하겠어."

"싸움은 시작할 때 이겨야 해."

"물론이지. 그러나 싸움이 시작되는 순간부터 나는 거기에서 쾌감을 얻었어."

"그가 싸움을 제대로 할 줄 알았더라면 자네는 더 큰 즐거움을 느꼈겠군."

"그랬겠지." 로저는 말했다. "하지만 지금은 모르겠어. 나는 그들을 파멸시키고 싶어. 싸움에서 즐거움을 느끼게 되는 순간, 그때부터는 싸우는 상대와 점점 똑같은 것이 된다네."

"그는 굉장한 놈이었어." 토머스 허드슨은 말했다.

"그는 지난번 해안에서보다 더 나쁠 수는 없었어. 톰, 문제는 그런 자들이 아주 많다는 거야. 어느 나라고 그런 자들이 있어. 그리고 그들은 매일같이 늘어나고 있지. 시대가 좋지 않아, 토미."

"자네는 언제 그들이 좋았다고 생각하나?"

"우리는 언제나 좋았지."

"물론. 우린 어딜 가나 즐거웠으니까. 하지만 시대가 좋지 않았어."

"난 전혀 몰랐어." 로저가 말했다. "모두가 자신이 선하다고 말하지만 모든 사람은 나빠. 남들이 돈을 가졌을 때 나는 가지지 못했어. 그리고 내가 돈을 좀 가졌을 때는 정말 안 좋을 때였지. 하지만 사람들은 항상 이렇게까지 나쁘거나 악하지 않았어."

"자네는 질 나쁜 사람들과 잘 어울렸어."

"가끔은 좋은 사람들도 만났지."

"많진 않았지."

"많아. 자네는 내 친구들을 다 모르잖아."

"자네가 어울리는 친구들은 대부분 버릇이 안 좋아."

"그럼 오늘 밤 그 친구들은 누구의 친구들이었지? 자네의 친구들이었나, 내 친구들이었나?"

"우리의 친구들. 하지만 그들은 그렇게 나쁘진 않아. 쓸모는 없지만 악하진 않다고."

"아니." 로저가 말했다. "나는 그렇게 생각하지 않아. 프랭크는 아주 나빠. 몹시 나쁘지. 나도 그가 악하다고는 생각 안 해. 하지만 프랭크에게는 내가 이 이상 받아들일 수 없는 요소가 많아. 그 남자와 프랭크는 너무 빨리 악해졌어."

"나는 선함과 악함에 대해서는 알아. 오해하거나 모르는 척하려는 게 아니야."

"나는 선함에 대해서는 잘 몰라. 항상 선하지 못했기 때문이지. 하지만 악함은 다른 이야기야. 내 전문이라고. 악함은 알아볼 수 있어."

"오늘 밤이 이렇게 형편없었던 건 정말로 유감이네."

"그냥 기분이 우울하군."

"그럼 이만 자겠나? 여기서 자는 게 나을 거야."

"고마워. 폐가 안 된다면 여기서 잠을 좀 잘게. 그 전에 서재에 들어가서 잠시 독서를 할 생각이야. 지난번 내가 여기 왔을 때 자네가 갖고 있던 호주의 얘기책들은 어디 있지?"

"헨리 로슨의?"

"맞아."

"내가 가져오지."

잠시 후 토머스 허드슨은 잠자리에 들었다. 그가 밤중에 잠시 깼을 때는 아직 서재에 불이 켜져 있었다.

5

다음 날 아침 토머스 허드슨이 일어났을 때 밖에는 가벼운 동풍이 불고 있었고, 평지에 여기저기 깔려 있는 모래들은 푸른 하늘 아래 새하얗게 반짝였다. 바람 따라 흘러가는 높고 조그마한 구름들은 푸른 바다 위에 검은 반점들을 만들어 주었다. 풍차의 날개가 미풍에 천천히 돌고 있었다. 상쾌하면서도 기분을 신선하게 해 주는 바람이었다.

로저는 떠나고 없었다. 토머스 허드슨은 혼자서 식사를 하면서 어제 배달된 신문을 읽고 있었다. 그는 신문을 아침 식사를 하며 읽으려고 챙겨 놓았었다.

"아이들은 몇 시에 도착하나요?" 조셉이 물었다.

"정오 무렵."

"점심은 여기서 먹겠죠?"

"그래."

"로저 씨는 제가 왔을 때 이미 안 계셨어요." 조셉이 말했다. "아침도 드시지 않았구요."

"아마 곧 다시 올 거야."

"어떤 아이가 말하기를 딩기를 타고 나가시는 걸 봤대요."

토머스 허드슨은 아침 식사와 신문 읽기를 마친 뒤 바다 쪽 현관으로 나가서 그림을 그렸다. 그림은 잘 그려졌고, 로저가 집 안으로 들어와 계단을 올라오는 소리를 들을 때쯤엔 거의 마무리가 되어 가고 있었다.

로저는 어깨너머로 그림을 쳐다보며 말했다. "왠지 잘 될 것 같은데."

"그럴지도 모르지."

"자네는 이 물기둥들을 어디서 보았나?"

"본 적 없어. 이 그림은 주문을 받고 그리는 거야. 자네 손은 어떤가?"

"여전히 부어 있지."

로저는 그가 일하는 것을 지켜보고 있었다.

"손만 이렇지 않았다면 모든 것을 악몽에 불과한 것으로 여길 수 있었을 텐데."

"정말 지독한 악몽."

"어젯밤 그 친구가 정말로 산탄총을 들고 나왔었나?"

"모르겠어." 토머스 허드슨은 말했다. "관심도 없고."

"미안." 로저가 말했다. "나, 갈까?"

"아냐, 그냥 여기 있어. 거의 다 끝났어. 자네한테 신경 쓰지 않을게."

"동이 트자마자 그들은 떠나 버렸다네." 로저는 말했다. "그들이 떠나는 것을 내가 봤어."

"자넨 그 시간에 뭐 하고 있었나?"

"책 읽는 것을 그만둔 후에도 잠을 이룰 수가 없었어. 나는 혼자서는 좀처럼 잘 지내지 못해. 그래서 선착장으로 내려가서 아이들 몇몇하고 같이 앉아 있었지. 폰세는 문을 닫지 않았던 모양이야. 그리고 거기서 조셉을 보았지."

"조셉은 나한테 자네가 배를 타고 나갔다고 하던데."

"그냥 오른손으로 노를 저어 본 것뿐이야. 제대로 움직일 수 있는지 보려고 했지. 다행히 잘 저을 수 있었어. 괜찮아."

"지금 내가 할 수 있는 건 그게 전부야." 토머스 허드슨은 이렇게 말한 뒤 화구를 깨끗이 치워 놓기 시작했다. "지금쯤이면 아이들이 출발했을 거야." 그는 시계를 들여다보았다. "지금 빨리 한잔하는 건 어때?"

"좋아, 마침 한잔이 필요했거든."

"아직 정오도 안 되긴 했는데."

"별로 신경 쓸 것 없다고 생각해. 자네는 이제 일을 마쳤고, 나는 휴가 중이지. 자네만의 규칙이라면 정오가 될 때까지 기다리지."

"그래."

"나도 그 규칙을 지키고 있긴 했어. 아침부터 술을 마셔서 기분이 좋아지면 한편으로는 그게 무서운 방해가 되기도 하거든."

"규칙을 깨든 뭐." 토머스 허드슨이 말했다. "난 아이들을 볼 때면 매번 지나치게 흥분하거든." 그가 설명했다.

"알고 있네."

"조! " 로저가 불렀다. "마티니 술과 셰이커를 가져와."

"네, 선생님. 지금 만들어 놓았습니다."

"왜 이렇게 일찍 만들었지? 우리가 술꾼인줄 아나? "

"아닙니다, 로저 씨. 전 단지 이걸 드시기 위해 속을 비워 두신 거라고 생각했거든요."

"우리와 아이들을 위해." 로저가 말했다.

"올해엔 아이들도 재미있게 보내야 할 거야. 자네도 여기 있어야 할 거고. 아이들이 성가시게 굴면 언제든 어구 창고로 도망가면 되잖아."

"자네에게 폐가 되지 않는다면 때때로 여기 있도록 하지."

"자네는 나에게 폐가 되지 않아."

"아이들이 오면 참 재미있겠군."

역시나 재미있었다. 아이들은 착했다. 아이들이 이 집에 온 지도 이제 일주일이 지났다. 참치 잡이 계절이 끝나고 섬에는 배가 몇 척 남지 않았다. 생활은 다시 천천히 그리고 평범하게 돌아갔다.

아이들은 스크린 현관 그물 침대에서 잤다. 깊은 밤 잠에서 깨어 아이들이 숨 쉬는 소리를 들으면 외로움을 느끼지 않았다. 밤은 둑을 넘어오는 산들바람으로 시원했다. 바람이 불지 않을 때는 바다가 있어 시원했다.

아이들은 처음에 왔을 때는 약간 서먹서먹했고 마지막으로 왔을 때보다 더 깨끗해 보였다. 그러나 집에 들어오기 전에 발에 묻은 모래를 털게 하고, 수영복을 밖에 걸어 두게 한 다음, 마른 옷을 갈아입게 하면 깨끗한 것은 그리 큰 문제가 되지 않았다. 조셉은 아침에 그들의 그물 침대를 정리할 때면 잠옷을 일광 소독시킨 뒤 접어서 챙겨 두었다. 저녁에는 그들이 입는 셔츠와 스웨터만 널어놓으면 되었다. 적어도 이것이 원칙이었다. 사실 아이들이 가져온 물건들은 늘 여기저기 널려 있었다. 토머스 허드슨은 크게 개의치 않았다. 남자 혼자 살면 정확한 습관을 갖게 되고 그것은 또 하나의 즐거움이 되곤 한다. 그러나 이러한 정확한 습관을 일부 깨 보는 것도 필요한 일이다.

아이들이 떠나고 나면 한참 후에는 다시 자신의 습성을 되찾을 것이다.

바다 현관에 앉아 작업하다 보니 큰아이와 둘째 그리고 막내가 로저와 함께 해변에 누워 있는 모습이 보였다. 그들은 대화하고, 모래를 파고, 다투고 있었지만 그 소리는 들을 수 없었다.

큰아들은 검은 머리카락을 가지고 있었다. 목과 어깨는 토머스 허드슨을 닮았고, 다리가 길며 발이 컸다. 여름 수영에 알맞은 체격이었다.

토머스 허드슨은 그가 슬픈 표정을 짓고 있을 때 이렇게 물었다. "무슨 생각을 하고 있니, 샤츠?"

그러면 소년은 곧 밝은 얼굴을 하고 "낚시요." 하고 대답했다. 그가 생각에 잠겨 있을 때 유독 슬퍼 보이는 부분은 눈과 입이었다. 하지만 말할 때 소년의 눈과 입은 생기를 되찾았다.

둘째는 토머스 허드슨으로 하여금 언제나 수달을 생각나게 했다. 그는 수달의 모피와 같은 빛깔의 머리털을 갖고 있었는데 수중 동물의 털과 비슷한 질감이었다. 게다가 온몸이 이상하게 짙은 누런 갈색이었다. 그런 그의 모습은 언제나 혼자서 재밌는 삶을 살며 소리를 내는 동물을 연상시켰다. 물론 수달이나 곰은 인간과 매우 친밀한 동물들이다. 농담으로 수달 같으니 곰 같으니 할 뿐이지, 이 소년은 곰처럼 어깨가 넓거나 강하지 않았으며 운동선수가 될 리 없는 신체를 가지고 있었다. 그조차도 운동선수가 되고 싶어 하지 않았다. 하지만 그에게는 작은 동물들에게서 느낄 수 있는 사랑스러운 기질이 있었고, 좋은 마음과 그 자신만의 삶을 가지고 있었다. 또한 늘 다정하고 정의로웠다. 그는 방법론적 회의를 굳게 믿고 있었으며, 토론가였고, 또 거칠게 놀리기도 했지만 조악함은 없었다. 그는 남들이 알지 못하는 자질을 가지고 있었는데, 다른 두 아이는 때로 그의 취약한 부분을 놀리며 괴롭혔지만 그를 항상 존중해 주었다. 그들 사이에는 자연스럽게 위계가 생겼으며, 서로를 악동처럼 종종 괴롭혔지만 예의가 있었고, 어른들을 항상 존중하였다.

막내아들은 살결이 희고 소형 전투함처럼 생겼다. 그는 신체적으로 보면 토머스 허드슨을 가장 닮은 아이였다. 체중이 적게 나가고 키가 작았지만 어깨는 꽤나 넓었다. 그의 피부는 햇빛에 그을릴 때는 주근깨가 생겼으며, 해학적인 얼굴에 태어날 때부터 퍽 성숙했다. 장난꾸러기인 그는 위의 두 형을 자주 괴롭혔다. 그에게는 토머스 허드슨을 제외하고는 아무도 이해할 수 없는 어두운 면이 있었다. 그들 둘은 서로에게서 이런 점을 느꼈을 때에만 이것에 대해 생각을 했다. 두 사람 모두 이 점이 나쁘다는 것을 알고 있었다. 하지만 토머스 허드슨은 막내아들이 가지고 있는 이 점을 존중했고, 또 이해했다. 토머스 허드슨은 다른 아들들과 마찬가지로 막내와 함께 있는 기간이 길지 않았으나 이 둘은 서로 매우 친밀했다. 막내 앤드루는 조숙하고 뛰어난 운동선수였다. 그는 맨 처음 말을 타 본 이후로 승마술에 뛰어난 재능을 보였다. 두 형들은 그를 퍽 자랑스럽게 생각했다. 따라서 그들은 막내에게서 어떠한 몰지각한 부분도 원하지 않았다. 그에게는 좀 믿을 수 없는 부분이 있었는데, 많은 사람들이 그가 말을 타는 것과 도약 운동을 하는 것 그리고 그의 냉철하면서도 직업적인 겸손함을 보았다는 점을 제외하고는 그의 재주를 의심해 볼 수 있었다. 그는 태어날 때부터 악의적인 한편으로는 선의를 지닌 그런 아이였다. 그는 이 사악함을 주변에 풍겼으며 이것을 놀려대는 기쁨으로 전환시켜 버렸다. 하지만 그는 나쁜 소년이었고 다른 사람들은 그것을 알고 있었으며 그 자신조차도 알고 있었다. 그의 마음속에서 사악함이 점점 자라나는 동안 그는 그저 착하게 굴었을 뿐이다.

바다 쪽 현관 아래에서 이들 네 사람이 모래 위에 누워 있었다. 장남인 톰이 로저의 한쪽 옆에, 막내인 앤드루가 로저의 다른 쪽 옆에 누웠고, 둘째인 데이비드는 톰의 옆에 몸을 쭉 뻗고 눈을 감은 채 누워 있었다. 토머스 허드슨은 화구를 정리해 두고 그들이 누워 있는 쪽으로 내려갔다.

"안녕하세요, 아빠." 장남이 말했다. "일은 잘 하셨어요?"

"수영할 거예요, 아빠?" 둘째가 물었다.

"물이 꽤 좋아요, 아빠." 막내아들이 말했다.

"아버님, 안녕하십니까?" 로저는 빙긋 웃었다. "그림 사업은 어떻습니까, 허드슨 씨?"

"그림 사업은 오늘 끝났습니다, 여러분."

"오, 잘됐군요." 차남인 데이비드가 말했다. "고글낚시를 할 수 있을까요?"

"점심 먹고 가 보자꾸나."

"좋아요." 장남이 말했다.

"바다가 너무 거칠지 않을까요?" 막내인 앤드루가 물었다.

"아마도 너한텐." 큰형 톰이 그에게 말했다.

"아니, 토미. 누구한테라도."

"바다가 거칠면 물고기는 바위 근처에 머물러 있어." 데이비드가 말했다. "물고기는 우리와 마찬가지로 밀려드는 파도를 두려워하거든. 물고기들 역시 멀미를 한단 말이야. 아빠, 물고기도 멀미하는 것 맞죠?"

"그럼." 토머스 허드슨이 말했다. "가끔은 소형 어선의 활어 선창에 있는 일원들도 거친 바다에서 멀미를 너무 심하게 하면 죽기도 한단다."

"내가 말했지?" 데이비드가 그의 형에게 물었다.

"병에 걸려서 죽긴 하겠지." 장남 톰이 말했다. "하지만 그게 멀미 때문이었단 걸 어떻게 알지?"

"내 생각에는 그들이 정말 멀미 때문에 죽었다고 생각해." 토머스 허드슨이 말했다. "하지만 자유롭게 자연에서 수영할 때도 멀미를 하는지는 모르겠구나."

"암초에서도 그들이 자유롭게 수영할 수 없다는 것을 모르세요, 아빠?" 데이비드가 말했다. "암초에는 구멍이 있어서 물고기들이 그곳으로 들어갔다 나왔다 해요. 그러나 큰 고기가 무서워서 구멍 안에 머물러 있는데, 그럴 때 파도가 치면 소형 어선 활어 선창에 갇힌 것처럼 이리저리 부딪히게 되죠."

"그렇지만도 않아." 장남 톰이 부정했다.

"꼭 그렇지는 않을지도 모르지." 데이비드는 약삭빠르게 인정했다.

"하지만 그럴 수도 있잖아." 앤드루가 말했다. 그는 그의 아버지에게 속삭였다. "만약 형들이 계속 저렇게 군다면 가지 않아도 될지 몰라요."

"가기 싫어?"

"멋질 것 같긴 하지만 좀 무서워요."

"뭐가 두렵니?"

"물속에 있는 모든 것이요. 숨이 차기 시작하면 무서워요. 토미는 수영을 잘 하지만 사실 물을 무서워해요. 데이비드만 물을 겁내지 않아요."

"나도 사실 겁이 많이 난단다." 토머스 허드슨이 그에게 말했다.

"정말요?"

"그리고 다들 그럴 거야. 내 생각엔."

"데이비드는 그렇지 않아요. 어디든 무서워하지 않죠. 하지만 말은 무서워해요. 말에서 정말 많이 떨어졌거든요."

"잘 들어, 이 멍청아." 데이비드가 앤드루의 말을 듣고 말했다. "내가 어떻게 떨어졌다고?"

"잘 모르겠어. 하도 많이 떨어져서 잘 기억이 안 나네."

"자, 내가 얘기해 줄 테니 잘 들어. 나는 내가 말에서 어떻게 내동댕이쳐졌는지 알아. 그해 올드 페인트를 탔을 때 그 말은 고삐를 당길 때마다 위로 껑충껑충 뛰곤 했지. 그래서 안장하고 같이 떨어진 거야."

"나는 올드 페인트를 탈 때 그런 문제가 없었는데." 앤드루가 똑똑하게 말했다.

"오, 빌어먹을." 데이비드가 말했다. "그 말이 다른 사람들처럼 너를 좋아했나 보지. 네가 어떤 사람인지 누가 말해 줬을지도 모르고."

"내가 그 말한테 내가 나온 신문을 읽어 주곤 했지." 앤드루가 말했다.

"아마 그 말이 최고 속도로 달리고 있었겠지." 토머스 허드슨은 말했다. "데이비드에게 일어난 일은 뭔지 알 것 같구나. 나이 든 경마용 말이 괜히 심술이 났거나 달릴 장소가 없었기 때문이야. 그런 시골에서 말들이 그렇게 행동하는 건 흔한 일이 아니지."

"내가 그를 탈 수 있었다고 말한 것은 아니에요, 아빠." 앤드루가 말했다.

"아니었길 바라." 데이비드가 말했다. 그러고는, "아니, 넌 탈 수 있었을 거야. 그래, 탈 수 있었겠지. 근데 솔직히 말하면, 앤디, 내가 겁먹기 전에 그 말이

어땠는지 너는 몰라. 안장 머리 부분에도 겁먹을 정도였어. 젠장, 그래 겁먹었었지.

"아빠, 우리 진짜 고글낚시 하러 가야 하나요?" 앤드루가 물었다.

"바다가 너무 거칠면 갈 수 없지."

"바다가 너무 거친지는 누가 결정해요?"

"내가 결정해."

"좋아요." 앤디가 말했다. "제 눈에는 확실히 너무 거칠어 보여요."

"아빠, 올드 페인트는 아직 목장에 있어요?" 앤디가 물었다.

"그럴걸." 토머스 허드슨이 말했다. "그 목장은 세를 주로 빌린 거였잖니."

"정말요?"

"그래, 작년 말까지."

"하지만 아직 갈 수 있죠?" 데이비드가 빠르게 물었다.

"물론이지. 강을 따라가면 나오는 해변가에 별장이 있거든."

"그 목장은 내가 가 본 곳 중 가장 좋은 곳이었어요." 앤디는 말했다. "물론 여기를 제외하고 말이죠."

"난 네가 로체스터를 가장 좋아하는 줄 알았는데." 데이비드가 그를 놀렸다. 그곳은 다른 두 소년들이 서쪽으로 갔을 때 앤드루가 그의 간호사와 단둘이 남겨지곤 했던 장소다.

"물론 그랬어. 로체스터는 정말 멋진 곳이었어요."

"그해 가을 우리가 세 마리의 회색 곰들을 죽이고 그것을 앤드루한테 얘기해 주었을 때 이 아이가 했던 말을 기억하니?" 토머스 허드슨이 물었다.

"아뇨, 아빠. 그렇게 오래된 일은 기억이 안 나요."

"식료품 창고에서였지. 너희들은 저녁밥을 먹으면서 앤드루에게 곰을 죽인 얘기를 해 줬어. 그랬더니 앤드루는 '야, 데이비드, 재미있었겠네. 그래서 형은 무얼 했어?' 하고 물었지. 이 깜찍한 애늙은이는 그때 아마 다섯 살 아니면 여섯 살이었을 거야. '데이비드, 참 흥미로운 이야기야. 그런 것에 관심이 있는 사람들에게는 말이지. 하지만 로체스터에는 회색 곰이 없는걸.'이라고 앤드루가 말했지."

"보세요, 마부님." 데이비드가 말했다. "그때 어떠셨사옵니까? "

"알겠어요, 아빠." 앤드루가 말했다. "이번에는 데이비드가 항상 만화만 읽는다는, 심지어 에버글레이즈 습지를 여행하는 동안에도 만화만 읽어서 여행 내내 아무것도 보지 않고 가족 여행을 망쳤을 때에 대해서도 얘기해 주세요."

"나도 기억나." 데이비드가 말했다. "그러니까 아빠가 또 말해 줄 필요는 없어."

"그래도 그런 나쁜 버릇은 다행히 잘 고쳐졌지." 토머스 허드슨이 말했다.

"그럴 수밖에 없었던 것 같아요. 좋지 않은 습관이었음이 분명하니까요."

"제가 어렸을 때에 대해서도 얘기해 주세요." 장남 톰이 누운 채로 몸을 굴리며 데이비드의 발목을 잡고 말했다. "저는 어렸을 때의 이야기만큼은 재미있게 말할 수 없을 것 같아요."

"어렸을 때의 너도 잘 기억한단다." 토머스 허드슨은 말했다. "참 별난 아이였지."

"이상한 곳에서 자라서 그래요." 막내가 말했다. "저도 파리, 스페인, 오스트리아에서 지냈더라면 이상할 수도 있었어요."

"톰은 아직도 이상해, 마부." 데이비드가 말했다. "그 어떤 이국적인 배경도 필요하지 않을 만큼."

"이국적인 배경이 뭐야? "

"네가 갖지 못한 것."

"그럼 꼭 갖고 말겠어."

"그냥 입 다물고 아빠가 말하게 좀 해 줘." 장남 톰이 말했다. "아빠와 제가 파리를 돌아다닐 때의 이야기를 해 주세요."

"그때는 이상한 아이가 아니었어." 토머스 허드슨이 말했다. "갓난아이였을 때의 너는 아주 건전했지. 너의 어머니와 나는 바구니로 만든 애기 침대에 너를 뉘여 두곤 했어. 목재소 위의 우리가 살던 방에서 말이야. 큰 고양이 F.

퍼스란 녀석은 네 근처에 아무도 가까이 오지 못하게 했어. 너는 네 이름이 닝닝이라고 했지. 우리는 너를 무서운 닝닝이라고 불렀어."

"어디서 그런 이름을 생각해 냈죠?"

"아마 전차인가 버스에서 따왔을 거야. 차장이 내는 소리였지."

"그때 제가 프랑스어를 잘 하지 못했나요?"

"그때는 잘 하지 못했어."

"그럼 별로 재미없겠네."

"나중에 제가 프랑스어를 할 수 있었을 때에 대해 얘기해 주세요."

"얼마 지나서 나는 너를 유모차에 태우고 종종 클로즈리 데 릴라(Closerie des Lilas)에 갔었지. 거기서 우리는 아침을 먹었고, 내가 신문을 읽는 동안 너는 거리를 지나가는 모든 것들을 지켜보았어. 우리가 아침 식사를 마치고─"

"그때 우리가 뭘 먹었어요?"

"브리오슈와 카페오레."

"저도요?"

"우유에 커피 맛이 살짝 날 정도로만."

"기억나요. 그러곤 어디로 갔어요?"

"나는 다시 너를 태우고 클로즈리 데 릴라에서 길을 건너 샘을 지나갔어. 샘에는 말의 동상과 물고기, 인어 동상들이 있었지. 다음에는 긴 밤나무 골목길 사이를 내려갔어. 거기엔 프랑스의 어린애들이 놀고 있었고 그 유모들은 자갈길 옆 벤치에 앉아 있었지."

"왼쪽에는 에콜 알사시엔느(École Alsacienn)가 있었죠." 장남 톰은 말했다.

"그리고 오른쪽에는 아파트 건물들─"

"아파트 건물들과 유리 지붕이 있는 원룸 건물들은 그늘진 왼쪽에 있었죠." 어린 톰이 말했다.

"가을이었나? 봄이었나? 겨울이었나?" 토머스 허드슨이 물었다.

"늦가을이었어요."

"그때 너는 얼굴이 얼었지. 뺨과 얼굴이 빨갰어. 우리는 위쪽 철문을 통해 룩셈부르크로 들어가서는 호수 쪽으로 내려가서 한 바퀴 돈 뒤에 오른쪽으로 돌아 메디치 분수와 동상이 있는 쪽으로 갔지. 오데옹 앞의 정문을 나와해서 2개의 뒷골목으로 하여 생미셸가(Saint-Michel)로 향했－"

"그러곤 볼 미치(Boul' Mich')로－"

"볼 미치를 내려와 클루니(Cluny)를 지나서－"

"우리 오른쪽은－"

"아주 어둡고 침울해 보였지. 그러곤 생제르맹(Saint-Germain) 대로를 가로질러 갔어."

"그 길은 가장 교통이 번잡하고 가장 재미있는 거리였어요. 거기 있는 것이 이상하다고 느낄 정더로 얼마나 흥미롭고 위험스러워 보였는지 몰라요. 하지만 뤼 드 렌느(Rue de Rennes) 옆을 지날 때는 늘 안전한 느낌이 들었어요. 되 마고(Deusx Magots)와 리프(Lipp's)의 교차로 말이에요. 왜 그랬죠, 아빠?"

"모르겠어, 샤츠."

"저는 거리의 이름들 말고 어떤 일이 일어난 이야기 좀 들었으면 좋겠어요." 앤드루는 말했다. "한 번도 가 본 적 없는 곳의 거리 이름은 싫증이 나요."

"그럼 무슨 일이 있었는지 말해 주세요, 아빠." 장남 톰이 말했다. "거리 이름 같은 건 아빠랑 저랑 둘이 있을 때 얘기하면 되니까요."

"그때는 별일이 없었어." 토머스 허드슨은 말했다. "우리는 생미셸가로 내려가 카페의 테라스에 앉았는데, 나는 테이블 위에 크림커피를 놓고 스케치를 하면 너는 맥주를 마시곤 했단다."

"그때 제가 맥주를 좋아하던가요?"

"맥주를 굉장히 좋아했지. 하지만 밥을 먹을 때는 물에 레드 와인을 섞어 먹는 것을 좋아했어."

"기억해요. 로루지(L'eau rougie)."

"정확해." 토머스 허드슨이 말했다. "로루지를 가장 좋아했지만 가끔은 보크(bock)도 좋아했지."

"오스트리아에선 눈 위에서 우리 개 슈나우츠가 끄는 루지를 탔던 기억이

나요."

"거기서 보낸 크리스마스를 기억해?"

"아뇨, 기억나지는 않아요. 다만 아빠와 눈과 우리 개 슈나우츠와 유모만 기억나요. 아빠와 어머니가 스키를 타고 과수원을 내려오는 장면도요. 그게 어디였는지는 모르지만. 하지만 뤽상부르 공원은 똑똑히 기억해요. 숲 사이의 길에는 자갈이 잔뜩 깔려 있었고, 우리가 궁전 쪽으로 내려갈 때 사람들은 나무 아래에서 공굴리기 게임을 했지요. 궁전 높은 곳에는 시계가 걸려 있었어요. 가을에는 나뭇잎이 떨어져 나무들이 벌거벗은 모습이랑 자갈길에 낙엽이 쌓여 있었던 것도 기억나요. 저는 그해 가을을 가장 좋게 기억하고 있어요."

"왜?" 데이비드가 물었다.

"이유야 많지. 가을의 모든 것들이 풍기는 냄새. 축제들. 모든 것이 축축한데 자갈길 위에만 말라 있던 것. 호수 위에 불어오는 바람. 바람을 맞고 떨어지는 낙엽 등. 어두워지기 직전 아빠가 죽인 비둘기를 담요 속에서 만지면서 느끼던 따뜻한 촉감. 매끈한 털 등을 기억할 수 있어. 나는 비둘기를 쓰다듬어 주고 끌어안으면서 비둘기가 차가워질 때까지 내 손을 따뜻하게 하면서 집으로 갔었어."

"어디서 비둘기를 죽였어요, 아빠?" 데이비드가 물었다.

"대개는 문 닫기 전 메디치 분수 옆에서 잡았지. 정원 주위에는 높은 철책이 둘러쳐져 있었단다. 어두워지면 문이 닫혀서 사람들은 모두 나가야 했어. 경비원들은 사람들에게 어서 돌아가라고 일러 주면서 문을 걸어 잠갔단다. 경비원들이 지나간 뒤에 나는 분수 옆 땅 위에 앉아 있는 비둘기들을 새총으로 잡곤 했지."

"그땐 가난하셨다면서요? 새총을 직접 만드셨어요?" 앤드루가 물었다.

"물론이지. 처음에는 랑부예 숲에서 꺾은 갈라진 나뭇가지로 직접 새총을 만들었단다. 톰의 어머니와 나는 그 숲으로 산보를 가곤 했지. 나는 나뭇가지를 다듬은 다음 생미셸가의 문방구에서 커다란 고무줄을 샀어. 그러고는 톰의 어머니가 쓰던 낡은 가죽 장갑으로 가죽대를 만들었지."

"무엇을 쏘셨어요?"

"자갈."

"얼마나 가까이서요?"

"최대한 가까이 갔어야 했어. 그래야 들키지 않고 빨리 담요 밑으로 넣을 수 있었거든."

"한번은 한 놈이 그대로 살아 있었던 것이 기억나요. 저는 그 녀석을 길러 볼 생각으로 아빠한테 아무 말도 안 했지요. 정말 큰 비둘기였어요. 깃털은 거의 주홍빛이었는데 목이 길고 머리가 흰 것이 무척 예뻤어요. 아빠는 우리가 새장을 구할 수 있을 때까지 부엌에서 녀석을 기르게 했지요. 아빠는 녀석의 다리 하나를 묶었죠. 하지만 그날 밤 큰 고양이가 비둘기를 죽여서 내 침대로 가져왔어요. 큰 고양이는 긍지가 센 놈이라서 호랑이가 원주민을 끌고 다니듯 비둘기를 끌고 다녔어요. 그 고양이는 죽은 비둘기를 입에 문 채 내 침대로 뛰어올랐어요. 그땐 제가 아기 바구니에서 벗어나 정사각형 침대에서 잘 때였어요. 저는 바구니가 잘 기억나지 않아요. 아빠와 엄마는 카페에 가시고 없었고, 그곳에는 큰 고양이하고 저만 있었지요. 열린 창문으로 보니 제재소 위로 큰 달이 떠 있었어요. 겨울이었죠. 톱밥 냄새가 났던 게 어렴풋이 기억나요. 큰 고양이가 머리를 높이 치켜들고 마루를 건너오고 있었어요. 비둘기는 바닥에 조금 끌리고 있었고요. 고양이는 비둘기를 문 채 곧장 침대로 뛰어 올라왔어요. 저는 그 고양이가 비둘기를 죽인 것에 비통함을 느꼈어요. 그러나 고양이에게서는 긍지가 느껴졌고 퍽 만족스러워 보였어요. 고양이 또한 제 막역한 친구였으므로 저 역시도 자랑스럽고 행복했죠. 고양이가 비둘기하고 장난을 치던 모습이 기억나요. 고양이는 내 가슴에 앞발을 대고 위아래로 문지르더니 다시 비둘기 하고 장난을 쳤어요. 그렇게 고양이와 나와 비둘기 이렇게 셋이서 함께 잠이 들었던 어느 밤, 깨어 보니 고양이는 비둘기를 먹고 있었어요. 호랑이처럼 큰 소리를 내면서 말이에요."

"거리 이름들이나 나열할 때보다는 훨씬 재미있는데." 앤드루가 말했다. "형, 고양이가 비둘기를 먹을 때 무섭진 않았어?"

"아니, 큰 고양이는 그때 나의 가장 훌륭한 친구였어. 가장 가까운 친구였단 말이야. 아마 그때 고양이는 나도 함께 비둘기를 먹어 주었으면 했을 거라고 생각해."

"형은 그걸 함께 먹어 봤어야 했어." 앤드루가 말했다. "새총에 대해서도 좀 더 말해 줘."

"엄마가 아빠한테 다른 새총을 크리스마스 선물로 사 주셨지." 어린 톰이 말했다. "엄마는 아빠한테 총포상에서 파는 엽총을 사 주고 싶어 하셨어. 그러나 돈이 넉넉지 못했지. 엄마는 매일 이 총포상을 지나 에피세네(Epicene)가로 가실 때마다 진열장에 전시된 엽총들을 구경하셨어. 그리고 어느 날 새총을 보셨지. 어머니는 다른 사람이 먼저 그걸 사 갈까 봐 미리 사 두시고는 크리스마스 때까지 감추어 두셨어. 엄마는 아빠가 이런 사정을 알지 못하도록 온갖 거짓말을 해야 했지. 엄마는 나한테 이것에 대해 여러 번 말씀하셨어. 나는 아빠가 크리스마스 선물로 이 새총을 받으시고는 먼저 쓰시던 것을 내게 주셨던 게 기억나. 그러나 그때 나한테는 새총을 당길 힘이 없었지."

"아빠, 우린 가난했던 적 없어요?" 앤드루가 물었다.

"너희들이 태어났을 무렵에는 난 이미 가난을 극복한 후였단다. 우리는 여러 번 파산을 했지. 하지만 사실 톰과 톰 어머니하고 같이 있을 때처럼 가난하지는 않았어."

"파리 이야기 좀 더 해 주세요." 데이비드가 말했다. "토미와 또 무슨 일을 하셨어요?"

"우리가 또 무얼 했지, 샤츠?"

"가을에요? 밤 장수한테 산 구운 밤으로 제 손을 따뜻하게 데웠던 것도 기억이 나요. 서커스에 간 적도 있죠. 거기서 르 카피탄 왈(Le Capitaine Wahl)의 악어도 본 적 있어요."

"그게 기억이 나니?"

"또렷하게요. 카피탄 왈은 악어와 씨름을 했어요. 아름다운 소녀가 삼지창으로 악어들을 찔렀죠. 그러나 제일 큰 악어는 움직이려고 하지 않았어요.

그 서커스가 벌어진 장소는 아름답고 둥글었으며 금빛을 띤 붉은 색이었어요. 그리고 말 냄새가 났어요. 뒤쪽에는 아빠가 크로스비 아저씨와 사자 수련사와 그의 아내와 함께 술을 나누었던 곳이 있었죠.”

"크로스비 씨를 기억해?”

"그는 아무리 추워도 모자를 쓰지도 않았고 외투를 입지도 않았어요. 그의 조그만 딸은 <이상한 나라의 앨리스>처럼 머리를 뒤로 늘어뜨렸지요. 삽화처럼 말이에요. 크로스비 아저씨는 늘 신경이 예민했죠.”

"또 누가 기억나니?”

"조이스 아저씨요.”

"그 사람은 어땠어?”

"그는 키가 크고 야윈 사람이었어요. 콧수염과 조그만 턱수염이 빳빳하게 서 있었죠. 그는 아주 두꺼운 안경을 쓰고 다녔는데, 항상 머리를 높이 치켜들고 걸었어요. 나는 그 아저씨가 거리에서 우리를 지나칠 때 말을 걸지 않았던 것을 기억해요. 아빠가 그에게 말을 걸면 그는 걸음을 멈추고 수족관 속에서 쳐다보듯 안경 너머로 우리를 보고 말했어요. '아, 허드슨 씨, 당신을 찾고 있었소이다.' 우리 세 사람은 카페로 갔죠. 밖은 추웠어요. 우리는, 그 뭐였더라? 이름은 기억이 안 나지만 아무튼 그것이 놓여 있는 한쪽 구석에 앉았죠?”

"브레이저.”

"그건 숙녀들이 입는 거잖아.” 앤드루가 말했다.

"아니, 화로야. 안에 구멍이 뚫려 있는 쇠통이지. 그 안에서 석탄과 목탄을 때는데 카페나 야외 어느 곳이든지 따뜻하게 할 수 있어. 바싹 다가앉으면 더 따뜻해지지. 경마장 같은 곳에 서 있을 때도 그 주위에 있으면 따뜻해져. 아빠와 나와 조이스 씨가 가던 카페는 주변에 이걸 놓았기 때문에 아무리 추운 날이라도 따뜻하고 편안했어.” 어린 톰이 설명했다.

"형은 형의 인생 대부분을 카페와 살롱 그리고 따뜻한 곳에서 보냈다고 생각하는 모양이야.” 막내가 말했다.

"그렇지." 톰이 말했다. "그랬죠, 아빠?"

"그리고 아빠가 잠깐만이라고 했을 땐 차 안에서 자고 있었겠지." 데이비드가 말했다. "참, 난 그 단어가 정말 싫었어. 잠깐만. 이것도 지구상에서 제일 느린 잠깐만이었던 걸로 기억해."

"조이스 아저씨랑은 무슨 이야기를 했어?" 로저가 어린 톰에게 물었다.

"글쎄요, 데이비스 아저씨. 그때의 일은 잘 기억이 나지 않아요. 이탈리아의 작가들과 포드 아저씨에 관한 이야기를 주로 했던 것 같아요. 조이스 아저씨는 포드 아저씨를 좀처럼 견디지 못하셨거든요. 그리고 파운드 아저씨 역시도 조이스 아저씨의 성질을 건드렸던 것 같아요. '에즈라는 미쳤어, 허드슨.'이라고 아빠한테 이야기했던 기억이 나요. 저는 그때 미쳤다는 게 화난 개를 뜻하는 말인 줄 알았거든요. 그 말을 할 때의 조이스 아저씨의 얼굴도 기억나요. 빨갛고 엄청나게 부드러운 피부가요. 추운 지방에서나 볼 법한 얼굴이었죠. 그 아저씨의 안경은 한쪽이 다른 쪽보다 더 두꺼웠고, 파운드 아저씨를 생각하면 그의 빨간 머리와 뾰족한 수염 그리고 착한 눈빛이 생각나요. 그의 입에서 흐르던 비누 거품 같은 것도요. 제 기억에는 파운드 아저씨가 미쳤다는 말 때문에 무서워서 다시는 마주치지 않았으면 하고 생각했던 것도 기억나요. 그리고 또 조이스 아저씨가 '당연하지, 포드는 수년간 미쳐 있었어.'라곤 했죠. 그러곤 포드 아저씨의 크고 웃기고 창백한 얼굴과 눈빛 그리고 이가 헐겁게 나 있는 입이 항상 반쯤 열려 있던 거랑 파운드 아저씨처럼 항상 턱에 흐르던 비누 거품 같은 것이 아래로 흐르던 것도 기억나요."

"더 이상 말하지 마." 앤드루가 말했다. "꿈에 나올 거 같아."

"계속해, 제발." 데이비드가 말했다. "늑대 인간 같아. 엄마는 늑대 인간이 나오는 책들을 숨겨 두곤 하셨지. 앤드루가 항상 악몽을 꿨기 때문에 말이야."

"파운드 씨가 누군가를 물었던 적이 있어?" 앤드루가 물었다.

"아니, 마부." 데이비드가 그에게 말했다. "그건 그저 말하는 방식일 뿐이야. 머리가 미쳤다는 뜻이라고. 광견병 같은 게 아니라. 그런데 왜 그들이 미쳤다고 생각한 거야?"

"글쎄." 어린 톰이 말했다. "나는 그때 정원에서 비둘기를 쏘던 때만큼 어리진 않았지만 파운드 아저씨와 포드 아저씨의 입에서 흘러나오던 그 거품이랑 꼭 나를 깨물려고 달려들 것 같은 모습이 너무 무서워서 다른 아무것도 기억할 수 없을 정도로는 어렸거든. 조이스 아저씨를 아세요, 데이비스 아저씨?"

"그래, 그와 네 아버지와 나는 아주 좋은 친구였어."

"아빠는 조이스 아저씨보다 훨씬 어렸어요."

"그럼, 그땐 네 아빠는 누구보다 어렸지."

"저보다는 아니죠." 어린 톰이 자랑스럽게 말했다. "제가 아마 조이스 아저씨의 가장 어린 친구였을 거라고 생각해요."

"그 아저씨는 틀림없이 널 많이 그리워할 거야." 앤드루가 말했다.

데이비드는 앤드루에게 "그가 너를 결코 만날 수 없었던 건 정말 유감이야."라고 말했다. "만약 네가 항상 로체스터에 있지만 않았어도 그는 분명 너를 만나는 특권을 누릴 수 있었을 텐데 말이지."

"조이스 아저씨는 훌륭한 사람이었어." 어린 톰이 말했다. "그는 너희 두 녀석들과는 그 어떤 관계도 맺길 원하지 않았을 거야."

"그건 형 생각이고." 앤드루가 말했다. "조이스 아저씨와 데이비드는 진짜로 잘 어울렸을지도 몰라. 데이비드는 학교 신문에 늘 투고를 하거든."

"아빠, 토미와 토미네 엄마랑 함께 지낼 때 가난했던 생활에 대해 좀 더 말해주세요. 얼마나 가난하셨어요?"

"그들은 찢어지게 가난했었지." 로저가 말했다. "너희들 아빠가 아침에 톰의 우유병을 만든 다음 시장에 가서 가장 좋으면서도 가장 값싼 채소를 사던 시절이 기억나는구나. 나는 아침 먹으러 나가다가 시장에서 돌아오는 너희들 아버지를 만나곤 했지."

"나는 파리 제6구에서 가장 우수한 포어로(poireaux) 감식가였단다." 토머스 허드슨은 아이들에게 말했다.

"포어로가 뭐야?"

"리크(Leek, 큰 부추 같은 식물)."

"길고 푸른 무척 큰 양파같이 생긴 거야." 어린 톰이 말했다. "다만 양파같이 밝게 빛나지는 않지. 희미하게 밝은 빛이야. 잎은 푸르고 양 끝이 하얘. 이것을 삶아서 식힌 다음 올리브기름과 식초 그리고 소금과 고춧가루를 섞어 양념해 먹곤 했어. 맛이 좋았어. 아마 포어로를 나보다 많이 먹은 사람은 없을걸."

"6 어쩌고는 뭔 말이야?" 앤드루가 물었다.

"넌 이야기를 중단시키는 데 재주가 있구나." 데이비드 그에게 말했다.

"나는 불어를 모르면 물어봐야 해."

"파리는 스무 개의 구 혹은 구역으로 나누어져 있지. 우리는 여섯 번째 구에 살았단다."

"아빠, 구역 이야기는 생략하고 다른 이야기 좀 해 줄 수 있어요?" 앤드루가 물었다.

"너는 무언가를 배우는 걸 견딜 수 없구나, 이 운동선수야." 데이비드는 말했다.

"아니, 배우고 싶어" 앤드루가 말했다. "하지만 구역 어쩌고는 나한텐 너무 오래된 이야기야. 형은 항상 나에게 어른들의 이야기라고 끼어들지 말라고 하잖아. 그건 나도 인정해. 따라갈 수가 없어."

"타이 콥(1905년 디트로이트 타이거즈의 전 야구 선수, 야구 역사상 가장 뛰어난 공격수로 꼽힘.)의 평생 타율은 얼마였지?" 데이비드가 그에게 물었다.

"0.367."

"그건 어른들의 이야기가 아니고?"

"그만해, 데이비드. 그냥 야구를 좋아하는 사람도 있고 너같이 옛날 구역을 좋아하는 사람도 있나 보지."

"로체스터에는 구역이 없나 봐."

"아, 집어치워. 나는 그냥 아빠와 데이비드 아저씨가 그딴 구역 어쩌고 하는 이야기보다 모두에게 더 흥미로운 이야기를 해 주실 수 있을 거라 생각한다고."

"우리가 있을 때는 욕을 하면 안 된다." 토머스 허드슨이 말했다.

"미안해요, 아빠." 작은 소년이 말했다. "하지만 제가 빌어먹을 만큼 어리다는 건 어쩔 수가 없어요. 죄송해요. 제 말은, 그러니까 제가 너무 어리다는 거예요."

그는 상당히 화가 나 있었다. 데이비드가 꽤 성공적으로 그를 놀리는 데 성공한 것이었다.

"어린 시절은 금방 지나간단다." 토머스 허드슨이 그에게 말했다. "감정이 격해졌을 때 욕을 하지 않는 게 어렵다는 건 나도 알아. 그냥 어른들 앞에서만 자제하렴. 너희들끼리 있을 때는 상관없어."

"제발, 아빠. 죄송하다고 했잖아요."

"알아." 토머스 허드슨이 말했다. "너를 딱히 혼내려는 건 아니야. 그냥 설명해 주는 것뿐이지. 너희를 볼 일이 별로 없어서 그런가 자꾸만 설교를 하게 되는구나."

"딱히 그렇지는 않아요, 아빠." 데이비드가 말했다.

"아니." 토머스 허드슨이 말했다. "충분히 자주는 못 보지."

"앤드루는 엄마 앞에선 욕을 절대 안 해요." 데이비드가 말했다.

"나는 좀 빼 줘, 데이비드. 이제 끝났잖아. 안 그래요, 아빠?"

"너희들이 진짜로 욕하는 법을 배우고 싶다면," 어린 톰이 말했다. "조이스 아저씨를 만나 봐야 해."

"나도 욕은 충분히 잘 할 수 있어." 데이비드가 말했다. "적어도 지금까지는 말이야."

"내 친구 조이스 씨는 들어 보지도 못한 표현이나 단어를 쓰지. 맹세컨대 어떤 사람이라도 그보다 욕을 잘할 수는 없을 거야."

"그러곤 그는 또 다른 새로운 언어를 만들었지." 로저가 말했다. 그는 해변에 등을 대고 눈을 감은 채 누워 있었다.

"저는 그 언어를 알아들을 수가 없어요." 어린 톰이 말했다. "아마 제가 충분히 성숙하지 못해서일 거예요. 하지만 너희들은 율리시스를 읽을 수 있을 때까지 기다려."

"그 책은 소년들을 위한 게 아니야." 토머스 허드슨이 말했다. "너희들은 알아들을 수도 없을 것이고 또 그래서도 안 돼. 정말로. 너희들이 더 성숙할 때까지 기다리렴."

"하지만 저는 다 읽었는걸요." 어린 톰이 말했다. "처음에 읽었을 때는 무슨 내용인지 전혀 이해하지 못했어요. 아빠가 방금 말씀하신 것처럼요. 하지만 계속 읽다 보니 조금씩 이해가 가기 시작하고 사람들에게 설명까지 할 수 있겠더라고요. 제가 조이스 아저씨의 친구였다는 게 자랑스럽기까지 하던걸요."

"형이 정말 조이스 씨의 친구였나요, 아빠?" 앤드루가 물었다.

"조이스 씨가 항상 톰에 관해 묻긴 했었지."

"나는 확실히 그의 친구였어." 어린 톰이 말했다. "내가 사귀었던 제일 친한 친구들 중 한 분이야."

"아직은 그 책을 설명하기엔 이른 것 같구나." 토머스 허드슨이 말했다. "아직은 말이야. 네가 어느 부분을 설명했지?"

"마지막 부분이요. 숙녀 한 명이 혼자서 크게 이야기하는 부분."

"독백." 데이비드가 말했다.

"그거 읽어 봤니?"

"그럼요." 데이비드가 말했다. "토미가 읽어 줬어요."

"토미가 그걸 설명해 줬니?"

"그가 할 수 있는 만큼은요. 저희에겐 너무 성숙한 이야기긴 했어요."

"그 책은 어디서 났어?"

"집에서요. 그 책을 빌려서 학교에 가져갔어요."

"뭐라고?"

"저는 인상 깊은 구절들을 친구들에게 읽어 주곤 했어요. 그리고 조이스 아저씨가 제 친구라는 사실과 그와 얼마나 시간을 같이 보냈는지도요."

"친구들은 좋아했고?"

"일부 독실한 아이들은 그 내용이 너무 세다고 했어요."

"학교 선생님께 걸리진 않았고?"

"물론이죠, 아빠. 못 들으셨어요? 아, 아빠가 아비시니아에 계실 때였나 봐요. 교장 선생님이 저를 퇴학시키려 했지만 제가 조이스 아저씨가 얼마나 훌륭한 작가인지, 그리고 저와 얼마나 친한 친구인지를 설명해 드렸어요. 그랬더니 결국 책은 집에 가져가라고 했고, 저는 그 후로 친구들에게 무언가를 읽어 주기 전에 교장 선생님에게 허락을 받아야 했어요. 교장 선생님은 제가 음험한 마음을 가지고 있다고 생각했어요. 하지만 맹세코 저는 그런 마음을 가지고 있지 않아요, 아빠. 더러운 마음이 있다고 해 봤자 남들과 비슷한 정도겠죠."

"아, 그랬지. 그가 그 책을 압수하려고 했지만 내가 초판이라서 안 된다고 말했고, 게다가 그 책 안엔 조이스 씨가 너를 위해 특별히 써 놓은 메모가 있다고 했어. 그리고 그건 내 책이 아니기 때문에 압수할 수 없다고 말했어. 그는 그 책을 압수하지 못한 것에 큰 실망을 한 것 같기도 했고."

"저는 언제쯤 조이스 아저씨의 책을 읽을 수 있을까요, 아빠?" 앤드루가 물었다.

"아직 한참 기다려야 한단다."

"하지만 토미는 읽었잖아요."

"토미는 조이스 씨의 친구잖니."

"야, 내가 좀 전에도 그렇다고 말했잖아." 어린 톰이 말했다. "아빠, 우리는 발자크(오노레 드 발자크)에 대해서는 전혀 몰랐죠?"

"당연하지. 그는 우리 이전 시대의 사람이었어."

"고티에(테오필 고티에)도요? 저는 집에서 호화롭게 제본된 그분들의 책 두 권을 찾았어요. ⟨익살맞은 이야기⟩(The Droll Stories)와 ⟨모핀 양⟩(Mademoiselle de Maupin)이요. ⟨모핀 양⟩은 아직 저도 이해할 수 없었어요. 하지만 이해하려고 반복해서 읽고 있어요. 정말 위대한 작품이에요. 우리의 친구가 될 수 없는 그분들의 작품을 학생들에게 읽어 주면 학교에서는 틀림없이 저를 퇴학을 시킬 거예요."

"그들은 어떤데, 토미?" 데이비드가 물었다.

"좋아. 너희도 분명 좋아할 거야."

"그럼 그 책들을 학생들에게 읽어 줘도 되는지 교장한테 물어보는 건 어떠니?" 로저가 말했다. "아이들이 몰래 찾아 읽는 것보단 낫겠지."

"아뇨, 아저씨. 전 그 일을 교장 선생님하고 상의하는 건 별로라고 생각해요. 교장 선생님이 또다시 절 퇴학시킨다고 할지도 모르거든요. 어쨌든 친구들은 그 작가들이 조이스 아저씨의 경우처럼 내 친구라고 느끼지는 않을 거예요. 저는 아직 〈모핀 양〉을 남에게 설명해 줄 수 있을 만큼 잘 이해하고 있지 못해요. 또 조이스 아저씨와의 우정이 저를 든든히 받쳐 줄 때처럼 그 책을 권위 있게 설명할 수도 없을 거예요."

"나는 그 설명을 듣고 싶은데." 로저가 말했다.

"오, 데이비스 아저씨. 제가 설명한 건 매우 기본적인 것뿐이었어요. 아저씨가 관심을 가질 만한 것이 아니에요. 그건 알고 계시죠?"

"그럼."

"그래도 저희가 발자크와 고티에를 조이스 아저씨만큼 잘 알았으면 좋았을 거예요."

"나도 그렇단다." 토머스 허드슨이 말했다.

"그래도 우리는 좋은 작가들을 꽤 알고 있었죠. 그렇죠?"

"물론이지." 토머스 허드슨이 말했다. 모래사장 위는 즐겁고 뜨거웠다. 토머스 허드슨은 일한 뒤의 노곤함과 뿌듯함을 느꼈다. 게다가 아이들의 이야기를 듣는 건 무척이나 행복했다.

"얼른 들어가서 수영하고 점심이나 먹자." 로저가 말했다. "점점 더워지고 있어."

토머스 허드슨은 그들을 지켜보았다. 그들 네 사람은 푸른 물을 가르며 천천히 헤엄쳐 나갔다. 그들의 육체는 맑고 하얀 물속 모래 위에 그림자들을 만들었다. 헤엄쳐 나가는 그들의 육체는 흔들렸고, 태양의 각도에 따라 모래 위에 그 그림자가 투영되었다. 갈색 팔을 앞으로 들어 올려 물을 잡아 뒤로 밀자 몸이 앞으로 당겨졌고, 발은 꾸준하게 물장구를 쳤으며 머리는 좌우로 돌려가며 큰 힘을 들이지 않고 호흡했다. 토머스 허드슨은 모래사장 위에 서서 그들이 바람을 등에 지고 헤엄쳐 나가는 것을 보았다. 그는 그들 네 사람이 무척 좋았다. 그는, 물론 어렵겠지만, 이 네 사람이 헤엄치는 모습을 그려야겠다고 생각했다. 이번 여름 동안에 해 볼 생각이었다. 그도 그들과 함께 헤엄쳐야 한다는 것을 알았지만 그렇게 하기에는 너무 노곤했다. 그러나 망설이던 끝에 그는 물로 걸어갔다. 햇볕에 닿아 따스해진 다리에 차가운 물이 닿자 미풍이 불면서 시원하고 서늘한 감촉이 느껴졌다 겨드랑이도 시원함을 느꼈다. 그는 천천히 바닷속으로 미끄러져 나갔다. 그는 그들이 헤엄쳐 들어오는 것을 맞이하기 위해 헤엄쳐 나갔다. 머리를 그들과 같은 높이로 했다. 지금은 다른 그림이었다. 변했다. 그들은 미풍을 거슬러 헤엄치고 있었다. 이 역풍이 헤엄에 능숙치 못한 앤드루와 데이비드를 괴롭혔다. 그들이 네 마리의 바다 동물이라는 환상은 곧 사라졌다. 그들은 처음엔 미끈하고 멋있게 나아갔다. 그러나 지금은 두 아들이 바람과 바다에 맞서 고난을 겪고 있었다. 아주 어려운 고난은 아니었다. 그러나 지금 그 모습은 그들이 헤엄쳐 나갈 때 보여 주었던, 마치 안방에 있는 것처럼 편안해 보였던 그런 환상을 빼앗아 가기에는 족한 것이었다. 그들은 두 개의 다른 그림을 만들어 주었다. 왠지 두 번째 것이 더 좋아 보였다. 다섯 명의 수영 선수들은 그렇게 해변으로 나와 집으로 걸어 올라갔다.

"내가 이래서 물속을 더 좋아한다니까." 데이비드가 말했다. "숨 쉬는 것을 걱정하지 않아도 되거든."

"오늘 오후에 아빠랑 토미와 같이 고글낚시 하는 건 어때?" 앤드루가 그에게 말했다. "나는 데이비스 아저씨와 뭍에 있을게."

"같이 가실래요, 데이비스 아저씨?"

"난 물에 머무를지도 몰라."

"저 때문에 억지로 하지는 마세요." 앤드루가 말했다. "다른 할 것도 많은 걸요. 그냥 뭍에 계실 거라고 생각해서 말한 거예요."

"내 생각엔 뭍에 있을 거 같아." 로저가 말했다. "누워서 책이나 읽을지도."

"그가 아저씨를 조종하게 놔두지 마세요. 현혹당하시면 안 돼요."

"그래, 난 그냥 뭍에 있고 싶어." 로저가 말했다.

그들은 이제 집 현관 위로 올라왔다. 그런 다음 모두 마른 짧은 바지로 갈아입었다. 조셉은 조개 샐러드 한 그릇을 내왔다. 아이들은 그걸 먹었다. 장남인 톰은 맥주를 마시고 있었다. 토머스 허드슨은 몸을 뒤로 젖힌 채 걸상에 앉아 있었고, 로저는 밀대를 갖고 서 있었다.

"점심을 먹고 나면 졸리다니까." 그가 말했어요.

"그럼 아저씨가 보고 싶겠는걸요." 어린 톰이 말했다. "저도 그냥 안에 있을래요."

"자, 그럼 형도 집에 있어, 톰." 앤드루가 말했다. "아빠와 데이비드는 보내고."

"네 공을 받아 주는 일은 없을 거야." 어린 톰이 그에게 말했다.

"그러길 바라지도 않아. 나랑 공놀이할 흑인 소년이 있거든."

"그런데 넌 왜 투수가 되고 싶은 거야?" 토미가 말했다. "너는 그만큼 덩치가 커지지도 않을 텐데."

"나는 딕 루돌프와 딕 커만큼 커질 거야."

"그들이 누구든 간에." 어린 톰이 말했다.

"유명한 마부는 없나요?" 데이비드가 로저에게 속삭였다.

"얼 산데."

"너는 얼 산데만큼 커질 거야." 데이비드가 앤드루에게 말했다.

"아, 그냥 가서 고글낚시나 해." 앤드루가 말했다. "나는 톰이 조이스 아저씨의 친구였듯 데이비스 아저씨의 친구가 될 거야. 그래도 되죠, 데이비스 아저씨? 그러면 나는 학교에 가서 '그 열대 섬에서 데이비스 아저씨와 여름을 보냈는데 아저씨는 야한 이야기를 썼고 아버지는 나체 그림을 그렸어.'라고 말할 수 있겠지. 나체 그림도 그리시죠, 아빠?"

"이따금 그리지. 색상이 좀 어두워서 그렇지."

"무슨 상관이에요." 앤드루가 말했다. "저는 색상 같은 건 신경 안 써요. 톰은 조이스 아저씨를 가져도 돼요."

"넌 너무 수줍어서 쳐다보지도 못할걸." 데이비드가 말했다.

"아마도 그렇겠지. 하지만 난 배울 거야."

"아빠의 나체 그림은 조이스 아저씨의 작품 그 장에 비하면 아무것도 아닐 거야." 어린 톰이 말했다. "나체 그림에 무슨 신비스러움이 깃든 것처럼 느끼는 건 단지 네가 어리기 때문이야."

"좋아. 나는 데이비스 아저씨의 작품하고 아빠의 삽화를 가지겠어. 학교에서 누군가 데이비스 아저씨의 작품은 정말 야한 작품이라고 말했거든."

"그럼 나는 데이비스 아저씨도 가질래. 나는 데이비스 아저씨의 아주 오랜 친구잖아."

"그리고 피카소, 브라크, 미로, 마송, 파스킨도." 토머스 허드슨은 말했다. "너는 그들을 모두 다 알잖아."

"또 월도 퍼스 아저씨도요." 어린 톰이 말했다. "앤드루, 넌 날 이길 수 없어. 너는 너무 늦게 시작했거든. 네가 로체스터에 있는 동안 그리고 네가 태어나기 전 몇 년 동안 아빠와 나는 이미 커다란 세계에 진출했어. 나는 위대한 화가들의 대다수를 생전에 알았어. 그들 대부분은 나의 훌륭한 친구들이었지."

"나도 언젠간 시작해야지." 앤드루가 말했다. "나는 데이비스 아저씨를 갖겠어. 데이비스 아저씨, 야한 소설은 쓸 필요 없어요. 큰형처럼 지어 내겠어요. 아저씨가 겪었던 무서운 일들에 대해서만 이야기해 주세요. 그럼 그 일이 일어났을 때 나도 그곳에 있었다고 말할래요."

"내가 이야기를 만들어 낸다고?" 어린 톰이 말했다. "아빠와 데이비스 아저씨는 가끔 내 기억을 정정해 주시는 것뿐이야. 하지만 내가 회화와 문학이 획기적으로 유행했던 시대에 태어났고 또 거기에 참여했던 건 사실이야. 만일 꼭 해야 한다면 나는 지금 당장에라도 그에 관한 회고록을 쓸 수 있을 정도라고."

"점점 미쳐 가고 있는 것 같아, 토미." 앤드루가 말했다. "조심하는 게 좋을 거야."

"저 녀석에게 아무 말도 하지 마세요, 데이비스 아저씨." 어린 톰이 말했다. "우리처럼 처음부터 다시 시작하게 해야 돼요."

"나와 데이비스 아저씨는 내버려 둬." 앤드루가 말했다. "여기서 빠지라고."

"아빠, 내 친구였던 그분들에 대해서 말 좀 해 주세요." 어린 톰이 말했다. "저는 그들과 친했다는 것을 알아요. 그리고 우리가 함께 카페 주변에 있었던 것도 알아요. 하지만 그 사람들에 대해 좀 더 명확한 것을 알고 싶어요. 조이스 아저씨에 대해서 알고 있는 것들처럼 말이에요."

"파스킨 씨는 기억하니?"

"아뇨, 별로 기억나지 않아요. 그분은 어땠어요?"

"기억하지도 못하는데 친구라고 할 수는 없지." 앤드루가 말했다. "내가 데이비스 아저씨를 지금부터 몇 년 후 기억도 못 할 것 같아?"

"입 다물어." 어린 톰이 말했다. "그에 대해 말해 주세요, 아빠."

"파스킨 씨는 조이스 씨가 마음에 들어 하는 부분을 잘 묘사할 수 있는 그림을 그리곤 했지."

"정말요? 이런, 대단한 일이군요."

"너는 그분과 함께 카페에 앉아 있었어. 그분은 때때로 손수건 위에 네 그림을 그리곤 했지. 키가 작은 편이었지만 대단히 강인했단다. 그리고 한편으로는 무척 이상하기도 했지. 늘 중산모자를 쓰고 다니며 아름다운 그림을 그렸어. 그분은 언제나 큰 비밀을 알게 된 것처럼, 그것을 방금 듣고 대단히 만족스러운 것처럼 행동했어. 이것은 때때로 그분을 무척 행복하게 했고 때로는 슬프게 했지. 하지만 그는 분명 큰 비밀을 알고 있고, 그래서 무척 기뻐했다고 말할 수 있단다."

"그 비밀이 뭐였죠?"

"음주와 마약과 조이스 씨가 그 마지막 장에서 알았던 비밀, 그리고 아름답게 그림을 그릴 수 있는 방법. 그분은 그 당시 어느 누구보다도 아름답게 그림을 그릴 수 있었단다. 그것이 그의 비밀이었지. 그는 상관하지 않았어. 그분은 자기가 그 어떤 것에도 상관하지 않는다고 생각했어. 그러나 사실 그는 분명 관심을 갖고 있었어."

"그분은 나빴나요?"

"그래, 그분은 정말 나빴어. 그것이 그의 비밀의 일부야. 그분은 자신이 나빠지는 것을 좋아했고, 양심의 가책도 없었단다."

"그분과 저는 좋은 친구였나요?"

"매우. 그는 너를 괴물이라고 부르곤 했지."

"이런." 어린 톰이 행복하게 말했다. "괴물."

"파스킨 씨의 사진이 있나요, 아빠?" 데이비드가 물었다.

"몇 개 정도."

"그분이 토미를 그린 적이 있어요?"

"없어. 그분은 주로 손수건이나 카페 테이블의 대리석 판 위에 토미를 스케치했지. 그분은 토미를 좌안(화가들이 많은 사는 파리 센강의 지역)의 무서운 맥주 고래 괴물이라고 했단다."

"형, 그 칭호를 기록해 두지." 데이비드가 말했다.

"파스킨 씨가 음흉한 마음을 가지고 있었나요?" 어린 톰이 물었다.

"그랬다고 생각해."

"잘 모르세요?"

"그렇다고 말 할 수 있다고 믿어. 그게 그의 비밀 중 일부분이었지."

"하지만 조이스 아저씨는 그렇지 않았어요."

"그랬지."

"아빠도 그런 적 없고요."

"그래." 토머스 허드슨이 말했다. "그런 적 없지."

"마음이 음흉하십니까, 데이비스 아저씨?" 토미가 물었다.

"그런 것 같진 않은데."

"좋아요." 어린 톰이 말했다. "저는 교장 선생님께 아빠와 조이스 아저씨는 마음이 검지 않은 사람이라고 말했어요. 그리고 이제는 데이비스 아저씨에 대해서도 말할 수 있어요. 교장 선생님은 내가 속이 음흉하다고 확신했어요. 별로 신경 쓰지는 않았지만요. 학교에 정말로 마음이 음흉한 아이가 하나 있는데, 저는 당장 그 차이를 알 수 있어요. 파스킨 씨의 성이 뭐예요?"

"줄스."

"스펠링이 어떻게 되죠?" 데이비드가 물었다. 토머스 허드슨이 그에게 말해 줬다.

"그래서 파스킨 아저씨는 어떻게 되었나요?" 어린 톰이 물었다.

"그는 목을 매 자살했어." 토머스 허드슨이 말했다.

"이런." 앤드루가 말했다.

"가엾은 파스킨 씨." 어린 톰이 축도를 올리며 말했다. "오늘 밤 그분을 위해 기도할게요."

"저는 데이비스 아저씨를 위해 기도할 거예요." 앤드루가 말했다.

"할 거면 자주 하려무나." 로저가 말했다.

6

그날 밤 소년들이 모두 잠자리에 든 후 토머스 허드슨과 로저 데이비스는 큰 방에 앉아 이야기를 나누었다. 고글 낚시를 하기에는 바다가 너무 거칠었고, 저녁 식사 후에 소년들은 조셉과 함께 낚시를 하러 떠났다. 그들은 피곤하지만 행복한 모습으로 돌아온 뒤 잘 자라고 말하고는 잠자리에 들었다. 소년들은 어른들에게 잠시 이야기를 한 뒤 잠들었다.

앤드루는 어둠을 두려워했다. 다른 소년들은 그것을 알고 있었지만 그들은 결코 그 문제로 앤드루를 놀리지 않았다.

"왜 그가 어둠을 두려워한다고 생각해?" 로저가 물었다.

"모르겠어." 토머스 허드슨이 말했다. "자네는 그런 적 없나?"

"없었던 것 같은데."

"난 있네." 토머스 허드슨이 말했다. "거기에 무슨 의미라도 있는 건가?"

"모르겠어." 로저가 말했다. "내가 두려워한 건 죽음이었고, 내 동생에게 무슨 일이 생길지도 모른다는 것이었네."

"자네한테 동생이 있는 줄 몰랐군. 그래, 지금 어디 있나?

"죽었지." 로저가 말했다.

"미안하네."

"그럴 필요 없어. 우리가 어렸을 때니까."

"동생은 자네보다 몇 살이나 어렸지?"

"한 살 어렸네."

"무슨 일로 그렇게 된 건가?"

"우리가 타고 있던 카누가 뒤집혔어."

"그때가 몇 살이었지?"

"열두 살 정도."

"자네가 원하지 않으면 말해 주지 않아도 된다네."

"그게 나에게 도움이 됐는지는 잘 모르겠어." 로저가 말했다. "정말 몰랐나?"

"전혀."

"나는 정말로 오랫동안 세상의 모든 사람들이 다 알고 있는 줄 알았어. 어릴 때는 참으로 이상해. 물은 너무 차가웠고 그는 그냥 그렇게 갔지. 하지만 결국 내가 이해하지 못했던 건 나는 살았고 그는 죽었다는 거야."

"동정심을 표하네."

"아니야." 로저가 말했다. "하지만 그런 것에 대해 배우기엔 시기상조였어. 그래도 나는 그를 매우 사랑했고 항상 그에게 무슨 일이 일어날까 봐 걱정했었지. 나 역시도 물이 차가웠어. 하지만 나는 그렇게 말할 수 없었어."

"그곳이 어디였지?"

"메인주 상부 지역. 그 일이 있고 나서 나는 아버지가 날 이해하려고는 했지만 결국 용서했다고는 생각하지 않아. 나는 매일같이 차라리 내가 죽었더라면 하고 생각했지. 그러나 그렇게 생각한들 무슨 소용이 있겠나."

"자네 동생 이름이 뭐였지?"

"데이브."

"이런, 그래서 오늘 고글 낚시를 안 하려고 한 거야?"

"그런 것 같아. 하지만 앞으로 이틀에 한 번씩 갈 거야. 그런 건 그냥 잊히는 게 아니거든."

"자넨 그런 식으로 말하지 않을 만큼 충분히 자랐어."

"나는 그를 따라 헤엄치려고도 했어. 하지만 결국 찾지 못했지." 로저가 말했다. "너무 깊고 추웠거든."

"데이비드 데이비스." 토머스 허드슨이 말했다.

"그래. 우리 가족 중에서 첫째는 로저, 둘째는 데이비드라고 해."

"로지, 그래도 자넨 극복했어."

"아니." 로저가 말했다. "그런 건 절대 극복 못 해. 그리고 난 조만간 그 일에 대해 말해야 해. 선창에서의 싸움이 부끄럽듯 그 사실 또한 부끄럽기 짝이 없네."

"그런 걸 부끄러워할 필요는 없어."

"그래, 없지. 내가 언제나 자네한테 말했듯이. 그 이야기는 그만두지."

"알았네."

"나는 다시는 싸움에 휘말리지 않을 거야. 절대로. 자네는 절대 싸우지 않지만 나만큼 잘 싸울 수 있잖아."

"난 자네만큼 잘 싸울 수 없어. 그리고 절대로 싸우지 않겠다고 결심했을 뿐이야."

"나도 싸우지 않을 거야. 조금은 선하게 살고 쓰레기 같은 소설들은 그만 쓰도록 해야지."

"그건 자네가 한 말 중에 최고로 좋은 말인걸." 토머스 허드슨이 말했다.

"자네는 내가 그 빌어먹을 가치가 있는 글을 쓸 수 있을 것 같나?"

"시도해 볼 수는 있겠지. 그림은 왜 그만둔 거야?"

"나 자신을 속일 수 없었기 때문이지. 글 쓰는 것도 마찬가지야. 더 이상 스스로를 속일 순 없어."

"그럼 이제 어떻게 할 셈인가?"

"어딘가로 가서 제대로 된 소설을 최선을 다해 써 봐야지."

"여기에 남아서 글을 쓰는 건 어떤가? 아이들이 떠나고 난 뒤에도 자네는 언제든지 여기에 와서 글을 써도 괜찮네. 자네 집은 글을 쓰기엔 너무 더워."

"폐를 끼치는 거 아닌가?"

"아니야, 로지. 나도 외로워서 그래. 자네도 알겠지만. 항상 모든 것으로부터 도망칠 순 없어. 이것도 설교 같군. 그만두지."

"아니, 계속해. 난 설교가 필요해."

"글을 쓰려면 여기서 시작해."

"서부에 가서 쓰는 게 낫지 않겠어?"

"어디든 좋아. 단지 도망가지 말라는 거야."

"아니, 어디든지 좋지는 않아." 로저가 반대했다. "내가 알아. 좋은 곳이 있으면 나쁜 곳도 있거든."

"그래, 하지만 여기는 좋은 곳인걸. 물론 항상 그렇지는 않겠지. 그래도 지금은 좋아. 자네가 작업을 끝마칠 무렵 나도 그렇겠지. 서로 방해하지 않을 테고, 자네는 정말로 잘 집중할 수 있을 거야."

"정말 내가 조금이라도 도움이 될 만한 소설을 쓸 수 있을 것 같나?"

"시도해 보지 않으면 모르지. 자넨 방금 전에도 정말 괜찮은 소설을 나에게 말해 주었잖나. 원한다면 써 보게. 카누에서부터 시작하지."

"어떻게 끝내지?"

"카누 이후로 엮어 나가 봐."

"빌어먹을." 로저가 말했다. "나는 속이 썩은 놈이라 카누를 등장시키면 분명 그 안에 아름다운 인디언 여자를 태우고 말 거야. 그리고 젊은 존스가 정착자들에게 세실 B. 드 밀이 온다는 것을 예고해 주려고 가면서 한 손으로 강을 덮은 포도 덩굴을, 다른 한 손으로는 그가 믿는 화승총 '올드 벳시'를 들고 가겠지. 그러면 아름다운 인디언 소녀는 '존스, 그게 지켜보는 것 같아요. 훗날에 나이아가라라고 불릴 폭포 쪽으로 우리의 유약한 카누를 타고 나아가며 사랑을 나누어요.'라는 말을 하겠지."

"아니." 토머스 허드슨이 말했다. "그냥 그 카누와 차가운 호수 그리고 네 동생―."

"데이비드 데이비스. 열한 살."

"'그리고 그 후에'. 거기서부터 끝까지 이야기를 만들어 가 봐."

"끝이 마음에 안 들어." 로저가 말했다.

"끝은 아무도 좋아하지 않지." 토머스 허드슨이 말했다. "하지만 끝은 언제나 있기 마련이야."

"이야기를 그만두는 것이 좋겠군." 로저가 말했다. "소설에 대해 생각하는 것부터 시작해야겠어. 토미, 그림을 잘 그리고 작품을 잘 쓰는 것이 왜 재미있지? 나는 그림을 잘 그리지 못했어. 내가 그리는 방식 자체가 우스웠지."

"모르겠네." 토머스 허드슨이 말했다. "아마 회화 쪽은 전통과 계보가 보다 뚜렷해서 자네를 도와줄 사람이 많을 거야. 대회화의 직선적인 계보에서 벗어난다고 해도 언제나 자네 곁에는 도움을 줄 사람이 있을 걸세."

"보다 선한 사람들이 훌륭한 그림을 그린다는 것은 또한 별개의 문제라고 생각해." 로저는 말했다. "내가 선한 사람이었다면 아마도 훌륭한 화가가 될 수 있었을지도 몰라. 어쩌면 난 훌륭한 작가가 되기에 충분히 개자식일지도 모르지."

"그것은 내가 들어 본 중 최악의 지나친 단순화로군."

"나는 항상 지나치게 단순화한다네." 로저가 말했다. "내가 선하지 못한 이유지."

"자, 이만 자러 가세."

"책 좀 더 읽다가." 로저가 말했다.

그들은 편안히 잠자리에 들었다. 로저가 밤늦게 토머스 허드슨이 잠이 든 현관으로 나왔을 때도 그는 아직 깨어나지 않았다. 아침 식사가 끝난 뒤 가벼운 바람이 불었고 하늘에는 구름 한 점 없었으며 그들은 수중 낚시를 위한 계획을 짰다.

"같이 가실 거죠? 그렇죠, 데이비스 아저씨?" 앤드루가 물었다.

"물론 가지."

"잘됐네요." 앤드루가 말했다. "기뻐요."

"넌 어때, 앤디?" 토머스 허드슨이 물었다.

"무서워요." 앤드루가 말했다. "늘 그랬듯이. 하지만 데이비스 아저씨가 같이 가 주신다고 하니 그렇게 무섭지는 않아요."

"겁먹지 마, 앤디." 로저가 말했다. "그건 가치가 없는 일이라고 네 아빠가 말했단다."

"그렇게들 말하긴 하죠." 앤드루가 말했다. "사람들은 항상 그렇게 말해요. 하지만 데이비드만이 내가 아는 유일하게 겁먹지 않는 두뇌를 가지고 있는 어린 소년인걸요."

"입 다물어." 데이비드가 말했다. "너는 네 상상력의 산물일 뿐이야."

"데이비스 아저씨와 나는 항상 두려워." 앤드루가 말했다. "그건 우리의 뛰어난 지능 때문인지도 모르지."

"조심할 거지, 데이비드?" 토머스 허드슨이 말했다.

"당연하죠."

앤드루는 로저를 바라보며 어깨를 으쓱했다.

7

그날 그들은 수중 낚시를 갔고, 암초의 아래쪽에서 난파한 기선의 낡은 잔해를 발견했다. 밀물 때임에도 녹이 슨 보일러의 쇳덩어리가 여전히 바다 위에 드러나 있었다. 바람은 남쪽으로 불었다. 토머스 허드슨은 너무 가까이 다가가지 않고 암초의 왼쪽에 정박했다. 로저와 아이들은 마스크와 창을 준비해 놓았다. 창은 매우 원시적이었으며 각양각색이었다. 이 창은 토머스 허드슨과 아이들이 각자의 구상대로 만든 것이었다.

조셉은 작은 딩기의 노를 젓기 위해 일행을 따라왔다. 그는 앤드루와 함께 배 안에 있었다. 그들은 다른 사람들이 뱃전을 넘어 바닷속으로 헤엄쳐 들어가는 사이에 암초가 있는 곳으로 향했다.

"아빠, 안 들어오세요?" 데이비드는 고기잡이배의 부교에서 그의 아버지를 향해 소리쳤다. 둥그런 유리 마스크가 눈, 코, 이마 위를 덮고 있고 고무

프레임이 코 아래에서 얼굴 옆을 덮었으며 이 모든 건 뒤통수 쪽으로 이어지는 고무 끈으로 꽉 조여져서 마치 과학 만화 속에 나오는 의사 캐릭터 같아 보였다. "나는 조금 있다가 내려가마."

"물고기들이 겁을 먹고 도망가기 전에는 들어오셔야 해요."

"암초는 많단다. 전부 뒤지기는 힘들 거야."

"하지만 보일러 너머에 아주 좋은 구멍이 있는 걸 알아 뒀어요. 저번에 저희끼리 왔을 때 찾았죠. 그 구멍을 아무도 건드리지 않았는지 물고기가 꽉 차 있는 걸 봤는데, 나중에 저희가 다 같이 올 때를 위해 일부러 그냥 놔두었거든요."

"기억한단다. 한 시간 정도 뒤에 내려가마."

데이비드는 "오실 때를 대비해 일단 그대로 놔둘게요."라고 말하며 다른 이들을 따라 헤엄쳤다. 그는 오른손에 6피트 길이의 쇠 작살을 쥐고 있었는데, 그 끝에는 손으로 만들어 붙인 두 조각의 똑같은 갈고랑이 같은 미늘을 맞추어서 굵은 낚싯줄로 단단히 죄어 놓았다. 그는 얼굴을 물속에 박고 헤엄쳐 가면서 물안경을 통해 밑바닥을 자세히 들여다보고 있었다. 그는 바닷속의 소년이었다.

토머스 허드슨은 데이비드가 헤엄쳐 가는 것을 지켜보았다. 그는 왼팔을 사용하고 긴 발과 다리로 물을 차면서 천천히 그리고 꾸준히 헤엄쳐 나갔다. 그러다 이따금 머리를 한쪽으로 비스듬히 치켜들고 호흡했다. 머리를 치켜들고 호흡을 하는 시간은 조금씩 길어졌다. 로저와 장남 톰은 마스크를 이마 위로 올리고 헤엄쳐 나가 훨씬 앞서 있었다. 앤드루와 조셉은 작은 딩기를 타고 암초 위에 있었다. 앤드루는 아직 물속으로 들어가지 않았다. 단지 가벼운 바람만이 불 뿐이었다. 암초 위의 물은 엷은 크림색이었다. 암초는 갈색을 드러내 보였고 저 너머는 짙푸른 색의 물이었다.

토머스 허드슨은 에디가 무릎 사이에 양동이를 낀 채 감자를 까고 있는 주방으로 내려갔다. 그는 주방의 창문 바깥을 통해 암초 쪽을 바라보고 있었다.

"아이들은 절대 흩어지지 말아야 해요." 그가 말했다. "딩기 근처에 있어야 해요."

"암초 너머로 뭐가 들어올 것 같은가?"

"파도 상태는 양호해요. 이건 봄철의 조수지요."

토머스 허드슨은 "물이 너무 맑은 것 같군."이라고 말했다.

"바닷속에는 나쁜 것들도 존재해요." 에디는 말했다. "그것들이 물고기 냄새를 맡으면 곧바로 주변은 거칠어지지요."

"그들은 아직 물고기를 잡지 못했어."

"곧 잡을 겁니다. 잡은 물고기들은 바로 딩기로 올려야 해요. 물고기 냄새나 피 냄새가 파도를 타고 퍼지기 전에요."

"내가 헤엄쳐 나가지."

"안 돼요. 그들에게 소리쳐서 가까이 있으라고 말하고 딩기의 물고기를 지켜봐야 해요."

토머스 허드슨은 갑판에 올라가 로저를 향해 에디가 말한 것을 큰 소리로 알려 주었다. 그는 그의 창을 들고 흔들어 알아들었음을 표시해 주었다.

에디는 한 손에는 감자가 가득 찬 냄비를, 또 다른 손에는 칼을 들고 선원실로 올라왔다.

"톰 씨는 작지만 훌륭해 보이는 그 소총을 들고 위쪽으로 올라가세요." 그가 말했다. "저는 별로 좋은 생각인 것 같지 않아요. 아이들이 이 파도 위에 있다는 것이요. 우리는 진짜 바다와 너무 가까이 있어요."

"그럼 그들을 불러들이지."

"아니에요, 단지 제 생각에 걱정이 된다는 말이지 그렇게까지 걱정할 만한 문제는 아니에요. 어젯밤을 꼴딱 세웠거든요. 아주 엉망으로요. 저 아이들을 제 친아들만큼이나 좋아하니 걱정이 안 될 수가 없어요." 에디는 감자로 가득 찬 냄비를 내려놓으며 말했다. "이렇게 하면 어때요? 제가 닻을 올릴 테니 그동안 시동을 걸어 주세요. 파도가 이렇게 좋으니 순풍을 따라 배가 꽤 잘 나가겠는데요. 자, 슬슬 시작해 볼까요."

토머스 허드슨은 시동을 걸고 배를 조종하기 위해 선교를 따라 뱃전으로 왔다. 그 앞에서 에디가 닻을 걷어 올리는 동안 아이들이 물속에 잠겼다 떴다

하는 모습이 시야에 들어왔다. 물속에서 나온 데이비드가 작살에 걸려 퍼덕거리는 고기를 높이 치켜들자 토머스 허드슨이 그를 딩기로 불렀다.

"뱃머리를 바로 암초에 대는 게 좋겠어요." 닻을 손에 들고 있던 에디가 소리쳤다.

토머스 허드슨은 서서히 배를 암초에 대었다. 암초 위엔 갈색 산호와 검은 지푸라기가 물결을 따라 넘실댔으며 자줏빛 해파리가 파도에 밀리고 있었다. 에디가 늘어뜨린 닻줄이 팽팽해지자 허드슨은 배의 시동을 끄고 그쪽으로 배를 대었다.

"자, 이젠 아이들을 가까이서 지켜볼 수 있게 되었군요. 저 아이들은 한시도 마음이 놓이지 않거든요. 소화가 안 될 만큼 말이죠." 에디가 뱃머리에 선 채 말했다.

"내가 여기 남아서 저들을 지켜보지."

"그럼 소총을 넘겨드리고 감자로 후다닥 음식을 만들도록 하죠. 아이들은 감자 샐러드 좋아하죠? 저희가 먹는 방식으로?"

"그럼, 로저도. 삶은 달걀과 양파를 많이 넣어 줘."

"맛있게 만들어 드리겠습니다. 여기 소총이요."

허드슨이 받아든 총은 묵직했다. 바닷바람에 녹이 슬까 봐 기름에 전 양피 케이스에 넣어 둔 탓일까. 개머리판에 손을 넣어 총신을 쑥 뽑아 든 그는 양피 케이스를 갑판 위에 아무렇게나 던져두었다. 총열 18인치짜리 .256 만리커 슈나워(Mannlicher-Schönauer, 오스트리아군 소총)는 너무 오래되어 시장에 내놓아도 이젠 고철 값밖에 받지 못할 것이다. 개머리판과 손잡이는 수없이 기름칠을 한 데다가 손길이 많이 닿아서 호두알 껍질처럼 반질반질했다. 총열 역시 양피 케이스에 싸인 채 오랜 세월을 쏘다녀서인지 녹슨 곳 한 군데 없이 번쩍거렸다. 개머리판 양편의 살짝 불룩했던 부분 역시 닳아빠져서 아주 평평해져 있었다. 케이스의 곁에 달린 버튼을 풀자 가늘고 긴 연필 모양의 실탄이 가득 든 탄창이 쏟아져 나왔다.

이 소총은 사실 배에 가지고 다니기에는 너무 좋은 총이었다. 하지만 허드슨은 그 총을 여간 좋아하는 게 아니었다. 허드슨에겐 너무나 많은 사연을 연상시키는 물건이었기 때문이다. 그 총을 가진 채 그는 많은 사람들과 한데 어울려 가고 싶은 곳은 아무데나 쏘다녔었다. 한 번 쓰고 나서 양피 케이스에 조금만 기름을 쳐서 넣어 두면 제아무리 소금기가 짙은 바람에도 끄떡없는 그 총이 대견스럽기까지 했다. 그는 총이란 케이스에만 넣어 두는 물건이 아닌 쏴야 제 몫을 하는 물건이라 생각했다. 그리고 그 총은 실제로도 정말 좋은 총이었다. 쏘기도 쉽고 가르치기도 쉬웠으며, 보트 위에서 쓰일 일이 많았다. 그는 어떤 거리로든 그 총을 쏘면서 늘 그것을 다른 어떤 소총보다도 마음에 들어 했고 자신감을 가질 수 있었으며, 케이스에서 꺼내서 볼트를 당겨 약실에 총알을 재어 넣을 때는 행복감마저 느꼈다.

배는 미풍을 받고 움직이지 않은 채 제자리에 떠 있었다. 허드슨은 소총의 멜빵을 풀어 뱃전에 기대어 놓았다. 마음만 먹으면 어느 때라도 쏠 수 있었다. 그러고는 선교 위에 깔아 둔 매트리스에 벌렁 누워 버렸다. 눈부신 태양이 내리쬐고 있었다. 배를 깔고 엎드린 그는 눈을 들어 작살질을 하며 고기를 잡는 로저와 아이들이 있는 곳을 바라보았다. 녀석들은 모두 다이빙을 해서 제 능력껏 물속에서 오랫동안 머물다가 숨을 쉬기 위해 물 위로 잠시 떠올랐다가는 다시 내려가곤 했다. 이따금 작살에 고기를 꿰어 올리기도 했다. 그러면 조셉은 이리저리 노를 저어 딩기를 옮겨 다니면서 작살에 꿰어 올라온 고기를 떼어 담곤 했다. 조셉이 작살에 매달린 빨갛고 갈색 무늬가 있거나, 빨강과 노랑이 같이 있는, 혹은 노란 줄무늬가 있는 고기들이 파닥거리며 내는 밝은 빛을 보며 터뜨리는 환성과 웃음소리가 이따금 들려왔다.

"한 잔만 주겠나, 에디?" 토머스 허드슨이 머리를 돌려 말했다.

"어떤 걸 드시겠습니까?" 에디는 앞쪽 조종석에서 머리를 내밀었다. 그는 낡은 양털 모자와 하얀 셔츠를 걸치고 있었는데 밝은 햇살 아래 그의 눈은 충혈되어 있는 것이 눈에 띄었다. 토머스 허드슨은 그의 입술에 머큐로크롬이 묻어 있는 것을 알아차렸다.

"자네, 입에다가 무슨 짓을 한 건가?" 그가 물었다.

"어젯밤에 좀 문제가 있었어요. 그래서 그냥 발랐죠. 이상해 보이나요?"

"어느 뒷섬의 창녀처럼 보이는군."

"이런, 젠장." 에디가 말했다. "어둠 속에서 대충 발랐거든요. 그냥 느낌으로요. 코코넛 워터가 들어간 음료를 드릴까요?"

"아주 좋군."

"그린 아이작스 스페셜(Green Isaac's Special, 칵테일 중 하나)은 어떠십니까?"

"좋아, 스페셜하게 만들어 주게."

매트리스 위에 누워 있는 허드슨의 머리 부분은 배의 조종 장치가 있는 시설의 앞쪽 끝에 달린 널빤지에 가리어 그늘이 지기 시작했다. 에디는 진과 주스 그리고 코코넛 워터를 넣은 목이 긴 컵을 들고 배의 고물 쪽으로 다가왔다. 앙고스투라 비터스(Angostura bitters, 양주 중 하나)을 흠뻑 친 데다가 얼음덩이를 둥둥 띄운 컵에는 장밋빛이 감돌았다.

"도련님들, 고기를 썩 잘 잡으시는데요." 에디가 입을 열었다. "점심거리로 요리할 생선은 벌써 푸짐하게 잡은걸요."

"또 뭐가 있지?"

"으깬 감자와 생선이요. 토마토 샐러드도 좀 있어요. 감자 샐러드도 있구요."

"괜찮을 것 같군. 그 감자 샐러드는 어때?"

"아직 차갑지 않아요, 톰 씨."

"에디, 자네는 요리하는 걸 좋아하나?"

"그럼요. 빌어먹을 정도로 좋아하죠. 배 타는 것과 마찬가지로요. 싸움질하는 거랑 기계가 고장 나는 것은 싫어하지만요."

"그래도 자네는 사고가 나면 잘 해결하던데."

"저는 늘 피하기만 했죠, 톰 씨. 물론 계속 피할 수만은 없지만, 최대한 피하려고 노력해요."

"어젯밤엔 무슨 일이 있었던 건가?"

"아무것도 아니에요."

그는 어젯밤 일에 대해 말하고 싶지 않은 듯 보였다. 그는 또한 문제가 많았던 지난날들에 대해 이야기한 적이 없었다.

"좋아. 그리고 또 먹을 게 있나? 우리는 저 아이들을 먹여 살려야 한다고. 저들은 한창 자라나야 할 소년들이거든."

"집에서 케이크를 만들어 가져왔어요. 그리고 얼음에 넣어 둔 차갑고 신선한 파인애플도 몇 개 있고요. 썰어서 내도록 할게요."

"좋아. 생선은 어떻게 먹을까?"

"원하시는 방식으로요. 저들이 생선을 가져오면 그걸 보고 톰 씨와 로저 씨 그리고 도련님들이 좋아하시는 방식대로 요리할게요. 데이비드가 좋은 방어를 잡았어요. 이후에 한 마리 더 잡았었는데 놓쳤죠. 좀 전에 잡아 둔 건 좀 축 늘어졌어요. 데이비드는 계속 멀리까지 가고 있어요. 이미 잡은 물고기들도 많은데 조만 죽어나고 있는 거죠. 앤드루가 있는 딩기까지 왔다 갔다 하느라고요."

토머스 허드슨은 음료수를 그늘에 내려놓고 일어섰다.

"세상에, 맙소사." 에디가 말했다. "저기!"

푸른 물 건너편에서 갈색 딩기의 돛처럼 보이는 무겁고, 꼬리에 꼬리를 문 것 같은, 폐를 찌를 듯 솟아오른 삼각형 모양의 지느러미가 얼굴을 가린 소년이 물고기를 물 밖으로 들어 올린 암초 가장자리의 구멍을 향해 물을 가르며 다가오고 있었다.

"오, 맙소사." 에디가 말했다. "저 빌어먹을 귀상어 같으니라고. 맙소사, 톰 씨. 오, 맙소사."

나중에 허드슨이 이 일에 관해 털어놓은 이야기를 들어 보면, 그는 이때 귀상어가 지느러미를 높이 치켜세우고 냄새를 쫓는 사냥개처럼 몸뚱이를 세차게 돌리면서 칼로 베듯 물결을 가르며 다가오는 모습이 가장 인상적이었다면서, 그때만 생각하면 아직도 몸뚱이가 부르르 떨리는 것 같다고 실토할 정도로 위험한 순간이었다.

허드슨은 뱃전에 세워 둔 소총을 손에 쥐고 녀석의 지느러미의 바로 앞쪽을 향해 보기 좋게 한 방 쏘았다. 곧이어 총알이 맞은 자리에 하얀 물보라가 일며 바닷물이 뒤집히는 듯했다. 아직도 기름기가 남아 있는 총신에는 끈끈한 감촉이 느껴졌다.

"그냥 그 빌어먹을 물고기를 던져 줘!" 에디가 조종실로 뛰어가며 데이비드에게 소리쳤다.

허드슨이 다시 한 방을 쏘자, 그렇지 않아도 거칠어진 수면이 또 한 번 뒤집혔다. 뒤이어 또 한 방을 쏘았다. 조심스럽고 침착한 자세로. 영악스런 녀석의 바로 앞에서 다시 물이 뒤집혔다. 그래도 그놈은 여전히 무서운 속도로 헤엄쳐 다가왔다. 이제 실탄은 한 발밖에 남지 않았다. 여분이 없다. 물결을 세차게 가르며 상어는 계속 돌진하고 있었다. 상어와 데이비드 사이의 거리는 겨우 30야드 정도. 작살에서 고기를 떼어 손에 쥔 데이비드는 마스크를 이마 위로 벗어 올린 채 자신을 향해 다가오는 상어를 계속 지켜보고 있었다.

허드슨은 숨을 죽이고 침착하게 상어를 지켜보고 있었다. 그의 머릿속에는 오직 어떻게 하면 최후의 일발을 명중시킬 것인가 하는 생각으로 가득 차 있었다. 그놈의 아랫배 부분이 조금 전 제1탄을 맞았을 때보다 더욱 심하게 요동했다. 그러곤 "꾸루룩" 하는 소리가 나더니 물길이 쭉 솟아올랐다. 허드슨이 마지막 한 방을 쏘자 이번에는 그놈의 뱃속에서 아까보다 더 세차게 "꾸루룩" 소리가 나더니 지느러미가 서서히 물속으로 가라앉기 시작했다. 상어가 있던 자리는 금세 물이 끓듯 부글거렸다. 얼마나 지났을까. 난생 처음 보는 커다란 귀상어가 자신의 하얀 배를 물 밖으로 내보인 채 수상 스키가 물을 헤치듯 등으로 미친 듯이 버둥거리기 시작했다. 녀석의 배는 눈부시게 새하얀 색이었고, 폭이 1야드는 족히 되어 보였으며, 입은 마치 웃는 것처럼 보였다. 뿔처럼 양쪽으로 튀어나온 눈은 물 위를 튕기며 미끄러져 올라올 때 더 벌어진 것 같았다. 이윽고 에디의 총이 상어 배의 빨갛던 자리를 검게 물들였고, 허드슨은 상어가 뒤집히면서 서서히 가라앉는 걸 지켜봤다.

"저 빌어먹을 아이들을 이리 데려와요!" 에디의 고함소리가 들렸다. "전 이렇게 위험한 상황을 도저히 견딜 수 없어요."

로저는 데이비드를 향해 빠르게 돌진했고, 조셉은 앤디를 딩기 안으로 끌어당긴 다음 다른 두 사람을 향해 힘차게 노를 저어 나아갔다.

"빌어먹을." 에디가 말했다. "그런 귀상어를 보신 적이 있나요? 녀석이 모습을 보이며 다가와서 다행이에요. 신께 감사드립니다. 그 녀석들은 항상 모습을 드러내니까. 그놈이 다가오는 걸 보셨어요?"

"실탄 한 상자만 주게." 토머스 허드슨이 말했다. 그는 손이 부들부들 떨리고 속이 메스꺼운 걸 느꼈다. "이리 돌아와!" 그가 소리쳤다. 아이들은 딩기 옆에서 수영을 하고 있었고, 로저는 데이비드를 뱃전 위로 밀어올리고 있었다.

"이젠 그냥 낚시를 해도 괜찮을 거예요." 에디가 말했다. "다른 상어가 또 나타난다 해도 이젠 그 귀상어 녀석이나 뜯어먹겠죠. 녀석은 아마 바다 전체를 불러들일 거예요. 등 쪽으로 뒤집는 거 보셨나요, 톰 씨? 맙소사. 그리고 물고기를 던지려고 하던 데이비드 도련님은요? 얼마나 신통한 도련님이신지."

"그냥 돌아오는 게 좋을 거야."

"네, 그러는 게 낫겠어요. 저도 그냥 해본 말이에요. 돌아올 거예요. 걱정하지 않으셔도 돼요."

"맙소사, 정말로 끔찍한 일이었어. 그 총은 어디서 난 거지?"

"사실은 이 총을 갖고 뭍에 올랐다가 판무관이 말썽을 부린 뒤부턴 늘 침상 밑에 넣어 자물쇠를 채워 두었지요."

"잘 쏘더군."

"그걸 말씀이라고 하세요? 놈한테 던져 줄 고기를 얌전하게 들고 있는 우리 데이비드 도련님을 향해 녀석이 외람스럽게 덤벼드는 걸 보고 누군들 총을 쏘지 않고 배길 도리가 있겠습니까? 상어가 쫓아오는 것을 똑바로 쳐다보면서 말이에요. 젠장, 제가 살면서 다른 빌어먹을 것들은 보지 못해도 상관없습니다. 그것만은 반드시 봐야 하니까요."

그들은 딩기를 타고 옆으로 다가왔다. 흠뻑 젖은 아이들은 매우 흥분한 상태였고 로저 역시 매우 놀란 눈치였다. 그는 에디에게로 건너와서 그와 악수를 나누었다. 에디가 말했다. "도련님들을 이 바다에 나가게 해선 안 됐어요."

로저는 머리를 흔들며 에디에게 팔을 둘렀다.

"제 잘못이에요." 에디가 말했다. "전 여기서 태어났지만 당신은 외지인이시죠. 그러니 당신 잘못이 아니에요. 제가 책임져야 해요."

"자네는 자네의 책임을 다했네." 로저가 말했다.

"빌어먹을." 에디가 말했다. "그 정도 거리라면 누구도 녀석을 못 맞출 리 없죠."

"그걸 볼 수 있었어, 데이브?" 앤드루는 매우 정중하게 물었다.

"마지막에는 지느러미만. 에디가 총을 쏜 다음에 녀석이 물속으로 들어갔다 나왔다 할 때는 봤어."

에디는 수건으로 데이비드의 몸을 닦아 주고 있었는데, 토머스 허드슨은 그의 다리와 등과 어깨 위에 여전히 닭살이 돋아 있음을 볼 수 있었다.

"난 녀석이 물속에서 나와 몸을 뒤집은 채 등으로 헤엄치는 모습 같은 건 본 적이 없어." 어린 톰이 말했다. "세상에서 그런 건 본 적이 없어."

"그런 건 결코 쉽게 볼 수 있는 장면이 아니야." 그의 아버지가 그에게 말했다.

"녀석은 틀림없이 무게가 1,100파운드 정도는 나갔을 거예요." 에디가 말했다. "저는 귀상어가 그렇게까지 큰 줄은 몰랐어요. 세상에, 데이비스 아저씨, 그의 지느러미 보셨어요?"

"그래, 봤어." 로저가 말했다.

"시체를 가져올 수 있을까요?" 데이비드가 물었다.

"빌어먹을, 안 돼." 에디가 말했다. "죽을 때 몇 번이나 그렇게 물속에서 뒹굴었는데 어디에 있을지는 아무도 몰라. 아마도 바닷속 깊은 곳으로 가라앉았을 테고, 다른 생명체들이 녀석을 뜯어먹고 있을 거야. 녀석은 지금 바닷속 모든 생명체들을 부르고 있을 거라고."

"시체를 가져올 수 있으면 좋을 텐데." 데이비드가 말했다.

"조심해, 데이비. 아직도 몸에 닭살이 남아 있어."

"많이 무서웠어, 데이브?" 앤드루가 물었다.

"응." 데이비드가 그에게 말했다.

"넌 어떻게 하려고 했어?" 어린 톰이 매우 정중하게 물었다.

"물고기를 던지려고 했어." 데이비드가 말했다. 토머스 허드슨이 그의 어깨에 닭살이 점점 퍼지는 걸 보았다. "그러곤 작살을 던져서 녀석의 얼굴 한가운데를 맞추려고 했지."

"아이고." 에디가 이렇게 말하며 수건을 들고 돌아섰다. "뭐라도 좀 드시겠어요, 로저?"

"헴록은 없나?" 로저가 그에게 물었다.

"그만둬, 로저." 토머스 허드슨이 말했다. "이 일은 우리 모두에게 책임이 있어."

"무책임했지."

"끝났어."

"그래."

"진 음료를 만들게요." 에디가 말했다. "톰은 좀 전에 그 일이 일어났을 때 진 음료를 드시고 계셨어요."

"내 건 아직 위에 있어."

"지금은 얼음이 다 녹아서 맛이 별로일 거예요." 에디가 말했다. "새로 신선한 걸 내올게요."

"꽤 잘 버티던 걸 데이비." 어린 톰이 매우 자랑스럽게 말했다. "학교 친구들에게 오늘 일에 대해 말해 줄게. 기대되네."

"걔들은 아마 믿지 않을 거야." 데이비드는 말했다. "내가 거기 가게 될 거라면 걔들한테 말하지 마."

"왜?" 어린 톰이 물었다.

"모르겠어." 데이비드가 말했다. 그러곤 그는 어린아이처럼 울기 시작했다. "빌어먹을. 걔들이 그 말을 믿지 않으면 난 어쩌지."

토머스 허드슨은 그를 들어 올린 다음 그의 가슴에 머리를 기댄 채 두 팔로 안았다. 다른 아이들은 돌아섰고, 로저는 시선을 돌렸다. 그리고 에디는 그들 중 하나에 엄지손가락을 넣은 채로 음료수 세 잔을 들고 나왔다. 토머스 허드슨은 그가 밑에서 이미 한 잔 마신 다음 올라온 것을 알 수 있었다.

"왜 그래, 데이비?" 그가 물었다.

"아무것도 아니야."

"좋아." 에디가 말했다. "듣고 싶었던 말이야, 이 빌어먹을 자식아. 그만 칭얼대고 내려와. 아버님께서 술 드실 수 있게."

데이비드는 바닥으로 내려와 그 자리에 아주 똑바로 섰다.

"썰물 때 그 부분에서 낚시해도 괜찮을까?" 그가 에디에게 물었다.

"이제 그 어떤 것도 널 괴롭히지 않을 거야." 에디가 말했어요. "뭐, 자잘한 것들은 있겠지만. 하지만 큰 것들은 절대 들어오지 않을 거야. 썰물 때는 다시 돌아갈 수 없으니까."

"썰물에 나가도 되나요, 아빠?"

"에디가 괜찮다면 괜찮은 거야. 에디는 보스니까."

"별말씀을 다 하시는군요." 에디는 이렇게 말하면서도 기분이 썩 나쁘지는 않은 듯한 표정이었다. 머큐로크롬을 바른 입과 충혈됐던 눈에 웃음이 가득했다. "그 아무짝에도 쓸모없는 귀상어 따위가 더 큰 말썽을 부리기 전에 누가 감히 때려눕혔겠어요?"

"그놈을 후련하게 때려눕힌 건 자네 아니었던가? 정말 멋있더군. 그 어떤 말로도 표현할 수 없지. 없고말고." 토머스 허드슨이 말했다.

"그런 말씀은 안 하셔도 돼요. 몸뚱이가 뒤집힌 그 늙은 상어 놈이 평생 동안 두고두고 제 눈앞에 어른거릴 걸요. 그놈보다 더 흉악해 보이는 놈을 보신 적이 있나요?" 에디가 신바람이 나서 줄줄 말을 늘어놓았다.

일행이 모두 점심을 기다리고 있는 사이에 토머스 허드슨은 바다로 눈길을 돌려 상어가 내려간 쪽을 따라 조셉이 노를 저어 가는 모습을 응시했다. 조셉은 물안경을 통해 딩기 바로 옆 바닷속을 내려다보고 있었다.

"뭐가 보이나?" 토머스 허드슨이 그를 부르며 말했다.

"너무 깊어서요, 톰 씨. 그 상어는 물 밑 여울목 아래로 곧장 내려간 모양이에요. 지금쯤 아주 밑바닥에 닿았겠죠."

"그놈의 턱을 낚아챘더라면 정말 좋았을 텐데. 아빠가 녀석을 잡았더라면 그놈을 완전히 희게 표백해서 걸어 두시지 않았겠어요?" 어린 톰의 말이었다.

"그랬다간 꿈자리만 사나울 텐데, 뭘. 난 그놈을 잡지 못한 게 오히려 잘된 일이라고 생각해." 앤드루가 말했다.

"아냐, 그놈의 턱뼈를 뽑았더라면 아주 훌륭한 기념물이 되었을걸. 학교에 가져갈 물건으로는 아주 최고지."

"그놈을 잡았더라도 그건 데이비드 것이 되지 않았을까?" 앤드루가 반론을 들었다.

"아니, 그건 에디 아저씨 거야. 그렇지만 내가 달라고 부탁했다면 에디 아저씨는 서슴지 않고 나한테 주셨을 거야." 어린 톰이 말했다.

"에디 아저씨는 데이브한테 줬을 거야." 앤드루가 말했다.

"그건 그렇고, 난 너희들이 곧바로 바다에 나가지 않는 게 좋다고 생각한단다." 토머스 허드슨이 끼어들었다.

"점심을 먹고 나서 한참 기다려야 할 거예요." 데이비드가 대답했다.

"내 말은, 수중 낚시를 말하는 거야."

"에디가 괜찮다고 했어요."

"알고 있단다. 하지만 나는 아직 놀란 가슴을 진정시키지 못했거든."

"하지만 에디는 괜찮다고 했는걸요."

"그냥 내게 선물한답시고 안 가면 안 되겠니?"

"아빠가 원하신다면, 그야 물론이죠. 하지만 저는 물속에 들어가는 게 너무 좋아요. 그 무엇보다도요. 그리고 만약 에디—"

"그래." 토머스 허드슨이 말했다. "선물은 강요해서 받으면 안 되는 법이니까."

"아빠, 제 말은 그런 뜻이 아니에요. 원하시지 않으시면 안 갈게요. 전 그냥 에디가—"

"곰치를 잡는 건 어떠니? 에디가 곰치 얘기도 꺼냈었는데."

"아빠, 곰치는 늘 잡을 수 있어요. 아빠가 저한테 곰치를 두려워하지 말고 어떻게 행동해야 하는지, 어디에 사는지 가르쳐 주셨잖아요."

"안단다. 그러곤 내가 너를 상어 있는 곳까지 나가게 했지."

"아빠, 저희 모두 멀리 나가 있었어요. 그러니까 그렇게 죄책감을 갖지 않으셔도 돼요. 그냥 제가 너무 멀리 나갔고, 방어를 작살로 맞추고도 놓쳐서 그 녀석이 피를 온 바다에 뿌리는 바람에 상어가 냄새를 맡고 온 걸요."

"그래도 녀석이 마치 사냥개처럼 달려들지 않았니?" 토머스 허드슨이 말했다. 그는 그 감정을 떨쳐 내려 애쓰고 있었다. "상어들이 그렇게 빨리 다가오는 건 전에도 본 적이 있어. 신호석 부근에 미끼를 뿌리면 그렇게 다가오던 녀석이 있었지. 나는 그저 총을 그렇게 쏘고도 녀석을 맞출 수 없었다는 게 너무나 부끄럽단다."

"아빠, 그래도 녀석과 엄청 가까운 곳을 맞추고 계셨는걸요." 어린 톰이 말했다.

"상어 빼곤 다 맞추고 있었지."

"상어는 저를 향해 오던 것이 아니에요, 아빠." 데이비드가 말했다. "녀석은 물고기를 향해 오고 있던 거예요."

"그래도 결국엔 널 데려갔을 거야." 에디가 말했다. 그는 식탁을 차리고 있었다. "녀석이 너한테 묻은 물고기 냄새와 피 냄새를 맡고도 네게 오고 있지 않았던 거라고 자신을 속이지 말렴. 그 속도였다면 말도 쳐서 넘어뜨렸을 거야. 녀석은 앞에 있는 건 무엇이든 간에 쳤겠지. 오, 신이시여. 이제 그 이야기는 그만하자. 젠장, 한잔 더 마셔야겠군."

"에디." 데이비드가 말했다. "썰물 때는 정말 안전할까요?"

"그럼. 내가 전에 그렇게 말해 주지 않았니?"

"일부러 자꾸 그 얘기를 묻는 건 아니겠지?" 토머스 허드슨이 데이비드에게 물었다. 그는 물가로부터 시선을 돌렸고 기분이 조금은 나아졌다. 그는 데이비드가 무슨 행동을 하는지 알고 있었고, 또한 자신이 이기적으로 말하고 있음을 알았다.

"아빠, 그건 제가 제일 사랑하는 일이고, 또 날씨도 이렇게나 좋고, 또 우리가 언제 이렇게—"

"그리고 또 에디가 말했지." 토머스 허드슨이 끼어들어 웃었다.

"네, 그리고 에디가 말했죠." 데이비드는 그와 함께 웃었다.

"에디는 너희 때문에 속상해 죽겠다. 그러니까 바다로 던져 버리기 전에 어서 밥이나 먹으렴." 에디는 샐러드와 구운 생선 그리고 으깬 감자를 들고 서 있었다. "조는 어디 갔지?"

"상어를 찾으러 갔어요."

"미쳤군."

에디는 아래로 내려가고 어린 톰이 음식을 옆으로 건네고 있을 때, 앤드루가 아버지에게 속삭였다. "아빠, 에디 아저씨는 술고래인가요?"

토머스 허드슨은 거칠게 갈린 검은 후추로 덮인 차가운 양념 감자 샐러드를 차리고 있었다. 그는 에디에게 파리의 브래서리 립(Brasserie Lipp, 파리 생제르맹가에 있는 작은 식당)에서 만들던 방식대로 조리법을 가르쳐 주었고, 그것은 에디의 배에서 만들 수 있는 요리 중 가장 맛있는 것이었다.

"그가 상어를 쏘는 걸 봤니?"

"봤어요."

"그건 술고래들이 쏘는 방식이 아니야."

그는 앤드루의 접시에 샐러드를 담아 준 다음, 자신의 접시에도 담았다.

"제가 그 질문을 한 이유는 제가 앉아 있는 자리에서 주방이 보이고, 또 제가 여기에 앉은 후부터 그가 벌써 8번이나 술을 병째로 들고 마시는 걸 봤기 때문이에요."

"그건 그의 병이란다." 토머스 허드슨이 설명했고, 앤드루에게 샐러드를 더 덜어 주었다. 앤드루는 그가 본 사람들 가운데 가장 빨리 먹는 사람 중 하나였다. 그는 학교에서 빨리 먹는 법을 배웠다고 말했다. "좀 천천히 먹도록 해, 앤디. 에디는 항상 술병을 배에 가지고 탄단다. 거의 모든 훌륭한 요리사들은 요리를 할 때 술을 조금 마시기도 해. 몇몇은 꽤 많이 마시지."

"그가 8번이나 마셨다는 건 알아요. 지금 9번째 마시고 있네요."

"빌어먹을, 앤드루." 데이비드가 말했다.

"그만둬." 토머스 허드슨이 둘에게 말했다.

어린 톰이 끼어들었다. "정말 대단한 남자가 자기 형제의 목숨을 구한 다음 술 한 잔, 아니 몇 잔 마셨다고 술고래라고 한다니. 넌 사람들과 어울리는 게 맞지 않는 것 같아."

"술고래라고 부르지 않았어. 그냥 아빠에게 물어봤을 뿐이야. 술고래라는 단어에 나쁜 감정은 없어. 그냥 그런지 아닌지 궁금했을 뿐이라고."

"나는 내가 제일 처음 번 돈으로 에디에게 술을 사 줄 거야. 그러곤 같이 마실 거야." 어린 톰이 거창하게 말했다.

"뭐라고?" 낡은 펠트 모자를 뒷면에 눌러쓴 에디의 머리는 햇볕에 그을린 까만 얼굴 위로 하얀색을 드러내고 있었고, 머큐로크롬을 바른 입의 한쪽 구석에는 시가가 들러붙어 있었다. "맥주 아닌 다른 술을 마시면 내가 너희들을 두들겨 패 주지. 세 명 전부 다. 술에 대해 말하지 말거라. 으깬 감자 더 먹을래?"

"네, 부탁해요, 에디." 어린 톰이 말했고, 에디는 곧장 아래로 내려갔다.

"이제 10번째네요." 앤드루가 계단을 보며 말했다.

"오, 그 입 좀 다물어, 마부." 어린 톰이 그에게 말했다. "위대한 사람을 존경할 수는 없는 거야?"

"생선을 좀 더 먹으렴." 토머스 허드슨이 말했다.

"큰 방어는 어디 있죠?"

"아직 요리하지 않은 거 같은데?"

"그럼 노란 가오리나 먹죠."

"정말 맛있다."

"창으로 찌르는 게 더 맛있게 만드는 것 같아요. 피를 미리 빼내잖아요."

"아빠, 에디에게 저희와 함께 술 마시지 않겠냐고 물어봐도 괜찮아요?" 어린 톰이 물었다.

"그러렴." 토머스 허드슨이 말했다.

"이미 우리랑 한 잔 마셨어. 기억 안 나?" 앤드루가 끼어들었다. "우리가 처음 왔을 때 같이 마셨잖아. 기억할걸."

"아빠, 그럼 지금 같이 밥 먹을 겸 한잔해도 될까요?"

"물론이지." 토머스 허드슨이 말했다.

어린 톰이 아래로 내려가고, 토머스 허드슨은 그가 하는 말을 들었다. "에디,

아빠가 아저씨 술도 한 잔 만들어서 저희와 함께 마시며 점심을 먹는 게 어떻겠냐고 하셨어요."

"빌어먹을, 얘야, 토미." 에디가 말했다. "나는 정오에는 절대 밥을 먹지 않아. 아침과 저녁만 먹지."

"우리랑 한잔하는 건 어때요?"

"이미 몇 잔 마셨다, 토미."

"그럼 지금 저랑 맥주를 한 병 같이 마셔 주시겠어요?"

"당연하지." 에디가 말했다. 토머스 허드슨은 아이스박스가 열리고 닫히는 소리를 들었다. "너를 위하여, 토미."

토머스 허드슨은 두 병이 부딪히는 소리를 들었다. 그는 로저를 보았고, 로저는 바다를 내다보고 있었다.

"에디를 위하여." 그는 어린 톰이 말하는 것 또한 들었다. "함께 술을 마시게 되어 영광이에요."

"그래, 토미." 에디가 그에게 말했다. "나도 너와 같이 술을 마시게 되어 영광이야. 기분이 정말 좋아, 토미. 넌 아까 내가 그 상어를 쏘는 것을 봤니?"

"봤어요, 에디. 우리랑 같이 뭐 좀 먹고 싶지 않아요?"

"아니, 괜찮다, 토미. 정말이야."

"아저씨 혼자 술을 마시지 않도록 제가 여기 같이 있어 드릴까요?"

"안 돼, 토미. 혹시 뭔가 헷갈리는 건 아니겠지? 나는 술을 마시지 않아도 돼. 나는 내 일인 요리하는 것 외엔 아무것도 하지 않아도 된다고. 그냥 기분이 좋을 뿐이야. 그리고 너 진짜로 내가 그 상어를 쏘는 걸 본 거지?"

"에디, 그건 제가 지금껏 본 것 중에 가장 멋진 장면이었어요. 전 그냥 아저씨가 외롭지 않게 옆에 있어 줄 누군가가 필요한 건지 물어본 것뿐이에요."

"나는 한 번도 외로워 본 적이 없어." 에디가 그에게 말했다. "나는 행복하고 또 여기에 있어서 더 행복해."

"에디, 어쨌든 전 아저씨와 함께 있고 싶어요."

"아니, 토미. 이 생선 한 접시를 가지고 네가 있어야 할 곳으로 올라가거라."

"다시 돌아와서 여기 있고 싶어요."

"난 아프지 않아, 토미. 만약 내가 아팠다면 나는 기꺼이 네가 내 옆에 앉아 있도록 했을 거야. 하지만 지금은 그냥 난 최고로 기쁠 뿐이야."

"에디, 그 병에 술은 충분히 있어요?"

"당연하지. 만약 다 마신다면 로저 씨와 네 아버지 것을 조금 마시마."

"그럼 생선이나 가지고 올라갈게요." 어린 톰이 말했다. "아저씨 기분이 좋으시다니, 저도 기분이 정말 좋네요."

어린 톰은 방어와 노랗고 하얀 가오리 그리고 우레기를 가지고 조종석으로 들어왔다. 생선들은 속까지 잘 익어 있었으며, 속살이 잘 보이도록 삼각형으로 측면에 칼질이 되어 있었다. 또한 표면은 바삭하고 갈색으로 잘 구워져 있었다. 그는 식탁에 생선을 내려놓았다.

"에디는 감사하지만 술은 이미 마셨다고 해요." 그가 말했다. "그리고 원래 점심은 먹지 않는대요. 생선은 괜찮아요?"

토머스 허드슨은 그에게 "훌륭하다"고 말했다.

"아저씨, 식사하세요." 그가 로저에게 말했다.

"그래." 로저가 말했다. "시도는 해 보지."

"데이비스 아저씨, 아무것도 안 드셨어요?" 앤드루가 물었다.

"아직, 앤디. 하지만 이제 먹을 거야."

8

밤이 되자 토머스 허드슨은 잠에서 깨어나 곁에서 곤한 잠에 빠져 있는 아들들의 나직한 숨소리를 들었다. 창문을 통해 들어온 달빛에 잠든 그들의 모습이 눈에 들어왔다. 아이들의 옆에 누워 잠든 로저의 모습도 보였다. 그는 아무런 방해도 받지 않은 채 깊은 잠에 빠져 있는 모습이었다.

토머스 허드슨은 아이들이 그곳에 있어서 행복했고, 한편으로는 그들을 떠나보낸다는 건 생각조차 하기 싫었다. 아이들이 오기 전, 그는 마음이 편했다. 참을 수 없는 외로움 같은 감정들을 느끼지 않고 일하며 살아가는 생활의 지혜를 그는 오랫동안 익혀 오고 있었다. 따라서 아이들이 그의 곁으로 오면서부터 이미 익숙해져 버린 그의 소극적이고도 단조로운 일상생활은 깨어질 수밖에 없었다. 이런 일상생활에서 일간 신문이 도착하는 순간은 시간의 흐름을 구분해 주는 구실을 해 주었다. 그러나 신문이 부정기적으로 도착하는 이곳에서 지낸 이후, 신문이 오지 않는 날이면 그는 종종 실망을 하곤 했다. 그랬던 그가 아이들이 이 섬에 온 뒤부터는 그것을 개의치 않게 되었다.

아이들이 다시 떠나고 나면, 모든 생활을 이전으로 되돌리기는 꽤 힘들 것 같았다. 자신의 삶이 어떻게 흘러갈지 그 스스로가 너무도 잘 알고 있는 탓이리라. 하루 중 얼마 동안은 집을 말끔히 치우고 또 잠시 혼자 생각에 잠긴다거나, 아니면 누구의 방해도 받지 않고 책을 읽으며 보낼 수 있을 것이다. 하지만 이런 일과들마저 끝내고 나면 고독이 엄습해 오리라는 것을 그는 잘 알고 있었다. 그를 찾아온 세 아들은 그의 생활 속에 뛰어들어 많은 부분을 차지해 버렸다. 하지만 그들이 떠나고 나면 어떻게 될까? 가슴을 가득 채우고 있던 무언가가 한꺼번에 빠져나간 듯 공허함을 느낄 것이다. 그러면 또 오랜 시간 동안 깊이 상심한 채 세월을 보내게 되겠지.

그의 삶은 멕시코 만류와 섬을 기반으로 한 일과 생활로 굳게 형성되어 있었다. 주변의 도움과 습관 그리고 전통들은 그가 외로움을 견딜 수 있게 해 주는 수단이었다. 하지만 아이들이 떠나고 난 뒤 겪게 될 외로움은 그가 지금껏 견뎌 왔던 그 어떤 외로움보다도 클 것임을 그는 알았다. 하지만 문득 아이들이 떠날 때가 아직 다가오지는 않았다는 사실을 인식한 그는 마음을 다잡았다. 그때가 되면 또 어떻게 되겠지. 지금부터 미리 두려워할 이유는 없다고 애써 생각했다.

일이 되어 가는 꼴을 보았을 때, 그해 여름은 매우 운 좋게 넘어가는 듯했다. 잘못될 성싶었던 일들이 뜻밖에도 잘 풀려 나갔다. 그렇다고 로저와 부둣가의 한 남자 사이에서 벌어졌던 일처럼 심각하게 악화될 뻔했던 사건이라든지, 하마터면 상어한테 잡아먹힐 뻔했던 데이비드의 경우처럼 극적인 사건을 말하는 것은 아니었다. 그저 자잘한 일들이 그럭저럭 잘 풀려 나갔을 뿐이다. 잠에서 깬 그는 누운 채 이렇게 생각했다. 행복은 때때로 매우 평범한 모습으로 나타나지만 그것은 평범한 사람들은 종종 매우 행복하고, 영리한 사람들이 하는 일이란 자신들뿐만이 아니라 남까지 불행하게 만들 수도 있음을 알고 있기 때문이라고. 그가 느낀 행복은 그렇게 담담한 것은 아니었다. 그해 여름만 하더라도 그는 아이들을 맞아 한 달 동안 뿌듯한 행복을 맛보았고, 그 황홀했던 순간들이 아이들과 함께 떠나기도 전에 그는 벌써부터 밤이면 밤마다 홀로 외로움을 느끼고 있었다.

혼자서 고독한 삶을 살아오면서 많은 일들을 보고 느낀 그는 누군가를 사랑하고 또 그로부터 사랑받으면서 이어 가는 삶이 어떤 것인지도 잘 알고 있었다. 그는 항상 그의 자식들을 사랑했다. 그러나 예전엔 아이들에 대한 자신의 애정이 얼마나 깊은지 자각할 수 없었고, 아이들과 따로 떨어져 사는 것이 얼마나 잘못된 일인가를 실감하지 못했다. 하지만 이제 그는 아이들과 항상 같이 있고 싶어졌고, 톰의 어머니와 함께 살았던 그 시간을 원했다. 그러곤 그는 문득 웃긴 상상을 했다. 세상의 있는 모든 부를 차지하여 그것을 현명하게 쓰는 것이라든지, 레오나르도 다 빈치 혹은 피터르 브뤼헐처럼 그림을 잘 그린다든지, 혹은 버튼 하나만 누르면 세상의 모든 악행을 멈출 수 있는 능력이 있다든지, 평생 마음과 몸이 늙거나 병들지 않고 건강하게 살아가는 능력 같은 것들을 말이다. 하지만 그런 능력들은 아이들을 데리고 살 수 없는 것만큼 이루어질 수 없는 일들이었다. 자신이 가질 수 없는 것 중에 행복과 즐거움이 있다는 것이 마음을 좀먹었다. 물론 그에겐 지금까지 많은 즐길 거리와 그를 행복하게 해 주는 것들이 있었지만, 지금은, 이번 달에는 그저 네 사람이 그것들과 같이 한 사람이 누릴 수 있는 최대한의 행복을 안겨 주고 있었다. 적어도 이번 달만큼은 그의 마음속에 슬픔 따위가 끼어들 자리는 없었다.

그는 한때 세 아들 생각에 잠을 이루지 못한 채 밤을 꼬박 새웠던 적이 있었다. 그러나 그 아이들이 자신의 곁에 있는 지금 이 순간, 뜬눈으로 밤을 새

운들 어떠랴. 그는 지난날 자신의 그릇된 판단으로 인해 마음의 고통을 가중시켰던 일이 한 가닥 후회와 함께 가슴을 짓누르고 있음을 느꼈다. 이제 그는 그 일을 과거로 받아들였고, 후회 또한 놓아 버렸다. 바보를 싫어하는 그가 한때는 바보였었다. 하지만 이제 그 고통은 끝이 났고, 아이들은 여기 있었으며, 그들은 그를 사랑했고, 그 또한 그들을 사랑했다. 그가 할 수 있는 건 그저 이 순간을 즐길 수 있도록 내버려 두는 것뿐이었다.

방학이 끝나면 아이들은 그의 곁을 떠나야 한다. 그는 그 후에 자신에게 또다시 외로움이 닥쳐 올 것을 예상하고 있었다. 그런대로 시간이 지나면 아이들을 다시 볼 수 있겠지. 만약 로저가 남아 자신과 함께 머물러 준다면 시간을 보내기가 한결 나을 테지만, 과연 로저가 그렇게 해 줄지 도무지 갈피를 잡을 수 없었다. 그는 로저의 일을 생각하면 이런 생각으로 우울한 와중에도 절로 웃음이 터져 나왔다. 그는 로저에게 동정심이 느껴졌다. 그러나 자기 멋대로 로저를 불쌍히 여기는 것이 로저 본인에겐 얼마나 부당한 일인가라는 데 생각이 미치자, 그는 그런 생각을 거두어 버렸다. 깊이 잠든 아이들이 내뿜는 고요한 숨소리를 들으며 그는 서서히 잠이 들었다.

그러나 그것도 한순간일 뿐, 달빛이 얼굴을 간질이자 그는 다시 잠에서 깼다. 그러고는 문득 로저와 그와 문제에 휘말린 여인들 생각이 머릿속에 떠올랐다. 자신과 로저는 둘 다 여자 다루는 데는 영 재주가 없었다. 그는 엉망이었던 자신의 여자관계와 로저의 일을 생각했다.

내가 로저의 처지를 동정할 수 있는가? 아니, 나 자신조차도 많은 시련을 겪은 사람이므로 그가 맞아야 했던 불운을 생각해 본다 하더라도 그것이 결코 마땅치 않은 일만은 아닐 것이다. 내 경우는 로저와 다르긴 했다. 나는 한 여인만을 사랑하다가 그 여자를 잃음으로써 고민했다. 그런데 왜 내가 이런 생각을 다시 하고 있는 것일까? 아예 로저에 관한 생각도 하지 말자. 아무래도 그편이 나을 것 같다. 토머스 허드슨은 연속적으로 떠오르는 일들을 잊으려고 애를 썼다. 그러나 그날 밤 환히 비치는 달빛은 여느 때처럼 그를 잠 못 이루게 했다. 심각하기도 하고 우습기도 한 로저의 사연이 또다시 고개를 들었다.

먼저 로저가 파리에 있을 때 사랑에 빠졌던 여자가 떠올랐다. 예쁘장했으나 왠지 거짓이 많아 보이는 여자-이것은 로저가 그 여자를 내 화실로 데려왔을 때 받은 인상이었다. 하지만 당사자인 로저는 이미 그 여자에게 흠뻑 빠져 있었다. 그런 로저에게 있어 그 여자의 거짓이란 상상할 수조차 없었고, 그 여자야말로 그가 간직한 꿈의 화신인양 흡족해하고 있었다. 로저는 온 마음을 다해 그 여자를 사랑했다.

아무런 장애도 없어 보이는 이 두 사람이 막상 결혼을 하려고 했을 때 사정이 달라졌다. 채 한 달도 못 되어 로저가 알지 못했던 그 여자의 치부가 차차 드러나기 시작했던 것이다. 그러나 사실 그 여자가 지닌 숱한 결점은 로저만 모르고 있었을 뿐, 그를 제외한 다른 많은 사람들은 이미 모두 알고 있었다. 이 사실을 처음 알았을 때 로저는 깊은 고민에 빠졌고, 그 뒤에 다시 스튜디오를 찾아왔을 때만 하더라도 그는 그 여자에 대한 나의 의견을 듣고자 하는 눈치였다. 얼마 동안 여러 개의 화폭으로 시선을 주던 로저는 그 작품들에 대해 매우 예리한 소감을 이야기하던 끝에 말머리를 돌리더니, "에이어스에게 파혼하자고 전했네."라고 말했다.

"잘했네." 토머스 허드슨이 말했다. "갑작스럽게 말했나?"

"그렇지만은 않았네. 조금씩 표현을 하고는 있었지. 그녀는 사기꾼이니까."

"그럴 리가." 토마슨 허드슨이 말했다. "어떻게?"

"그냥 어떻게 보던 간에. 그녀는 엉터리였어."

"자네가 그녀를 몹시 좋아하는 줄 알았는데."

"아니, 그녀를 좋아하려고 했지. 하지만 초반 말고는 그러지 못했어. 나는 그녀를 사랑했었네."

"무엇을 사랑했나?"

"자네도 알지 않는가."

"그래." 토머스 허드슨은 그렇게 말했다. "나도 잘 알지."

"자네는 그녀를 맘에 들어 하지 않았나?"

"아니, 견딜 수 없을 만큼 싫어했네."

"그런데 왜 아무 말도 하지 않았지?"

"그녀는 자네의 여자가 아니었던가? 게다가 나에게 직접 묻지도 않았는걸."

"그래, 어쨌든 난 말했네. 이제 그녀와 헤어진 거야."

"붙잡을 생각은 없고?"

"아니." 그가 말했다. "그녀를 보내 줄 거야."

"그러는 게 더 간단할 줄 알았네."

"여긴 그녀의 고향이지만 내 고향이기도 해."

"알고 있네." 토머스 허드슨은 말했다.

"자네도 이겨 내지 않았나?" 로저가 물었다.

"그렇지. 어느 쪽도 이길 수가 없어. 하지만 싸워서 지치게 만들 수는 있지. 이제 이사라도 하지 그러나?"

"나는 내가 있는 곳이 좋아." 로저가 말했다.

"이 공식이 기억나는군. 저는 여기서 잘 지내고 있으니, 제발 저를 내버려 두세요.(Je me trouve très bien ici et je vous prie de me laisser tranquille.)"

"저는 제 아내를 받아들이기를 거부합니다(je refuse de recevoir ma femme,)로 시작하지." 로저가 이어서 말했다. "그리고 그걸 집행관(huissier)에게 말하면 되고. 하지만 이건 이혼이 아니잖나. 그냥 헤어지는 것일 뿐이지."

"그녀를 계속 보는 게 힘들지 않겠나?"

"아니, 오히려 나를 치료하겠지. 그녀가 말하는 소리를 들으면."

"그녀는 어쩌고?"

"알아서 할 거야. 지난 4년간도 충분히 알아서 했는걸."

"5년." 토머스 허드슨이 고쳐 주었다.

"처음 1년간은 그녀가 뭘 했는지도 몰랐는데."

"아무래도 떠나는 게 좋겠어." 토머스 허드슨은 말했었다. "처음 1년간 그녀가 거짓말을 했다는 걸 몰랐다면 자네는 그냥 먼 곳으로 떠나 버리는 게 나아."

"그녀는 참 설득력 있게 편지를 써. 멀리 떠나는 건 나한테 더 안 좋을 거야.

아니, 나는 여기 내 고향에 머물 거야. 여기서 나아질 거야."

파리에서 그녀와 헤어진 후 로저는 마을에 머물렀다. 정말로 마을에만 머물렀다. 그는 자기 자신을 농담거리로 삼기도 했으나, 속으로는 자기 자신을 그렇게 심하게 우롱했다는 것에 대해 엄청나게 화가 나 있었다. 그리고 그는 자신이 지닌 뛰어난 재능들인 그림 그리는 것과 소설 쓰는 것, 그리고 인간적이고 동물적인 재능 중에서는 사람을 믿는 재능을 버렸다. 그는 비참하게 그 스스로를 계속해서 탓하였다. 그는 그 누구에게도 좋은 영향을 미치는 사람이 아니었고, 특히 그 자신에게는 더욱더 그랬다. 그러면 안 된다는 것을 스스로 느끼면서도 그는 끝내 자기혐오를 멈추지 않았다. 그의 자존감은 굳건하게 지어진 신전 같았으므로, 그처럼 자기혐오를 통해 그 신전을 무너뜨리기란 쉽지 않았다. 하지만 그는 최선을 다해서 그 신전을 무너뜨리려 하고 있었다.

이 무렵, 그는 세 여인을 잇달아 사귀는 몸이 되었다. 그러나 이 여자들은 한결같이 평범한 여인 이상의 느낌을 주지 못했다. 그중에서도 첫 번째 여자가 남긴 강한 인상은 나머지 두 여자에게 대한 편견으로 나타났다. 이 첫 번째 여인이란, 말하자면 로저가 앞서 토머스 허드슨의 화실로 데리고 왔던 여자 에이어스와 헤어진 후 처음으로 깊은 관계에 빠진 여인이었다. 그녀는 침실에서나 일상생활에서나 놀라울 만큼 능란한 솜씨를 보여 주었고, 결국에는 로저의 곁을 떠나 많은 돈을 번 뒤에 다른 사내와 결혼하고 말았지만, 어쨌든 로저와는 잘 어울리지 않는 격이 낮은 여인에 속했다. 타니스라고 불리었던 이 여자의 이름만 입 밖에 내도 로저는 질겁했고, 더구나 그 자신은 한 번도 그녀의 이름을 입에 올리는 법이 없었다. 그는 그녀를 위대한 쌍년이라 불렀다. 그녀는 겉보기에는 가무잡잡하면서도 고운 피부에, 매우 젊고, 단정한 센시 가문의 딸처럼 보이는 여자이긴 했다. 이렇게 쓸 만한 용모를 지닌 그녀는 결국 로저와 사는 동안 기껏해야 다음에 맞이할 자신의 인생의 도약을 향한 준비만 했을 뿐이었고, 마침내 이것이 이루어지자 미련 없이 그의 곁을 떠나 버린 것이다.

그녀는 스스로 로저를 떠난 첫 여인이었고, 이런 개운치 않은 일이 있은 뒤 그는 거의 가족이라고 해도 좋을 만큼 닮은 여자 두 명을 만났다. 그는 그 두 여인들에게 먼저 이별을 고하였다. 토머스 허드슨은 그게 그의 기분을 좀 나아지게 해 줄 수 있을 거라 믿었다. 많이는 아니지만.

여인을 레스토랑에 홀로 놔둔 채 화장실에 다녀오겠다고 말한 뒤 그대로 돌아오지 않는 것보다 이별을 고하는 데 있어 보다 예의 바른 방법은 분명히 있을 것이다. 하지만 로저가 말했듯 그는 이미 계산을 한 다음 레스토랑을 벗어난 뒤였고, 또한 그녀의 마지막 모습을 상상하는 것을 즐기곤 했다. 혼자 덩그러니 테이블에 앉아 자신과 잘 맞는 장식에 둘러싸인 채 그 모습을 즐기고 있는 여인의 모습을.

이어서 만난 두 번째 여인을 그는 스토크(Stork)에 두고 떠나려 했다. 그 여인은 그 장소를 정말 사랑했다. 하지만 그는 그곳의 주인이었던 빌링즐리 씨가 별로 좋아하지 않을 것이라 생각했으므로 마음을 접었다. 로저가 그에게 빌릴 돈이 있었기 때문이다.

"그래서 어디에 두고 떠났나?" 토머스 허드슨이 이렇게 물어본 적이 있었다.

"엘 모로코(El Morocco)에. 얼룩말을 바라보고 있는 모습을 기억할 수 있도록. 그녀는 엘 모로코도 정말 좋아했어." 그는 말했다. "근데 그녀가 좋아했던 곳은 새끼 사자가 있던 곳이었던 것 같아."

그 뒤로 그는 토머스 허드슨이 아는 사람들 가운데 가장 기만적인 여성과 얽혔다. 이 여자는 용모로 보아 로저가 전에 사귀었던 세 여인과는 완전히 딴판이었다. 첫눈에 보기에도 아주 인상적인 모습을 지닌 이 여자는 황갈색 머리칼에 쭉 뻗은 곧은 다리, 재치 있고 생기 있는 얼굴을 하고 있었다. 지난날의 여자들보다는 훨씬 나은 외모였다. 특히 눈매가 고왔다. 그 여자를 처음 안 사람은 누구나 그녀가 영리하고 친절하며 매력 있는 여인임을 인정했다. 그러나 그녀는 철저한 술고래였다. 그렇다고 그러한 기색이 눈에 띄게 발작을 일으키지는 않았으나 그녀는 늘 술을 가까이하고 있었다. 술을 좀 마신다 하는 사람은 눈빛만 보아도 아는 법이었으므로 로저 역시 한눈에 이를 가려 낼 수 있는 사람이었다. 그런데 캐슬린이라고 불린 이 여자의 경우는 달랐다. 머리칼과 썩 잘 어울리는 몹시도 고운 눈을 가진 캐슬린은 양쪽 볼과 얼굴 전체에 항상 홍조를 띠고 있어서, 그 모습 속에 숨어 있는 변화를 알아차릴 도리가 없었다. 캐슬린은 그저 일정한 때에 맞춰 항해를 하거나 야외 생활을 즐기는 건강한 소녀의 모습을 한 여인일 뿐이었다. 그 행복한 표정을 영원히 잃지 않을 소녀처럼 보이기도 했다. 그러나 사실 그건 전부 술 때문이었다. 캐슬린은 한때 매우 진기한 여행을 떠날 거라면서 로저에게 얼마 동안만 자기와 동행해 줄 것을 요청한 적이 있었다.

이후 그녀와 함께 여행길에 올랐던 로저가 어느 날 아침 뉴욕에서 임대한 화실에 있던 토머스 허드슨 앞에 불쑥 나타났다. 이상하게도 이때 그의 왼쪽 손등에는 담뱃불로 지진 흉터가 나 있었다. 누군가가 담뱃불을 테이블 모서리에 비벼 꺼 버린 것같이 그의 손등에 그런 보기 흉한 흉터가 생생하게 나 있었던 것이다.

"간밤에 그 여자가 자꾸 이 짓을 하려 들지 않겠어. 혹시 아이오딘 갖고 있나? 차마 이 꼴을 하고 약국에 가서 약을 달라고 할 엄두가 나질 않아서 말이야."

"그 여자?"

"캐슬린이지. 그 산뜻하고 야외 운동을 즐기는 여자 말이야."

"자네가 말려들었군."

"이 짓을 해야 직성이 풀릴것 같아서 그냥 내버려 두었더니 그만……"

"아주 심하게 데었군그래."

"그렇게 심하진 않아. 하지만 이곳을 얼마 동안 떠나 있으려고 해."

"잘해 보게. 몸조심하고."

"여러 사람한테 신세 지지 않으려고 하네."

"어디로 갈 생각인가?"

"한동안은 서부 쪽으로."

"지낼 곳을 옮긴다고 자네의 고민이 풀릴 것 같진 않네만."

"그렇겠지. 하지만 건강한 삶과 일에 집중하는 것이 나쁘지만은 않을 거라고 생각하네. 술을 마시지 않는 것이 도움이 될는지는 모르겠지만. 그렇다고 술을 마시는 것이 도움이 되는 것 같지도 않고."
"그럼 빨리 떠나게나. 혹시 목장에 가고 싶은 생각은 없나?"
"아직도 목장을 소유하고 있나?"
"일부는."
"내가 거기서 잠시 지내도 괜찮을까?"
"그럼." 토머스 허드슨이 그에게 말했다. "하지만 지금부터 봄까지는 고생 좀 해야 할 거야. 봄이 온다 하더라도 쉽지 않을 테고."
"고생 좀 하길 바라네." 로저가 말했다. "다시 새롭게 시작하고 싶어."
"새롭게 시작한 게 이번이 몇 번째지?"
"너무 많지." 로저가 말했다. "그리고 그걸 굳이 그렇게 꼽을 필요도 없고."
로저는 이렇게 다시 새 출발을 하기로 했지만 이번에는 어떠한 결과가 나오게 될까? 이제 와서 그의 재능을 저술하는 데라도 쏟을 것인가. 화가나 작가가 작품을 쓰고 제작하는 것은 그에 앞서 쌓은 수련의 소산이다. 하지만 로저는 그때까지 자신이 쌓아 온 재능을 엉뚱한 곳에 잘못 써 버렸다. 지금 그에게 남아 있는 본능적 능력과 지혜는 그로 하여금 새로운 출발을 가능하게 할 수도 있다. 토머스 허드슨은 천부적 재능이 있는 작가는 사상을 대하는 자세에 있어 거짓이 없다면 충분히 좋은 소설을 쓸 수 있을 것이라 믿고 있었다. 그러나 로저는 막상 수련을 쌓아 두어야 할 때마다 그의 재질을 엉뚱한 데 낭비해 왔다. 그런 그에게 이제 와서 재능이 남아 있을까? 재질의 연마를 게을리한 데다 심지어는 경멸까지 해 놓고서 정작 기능과 지혜가 필요할 때 그것을 쓰고자 갑자기 찾는다 한들 이들이 제대로 움직여 주겠는가? 토머스 허드슨은 그럴 수 없다고 생각했다. 재능을 대신하여 신통한 힘이 되어 줄 그 무언가가 나타나지 않는다면, 지혜를 성배 속에 가두어 두어서는 안 된다는 것이 허드슨의 생각이었다. 재질은 누구나 그 사람의 내면에 갖고 있는 것-몸의 어느 부분에나 지니고 있는 것이다. 결코 어떤 일을 해아 할 때마다 끄집어내어 쓸 수 있는 연장만은 아니지 않은가.

그는 자신이 화가가 된 것을 다행으로 여기고 있었다. 화가는 소재의 제약을 받지 않을 뿐 아니라 직접 손을 움직여 작품을 만들고, 오랫동안 갈고 닦은 전문성을 살아 있는 작품으로 구현시키는 능력이 있다. 하지만 로저는 무디어지고 잘못 쓴 탓에 완전히 빛을 잃은 얄팍한 지혜로 전과는 다른 새로운 길을 걷고자 한다. 이럴 경우 그는 밑바닥(au fond)에서 아주 괜찮고 적절하며 아름다운 것을 찾아야만 할 것이다. 작가라면 밑바닥이라는 단어를 조심해야 한다고 토머스 허드슨은 생각했다. 하지만 로저가 부두에서 남자와 싸운 것과 같은 마음가짐으로 소설을 쓸 수 있다면 정말 좋을 것이다. 또한 그 싸움 이후에 그랬던 것처럼 견실한 생각을 할 수 있다면 그 또한 매우 좋을 것이다.

 달은 어느새 기울어 더 이상 토머스 허드슨의 얼굴을 비추지 않았다. 그는 차츰 로저에 대한 생각을 거두었다. 생각한들 무슨 소용이 있겠는가? 성패는 로저 자신에게 달려 있는 것이다. 잘되기만 한다면 그 이상 바랄 것이 없을 뿐이다. 내 도움이 필요하다면 그를 돕고 싶다. 도울 수 있겠지 하는 생각에까지 다다른 그는 스르르 잠이 들었다.

9

 먼동이 트고 잠에서 깨어난 토머스 허드슨은 해변으로 내려가 수영을 한 뒤 아이들이 일어나기 전에 이른 아침상을 받았다. 에디는 바람이 별로 불지 않아 바다가 잔잔할 것 같다고 말했다. 배의 기관 정비 또한 잘 되었다고도 했다. 그리고 미끼를 구하러 한 아이를 보냈다고 말했다.

 배로 큰 고기를 잡으러 나가 본 지도 오래되었다는 생각에까지 미친 토머스 허드슨은 에디에게 밧줄들이 아직도 쓸 만한지 알아보도록 일렀다. 에디는 밧줄을 모두 살펴보고 썩은 것은 갈아 치웠다고 말했다. 서른여섯 발짜리와 스물네 발짜리 줄이 더 필요할 것 같다는 에디의 말에 토머스 허드슨은 그것을 사겠다고 약속했다. 이런 말을 주고받는 가운데 에디는 헌 줄을 버리고 새로운 줄로 가닥을 잇고 있었다. 낚싯바늘을 포함하여 그물추와 고리 역시 어느새 모두 깨끗이 갈고 손질해 둔 뒤였다.

"언제 이 일들을 다 해 둔 거지?"

"간밤에 잠을 안 자고 했지요. 저 새 그물도 손을 봐 두었어요. 젠장, 달 때문에 잠을 잘 수가 있어야죠."

"아니, 자네도 보름달 때문에 잠을 못 잤나?"

"거의 지옥이죠." 에디가 말했다.

"자네도 달빛이 환하게 비치는 날 잠들기가 그렇게 어렵던가?"

"나이깨나 먹은 양반들 이야기가 그렇더군요. 여하튼 좋지는 않아요."

"오늘은 낚시가 좀 잘될 것 같은가, 자네 생각엔?"

"알 수 없죠. 해마다 이맘때쯤 나가면 엄청나게 큰 놈이 잡히기도 하죠. 그건 그렇고, 아이작스 남은 걸 마저 비우시지 않겠어요?"

"아이들이 먼 바다로 나가고 싶어 안달을 하던데."

"아침 식사가 모두 끝나면 바로 가야죠. 점심은 새로 지을 수 없을 것 같아요. 조개 샐러드와 감자 샐러드에다 맥주도 있으니 샌드위치나 만들어 두어야겠어요. 어디 그뿐인가요? 지난번 고기잡이 때 먹다 남은 햄과 상추도 있고 겨자와 처트니(chutney, 과일·설탕·향신료와 식초로 만든 걸쭉한 소스)까지 있는걸요. 도련님들이 겨자를 먹어도 탈이 없을까요?"

"그럴 것 같진 않아."

"우리가 어렸을 때는 이런 걸 본 적이 없었거든요. 저기, 혹시 처트니를 샌드위치에 넣어 드셔 본 적 있어요?"

"아니."

"톰 씨가 처음 그걸 사 오셨을 땐 도대체 어디다 쓰는 것인지 알 수가 있어야죠. 그래서 마멀레이드(marmalade, 오렌지나 레몬 따위의 겉껍질로 만든 잼)처럼 써 봤지요. 썩 괜찮던걸요."

"조만간 카레를 먹는 건 어때?"

"다음 배편으로 양고기가 오고 있어요. 다리를 몇 번 먹기 시작하면, 아니, 한 번이겠네요. 어린 톰과 앤드루의 먹성을 보면요. 그리고 남은 고기로 카레를 하면 되겠어요."

"좋아. 짐을 옮길 때 도울 일 있나?"

"아무것도요, 톰 씨. 그냥 아이들한테 시키면 돼요. 음료 한잔 만들어 드릴까요? 오늘 일을 하시지는 않을 것 같아서요. 한잔하시는 게 어때요?"

"아침 식사와 함께 차가운 맥주나 한잔 하지."

"그러죠. 그 가래도 가라앉힐 겸."

"조는 아직 안 왔나?"

"네, 그 미끼를 사러 보낸 아이를 따라갔어요. 아침상 금세 차려 가지고 나가겠습니다."

"아니, 내가 가져갈게."

"아뇨, 가서 차가운 맥주를 한 병 드시면서 신문이나 읽으세요. 제가 다림질까지 다 해 놨어요. 아침은 제가 가지고 나갈게요."

아침으로는 갈색으로 구운 옥수수 소고기 해시, 달걀, 커피와 우유 그리고 차가운 자몽 주스 한 잔이 곁들여졌다. 토머스 허드슨은 커피와 자몽 주스는 생략하고 해시와 함께 매우 차가운 하이네켄 맥주를 마셨다.

"아이들을 위해 주스를 미리 차갑게 해 둬야겠어요." 에디가 말했다. "맥주 맛이 끝내주죠? 아침 일찍 마시는 것치고는요."

"술고래가 되는 건 꽤 쉬운 일일 거야. 그렇지, 에디?"

"절대 술고래는 못 되실 거예요. 일을 너무 잘하시거든요."

"하지만 아침에 술을 마시는 것도 기분이 꽤 좋은걸."

"그 말씀이 옳아요. 특히 그 맥주 같은 거라면요."

"이러고는 일을 할 수 없을 것 같군."

"자, 오늘 하루쯤 일 좀 안 한다고 해서 무슨 문제라도 생기나요? 한 잔 더 드시면 제가 또 한 잔 만들어 드리죠."

"아니, 나는 한 잔이면 족해."

그들이 닻을 올린 시간은 오전 9시경이었다. 그들은 조수를 따라 해협을 내려갔다. 토머스 허드슨은 뱃전에 서서 뱃길을 잡으며 암초를 빠져나와 걸프만으로 통하는 수로를 향해 곧장 나아갔다. 잔잔한 바다는 한없이 맑았고

30패덤(약 55미터) 아래의 바다까지도 뚜렷하게 보였으며, 40패덤 아래로는 어두워서 잘 보이지 않았지만 수심이 그렇게 깊은 곳은 금방 벗어났다.

"오늘은 정말로 멋진 날 같아요, 아빠." 큰아들 톰이 말했다. "물길도 좋고요."

"멋진 물길이지. 저 물가에 일고 있는 소용돌이를 보렴."

"이곳의 물은 집 앞 해변의 물과 같은 것일까요?"

"그럴 수도 있지. 소수가 빠지면서 항구 근방에 있던 물이 뒤로 쭉 밀려나거든. 해변 쪽을 보렴."

"그런데 어째서 걸프만의 바닷물은 이렇게 푸르죠?"

"물의 밀도 탓이란다. 여느 바닷물과는 영 다르지."

"깊이가 깊어서 더 어두워 보이는 것 같아요."

"아래를 내려다볼 때만 그렇지. 때에 따라서는 물속에 사는 플랑크톤 때문에 자줏빛마저 감돌 때도 있단다."

"왜요?"

"플랑크톤은 원래 붉은색이니까. 이것이 바다의 푸른 빛깔과 합쳐지면 자줏빛으로 보이는 것이겠지. 홍해를 붉은 바다라고 부르는 것도 거기 사는 플랑크톤이 유독 더 붉게 보여서 그런가 봐. 홍해엔 플랑크톤이 지독히도 많이 모여 있거든."

"아빠는 홍해가 좋았어요?"

"좋았지. 그 근방은 유별나게 더운 곳이지만 또 보기 좋은 산호들도 많이 있지. 우기가 돌아오면 그 속에 물고기들이 잔뜩 모인단다. 톰 너도 좋아할 만한 곳이야."

"홍해를 소재로 드 몽트프리드(de Montfried)가 프랑스어로 쓴 책을 두 권 읽었어요. 좋은 책들이었어요. 그는 노예 상인이었어요. 백인 노예 무역이 아니라요. 그는 로저 아저씨 친구였죠."

"안단다." 토머스 허드슨이 말했다. "나도 그를 알지."

"로저 아저씨의 말에 따르면, 드 몽트프리드 씨는 한때 노예 상인 일을 집어치우고 파리로 돌아온 적이 있었다고 해요. 그런데 여인과 함께 어디를 갈 때는 반드시 택시 뚜껑을 내리게 한 다음 하늘의 별자리를 따라 아무 데로나 차를 몰고 가도록 하는 멋을 부렸다고 하더군요. 그는 북극성을 보고 방향을 잡아 마들렌 사원(Madeleine)으로 가곤 했대요. 절대로 택시 기사에게 마들렌 사원으로 가자고 한다든지, 콩코르드 광장(Place de Concorde)을 지나가자고 한다든지, 로열가(Rue Royal)을 지나가자고 한 적이 없다고 하시더라고요. 드 몽트프리드 씨는 항상 별을 보고 방향을 정하셨다고 말씀하셨어요."

"드 몽트프리드 씨에 관해 그런 이야기는 들어 본 적이 없는데." 토머스 허드슨이 말했다. "다른 이야기들은 많이 들어 봤어도."

"파리 시내를 돌아다니기엔 참 복잡한 방법인 것 같지 않아요? 로저 아저씨는 노예상에 드 몽트프리드 씨와 함께 갔었는데 거기서 무슨 문제가 있었나 봐요. 어떤 일이었는지는 기억이 나지 않지만 얘기해 주셨던 기억이 나요. 아, 맞다, 기억났어요. 드 몽트프리드 씨가 노예상 옆에 있는 마약상한테 아편을 사러 가셨다고 했어요."

"로저는 아편 거래에는 흥미가 없었다고 했니?"

"아뇨, 아저씨는 아편 거래를 드 퀸시(De Quincey) 씨나 콕토(Cocteau) 씨에게 맡기셨다고 얘기하셨던 게 기억나요. 그들이 그 방면으로는 거래에 밝아서 방해하지 않고 맡겨 두는 게 좋다고 생각하신다고도 했어요. 그게 이해할 수 없는 부분 중 하나였어요. 아빠는 제가 물어보는 것에 대해선 무엇이든 다 설명해 주시지만, 그러기까지 시간이 너무 오래 걸려서 가끔가다 그냥 이해하지 못해도 넘어가는 부분들이 있곤 했거든요."

"그럼 질문할 것들이 꽤 많이 쌓여 있겠구나."

"수백 개도 넘어요. 아니, 수천 개일지도 몰라요. 하지만 그중엔 매년 제가 나이가 들면서 알아서 이해하는 것들도 많아요. 아직은 아빠한테 물어봐야 하는 것도 있지만요. 이번 학기 논문 주제는 그 목록들 가운데 하나로 정해도 괜찮을 것 같아요. 논문으로 쓰기에 정말로 괜찮은 주제들도 몇 가지 있거든요."

"톰, 학교는 마음에 드니?"

"그냥 모두가 다녀야만 하는 곳인 것 같아요. 제 생각에는 학교를 좋아하는 사람은 없을 것 같아요. 아빠는 학교를 좋아하는 사람 보신 적 있으세요?"

""글쎄다. 나는 정말 싫어했어."

"미술 학교도 싫어하셨어요?"

"그래, 그림 그리는 걸 배우는 건 좋았지만 나는 학교 자체가 정말 싫었단다."

"저는 별로 신경 안 써요." 톰이 말했다. "하지만 조이스 씨와 파스킨 씨 같은 사람들과 시간을 보내고, 또 로저 아저씨나 아빠와 함께 시간을 보내고 나면 학교 친구들과 보내는 시간은 그냥 애들 장난 같아요."

"그래도 재미는 있는 거지?"

"아, 물론이죠. 학교에는 많은 친구들이 있고, 운동은 공을 던지거나 잡거나 하는 것만 아니면 다 좋아요. 그리고 공부도 재미있어요. 하지만 아빠, 그게 그리 대단한 인생은 아닌 것 같아요."

"나도 항상 그렇게 생각했단다." 토머스 허드슨이 말했다. "그래도 즐길 수 있는 만큼 즐기려무나."

"네, 최대한 즐기고 있고 또 그렇게 살려고 하고 있어요. 가끔은 힘들 때도 있지만요."

토머스 허드슨은 배의 뒤쪽으로 시선을 돌렸다. 잔잔한 수면 위로 배가 지나가자 하얀 잔물결이 일었고, 현외 장치에서 늘어뜨린 미끼가 끌려오고 있었다. 데이비드와 앤드루는 낚싯줄을 늘어뜨린 채 의자에 앉아 있고, 아버지인 토머스 허드슨은 이들을 등 뒤에서 지켜보고 있었다. 두 아들의 눈은 낚싯줄에 매달린 미끼에서 한시도 떠나지 않았다. 줄삼치가 수면으로 잠시 올라왔다가 도리깨질을 하곤 물속으로 다시 들어갔다. 이렇게 물고기들이 한 마리 또는 여러 마리씩 도리깨질을 계속해도 잔잔한 수면은 거의 동요할 줄을 몰랐다. 햇빛을 받으며 공중으로 뛰어올라갔다가 머리부터 다시 물속으로 뛰어들 때는 소리조차 나지 않았다.

"물고기!" 토머스 허드슨은 아들 톰이 외치는 것을 들었다. "물고기! 물고기예요! 저기 올라온다. 뒤에, 데이브! 저것 좀 봐!"

토머스 허드슨은 수면이 한동안 크게 부글거리는 것까지는 보았으나 물고기는 보지 못했다. 데이비드는 낚싯줄 끝을 끌어올렸다. 그러자 낚싯줄이 이내 팽팽해지더니 배가 나아가는 방향으로 수면을 가르며 따라왔다.

"당겨, 당겨! 데이브, 세게 당겨!" 에디가 계단에서 소리쳤다.

"당겨, 데이브. 제발 당기란 말이야." 앤드루가 간청했다.

"입 다물어." 데이비드가 말했다. "내가 알아서 해." 그는 아직 낚싯대를 당기지 않았고, 그 각도로 줄이 꾸준히 풀리고 있었으며, 낚싯대는 둥그렇게 구부러져 있었고, 소년은 풀려 나가는 줄을 잡고 있었다. 토머스 허드슨은 모터의 속도를 줄여서 배가 천천히 나아가게 했다.

"오, 제발, 당겨." 앤드루가 간청했다. "아니면 내가 당길게."

데이비드는 낚싯대를 붙잡은 채 줄과 낚싯대가 같은 각도를 유지한 채 움직이는 것을 그저 지켜보기만 했다. 그는 끈을 느슨하게 풀었다.

"황새치예요, 아빠." 그는 고개를 들지 않고 말했다. "미끼를 물었을 때 길고 뾰족한 주둥이가 보였어요."

"신께 맹세해?" 앤드루가 물었다. "오, 이런."

"내 생각엔 지금이 낚싯대를 당겨야 할 때인 것 같구나." 데이비드의 옆에 서 있던 로저가 말했다. 그는 의자 등받이를 뒤로 젖혀서 릴에 달린 벨트를 비틀고 있었다. "어서 당겨라, 데이브. 지금 세게 당겨."

"시간이 충분히 지난 것 같아요?" 데이비드가 물었다. "그냥 미끼를 물고 수영하고 있는 건 아니겠죠?"

"그렇다면 녀석이 미끼를 뱉기 전에 빨리 당기는 게 좋을 것 같아."

데이비드는 발에 힘을 꽉 주고 오른손으로 낚싯대를 힘껏 끌어당기며 크기를 가늠할 수 없는 무게에 강하게 맞섰다. 그는 활처럼 구부러진 낚싯대를 휘어 잡고 또 당겼다. 낚싯줄은 꾸준히 움직였다. 하지만 물고기는 그를 비웃는 것만 같았다.

"다시 한 번 당겨, 데이브." 로저가 말했다. "힘을 확 줘서."

데이비드가 다시 힘껏 줄을 당기자 줄이 쭈뼛쭈뼛해지면서 낚싯대가 휘더니 좀처럼 잡을 수가 없었다.

"오, 하느님." 그가 경건하게 말했다. "이제 제대로 반응이 오네요."

"이제 줄을 좀 풀어 줘." 로저가 그에게 말했다. "데이브의 옆에 있으렴, 톰. 그리고 줄을 잘 봐."

"데이브와 함께 줄을 잘 지켜보거라." 토머스 허드슨이 반복했다. "괜찮니, 데이브?"

"너무 좋아요, 아빠." 데이브가 말했다. "제발, 내가 이 물고기를 잡을 수만 있다면"

토머스 허드슨은 선미를 기준으로 배를 한 바퀴 돌렸다. 데이브의 낚싯줄이 릴에서 점차 빠져나가고 있었고, 토머스 허드슨은 물고기에게 다가갔다.

"줄을 조이고 슬슬 당기렴." 로저가 말했다. "그놈을 반드시 잡는 거야, 데이브."

데이비드는 기계처럼 규칙적으로 낚싯줄을 올렸다가 내리면서 감고 다시 올렸다가 감는 일을 반복했다. 이렇게 해서 꽤 많은 길이의 줄을 다시 릴에 감아올렸다.

"우리 가족 중 누구도 황새치를 잡아 본 적이 없어." 앤드루는 말했다.

"오, 제발 그 입 좀 다물어." 데이비드가 말했다. "부정 탄단 말이야."

"말 안 할게." 앤드루가 말했다. "그냥 미끼를 물자마자 기도를 하고 있었을 뿐이야."

"데이브가 저 녀석 입 좀 다물게 할 순 없을까요?" 어린 톰은 키를 잡은 채 선미를 내려다보며 어두운 물속에서 하얀 선의 기울어진 모습을 보고 있는 아버지에게 속삭였다.

"나도 그러길 바라. 하지만 데이브는 그를 거칠게 대할 만큼 강하지 않잖니."

"만일 우리가 황새치를 잡게 된다면 뭐든 할 거예요." 어린 톰은 말했다. "아무거나요. 뭐든지 포기할게요. 뭐든지 약속할게요. 나 물 좀 갖다 줘, 앤디."

"여기 있어." 에디가 말했다. "힘내, 나이 든 데이브."

"물고기와 너무 가까워지지 않는 게 좋겠어." 로저가 말했다. 그는 훌륭한 낚시꾼이었고 토머스 허드슨은 그와 완벽하게 소통할 줄 알았다.

"선미 쪽으로 둘게." 토머스 허드슨은 이렇게 말한 뒤 보트가 물을 헤집지 않도록 배를 천천히 약하게 돌렸다.

물고기는 다시 바닷속으로 깊이 헤엄쳐 가기 시작했다. 토머스 허드슨은 고기가 이끄는 방향으로 바를 이끌어 아주 천천히 압력을 줄였다. 그러자 고기가 거의 수직으로 강하하는 바람에 낚싯줄이 배 바로 아래쪽으로 당겨지더니 갑자기 발작을 일으키듯 세차게 당겨지기 시작했다. 토머스 허드슨은 배를 다시 돌릴 수밖에 없었다.

"더 당길 수가 없어. 줄이 끊어질 거야." 데이비드가 말했다. "이제 어떻게 해야 하죠, 데이비스 아저씨?"

"네가 저지하기 전까지는 계속 아래로 내려갈 거야." 로저가 말했다. "아니면 녀석이 스스로 멈추기 전까지. 그러면 다시 네가 당겨서 올릴 수 있겠지."

낚싯줄은 계속해서 오르락내리락했다. 낚싯대는 너무 구부러진 나머지 곧 부러질 것만 같았고, 줄은 튜닝된 첼로의 현처럼 팽팽했으며, 릴에는 더 이상 낚싯줄이 감겨 있지 않았다.

"이제 뭘 어떻게 해야 할까요, 아빠?"

"아무것도. 너는 네가 할 수 있는 최선을 다하고 있단다."

"물고기가 바닥을 치지 않을까요?" 앤드루가 물었다.

"바닥은 없어." 로저가 그에게 말했다.

"데이비, 꽉 붙잡아." 에디가 말했다. "이 싸움이 지긋지긋해진 물고기가 수면 가까이로 올라오기 전까지 말이야."

"이 빌어먹을 끈들이 나를 죽이려 하고 있어요." 데이비드는 말했다. "이것들이 내 어깨를 잘라 버릴 것 같아."

"내가 대신 잡고 있을까?" 앤드루가 물었다. "아니, 이 바보야." 데이비드가 말했다. "그냥 말이 그렇다는 거야. 별 것 아니라고."

"이 아이에게 허리띠를 연결해 줄 수 있을까?" 토머스 허드슨이 에디를 향해 소리쳤다. "허리띠가 길면 줄처럼 연결할 수 있으니까."

그러자 에디가 넓고 폭신한 띠를 데이비드의 등에 감아 주었다.

"훨씬 낫네요." 데이비드가 말했다. "고마워요, 에디."

"이제 넌 어깨뿐만 아니라 등으로도 물고기를 잡을 수 있을 거야." 에디가 그에게 말했다.

"하지만 낚싯줄이 부족할 거예요." 데이비드가 말했다. "오, 빌어먹을. 왜 자꾸 내려가야만 하는 거냐고!"

"톰!" 에디가 소리쳤다. "서북쪽으로 살짝 움직여 주세요. 녀석이 움직이는 것 같아요."

그러자 토머스 허드슨은 키를 돌려서 배를 천천히 부드럽게 옮겼다. 앞쪽에는 커다란 노란 모자반 조각에 새가 한 마리 앉아 있었고, 물은 잔잔하고 새파랗고 투명해서 내려다보면 각기둥 같은 반사광을 볼 수 있었다.

"보이니?" 에디가 데이비드에게 말했다. "이제 줄이 더 이상 안 풀리고 있어."

소년은 낚싯대를 들어 올릴 수 없었지만, 그 줄은 더 이상 물속으로 내려가지 않았다. 낚싯줄은 한계치에 다다른 만큼 몹시 팽팽했고, 릴에 감긴 낚싯줄이 50야드도 남아 있지 않았다. 하지만 그것은 분명 풀리지 않고 있었다. 데이비드는 그것을 꽉 붙잡은 채였고, 배는 그의 항로에 있었다. 배가 거의 움직이지 않을 때 푸른 물속 깊숙한 곳으로부터 하얀 선의 경사가 토머스 허드슨의 눈에 들어왔고, 엔진은 아주 조용하게 회전하여 소리도 들리지 않았다.

"보다시피, 데이비, 녀석은 그가 좋아하는 곳으로 갔고, 이제 자기가 가고 싶은 방향으로 움직이고 있어. 곧 다시 줄을 당길 수 있을 거야."

소년의 갈색 등은 구부러졌고, 낚싯대도 구부러졌다. 낚싯줄은 물을 가르며 천천히 움직였고, 물의 표면에서는 배가 천천히 움직이고 있었으며, 물속에선 거대한 물고기가 헤엄치고 있었다. 해초를 떠난 갈매기는 토머스 허드슨이 배를 운전하는 동안 그의 머리 위를 맴돌았고, 잠시 후 또 다른 해초 더미로 향했다.

"이제 슬슬 당겨 보렴." 로저가 소년에게 말했다. "당길 힘이 남아 있다면 말이야."

"살짝만 앞으로 가 주세요." 에디가 선교에서 말했고, 토머스 허드슨은 최대한 부드럽게 배를 앞으로 몰았다.

데이비드는 최선을 다해 낚싯대를 들었지만 여전히 휜 채 낚싯줄만 팽팽해질 뿐이었다. 그는 마치 움직이는 닻에 매달린 것만 같았다.

"아니다." 로저가 그에게 말했다. "나중에 당겨야 할 것 같아. 괜찮니, 데이비?"

"전 괜찮아요." 데이비드가 말했다. "등에 보조 띠를 감은 뒤에는 괜찮아졌어요."

"물고기를 붙잡고 있을 수 있겠어?" 앤드루가 물었다.

"오, 넌 입 다물어." 데이비드가 말했다. "에디, 물 좀 마실 수 있을까요?"

"내가 물을 어디에 뒀지?" 에디가 말했다. "아무래도 쏟은 것 같구나."

"제가 가져올게요." 앤드루가 이렇게 말하며 아래로 내려갔다.

"내가 뭐라도 도울 게 있을까, 데이브?" 어린 톰이 물었다. "아니다. 방해되지 않도록 올라갈게."

"아니, 톰. 젠장, 내가 왜 녀석을 들어 올릴 수 없는 거지?"

"녀석은 엄청나게 큰 물고기야, 데이브." 로저가 그에게 말했다. "넌 그를 괴롭힐 수 없단다. 그러니까 녀석을 이끌고 어디로 데려갈지 설득해야만 해."

"어떻게 할지 알려 주시면 죽을 때까지 그렇게 할게요." 데이비드가 말했다. "전 아저씨를 믿어요."

"죽음에 대해 그렇게 말하지 말거라." 로저가 말했어요. "그런 말 하는 거 아니야."

"진심이에요." 데이비드가 말했다. "진짜 진심이에요."

어린 톰은 그의 아버지와 함께 선교로 돌아왔다. 그들은 데이비드를 내려다보고 있었다. 그는 몸을 구부린 채 물고기에 매달려 있다시피 했다. 로저는 그의 곁에 서 있었고, 에디는 의자를 들고 있었다. 앤드루는 물잔을 데이브의 입에 대고 있었다. 데이비드는 물을 조금 마시다가 뱉어 내었다.

"내 손목에 조금만 부어 줄래, 앤디?" 그가 물었다.

"아빠, 데이비가 저 고기를 잡을 수 있을 것 같으세요?" 톰은 그의 아버지에게 부드러운 말투로 말했다.

"그에게는 버거운 상대지."

"무서워요." 톰이 말했다. "저는 데이비드를 사랑하고, 그 어떤 빌어먹을 물고기도 그를 죽이지 않았으면 좋겠어요."

"나도, 로저와 에디도 그렇단다."

"우리가 데이비드를 돌봐 줘야 할 것 같아요. 저러다 힘이 다 빠지게 되면 데이비스 아저씨나 아빠가 대신 잡아 주셔야 할 것 같아요."

"힘이 다 빠지려면 아직 한참 남은 것 같구나."

"아빠는 아직 저희만큼 데이비를 잘 몰라요. 그는 아마 물고기를 낚을 수 있다면 목숨이라도 바치려 할 걸요."

"걱정 말거라, 톰."

"그건 어쩔 수 없어요." 어린 톰이 말했다. "가족 중 걱정을 도맡아 하는 건 늘 저인걸요. 데이비드가 부디 이 상황을 잘 극복할 수 있으면 좋겠어요."

"이 건에 관해서는 걱정하지 않아도 될 거야." 토머스 허드슨은 말했다.

"하지만 아빠, 데이비드 같은 작은 아이가 저런 물고기를 정말 잡을 수 있을까요? 돛새치나 조그마한 방어밖에 잡아 본 적이 없는걸요."

"저 물고기는 분명 지칠 거야. 입에 낚싯바늘이 꿰어져 있으니 말이다."

"하지만 녀석은 괴물이에요." 톰이 말했어요. "그리고 녀석이 데이브에게 매달려 있는 만큼 데이브 또한 녀석에게 매달려 있는걸요. 물론 지금 이 상황이 믿을 수 없을 만큼 멋진 일이긴 하지만, 데이비스 아저씨나 아빠가 대신해 주신다면 더 좋을 것 같아요."

"데이브는 잘 해내고 있어."

비록 느린 속도지만 그들은 줄곧 움직이고 있었다. 하지만 해면이 워낙 잔잔한 탓인지 조금도 그러한 느낌이 들지 않았다. 이제 커다란 해초들이 점점 더 많이 눈에 띄었다. 오랫동안 햇볕을 받은 탓인지 그것들은 누렇게 색이 바래 있었고, 팽팽히 켕긴 낚싯줄에 걸리기도 했다. 그럴 때마다 에디는 이것을 재빠르게 떼어 내어 던져 버리곤 했는데, 검붉게 탄 주름진 그의 목덜미가 토머스 허드슨의 눈에 들어왔다. 에디는 낚싯줄에 정신이 팔려 있는 데이비드에게 한시도 쉬지 않고 넉살 좋게 말을 건네고 있었다. "그놈의 고기가 실은 우리 배를 끌고 다니고 있는 셈이구나. 그러다 보면 제풀에 지칠 수밖에."

"하지만 저 역시도 피곤하게 만들고 있는걸요." 데이비드가 말했다.

"두통이 있어?" 에디가 물었다.

"아니요."

"모자를 가져와." 로저가 말했다.

"그러지 마세요. 데이비스 아저씨. 그냥 제 머리에 물 좀 뿌려 주시겠어요?"

에디는 바닷물을 한 통 퍼 올리더니 꼬부라진 손에 그 물을 묻힌 다음, 소년의 머리를 조심스레 적시고 머리칼을 눈 밖으로 밀어 내 주었다.

"머리가 아프면 나한테 말해." 그가 데이비드에게 말했다.

"전 괜찮아요." 데이비드가 말했다. "제가 어떻게 해야 할지 말해 주세요, 데이비스 아저씨."

"줄을 조금 당겨 보렴." 로저가 말했다.

데이비드는 로저가 시키는 대로 시도하고 또 시도했지만, 물고기를 한 치도 끌어올릴 수는 없었다.

"괜찮아. 이제 힘을 아끼려무나." 로저가 그에게 말했다. 그리고 에디에게 이어서 말했다. "모자를 적셔서 이 아이에게 씌워 줘. 오늘은 바닷물이 잔잔한 만큼 지옥같이 더운 날이군."

에디는 모자를 바닷물 통에 담가 적신 다음 데이브의 머리에 씌웠다.

"제 눈에 소금물이 들어갔어요, 데이비스 아저씨. 진짜 미안해요."

"깨끗한 물로 닦아 줄게." 에디가 말했다. "손수건 좀 주세요, 로저. 넌 가서 얼음물이나 마셔라, 앤디."

데이비드가 다리를 꼰 채 몸도 제대로 펴지 못하고 서 있을 때, 배는 느리지만 넓은 바다를 향해 끊임없이 나아가고 있었다. 이따금 서쪽에서 다랑어인지 줄삼치인지 모를 물고기들이 떼를 지어 나타나 고요한 수면을 어지럽히곤 했다. 그러자 또 어디선가 제비갈매기들이 날아들어 저희들끼리 요란스럽게 짹짹거렸다. 수면에 떠올랐던 잔고기들이 어느새 물속으로 자취를 감추자 제비갈매기들은 다시 물 위를 맴돌면서 고기 떼가 다시 나타나기를 기다렸다. 에디는 젖은 손수건으로 데이비드의 얼굴을 닦아 낸 뒤 얼음물에 담갔다가 꺼내어 데이비드의 뒷목에 걸쳐 주었다.

"머리가 아프면 말하거라." 에디가 그에게 말했습니다. "포기하는 게 아니야. 그냥 똑똑한 거지. 바다가 잔잔해서 그런지 정말 지옥같이 덥구나."

"저는 괜찮아요." 데이비드가 그에게 말했다. "어깨랑 팔이 죽을 것같이 아프긴 하지만요."

"그건 자연스러운 일이야." 에디는 말했다. "그걸 견뎌야 남자가 될 수 있는 거란다. 하지만 일사병으로 쓰러지는 건 그와는 다른 이야기이긴 하지."

"물고기가 이젠 어떻게 움직일까요, 데이비스 아저씨?" 데이비드가 물었다. 그의 목소리는 이제 쩍쩍 갈라지고 있었다.

"그냥 그대로 있을지도. 아니면 원으로 한 바퀴 돌거나. 그게 아니면 올라올 수도 있고."

"녀석이 처음부터 너무 많이 내려가서 우리가 어찌할 방법이 없었다는 게 참 아쉽군." 토머스 허드슨이 로저에게 말했다.

"데이브가 그를 멈추게 한 게 중요하지." 로저가 말했다. "조만간 녀석은 움직이기 시작할 거야. 그땐 우리가 무언가를 할 수 있겠지. 조금이라도 당길 수 있는지 한번 해 보거라, 데이브."

데이비드는 한 번 더 시도했지만, 여전히 녀석을 들어 올릴 수 없었다.

"물고기는 분명 올라올 거예요." 에디가 말했다. "두고 보세요. 갑자기 아무 일도 없었다는 듯 그럴 테니까요. 데이비, 입 좀 헹굴래?"

데이비드는 고개를 끄덕였다. 그는 이제 숨이 막히는 단계에까지 이른 듯했다.

"숨을 내뱉어라." 에디가 말했다. "그리고 숨을 조금만 삼켜." 그는 로저에게로 돌아섰다. "딱 한 시간." 그가 말했다. "머리는 괜찮니, 데이비?"

소년은 고개를 끄덕였다.

"아빠, 어떻게 생각하세요?" 어린 톰이 아버지에게 물었다. "괜찮아 보여요?"

"내가 보기엔 꽤 괜찮은 것 같은데." 그의 아버지가 말했다. "에디가 데이비드에게 무슨 일이 일어나게 놔두지 않을 거야."

"네, 그렇게 놔두지 않겠죠." 톰이 동의했다. "제가 뭔가 유용한 일을 할 수 있었으면 좋겠어요. 에디한테 술이나 한 잔 가져다줘야겠어요."

"나도 한 잔 가져다주렴."

"아, 그럼 데이비스 아저씨께도 하나 만들어 드릴게요."

"그가 원하지 않을 것 같은데."

"그럼 물어볼게요."

"데이비, 한 번만 더 당겨 볼래?" 로저가 아주 조용히 말하자 소년은 릴의 스풀 옆을 손으로 잡으며 힘껏 들어 올렸다.

"1인치는 당긴 것 같은데." 로저가 말했다. "그만큼만 가지고 더 당길 수 있는지 한번 봐봐."

이제 진짜 싸움이 시작되었다. 전에는 물고기가 바다로 가는 동안 데이비드가 그 줄을 붙잡고 배가 그에 따라 움직였다면, 이제는 그가 녀석을 들어 올려야 할 차례였다. 조금 당긴 줄로 낚싯대가 펴질 때까지 들어야 했고, 다시 내리며 릴을 감아 줄을 당겨야 했다.

"너무 빨리 하려고 하지 마." 로저가 그에게 말했다. "서두르지 말렴. 꾸준히만 하면 돼."

소년은 몸을 앞으로 수그린 채 발바닥에서부터 온 힘을 끌어올려, 그의 몸을 지렛대 삼아 가지고 있는 모든 무게를 사용해 들어 올렸다. 그리고 다시 내릴 때 오른손으로 빠르게 릴을 감았다.

"데이비드는 낚시할 때 자세가 정말 예쁘네요." 어린 톰이 말했다. "그가 어렸을 때부터 낚시를 했지만 이렇게까지 잘할 줄은 몰랐어요. 항상 자기 자신은 운동을 못 한다고 자책하곤 했는데. 하지만 지금 저 모습을 보세요."

"운동은 개뿔." 토머스 허드슨이 말했다. "뭐라고 했나, 로저?"

"살짝만 앞으로 가 봐." 로저가 소리쳤다.

"살짝만 앞으로 가겠네." 토머스 허드슨이 로저의 말을 반복했다. 데이비드가 낚싯대를 다시 들었을 때, 그들은 조금 앞으로 움직였고, 데이비드는 조금 더 낚싯줄을 당길 수 있었다.

"아빠도 운동을 좋아하시지 않으셨나요?" 톰이 물었다.

"예전엔 좋아했지. 엄청. 하지만 이젠 아니야."

"저는 테니스나 펜싱을 좋아해요. 공을 주고받는 구기는 싫어하죠. 그런 것은 유럽에서 수입한 운동 경기 같아요. 데이비드는 머리깨나 쓸 줄 아는 아이니까 마음만 먹으면 펜싱은 잘할 거예요. 그런데 그는 운동을 익히려 들지 않는 게 흠이예요. 그저 독서, 고기잡이, 사격 같은 것이나 좋아하고. 사격 솜씨는 앤드루보다 낫긴 하지만… 이런, 제가 너무 말이 많았나요, 아빠?"

"물론 아니란다, 톰."

톰은 선교의 난간을 붙잡고 서서 아버지와 마찬가지로 배의 고물을 바라보고 있었다. 이때 아버지는 팔 하나를 아들 톰의 어깨 위에 걸치고 있었다. 바닷물이 갑판을 씻어 내는 바람에 소금기 있는 물이 튀어 올랐다. 손바닥이 끈끈했다.

"데이비드를 보고 있으니까 너무 긴장돼서 말을 많이 하게 되네요. 데이비드가 저 물고기를 꼭 잡았으면 좋겠어요."

"엄청난 물고기야. 녀석을 볼 수 있을 때까지 기다려 보자꾸나."

"언젠가 아버지를 따라 고기잡이를 나갔을 때 이런 일이 있었어요. 그놈의 고기가 커다란 고등어 미끼를 낚아채고는 길길이 높이 뛰더니만 아깝게도 낚싯바늘을 떼어 버리고 달아났어요. 굉장히 큰 놈이었는데. 그 뒤로 녀석은 제 꿈에까지 곧잘 나타나곤 했어요. 참, 가서 마실 걸 좀 만들어 올게요."

"서두를 필요 없어." 그의 아버지가 그에게 말했다.

밑에서는 데이비드가 등받이 없는 낚시 의자에 앉은 채 선두에 발을 대고 팔과 등, 허벅지와 허리를 사용하여 물고기를 들어 올리고 있었다. 그러고는 다시 낚싯대를 살짝 내리더니 릴을 감으며 들어 올리기 시작했다. 1인치, 2인치, 3인치, 조금씩 들어 올리며 릴에 낚싯줄을 더 감고 있었다.

"머리는 괜찮아?" 의자의 팔걸이를 붙잡고 있던 에디가 물었다.

데이비드는 고개를 끄덕였다. 에디는 소년의 머리 꼭대기에 손을 얹고 그의 모자의 감촉을 느꼈다.

"모자는 아직 젖어 있네." 그가 말했다. "넌 지금 저 녀석에게 지옥을 선사하고 있는 거야. 마치 기계처럼 말이지."

"그냥 붙잡아 두고 있는 것보단 쉬워요." 데이비드가 여전히 갈라지는 목소리로 말했다.

"그럼요." 에디가 덧붙였다. "이젠 녀석도 당겼다 말았다 하는걸요. 아까는 아예 허리를 뿌리째 뽑을 듯이 당기기만 했잖아요."

"네가 할 수 있는 만큼만 하렴." 로저가 말했다. "그리고 넌 정말로 멋지게 해내고 있어."

"이번에 녀석이 올라오면 갈고리로 잡을 수 있을까요?" 앤드루가 물었다.

"오, 제발 입 좀 다물어 달란 말이야." 데이비드가 말했다.

"난 그냥 격려하려고 한 말이야."

"제발. 미안한데 입 좀 다물어 줘, 앤디."

앤드루는 시무룩해져서 선교 위로 올라왔다. 목이 긴 모자를 눌러쓰고 있었지만, 그 아래로 보이는 그의 눈에는 눈물이 글썽거리고 있었다. 게다가 입술이 떨리는 듯 고개를 돌리고 있었다.

"넌 네 형에게 나쁜 말을 하지 않았어." 토머스 허드슨이 그에게 말했다.

앤드루는 고개를 돌린 채 말했다. "이제 형이 물고기를 놓치면 저 때문이라고 생각할 거예요." 그는 쓸쓸한 듯 말했다. "전 그저 모든 게 잘될 수 있도록 돕고 싶었을 뿐인데 말이에요."

"데이브가 긴장하는 건 자연스러운 일이야." 그의 아버지가 그에게 말했다. "그래도 공손하게 말했잖니."

"알고 있어요." 앤드루가 말했다. "형은 데이비스 아저씨가 할 수 있는 만큼 열심히 하고 있어요. 전 그냥 형이 좀 안쓰러웠을 뿐이에요."

"많은 사람들이 큰 물고기를 낚을 때 신경이 곤두서기 마련이지. 게다가 이건 데이브의 첫 큰 물고기고."

"하지만 아빠나 데이비스 아저씨는 그렇게 화낸 적이 없었잖아요."

"예전엔 그렇지 않았단다. 우리도 큰 물고기를 낚는 법을 배울 때는 항상 흥분하고 무례하고 빈정댔거든. 둘 다 정말로 지독했지."

"진짜요?"

"그럼. 우리는 마치 모든 사람이 우리의 적인 듯 행동하곤 했어. 물론 그게 자연스러운 일이기도 하고. 다른 사람들에 대한 친절함이나 규율은 배워야 하는 거란다. 우리는 몹시 흥분한 나머지 무례했고, 결국 큰 물고기를 잡을 수 없다는 걸 깨달은 뒤에는 서로에게 공손하게 행동했지. 어쨌든 우린 정말 지독했단다. 지나치게 흥분하고 서로를 오해하는 건 재미가 없었지만. 그래서 지금의 우리는 되도록 침착하게 행동하는 거란다. 그 일에 대해 서로 충분히 논의를 했고, 이후 우리는 무슨 일이 있어도 공손하게 행동하기로 결론을 내린 거지."

"저도 공손하도록 노력할게요." 앤드루가 말했다. "하지만 그 상대가 데이브일 경우엔 가끔 힘들긴 해요. 아빠, 형이 정말로 저 물고기를 잡을 수 있을 것 같으세요? 너무 큰 꿈은 아닐까요?"

"그런 얘기는 하지 말자꾸나."

"제가 또 말을 잘못한 건가요?"

"아니. 그렇게 말해 버리면 운이 안 좋을 수도 있어서야. 어느 늙은 낚시꾼한테서 들은 거란다. 어디서 시작된 건지는 잘 몰라."

"조심할게요."

"아빠, 여기 마실 것 가져왔어요." 톰이 밑에서 음료를 건네며 말했다. 유리잔 속의 얼음이 녹지 않도록 겉에 종이를 세 겹으로 감싼 채였다. "라임과 쓴맛, 설탕은 넣지 않았어요. 원하시는 대로죠? 아니면 바꿔 드릴까요?"

"괜찮아. 코코넛 워터로 만들었니?"

"네, 그리고 에디 거는 위스키로 만들었죠. 데이비스 아저씨는 괜찮다고 하셨어요. 앤디, 너 여기 있을 거니?"

"아니, 내려갈게."

그렇게 톰은 올라왔고, 앤드루는 내려갔다.

선미 너머를 돌아본 토머스 허드슨은 그 선이 물속에서 비스듬히 올라가기 시작하는 것을 알아차렸다.

"조심해, 로저." 그가 불렀다. "녀석이 올라오고 있는 것 같아."

"놈이 올라오고 있어요!" 에디 역시 이렇게 소리쳤다. 그도 선이 비스듬히 올라오고 있는 것을 본 것이다. "운전 조심히 해 주세요!"

토머스 허드슨은 낚싯줄을 얼마나 더 감아올려야 할까 가늠하기 위해 릴을 내려다보았다. 아직 4분의 1도 채 감기지 않았다. 에디가 다시 소리를 질렀다. "저것 봐! 저 망할 것이 이제야 나오는군."

"낚싯대를 들고 있어." 로저가 데이비드에게 말했다. "낚싯대가 내려가게 하면 안 돼." 그러고 나서 그는 다시 토머스 허드슨에게, "가능한 한 조심히 후진해 줘, 톰. 지금도 잘 하고 있어. 최고 속력으로 부탁해."라고 말했다.

바로 그때였다. 배의 뒤쪽과 우현 쪽 수면이 갑자기 흔들리면서 커다란 물고기가 검푸른 은빛 등을 번쩍이면서 솟아올랐다. 꽤 빠른 속도로 물 밖으로 튀어나올 기세였는데, 덩치가 큰 데다가 몸뚱이의 길이가 무척 길어 보이는 녀석이 한 차례 공중으로 뛰어올라 얼마 동안 떠 있다 싶은 생각이 들었을 때, 다시 첨벙 소리를 내면서 물속으로 뛰어들자 바다에는 금세 하얀 파도가 높이 일었다.

"오, 하느님." 데이비드가 말했다. "그놈 봤어요?"

"주둥이가 내 키만큼 길었어." 앤드루가 경외하듯 말했다.

"정말 아름답다." 톰이 말했다. "내가 꿈에서 본 것보다 훨씬 나은걸!"

"계속 후진해." 로저가 토머스 허드슨에게 말했다. 그러고 나서 데이비드에게도 말했다. "넌 줄을 좀 당겨 봐. 녀석은 아주 깊은 곳에서 올라왔으니 그만큼 긴 줄이 남아 있을 테고, 너는 그걸 당기기만 하면 돼."

토머스 허드슨이 키를 조종해 빠르게 후진하면서 줄이 풀려 나가는 것을 멈추었고, 데이비드는 낚싯대를 들었다 내렸다 하며 릴을 감고 있었다. 줄은 빠른 속도로 감기고 있었다.

"속도를 좀 늦춰." 로저가 말했다. "물고기보다 위로 가면 안 돼."

"이 개자식은 몸무게가 천 파운드는 나갈 거예요." 에디가 말했다. "데이비, 이젠 낚싯줄을 당기기 쉬울 거다."

물고기가 떨어진 곳은 바다가 평평하고 텅 비었지만 튀어 오른 곳은 여전히 원이 넓어지고 있었다.

"아빠, 물고기가 바다에 떨어질 때 튄 물 봤어요?" 어린 톰이 아버지에게 물었다. "바다 전체가 터지는 것 같았어요."

"그럼 물고기가 튀어 오를 때의 모습은 봤니, 톰? 그렇게 푸르고 멋진 은색을 본 적이 있어?"

"주둥이도 파란색이었어요." 어린 톰이 말했다. "등 전체도 파랬고요. 정말로 무게가 천 파운드나 나갈까요, 에디?" 그가 말했다.

"그런 것 같아. 아직은 모르지만. 그래도 무게가 엄청 나갈 것 같은데."

"당길 수 있는 만큼 당기렴, 데이비. 지금처럼 조금이나마 당기기 쉬울 때." 로저가 그에게 말했다. "그래, 잘 당기고 있구나."

소년은 다시 기계처럼 움직이면서 해수면 위에 떠 있는 낚싯줄 뭉치에서부터 줄을 조금씩 감아 가고 있었다. 배는 아주 천천히 후진하고 있어서 움직인다는 걸 알아채기도 힘들었다.

"지금쯤 물고기는 무슨 궁리를 하고 있을까요?" 톰이 아버지에게 물었다. 물속에서 낚싯줄이 기우는 기미를 살피고 있던 토머스 허드슨은 배를 좀 앞으로 나아가게 하는 편이 안전하겠다는 생각이 들었다. 다행히 줄을 많이 감아올리긴 했지만, 물고기가 마음먹고 끝없이 달아난다고 치자. 그러면 지금까지 힘들게 감아올린 낚싯줄이 끊어질 가능성은 얼마든지 있었다. 로저는 그런 때를 대비해서 보조 낚싯줄을 준비해 두고 있었다. 토머스 허드슨은 낚싯줄로 다시 눈길을 돌렸다. 데이비드의 릴은 반쯤 감겨 있었다. 그래도 그는 계속 감고 있었다.

"뭐라고 했지?" 토머스 허드슨은 그의 아들 톰에게 물었다.

"물고기가 뭔가를 하려고 벼르고 있진 않을까 하고 물었어요."

"잠깐만 기다려라, 톰." 그의 아버지가 이렇게 말하고 로저를 향해 소리쳤다. "지금 우리가 녀석을 앞지르고 있는 건 아닐까 두렵네."

"그럼 속도를 줄이게나." 로저가 말했다.

"속도를 줄여라…." 토머스 허드슨이 되풀이했다. 데이비드는 줄을 감아올리기를 멈추었지만 물고기는 좀 더 안전한 위치에 놓이게 되었다.

잠시 후 줄이 다시 풀리기 시작했고, 로저는 "시동 꺼!"라고 소리쳤다. 토머스 허드슨은 연축기를 내던지고 모터를 공회전시켰다.

"시동이 꺼졌네." 그가 말했다. 로저는 데이비드를 향해 몸을 굽히고 있었고, 소년은 얌전히 낚싯대를 붙잡고 있었으며, 줄은 점점 풀려 나가고 있었다.

"조금만 조여 줘, 데이비." 로저가 말했다. "물고기를 지치게 하는 거야."

"이러다 줄이 끊어지면 어떻게 해요." 데이비드는 그렇게 말하면서도 로저의 말에 따랐다.

"끊어지진 않을 거야." 로저가 그에게 말했다. "드래그를 그렇게 해 놓는다면 말이지."

낚싯줄은 계속 풀려 나갔고 낚싯대는 점점 무거워지고 있었다. 소년은 발과 선미의 마찰과 등의 힘을 이용해서 온 힘을 다해 버티고 있었다. 그렇게 풀려 나가던 낚싯줄이 멈췄다.

"다시 당길 수 있겠다." 로저가 소년에게 말했다. "물고기가 한 바퀴 도는 동안 당길 수 있을 거야. 최대한 당겨 보렴."

소년은 몸을 낮추고 릴을 감았다. 그러고는 낚싯대를 수직으로 들어 올리며 몸을 폈다가 다시 낮추며 릴을 감았다. 그는 그렇게 다시 아름다울 만큼 낚싯줄을 감아 내고 있었다.

"제가 잘하고 있는 건가요?" 그가 물었다.

"잘하고 있어." 에디가 그에게 말했다. "아주 깊은 곳에 낚인 것 같아, 데이비. 물에서 튀어 나왔을 때 봤거든."

소년이 낚싯대를 들어 올리는 동안 줄이 다시 풀리기 시작했다.

"빌어먹을." 데이비드가 말했다.

"괜찮아." 로저가 그에게 말했다. "원래 그런 법이야. 녀석은 바깥쪽으로 돌고 있어. 한 바퀴 돌아서 네 쪽으로 다가왔을 때 네가 줄을 감을 수 있었던 거야. 이젠 녀석이 다시 풀어낼 때다."

데이비드는 낚싯줄이 버틸 만큼 착실하게 그리고 천천히 힘을 주고 있었다. 물고기는 방금 소년이 감아올린 만큼보다 조금 더 낚싯줄을 풀어냈다. 소년은 물고기를 잠시 붙잡아 두었다.

"좋아. 그를 조금 더 지치게 만들어." 로저가 조용히 말했다. "녀석이 원을 조금 더 넓게 만들었지만 다시 안쪽으로 돌고 있어."

토머스 허드슨은 선미 방향으로 물고기를 위치시키기 위해 가끔씩 엔진을 사용했다. 그는 소년을 위해 배가 해 줄 수 있는 모든 것을 하고 있었고, 소년을 믿고 있었으며, 로저가 결국에는 물고기를 낚아챌 수 있을 것임을 믿었다.

다음 한 바퀴를 돌 때는 물고기가 다시 줄을 끌어갔다. 그다음 원에서는 조금 더 끌어갔다. 하지만 소년의 릴에는 아직 반가량 되는 낚싯줄이 남아 있었다. 소년은 물고기를 지치게 하기 위해 해야 하는 일을 멈추지 않았고, 로저가 명령을 내릴 때마다 충실히 따르고 있었다. 하지만 그는 사실 많이 지쳐 있었으며, 그의 갈색 등과 어깨에는 그의 땀과 바닷물이 남긴 소금 얼룩이 묻어 있었다.

"정확히 두 시간 지났어요." 에디가 로저에게 말했다. "머리는 좀 어때, 데이비?"

"괜찮아요."

"아프지 않아?"

소년은 고개를 저었다.

"이번에는 물을 좀 마시는 게 좋겠다." 에디가 말했다.

앤드루가 물이 든 잔을 입술에 갖다 대자, 데이비드는 고개를 끄덕이며 물을 마셨다.

"정말 기분이 어때, 데이비?" 로저가 그를 향해 가까이 몸을 굽히며 물었다.

"좋아요. 등과 다리와 팔만 빼고는요." 그가 눈을 감으려는 찰나 다시 낚싯줄이 끌려가기 시작했고 데이비드는 흔들리는 낚싯대를 꽉 움켜쥐었다.

"지금은 말을 하고 싶지가 않아요." 그가 말했다.

"지금 다시 당길 수 있을 거야." 로저가 그에게 말했고 소년은 다시 줄을 당기기 시작했다.

"데이비드는 성자이고 순교자예요."" 톰이 아버지에게 말했다. "데이비드 같은 형제를 둔 남자는 거의 없어요. 저, 얘기 좀 해도 될까요, 아빠? 너무 긴장돼서요."

"얘기해 보거라, 토미. 나도 걱정이구나."

"데이비드는 항상 훌륭했어요." 톰이 말했다. "그는 천재도 앤디 같은 운동선수도 아니에요. 그는 그냥, 정말 멋져요. 아버지도 데이비드를 가장 사랑한다는 걸 알아요. 그리고 그게 맞고요. 왜냐하면 데이비드는 우리 중 최고거든요. 그리고 저는 분명 이 일을 해낼 거라는 걸 알아요. 아버지가 데이비드에게 그냥 맡겨 두셨을 리가 없죠. 하지만 지켜보기만 하는 건 확실히 긴장을 하게 만드네요."

토머스 허드슨은 어린 톰의 어깨에 팔을 두른 다음 다른 손을 키에 올린 채 선미를 바라보며 배를 운전했다.

"토미, 만약 그만두게 한다면 데이비드가 어떻게 받아들일지가 문제다. 로저와 에디는 그 아이가 무엇을 하는지 정확하게 알고 있고, 나는 그 아이를 사랑하지만 그에게 할 수 없는 걸 시키고 싶진 않구나."

"하지만 데이비드에게는 한계가 없어요, 아빠. 정말이에요. 그 아이는 할 수 없을 것 같은 일도 항상 해냈어요."

"그럼 너는 나를 믿고, 나는 로저와 에디를 믿도록 하마."

"좋아요. 하지만 이제 데이비드를 위해 기도할 거예요."

"그러려무나." 토머스 허드슨이 말했다. "그런데 왜 내가 그 아이를 가장 사랑한다고 했지?"

"그러셔야만 하니까요."

"난 널 가장 오랫동안 사랑해 왔어."

"지금은 저나 아버지에 대해 생각하지 말아요. 일단은 데이비를 위해 기도해야 하니까요."

"그러자꾸나." 토머스 허드슨이 말했다. "자, 보렴. 물고기는 정오 즈음에 미끼를 물었단다. 이제 그늘이 조금 드리워지기 시작할 거야. 벌써 조금 생긴 것 같구나. 배를 조금 돌려서 데이비에게 그늘이 드리워질 수 있도록 해야겠다."

토머스 허드슨이 로저를 부르며 말했다. "괜찮다면 배를 천천히 돌려서 자네와 데이브를 그늘 밑에 놓고 싶은데. 물고기가 원을 그리며 도는 걸 보니 그래도 낚시에는 큰 영향이 없을 것 같아."

"그거 괜찮군." 로저가 말했다. "미리 생각했어야 했는데."

"지금까지는 그늘이 없었잖나." 토머스 허드슨이 말했다. 그는 선미를 중심으로 배를 아주 천천히 돌렸다. 얼마나 천천히 돌렸는지 낚싯줄은 전혀 풀려 나가지 않았다. 데이비드의 머리와 어깨는 이제 배의 고물에 의해 그늘 밑에 들어갔다. 에디는 소년의 목과 어깨를 수건으로 닦아 주고 있었고, 등과 목에 알코올을 바르고 있었다.

"어때, 데이브?" 어린 톰이 그에게 소리쳤다.

"멋진걸." 데이비드가 말했다.

"데이비드에 대해 조금은 마음이 풀린 것 같아요." 어린 톰이 말했다. "학교에서 누군가가 데이비드는 제 진짜 형제가 아니라고 한 걸 들은 적이 있어요. 이복형제라고요. 그래서 제가 우리 가족 중에는 이복형제가 없다고 했어요. 아빠, 저는 제 스스로가 이런 문제에 대해 걱정하지 않았으면 좋겠어요."

"넌 분명 극복할 수 있을 거야."

"우리와 같은 형태의 가정에서는 누군가는 걱정을 해야 해요." 어린 톰이 말했다. "하지만 저는 아빠에 대한 걱정은 하지 않아요. 이젠 데이비드 걱정을 하죠. 음료 몇 잔 더 만들어 올게요. 만드는 동안 기도나 더 해야겠어요. 아빠도 한 잔 더 필요하세요?"

"그렇다면 좋겠구나."

"에디도 아마 지금쯤 엄청나게 마시고 싶을 거예요." 소년이 말했다. "이제 거의 세 시간은 됐을걸요. 에디가 세 시간 동안 한 잔밖에 못 마시다니. 제가 너무 태만했네요. 데이비스 아저씨는 왜 술을 안 드실까요, 아빠?"

"데이비드가 저 일을 끝내기 전까지는 마시지 않을 것 같구나."

"지금은 데이브가 그늘 밑으로 들어갔으니 아저씨도 혹시 드실지 몰라요. 다시 한 번 물어보죠 ,뭐." 그는 이렇게 말하고는 아래로 내려가려 했다.

"토미, 난 괜찮단다." 토머스 허드슨은 로저가 이렇게 말하는 것을 들었다.

"데이비스 아저씨, 하루 종일 한 잔도 안 드셨어요." 톰이 재촉했다.

"고마워, 토미." 로저가 말했다. "그럼 나를 위해 맥주 한 병 마셔 주렴." 그러곤 키가 있는 곳을 향해 소리쳤다. "조금만 더 앞으로 나아가 줘, 톰. 그쪽이 좀 낫겠어."

"조금만 더 앞으로…." 토머스 허드슨이 되풀이했다.

물고기는 아직도 물속 깊이 선회를 계속하고 있었다. 그러나 그 반경은 분명 좁아지고 있었다. 배의 그림자가 드리워져 있기 때문일까. 낚싯줄의 움직임을 보다 선명하게 알아볼 수 있었다. 토머스 허드슨은 고기의 움직임에 주의해서 더욱 안전하게 배를 조종할 수 있게 되었다. 바다가 잔잔한 것은 매우 다행이었다. 만일 거친 바다에서 이렇게 큰 물고기를 만났더라면 데이비드는 얼마나 큰 시련을 당했을지 모른다. 이제 데이비드도 그늘에서 무더위를 피할 수 있고, 바다마저 더욱 평온해진 것을 본 토머스 허드슨은 차차 마음이 편안해졌다.

"고맙다, 톰." 톰이 건네준 술을 받아들고 기뻐하는 에디의 목소리가 들린데 이어, 톰은 이번에는 종이로 겹겹이 감싼 컵을 들고 선교로 올라왔다. 라임과 앙고스투라의 톡 쏘는 맛이 혀를 자극했다. 어린 톰은 아버지가 좋아하는 대로 야자수에 진을 타 온 것이다. 얼음이 채워져 무척 시원했다.

"맛이 괜찮나요, 아빠?" 소년이 물었다. 그는 뜨거운 햇볕 아래 차가운 물방울을 흘리고 있는 아이스박스에서 맥주 한 병을 꺼내 마셨다.

"훌륭해." 그의 아버지가 그에게 말했다. "진도 많이 넣었구나."

"당연하죠." 어린 톰이 말했다. "얼음이 너무 빨리 녹기 때문이에요. 얼음이 빨리 녹지 않게 보냉이 되는 컵 손잡이가 있어야겠어요. 학교에서 뭔가를 만들어 볼게요. 코르크 덩어리로 무언가를 만들 수 있을지도 몰라요. 크리스마스 선물로 하나 만들어 드려도 괜찮겠네요."

"데이브를 보렴." 그의 아버지가 말했다.

데이비드는 마치 지금 막 싸움을 시작한 것처럼 물고기를 잡고 있었다.

"저 아이가 얼마나 호리호리한지 보세요." 어린 톰이 말했다. "가슴과 등이 거의 평평해요. 거의 풀로 붙인 것처럼 말이에요. 그래도 보기 드물게 팔 근육이 길더라니까요. 팔의 앞쪽과 뒤쪽의 길이가 거의 같을 만큼 말이에요. 이두근하고 삼두근이요. 확실히 생긴 건 이상하긴 하지만 최고의 형제죠."

에디는 잔을 비운 다음 다시 수건으로 데이비드의 등을 닦아 주고 있었다. 그런 다음에는 그의 가슴과 긴 팔을 닦았다.

"괜찮니, 데이비?"

데이비드는 고개를 끄덕였다.

"들어 보렴." 에디가 그에게 말했다. "소처럼 강한 어깨를 가진 성인 남자도 지금 네가 한 만큼의 절반도 못하고 포기해 버린 걸 본 적이 있단다."

데이비드는 멈추지 않고 계속 움직였다.

"큰 남자 말이야. 네 아버지와 로저도 아는 사람이지. 항상 낚시를 하면서 훈련도 받았고. 사람이 살면서 한 번은 볼까 말까 한 엄청나게 큰 물고기가 미끼를 물었는데도 힘들다고 포기하고 말았단다. 몸이 너무 아프다면서 말이지. 그러니 그대로 꾸준하게 하면 돼, 데이비."

데이비드는 아무 말도 하지 않았다. 그는 자신의 모든 숨을 낚싯대를 들어 올리고 내리며 릴을 감는 데에만 사용하기 위해 집중했다.

"이 빌어먹을 물고기는 수컷이라 이렇게 강한 것일 테지." 에디가 그에게 말했다. "만약 암컷이었으면 이미 한참 전에 포기했을 거다. 아니면 내장이나 심장, 알주머니가 터졌거나. 이런 종류의 물고기는 수컷이 힘이 센 편이거든. 물론 암컷이 힘이 센 물고기들도 많지만. 하지만 황새치는 아니야. 녀석들은 엄청나게 강하거든. 그래도 데이비 넌 분명 잡을 수 있을 거다."

줄이 다시 풀리기 시작했고, 데이비드는 잠시 눈을 감은 다음 맨발을 나무에 받치더니 막대에 기대어 쉬었다.

"그래, 데이비." 에디가 말했다. "꼭 필요할 때만 힘을 주면 돼. 물고기가 선회할 때는 그냥 놔두거라. 낚싯대를 당기면 녀석은 그 힘에 맞서야 하니, 분명 지치고 말 거야."

에디가 뒤를 돌아 밑을 바라보았고, 토머스 허드슨은 그가 눈을 찌푸리는 걸 봐서 선실의 벽에 걸려 있는 시계를 보고 있다는 것을 알아챘다.

"세 시간 오 분이 지났어요, 로저." 그가 말했다. "그 황새치와 세 시간 하고도 오 분 동안 싸우고 있는 거야, 데이비."

그들은 데이비드가 다시 줄을 감아올릴 거라고 생각한 순간에 줄이 다시 꾸준하게 풀리고 있는 걸 알아챘다.

"녀석이 다시 내려가고 있군." 로저가 말했다. "조심해, 데이비. 낚싯줄이 잘 보이나, 톰?"

"잘 보이는군." 토머스 허드슨이 그에게 말했다. 아직 경사가 가파르지는 않았지만 선교 위에서 해면의 줄의 위치를 볼 수 있었다.

"그냥 바닷속 깊이 내려가서 죽으려고 하는 건지도 모르겠군." 토머스 허드슨은 그의 장남에게 낮은 목소리로 말했다. "그러면 데이브가 크게 상심할 텐데."

그 말에 어린 톰은 고개를 흔들며 입술을 깨물었다.

"최대한 힘을 줘, 데이브." 로저가 말하는 소리를 토머스 허드슨이 들었다. "줄을 최대한 팽팽하게 하고 끊어지기 직전까지 힘을 줘."

소년은 줄이 거의 끊기기 직전까지 팽팽해지도록 낚싯대를 들어 올렸고 그렇게 계속 붙잡고 있었다. 낚싯줄이 계속 풀려 나가며 아래로 내려가는 동안 데이비드는 최선을 다해 그 고난을 견디고 있었다.

"이번에 줄을 당겨서 녀석을 멈추게 하면 잡힌 거나 마찬가지야." 로저가 데이비드에게 말했다. "시동을 꺼, 톰."

"이미 껐어." 토머스 허드슨이 말했다. "하지만 조금 더 뒤로 가는 편이 나을 듯하네."

"좋아, 해 봐."

"뒤로 조금 가네." 토머스 허드슨이 말했다. 그로 인해 줄이 조금 감겼지만 많이는 아니었다. 그리고 낚싯줄은 끔찍하게도 위아래로 직선을 이루었다. 아까 최악의 상황이었을 때보다도 릴에 감긴 줄이 더 적었다.

"선미에 올라가야겠구나, 데이비." 로저가 말했다. "드래그를 살짝 풀어야겠어."

데이비드는 로저의 말대로 드래그를 풀었다.

"이제 엉덩이를 자리에 대거라. 허리를 잡고 버텨 주겠나, 에디?"

"이런, 아빠." 어린 톰이 말했다. "바닥으로 내려가고 있는 게 보여요."

데이비드는 선미 끝에서 무릎을 꿇은 채 낚싯대를 꼭 붙잡고 있었다. 낚싯대는 휘어지다 못해 끝부분이 물속에 잠긴 상태였다. 앤드루는 데이비드의 발목을 붙잡았고, 로저는 데이비드의 곁에서 무릎을 꿇은 채 이제 얼마 남지 않은 낚싯줄이 풀려 가는 모습을 긴장된 분위기 속에서 지켜보았다. 그는 다 틀렸다는 듯 토머스 허드슨을 향해 고개를 저어 보였다.

릴에 남은 줄은 이제 20야드도 채 못되었다. 데이비드가 필사적으로 붙잡고 있는 낚싯대의 반은 물속에 잠긴 채였고, 남은 줄은 15야드에서 10야드로 줄어 마침내 모두 풀려 버리고 말았다. 소년은 그래도 꿋꿋하게 선미에 몸을 기대어 버티고 허리를 굽힌 채였고, 낚싯대는 거의 대부분이 물속으로 잠겼다. 더 이상 풀려 나갈 낚싯줄이 없었다.

"에디, 데이브를 의자에 다시 앉히게나. 조심히, 조심히." 로저가 말했다. "할 수 있을 때 말이야. 물고기를 멈추긴 했어."

에디는 데이비드의 허리를 껴안은 채 뒤로 물러서 조심히 의자에 앉혔다. 갑작스럽게 고기가 요동이라도 쳐서 낚싯대를 쥐고 있는 데이비드가 물속에 빠지지 않도록 하기 위해 허리를 힘껏 감싸고 있었던 것이다. 물고기는 위로 조금 떠오르는 듯했다.

"선을 조금 감을 수 있을 때만 당기도록." 로저가 데이비드에게 말했다. "그 외엔 물고기가 당기게 내버려 둬. 당기고 있는 도중에도 쉴 수 있어야 해."

"잡을 수 있을 거야, 데이비." 에디가 말했다. "녀석을 계속 괴롭히고 있으니 이제 곧 죽을 거야."

토머스 허드슨은 배를 약간 앞으로 당겨서 물고기를 조금 더 선미 방향으로 두었다. 이제 선미 전체에 그림자가 드리워져 있었다. 배는 더 먼 바다로 꾸준히 나아가고 있었고, 바람은 해수면을 괴롭히지 않았다.

"아빠." 어린 톰이 아버지에게 말했다. "제가 술을 만들 때 데이비드의 발을 보았는데 피가 나고 있었어요."

"나무 위에서 맨발로 버텼으니 그럴 수밖에."

"제가 거기에 베개를 대 놓을까요? 아니면 방석이라도…."

"내려가서 에디에게 물어보거라." 토머스 허드슨은 말했다. "하지만 데이브를 방해하지는 마."

물고기와의 싸움이 시작된 지도 이제 네 시간이 지나고 있었다. 배는 여전히 바다로 나아가고 있었고, 데이비드는 물고기를 꾸준히 당기고 있었다. 데이비드는 한 시간 전보다 더 강해 보였지만 토머스 허드슨은 그의 발뒤꿈치에 묻은 피를 볼 수 있었다. 그것은 마치 햇볕에 광택제를 칠한 것처럼 보였다.

"발은 어때, 데이비?" 에디가 물었다.

"아프진 않아요." 데이비드는 말했다. "아픈 것은 손과 팔 그리고 등이에요."

"쿠션을 대 줄까?" 데이비드는 머리를 흔들었다.

"제 생각엔 발에 달라붙을 것 같아요." 그가 말했다. "끈적거리잖아요. 그리고 아프지 않아요. 정말로요."

어린 톰은 위쪽으로 올라와서 그의 아버지에게 말했다. "데이브의 발바닥이 벗겨진 것 같아요. 손도 상태가 좋지는 않아 보이고요. 온통 물집이 잡힌 데다 전부 터져 있었어요. 아, 아빠, 이게 옳은 일인지 잘 모르겠어요."

"데이브는 지금 마치 엄청난 해류를 상대로 노질을 하고 있는 것과 같단다. 아니면 엄청 피곤한데도 산을 오르거나 말 위에서 버티는 것과 같은 상황이지."

"저도 알고 있지만, 제 동생이 저러고 있는 걸 그냥 처다보고만 있는 게 너무 싫어요."

"그래, 잘 안다, 토미. 하지만 소년이 남자가 되려면 이겨 내야 하는 일들이 있어. 데이브는 지금 그 일을 겪고 있는 거란다."

"마음으로는 알 것 같은데, 데이비의 손과 발을 볼 때마다 의심이 들어요, 아빠."

"저 아이의 기분도 생각해 줘야지." 그의 아버지가 그에게 말했다. "이건 데이브에게 아주 중요한 일이야."

"네." 어린 톰이 절망적으로 말했다. "하지만 저에겐 그냥 데이비일 뿐이에요. 그냥 세상이 이렇지 않고, 또 이런 일이 제 형제들에게 일어나지 않았으면 해요."

"나도 그렇단다." 토머스 허드슨이 말했다. "넌 정말 착한 아이야, 토미. 하지만 이 일은 나중에 데이비드가 돌이켜 봤을 때 가슴을 뜨겁게 해 줄 일이고, 또 다른 어려운 일들을 극복하게 해 줄 일이기도 해. 그게 아니었다면 진작에 멈췄겠지."

바로 그때 에디가 말했다. 그는 다시 그의 뒤에 있는 선실을 들여다보고 있었다.

"이제 딱 네 시간이 지났군요, 로저." 그가 말했다. "물 좀 마시는 게 좋겠다, 데이비. 기분이 어때?"

"괜찮아요." 데이비드가 말했다.

"도움이 될 만한 일을 해야겠어요." 어린 톰은 말했다. "에디를 위해 음료를 한 잔 더 만들게요. 아빠도 한 잔 드려요?"

"아니, 이번 건 생략할게." 토머스 허드슨이 말했다.

어린 톰은 아래로 내려갔고, 토머스 허드슨은 데이비드가 피곤함을 무릅쓰고 천천히 그리고 꾸준하게 버티는 것을 보았다. 로저가 그의 뒤에 구부리고 서서 낮은 목소리로 계속 무어라 말을 하고 있었고, 에디는 선미에 나가 서서 낚싯줄의 경사를 보고 있었다. 토머스 허드슨은 황새치가 헤엄치고 있는 바닷속을 상상해 보려고 했다. 당연히 어두웠지만 물고기들은 말들이 어둠 속을 보는 것처럼 앞을 볼 수 있을 것이다. 또 그곳은 몹시 추울 것이다.

그는 그 물고기가 혼자 있을지 아니면 다른 물고기와 같이 헤엄치고 있을지 문득그 궁금해졌다. 그들은 다른 물고기를 본 적은 없지만, 그것만으로 이 물고기가 혼자라는 것을 증명할 수는 없다. 어둡고 추운 바닷속에는 또 다른 물고기가 있을지도 몰랐다.

토머스 허드슨은 왜 아까 물고기가 깊은 곳으로 들어갔을 때 멈췄을지 생각했다. 비행기도 최대 높이가 있듯 물고기에게도 최대 깊이가 있는 것일까? 그렇지 않으면 낚싯줄이 잡아당기는 작은 힘이 물속에서 헤엄치는 그의 진로를 방해해서 조용히 올라와 다시 제가 가고 싶은 곳을 찾아가고 있는 것일까? 그 물고기는 데이비드가 잡아 올리는 대로 조금씩 꾸준하게 올라오고 있었을까? 그렇지 않으면 그의 입언저리에 박힌 낚싯바늘에 연결되어 있는 불쾌하고 거추장스러운 어떤 것과 싸우기 싫어 양순하게 따라 올라왔던 것일까? 토머스 허드슨은 아마도 그러했을 거라 생각하면서, 물고기의 기운이 아직 빠지지 않았다면 데이비드는 얼마 동안 더 고생을 해야 할 것이라고 짐작했다.

어린 톰에게서 자기가 따로 두고 마시던 술병을 받아든 에디는 그 술을 따른 뒤 미끼 상자에 넣어서 식지 않게 해 달라고 부탁했다. 그래야 마시고 싶을 때 바로 곁에서 찾아 마실 수 있다는 것이다. "데이비드가 이 물고기와 싸우는 걸 계속 지켜보다 보면 술고래가 돼 버리고 말겠다."

"원할 때 언제든지 가져다줄게요." 앤드루가 말했다.

"원할 때마다 가져오면 안 돼." 에디가 그에게 말했다. "내가 원할 때만 가져다주면 돼."

장남은 토머스 허드슨이 있는 곳으로 올라왔고, 그들은 함께 에디가 데이비드에게 몸을 숙여 그의 눈을 들여다보는 모습을 보았다. 로저는 의자를 잡고 선을 보고 있었다.

"들어 보렴, 데이비." 에디가 소년에게 얼굴을 들이밀고 말했다. "손과 발은 아무 의미도 없어. 아프다거나 상태가 좋지 않아 보여도 괜찮아. 낚시꾼의 손과 발은 본디 그래야 하는 거고, 그걸 견디고 나면 다음번엔 더 강해져 있을 테니까. 하지만 머리는 다르지. 어때, 머리 괜찮니?"

"괜찮아요." 데이비드가 말했다.

"부디 네게 신의 가호가 있길 바란다. 저 개 같은 물고기와 함께 있으려면 말이지. 곧 끌어올릴 수 있을 거야."

"데이비." 로저가 소년에게 말했다. "그냥 내가 받아서 할까?"

데이비드는 고개를 흔들었다.

"아직은 그만둘 생각이 없구나." 로저가 말했다. "그냥 그게 더 말이 되는 것 같아서. 나나 네 아버지가 물고기를 끌어 올려도 돼."

"혹시 제가 뭔가 잘못하고 있나요?" 데이비드가 씁쓸한 듯 물었다.

"아니, 넌 완벽하게 하고 있어."

"그런데 제가 왜 포기해야 하죠?"

"물고기가 네게 엄청난 시련을 주고 있기 때문이야, 데이비." 로저가 말했다. "우린 네가 다치지 않길 바란단다."

"하지만 그래 봤자 입안에 빌어먹을 낚싯바늘이 걸린 놈인걸요." 데이비드가 살짝 흔들리는 목소리로 말했다. "녀석이 저한테 시련을 주는 게 아니에요. 제가 녀석에게 시련을 주는 거지. 개 같은 자식."

"데이브, 지금은 하고 싶은 말 마음껏 해도 된다." 로저가 그에게 말했다.

"그 빌어먹을 개자식. 망할 놈의 개자식."

"데이브가 울고 싶은가 봐요." 위로 올라온 앤드루가 어린 톰과 그의 아버지으로 곁으로 가며 말했다. "울지 않기 위해 저런 말을 하는 거예요."

"입 다물어, 마부." 젊은 톰이 말했다.

"물고기가 저를 죽여도 상관없어요. 이 개자식." 데이비드가 말했다. "아니, 이런 망할. 전 그를 증오하지 않아요. 오히려 사랑하죠."

"이제 그만하는 게 좋겠어." 에디가 데이비드에게 말했다. "숨을 아껴야 해."

그는 로저를 쳐다보았고 로저는 그도 모르겠다는 듯 어깨를 들어 올렸다.

"네가 또다시 그렇게 흥분하면 그땐 내가 대신 할 거야." 에디가 말했다.

"하지만 저는 항상 흥분해 있는걸요." 데이비드가 말했다. "제가 말하지 않아서 아무도 모를 뿐이지. 평소와 다를 게 없어요. 그냥 말로만 할 뿐이에요."

"자, 이제 그 입 다물고 집중하거라." 에디가 말했다. "평온하고 조용히 있으면 물고기와 언제까지든 싸울 수 있으니까."

"전 계속 싸울 거예요." 데이비드가 말했다. "욕해서 죄송해요. 물고기에겐 별 마음 없어요. 오히려 세상에서 제일 아름다운 것 같아요."

"앤디, 그 순수한 알코올 병 좀 가져다주렴." 에디가 말했다. "데이브의 팔과 어깨 그리고 다리 좀 진정시켜야겠어요." 그가 로저에게 말했다. "더 이상 얼음은 쓰고 싶지 않네요. 얼음을 계속 쓰다 보면 근육을 수축시킬지도 몰라요." 선실 쪽을 돌아보며 그는 말했다. "다섯 시간 하고도 반이나 지났네요, 로저." 그는 다시 데이비드를 향해 돌아섰다. "너무 덥진 않니, 데이비?"

소년은 고개를 저었다.

"한낮에 일직선으로 내리쬐는 햇빛은 위험하다고 생각하거든." 에디가 말했다. "이제 아무 일도 없을 거야, 데이비. 그냥 이제 물고기를 끌어 올릴 생각만 하렴. 어두워지기 전에는 잡고 싶으니까."

데이비드는 고개를 끄덕였다.

"아빠, 물고기와 이렇게 싸우는 걸 본 적 있으세요?" 어린 톰이 물었다.

"그럼." 토머스 허드슨이 그에게 말했다.

"많이요?"

"그건 모르겠다, 토미. 이 걸프만에는 끔찍한 물고기들이 더러 있거든. 물론 잡기 쉬운 거대한 물고기가 있긴 하지만."

"몸집이 거대한데 왜 더 잡기 쉬울까요?"

"그건 그들이 늙고 뚱뚱해졌기 때문이라고 생각한단다. 몇몇은 죽기 일보 직전일 만큼 늙은 상태일 거고. 또 가장 큰 놈들은 물 밖으로 뛰어오르다가 죽는 경우도 있지."

사방에 배 한 척 보이지 않은 지 오래되었다. 늦은 오후, 해는 벌써 기울어진 뒤였다. 그들은 섬과 아이작 등대 사이를 빠져나와 아주 먼 바다 위에 떠 있었다.

"한 번 더 당겨 보지 그래?" 로저가 권했다.

데이비드는 등을 구부린 채 발을 뱃전에 대고는 낚싯줄을 뒤로 젖혔다. 낚싯대는 움직이지 않을 줄 알았는데 오히려 천천히 위로 올라왔다.

"올라오고 있구나. 계속 당겨 봐." 로저가 말했다.

소년은 몸을 일으키더니 다시 줄을 당기기 시작했다.

"녀석이 올라오고 있어." 로저가 데이비드에게 말했다. "꾸준하게 당기렴."

데이비드는 기계처럼, 아니면 아주 피곤한 소년이 기계처럼 일하듯 움직였다.

"지금이로구나." 로저가 말했다. "정말로 올라오고 있어. 배를 앞으로 조금만 전진시키자고, 톰. 항구 쪽으로 끌어올릴 수 있으면 좋겠어."

"앞으로 조금만…." 토머스 허드슨이 말했다.

"네 스스로 판단해 보려무나." 로저가 말했다. "물고기를 살살 끌어올려야 에디가 갈고리로 낚아챌 수 있어. 또 그래야만 올가미를 죄어 올릴 수 있고. 내가 맨 앞에서 하마. 토미, 자네도 내려와서 의자와 낚싯줄이 제대로 있는지 봐 주게. 낚싯줄이 어딘가에 걸리지 않도록 해야 돼. 만약에 걸리기라도 한다면 내가 잘라 낼 수 있도록 말이야. 앤디, 너는 에디를 돕거라. 그가 해 달라는 건 뭐든 해 줘. 올가미가 필요하다면 올가미를 주고, 몽둥이를 달라면 몽둥이를 주고."

물고기는 계속해서 꾸준히 올라오고 있었고, 데이비드는 펌프질을 하는 듯한 리듬을 깨뜨리지 않고 있었다.

"톰, 내려와서 아래에 있는 키를 잡는 게 좋겠어." 로저가 말했다.

"내려가려던 참이네." 토머스 허드슨이 그에게 말했다.

"그렇군, 미안." 그가 말했다. "데이비, 물고기가 다시 멀리 나간다면 낚싯줄을 늘어트려야 할지도 몰라. 낚싯대에만 집중하고 다른 것은 신경 쓰지 마. 내가 잡기 시작하면 드래그를 풀도록 하렴."

"스풀에 끼워 두는 건 어때?" 에디가 말했다. "이제 와서 스풀이 엉키게 하지는 말아라, 데이비."

토머스 허드슨은 선교에서 뛰어내린 뒤 선실로 들어가서는 키와 조종간을 붙잡았다. 선교에서보다 바닷물 살피는 일은 더 힘들었지만, 뭔가 일이 일어났을 경우 그들과 소통하기엔 훨씬 나았다. 한참 동안 위에서 내려다보기만 하다가 갑자기 내려와서 보니 어색함이 느껴졌다. 마치 극장에서 칸막이 좌석에만 있다가 무대로 올라가거나 육상 트랙의 라인 바깥쪽에 서 있다가 트랙 안으로 들어와 있는 듯한 느낌이었다. 모두가 더 크고 가까워 보였다.

데이비드의 피 묻은 손과 칠이라도 된 듯 번쩍이는 발뒤꿈치가 토머스 허드슨의 눈에 들어왔다. 낚싯줄의 끝부분이 점차 나타나면서 데이비드의 얼굴에는 절망의 그림자가 드리워지기 시작했다. 그는 선실 안을 들여다보았다. 시곗바늘은 오후 6시 4분 전을 가리키고 있었다. 바다는 이제까지와는 다른 모습으로 시야에 들어왔다. 하얀 낚싯줄은 어둠이 깃든 바닷속에 잠겨 있었고, 낚싯대는 물에 잠겼다가 떠오르곤 했다. 에디는 햇볕에 그을린 손으로 작살을 든 채 선미에 무릎을 꿇고 앉아 있었다. 서녘으로 지는 햇빛을 받아 거의 자줏빛으로 변한 바닷속을 응시하면서 그는 물고기가 나타나기만을 기다리고 있었다. 작살의 자루엔 끈이 매여 있었고, 기다랗게 늘인 끈이 선미 갑판 기둥에 매여 있었다. 토머스 허드슨은 데이비드의 등과 쭉 뻗은 다리, 낚싯줄을 잡은 기다란 팔을 봤다.

"녀석이 보이나, 에디?" 로저가 의자를 잡고 있는 곳에서 물었다.

"아직이요. 계속 당겨, 데이비. 꾸준히, 강하게."

데이비드는 계속해서 자세를 폈다가, 내렸다가, 릴을 감기를 반복하고 있었다. 이제 릴은 낚싯줄 때문에 무거워지기 시작했다. 그가 한번 올라갔다 내려갈 때마다 많은 낚싯줄이 감겨 들어왔다.

물고기가 움직임 없이 잠시 가만히 있자 낚싯대가 다시 해면 쪽으로 휘어졌고, 낚싯줄은 풀리고 있었다.

"안 돼. 그럴 수는 없어." 데이비드가 말했다.

"그럴지도 몰라." 에디가 말했다. "절대로 알 수 없는 일이지."

그러나 데이비드는 다시 천천히 낚싯대를 들어 올렸고, 그 뒤부터는 다시 낚싯줄이 쉽고 꾸준하게 감겨 오기 시작했다.

"잠시 동안만 버틴 거로군." 에디가 말했다. 오래된 양털 모자를 뒤통수에 걸친 채 그는 맑고 어두운 자주색 물을 내려다보며 말했다.

"저기 있군." 그가 말했다.

토머스 허드슨은 키를 놓고 선미를 보기 위해 빠르게 움직였다. 선미 방향으로 물고기가 보였다. 토머스 허드슨이 본 것은 작은 크기였지만, 그 짧은 찰나에도 그 형태는 계속해서 조금씩 커져 갔다. 비행기가 다가올 때 커지는 것만큼 빠르게는 아니었지만, 꾸준히 크기를 늘려 가며 녀석이 다가오고 있었다.

토머스 허드슨은 데이비드의 어깨에 팔을 얹은 채 키를 잡았다. 그러고 나서 앤드루가 "오, 저것 좀 봐."라고 말하는 것을 들었으며, 지금 그의 눈에 물고기는 갈색으로 보였고 길이와 부피가 더 크게 자라 있었다.

"배는 그대로 놔두게." 로저가 뒤를 돌아보지 않은 채 말했고, 토머스 허드슨은 답했다. "배는 그대로."

"오, 신이시여, 저걸 좀 보세요." 어린 톰이 말했다.

물고기는 정말로 거대했고, 지금껏 토머스 허드슨이 본 그 어떤 황새치보다도 컸다. 몸은 이제 갈색이 아닌 자주색이었고, 천천히 그리고 꾸준히 같은 방향으로 헤엄치고 있었다. 선미와 데이비드의 오른쪽 방향이었다.

"물고기가 계속 이쪽으로 오도록 해, 데이비." 로저가 말했다. "녀석이 우리의 오른쪽으로 들어오고 있어."

"앞으로 조금만." 로저가 물고기를 보면서 말했다.

"앞으로 조금만." 토머스 허드슨이 대답했다.

"계속 감아." 에디가 데이비드에게 말했다. 토머스 허드슨은 낚싯줄의 끝이 이제 거의 해면 밖으로 나온 것을 보았다.

"조금만 더 앞으로 가." 로저가 말했다.

"조금만 더 앞으로." 토머스 허드슨은 복창했다. 그는 물고기에게 시선을 떼지 않으면서 물고기가 헤엄치는 방향으로 선미를 돌렸다. 이제 물고기의 자주색 몸통이 거의 다 보였다. 마치 엄청난 크기의 대검 같았다. 배후에 있는 지느러미는 어깨처럼 넓었고, 꼬리는 물고기가 거의 움직임 없이 헤엄치는 것처럼 보이게 했다.

"조금 만 더 앞으로." 로저가 말했다.

"조금 만 더 앞으로."

데이비드가 들고 있는 낚싯대의 끝이 그의 손에 곧 닿을 듯했다.

"준비됐나, 에디?" 로저가 물었다.

"그럼요." 에디가 말했다.

"데이비를 지켜봐, 톰." 로저는 몸을 숙여 낚시 목줄을 잡았다.

"드래그를 조금 풀어 줘." 그가 데이비드에게 말하며 줄을 천천히 들어 올렸다. 무거운 줄을 꽉 잡아 올려 작살이 닿을 거리만큼 끌고 오기 위해서.

물고기는 물 위에 띄운 커다란 통나무처럼 길고 넓은 모습을 유지한 채 올라오고 있었다. 고기를 지켜보고 있던 데이비드는 낚싯대 끝이 얽혀 있지 않은지 슬쩍 훔쳐보았다. 여섯 시간 반 만에 처음으로 데이비드는 등과 팔, 다리에 긴장을 느끼지 않았다. 하지만 토머스 허드슨은 데이비드의 다리 근육이 경련을 일으키며 부르르 떨리는 것을 보았다. 에디는 로저의 곁에서 작살을 든 채 잔뜩 몸을 구부리고 있었고, 로저는 줄을 천천히 그리고 멈추지 않고 끌어당겼다.

"천 파운드는 넘을 거예요." 에디가 말했다. 그러곤 이어서 아주 작게 말했다. "로저, 바늘이 실 하나에 걸려 있어요."

"닿을 수 있나?" 로저가 물었다.

"아직이요." 에디가 말했다. "계속 천천히, 천천히 당기세요."

로저는 계속 줄을 당겼고, 엄청난 물고기는 배를 향해 천천히 올라왔다.

"아슬아슬한데요." 에디가 말했다. "아무것도 아닌 거에 매달린 거나 마찬가지예요."

"이제 닿을 수 있겠나?" 로저가 물었다. 그의 말투는 변하지 않았다.

"아직은 아니에요." 에디가 조용히 말했다. 로저는 최대한 부드럽게 들어

올리고 있었다. 곧 몸을 곧게 펴자, 모든 긴장감이 사라졌다. 그는 느슨한 바늘을 두 손으로 잡았다.

"안 돼, 안 돼, 안 돼. 제발 신이시여, 안 돼." 어린 톰이 말했다.

에디는 작살을 든 채 물속으로 뛰어 들어갔고, 작살로 물고기를 맞출 수 있는지 확인하기 위해 노력했다.

하지만 그건 소용없는 일이었다. 엄청난 물고기는 깊은 물속에서 어두운 자줏빛의 커다란 통나무 새처럼 떠 있다가 천천히 가라앉았다. 그들 모두 물고기가 가라앉는 것을 보았고, 그 그림자가 점점 작아지는 것을 지켜보고 있었다.

잔잔한 바다 위에는 에디의 양털 모자가 떠 있었으며, 에디는 작살을 줄곧 손에 쥐고 있었다. 작살은 배의 선미에 있는 삼손 포스트까지 연결되어 있었다. 로저는 팔을 벌려 데이비드를 감싸 안았다. 그때 데이비드의 어깨가 흐느낌으로 흔들리고 있음을 토머스 허드슨은 알아챌 수 있었다. 그러나 그는 이후 로저가 하는 대로 내버려두었다. "에디가 배 위로 올라올 수 있도록 사다리를 내리렴." 그가 어린 톰에게 말했다. "데이비의 낚싯대에서 바늘을 빼려무나."

로저는 소년을 의자에서 들쳐 안고 조종실 우현 쪽에 있는 침대로 옮겨 그 위에 눕혔다. 로저는 말없이 데이비드를 껴안고 있었고, 소년은 침대 위에 엎드려 있었다.

물에 흠뻑 젖어 바닥에 물방울이 후두둑 떨어지는 채로 에디는 선내에 들어가 옷을 벗기 시작했다. 앤드루는 바다 위에 떠 있는 그의 모자를 막대로 낚아챘고, 토머스 허드슨은 에디에게 셔츠 한 벌과 무명천의 바지 한 벌을, 그리고 데이비드에게는 셔츠와 반바지를 주기 위해 아래로 갔다. 그는 지금 데이비드에 대한 연민과 사랑 외에는 아무런 감정도 느낄 수 없다는 사실에 놀랐다. 길고 긴 싸움에서 그 외의 감정은 모두 빨려 나가 버렸다.

그가 올라왔을 때 데이비드는 벌거벗은 채 침대에 엎드려 있었고, 로저는 그의 몸을 알코올로 문지르고 있었다.

"어깨부터 엉덩이뼈까지 아파요." 데이비드가 말했다. "조금만 살살 발라 주세요, 데이비스 아저씨."

"긁힌 곳이군." 에디가 말했다. "네 아버지가 손과 발에 머큐로크롬을 발라 줄 거야. 그건 아프지 않을 거란다."

"이 셔츠를 입거라, 데이비." 토머스 허드슨이 말했다. "춥지 않도록 말이야. 얇은 이불을 하나 가져다주렴, 톰."

토머스 허드슨은 허리띠에 쓸린 자국이 남은 등에 머큐로크롬을 발라 주었고, 데이비드가 셔츠를 입는 것도 도와주었다.

"전 괜찮아요." 데이비드가 높낮이 없는 목소리로 말했다. "콜라 한 잔만 주실 수 있으세요, 아빠?"

"그럼." 토머스 허드슨이 그에게 말했다. "에디가 잠시 후에 수프를 가져다 줄 거야."

"배가 고프진 않아요." 데이비드가 말했다. "아직은 뭘 먹고 싶지 않아요."

"잠시 기다리마." 토머스 허드슨이 말했다.

"형의 기분을 이해해." 앤드루가 콜라를 가지고 올라오며 말했다.

"아무도 내 마음을 이해할 수 없을걸." 데이비드가 말했다.

토머스 허드슨은 그의 맏아들에게 섬으로 돌아갈 수 있도록 나침반을 주었다.

"300에 모터를 동기화해, 토미." 그가 말했다. "어두워지면 불빛이 보일 거야. 그러면 내가 어디로 가야 할지 알려 주마."

"가끔씩 오셔서 확인해 주세요. 아빠도 저만큼 기분이 안 좋으시겠죠?"

"하지만 그건 어쩔 수 없는 일이었어."

"에디도 최선을 다해 노력했어요." 어린 톰은 말했다. "물고기를 쫓아 이 깊은 바다에 뛰어들 사람은 많지 않을 거예요."

"에디는 거의 해낼 뻔했지." 그의 아버지가 그에게 말했다. "물속에 작살을 들고 그렇게 뛰어 들어가면 물고기랑 몸싸움을 하다가 큰일이 날 수도 있어."

"하지만 에디라면 잘 해냈을 거예요." 어린 톰이 말했어요. "모터는 잘 동기화 됐나요?"

"잘 들어 보렴." 그의 아버지가 그에게 말했다. "태코미터만 보지 말고."

토머스 허드슨은 다시 침대로 가서 데이비드 옆에 앉았다. 그는 가벼운 담요를 몸에 둘둘 말고 있었는데 에디는 그의 손을, 로저는 그의 발을 치료하고 있었다.

"아빠." 그가 토머스 허드슨을 바라본 다음, 다른 곳으로 눈길을 돌렸다.

"정말 미안하다, 데이비." 그의 아버지가 말했다. "너는 내가 본 사람 중 가장 잘 싸웠어. 로저나 다른 누구보다도 말이야."

"정말 고마워요, 아빠. 하지만 그 얘긴 제발 하지 말아 주세요."

"뭐 좀 가져다줄까, 데이비?"

"콜라 한 잔 더 주세요." 데이비드가 말했다.

토머스 허드슨은 미끼 상자의 얼음 속에서 차가운 코카콜라 병을 발견하고는 뚜껑을 열었다. 그는 데이비드의 옆에 앉았고 소년은 에디가 치료해 준 손으로 콜라를 들고 마셨다.

"수프를 바로 준비해 놓을게요. 이제 끓기 직전이거든요." 에디가 말했다. "칠리를 데울까요, 톰 씨? 조개 샐러드도 있어요."

"칠리를 좀 데우지." 토머스 허드슨이 말했다. "아침 이후로 아무것도 못 먹었으니 말이야. 로저는 술 한 잔도 마시지 못했고."

"방금 맥주 한 병 마셨네." 로저가 말했다.

"에디." 데이비드가 말했다. "무게가 얼마나 나갔을까요?"

"천 파운드는 넘을 거야." 에디가 그에게 말했다.

"물속으로 뛰어 들어가 주셔서 감사해요." 데이비드가 말했다. "정말로 감사해요, 에디."

"빌어먹을." 에디가 말했다. "내가 할 수 있는 건 그게 다였는걸."

"정말로 그 물고기의 무게가 천 파운드는 넘게 나갔을까요, 아빠?" 데이비드가 물었다.

"응, 확신해." 토머스 허드슨이 대답했다. "그렇게 큰 물고기는 본 적이 없어. 황새치나 청새치 통틀어서 말이다."

배는 해가 지는 잔잔한 바다 위로 어둠을 뚫고 미끄러져 갔다. 지난 여섯 시간 동안 물고기를 쫓아 그렇게도 느리게 나아갔던 뱃길을 거슬러 똑같은 항로로 섬을 향해 달리고 있는 것이었다.

앤드루도 침대 끝에 앉았다.

"안녕, 마부." 데이비드가 그에게 말했다.

"만약 그걸 잡았더라면," 앤드루가 말했다. "형은 아마 세상에서 제일 유명한 소년이 되었을 거야."

"난 별로 유명해지고 싶지 않은데." 데이비드가 말했다. "너는 유명해질 수 있겠다."

"만약 그렇다면 우리는 형의 형제로서 유명해졌을 거야." 앤드루가 말했다. "정말이야."

"그리고 난 네 친구로서 유명해졌을 거다." 로저가 그에게 말했다.

"나는 그 소년을 태운 배를 몰았기 때문에 유명해졌겠지." 토머스 허드슨이 말했다. "그리고 에디는 그 물고기에 작살을 꽂아서 유명해졌을 테고."

"에디는 어쨌든 유명해져야 해요." 앤드루가 말했다. "토미 형은 그렇게나 많은 음료를 만들었으니 유명해져야 하고요. 그 끔찍한 전투가 일어나는 와중에도 토미가 열심히 물자를 날랐으니까요."

"그 물고기는요? 그 녀석은 유명해지지 않았을까요?" 데이비드가 물었다. 그는 이제 괜찮았다. 아니면, 적어도 그는 괜찮은 척 말하고 있었다.

"우리들 중 가장 유명했겠지." 앤드루가 말했다. "아마 불멸했을 거야."

"물고기에게 아무 일도 일어나지 않았으면 좋겠어." 데이비드가 말했다. "멀쩡했으면 좋겠네."

"내가 보증할게." 로저가 말했다. "그렇게 바늘이 꿰인 채 싸울 수 있을 정도라면 괜찮을 거야."

"오늘 일에 대해서는 말해 줄게." 데이비드가 말했다.

"지금 말해 줘." 앤디가 그를 재촉했다.

"하지만 지금은 너무 피곤하고, 또 말해 줘 봤자 미친 소리로밖에 들리지 않을 거야."

"지금 말해 줘. 조금이라도." 앤드루가 말했다.

"그래도 괜찮을지 모르겠어. 괜찮을까요, 아빠?"

"네가 하고 싶은 대로 하렴." 토머스 허드슨이 말했다.

"글쎄." 데이비드가 눈을 꼭 감고 말했다. "제일 힘들었을 때는 누가 누구였는지 구분하기조차 어려울 정도였어. 내가 물고기였는지 물고기가 나였는지도."

"나는 그 기분 이해해." 로저가 말했다.

"그러고 난 뒤에는 지구상의 그 어떤 것보다 그 물고기가 갑자기 사랑스럽게 느껴지기 시작했지."

"정말로 사랑에 빠졌어?" 앤드루가 물었다.

"그래, 엄청나게 사랑에 빠졌지."

"우와." 앤드루가 말했다. "나는 절대 이해할 수 없겠는걸."

"너무 사랑에 빠져서 그가 수면 위로 거의 다 올라왔을 때쯤엔 견딜 수가 없을 정도였어." 데이비드가 여전히 눈을 감은 채 말했다. "그를 조금이라도 더 가까이서 보고 싶은 생각뿐이었지."

"이해한다." 로저가 말했다.

"그래서 이제 그를 놓친 것에 대해선 아무런 생각도 들지 않아." 데이비드가 말했다. "기록 같은 것도 상관 안 해. 그냥 물고기는 괜찮을 거고, 나도 괜찮다는 걸로 됐어. 우린 적이 아니니까."

"우리에게 말해 줘서 고맙구나." 토머스 허드슨이 말했다.

"데이비스 아저씨, 정말 고마워요. 물고기를 놓치자마자 해 주신 그 말씀이요." 데이비드는 계속 눈을 감은 채 이야기했다.

토머스 허드슨은 로저가 그에게 한 말이 무엇인지 전혀 알지 못했다.

10

바람이 일기 전까지 무거운 정적이 내려앉았던 그날 밤, 토머스 허드슨은 의자에 앉아 책을 읽으려 애쓰고 있었다. 식구들은 모두 잠이 들었지만 자신만은 잠이 들 수 없다는 것을 잘 알고 있었던 그는 잠이 올 때까지 책을 읽으려 했다. 하지만 도무지 책도 읽을 수가 없었다. 그날 하루 동안 일어났던 일이 그의 머릿속에서 차차 고개를 들었다. 그날 아침 꼭두새벽부터 밤까지 일어났던 여러 가지 일들을 기억 속에서 쫓고 있던 그는 마치 톰을 제외한 나머지 아이들이 모두 자신의 곁을 떠나 버린 듯한 생각, 그 자신이 아들들로부터 영영 멀리 떨어져 버린 듯한 착각에 사로잡혔다.

데이비드는 로저와 함께 가 버렸구나. 그는 데이비드가 로저로부터 얻을 수 있는 게 있다면 무엇이든 얻기를 원했다. 로저의 행동은 그동안 자신의 생활과 작업적인 면에서 보였던 추하고 건전하지 못했던 것과는 딴판으로 아름답고 건전한 것이 있었다. 토머스 허드슨에게 있어 데이비드는 항상 신비한 존재였다. 사랑을 듬뿍 주고 싶은 신비를 간직한 아이. 그러나 로저가 데이비드를 이해하는 심도는 오히려 토머스 허드슨보다 더 깊었다. 그는 로저와 데이비드가 서로를 이해하는 관계라는 점에 대해서는 기뻤지만, 바로 그 점 때문에 그날 밤은 오히려 외로움을 느끼고 있었다.

한편 앤드루가 하는 행동에 대해서는 몹시 불편함을 느꼈다. 앤드루는 앤드루 그 자체이고 아직 어린 나이이므로 그를 그렇게 단순하게 판단하면 안 된다는 생각이 들긴 했지만, 못마땅하다는 생각이 계속 드는 건 어쩔 수 없었다. 앤드루는 아무것도 잘못한 게 없고 남들이 보기에도 썩 좋은 행동을 취하고 있었다. 그러나 왠지 모르게 믿음을 줄 수 없는 일면이 있는 아이였다.

사랑하는 사람을 생각하는 참 비참하고 이기적인 방법이라고 그는 생각했다. 그는 그날을 생각해 보았다. 어째서 하루의 일을 분석하고 상황에 따라 나누어서 생각하지 못하는가? 이제 잊자. 그리고 날이 새면 다시 생활의 균형을 잡아야 한다. 아이들도 머지않아 떠날 것이다. 아이들이 그의 곁에 머물러 있는 동안 그들을 행복하게 해 주면 되지 않는가? 아, 나는 그렇게 하려 노력했다고 그는 속으로 생각했다. 그럼, 그렇고말고. 그러나 그날 밤은 그를 놀라게 하는 무언가가 있었다. 자신의 생각대로 아이들과 로저까지도 행복하게 해 주었고, 그럼으로써 자신도 무척 즐거웠던 그날, 그는 도무지 꼭 지적해 낼 수만은 없는 이유에 얽매인 채 심적인 동요를 느끼고 있었다. 그때 그는 스스로를 달랬다. 인생을 살아가는 동안 날이면 날마다 놀라움을 자아내게 하는 일들이 일어나기 마련이다. 그리고 잠자리에 들면 그만 잊히고 말 것이다. 그리고 다음 날 잠에서 깨어 그들을 다시 행복하게 해 주면 그만이라는 생각이 떠올랐다.

밤사이에 강한 서남풍이 일더니 그 기세는 차차 커져서 날이 환해질 때쯤에는 거의 돌풍으로 변해 있었다. 야자수는 바람에 견디지 못해 크게 휘어졌고, 문빗장은 덜컹거렸으며, 아래 해변에는 파도가 소란스러운 소리와 함께 해변으로 밀어닥치고 있었다.

토머스 허드슨이 아침을 먹으려고 혼자 식당에 내려왔을 때 로저는 이미 나가고 없었다. 아이들은 아직 잠에서 깨어나지 않았다. 그는 상고선이 실어 온 편지들을 읽었다. 상고선은 일주일에 한 차례씩 얼음과 고기, 신선한 채소, 가스 및 다른 생활용품들을 육지로부터 날라 왔다. 바람이 더욱 거세어지자 그는 읽고 난 편지를 책상 위에 올려 커피 잔으로 눌러 놓았다.

"문을 닫아 드릴까요?" 조셉이 물었다.

"아니, 물건들이 깨지면 또 모르지만."

"로저 씨는 해변 쪽으로 걸어가셨어요." 조셉이 말했다. "섬의 끝으로 가시는 것 같았어요."

토머스 허드슨은 편지를 계속 읽었다.

"여기 신문이 있어요." 조셉이 말했다. "한 번 다림질 해 두었어요."

"고마워, 조셉."

"톰 씨, 그 물고기에 대한 게 사실인가요? 에디한테 들었어요."

"그가 뭐라고 했어?"

"그 물고기가 얼마나 컸는지 대해서요. 그리고 그걸 작살로 찌를 뻔했던 것도요."

"그건 사실이야."

"신이시여. 만약 상고선이 들어오지 않아서 얼음이나 물건들을 나르지 않았다면 저도 같이 갔을 텐데요. 에디를 따라 저도 바로 바닷물에 뛰어들어 작살로 물고기를 꿰뚫었을 거예요."

"에디가 뛰어들었는걸." 토머스 허드슨이 말했다.

"제겐 말해 주지 않았어요." 조셉이 가라앉은 목소리로 말했다.

"커피 좀 더 다오, 조셉. 그리고 파파야도 한 조각 더 주고." 토머스 허드슨이 말했다. 그는 배가 고팠고 바람이 더 그렇게 느끼도록 만들었다. "상선에서 베이컨은 가져오지 않았니?"

"어딘가에는 있을 거예요." 조셉이 말했다. "오늘 아침은 잘 드시네요."

"에디에게 들어오라고 해."

"에디는 눈을 치료받으러 갔어요."

"눈에 무슨 문제라도 있었나?"

"누군가가 주먹을 날렸거든요."

토머스 허드슨은 왜 이런 일이 일어났는지 알 것 같다고 믿었다.

"다른 곳은 다치지 않았고?"

"꽤 심하게 다쳤어요." 조셉이 말했다. "그를 믿지 않는 사람들이 여러 바에서 왔거든요. 그가 하는 이야기는 아무도 믿지 않을 거예요. 불쌍하게도."

"어디서 싸웠지?"

"어디서든요. 그를 믿지 않는 사람들이 있는 곳이라면 어디서든. 아무도 그의 말을 믿지 않았어요. 밤은 점점 깊어졌지만 왜 싸우는지도 모르는 상태로 시비가 붙어 싸우기 시작했죠. 에디는 이 섬에서 그가 싸울 수 있는 모든 남성들과 싸웠을 거예요. 아마도 오늘 밤 미들 키(Middle Key)에서 에디의 말을 의심하는 남자들이 반드시 올 거예요. 미들 키에 있는 공사장엔 싸움을 잘하는 남자들이 있다고 들었어요."

"로저가 같이 나가는 게 좋겠군." 토머스 허드슨이 말했다.

"오, 세상에." 요셉의 얼굴이 밝아졌다. "오늘 밤엔 재미 좀 볼 수 있겠는걸요."

토머스 허드슨은 커피를 마시며 차가운 파파야 열매에 신선한 라임을 뿌려 먹었다. 조셉이 가져온 베이컨 네 줄도 같이 먹었다.

"뭔가를 드시고 싶은 기분이셨군요." 조셉이 말했다. "전 그렇게 느껴질 때마다 뭔가 만들어 드리고 싶어요."

"난 늘 충분히 먹고 있어."

"가끔 그렇죠." 조셉이 말했다.

그는 커피 한 잔을 더 들고 왔고, 토머스 허드슨은 자신에게 온 편지 두 통에 대한 답장을 쓰기 위해 그의 책상으로 가 앉았다. 그는 상선에 편지를 실어 보낼 생각이었다.

"에디의 집으로 가서 상선에 뭔가 부탁할 일이 있는지 목록을 만들라고 해." 그가 조셉에게 말했다. "그런 다음 내게 영수증을 가져다주렴. 로저가 마실 커피는 있니?"

"네, 만들어 놓아어요." 조셉이 말했다.

토머스 허드슨은 2층 방 책상에서 답장으로 보낼 편지 두 통을 썼다. 그때 에디가 다음 주일 상선 편에 사들여 올 물건의 목록을 만들어 눈앞에 나타났다. 아니나 다를까, 에디의 모습은 그야말로 엉망이 되어 있었다. 눈은 치료를 했지만 별 효과가 없는 것 같았고, 입술과 두 볼은 퉁퉁 부어 있었다. 귀도 한쪽이 부어 있었다. 터진 입술에 머큐로크롬을 바른 모습이 웃음을 자아내게 했다.

"어젯밤은 정말이지 엉망이었어요." 그가 말했다. "목록에는 필요한 물품을 전부 적어 넣었어요, 톰 씨."

"오늘은 집에서 푹 쉬지 그러나?"

"집에 있는 게 더 싫어요." 그가 말했다. "그리고 오늘은 일찍 자려고요."

"그 일에 관해서라면 더 이상 싸우지 말도록 하게." 토머스 허드슨이 말했다. "그래 봤자 아무 소용도 없는 일이야."

"옳으신 말씀입니다." 에디는 갈라지고 부은 입술을 겨우 떼며 말했다. "제가 진실과 옳음에 대한 믿음으로 끝까지 말을 해 봤지만 매번 새로운 사람이 나와 저를 쥐어 패더군요."

"많은 사람들과 싸웠다고 조셉이 그러던데."

"누군가가 절 집으로 데려다 줄 때까지 줄곧 얻어맞았죠." 에디가 말했다. "아마 마음 좋은 베니가 절 데려다 준 것 같아요. 베니하고 경관이 저를 더 다치지 않게 살펴 주었죠."

"다치지 않았단 말이지?"

"다치긴 했지만 다치진 않았어요. 젠장, 거기에 계셨어야 했어요, 톰 씨."

"그렇다면 다행이군. 누군가 계획적으로 자네를 다치게 하려 한 건가?"

"그런 것 같지는 않았어요. 그냥 제 말이 틀렸다고 말하고 싶은 자들이었어요. 경관은 저를 믿었죠."

"그가 자네 말을 믿었어?"

"네, 그랑 바비요. 그 둘만이 저를 온전하게 믿었죠. 경관은 저를 처음 때린 사람을 체포해 가둔다고 했어요. 오늘 아침에 저를 처음 때린 사람이 누구냐고 물었거든요. 저는 제가 먼저 주먹을 날렸다고 했어요. 어젯밤은 진실과 옳음에 관한 문제에 있어서만큼은 좋지 않은 밤이었어요, 톰 씨. 아주 나쁜 밤이었죠."

"자네 그 상태로 점심을 만들 수 있겠나?"

"그걸 말씀이라고 하십니까?" 에디가 말했다. "상고선 편에 실려 온 스테이크를 가져왔지요. 진짜 소의 등심으로 된 스테이크 고기 말이에요. 한번 보셔야 하는 건데. 거기에 감자와 고깃국물과 완두콩을 곁들이면 훌륭한 요리가 되지요. 샐러드를 만들 상추와 신선한 포도도 마련했거든요. 아드님들도 파이를 좋아하겠지요? 가만 있자, 로건베리가 있으니 파이 만드는 데는 문제가 없겠군요. 어디 그것뿐인가요? 아이스크림도 가져왔으니, 파이 위에다 얹으면 말도 못할 정도로 맛있을 거예요. 그렇게 해서 우선 데이비드에게 잔뜩 먹여 줄 거예요."

"자네는 선미 너머로 작살을 들고 뛰어들었을 때 무슨 생각이었나?"

"그 물고기 녀석을 일격에 죽일 수 있는 지느러미 바로 밑을 작살로 꿰뚫어서 배 위로 끌어올리려고 했었죠."

"물속에선 어떤 모습이었나?"

"딩기만큼이나 몸통이 떡 벌어졌었어요. 온몸에는 자줏빛이 돌았는데 그놈 눈이 마치 톰 씨의 손만큼이나 길쭉하게 툭 째졌지 뭡니까. 눈동자는 새까맣고 아랫부분은 은빛이었는데 칼 같은 부리가 무시무시하더군요. 놈은 자꾸만 밑으로 내려가다 잠시 가만히 있기도 했는데, 작살 손잡이가 너무 가벼워서 물에 둥둥 뜨는 바람에 제가 더 내려갈 수가 있어야죠. 그놈이 있는 곳까지 제 몸이 가라앉질 않더란 말입니다. 그래서 별 도리가 없었죠."

"그 물고기도 자네를 쳐다보던가?"

"글쎄요, 잘 모르겠어요. 그는 그냥 거기에 존재하는 것 같았고, 다른 무엇도 그에게 별 상관없는 것 같았어요."

"지쳐 보이던가?"

"네, 완전히 지쳐서 포기하려던 것처럼 보였어요."

"우린 다시는 그런 물고기를 볼 수 없을 거야."

"저희 인생에서는 말이죠. 그래서 저는 사람들에게 그게 사실임을 믿게 만들려고 하는 거고요."

"데이비드를 위해 그림을 그려 줘야겠군."

"그때의 상황과 똑같이 그려 주세요. 만화처럼 우습게 그리시지 마시고요."

"사진보다 더 진실되게 그리도록 하지."

"그게 톰 씨가 그림을 그리는 방식 중 제일 마음에 들어요."

"하지만 물속 장면을 그리는 건 정말 힘들 거야."

"바비네 있는 용오름 그림처럼 될까요?"

"아니, 이건 좀 다를 테지. 그보다는 낫길 바라네. 오늘 밑그림을 그리기 시작할 거야."

"저는 그 용오름 그림이 마음에 들어요." 에디가 말했다. "바비는 그 그림에 미쳐 있고, 사람들에게 항상 그렇게 많은 물기둥들이 있었다고 말해요. 하지만 이번에 그리실 물고기가 반쯤 잠겨 있는 그림은 훨씬 더 엄청날 것 같아요."

"아마도 그럴 수 있을 거야." 토머스 허드슨이 말했다.

"물고기가 물 위로 뛰어오를 때의 모습을 그리실 수는 없겠죠?"

"그릴 수 있을 것 같은데."

"그럼 그 두 개의 그림을 그려 주세요, 톰 씨. 물고기가 물에서 뛰어오를 때의 모습과 로저 씨가 낚싯대 끝에서 잡으려고 준비하고 데이비는 의자에 앉아 있으며 제가 선미에 있던 그 모습을요. 꼭 사진처럼 그려 주세요."

"밑그림을 시작하도록 하지."

"제게 물어보고 싶은 건 뭐든지 물어보세요." 에디가 말했다. "저는 부엌에 있을 거예요. 아드님들은 아직 자고 있나요?"

"세 명 다."

"빌어먹을." 에디가 말했다. "그 물고기 사건 이후엔 아무것도 신경 쓰이지 않아요. 하지만 밥은 제대로 챙겨 먹어야겠죠."

"그 눈에 거머리를 붙이면 좋겠군."

"이 빌어먹을 눈에도 별로 신경이 안 쓰여요. 잘만 보이는걸요."

"아이들이 잘 수 있는 만큼 충분히 자게 놔두려고."

"아드님들이 일어나면 조가 아침을 차려 주는 걸 도와줄 거예요. 너무 늦게 일어나면 점심 먹는 데 방해가 되지 않는 양만큼만 줄게요. 저희가 이번에 상선에서 받아 온 고기를 보셨어요?"

"아니."

"신이시여. 확실히 비싸긴 하지만 정말 아름다운 고기예요, 톰 씨. 이 섬에 있는 누구도 그들이 살아온 동안 단 한 번도 그런 고기는 먹어 보지 못했을 거예요. 그런 고기가 나오는 소들은 어떻게 생겼는지 궁금해요."

"땅에 붙어 있다고 해도 될 만큼 키가 작게 자라지." 토머스 허드슨이 말했다. "그리고 긴만큼 넓기도 하고."

"맙소사, 뚱뚱하겠네요." 에디가 말했다. "살아 있는 놈을 한번 보고 싶어요. 여기서는 아무도 굶어죽기 직전의 소가 아니라면 거의 도축을 하지 않거든요. 그런 소들은 고기가 쓰죠. 여기 있는 사람들은 저희가 이번에 받아 온 고기를 보면 미쳐 버릴지도 몰라요. 아니면 그 고기가 아예 뭔지 모를 수도 있죠. 역겹다고 생각할 수도 있고요."

"이 편지들을 어서 끝내야 하네." 토머스 허드슨이 말했다.

"아, 죄송해요, 톰 씨."

다음 주에 우편선에 부치려고 작정했던 두 통의 편지까지 앞당겨 쓴 토머스 허드슨은 다음 주에 쓸 물건 등 육지에 가서 사들여 올 물긴의 목록을 만들어 그 배편에 부치기 위해 부둣가로 나갔다. 선장은 섬 주민들로부터 다음 입항 때 사들여 올 물건들을 주문받고 있었다. 물건의 품목들은 약품, 그릇, 기계 부속품, 일상 식품 등 가지각색이었다. 한편 상고선은 아직 살아 있는 게, 소라와 빈 가솔린 그리고 디젤 드럼통을 싣고 있었고, 섬사람들은 세찬 바람에도 그 옆에 줄지어 서서 자기 차례를 기다리고 있었다.

"별일 없었습니까?" 랄프 선장이 선실 창밖으로 고개를 내밀며 토머스 허드슨에게 인사를 건넸다.

"이번에 사 온 고기는 어땠어요?" 흑인 인부에게 일을 시키며 랄프 선장이 물었다.

"에디가 아주 좋은 고기라고 야단이더군."

"맞습니다. 그 편지와 물품 목록을 이리 주십시오. 돌풍이 심하게 부는군요. 잠시 기다렸다가 바람이 잠잠해지면 출항해야겠어요. 그럼 저는 좀 바빠서 이만 실례하겠습니다."

"다음 주에 보자고, 랄프. 자네를 붙잡고 있지 말아야지. 고마워, 꼬마야."

"다음 주에는 적어 주신 것 모두 다 가져오도록 해 볼게요. 돈은 필요 없으세요?"

"아니, 지난번에 받은 걸로 충분해."

"필요하시면 말씀하세요. 지금 배 안에 충분히 있거든요. 이봐, 루셔스, 무슨 일이야? 어디에 돈을 쓰고 있는 거지?"

토머스 허드슨은 바람이 소녀와 여성용 면 드레스에 어떤 영향을 미치는지에 대해 이야기하며 웃고 있는 흑인들이 있는 선착장을 따라 다시 걸어갔다.

그러고 나서 폰세 데 레온으로 이어진 산호 길을 올라갔다.
"톰." 바비가 말했다. "들어와서 앉으시게. 세상에, 어디 있었나? 방금 청소를 끝내고 이제 가게 문을 열려던 참이야. 어서 와서 하루 중 최고의 술을 받으시게나."

"그러기엔 꽤 이른 시간인걸."

"말도 안 돼. 이건 좋은 수입산 맥주야. 개의 머리 맥주도 있고." 그가 얼음이 가득 찬 바구니를 향해 손을 뻗으며 얘기했다. 그는 필스너 한 병을 열어 토머스 허드슨에게 건네줬다. "잔은 필요 없지? 그거 다 마시고 나면 더 마실 건지 말지 결정하라고."

"그럼 일을 못하잖나."

"누가 신경 쓴다고 그래? 자네는 이미 너무 많은 일을 하고 있네. 스스로에게 너무 엄하군. 한 번뿐인 인생인데 그림만 그리며 살 수는 없지."

"어제도 배를 타고 나가 있는 바람에 그림에는 손도 못댔네."

토머스 허드슨은 바의 끝 벽에 걸려 있는 용오름이 그려져 있는 큰 캔버스를 바라보았다. '좋은 그림이군.' 토머스 허드슨은 생각했다. '오늘 그릴 수 있는 최선의 그림만큼 말이야.'

"이걸 좀 더 높은 곳에 걸어야겠어." 바비가 말했다. "어젯밤에는 어떤 손님이 작은 배가 그려진 부분을 잡고 마구 기어오르려 하던걸. 그래서 내가 점잖게 타일렀지. 거기 발을 들여놓았다간 1만 달러는 물어내야 할 거라고 말야. 경관도 같은 얘기를 하더군. 그도 자네에게 자신의 집에 걸 어떤 그림을 의뢰하고 싶어 하는 것 같던데."

"어떤 그림인데?"

"경관은 말하지 않았어. 그냥 돈이 될 만한 아이디어가 있고, 자네와 얘기하고 싶다고만 했지."

토머스 허드슨은 캔버스를 자세히 들여다보았다. 거기에는 확실히 마모된 흔적이 있었다.

"다행히도 그림은 별로 안 망가졌어." 바비가 자랑스럽게 말했다. "또 어떤

날에는 갑자기 손님이 소리를 지르더니 맥주가 가득 채워진 잔을 그 그림을 향해 던지지 뭔가. 하지만 그런 일이 있었는지도 잘 모를 만큼 그림은 깨끗해. 맥주가 마치 물인 양 그냥 흘러내리더라고. 톰, 자네는 거의 신들린 솜씨로 그림을 그려 놨더군."

"그래도 한계가 있을 거야."

"신이시여." 바비가 말했다. "아직은 저 캔버스를 더럽힐 만한 걸 본 적이 없네. 하지만 그래도 조금 더 높게 걸어야겠지. 어젯밤 그 손님이 한 짓은 좀 심각하긴 했어."

그는 토머스 허드슨에게 얼음처럼 차가운 필스너 한 병을 더 건네주었다.

"톰, 어제 그 물고기와 관련해서 자네에게 얼마나 미안한지 말해야겠네. 에디와는 꼬맹이일 때부터 알았고, 나는 그가 거짓말을 하는 것을 단 한 번도 들어 본 적이 없네. 특히 중요한 일에 있어서는 말이야."

"정말로 엄청난 물고기였지. 아무에게도 말하진 않을 걸세."

"그게 옳은 방법이야." 바비가 말했다. "그냥 내가 얼마나 미안한지 말하고 싶었을 뿐일세. 그 맥주를 다 마시면 술 한 잔 더 어떤가? 이렇게 이른 시간부터 우울하게 하루를 시작할 순 없지 않은가? 뭐가 자네의 기분을 풀어 줄 수 있을까?"

"충분히 기분 좋네. 오늘 오후부터 일할 생각인데 벌써 취할 생각은 없어."

"그렇다면 어쩔 수 없지. 자네가 술을 마시지 못한다면 누군가는 들어와서 마셔 주겠지. 저 빌어먹을 요트 좀 봐봐. 역풍에 시달렸나 보군."

토머스 허드슨은 열린 문밖으로 날씬하고 흰 자가용 모양의 보트가 해협을 거슬러 이곳으로 오고 있는 것을 보았다. 그 배는 본토 항구에서 전세를 내어 플로리다 해안의 모래톱을 따라 유람 항해를 하는 그런 구조의 배였다. 어제처럼 잔잔하고 파도가 없는 날이었다면 저 배는 아무 사고 없이 멕시코 만을 횡단할 수 있었을 것이다. 그러나 오늘 같은 날에는 선체 상하부에 심한 역풍을 받고 꽤나 시달렸을 수밖에 없다. 토머스 허드슨은 저 배가 해류를 거슬러 이곳으로 올 수 있었다는 게 의심스러웠다.

자가용 보트는 항구에 닻을 내리기 위해 다가왔다. 토머스 허드슨과 바비는 문간에 서서 그 배를 바라봤다. 배 전체는 흰 빛과 놋쇠 빛으로 되어 있었고, 배 위로 보이는 사람도 모두 흰 옷을 입고 있었다.

"내 손님들이로구먼." 바비가 말했다. "좋은 사람들이어야 할 텐데. 이곳에 저런 완전한 크기의 요트가 온 것도 참 오랜만이로군."

"웬 요트지?"

"한 번도 본 적 없는 배야. 예쁘게 생겼는걸. 걸프만을 다니기 위해 지어진 배는 아닌 것 같고."

"아마 파도가 고요했던 어젯밤 한밤중에 출발했지만 이곳으로 오는 도중 역풍을 만난 건 아닐까 하네."

"그랬겠지." 바비가 말했다. "뒤집히고 부딪히는 밤이었겠군. 바람이 정말 세게 불고 있어. 누군지는 조만간 보게 되겠지. 톰, 자네에게 뭔가 좀 만들어 주고 싶네. 뭘 마시지 않으면 내가 다 긴장된다니까."

"알았네. 진토닉으로 하지."

"탄산수가 없네. 조가 마지막 케이스를 가져가 버렸어."

"그렇다면 위스키 사워(Whiskey Sour, 위스키에 레몬·오렌지 등을 넣은 칵테일) 한 잔."

"아이리시 위스키에 설탕은 넣지 않고." 바비가 말했다. "세 잔을 만들어야겠군. 로저가 오고 있거든." 토머스 허드슨은 그가 문을 열고 들어오는 모습을 보았다.

로저는 맨발에 결이 거친 인도산 무명 바지와 낡고 줄무늬가 있는 데다 세탁을 해서 줄어든 선원 셔츠를 입고 있었다. 그가 술청에 팔을 괴고 앞으로 기대었을 때 그의 등 근육이 셔츠 밑에서 움직이는 것이 보였다. 바비네 술집의 침침한 조명에 비친 그의 피부는 매우 검게 보였고, 머리카락과 털은 소금과 햇볕에 빛깔이 바래 있었다.

"그들은 아직 자고 있어." 그가 토머스 허드슨에게 말했다. "에디를 누군가가 때렸다더군. 자네는 보았나?"

"어젯밤 내내 싸움을 했지." 바비가 그에게 말했다. "하지만 아무 일도 아니었네.”

"에디에게 일어나는 일들이 마음에 들지 않는군." 로저가 말했다.

"나쁜 일은 없었어, 로저." 바비가 그에게 다시 한 번 말했다. "그는 그냥 술을 마셨을 뿐이고, 그를 믿지 않던 사람들과 싸웠을 뿐이야. 아무도 그에게 나쁜 짓은 하지 않았어."

"데이비드에 관해서도 기분이 좋지 않군." 로지가 토머스 허드슨에게 말했다. "그 아이가 시도하도록 놔두지 말아야 했어."

"그는 괜찮을 거야." 토머스 허드슨이 말했다. "잠을 잘 자더군. 그리고 그건 내 책임이었어. 내가 결정한 일이었지."

"아니, 자네가 나를 믿었잖나."

"아버지 된 사람이 책임을 져야지." 토머스 허드슨이 말했다. "그리고 나는 자네에게 떠넘길 자격도 없으면서 그 일을 떠넘겼어. 자네에게 위임할 일이 아니었는데."

"하지만 내가 나섰네." 로저가 말했다. "그를 다치게 할 줄은 몰랐지. 에디도 그랬고."

"알고 있네." 토머스 허드슨이 말했다. "나도 그렇게 생각하지 않았어. 다른 게 걸려 있다고 생각했지."

"나도 그랬어." 로저가 말했다. "하지만 이제 와서 생각해 보니 이기적이었단 생각에 자꾸만 죄책감이 드네."

"나는 그의 아버지야." 토머스 허드슨이 말했다. "내 잘못이네."

"빌어먹을 물고기." 그들에게 위스키 사워를 한 잔씩 건넨 다음 자신도 한 잔 가져가며 바비가 말했다. "더 큰 녀석을 위해 한잔하세."

"아니." 로저가 말했다. "그보다 더 큰 녀석은 보고 싶지도 않네."

"무슨 일인가, 로저?" 바비가 물었다.

"아무것도 아니야." 로저가 말했다.

"데이비드를 위해 그림을 몇 장 그리려고."

"정말 멋지군. 그 풍경을 잘 그릴 수 있을 것 같나?"

"운이 따른다면. 지금도 보이는 것 같아. 그리고 어떻게 그려야 하는지도 알 것 같고."

"잘할 수 있을 걸세. 자네는 아무거나 다 할 수 있잖나. 그나저나 저 요트에 탄 사람이 누군지 궁금하군."

"로저, 자네는 섬 전체를 걸어 다니며 후회를 하고 있는-"

"맨발로." 그가 말했다.

"나는 랄프 선장의 상고선에 볼일이 있어 내려온 김에 걸어오면서 후회를 내려놨지."

"나는 걷는다고 해서 후회를 떨쳐낼 수 있을 것 같진 않네. 술로 씻어 낼 생각도 없고." 로저가 말했다. "그렇긴 해도 이건 참 훌륭한 술이로군, 바비."

"그렇지." 바비가 말했다. "한 잔 더 만들어 주지. 그 오래된 후회 좀 씻어 낼 수 있도록."

"어린아이를 걸고 도박을 하는 게 아니었어." 로저가 말했다. "심지어 남의 아들을 가지고."

"무엇을 걸고 했는지에 따라 다르지."

"아니, 그렇지 않아. 그냥 어린아이를 걸고 도박은 하면 안 돼."

"알고 있어. 무엇을 위해 도박을 하는지도. 물고기는 아니었어."

"그럼." 로저가 말했다. "할 필요가 없는 도박이었지. 절대로 하지 말았어야 할 도박."

"그가 깨어나면 괜찮을 거야. 그때 보게나. 그가 얼마나 온전한 아이인지를."

"그는 나의 빌어먹을 영웅이지." 로저가 말했다.

"끔찍한 광경이군. 자네가 자네 자신의 빌어먹을 영웅이었을 때보다."

"아닌가?" 로저가 말했다. "자네의 영웅도 그 아이가 아닌가."

"맞아." 토머스 허드슨이 말했다. "우리에겐 너무나도 좋은 아이지."

"로저." 바비가 불렀다. "혹시 톰과 어떤 방식으로든 연관된 가족인가?"

"왜?"

"그런 줄만 알았네. 자네 두 명은 별로 달라 보이지 않아서."

"고맙군." 토머스 허드슨이 말했다. "자네도 고마워해야지, 로저."

"정말 고맙네, 바비." 로저가 말했다. "자네는 정말도 내가 이 화가와 비슷하다고 생각하나?"

"거의 이복형제만큼이나 비슷하지. 그리고 아이들은 자네 둘 다를 닮았고."

"친척은 아닐세." 토머스 허드슨이 말했다. "같은 마을에 살면서 같은 종류의 실수를 저지르곤 하긴 했지."

"그래, 젠장. 그렇군." 바비가 말했다. "술이나 마시고 쓰라린 얘기는 집어치우세. 아침부터 술집에서 하기 적당한 얘기는 아니야. 나도 검둥이들, 전세 낸 배의 항해사들, 요트에서 온 요리사 녀석, 백만장자와 그 마누라, 럼주 도매상 녀석, 푸주 사람들, 무장선에서 내린 외눈박이 녀석, 갈보 등 별의별 사람들에게서 나오는 온갖 후회를 다 귀에 담았네. 그러니 아침부터 후회에 관한 얘기는 하지 말도록 하세. 오늘처럼 바람이 몹시 부는 날은 술 먹기 좋은 날이지. 사람이라면 언제나 후회를 남기고 살게 마련 아닌가. 그 후회란 것은 어쨌든 과거지사야. 사람들이라 라디오를 갖게 되니 모두 그냥 BBC(British Broadcasting Corporation, 영국 라디오 방송국) 방송만 듣는 거지. 후회할 틈도 여지도 없는 거야."

"라디오 자주 듣나, 바비?"

"빅 벤(Big Ben)만. 나머지는 별로야."

"바비." 로저가 말했다. "자네는 훌륭하고 좋은 사람일세."

"둘 다 아니야. 하지만 자네가 기운을 차린 걸 보니 기분이 좋군."

"그래, 기분이 좋네." 로저가 말했다. "어떤 사람들이 저 요트에서 내릴 것 같나?"

"손님들." 바비가 말했다. "한 잔 더 마시지. 그래야 내가 저들을 손님으로 받을 기분이 들 것 같으니."

바비가 라임을 짜고 음료수를 만드는 동안 로저는 토머스 허드슨에게 "데이비 때문에 우울한 얘기를 할 생각은 없었어."라고 말했다.

"그랬겠지."

"내 말은 말이야, 이런 빌어먹을. 그냥 간단하게 말하지. 자네가 내가 나

스스로의 영웅이라고 하며 놀렸을 때 말일세."

"난 누군가를 놀릴 자격이 없는걸."

"내가 아는 바로는 충분히 그럴 수 있네. 문제는 삶에 단순한 것이 없단 거야. 매 순간순간 최대한 단순하게 만들려고 해도 그렇게 되지 않더군."

"그래도 자네는 이제 단순하고 직설적으로 글을 쓰면 된다네. 그게 시작이지."

"만약 내가 단순하고 선하지 못하다면? 자네는 내가 그렇게 글을 쓸 수 있을 거라 생각하나?"

"자네가 쓰는 방식대로 쓰면 돼. 단지 직설적으로만."

"좀 더 잘 이해하려고 노력해야겠네, 톰."

"그래야지. 이번에 보기 전에 자네를 본 게 뉴욕에서 그 담배꽁초 개년과 있을 때야."

"그녀는 자살했어." 로저가 말했다.

"언제?"

"언덕에 올라가 글을 쓸 때. 해안으로 가서 그 그림을 그리기 전이지."

"미안하네." 토머스 허드슨이 말했다.

"그녀는 왠지 그럴 것 같았어." 로저가 말했다. "그저 일어나기 전에 그녀에게 벗어나서 다행이라고 생각해."

"자네는 절대 그러지 않을 거야."

"모르겠어." 로저가 말했다. "그러는 게 이성적으로 보일 때가 많더군."

"자네가 그런 짓을 하지 않을 거라는 한 가지 근거는 자네가 아이들에게 그런 본보기가 되고 싶지 않아 한다는 걸 알고 있어서야. 데이브가 그런 자넬 어떻게 생각하겠나?"

"이해해 줄 거야. 어찌 됐든 그렇게 깊게 관여되면 누군가의 본보기가 되는 것은 생각할 수도 없지."

"이제 정말로 우울한 얘기를 하는군."

음료를 그들 방향으로 밀며 바비가 말했다. "로저, 자네가 그런 얘기를 할 때마다 나도 우울해지네. 이런저런 이야기들을 듣는 게 내 일이라곤 하지만,

내 친구들까지 그런 식으로 이야기하는 걸 듣고 싶은 건 아니란 말일세. 이제 그만하게."

"알았네. 그만하지."

"좋아. 자, 술을 드세. 전에 이 근처 여관에 묵으며 우리 집에 자주 와서 술을 마시던 뉴욕에서 온 신사가 한 명 있었지. 모두가 그 사람에 관한 이야기만 해 대서 정말이지 넌너리가 나더군. 그는 매일같이 자살하겠다고 말하던 사람이었지. 그해 겨울의 반 정도는 그 신사 때문에 모두가 긴장해 있었지. 경관은 그게 불법이라고 그에게 말해 주었어. 하지만 경관은 나소의 이야기도 들어 봐야 한다고 했지. 얼마 뒤 사람들은 그 신사가 그렇게 말하는 것에 익숙해졌고, 또 그가 말하는 것에 동의하기 시작했어. 그가 빅 해리와 대화한 날엔 더욱 더 말이야. 그 신사는 그날도 자살하고 싶다고 했고 혼자 죽고 싶진 않다고 했지."

"'내가 그 사람이에요.' 빅 해리가 그에게 말했네. '당신이 찾고 있던 그 사람.' 그래서 빅 해리는 그 신사에게 뉴욕시에 가서 코가 삐뚤어질 때까지 술을 마시고 도시 내에서 가장 높은 곳으로 올라가서 심연으로 뛰어들 것을 제안했지. 내 생각엔 빅 해리는 심연이 무슨 교외라고 생각했던 것 같아. 아일랜드인들이 사는 동네."

"그 신사는 빅 해리의 아이디어를 마음에 들어 했고 매일같이 그에 대해 떠들었네. 다른 사람들도 자살 여행 비슷하게 꾸며서 나소로 답사를 갔다 오자는 둥 말자는 둥 얘기를 하곤 했지. 하지만 빅 해리는 항상 뉴욕시로 가자고 말했고, 정말로 그 남자에게도 이 삶에 미련이 없다고 조용히 말하기까지 했네."

"빅 해리는 랄프 선장이 맡겨 둔 가재를 잡기 위해 며칠 동안 떠나 있었네. 그 와중에 그 신사는 술을 너무 많이 마셨지. 그러다 북쪽에서 가져온 암모니아를 조금 마신 뒤 술이 깨는 듯하면 또다시 술을 마시기 시작했어. 그는 그것이 자신에게 계속해서 어떤 영향을 끼치는지 몰랐지."

"그때쯤엔 우리 모두 그를 '수이사이드(Suicide, 자살)'라고 불렀어. 나는 그에게 말했지. '수이사이드, 그만 마시는 게 좋겠어. 그러다간 심연에 도착하기도 전에 죽을 걸세.'"

"'정말로 할 거야.' 그가 말했네. '이제 심연으로 향하고 있어. 술은 이 돈으로 계산하게. 난 이제 정말로 끔찍한 결정을 내렸네.'"

"'여기 잔돈이네.'라고 그에게 말했지."

"'잔돈 따윈 필요 없네. 빅 해리가 돌아온 뒤 나를 따라오기 전에 자네와 술 한잔 할 수 있게 가지고 있게나.'"

"그러곤 그는 조니 블랙의 부두에 달려가 파도치는 바다로 뛰어들었네. 어둡고 달도 뜨지 않은 날이어서 아무도 그를 보지 못했지. 이틀 뒤 그가 해변으로 쓸려 올라올 때까지 말이야. 그날 밤 모두가 그를 찾으러 다녔어. 나는 그가 집으로 가다가 쓰러져서 콘크리트에 머리를 박아 바다로 떨어진 줄만 알았지. 빅 해리는 잔뜩 취할 때까지 마시며 그를 애도했지. 20달러의 잔돈이었으니 꽤나 많이 남았었네. 그러곤 빅 해리가 나에게 말했지. '그런데 말이에요, 바비. 제 생각엔 수이사이드는 미쳐 있었던 것 같아요.' 그가 옳았네. 왜냐하면 그 신사를 찾으러 그의 유족이 사람을 보냈을 때 경관에게 그가 역학 우울증(Mechanic's Depression)을 앓고 있다고 했거든. 그런 증상은 없지, 로저?"

"아니." 로저가 말했다. "그럴 일은 없을 거야."

"바로 그거야." 바비씨가 말했다. "그리고 그 망할 심연 같은 이야기는 제발 하지 말게."

"좆같은 심연." 로저가 말했다.

11

점심 식사는 꽤 훌륭했다. 스테이크는 갈색으로 알맞게 익었고, 석쇠의 홈 자국이 그래도 나 있었다. 고기의 바깥쪽은 나이프로 어렵지 않게 잘렸고, 안쪽은 부드러우면서도 촉촉했다. 그들은 스테이크의 육즙을 으깬 감자에

버무려 먹었는데, 그건 마치 입안에 하얀 크림의 호수가 범람한 듯한 느낌을 주었다. 버터에 익힌 완두콩은 단단했고, 양상추는 차갑고 아삭아삭 씹혔으며, 자몽은 산뜻하고도 상큼한 맛을 선사했다.

그들 모두 바람에 시달려 배가 고팠다. 에디가 그들이 식사하던 중 올라와 들여다봤다. 그의 얼굴은 좋지 않아 보였는데, 그는 "고기는 어떠세요?"라고 물었다.

"멋져요." 어린 톰이 말했다.

"꼭꼭 씹어서 먹거라." 에디가 말했다. "음미하면서 먹으란 말이야."

"오래 씹을 수가 없어요. 금세 없어지는걸요." 어린 톰은 그에게 말했다.

"디저트도 있나요, 에디?" 데이비드가 물었다.

"그럼, 파이와 아이스크림이 있단다."

"아싸!" 앤드루가 말했다. "두 조각씩 먹어도 되나요?"

"배가 터질 만큼. 아이스크림은 돌처럼 단단해."

"파이는요?"

"로건베리 파이가 있단다."

"아이스크림은요?"

"코코넛이야."

"어디서 사셨어요?"

"상선에서 가져왔지."

그들은 식사와 함께 아이스티를 마셨고, 로저와 토머스 허드슨은 디저트가 끝난 후 커피를 마셨다.

"에디는 훌륭한 요리사군." 로저가 말했다.

"배고팠으니까."

"그 스테이크는 배고파서 맛있었던 게 아니었어. 샐러드도, 파이도."

"훌륭한 요리사긴 하지." 토머스 허드슨이 동의했다. "커피는 어떤가?"

"훌륭해."

"아빠." 어린 톰이 물었다. "만약 요트에 타고 있는 사람들이 바비 아저씨네로 간다면 거기 가서 앤디가 술주정뱅이인 것처럼 연기해도 되나요?"

"바비 씨가 좋아하지 않을 거야. 경관과 사이가 틀어질 수 있거든."

"제가 가서 바비 아저씨와 경관님께 말씀드릴게요. 저희 친구분들이시잖아요."

"그래, 좋아. 네가 바비 씨에게 요트에서 내린 사람들이 오는지 지켜보라고 전해 줘. 데이브는 어쩔 거야?"

"앤디를 들고 가면 안 되나요? 그게 잘 어울릴 것 같은데."

"저는 톰의 운동화를 신고 걸어갈 거예요." 데이비드가 말했다. "잘 준비해 두었지, 토미?"

"네가 편할 대로 하면 돼." 어린 톰이 말했다. "너 아직도 눈꺼풀을 뒤집을 수 있니?"

"그럼." 데이비드가 말했다.

"지금은 하지 마, 제발." 앤드루가 말했다. "점심 먹고 바로 비위 상하고 싶지 않아."

"누가 한 푼이라도 주면 당장 너를 토하게 할 수도 있어, 마부."

"아니, 제발 그러지 마. 나중에 그러는 건 신경 안 쓸 테니까."

"내가 같이 갈까?" 로저가 얼니 톰에게 물었다.

"물론이죠." 어린 톰이 말했다. "다 같이 가면 좋겠어요."

"그럼 가지." 로저가 말했다. "낮잠 좀 자 두는 게 어때, 데이비?"

"그럴까요?" 데이비드가 말했다. "잠이 올 때까지 책이나 읽죠 뭐. 아빠는 뭘 하실 거예요?"

"현관 밖 그늘에서 작업이나 좀 하려고."

"옆에 누워서 일 하시는 걸 지켜봐도 될까요?"

"물론이지. 오히려 일이 더 잘 될 것 같구나."

"그럼 난 다녀오겠네." 로저가 말했다. "앤디, 너는?"

"저도 가서 보고 싶긴 해요. 근데 사람들이 있을지도 모르니 그러지 않는 게 좋을 것 같아요."

"똑똑하네." 어린 톰이 말했다. "넌 정말 똑똑해, 마부."

잠시 후 그들은 떠났고, 토머스 허드슨은 오후 내내 일을 했다. 앤디는 잠시 그 모습을 지켜보다가 어디론가 나갔고, 데이비드는 아빠의 그림을 보거나 책을 읽었지만 말을 하지는 않았다.

토머스 허드슨은 먼저 물고기의 비약을 그리고 싶었다. 왜냐하면 물속에서 헤엄치는 물고기를 그리는 것은 훨씬 더 어려울 것이기 때문이었다. 그는 두 개의 밑그림을 그렸지만, 마음에 들지 않아 새로 세 번째 밑그림을 그렸다.

"이 정도면 될까, 데이비?"

"우와, 아빠, 정말 멋있네요. 하지만 물고기가 뛰어올랐을 때 물도 같이 튀지 않았나요? 들어갈 때뿐만이 아니라요."

"그랬지." 그의 아버지가 동의했다. "수면을 헤치고 올라왔으니 말이야."

"정말 높이 뛰어 올라왔었어요. 그러니까 물도 엄청 튀었을 거예요. 그때의 순간적인 장면을 볼 수만 있다면 물고기의 몸을 타고 흘러내리거나 튀어나오는 물방울들을 볼 수 있었을 것 같아요. 이건 뛰어 오를 때의 그림이에요, 내려올 때의 그림이에요?"

"밑그림일 뿐이란다. 최고 높이에 있을 때를 가정했고."

"밑그림일 뿐인 건 알아요, 아빠. 참견하는 건 용서해 주세요. 아는 체하고 싶진 않았어요."

"난 네가 말해 주는 게 좋아."

"그 순간을 누가 알고 있을지 아시잖아요. 에디가 잘 알 거예요. 그는 카메라보다 빨리 보고 기억도 하죠. 에디는 정말로 훌륭한 남자인 것 같지 않아요?"

"물론 그렇지."

"실제론 에디를 아무도 모르는 것이나 마찬가지예요. 토미는 물론 알지만요. 에디는 아빠와 데이비스 아저씨 빼고 제가 제일 좋아하는 사람이에요. 요리를 사랑하는 만큼 잘하고, 아는 것도 많고, 할 수 있는 것도 많아요. 상어가 나타났을 때나 어제 물에 물고기를 따라 뛰어들었을 때처럼 말이에요."

"그러곤 어젯밤엔 아무도 그의 말을 믿지 않아서 두들겨 맞았지."

"하지만 아빠, 에디는 불행하지 않아요."

177

"그렇지, 그는 행복해."

"그렇게 두들겨 맞았는데도 행복해 보였어요. 물고기를 따라 뛰어든 행동 그 자체에 행복을 느끼는 것 같았고요."

"물론이지."

"데이비스 아저씨가 에디만큼이나 행복했으면 좋겠어요."

"데이비스 씨는 에디보다 한결 더 복잡한 사람이긴 하지."

"네, 알고 있어요. 하지만 그가 주변 일에 신경 쓰지 않고 그저 행복해했던 때를 저는 아직도 기억해요. 저도 데이비스 아저씨를 잘 알거든요, 아빠."

"하지만 지금도 꽤 행복한 것 같은데. 그저 신경 쓰지 않고 행복하지만은 않을 뿐이지."

"신경 쓰지 않아서 나쁘다는 뜻은 아니었어요."

"나도 그런 뜻은 아니었단다. 하지만 그가 헤매고 있다는 건 알 수 있지."

"알고 있어요." 데이비드가 말했다.

"나도 그가 행복을 찾았으면 해. 글을 다시 쓰기 시작하면 그렇게 될지도 모르지. 에디가 항상 행복한 건 그가 잘하는 게 있고, 그걸 매일 하기 때문이야."

"데이비스 아저씨는 아빠나 에디처럼 매일 무언가 하실 수는 없나 봐요."

"아니, 다른 이유도 있어."

"알아요. 저는 어린애치곤 너무 많은 걸 아는 것 같아요, 아빠. 토미는 저보다 스무 배나 더 많이 알고 별의별 것을 다 알지만 그게 그를 괴롭히진 않잖아요. 저는 너무 많이 알면 그것 때문에 종종 상심하곤 해요. 왜 그런지도 모르겠고요."

"그렇게 느낀다는 뜻이겠지."

"네, 그렇게 느껴요. 그것이 저를 사로잡기도 하고요. 남의 죄를 대신 짓는 것만 같아요. 그런 게 있다면 말이에요."

"그렇구나."

"아빠, 제가 너무 진지하게 얘기해서 죄송해요. 예의에 어긋난다는 거 알아요. 하지만 저희는 너무 모르는 게 많은 것처럼 느껴져요. 무언가를 알고 있다고 느낄 때면 파도처럼 너무 빨리 지나가요. 오늘 일었던 파도처럼요."

"나에겐 언제나 무엇이든 물어봐도 된단다, 데이비."

"알고 있어요. 또 그래서 정말 감사하고요. 하지만 몇몇 가지에 대해선 그냥 시간이 지나고 나이가 들면 저절로 알게 되겠죠. 이 세상엔 혼자서 알아 갈 수밖에 없는 것들도 있으니까요."

"네 생각엔 바비네서 톰과 에니와 함께 '술고래'인 척하는 것이 정말로 괜찮을 것 같니? 네가 항상 취해 있었다고 한 사람 때문에 나도 한 번 문제가 있었잖니."

"기억나요. 그는 제가 와인에 취한 모습을 3년 동안 딱 두 번 보았죠. 그 얘긴 하지 말아 주세요. 바비 아저씨네 가게에서 하는 건 만약 제가 진짜로 술을 마신다면 그에 대한 알리바이로 쓰기 좋을 거예요. 두 번이나 그랬다면 세 번도 할 수 있으니까요. 하는 게 좋다고 생각해요, 아빠."

"최근에 그런 연기를 한 적이 있니?"

"톰과 저는 꽤 잘해요. 앤디가 있으면 더 잘하고요. 앤디는 그런 쪽에선 좀 천재인 것 같아요. 그는 끔찍하게도 연기를 잘하죠. 제가 하는 건 좀 특별해요."

"최근엔 어떤 연기를 했니?" 토머스 허드슨은 그림을 계속 그리며 물었다.

"바보 형제 연기하는 걸 보신 적 있으세요? 그 몽골인 바보."

"아니. 지금은 어떠니, 데이비?" 토머스 허드슨은 밑그림을 보여 주며 말했다.

"좋네요." 데이비드가 말했다. "어떤 장면을 그리고 싶으셨는지 이제 알 것 같아요. 물고기가 떨어지기 직전 공중에 떠 있는 모습을 그리고 싶으셨군요. 그런데 제가 정말 이 그림을 받아도 괜찮아요, 아빠?"

"그럼."

"그럼 받아 갈게요."

"그림은 두 개야."

"하나만 학교에 가져갈 거예요. 다른 한 개는 집이나 어머니의 집에 둬도 되고요. 아니면 여기에 두는 게 나을까요?"

"아니, 네 엄마가 좋아할지도 모르니. 전에 했던 다른 연기들에 대해 더 말해 주렴."

"기차에서 정말 끔찍한 연기를 한 적이 있었어요. 기차는 어떤 연기를 하기엔 정말 최고의 장소예요. 그 정도로 다양한 사람들이 한 곳에 모여 있는 건 기차 말고는 거의 없으니까요. 그리고 모인 사람들이 다른 곳으로 떠날 수도 없고요."

토머스 허드슨은 다른 방에서 로저의 목소리가 들려오자 그가 하던 일을 멈추고 주변을 정리하기 시작했다. 그때 어린 톰이 나타나 물었다. "기분은 좀 어떠세요, 아빠? 일은 잘 하셨어요? 좀 봐도 될까요?"

토머스 허드슨은 그에게 두 개의 밑그림을 보여 주었고, 그는 "나는 둘 다 좋아."라고 말했다.

"이것보다는 이게 더 낫지 않아?" 데이비드가 그에게 물었다.

"아니, 둘 다 괜찮아." 그가 말했다. 토머스 허드슨은 그가 마음이 급해 집중하고 있지 못하고 있단 걸 깨달았다.

"어떻게 되고 있어?" 데이비드가 그에게 물었다.

"정말 멋져." 어린 톰이 말했다. "제대로 한다면 더욱 멋질 거야. 요트 사람들은 전부 바비 아저씨네 와 있고, 우린 오후 내내 준비했어. 바비 아저씨와 경관님도 들어오시기 전에 봤고. 지금까지 준비한 건 데이비스 아저씨가 잔뜩 취한 역할이고, 내가 아저씨를 그만 마시게 하려는 거야."

"너무 과장되게 하진 않았고?"

"당연히 아니지." 어린 톰이 말했다. "데이비스 아저씨를 네가 봤어야 돼. 한 잔씩 드실 때마다 달라지셨어. 하지만 티가 잘 안 나게 말이야."

"무슨 술을 드셨는데?"

"차. 바비 아저씨가 럼주 병에 미리 담아 놓으신 걸로. 앤디 거는 진 병에 물을 채워 넣으셨어."

"데이비스 아저씨를 어떻게 말리려고 했는데?"

"잘 안 들리게 부탁하는 식으로. 바비 아저씨도 같이 하는 중이야. 진짜 술을 드시고 있긴 하지만."

"얼른 가 보는 게 좋겠어." 데이비드가 말했다. "바비 아저씨가 너무 취하시기 전에 말이야. 데이비스 아저씨는 기분이 어떠시대?"

"훌륭하시대. 그는 정말로 대단한 예술가야, 데이브."

"앤디는 어딨어?"

"아래층 거울 앞에 서서 자기가 맡은 역할을 연습하는 중이야."

"에니도 같이 하는 거야?"

"에디와 조셉 둘 다 같이 하기로 했어."

"제대로 기억 못할 것 같은데."

"대사는 한 줄밖에 없어."

"에디라면 한 줄 정도는 기억하겠지만 조셉은 잘 모르겠네."

"에디의 말을 따라 하기만 하면 되는걸."

"경관님도 참여하신대?"

"그럼."

"요트 사람들은 몇 명이야?"

"여자 둘 포함해서 일곱 명. 한 명은 친절해 보였고 다른 한 명은 정말 멋졌어. 그녀는 벌써 데이비스 아저씨를 불쌍하게 여기고 있던걸."

"오, 이런." 데이비드가 말했다. "가자."

"넌 어떻게 갈 거야?" 어린 톰이 데이비드에게 물었다.

"내가 그를 업고 가마." 토머스 허드슨이 말했다.

"아빠, 제발 운동화를 신게 해 주세요." 데이비드가 말했다. "토미의 운동화를 신고 발의 옆쪽으로 걸으면 아프지도 않고 이상해 보이지도 않을 거예요."

"그래, 그렇게 가도 되겠구나. 로저는 어디 있니?"

"에디와 그의 예술을 위해 서둘러 한 잔 드시고 계실 거예요." 어린 톰이 말했다. "차만 드시고 한참 동안 취한 척 계셨거든요, 아빠."

그들이 폰세 데 레온으로 들어갔을 때, 밖에는 여전히 강한 바람이 불고 있었다. 요트에서 온 손님들은 바에서 럼주를 마시고 있었다. 그들은 모두 깔끔한 차림의 흰옷을 입고 있었는데, 햇볕에 피부가 그을려 있었다. 그들은 문을 열고 들어온 사람들에게 예의 바르게 바의 자리를 양보해 주었다. 남자 두 명과 여자 한 명이 슬롯머신이 놓인 바의 한쪽 끝에 앉아 있었고, 남자 세 명과 다른 여자 한 명이 바의 문간 쪽으로 앉아 있었다. 슬롯머신 쪽에 앉은 여자는 귀여운 외모를 하고 있었다. 다른 여자 한 명도 역시 무척 멋져 보였다. 로저, 토머스 허드슨 그리고 소년들이 차례로 들어왔다. 데이비드는 절름거리지 않으려고 했다.

바비 씨가 로저를 쳐다보며 말했다. "다시 오셨군요."

로저는 절망적으로 고개를 끄덕이며 바 앞에 앉았고, 바비는 럼주 병과 잔을 그의 앞으로 밀어 놓았다.

로저는 손을 뻗어 아무 말도 하지 않았다.

"자네도 마시겠나, 허드슨?" 바비가 토머스 허드슨에게 말했다. 그의 얼굴은 엄중하고도 정의로웠다. 토머스 허드슨은 고개를 끄덕였다. "자네는 그만 마셔야 하네." 바비가 말했다. "모든 것에는 빌어먹을 한계라는 것이 있거든."

"난 럼주 조금만 마실게, 바비"

"그가 마시고 있는 거?"

"아니, 바카디."

바비는 잔을 따라 토머스 허드슨에게 건네며 "받아."라고 말했다. "자네에게 술을 주지 말아야 하는 걸 알긴 하지만 말이야."

토머스 허드슨은 그 잔을 단숨에 목으로 넘겼다. 따뜻하게 몸으로 스며든 술은 마치 영감을 주는 것 같았다.

"한 잔 더 주게." 토머스 허드슨이 말했다.

"이십 분 뒤에, 허드슨." 바비가 말했다. 그러고는 바 뒤에 있는 시계를 보았다.

요트 사람들은 이들에게 약간의 주의를 기울이는 듯했지만 여전히 정중하게 행동하고 있었다.

"자넨 뭘 마시겠나, 어린 양반?" 바비가 데이비드에게 물었다.

"제가 술 끊은 걸 잘 아시잖아요." 데이비드가 그에게 진지한 표정으로 말했다.

"언제부터?"

"빌어먹을 어젯밤부터요."

"아, 실례했군." 바비가 이렇게 말하며 빠르게 한 잔을 들이켰다. "자네들 같은 날라리들이 뭘 어쩌는지 내가 알게 뭔가? 단지 내가 원하는 건 그나마 손님처럼 대해 줄 때 허드슨을 데리고 나가 달라는 것뿐이지."

"조용히 마시고 있지 않은가." 토머스 허드슨은 말했다.

"그래야지." 바비는 로저 앞에 놓인 병을 코르크 마개로 막은 뒤 다시 선반 위에 올려놓았다.

톰은 바비의 말에 수긍한다는 표정으로 고개를 끄덕이고 로저에게 무어라 속삭였다. 로저는 머리를 손으로 감쌌다. 그러고는 머리를 다시 들고 병 쪽을 바라봤다. 톰은 고개를 저었다. 바비는 병을 집어 들고 마개를 딴 후 로저 앞에 다시 내려놓았다.

"그냥 술에 빠져 죽게나." 그가 말했다. "이젠 말리기도 귀찮네."

이제 요트 손님들은 이 상황을 꽤 유심히 지켜보고 있었다. 그들은 모두 상당히 기가 꺾여 있었지만 예의를 지켰고 선량한 사람들처럼 보였다.

그때 로저가 처음으로 입을 열었다.

"작은 쥐에게도 술을 한 잔 주게나." 그가 바비에게 말했다.

"뭐 마실래, 꼬맹아?" 바비가 앤디에게 물었다.

"진." 앤디가 말했다.

토머스 허드슨은 요트 사람들을 쳐다보지 않기 위해 노력했다. 하지만 그들이 자신을 쳐다보는 것을 느낄 수 있었다. 바비는 앤디 앞에 병을 놓고 잔을 놓아 주었다. 앤디는 잔을 꽉 채우고는 바비를 향해 들었다.

"바비 아저씨, 당신을 위해 건배합니다." 그가 말했다. "오늘 하루 중 첫 번째로."

"마시게." 바비가 말했다. "늦게 와서는."

"아빠가 그의 돈을 갖고 있었어요." 데이비드가 말했다. "그가 어머니에게 받은 생일 용돈이요."

어린 톰은 아버지의 얼굴을 올려다보고 울기 시작했다. 그는 실제로 울지 않으려고 했지만 꽤 슬퍼 보였고 지나치지도 않았다.

앤디가 "바비 아저씨, 진 한 잔 더 주세요."라고 말할 때까지 아무도 말을 하지 않았다.

"네 잔은 네가 따라." 바비가 말했다. "이 불쌍한 꼬맹아." 그러곤 토머스 허드슨을 향해 돌아섰다. "허드슨." 그가 말했다. "한 잔만 더 하고 돌아가게."

"조용히 있을 테니 그냥 여기 있게 해 주게." 토머스 허드슨이 말했다.

"내가 아는 바로는 조용한 것도 그리 오래가진 않을 텐데." 바비가 앙심을 품은 듯한 말투로 말했다.

로저가 병 쪽을 가리키자 어린 톰은 그의 소매에 매달렸다. 그는 눈물을 참았고, 용감하고 훌륭했다.

"데이비스 아저씨." 그가 말했다. "그럴 필요 없어요."

로저는 아무 말도 하지 않았고, 바비는 다시 그의 앞에 병을 놓았다.

"데이비스 아저씨, 오늘 밤에 편지를 쓰셔야 해요." 어린 톰이 말했다. "그러기로 약속했잖아요."

"내가 뭘 위해 술을 마시는 것 같아?" 로저가 그에게 말했다.

"하지만 데이비스 아저씨, '폭풍'을 쓸 때 이렇게 많이 마실 필요는 없었어요."

"입 좀 다물지 그래?" 로저가 그에게 말했다.

그 순간 어린 톰은 인내심이 강하고 용감했으며 오랫동안 고통받은 사람이었다.

"그럴게요, 데이비스 아저씨. 전 아저씨가 부탁해서 그렇게 한 것뿐이에요. 집으로 돌아갈 수 없나요?"

"너는 좋은 아이야, 톰." 로저가 말했다. "하지만 우린 여기 있을 거야."

"아주 오랫동안이요, 데이비스 아저씨?"

"빌어먹을 끝까지."

"저는 우리가 그렇게까지 할 필요는 없다고 생각해요, 데이비스 아저씨." 어린 톰이 말했다. "정말이요. 너무 취하시면 글을 쓰실 수 없을 거예요."

"구술하면 되지." 로저가 말했다. "밀턴(Milton, 영국의 시인)처럼."

"저도 아저씨가 멋지게 구술하실 수 있을 거란 걸 알아요." 어린 톰이 말했다.

"하지만 오늘 아침에 펠프스 양이 기계에서 꺼냈을 땐 거의 음악이었어요."

"오페라를 쓰고 있단다." 로저가 말했다.

"아저씨가 훌륭한 오페라를 쓰실 거란 것도 알아요, 데이비스 아저씨. 하지만 소설 먼저 끝내야 된다고 생각하지 않으세요? 그렇게 큰 발전을 하셨는데 말이에요."

"너 스스로 끝내." 로저가 말했다. "지금쯤이라면 줄거리를 알아야 해."

"저는 줄거리를 알고 있어요, 데이비스 아저씨. 아주 멋지더군요. 하지만 그 안에 다른 책에서 죽은 소녀와 같은 인물이 등장해서 사람들이 혼란스러워할 수도 있다고요."

"뒤마(Dumas, 프랑스의 작가)도 같은 짓을 했어."

"그를 귀찮게 하지 마" 토머스 허드슨이 어린 톰에게 말했다. "매일같이 귀찮게 하면 어떻게 소설을 쓰겠니?"

"데이비스 아저씨, 정말 좋은 비서를 불러서 그들이 대신 쓰게 할 수 없을까요? 어떤 소설가들은 그런 적이 있다고 들었어요."

"아니, 그러려면 많은 돈이 필요해."

"내가 도와줄까, 로저?" 토머스 허드슨이 물었다.

"그래, 자네가 그리면 되겠군."

"멋져요." 어린 톰이 말했다. "정말 그러실 거예요, 아빠?"

토머스 허드슨은 "하루 안에 그림을 그려 보지."라고 말했다.

"미켈란젤로처럼 거꾸로 그림을 그리게." 로저가 말했다. "조지왕이 안경을 쓰지 않고도 읽을 수 있도록 충분히 크게 그려 봐."

"그림을 그릴 거예요, 아빠?" 데이비드가 물었다.

"그래."

"좋아요." 데이비드가 말했다. "처음 듣는 합리적인 소리네요."

"어렵지 않겠어요, 아빠?"

"아니, 아주 간단할 거야. 여자애는 누구야?"

"데이비스 아저씨가 항상 데리고 있는 그 여자요."

"반나절 안에 그려 볼게." 토머스 허드슨이 말했다.

"그 아이를 거꾸로 그리게." 로저가 말했다.

"깨끗하게 해." 토머스 허드슨이 그에게 말했다.

"바비 아저씨, 한 잔 더 마셔도 될까요?" 앤디가 물었다.

"얼마나 마셨니, 꼬맹아?" 바비가 그에게 물었다.

"두 잔이요."

"그러든지." 바비가 그에게 말하고 병을 건네주었다. "허드슨, 저 그림은 언제 여기서 가져갈 건가?"

"사겠다는 사람이 없었나?"

"그래." 바비가 말했다. "저 그림은 여길 혼란스럽게 해. 또 나를 긴장하게 만들기도 하지. 그러니 여기서 가지고 나가 줬으면 좋겠어."

"저, 죄송합니다." 요트에서 나온 사람 중 한 명이 로저에게 말했다. "저 그림, 파는 건가요?"

"누가 당신에게 말을 걸었나?" 로저는 그를 쳐다보았다.

"아무도요." 남자가 말했다. "당신이 로저 데이비스죠?"

"빌어먹을 정도로 맞는 말이지."

"당신의 친구가 저 그림을 그렸고 만약 그걸 팔려고 하는 거라면 제가 거래를 하고 싶군요." 남자가 돌아서며 말했다. "당신이 토머스 허드슨이죠?"

"이름이 허드슨이긴 하지."

"저 그림을 판매하려 하시는 건가요?"

"아니." 허드슨이 그에게 말했다. "미안하군."

"하지만 좀 전에 바텐더가-"

"그는 미쳤어." 토머스 허드슨이 그에게 말했다. "그는 정말 좋은 녀석이지만, 미쳤지."

"바비 아저씨, 진 한 잔 더 먹어도 될까요?" 앤드루는 매우 정중하게 물었다.

"물론이지, 우리 꼬맹이." 바비가 말하고는 진을 한 잔 내밀었다. "꼬맹아, 뭐가 잘못됐는지 알아? 그게 뭐냐 하면 저 천치 같은 작자들 얼굴 대신 너처럼 건강하고 매력 있는 얼굴을 진 술병의 상표로 붙였어야 옳다 이 말씀이야. 허드슨, 자네가 젊은 앤드루 얼굴처럼 어린아이다운 매력을 나타낼 수 있는 적당한 진 병 상표를 도안해 보게나."

"브랜드를 하나 출시할 수도 있겠군." 로저가 말했다. "올드 톰 진(Old Tom gin)도 있지 않은가. 메리 앤드루(Merry Andrew)라고 상표는 내는 건 어떤가?"

"내가 돈을 내지." 바비가 말했다. "여기 이 섬에서 진을 만들면 될 거야. 그러면 이 소년들이 진을 병에 담고 상표를 붙이는 거지. 도매로든 소매로든 팔 수 있을 거야."

"장인의 시대로 돌아가는 것 같겠군." 로저가 말했다. "윌리엄 모리스(William Morris, 영국의 디자이너)처럼 말이야."

"무엇으로 진을 만들까요, 바비 아저씨?" 앤드루가 물었다.

"여을멸(bonefish)로." 바비가 말했다. "소라게로도."

요트의 사람들은 더 이상 로저나 토머스 허드슨이나 소년들을 보고 있지 않았다. 그들은 모두 바비를 보며 걱정하고 있었다.

그때 한 남자가 "저 그림은—"이라고 말했다.

"어떤 그림을 말하는 거야, 친구?" 바비가 한 잔을 빠르게 넘기며 물었다.

"소형 딩기 안에 있는 남자와 용오름이 그려져 있는 큰 그림이요."

"어디?" 바비가 물었다.

"저기요." 그 남자가 말했다.

"죄송합니다, 선생님. 많이 드셨나 보네요. 여기는 꽤 괜찮은 곳이에요. 용오름이나 소형 딩기를 타고 있는 남자 따윈 없어요."

"제 말은, 저 그림 말이에요."

"저를 화나게 하지 마세요, 선생님. 여기엔 그런 그림은 없어요. 만약 여기에 그림이 있었다면 바 위에 걸려 있었을 것이고, 적당히 깔끔한 자태로 쭉 뻗어 있었겠죠."

"저 그림 말이에요."

"어디 어떤 그림이요?"

"저기요."

"브로모 셀처(Bromo Seltzer)를 만들어 드릴 순 있습니다, 선생님. 아니면 인력거라고 불러 드릴까요?"

"인력거?"

"그래요, 원하신다면요. 빌어먹을 인력거. 당신은 인력거예요. 그리고 충분히 드셨죠."

"바비 아저씨?" 앤디는 매우 정중하게 물었다. "저 역시도 충분히 마셨나요?"

"아니, 얘야. 물론 그렇지 않지. 그러니 알아서 마셔."

"고마워요, 바비 아저씨." 앤디가 말했다. "네 번째예요."

"백 번째였으면 좋았을걸," 바비가 말했다. "넌 내 마음 속 자랑이다."

"여기서 나가는 게 어떤가, 할." 남자들 중 한 명이 그림을 사고 싶어 하는 남자에게 말했다.

"저 그림을 사고 싶어요." 그 남자가 대답했다. "적당한 가격이라면요."

"여기서 나가고 싶은데." 첫 번째 남자가 강하게 말했다. "재미는 있지만, 어린아이들이 술 마시는 걸 보는 건 힘들다고."

"정말 그 꼬맹이한테 진을 주고 있는 거예요?" 바의 끝 문 쪽에 있던 예쁘게 생긴 금발 여성이 물었다. 그녀는 키가 매우 컸으며, 머리카락은 풍성했고, 보기 좋은 주근깨를 가지고 있었다. 빨간 머리를 한 사람들의 주근깨가 아닌, 금발의 여성들이 피부를 태우면 생기는 그런 주근깨였다.

"네, 부인."

"부끄러운 일이라고 생각해요." 여성은 말했다. "역겹고 부끄러운 일인 데다 범죄 행위라고요."

로저는 그 여성을 쳐다보지 못했고, 토머스 허드슨은 눈을 내리깔았다.

"그럼 이 아이가 무엇을 마시길 원하십니까, 부인?" 바비가 물었다.

"아무것도요. 그 아이는 아무것도 마시면 안 될 나이예요."

"그건 정당한 것 같지 않군요." 바비는 말했다.

"정당하다니요? 어린아이를 술독에 빠트리는 게 정당한 거라고 생각하세요?"

"보여요, 아빠?" 어린 톰이 말했다. "앤디가 술을 마시는 게 잘못된 일이라고 생각했어요."

"세 아이 중 술을 마시는 사람은 이 아이 한 명뿐입니다, 부인. 여기 이 꼬맹이가 그만뒀으니까요." 바비가 그녀에게 말했다. "그럼 부인은 삼 형제 중 한 명에게서 작은 행복을 빼앗아 가는 게 정당하다고 생각하십니까?"

"정당하고말고요!" 여성이 말했다. "당신은 괴물이에요. 그리고 당신도요." 그녀는 로저를 향해서도 말했다. "그리고 당신도 괴물이에요." 이번에는 토머스 허드슨에게 말했다. "당신들은 전부 끔찍하고 혐오스러워요."

그녀의 눈에는 눈물이 비쳤다. 그녀는 소년들과 바비에게 등을 돌리고 같이 온 남자들을 향해 말했다. "아무도 말리지 않을 건가요?"

"장난인 것 같아요." 그들 중 한 남자가 그녀에게 말했다. "파티에서 고용하는 무례한 웨이터나 더블 토크(Double Talk) 같은 것처럼요."

"장난이 아니에요. 저 끔찍한 남자가 아이에게 진을 주잖아요. 정말이지 너무나 비극적이에요."

"바비 아저씨?" 톰이 물었다. "다섯 잔이 제 한계인가요?"

"오늘은." 바비가 말했다. "네가 이 숙녀에게 충격을 줄 만한 행동은 안 했으면 좋겠거든."

"오, 날 여기서 내보내 줘." 그 여성이 말했다. "난 안 볼 거야."

그녀는 울기 시작했고, 남자들 중 두 명이 그녀를 밖으로 데리고 나갔다. 토머스 허드슨과 로저와 세 명의 소년들은 모두 매우 기분이 나빴다.

그때 다른 여자, 정말 사랑스럽게 생긴 여자가 다가왔다. 그녀는 아름다운 얼굴에 선명한 갈색 피부와 황갈색 머리카락을 가지고 있었다. 바지를 입었지만 토머스 허드슨이 보기에 멋진 몸매를 하고 있었고, 머리칼은 비단결 같았는데 그녀가 걸을 때마다 찰랑였다. 그는 문득 전에 그녀를 본 적이 있다는 것을 깨달았다.

"진짜 진은 아니죠?" 그녀가 로저에게 말했다.

"물론 아니지."

"제가 나가서 그녀에게 말할게요." 그녀가 말했다. "그녀는 정말 끔찍하게 기분이 안 좋을 거예요."

그녀는 문밖으로 나갔고, 나가면서 그들을 향해 미소를 지었다. 그녀는 정말이지 멋진 여자였다.

"이제 끝났어요, 아빠." 앤디가 말했다. "콜라 마셔도 되나요?"

"아빠, 맥주 한 잔 주세요. 제가 맥주를 마셔도 그 숙녀의 기분 나쁘지 않아야 할 텐데요." 어린 톰이 말했다.

"맥주 한 잔 정도에 기분 나빠 하진 않을 거야." 토머스 허드슨은 말했다. "내가 술 한잔 사도 괜찮을까?" 그는 그림을 사고 싶어 하던 남자에게 말했다. "우리가 너무 바보같이 행동했다면 미안하네."

"아뇨, 아뇨." 남자가 말했다. "매우 흥미롭네요. 방금 일어난 일 전부 말이에요. 환상적이에요. 전 늘 작가와 화가들에게 흥미가 있었죠. 이 모든 일이 전부 즉흥적인 것이었나요?"

"그렇지." 토머스 허드슨이 말했다.

"그럼 아까 제가 말한 그림에 대해 말해 보죠."

"그건 손더스 씨 그림이야." 토머스 허드슨이 바비를 바라보며 그에게 설명했다. "그를 위해 그린 그림이지. 하지만 그는 팔고 싶어 하는 것 같지 않군. 그의 그림이니까 그의 결정을 따르면 되겠지."

"나는 그림을 간직하고 싶네." 바비가 말했다. "그러니 그림을 사겠다고 너무 비싼 값을 부르진 말아 주게. 내 기분만 나빠질 테니."

"정말 갖고 싶은걸요."

"나도 그러고 싶어, 빌어먹을." 바비가 말했다. "그리고 난 이미 그걸 가지고 있고."

"하지만 손더스 씨, 이런 곳에 내버려 두기엔 너무나 값진 그림이에요."

바비는 화난 표정을 지었다.

"날 그냥 좀 내버려 두겠나, 응?" 그가 남자에게 말했다. "우리는 꽤 즐거운 시간을 보내고 있었네. 여성이 나타나 질질 짜는 상황에서도 우리가 보낼 수 있는 최고의 시간을 보내고 있었다고. 그녀의 말이 옳다는 건 알아. 그래도 말이야, 옳다고 해서 그렇게 하면 안 되지. 내 부인도 항상 옳은 말과 옳은 행동을 하지만 매일 같이 나를 두들겨 팬단 말이야. 빌어먹을 옳은 행동. 그런 데다 자네는 내게 내 그림을 팔라고 강요하고 있다고."

"하지만 손더스 씨, 당신도 좀 전에 그림이 여기 없었으면 했고, 또 팔고 싶다고 하셨잖아요."

"그건 전부 연기였어." 바비가 말했다. "우리가 재미있게 놀고 있을 때 했던 말이라고."

"그렇다면 그림은 팔려고 내놓으신 게 아니로군요."

"그렇지. 판매, 임대, 전세, 그 어떤 것도 할 생각이 없네."

"흠." 그가 말했다. "그렇다면 팔고 싶은 생각이 들 때를 위한 명함이라도 하나 받아 놓으시죠."

"그러지." 바비가 말했다. "그리고 톰의 집에는 그가 팔고 싶은 물건이 있을지도 모르네. 어떤가, 톰?"

"없는 것 같은데." 토머스 허드슨이 말했다.

"그렇다면 그림들을 보러 한번 가 보고 싶은데요." 그 남자는 그에게 말했다.

"아무것도 보여 줄 것이 없네." 토머스 허드슨이 대답했다. "뉴욕에 있는 화랑의 주소는 줄 수 있네만."

"고맙습니다. 여기에 써 주시겠어요?"

그 남자는 가지고 있던 만년필로 그의 카드 뒷면에 주소를 쓴 다음 토머스 허드슨에게 다른 카드를 주었다. 그 남자는 다시 한 번 토머스 허드슨에게 감사를 전했고, 그에게 술을 권해도 되는지 물었다.

"저렇게 큰 그림들은 가격이 얼마 정도 되는지 알려 주실 수 있나요?"

"아니." 토머스 허드슨이 말했다. "하지만 딜러는 알고 있을 거야."

"뉴욕에 가자마자 그를 만나 보겠습니다. 저는 이 그림이 정말로 흥미롭거든요."

"고맙네." 토머스 허드슨이 말했다.

"팔리지 않을 거라고 확신하고 계시는군요."

"오, 예수님." 바비가 말했다. "그만둬, 응? 저건 내 그림이야. 나는 저 그림에 대한 아이디어를 제공했고, 톰은 나를 위해 그것을 그렸다고."

그 남자는 '연극'이 또다시 시작되는 것처럼 느꼈고, 그래서 아주 좋은 동료와 같은 미소를 지어 보였다.

"저도 고집을 부리고 싶지는-"

"빌어먹을 멍텅구리만큼 고집을 부리고 있지 않은가." 바비가 그에게 말했다. "자, 여기 내가 사는 술 한 잔 마시고 이제 그림은 잊게나."

소년들은 로저와 이야기를 나누고 있었다. "저희들 연기 꽤 괜찮았죠? 그렇죠, 데이비스 아저씨?" 어린 톰이 물었다. "제 연기가 너무 과장하지는 않았죠?"

"괜찮았어." 로저가 말했다. "데이브는 별로 한 게 없지만."

"저는 막 괴물이 될 준비를 하고 있었다고요." 데이비드가 말했다.

"그랬다면 아마 그 숙녀를 죽이다시피 했을 거야, 내 생각엔." 어린 톰이 말했다. "이미 상당히 상처를 받은 것 같던데. 너 정말로 괴물처럼 튀어나올 생각이었어?"

"이미 눈꺼풀을 뒤집고 나올 준비가 되어 있었지." 데이비드가 그들에게 말했다. "몸을 숙이고 준비를 하고 있는데 끝나 버렸어."

"너무 착한 여자라 운이 안 좋았네." 앤디가 말했다. "아직 무언가 제대로 해 보지도 못했는데 말이야. 앞으로 이런 기회는 또 없을 것 같아."

"바비 씨는 멋지지 않았어?" 어린 톰이 물었다. "정말 멋있었어요, 바비 아저씨."

"멈춘 게 아쉬울 뿐이지." 바비가 말했다. "경관은 아직 들어오지도 않았잖아. 이제 막 내 역할에 빠지고 있었는데 말이야. 위대한 배우들이 어떤 기분인지 조금은 알 것 같구나."

그때 말을 전하겠다던 여성이 문을 열고 들어왔다. 그녀가 들어오자 그녀의 스웨터가 바람에 흔들렸고 머리카락이 휘날렸다. 그녀는 로저를 바라봤다.

"돌아오고 싶지 않은가 봐요. 그래도 이제는 좀 괜찮아졌어요."

"우리랑 한잔하지 않겠나?" 로저가 그녀에게 물었다.

"그러고 싶군요."

로저는 그녀에게 그들 모두의 이름을 말해 주었고, 그녀는 자신의 이름을 오드리 브루스라고 소개했다.

"제가 당신의 그림을 좀 봐도 될까요?"

"물론이지." 토머스 허드슨이 말했다.

"저도 브루스 양과 함께 가고 싶습니다." 좀 전의 그 끈기 있는 남자가 말했다.

"그녀의 아버지라도 되나?" 로저가 그에게 물었다.

"아뇨, 하지만 오랜 친구죠."

"자네는 갈 수 없네." 로저가 말했다. "아주 오래된 친구들의 날을 기다려야 해. 아니면 위원회에 가서 카드를 받아 오던가."

"제발 그에게 무례하게 굴지 마세요" 그녀가 로저에게 말했다.

"유감스럽지만 지금껏 그래 왔는데."

"그럼 이제 더 이상 그러지 마세요."

"그러지."

"즐겁게 대해 주세요."

"좋아."

"아까 당신의 모든 책에 나왔다는 그 같은 소녀에 대한 톰의 대사가 마음에 들었어요."

"정말 마음에 드셨어요?" 어린 톰이 그녀에게 물었다. "정확한 것은 아니에요. 그냥 데이비스 아저씨를 놀리려고 한 말이었어요."

"나는 그 대사가 꽤나 정확하다고 생각했는데."

"집으로 같이 올라가 보자고." 로저가 그녀에게 말했다.

"친구들을 데려와도 되나요?"

"아니."

"아무도 안 돼요?"

"그렇게 데려오고 싶어?"

"아뇨."

"다행이군."

"몇 시쯤 올라가면 될까요?"

"언제든지." 토머스 허드슨이 말했다.

"점심 먹으러 가도 되나요?"

"물론이지." 로저가 말했다.

"이 섬은 참 멋진 것 같아요." 그녀가 말했다. "모두에게 친절할 수 있어서 좋아요."

"저희가 연기를 멈췄을 때 데이비드가 어떤 모습으로 괴물처럼 나타날 거였는지 보여 줄 수 있어요." 앤디가 그녀에게 말했다.

"어머나." 그녀가 말했다. "전부 다 보고 싶어요."

"섬엔 얼마나 머무르실 거예요?" 어린 톰이 그녀에게 물었다.

"모르겠어요."

"요트가 얼마 동안 머무를 예정이지?" 로저가 물었다.

"모르겠어요."

"알고 있는 게 뭐야?" 로저가 물었다. "기분 좋게 하는 말이야."

"별로 없어요. 당신은요?"

"당신이 사랑스럽다는 건 알아." 로저가 말했다.

"아." 그녀가 놀란 듯 말했다. "정말 감사합니다."

"그래도 조금은 머물 건가?"

"모르겠어요. 그럴지도 모르죠."

"여기서 말고 지금 집으로 올라가서 한잔하지 않을래?" 로저가 그녀에게 물었다.

"그냥 여기서 한잔 마시죠." 그녀가 말했다. "전 여기가 참 마음에 들어요."

12

다음 날 바람은 잠잠해졌다. 로저와 소년들은 해변에서 수영을 하고 있었고, 토머스 허드슨은 해변 위쪽의 현관 앞에서 그림을 그리고 있었다. 에디는 데이비드의 발에 난 상처가 소금물에서 수영을 해도 덧나지 않을 거라고 했다. 헤엄치고 난 뒤 붕대만 새 걸로 바꾸어 매면 된다는 것이었다. 그래서 모두들 수영을 하러 내려가고 토머스 허드슨은 이들을 내려다보면서 그림을 그리는 틈틈이 그 모습들을 관찰하고는 했다. 토머스 허드슨은 로저와 지난밤 그 여자에 대해 의문을 품고 있었고, 그것은 그의 마음을 어지럽게 했다. 따라서 그는 그 문제에 대해 더 이상 생각하지 않기로 했다. 그러나 토머스 허드슨은 어젯밤 만났던 그 여자가 젊었을 시절 톰의 어머니를 처음 만났을 때의 모습을 한없이 되새기게 해 준다는 생각을 금할 길이 없었다. 물론 수많은 여자들이 토머스 허드슨으로 하여금 톰의 어머니를 되새기게 해 줄 수도 있는 것이었다. 그는 일을 계속했다. 그는 전날 밤의 그녀를 언젠가 다시 보게 될 것이라 확신했고, 또 자주 보게 될 것이라고도 확신했다. 그건 확실했다. 그녀는 꾸미길 좋아하고 참 선해 보이는 여자였다. 그런 모습이 토미의 어머니의 모습을 떠오르게 한다면 그건 참 빌어먹게도 어쩔 수 없는 일이었다. 전에도 이미 겪어 본 적이 있었기 때문이었다. 그는 일을 계속했다.

그는 자신이 그리고 있는 이 그림이 완성도 있게 그려질 것이라고 생각했다. 그다음 그릴 그림은 물고기가 물속에 있는 장면인데, 그건 그리기 꽤 어려울 것이란 것도 알았다. 그걸 먼저 그렸어야 했나, 라고 그는 생각했다. 아니야, 이 그림을 먼저 끝내는 편이 나아. 다음 그림은 그들이 떠난 뒤에 해도 괜찮으니까.

"내가 업어 줄게, 데이비." 그는 로저가 말하는 소리를 들었다. "마른 모래가 발에 묻지 않도록."

"좋아요." 데이비드가 말했다. "일단 바닷물에 먼저 두 발 모두 씻을게요."

로저는 그를 해변으로 데리고 올라가서는 바다를 마주한 문 옆에 있는 의자에 앉혔다. 그들이 의자가 있는 곳으로 향하면서 현관 아래를 지나갈 때,

토머스 허드슨은 데이비드가 "그녀가 올 것 같아요, 데이비스 아저씨?"라고 묻는 것을 들었다.

"모르겠어." 로저가 말했다. "그러길 바라."

"그녀가 아름답다고 생각하세요, 데이비스 아저씨?"

"아주 사랑스럽지."

"제 생각에는 우리를 좋아하는 것 같아요. 그런 여자는 무슨 일을 할까요?"

"모르겠어. 물어본 적 없으니까."

"토미는 사랑에 빠진 것 같아요. 앤디도 그렇고요."

"그래?"

"잘 모르겠어요. 아무튼 전 그들처럼 쉽게 사랑에 빠지는 편은 아니거든요. 하지만 그녀를 조금 더 보고 싶긴 해요. 데이비스 아저씨, 그녀는 나쁜 년은 아니겠죠?"

"모르겠구나. 그렇게 보이진 않았어. 왜?"

"토미는 자기가 사랑에 빠졌다고 했지만 그녀는 아마 나쁜 년일 거라고 했어요. 앤디는 그녀가 나쁜 년이어도 상관이 없다고 했고요."

"그렇게 보이진 않던걸." 로저가 그에게 말했다.

"어제 그녀와 함께 있던 남자들은 좀 이상하지 않았어요?"

"확실히 그래 보였지."

"그런 사람들은 무슨 일을 할까요?"

"그녀가 오면 물어볼게."

"올 거라고 생각하세요?"

"응." 로저가 말했다. "내가 너라면 걱정하지 않을 거야."

"그런 걸 걱정하는 사람은 토미와 앤디뿐이에요. 저는 다른 사람과 사랑에 빠졌거든요. 말씀드렸잖아요."

"기억해. 그녀와 많이 닮았지." 로저가 그에게 말했다.

"영화관에서 그녀를 보고 비슷하게 꾸민 것일지도 모르겠네요." 데이비드가 말했다.

토머스 허드슨은 일을 계속했다.

해변을 따라 걸어오는 그 여자의 모습이 시야에 들어왔을 때, 로저는 데이비드의 발에 새 붕대를 매어 주고 있었다. 그 여자는 맨발에 수영복을 입고 있었는데 수영복과 같은 재질의 치마를 받쳐 입고 비치백을 들고 있었다. 허드슨은 그 여자의 다리가 아름다운 얼굴과 스웨터 밑에 감춰진 멋진 가슴 못지않게 날씬한 것을 보고는 마음이 즐거워졌다. 팔도 예뻤고 온 피부가 갈색이었다. 그 여자는 입술 외에는 전혀 화장을 하지 않았는데, 하도 아름다운 입술이라 토머스 허드슨은 립스틱을 바르지 않은 그녀의 입술이 보고 싶어졌다.

"안녕하세요." 그녀가 말했다. "제가 많이 늦었나요?"

"아니." 로저가 그녀에게 말했다. "물엔 이미 들어갔다 나왔어. 난 다시 들어갈 거지만."

로저는 데이비드의 의자를 해변가로 옮겼고, 토머스 허드슨은 그녀가 데이비드의 발 위로 몸을 굽힐 때 그녀의 머리카락이 앞으로 쏠리면서 목덜미에 걸린 작고 탐스러운 몇 가닥의 컬을 보았다. 그녀의 곱슬머리가 햇빛을 받아 은빛으로 물들어 있었다.

"무슨 일이 있었나요?" 그녀가 물었다. "가엾어라."

"물고기를 잡다가 그랬어요." 데이비드는 그녀에게 말했다.

"얼마나 컸어요?"

"모르겠어요. 도망갔거든요."

"정말 유감이네요."

"괜찮아요." 데이비드가 말했다. "이젠 그 물고기에 더 이상 신경 쓰는 사람도 없는걸요."

"그 발로 수영해도 괜찮아요?"

로저는 데이비드의 발에 머큐로크롬을 바른 곳을 만지고 있었다. 상처는 깨끗하고 괜찮아 보였지만, 소금물 때문인지 살이 약간 뭉그러져 있었다.

"에디가 수영하는 게 오히려 더 낫다고 그랬어."

"에디가 누구예요?"

"우리 요리사야."

"그 요리사는 의사이기도 한가 보죠?"

"에디는 그런 것들에 대해서도 아주 잘 알아요." 데이비드가 설명했다. "데이비스 아저씨도 괜찮다고 하셨고요."

"데이비스 아저씨가 다른 말은 안 하셨나요?" 그녀가 로저를 향해 물었다.

"그는 당신을 만나서 기쁘다고도 했지."

"좋네요. 남자들끼리 거친 밤을 보내셨나요?"

"별로." 로저가 말했다. "포커를 조금 친 뒤에 책을 읽다 잠들었어."

"포커 게임에서는 누가 이겼어요?"

"앤디와 에디요." 데이비드가 말했다. "당신은 어젯밤에 무얼 하셨나요?"

"우리는 백개먼(Backgammon, 미국의 주사위 놀이)을 했어요."

"잠은 잘 잤고?" 로저가 물었다.

"네, 당신은요?"

"푹 잤지." 그가 말했다.

"토미는 우리 중에서 백개먼을 할 줄 아는 유일한 사람이에요." 데이비드가 그녀에게 말했다. "요정(동성애자를 뜻하는 은어)으로 밝혀진 아무런 쓸모없는 남자에게 배웠대요."

"정말요? 참 안타까운 사연이네요."

"토미가 말한 것처럼 그렇게 슬프지는 않았어요." 데이비드는 말했다. "나쁜 일은 일어나지 않았으니까요."

"요정들은 모두 너무 슬플 것 같아요." 그녀는 말했다. "가엾은 요정들."

"그렇지만 이 이야기는 약간 재미있어요. 왜냐하면 톰에게 백개먼을 가르쳐 준 아무 쓸모도 없는 그 사나이는 톰에게 요정이 되는 것이 무얼 뜻하는 것인지, 또 그리스인, 다몬과 피티아스(고대 그리스에서 목숨을 걸고 맹세를 지킨 두 친구), 다윗과 요나단(막역한 친구를 일컬음)에 관한 이야기를 모두 들려줬대요. 하지만 그런 이야기는 물고기의 정자와 난자, 꽃가루를 수정시키는 벌 이야기 따위와 같이 학교에서 가르치는 시시한 것들 아니겠어요? 그래서 톰은 그에게 지드(프랑스의 소설가, 비평가)가 쓴 소설을 읽어 본 적이 있느냐고 물었대요. 제목이 뭐였죠, 데이비스 아저씨? 코리돈은 아닌데. 뭐였더라? 오스카 와일드가 등장하는 그 책 말이에요."

"한 알의 밀알이 죽지 않으면(앙드레 지드의 자서전)." 로저가 말했다.

"그건 엄청나게 끔찍한 책인데, 톰이 학교에서 아이들에게 읽어 줬죠. 아이들은 당연히 프랑스 말을 알아듣지 못했고, 톰이 그걸 번역해 주곤 했어요. 그 책은 정말이지 지독하게도 재미가 없는데, 특히 지드가 아프리카에 갔을 때의 부분은 최고로 알아듣기 어려웠어요."

"나도 그걸 읽어 본 적이 있어요." 그 여자가 말했다.

"그렇다면 제가 말하려 한 것이 무엇인지 아시겠군요. 하여튼 톰에게 백개먼을 가르쳐 준, 그리고 요정으로 밝혀진 그 남자는 톰이 이 책에 관한 이야기를 하는 것을 듣고 무척 놀랐지만, 벌이니 꽃이니 하는 그렇고 그런 종류의 이야기를 더 이상 일일이 설명할 필요가 없어졌기 때문에 다소 기뻐했어요. 그래서 그 사람은 '네가 그 책을 알고 있다니 참 기쁘다.'라고 말했어요. 뭐, 아무튼 그 비슷한 말을 했죠. 그러자 톰은 제가 기억한 바로는 이렇게 말했어요. '에드워드 씨, 저는 단지 학술적인 차원에서 동성애에 관심이 있는 것입니다. 에드워드 씨가 제게 백개먼을 가르쳐 주신 데에 대해선 심심한 감사의 뜻을 표하고, 에드워드 씨의 행복을 기원하겠습니다.'라고 말했지요."

"그때 토미는 참 예의가 발랐죠." 데이비드가 그녀에게 말했다. "그는 프랑스에서 아빠랑 같이 살다가 온 지 얼마 안돼서 예의가 발랐어요."

"당신도 프랑스에서 살아 본 적이 있어요?"

"모두가 서로 다른 시간에 한 번씩은 살았죠. 하지만 토미만 그를 제대로 기억해요. 토미의 기억력이 제일 좋은 데다 또 정확하기도 하고요. 프랑스에 사신 적이 있으세요?"

"네, 꽤 오랫동안."

"거기서 학교를 다니셨어요?"

"네, 파리 외곽에 있는 학교예요."

"토미와의 대화를 기대하셔도 좋을 거예요." 데이비드가 말했다. "제가 이 바다의 어느 곳에 암초가 있는지 없는지 잘 알 듯 그는 파리와 그 외곽에 대해 잘 알아요. 심지어 토미에 비하면 저는 잘 아는 축에도 못 낄 거예요."

그녀는 지금 현관의 그늘에 앉아 있었고 발가락으로 하얀 모래를 걸러내고 있었다.

"암초가 있는 바다와 없는 바다에 대해 말해 주세요." 그녀가 말했다.

"아마 직접 보시는 게 나을 거예요." 데이비드가 말했다. "나중에 작은 보트에 타고 가서 고글 낚시를 해도 되고요. 만약 해 보고 싶으시다면요. 그게 암초를 알아 가기 위한 유일한 방법이거든요."

"가 보고 싶네요."

"요트엔 누가 탔지?" 로저가 물었다.

"사람들이요. 아마 좋아하시진 않을 거예요."

"선해 보이던데."

"꼭 그렇게 얘기해야 하나요?"

"아니." 로저가 말했다.

"끈질긴 남자는 이미 만나 보셨죠. 그는 요트를 타고 온 사람들 중 가장 부자이면서도 가장 지루한 사람이에요. 그들 이야기는 안 하면 안 돼요? 선하고 멋진 사람들인 건 맞지만 정말로 지루한 사람들이거든요."

그때 어린 톰이 올라왔고 앤드루도 그 뒤를 따라 올라왔다. 그들은 멀리 떨어진 곳에서 수영을 하다 해변가로 올라왔을 때 여성이 데이비드의 의자에 앉아 있는 모습을 보곤 단단한 모래를 밟으며 뛰어왔다. 앤드루는 점점 뒤처지다가 톰보다 늦게 숨을 헉헉거리며 올라왔다.

"기다려 줄 수도 있었잖아." 그가 어린 톰에게 말했다.

"미안해, 앤디." 어린 톰이 앤드루에게 말했다. 그러고 나서 그는 다시 여성을 향해 돌아서서 말했다. "좋은 아침이에요. 오실 줄 알고 기다리다가 그냥 수영하러 들어갔어요."

"늦어서 미안해요."

"늦지 않았어요. 다시 수영하러 들어갈 거예요."

"난 밖에 있을 게." 데이비드가 말했다. "형이랑 앤디는 이제 들어가. 말을 너무 많이 한 것 같아."

"저류에 대해 걱정할 필요는 없어요." 어린 톰이 그녀에게 말했다. "경사면이 길고 완만한 편이거든요."

"혹시 상어나 창꼬치도 있나요?"

"상어는 밤에만 해변 가까이로 와." 로저가 그녀에게 말했다. "그리고 창꼬치는 절대 당신을 괴롭히지 않을 거야. 물이 흐리거나 진탕이 됐을 때는 몰라도."

"그놈들은 무언가 갑자기 불쑥 나타나면 그것이 뭔지도 모르고 공격하기도 해요. 하지만 그놈들은 맑은 물에서는 절대 사람에게 안 덤벼요. 여기서 헤엄칠 땐 언제나 녀석들이 옆을 따라다니는걸요." 데이비드가 설명했다.

"창꼬치는 모래 바닥에서 사람을 바짝 따라붙어 다녀요." 어린 톰이 말했다. "항상 호기심 있게 따라붙지만 결국엔 도망가 버리죠."

"물고기가 있다면 얘기가 달라지긴 하죠." 데이비드가 그녀에게 말했다. "고글 낚시를 할 때 가방이나 꿰놓은 물고기 같은 걸 들고 있다면 녀석들이 그걸 공격하려다가 실수로 사람을 건드릴지도 몰라요. 그놈들은 참 빠르니까요."

"숭어 떼나 정어리 떼의 사이에서 수영할 때도 그래요." 어린 톰이 말했다. "물고기 떼를 공격하다 실수로 공격할 수도 있어요."

"저와 톰 사이에서 수영하시면 돼요." 앤디가 말했다. "그러면 바닷속 그 어떤 것도 귀찮게 하지 못할 거예요."

파도가 거세게 해변에 부딪혀 왔다. 파도가 밀어닥칠 때마다 딱딱한 젖은 모래 위로 밀려나는 도요새와 갈매기 떼가 요란하게 울어 댔다.

"파도가 이렇게나 거칠고 아무것도 볼 수 없는데 수영해도 괜찮을까요?"

"괜찮을 거예요." 데이비드가 말했다. "헤엄을 치기 전 걸어 들어갈 때만 조심하세요. 파도가 세서 모래 바닥에 숨어 있는 노랑가오리가 덤벼들지도 모르거든요."

"데이비스 아저씨와 제가 잘 돌봐 드리기로 하죠." 어린 톰이 말했다.

"저도 돌봐 드릴게요." 앤디가 말했다.

"만약 파도 속에서 부딪쳐 오는 물고기가 있다면 그건 아마 매가리일 거예요." 데이비드가 말했다. "그놈들은 파도가 높이 칠 때면 모래벼룩을 잡아먹으려 몰려오거든요. 아주 예쁘게 생기고 호기심도 많지만 온순한 편이니 걱정 마세요."

"마치 수족관 안에서 헤엄을 치는 것 같겠군요." 그녀가 말했다.

"앤디가 폐에서 나오는 공기를 깊숙이 들이마시는 방법을 가르쳐 줄 거예요." 데이비드가 그녀에게 말했다. "톰은 곰치에게 물리지 않는 법을 알려 줄 거고요."

"그녀를 겁주지 마, 데이브." 어린 톰이 말했다. "그렇다고 저희가 물속의 왕자들인 건 아니에요, 브루스 양."

"오드리라고 부르세요."

"오드리." 톰은 그녀의 이름을 고쳐 말했다.

"무슨 말을 하고 있었어, 토미?"

"모르겠어." 어린 톰이 말했다. "들어가서 수영하자."

토머스 허드슨은 잠시 더 일을 계속했다. 그 후 그는 해변으로 내려와 데이비드가 있는 의자 옆에 앉아서 파도 속에서 헤엄을 치는 네 사람을 바라보았다. 여자는 모자도 없이 헤엄을 치고 있었는데, 마치 물개처럼 수영과 잠수에 능숙했다. 힘이 모자라는 걸 빼고는 로저에 조금도 밀리지 않는 수영 솜씨였다. 그들이 수영을 마치고 모래밭으로 나와 딱딱한 모래를 밟으며 집 쪽으로 걸어오고 있을 때, 그 여자의 머리카락은 물에 젖어 있었는데 이마에서부터 완전히 뒤로 넘겨져 있어서 그녀의 생김새를 조금도 숨김없이 보여 주고 있었다. 토머스 허드슨은 그보다 더 아름다운 얼굴과 훌륭한 몸매를 본 적이 없다고 생각했다. 단 한 여인을 제외하고. 그 여인은 그가 본 중에서 가장 아름답고 훌륭한 몸매를 가진 여인이었다. 그러나 그 여인에 대해서는 더 이상 생각하지 말자고 그는 속으로 다짐했다. 그냥 그의 눈앞을 지나가는 여자를 바라보고, 이 여자가 이곳에 있음을 기뻐하자.

"어땠어?" 그는 그녀에게 물었다.

"재미있었어요." 그녀는 그에게 방긋 웃으며 말했다. "하지만 물고기는 하나도 보지 못했어요." 그녀가 데이비드에게 말했다.

"파도가 이렇게 치는 날이어서 그럴 거예요." 데이비드가 말했다. "그들과 부딪히지만 않는다면 보기 힘들죠."

그녀는 깍지 낀 두 손으로 무릎을 감싸고 모래 위에 앉아 있었다. 긴 머리카락이 어깨 너머로 드리워져 있었다. 두 소년이 그녀의 양옆에 앉아 있었다. 로저는 한쪽 팔을 굽혀 이마를 가린 채 여자의 앞쪽 모래 위에 누워 있었다. 토머스 허드슨은 미닫이 식으로 된 문을 열고 집 안으로 들어가 그림 작업을 계속하기 위해 위쪽 현관으로 갔다. 그는 그렇게 하는 것이 지금 자신이 할 수 있는 최적의 일이라고 생각했다.

토머스 허드슨이 더 이상 바라보지 않는 아래 쪽 모래밭에서 여자는 로저를 바라보고 있었다.

"우울한가요?" 그녀는 그에게 물었다.

"아니."

"생각에 잠기신 건가요?"

"조금 그럴지도. 나도 잘 모르겠어."

"이런 날에는 생각 자체를 안 하는 게 좋아요."

"좋아, 생각하지 않도록 하지. 파도를 보는 건 괜찮을까?"

"파도는 공짜예요."

"다시 들어가고 싶어?"

"나중에요."

"수영은 누구에게 배웠지?" 로저가 그녀에게 말했다.

"당신한테요."

로저는 고개를 들고 그녀를 바라보았다.

"앙티브의 해변을 기억하세요? 그 작은 해안요. 에덴 록 말고요. 전 당신이 에덴 록에서 수영하는 것을 종종 봤어요."

"여기엔 왜 온 거지? 본명이 뭐야?"

"당신을 만나러 왔어요." 그녀가 말했다. "내 이름은 오드리 브루스라고 하죠."
"자리를 비켜 드릴까요, 데이비스 아저씨?" 어린 톰이 물었다.
로저는 그에게 대답조차 하지 않았다.
"본명이 뭐냐니까?"
"오드리 래번이었죠."
"왜 날 찾아왔지?"
"그러고 싶어서요. 그게 잘못됐나요?"
"그렇진 않지." 로저가 말했다. "내가 여기 있는 걸 누구에게 들었나?"
"뉴욕의 칵테일파티에서 만난 어떤 끔찍한 남자한테요. 여기서 그와 싸움을 했다고 들었어요. 그는 당신이 바다에서 물건이나 주워 파는 사람이라고 했죠."
"글쎄, 물건은 거의 없었는데." 로저가 바다를 바라보며 말했다.
"그는 당신을 다른 많은 이름으로도 불렀죠. 그중 칭찬인 것은 하나도 없었지만요."
"앙티브에서는 누구와 있었지?"
"엄마와 딕 래번과 함께요. 이제 기억나세요?"
로저는 일어나 앉아 그녀를 바라보았다. 그러고 난 뒤 그는 그녀에게 다가가 두 팔로 껴안은 다음 키스를 했다.
"오, 이런, 빌어먹을." 그가 말했다.
"여기 온 게 잘못된 건 아니겠죠?" 그녀가 물었다.
"이 꼬맹아."로저가 말했다. "정말 너야?"
"그걸 증명해야 하나요? 그냥 믿을 수는 없어요?"
"비밀스러운 흔적 같은 건 기억나지 않는데."
"이제 제가 마음에 드나요?"
"사랑에 빠질 만큼."
"제가 언제까지나 망아지처럼 보일 거라고 생각하시면 안 돼요. 그때 저한테 오퇴유의 망아지 같다고 놀리셔서 제가 울었던 건 기억하세요?"
"칭찬으로 한 말이었는데. 이상한 나라의 엘리스에 나오는 테니엘처럼 보여서 망아지 같다고 한 거였어."

"전 그래도 속상했다고요."

"데이비스 아저씨," 앤디가 말했다. "그리고 오드리. 우리 형제들은 가서 콜라 좀 사 올게요. 뭐 필요한 거 있으세요?"

"괜찮다, 앤디. 너는, 꼬맹아?"

"네, 저도 하나 부탁해요."

"가자, 데이브."

"아니, 나는 더 듣고 싶어."

"너는 내 형제지만 어쩔 땐 참 나쁜 놈이야." 어린 톰이 말했다.

"나도 한 개만 가져다줘." 데이비드가 말했다. "계속하세요, 데이비스 아저씨. 저는 상관하시지 마시구요."

"네가 있어도 상관없어, 데이비." 그녀가 말했다.

"그 후엔 어디 갔었고, 왜 오드리 브루스가 됐지?"

"좀 복잡해요."

"그랬겠지."

"어머니는 결국 브루스라는 남자랑 결혼하셨어요."

"나도 그를 알고 있었어."

"전 그를 좋아했어요."

"나는 넘어가지." 로저가 말했다. "그럼 오드리라는 이름은?"

"제 중간 이름이에요. 어머니가 지어 준 이름이 마음에 들지 않아서 그냥 그렇게 불려요."

"난 네 엄마가 싫었어."

"저도 마찬가지예요. 하지만 딕 래번과 빌 브루스는 엄마를 좋아했어요. 당신과 토머스 허드슨은 사랑했다고도 할 수 있죠. 그는 저를 알아보지 못했죠?"

"모르겠어. 그는 가끔 이상하거든. 그래서 말을 안 했을지도. 네가 토미의 엄마와 닮았다고 생각하는 건 알고 있지."

"저도 그랬으면 좋겠어요."

205

"내 생각에도 넌 충분"히 그래."

"정말로 그래요." 데이비드가 말했다. "제가 아는 이야기가 나와서 끼어들었어요. 미안해요, 오드리. 조용히 입 다물고 빠져 있어야 되는데."

"넌 나도, 톰도 사랑하지 않았어.

"아뇨, 그랬어요. 절대 모르실 거예요."

"어머니는 지금 어디 계셔?"

"엄마는 제프리 타운센드라는 남자와 결혼해서 런던에서 살고 있어요."

"아직도 마약을 하나?"

"물론이죠. 그리고 여전히 아름다워요."

"정말로?"

"네, 정말로요. 내 엄마라서 하는 말이 아니에요."

"한때는 너도 네 엄마를 사랑했잖아."

"그랬죠. 전엔 모두를 위해 기도했었어요. 하지만 모든 것이 제 가슴을 아프게 했어요. 저는 매달 첫 금요일마다 엄마에게 행복한 죽음의 은총을 드리려 기도했어요. 그리고 당신을 위해서도 기도했다는 걸 모르시겠죠, 로저."

"그 기도가 더 좋은 결과를 가져다주었다면 좋았을걸." 로저가 말했다.

"저도 그렇게 생각해요." 그녀가 말했다.

"그건 알 수 없어요, 오드리. 언제 좋은 일이 일어날지 모르잖아요." 데이비드가 말했다. "데이비스 아저씨가 기도를 필요로 한다는 말은 아니지만. 그냥 기도에 관해 이야기한다면 말이에요."

"고마워, 데이브." 로저가 말했다. "그런데 브루스는 어떻게 됐어?"

"죽었어요. 기억 안 나세요?"

"아니, 딕 래번이 죽은 건 기억하는데."

"그럴 것 같았어요."

"그래."

어린 톰과 앤디가 코카콜라 병들을 들고 돌아왔다. 앤디는 여성과 데이비드에게 각각 한 병씩 나눠 주었다.

"고마워요." 그녀가 말했다. "차가워서 좋네요."

"오드리." 어린 톰이 말했다. "이제 당신이 기억나요. 래번 아저씨와 함께 저희가 살던 곳에 오곤 했죠. 당신이 말하는 걸 한 번도 본 적이 없어요. 당신과 저 그리고 아빠와 래번 아저씨는 함께 서커스와 경주를 보러 다녔죠. 하지만 그땐 지금만큼 아름다우시진 않았던 걸로 기억해요."

"틀림없이 그랬지." 로저가 말했다. "아빠한테 물어보렴."

"래번 씨가 돌아가신 건 유감이에요." 어린 톰이 말했다. "그가 죽어 가던 모습을 저는 아직도 기억해요. 봅슬레이가 코너에서 너무 높게 떠서 관중을 향해 날아온 걸요. 그는 원래 건강이 좋지 않았고, 아빠와 저는 그를 만나러 가곤 했었죠. 그러고 나서는 한동안 괜찮아지시는 것 같아서 우리는 함께 그 사고가 일어난 경기장에 갔었죠. 거길 가지 말았어야 했는데. 그가 죽었을 때는 저희는 거기에 없었지만요. 이런 말을 해서 미안해요, 오드리. 혹시 기분이 안 좋아지셨다면요."

"그는 선한 사람이었어요." 오드리가 말했다. "그리고 기분 상할 것도 없어요, 토미. 한참 전 일이잖아요."

"저희 삼형제 중 알아본 사람이 있으세요?" 앤디가 그녀에게 물었다.

"그때 우리는 태어나지도 않았었는데 어떻게 기억하겠어, 이 마부야." 데이비드가 말했다.

"그걸 내가 어떻게 알아?" 앤디가 물었다. "난 프랑스에 대해 기억나는 게 거의 없는걸. 형도 마찬가지잖아."

"그래도 난 기억나는 척은 안 해. 대신 토미가 우리 모두를 위해 프랑스를 기억하는걸. 나중엔 내가 이 섬을 기억할 거야. 아빠가 그린 그림 중에 내가 본 것은 다 기억할 거라고."

"경주하는 장면을 그린 그림은 기억하세요?" 오드리가 물었다.

"본 것만요."

"어떤 그림에는 저도 들어가 있어요." 오드리가 말했다. "롱샴과 오퇴유, 세인트 클라우드의 경주 그림들에요. 항상 제 뒤통수를 그리셨었죠."

"네, 저도 오드리 양의 뒤통수가 기억나요." 어린 톰이 말했다. "머리카락이 허리까지 닿아 치렁치렁했죠. 전 그때 더 잘 보려고 두 계단 위쪽에 서 있었어요. 가을 안개가 낀 날이었죠. 마치 푸른 연기가 낀 것 같았는데, 우리는 물웅덩이 반대쪽에 있는 스탠드의 위쪽에 있었고 왼쪽에는 피리새와 돌로 된 벽이 있었어요. 저희와 가까운 쪽에 결승점이 있었는데 안쪽 트랙은 물웅덩이 쪽과 가까웠어요. 저는 잘 보기 위해 항상 뒤쪽 위에 서 있었어요. 트랙에 내려가 있을 때 말고는요."

"그때도 전 당신이 참 재미있는 꼬맹이라고 생각했었어요."

"제 생각에도 그랬던 것 같아요. 그리고 당신과는 한 번도 이야기를 나누지 않았죠. 제가 너무 어려서 그랬을지도 몰라요. 오퇴유의 트랙은 정말 예쁘지 않았나요?"

"멋있었어요. 작년에도 거기 갔다 왔어요."

"아마 올해 갈 수 있을 것 같아, 토미." 데이비드가 말했다. "데이비스 아저씨도 오드리 양과 함께 경마장에 가셨나요?"

"아니." 로저가 말했다. "난 그냥 그녀의 수영 선생님이었어."

"제 영웅이시기도 했죠."

"아버지는 당신의 영웅이 아니었나요?" 앤드루가 물었다.

"물론 그랬지요. 그렇지만 당시 그분은 톰의 어머니와 결혼을 하신 상태였기 때문에 원하는 만큼 나의 영웅으로 섬길 수가 없었어요. 이후 이혼 소식을 접했을 때 나는 그분께 편지를 썼죠. 실로 굉장한 편지였어요. 난 그때 톰의 어머니의 자리를 차지하려고 마음을 먹었었거든요. 그런데 그분이 데이비드와 앤드루의 어머니와 결혼하는 바람에 그 편지는 영영 보내지 못하고 말았지요."

"확실히 복잡한 상황이었네요." 어린 톰이 말했다.

"파리에 관한 이야기를 조금 더 들려주세요." 데이비드가 말했다. "우리가 그곳에 가려면 알 수 있는 한 모두 알아 둬야 하니까요."

"우리가 경마장 난간 근처에 내려갔을 때를 기억해요? 맨 나중에 장애물을 뛰어넘은 말들의 몸집이 점점 커지며 우리에게로 곧장 달려왔죠. 우리 앞을 지날 때 잔디 위를 달려가던 그 말발굽 소리를 기억해요?"

"그리고 날은 또 얼마나 추웠는지 몰라요. 그래서 몸을 녹이려고 큰 화로에 바짝 다가가서 바에서 사 온 샌드위치를 먹었지요. 기억해요?"

"전 가을철의 경마장이 참 좋았어요." 톰이 말했다. "집으로 돌아올 때 뚜껑 없는 차를 탄 적도 많았죠. 생각나세요? 숲과 그 옆을 흐르는 강에 막 어둠이 내리고 있었고, 낙엽 타는 냄새도 났었어요. 강에서는 예인선이 밧줄로 집배를 끌고 있고—"

"어쩜 그렇게 자세히 기억하나요? 그땐 정말 어린아이였는데요."

"쉬렌(Suresnes)에서 섀런튼(Charenton)까지 흐르는 강 위의 모든 다리를 기억할 정도인걸요."

"그럴 리가."

"이름은 기억이 안 나지만 풍경은 기억이 나요."

"그걸 다 기억한다니, 믿을 수가 없군요. 강의 몇몇 장소들은 굉장히 험했고 다리도 엄청 많았는걸요."

"알고 있어요. 하지만 저는 그 후에도 파리에 오랫동안 살았고, 아버지와 저는 강을 따라 멀리까지 소풍을 하곤 했어요. 볼품이 없는 다리도 있고 멋진 다리도 있었죠. 그 다리들 위에서 저는 어린 친구들과 낚시질을 하곤 했어요."

"정말로 센(Seine)강에서 낚시를 하셨어요?"

"물론이죠."

"아버님도 낚시를 하셨나요?"

"자주는 아니고 가끔요. 섀런튼에서 가끔 낚시를 하셨어요. 하지만 아빠는 일이 끝난 뒤에는 늘 걷고 싶어 하셨어요. 그래서 제가 지치기 전까지 걷다가 항상 버스를 타고 돌아오곤 했죠. 나중에 저희가 돈이 생기고는 택시를 타거나 마차를 탔고요."

"우리가 경마장에 다닐 때는 돈이 있으셨던 게 분명하군요."

"그해에는 그랬던 것 같아요." 토미가 말했다. "기억이 잘 안나요. 저희는 돈이 있을 때도, 없을 때도 있었거든요."

"우리는 항상 돈이 있었어요." 오드리가 말했다. "어머니는 돈이 많지 않는 사람과는 결혼하지 않으셨거든요."

"부자세요, 오드리?" 토미가 물었다.

"아뇨." 그녀가 말했다. "저희 아버지는 자신이 가진 돈을 다 쓰셨고 결혼한 뒤에는 다 잃으셨거든요. 그리고 이후에 만난 새아버지들은 저를 위해 따로 재산을 남기시지 않았고요."

"돈을 꼭 많이 가지고 있어야 할 필요는 없어요." 앤드루가 그녀에게 말했다.

"저희랑 같이 사시는 건 어때요?" 어린 톰이 그녀에게 물었다. "그것도 괜찮을 것 같은데."

"아주 근사하게 들리네요. 그래도 전 일을 해야 해요."

"저흰 파리에 갈 거예요." 앤드루가 말했다. "당신이 우리와 함께 가면 정말 근사할 거예요. 당신과 파리의 전 행정 구역을 보러 다니면 재미있을 것 같아요."

"한번 잘 생각해 봐야 될 것 같아요." 그녀가 말했다.

"결정하는 데 도움을 될 만한 음료를 만들어 드릴까요?" 데이비드가 말했다. "데이비스 아저씨의 책에서는 항상 그러던데."

"술 가지고 나한테 잔소리 좀 하지 마."

"오래된 백인 노예상의 방법이지." 어린 톰이 말했다. "그러다가 정신을 차리면 부에노스아이레스(Buenos Aires)에 와 있곤 해."

"그렇다면 뭐가 엄청 강한 걸 줘야겠네." 데이비드가 말했다. "몹시도 긴 여행이 될 테니."

"데이비스 아저씨가 드시는 마티니보다 강한 건 없을 것 같은데." 앤드루가 말했다. "그녀에게 마티니 한잔 만들어 주세요, 데이비스 아저씨."

"한잔 줄까, 오드리?" 앤드루가 물었다.

"네, 점심시간까지 얼마 안 남았다면요."

로저는 술을 만들기 위해 일어났고, 어린 톰은 그녀의 곁으로 다가가 앉았다. 앤드루는 그녀의 발치에 앉아 있었다.

"그걸 드시지 않았으면 해요, 오드리." 그가 말했다. "첫 번째 단계일 뿐이에요. 기억하세요. 'en est que le premier pas qui conte.(그리고 이것은 첫 번째 단계일 뿐입니다.)'"

위쪽 현관에서는 토머스 허드슨이 계속해서 그림을 그리고 있었다. 그는 아래쪽에서 들려오는 이야기 소리를 듣지 않을 수가 없었다. 그러나 그는 그들이 물 밖으로 나와 그곳에 앉은 이후로는 시선을 주지 않았다. 그는 지금 자신의 보존을 위해 스스로 쌓아 온 일이라는 보호막 안에서 어려운 위기를 겪고 있었다. 그는 지금 일을 하지 않으면 파멸하고 말 것이라고 생각했다. 따라서 그들이 모두 돌아간 후에는 일을 할 시간이 있을 거라고 생각하기도 했다. 그러나 그는 계속해서 일을 해야 하며, 그렇지 않으면 그 자신이 일을 통해 쌓아 온 안정이 파괴될 것이라고 느꼈다. 그는 그들이 여기 오기 전에 그랬듯이 계속 일해야겠다고 다짐했다. 그다음에 모두 정리하고 내려가서 그 지긋지긋한 래번에 관해서나 지난날의 일들 또는 그 밖의 일들에 대해 생각해 봐야겠다고 작정했다. 그러나 일을 계속하면 할수록 이미 그의 마음속에 깃든 외로움이 더욱 강하게 그를 짓누르기 시작했다. 다음 주면 모두 이 섬을 떠난다. 그는 다시 한 번 '일을 하자'고 혼자 다짐했다. 오랫동안 지켜 온 습관을 계속 유지해야지. 지금 무엇보다도 필요한 건 바로 그것이다.

일을 모두 끝내고 내려가 그들과 합류했을 때도 토머스 허드슨은 여전히 그림에 대해 생각하고 있었다. 그는 여성에게 아는 체를 한 다음 시선을 돌렸다. 잠시 후 그는 다시 여성을 바라봤다.

"이야기 소리를 안 들을 수가 없더군." 그가 말했다. "엿들었다고도 할 수 있지. 오래 전부터 알던 사이라 다행이군."

"저도 그래요. 알고 계셨어요?"

"아마도." 그가 말했다. "이제 점심 먹는 게 어때? 옷은 다 말랐니, 오드리?"

"샤워할 때 갈아입을게요." 그녀가 말했다. "치마와 셔츠는 가져왔어요."

"조셉과 에디에게 우리는 준비되었다고 말해 주겠니?" 토머스 허드슨이 어린 톰에게 말했다. "샤워실이 어디 있는지 알려 줄게, 오드리."

로저는 집 안으로 들어갔다.

"저는 제가 신분을 속인 채 이곳에 있으면 안 된다고 생각했어요." 오드리가 말했다.

"속인 적 없잖아."

"제가 그에게 조금이라도 도움이 될 것이라고 생각하세요?"

"그럴 수도 있지. 지금 그에게 필요한 건 그의 영혼을 구해 줄 만큼 빠져들 만한 일이야. 영혼에 관해서는 나도 잘 모르지만 말이야. 하지만 그는 해안 지대에 온 뒤로는 영혼을 어딘가에 잘못 두고 온 것 같아 보였어."

"하지만 그는 이제 소설을 쓸 거예요. 훌륭한 소설 말이에요."

"그건 어디서 들었어?"

"신문 기사에서요. 제 생각엔 촐리 니커보커(Cholly Knickerbocker)였던 것 같아요."

"오." 토머스 허드슨이 말했다. "그렇다면 정말이겠군."

"정말로 제가 그에게 좋은 영향을 줄 수 있을 거라 생각하세요?"

"그럴 수도 있겠지."

"복잡한 문제가 있긴 해요."

"항상 그런 법이야."

"지금 말해 드릴까요?"

"아니." 토머스 허드슨이 말했다. "옷을 잘 차려 입고 머리를 빗은 다음 올라가도록 해. 기다리는 동안 다른 여자를 만날지도 모르니."

"옛날에는 이러시지 않으셨어요. 제가 아는 사람 중 가장 친절한 사람이었다고 생각했죠."

"그랬다면 정말 미안해, 오드리. 그리고 네가 와서 기뻐."

"우리는 오랜 친구죠, 그렇죠?"

"그럼." 그가 말했다. "옷 갈아입고 몸단장을 한 다음 올라가 봐."

그는 그녀로부터 시선을 돌렸다. 여자는 샤워실 문을 닫았다. 그는 무엇이 그를 조금 전의 기분 상태로 몰고 갔는지 알 수가 없었다. 그러나 물굽이의 파도가 바뀌고 해협에 썰물이 시작되면서 여름날의 행복은 그로부터 물러나기 시작했다. 그는 바다와 해안선을 내다봤다. 바다의 물결이 바뀌어 있고 물 빠진 모래 위에서 물새들이 부지런히 먹이를 줍는 모습이 눈에 들어왔다. 썰물과 함께 파도도 잠잠해져 갔다. 그는 해안선 멀리까지 천천히 시선을 던져 보고 나서 집 안으로 들어갔다.

13

그들은 떠나기 직전까지 며칠 동안 즐겁게 지냈다. 여느 때와 마찬가지로 즐거웠고 헤어짐을 앞두었다는 섭섭한 감정도 느끼지 않았다. 요트는 떠났고 오드리는 폰세 데 레온에 방을 하나 잡았다. 그러나 그녀는 토머스 허드슨의 집에 묵으면서 집 한쪽 끝에 딸린 침실과 손님방을 썼다.

그녀는 로저와의 사랑에 대한 이야기는 더 이상 하지 않았다. 로저가 그 여자에 관해 토머스 허드슨에게 한 이야기는 "그 여자는 어떤 머저리 같은 녀석과 결혼했었지."라는 말이 전부였다.

"하지만 자네를 위해 그녀가 자신의 온 생을 바쳐 기다릴 수는 없잖나?"

"그는 정말 개자식이었어."

"늘 그런 것 아니겠어? 한편으로는 괜찮은 면모가 있었을지도 모르지."

"그는 부자야."

"그게 그의 괜찮은 면모였겠군." 토머스 허드슨이 말했다. "그들은 항상 어떤 개자식과 결혼하고 그 개자식에게는 엄청나게 좋은 면모가 있는 법이지."

"좋아." 로저가 말했다. "그 이야기는 하지 않기로 하지."

"책을 쓰긴 할 거지, 자네?"

"그럼, 그녀가 내게 원하는 게 바로 그거거든."

"그 이유 때문인 거야?"

"그만 둬, 톰." 로저가 그에게 말했다.

"글을 쓸 때 쿠바에 있는 집을 사용하겠나? 판잣집이긴 하지만 사람들로부터 떨어져 지낼 수는 있을 걸세."

"아니, 난 서쪽으로 가고 싶어."

"해안가?"

"아니, 해안가 말고. 목장에 잠시 머물러도 될까?"

"해변에서 멀리 떨어진 오두막집은 하나뿐일세. 나머지는 내가 빌렸어."

"그게 좋겠군."

여인과 로저는 해변에서 오랫동안 산책을 하며 수영을 하고 소년들과도 함께 어울렸다. 소년들은 전복을 잡으러 다녔는데 그곳에 오드리도 데리고 갔으며, 산호초가 있는 곳으로 자맥질을 하러 가기도 했다. 토머스 허드슨은 열심히 일을 했고, 또 언제나 일을 하고 있었다. 소년들이 물 밖으로 걸어 나오는 모습을 볼 때마다 토머스 허드슨은 그들이 곧 집으로 돌아오면 함께 저녁이나 만찬을 들게 될 것이라고 생각하며 좋은 기분을 느끼고 있었다. 그는 소년들이 자맥질을 할 때면 언제나 불안했지만, 로저와 에디가 그들이 조심하도록 주의를 줄 것을 알고 있었다. 한번은 그들 모두가 해안 끝에 있는 등대까지 가서 하루 종일 낚시를 하여 삼치와 돌고래 그리고 세 마리의 커다란 가다랑어를 낚아 신나는 하루를 보내기도 했다. 그는 가장 큰 삼치를 낚아 올린 앤드루에게 납작한 머리와 길고 날씬한 몸뚱이의 줄무늬가 그려진 삼치 그림을 그려 주었다. 그는 이 삼치 그림의 배경으로 거미발 모양을 한 커다란 등대와 여름 구름 그리고 해안의 푸른 풀도 그려 넣었다.

그렇게 며칠이 지나고 낡은 시코르스키 비행정 한 대가 날아와 집 주변 위를 돌더니 바다 위에 내려앉았다. 토머스 허드슨은 이제 소년들을 어머니에게 돌려보내기 위해 딩기에 태워 비행정이 있는 곳으로 데려갔다. 다른 한 척의 딩기에는 소년들의 짐이 실려 있었는데, 조셉이 노를 저어 뒤따랐다. 톰이 말했다. "안녕히 계세요, 아빠. 정말로 신나는 여름이었어요."

이어서 데이비드가 말했다. "안녕히 계세요, 아빠. 정말 멋진 시간이었어요. 저희들 걱정은 하지 마세요. 조심할게요."

앤드루도 말했다. "안녕히 계세요, 아빠. 멋진 여름과 파리로의 여행을 허락해 주셔서 정말 감사드려요."

그들은 조종실 문으로 올라가 부두에 서 있는 오드리를 향해 손을 흔들며 "안녕히 계세요! 안녕히 계세요, 오드리."라며 입을 모아 말했다.

로저가 그들이 올라가는 걸 돕자 그들이 말했다. "안녕히 계세요, 데이비스 아저씨. 안녕히 계세요, 아빠."

그런 다음 셋은 멀리까지 들리도록 아주 큰 소리로 외쳤다. "안녕히 계세요, 오드리!" 이윽고 문이 닫히고 잠겼다. 작은 유리창 안으로 소년들의 얼굴이 보였다. 낡은 커피 방앗간처럼 요란한 소리를 내며 엔진에 시동이 걸리자 물이 튀어 올라 소년들의 얼굴이 비친 유리창을 타고 흘러내렸다. 토머스 허드슨은 물을 피해 뒤쪽으로 물러났다. 낡고 볼품없이 생긴 비행정은 물 위를 지쳐 나가더니 옅은 안개 속으로 이수하여 머리 위 상공을 한 바퀴 돈 후 코스를 잡아 똑바로, 볼품없이, 천천히 걸프만을 건너갔다.

토머스 허드슨은 로저와 오드리도 곧 떠나리라는 것을 알고 있었다. 그다음 날 상선이 들어오고 있을 때, 그는 로저에게 언제 떠날 것인지 물었다.

"내일 떠나려고 하네, 늙은 톰." 로저가 말했다.

"윌슨이랑?"

"그래, 돌아오라고 했어."

"상선에서 무얼 주문할까 고민하던 차에 생각나서 물었네."

그리하여 다음날 그들도 똑같은 식으로 그를 떠나 버렸다. 토머스 허드슨은 그 여성에게 작별 키스를 해 주었고 여성도 토머스 허드슨에게 키스를 했다. 그 여성은 소년들이 떠나던 날 눈물을 흘렸고, 이날도 토머스 허드슨을 꼭 부둥켜안은 채 울었다.

"저 사람을 잘 돌봐 주고 몸조심하렴."

"그럴 생각이에요. 그동안 정말로 고마웠어요, 톰."

"천만에."

"편지를 쓰겠네." 로저가 말했다. "나한테 또 뭔가 바라는 일은 없나?"

"재미나 보게. 안부 편지 잊지 말고."

"그러겠네. 물론 이 사람도 편지를 쓸 거고."

그들은 그렇게 가 버렸다. 토머스 허드슨은 돌아오는 길에 바비네 술집에 들렀다.

"빌어먹을 정도로 외롭겠군." 바비가 말했다.

"그렇겠지." 토머스 허드슨이 말했다. "빌어먹을 정도로 말이야."

14

소년들이 떠난 이후 토머스 허드슨은 우울했다. 그러나 그는 그것이 소년들에 대해 생각할 때마다 느끼던 평소의 외로움이었다고 생각했다. 그는 그냥 일을 계속했다. 바비가 아이디어를 냈던 걸작 그림들에서처럼 사나이만의 세계에 종말은 오지 않았다. 그것은 전보를 나르는 섬 소년과 함께 그를 찾아왔다. 소년은 지방 우체국에서부터 길을 따라 달려와 말했다. "봉투지 옆에 달린 꼬리표에 서명해 주세요. 미안합니다, 토머스 씨."

그는 소년에게 1실링을 주었다. 그러나 소년은 그 돈을 그냥 테이블 위에 올려놓았다.

"저는 팁 같은 건 신경 안 써요, 토머스 씨." 소년이 말하고 밖으로 나갔다.

그는 전보를 읽었다. 그다음 그것을 주머니에 집어넣고 문밖으로 나와 바다 옆의 현관에 앉았다. 그는 전보를 꺼내 다시 읽었다. 〈귀하의 아들 데이비드와 앤드루 군이 어머니와 함께 비아리츠(Biarritz) 부근에서 자동차 사고로 사망했음. 귀하의 도착 시까지 그 어떤 조치도 취하지 않을 예정이며 깊은 조의를 표함.〉 발신자는 그가 거래하는 뉴욕 은행의 파리 지점으로 되어 있었다.

에디가 올라왔다. 그는 라디오 방송국의 한 소년으로부터 그 소식을 들은 조셉에게서 이야기를 들었다.

에디는 그의 옆에 앉아서 말했다. "젠장, 톰, 어떻게 이런 일이 일어날 수 있죠?"

"모르겠어." 토머스 허드슨이 말했다. "무언가에 부딪혔거나 무언가가 와서 부딪쳤겠지."

"데이비가 운전하지는 않았을 거예요." 에디가 말했다.

"나도 그렇게 생각해. 하지만 이젠 아무런 상관도 없는 얘길세."

토머스 허드슨은 푸른 바다와 남색의 해협 쪽으로 해가 저물어 가는 것을 보았다. 잠시 후 그것은 구름 뒤로 숨어 버릴 것이었다.

"아이들의 어머니가 운전을 했을 거라고 생각하세요?"

"아마 그랬겠지. 운전기사가 있었을지도 모르고. 하지만 그게 무슨 차이가 있나?"

"앤디였을 수도 있다고 생각하세요?"

"그럴 수도 있지. 그 아이의 어머니가 허락해 줬을지도."

"그는 충분히 자만하고 있었어요." 에디가 말했다.

"그랬지." 토머스 허드슨이 말했다. "이제 더 이상 그러지 못할 테지만."

해가 지고 있었고, 그 앞으로 구름이 흘렀다.

"전신국 다음 번 교신 시간에 윌슨에게 전보를 쳐서 항공사에 전화를 걸어 뉴욕행 비행기 좌석을 하나 예약해 두라고 해야겠네."

"집을 비우시는 동안 제가 할 일은 뭔가요?"

"집 안이나 잘 살피게. 매달 쓸 생활비는 수표로 두고 가지. 바람이 부는 날엔 배와 집을 특별히 세심하게 보살피도록 하게."

"말씀하신 것 전부 잘 살피도록 하겠습니다." 에디가 말했다. "빌어먹을. 그 어떤 것에도 신경이 쓰이지 않긴 하겠지만요."

"나도 그래."" 토머스 허드슨이 말했다.

"아직은 어린 톰이 있어요."

"지금으로써는." 토머스 허드슨이 말했다. 그는 처음으로 눈앞에 뻗어 있는 길고 완전하고 공허한 수평선을 내다보았다.

"곧 마음을 다잡으시게 될 겁니다." 에디가 말했다.

"그럼. 내가 그러지 못한 적이 있었나?"

"잠시 파리에 머무르시다가 쿠바에 있는 집으로 가세요. 어린 톰이 말벗이 되어 드릴 수 있을 거예요. 그러면 또 좋은 그림을 그리실 수 있을 겁니다. 기분을 전환하는 데도 도움이 될 테고요."

"물론이지." 토머스 허드슨이 말했다.

"여행을 하시는 것도 괜찮을 것 같아요. 제가 늘 타고 싶어 하던 그 커다란 배를 타세요. 모두 그 배를 타고 여행을 하는 겁니다. 그 배가 가는 데로 그냥 실려 가 보세요."

"그러지."

"제길." 에디가 말했다. "도대체 어떤 망할 놈이 데이비드를 죽였담!"

"그냥 내버려 두지, 에디." 토머스 허드슨이 말했다. "우리가 알고 있는 것은 이미 다 지나간 과거일세."

"이런 씨발." 에디가 이렇게 말하고는 모자를 다시 머리에 눌러 썼다.

"우리가 할 수 있는 방도 내에서 끝까지 겨뤄 보세." 토머스 허드슨이 그에게 말했다. 하지만 그는 그 겨룸에 별로 흥미가 없다는 것을 스스로가 알고 있었다.

15

여객선 일 드 프랑스호를 타고 대서양을 건너면서 토머스 허드슨은 지옥이란 단테나 그 밖에 지옥을 이야기한 다른 위대한 작가들이 묘사한 것과 똑같지만은 않다고 생각했다. 언제나 기대감을 안고 항해해 왔던 나라로 실어다 주는 평안하고 유쾌하고 호화로운 여객선도 누군가에게는 지옥이 될 수 있다는 것을 깨달았다. 그는 이런 생각에 잠긴 채 일찌감치 배에 올랐다. 그는 그에게 무슨 일이 생겼냐고 물어볼 것이 틀림없는 사람들과의 만남이 두려워 도시를 도망쳐 나온 도피자였다. 그는 배 안에서는 자신이 느끼는 슬픔에 대한 일련의 종말을 맞을 것이라고 생각했다. 슬픔에는 종말이라는 것이 없다는 것을 그는 미처 알지 못했던 것이다. 그것은 오직 죽음으로써 치료되거나 여러 가지 것을 통해 둔화되고 또 마취돼 버릴 수 있다. 또 시간도 슬픔의 상처를 아물게 할 수 있다고 생각했다. 그러나 죽음이 아닌 다른 것에 의해 아물어질 수 있는 슬픔이 있다면 그것은 진정한 슬픔이 아닐는지 모른다.

모든 것을 둔화시킴으로써 일시적으로 슬픔까지도 둔화시켜 버리는 방법 중 하나가 바로 술을 마시는 것이고, 슬픔을 외면하는 다른 하나의 방법이 일하는 것일 터였다. 토머스 허드슨 역시 이 두 가지 방법에 대해 알고 있었다. 그렇지만 그는 술을 마시는 것이 만족할 만한 작품을 생산하는 능력을 파괴한다는 것 역시 알고 있었고, 그 능력은 그 자신이 아주 오랫동안 훌륭한 작품을 만들기 위해 힘겹게 갈고닦아 온 것이었으므로 결코 그가 잃어서는 안 되는 것이었다.

그러나 그는 이제 당분간 일을 할 수 없으리라는 것을 알고 있었기 때문에 피로해서 곯아떨어질 때까지 술을 마시고 책을 읽으며 운동을 하기로 마음을 먹었다. 그는 비행기 안에서 잠을 잤다. 그러나 뉴욕에서는 잠을 자지 않았다.

지금 그는 의자가 놓인 방이 붙은 특등실 안에 있었다. 짐꾼이 그의 가방과 그가 사 모은 커다란 신문, 잡지 꾸러미를 날라다 주었다. 그는 그의 계획을 착수하는 데 있어 신문이나 잡지 들이 가장 손쉬운 방법이라고 생각했다. 그는 승무원에게 입장권을 내주고 얼음과 페리에 한 병을 청했다. 주문한 것이 들어오자 그는 술이 2분의 1가량 남은 고급 스카치위스키 병을 가방에서 꺼내 병마개를 딴 뒤 술을 조제했다. 그다음 그는 신문 잡지 꾸러미 끈을 끊고 그것들을 탁상에 펼쳐 놓았다. 이 잡지들은 그가 섬에 있을 때 받아 보던 것과 비교하면 한층 깔끔해 보였다. 그는 《뉴요커(New Yorker)》 잡지를 집어 들었다. 섬에 있을 때 그는 언제나 이 잡지를 저녁 시간을 위해 남겨 두곤 했었다. 그가 이 《뉴요커》지를 출판된 그 주에 읽거나 또는 우송하기 위해 접은 것이 아닌 완전히 펼쳐진 상태로 읽은 것은 퍽 오래전이었다. 그는 푹신하고 편안한 의자에 앉아 위스키를 마셨다. 그와 동시에 이 잡지가 사랑하는 사람들이 죽은 지 얼마 되지 않았을 때 읽힐 수 있는 잡지가 아니라는 것을 깨달았다. 그는 《뉴욕 타임스(New York Times)》지를 읽어 보려 했고, 예상보다는 잘 읽을 수 있었다. 그의 눈길은 사고란에서 멈추었고, 거기에는 사망한 두 소년의 이름이 나이와 함께 올라와 있었다. 소년들 어머니의 나이는 실제와 같지 않았다. 결혼 관계도 간단히 서술돼 있었는데, 1933년에 그와 이혼한 것으로 되어 있었다.

《뉴스위크(Newsweek)》지도 비슷했다. 짧은 기사들을 읽으며 토머스 허드슨은 그것을 쓴 사람이 소년들의 죽음에 대해 약간이라도 슬픔의 감정을 느꼈을 것이라는 묘한 생각을 해 보기도 했다.

그는 위스키를 한 잔 더 조제하면서 위스키에 혼합하는 데 페리에가 다른 것들보다 얼마나 더 좋은지에 대해 생각해 봤다. 그리고 그는 《타임스》지와 《뉴스위크》지를 계속해서 읽어 내려갔다. 빌어먹을 그 여자는 대체 아이들과 비아리츠에서 무얼 한 거지, 하고 그는 생각해 봤다. 최소한 생장드뤼(St. Jean-de-Luz)에만 갔어도 이런 일은 벌어지지 않았을 텐데.

그때부터 그는 위스키가 제 구실을 하기 시작했다는 사실을 알았다.

이제 잡지 따위는 집어치우자, 그는 스스로에게 타일렀다. 책이나 더 읽어야겠다고 생각한 바로 그때 배가 움직이기 시작했다. 배는 매우 천천히 나아갔고, 그는 선실 창밖으로 밖을 내다보지도 않았다. 그는 편안한 의자에 앉아 신문과 잡지를 읽어 내려갔고 페리에를 섞은 위스키를 마셨다.

너에게는 지금 아무런 문젯거리도 없다며 그는 스스로를 타일렀다. 너는 과거에 그들을 모두 포기해 버렸고, 그들은 죽어 버렸다. 무엇보다 너는 그들을 그렇게 빌어먹을 만큼 사랑하지 말았어야 했다. 위스키가 하는 이야기에 귀를 기울여라. 그는 스스로에게 말했다. 지금 네 앞에 놓인 문제들에 대한 해결책은 무엇인가. '납으로 만들어진 우리의 황금을 단박에 먼지로 바꾸어 놓은 분해의 연금술사이도다.'가 훨씬 낫겠군.

로저와 그 여자가 어디에 있는지는 알 수 없을 거라고 그는 생각했다. 어린 톰이 어디에 있는지는 거래 은행에서 알고 있겠지. 난 내가 어디 있는지 알고 있고. 나는 올드 파 스카치위스키 한 병과 더불어 지금 이 자리에 있다. 내일 나는 이 위스키를 체육관에서 모두 땀으로 흘려 버릴 것이다. 그리고 땀을 더 내기 위해 사우나에 들어갈 것이다. 바퀴가 달리지 않은 자전거와 기계 말을 탈 것이다. 그것이 지금 내가 필요로 하는 것이다. 기계 말을 실컷 탄다. 그다음에는 온몸을 마사지한다. 또 그다음에는 바에서 누구든지 만나 다른 여러 가지 일들에 대해 지껄인다. 배 안에 있는 것도 단 엿새뿐이니까. 엿새를 보내는 것쯤이야 아무것도 아니지.

그는 그날 밤 침대로 들어갔고, 한밤중 잠에서 깨었을 때 배가 바다를 항해하는 소리를 들었다. 처음 바다 냄새를 맡았을 때 그는 자신이 섬에 있는 집에 누워 있다고 착각을 했다. 그는 방금 악몽에서 깨어난 참이었다. 이윽고 그는 그것이 악몽이 아니라는 것을 알았고, 열려진 창문 모서리로부터 육중한 윤활유 냄새가 바람에 실려 왔다. 그는 방 안의 불을 켜고 남아 있던 페리에를 한 모금 마셨다. 몹시 목이 말랐던 것이다.

테이블 위에는 전날 밤 승무원이 놓고 간 샌드위치 약간과 과일이 담긴 쟁반이 놓여 있었고, 페리에가 담긴 작은 통에는 아직 얼음이 남아 있었다.

그는 무엇을 좀 먹지 않으면 안 된다는 걸 느끼고 벽에 걸린 시계를 보았다. 오전 3시 20분이었다. 바다 공기는 서늘했다. 그는 샌드위치 한 개와 사과 두 개를 먹고 얼음 통 속에서 얼음을 꺼내 위스키를 조제했다. 스카치위스키는 이제 거의 바닥이 났지만, 그에겐 아직 한 병이 더 있었다. 그는 새벽의 서늘한 공기가 가득 찬 방 안의 편안한 의자에 앉아 위스키를 마시며 또다시 《뉴요커》를 읽었다. 그는 마침내 그것을 읽을 수 있게 됐다는 것을 깨달았고, 그가 밤술을 즐기고 있다는 것 또한 발견했다.

수년간 그는 밤에는 절대로 술을 마시지 않기, 쉬는 날을 제외하고 평소 일이 끝나기 전까지는 절대로 술을 마시지 않기라는 규칙을 절대적으로 지켜왔었다. 그러나 그는 지금 한밤중에 일어나서 자신이 세우고 지켜 온 절제를 깨트린 데 대한 단순한 행복감을 즐기고 있었다. 그것은 그가 전보를 받은 이래 처음 느껴 보는 순수하게 동물적인 행복, 또는 행복에 대한 포용력이었다.

그는 《뉴요커》가 참 재미있다고 생각했다. 그리고 이 잡지는 슬픈 일이 벌어지고 난 나흘 뒤가 아니면 절대로 읽을 수 없는 잡지임에 분명했다. 첫째 날, 둘째 날, 셋째 날은 읽을 수 없다. 넷째 날은 읽을 수 있다. 이 점을 알아 둔다면 분명 쓸모 있을 것이다. 《뉴요커》를 읽고 난 다음 그는 《링(Ring)》잡지를 읽었고, 그 뒤엔 《애틀랜틱 먼슬리(The Atlantic Monthly)》에서 읽어 볼 만한 것은 죄다 읽었다. 하지만 몇몇 기사는 읽을 만한 것이 못되었다. 계속해서 그는 세 번째 잔을 채운 위스키를 마시며 《하퍼즈(Harper's)》 잡지를 읽었다. 그것 봐, 그는 자신에게 되뇌었다. 아무것도 아니잖아.

제2부

쿠바

1

　모두가 사라진 후 그는 바닥에 깔린 섬유 매트 위에 누워 바람 소리를 들었다. 북서쪽에서 강풍이 불어왔다. 그는 바닥에 담요를 깔고 베개를 쌓아 올려 거실 식탁 다리에 기대어 놓은 뒤 거기에 몸을 의지했다. 그러고는 눈을 가리기 위해 길고 뾰족한 모자를 쓰고, 탁자 위에 서 있는 커다란 독서 등에서 나오는 빛으로 우편물을 읽었다. 고양이는 그의 가슴 위에 누워 있었고, 그는 고양이와 함께 담요를 덮은 채 편지를 읽으며 위스키와 물 한 잔을 마신 뒤 마룻바닥에서 한 모금 더 마셨다. 유리잔은 그가 원할 때 그의 손이 닿을 수 있는 반경 안에 놓여 있었다.

　고양이는 그르렁거리고 있었지만, 그 소리가 몹시도 조용했으므로 그의 귀에는 별로 거슬리지 않았다. 그는 한 손에 편지를 들고 다른 손으로는 고양이의 목을 만지곤 했다.

　"넌 목에 마이크를 가지고 있구나, 보이즈." 그가 말했다. "넌 나를 사랑하니?"

　고양이는 그의 묵직한 파란색 저지의 털에 걸린 발톱으로 그의 가슴을 부드럽게 꾹꾹 눌렀고, 그는 자신의 가슴을 타고 길고 사랑스럽게 퍼지는 고양이의 무게와 손가락 아래에서 그르렁거리는 약간의 진동을 느꼈다.

　"그년은 나쁜 년이야, 보이즈." 그는 고양이에게 이렇게 말한 뒤 다른 편지를 열었다. 고양이는 이번에는 남자의 턱 아래에 머리를 대고 문질렀다.

　"그들은 너를 완전히 긁어 낼 거야, 보이즈." 그는 턱이 뭉툭한 고양이의 머리를 쓰다듬었다. "여자들은 그들을 싫어하지. 네가 술을 안 마시니 참 유감이구나, 보이. 넌 다른 모든 일에 거의 다 신경을 썼어."

고양이의 이름은 원래 순양함 보이즈의 이름을 따서 지어졌지만, 오랫동안 이 남자는 짧게 줄여서 고양이를 '보이(소년)'라고 불렀다.

그는 아무 말 없이 두 번째 편지를 끝까지 읽고 손을 뻗어 위스키와 물을 한 잔 마셨다.

"글쎄." 그가 말했다. "넌 아무데도 못 가, 보이. 네가 편지를 읽으면 내가 네 가슴 위에 누워서 그르렁거릴 거야. 어떻게 해 줄까?"

고양이는 고개를 들어 남자의 턱을 문지르고 남자는 고양이의 귀 사이로 턱 수염을 밀어내며 뒤통수와 어깨뼈 사이를 비벼 세 번째 편지를 열었다.

"보이즈, 그 일이 일어났을 때 우리 걱정은 안 했니?" 그는 물었다. "모로 강을 건너 바다가 부서지는 장면을 보고 항구 입구로 들어오는 걸 봤으면 좋았을 텐데. 우리는 빌어먹을 서핑보드처럼 피투성이가 된 거대한 바다로 들어왔지."

고양이는 만족스러운 듯 그 남자와 리듬을 타며 누워 있었다. 그는 길고 사랑스런 큰 고양이였는데, 그 남자는 고양이가 밤 사냥을 많이 해서 볼품없다고 생각했다.

"내가 없는 동안 별일 없었니?" 그는 편지를 내려놓고 담요 아래로 고양이를 쓰다듬고 있었다. "많이 얻었니?" 고양이는 옆으로 굴러가더니 그가 아기였을 때, 행복했을 때처럼 그로부터 애무를 받기 위해 배를 내밀었다. 남자는 두 팔로 고양이를 감싸 안은 채 가슴으로 끌어와 꼭 안았다. 커다란 고양이는 옆으로 누워 머리를 남자의 턱 밑에 두었다. 남자의 팔에 눌리자, 고양이는 갑자기 몸을 돌려 그 남자의 몸에 납작 엎드렸고, 발톱은 스웨터를 파고들었으며, 그의 몸이 꽉 눌렸다. 그는 이제 더 이상 그르렁거리지 않았다.

"미안해, 보이." 남자가 말했다. "정말 미안해. 내가 이 빌어먹을 편지를 읽어야 하거든. 우리가 할 수 있는 것은 아무것도 없단다. 넌 아무것도 몰라. 그렇지?"

고양이는 무겁고 얌전하고 절박한 모습으로 그에게 등을 기대어 누웠다. 남자는 그를 쓰다듬으며 편지를 읽었다. "그냥 진정해, 보이." 그가 말했다.

"해결책은 아무것도 없어. 만약 내가 해결책을 찾으면 너한테 말해 줄게."

그가 세 번째이자 가장 긴 편지를 전부 다 읽었을 때쯤에는 그의 곁에 크고 검은 고양이와 흰 고양이가 잠들어 있었다. 그는 스핑크스 자세로 잠들어 있었지만, 남자의 가슴에 머리를 처박고 있었다.

그는 정말 기쁘다고 생각했다. 옷을 벗고 목욕을 끝낸 뒤 제대로 자야 하는데 뜨거운 물이 안 나올 것 같아서 오늘 밤에는 침대에서 자지 않을 거야. 너무 많이 움직이면, 침대가 나를 던질지도 몰라. 아마도 그 늙은 짐승과 함께 여기서 자지는 않을 거야.

"보이." 그가 말했다. "널 들어 올려서 내 옆으로 눕힐게."

그는 잠에서 깨어난 고양이의 축 늘어진 무게를 들어 올렸다. 고양이는 그의 손에서 버둥대다가 다시 늘어졌다. 고양이는 그의 등을 따라 누워 있었다. 그는 옮겨지는 동안 다소 화가 난 듯했지만, 다시 잠이 들어 남자의 곁에 몸을 웅크리고 있었다. 그는 세 통의 편지를 다시 읽었다. 하지만 그는 편지를 읽지 않기로 결심하고 손을 뻗어 불을 끈 다음 엉덩이에 닿는 고양이의 촉감을 느끼며 옆으로 누웠다. 그는 두 팔로 베개를 감고 머리를 다른 베개에 얹은 채 누워 있었다. 바깥에는 바람이 강하게 불고 있었고 방바닥은 여전히 최상층 선교의 움직임을 보이고 있었다. 그는 그들이 들어오기 19시간 전, 선교 위에 있었다.

그는 그곳에 누워서 잠을 자 보려 했지만, 그럴 수가 없었다. 그의 눈은 매우 피곤했고 불을 켜거나 책을 읽고 싶지도 않았기 때문에 그는 그렇게 누운 채로 아침을 기다렸다. 담요를 통해 그는 진주(펄)보다 6개월 전에 사모아에서 순양함을 타고 온 큰 방에 맞는 치수로 만들어진 매트를 느낄 수 있었다. 그것은 방의 타일 바닥을 모두 덮었지만, 프랑스식 문이 파티오(테라스) 위로 열린 곳은 뒤로 젖혀져 있었고, 문의 움직임에 따라 구부러져 있었으며, 문틈 아래 틈새로 바람이 불어오는 것을 느낄 수 있었다. 그는 이 바람이 적어도 하루는 북서쪽에서 불어온 다음 북쪽으로 가서 마침내 북동쪽에서 불어올 것이라고 생각했다. 그것은 보통 겨울의 풍향이었지만 바람이 강하게 불면서 북동쪽에 며칠 동안 머물다가 북동풍이 부는 지역의 이름인 브리사(북동계절풍)

에 정착할 수도 있었다. 멕시코 만류를 거슬러 북동쪽에서 불어오는 강풍은 바다를 무겁게 만들었다. 그 바다는 그가 본 중 가장 무거운 바다였고, 그는 그 안에서 독일인(크라우트)이 표면화되지 않을 것을 알고 있었다. 그래서 그는 적어도 4일 이내에는 해안에 도착할 것이라고 생각했다. 그러면 그들은 확실히 일어날 것이다.

그는 이 마지막 여행에 대해, 그리고 그가 바히아 혼다가 아닌 아바나에 오기로 결정했을 때 해안에서 60마일, 연안에서 30마일 떨어진 곳에서의 그 충격이 어떻게 그들을 잡았는지에 대해 생각했다. 그는 그녀를 충분히 벌했다. 그는 그녀에게 많은 벌을 주었고 그가 점검해야 할 몇 가지가 있었다. 아마 바히아 혼다에서 일하는 것이 더 나았을 것이다. 하지만 그들은 최근 그곳에 너무 오래 있었다. 그때 그는 열흘도 채 안 되는 날을 예상하고 외출을 한 상태였다. 그는 어떤 일에 있어서는 약했으므로, 이러한 충격이 지속되는 시간을 전혀 확신할 수 없었다. 그래서 그는 아바나로 오기로 결심했고, 구타를 당했다. 아침에 그는 목욕을 하고, 면도를 하고, 청소를 하고, 들어가서 해군 특전사에게 보고를 하곤 했다. 그들은 해안가에 머무르길 원했을지도 모른다. 하지만 그는 이런 날씨에는 그 어떤 것도 떠오르지 않을 것임을 알고 있었다. 그것은 그들에게 불가능했고, 사실 그것이 전부였다. 만약 그가 그것에 대해 옳다면, 비록 모든 것이 항상 그렇게 간단하지는 않았지만 나머지는 괜찮았을 것이다. 그들은 확실히 아니었다.

마룻바닥의 딱딱한 감촉이 그의 오른편 궁둥이와 넓적다리 그리고 어깨에 느껴졌다. 그는 등을 바닥에 붙이고 등의 근육들을 쉬게 했다. 담요 밑의 다리를 당겨 모로 세우고 발뒤꿈치로 담요 자락을 눌러 밀었다. 이런 동작이 그의 몸에서 피로함을 덜어 주는 것 같았다. 그는 왼팔을 잠자는 고양이 위로 뻗어 톡톡 건드려 주었다.

"정말 푹 잘 자는구나." 그가 고양이에게 말했다. "그래, 좋은 일이야."

그는 다른 고양이들 중 몇 마리를 밖으로 내보내서 보이즈가 잠들었을 때 그들과 이야기를 나눌 수 있게 하려고 생각했다. 하지만 그렇게 하지 않기로 결정했다. 그것은 보이즈를 다치게 하고 그를 질투하게 만들 수 있기 때문이다. 그들이 스테이션 웨건을 타고 올라왔을 때 보이즈는 집 밖에서 그들을 기다리고 있었다. 그는 짐을 내리는 동안 몹시 흥분해 있었고, 문을 열 때마다 모든 사람들에게 인사를 하고 미끄러지듯 들락날락했다. 그들이 떠난 이후로 그는 아마 매일 밤 밖에서 기다렸을 것이다. 그가 떠나라는 명령을 받았을 때부터 고양이는 그것을 알고 있었다. 확실히 그는 명령에 대해 말할 수 없었지만 첫 번째 준비 증상을 알고 있었고, 그들이 집 안에서 마지막 밤을 보내며 무질서함을 보이자(그는 항상 날이 밝기 전에 떠날 때 자정까지 그들이 잠을 자도록 했다) 고양이는 점점 더 화가 나고 긴장했다. 마침내 그들이 떠나려고 짐을 실었을 때 그는 필사적으로 막아섰고, 사람들은 고양이가 도로를 따라 마을로 들어가지 않도록, 그리고 고속도로로 나가지 못하도록 가두었다.

한번은 센트럴 고속도로를 지나던 중 그는 차에 치인 고양이를 보았고, 그 죽은 고양이는 보이와 닮아 보였다. 등이 검고 목, 가슴, 앞발은 하얬으며 얼굴에는 검은 마스크가 있었다. 그는 그곳이 농장으로부터 최소 6마일 떨어져 있는 곳이었기 때문에 보이즈가 아니라는 것을 알았지만, 그걸 본 이후로 그는 속이 메스꺼웠다. 결국 느는 차를 세우고 다시 돌아가서 그 고양이가 보이즈가 아닌 것을 확인한 다음 그를 도로 가에 눕혀서 다른 사람들이 덮치지 않도록 했다. 그 고양이는 상태가 좋아 보였으므로 주인이 있는 고양이라는 것을 알았고, 주인이 알아볼 수 있도록 길가에 남겨 두었다. 그렇지 않았다면 그는 죽은 고양이를 차에 실은 뒤 농장에 데려가 묻었을 것이다.

그날 저녁 농장으로 돌아왔을 때 그가 옮겨 두었던 고양이의 시체는 사라졌고, 그래서 그는 사람들이 그를 발견했을 것이라고 생각했다. 그날 밤, 그가 큰 의자에 앉아 보이즈를 옆에 두고 책을 읽고 있을 때, 그는 보이즈가 죽으면 어떻게 해야 할지 알 수 없다고 생각했다. 그는 자신의 행동과 자포자기함으로 인해 고양이 또한 그 남자에 대해 같은 감정을 느낀다고 생각했다.

그는 나보다 더 심하게 땀을 흘린다. 왜 그러는 거야, 보이? 네가 만약 그들을 더 쉽게 받아들인다면 너에게는 훨씬 더 좋을 텐데. 나는 가능한 한 그들을 편하게 받아들였어. 그는 이렇게 혼잣말을 했다. 하지만 보이즈는 그럴 수 없었다.

바다에서 그는 보이즈와 그의 이상한 습관 그리고 그의 절망적이고 희망이 없는 사랑에 대해 생각했다. 그는 보이즈를 처음 본 순간, 그러니까 항구가 내려다보이는 바위 위에 세워진 코히마르 바의 시가 카운터(담배 진열장) 유리 위에 비친 자신의 모습을 보며 놀고 있던 보이즈의 모습을 회상했다. 그들은 밝은 크리스마스 아침에 바로 내려왔다. 전날 밤 파티를 마친 주정뱅이들이 몇 명 있었지만, 동쪽에서 불어온 신선한 바람이 노천 식당과 바를 통해 불고 있었고 불빛이 너무 밝고 공기가 시원해서 주정뱅이들을 위한 아침 같지 않았다.

"바람이 부는데 문을 좀 닫지." 취객 중 한 명이 주인에게 말했다.

"아니오." 주인이 말했다. "난 이대로가 좋아요. 공기가 너무 맑아서 싫다면 다른 곳에서 피할 데를 찾아보세요."

"우리가 편하자고 돈을 지불한 것 아니요." 전날 밤부터 밤새 술을 마신 사나이 중 하나가 말했다.

"아니죠. 당신들이 마신 술값을 지불한 것이지요. 편하게 지내고 싶다면 다른 장소를 찾아보시오."

그는 바의 탁 트인 테라스 건너편 바다를 바라보았는데, 바다에는 짙은 파란색과 하얀색 캡이 씌어 있었고 선원들은 돌고래를 잡기 위해 어선을 타고 있었다. 술집에는 여섯 명의 어부들이 있었고, 그들 중 두 명은 테라스에 앉아 있었다. 그들은 전날 고기를 많이 잡은 어부들이었다. 좋은 날씨와 물살이 지속될 것이라고 믿고 기회를 잡은 것이었다. 크리스마스에도 교회에 가는 사람은 한 사람도 없었다. 토머스 허드슨이라는 이름의 그 남자 역시 크리스마스에도 교회에 간 적이 없었고, 그들 중 누구도 의식적으로 어부 복장을 하지 않았다. 그들은 그가 알았던 어부들 중 가장 어부답지 않은 어부들이었고, 한편으로는 가장 뛰어난 어부들 중 하나였다. 그들은 낡은 밀짚모자를 썼거나 아무것도 쓰지 않고 있었다. 또한 낡은 옷을 입었으며 누군가는 맨발이었고 또 누군가는 신발을 신었다. 어부들이 이 마을에 왔을 때 정형화된 주름무늬 셔츠와 넓은 모자, 꽉 끼는 바지, 승마화를 신은 데다 거의 모든 낡은 옷들을 입고 있었고 활기차고 자신감이 넘쳐 보였으므로 누구나 어부와 시골 사람을 구별할 수 있었다. 시골 남자들은 술을 마시지 않을 땐 내성적이고 수줍어했다. 당신이 어부라고 믿을 수 있는 유일한 방법은, 확실히, 그의 손을 통해서였다. 노인들의 손은 피부가 비틀리고 갈색이며, 햇빛으로 인한 반점이 있고, 손바닥과 손가락이 깊게 베였으며, 손등에 상처가 나 있었다. 그에 비해 젊은이들의 손은 피부가 비틀리지는 않았으나 대부분은 햇볕에 그을린 얼룩이 있었고, 그들 모두 깊은 상처를 가지고 있었으며, 피부가 검게 그을린 사람의 손과 팔에 난 털은 강렬한 햇볕과 소금으로 탈색이 되어 있다.

토머스 허드슨은 전쟁의 첫 번째 크리스마스인 이번 크리스마스 아침에 술집 주인이 그에게 "새우를 좀 드시겠소?"라고 물었던 것을 기억했다. 주인은 노란 라임을 얇게 썰어 접시 위에 올리는 동안 익힌 신선한 새우가 담긴 큰 접시를 가져와 바에 놓았다. 참새우는 무척이나 컸는데 분홍색 더듬이가 가장자리에 1피트 이상 길이로 늘어뜨려져 있었다. 그는 그 새우를 집어서 길게 펼쳐 놓았고, 그 길이는 일본 제독의 키보다 더 길다는 것을 알게 되었다.

토머스 허드슨은 일본 제독 새우의 목을 툭 부러뜨려서 엄지손가락으로 배 부분의 껍질을 쪼개 벗긴 후 속살을 빼냈다. 바닷물로 요리한 그것을 신선한 레몬주스와 통후추를 곁들여 먹자, 그의 이 밑으로 신선한 맛과 비단 같은 감촉을 느낄 수 있었다. 게다가 향 또한 기가 막혀서 이전 어디에서도, 말라가나 타라고나, 발렌시아에서조차도 이런 기막힌 새우를 먹어본 적이 없다고 생각했다. 그때 새끼 고양이가 그에게 다가오더니 그의 손을 앞발로 문지르며 새우를 달라고 졸랐다.

"이건 너한테 너무 커, 코트시." 그가 말했어. 그러나 그는 얼마 지나지 않아 새우 한 조각을 집어 엄지손가락으로 툭 툭 잘라서 고양이에게 주었다. 고양이는 새우를 물고 먼저 있던 담배 카운터로 되돌아가 재빨리 허겁지겁

먹어 치웠다.

　토머스 허드슨은 고양이를 바라보았다. 고양이는 아름다운 흑색 무늬에 가슴과 앞다리가 흰색이고, 마스크 모양의 검정 털이 눈과 앞이마를 덮고 있었다. 고양이는 새우를 먹으며 그르렁거렸다. 그는 고양이의 주인이 누구인지 물어 보았다.

　"당신이 원한다면 당신이 주인이요."

　"나는 이미 페르시아종 고양이를 두 마리나 키우고 있습니다."

　"두 마리라면 많은 것도 아니잖소. 이 녀석도 데려가시오."

　"아빠, 우리가 기르면 안 될까요?" 토머스 허드슨이 항구로 들어오는 어선들을 바라보는 사이에 아들 톰이 테라스의 계단을 뛰어 올라와 물었다. 토머스 허드슨은 어부들이 돛대를 뽑아내고 돌돌 뭉친 낚싯줄과 잡은 고기를 육지로 끌어올리는 것을 바라보고 있었다. "아버지, 고양이를 우리가 데려가면 안 될까요? 예쁜 고양이잖아요."

　"얘야, 너는 고양이가 바다를 떠나 행복할 거라고 생각하니?"

　"그럼요. 아빠, 저 고양이는 여기에서 살면 계속 불행할 거예요. 길고양이의 비참한 모습을 보신 적이 있으세요? 그 고양이들도 예전에는 이 고양이와 비슷한 처지였을 거예요."

　"이 녀석를 데려가시오." 주인이 말했다. "농장에서 지낸다면 무척 행복할 겁니다."

　식탁에서 이들의 대화를 듣고 있던 어부 중 한 명이 어린 톰에게 "토머스, 들어 봐."라고 말했다. "고양이를 갖고 싶은 거니? 그렇다면 내게도 순종 앙고라가 한 마리 있는데. 과나바코아섬에서 데리고 왔단다. 진짜 호랑이 닮은 앙고라종이지."

　"수놈인가요?"

　"너처럼." 그 어부가 말했다. 식탁에 앉아 있던 사람들 모두가 웃었다.

　스페인식 농담은 거의 모두 이런 식이다. "하지만 털은 보들보들하단다." 그 어부는 한 번 더 농담을 던졌고, 사람들 또한 한 번 더 웃었다.

"아빠, 이 고양이 키우면 안 돼요?" 소년이 물었다. "수컷이란 말이에요."

"확실한 거니?"

"그럼요, 아빠. 저는 알 수 있어요."

"두 페르시아종에 대해 말하는 거야."

"페르시아종은 달라요, 아빠. 저는 페르시아종에 대해 잘못 알고 있었고, 그 점은 인정하고 있어요. 하지만 이제는 알아요, 아빠. 이제 정말 알겠어요."

"들어 보렴, 토머스. 과나바코아의 앙고라 호랑이종을 원하니?" 어부가 물었다.

"그건 뭔가요? 마법 고양이인가요?"

"마법은 아니란다. 이 고양이는 세인트 바바라에 대해 들어 본 적이 없어. 이 고양이는 너보다 더 기독교인 같지."

"그것은 충분히 가능하지." 다른 어부가 말하자 그들 모두가 웃었다. "그럼 이 유명한 짐승의 가격은 얼마인가요?" 토머스 허드슨이 물었다.

"공짜입니다. 선물이니까요. 순종 앙고라 호랑이종. 크리스마스 선물입니다."

"바에서 술 한 잔 하면서 그 녀석에 대해 설명 좀해 주세요."

어부가 바로 올라왔다. 그는 뿔테 안경을 쓰고 있었고, 한 번 빨면 견딜 수 없을 것 같은 깨끗하고 색이 바랜 파란색 셔츠를 입고 있었다. 어깨 사이의 등 부분은 얇은 레이스처럼 되어 있었고, 천이 찢어지기 시작했다. 또 빛바랜 카키색 바지를 입고 크리스마스에 맨발을 하고 있었다. 얼굴과 손은 짙은 나무 색으로 그을렸는데, 그는 흉터 난 손을 바에 대고 주인에게 말했다. "진저에일을 넣은 위스키."

"난 진저에일을 마시면 좀 힘들어요." 토머스 허드슨은 말했다. "미네랄워터와 함께 주세요."

"난 아주 좋아합니다." 어부는 말했다. "그중에서도 캐나다 드라이를 좋아하지요. 그게 아니면 위스키의 참맛을 느끼기 어렵거든요. 자, 들어 보렴, 토머스. 이놈은 아주 만만찮은 고양이란다."

"아빠, 이 신사분과 술을 드시기 전에 먼저 제가 이 고양이를 데려가도 될까요?"라고 소년이 말했다.

토머스 허드슨은 흰 실 끝에 새우 조각을 매달아 고양이를 놀려 대고 있었다. 고양이는 서커스 행진을 하는 새끼 사자처럼 뒷발로 서서 새우를 노리고 있었다.

"정말 그 고양이를 갖고 싶니?"

"당연하죠. 아빠도 아시잖아요."

"그럼 가지렴."

"고마워요, 아빠. 이 녀석을 차로 데려가서 길들이고 있을게요."

토머스 허드슨은 소년이 고양이를 안고 길을 건너는 것과 차의 앞좌석에 타는 것을 지켜보았다. 바의 창문 안에서는 차 꼭대기까지 내다볼 수 있었으므로 그는 소년의 모습을 계속해서 지켜볼 수 있었다. 소년의 갈색 머리카락이 바람에 살랑살랑 흔들리고 있었다. 소년은 뚜껑이 열린 차 안에서 햇볕을 가득 받으며 앉아 있었다. 그러나 고양이의 모습은 보이지 않았다. 고양이는 의자에 앉아 있었고 소년이 한 손으로 그 고양이를 쓰다듬고 있었다. 소년도 바람을 피해 의자 깊숙이 푹 내려앉아 있었다.

이제 소년은 사라졌고, 새끼 고양이는 늙은 고양이가 되었으며 소년보다 더 오래 살았다. 그는 보이즈가 지금 느끼는 것처럼, 둘 다 서로 더 오래 살기를 원치 않는다고 생각했다. 나는 전에 얼마나 많은 사람들이 고양이와 사랑에 빠져 봤는지 모른다, 그것은 아마도 매우 희극적인 상황일 것이다, 하지만 나는 그것이 전혀 우스꽝스럽다고 생각하지 않는다. 그는 속으로 이렇게 생각했다.

아니, 그는 생각했다. '소년의 고양이가 나보다 오래 사는 것이 코믹한 것만큼 더 이상 코믹하지 않다.' 보이즈가 으르렁거리다가 갑자기 비극적인 소리를 내지르며 그 남자의 곁에서 온몸을 경직시켰던 것처럼, 그에 관한 많은 것들이 확실히 우스꽝스럽다. 때때로 하인들은 그가 죽은 후 며칠 동안은 먹지 않을 것이라고 말했지만 그의 배고픔은 항상 그를 제자리로 돌아오게 만들었다. 비록 그가 사냥하면서 살기 위해 노력했으며 다른 고양이들과 함께 들어오려 하지 않았던 시절이 있었지만, 결국 그는 항상 들어왔다. 그러고는 다진 고기 쟁반을 가져온 하인에 의해 문이 열릴 때 다른 많은 고양이들의 등을 뛰어넘고 음식을 가지고 온 소년 주위에서 뛰쳐나오곤 했다. 그는 항상 빨리 먹었고 음식을 다 먹고 나면 즉시 고양이 방을 떠나고 싶어 했다. 그는 어떤 식으로든 다른 고양이를 돌본 적이 없었다.

오래전부터 그는 보이즈가 사람처럼 행세해 왔다고 생각했다. 지금까지 그 고양이는 곰처럼 사람과 함께 술을 마시거나 하지는 않았지만 사람이 먹는 것이라면 고양이가 먹을 수 없는 것들도 다 먹었다. 토머스 허드슨은 그들이 함께 아침 식사를 하던 여름의 어느 날 보이즈에게 신선하고 차가운 망고 한 조각을 건네주었던 일을 기억했다. 보이즈는 그것을 맛있게 먹었고 그 후 그가 육지에 있는 동안 망고철이 다가오면 그 고양이는 아침마다 망고를 먹었다. 망고 조각은 고양이가 집어 먹기에는 너무 얇았기 때문에 그는 망고가 고양이의 입안에 잘 들어가도록 두께가 있는 조각으로 잘라 주어야 했고, 토스트를 걸어 둔 시렁처럼 고양이가 급하게 달려들지 않고 집어 먹을 수 있도록 그릇을 새로 사야겠다고 생각했었다.

그러고 난 뒤 그는 9월에 아이티로 내려갈 때 이용할 선박 검사가 진행되는 동안 잠시 상륙해 있었다. 그때는 마침 크고 짙푸른 아보카도 나무의 계절이었다. 잎들보다 약간 크고 더 반짝이는 그 나무의 열매를 반으로 잘라 씨가 들어 있던 구멍에 기름과 식초를 하나 가득 떠 넣어 주었다. 고양이는 그다음부터 끼니때마다 아보카도 열매를 먹었다.

"나무에 올라가 직접 따 먹어 보는 것은 어떠니?" 토머스 허드슨은 고양이와 함께 집 안의 언덕 위를 거닐며 고양이에게 물었다. 당연히 보이즈는 대답하지 않았다.

그는 어느 날 저녁 황혼 무렵에 산책을 나와 찌르레기들이 동남쪽을 비롯한 각지에서부터 모여 그들이 매일 밤 잠자는 프리도의 스페인 월계수 나무 아래로 가기 위해 아바나 쪽으로 소란스럽게 날아가는 것을 바라보고 있었다. 그런데 그때 보이즈가 아보카도 나무 위에 올라가 있는 것이 눈에 띄었다. 토머스 허드슨은 검은 새들이 언덕 위를 날아오는 것과 저녁에 박쥐들이 첫 비행을 나오는 장면을 좋아했고, 해가 아바나를 지나 바다로 내려가고 불빛이 언덕 위로 들어오기 시작했을 때 매우 작은 부엉이들이 그들의 밤을 위해 날아오는 광경을 좋아했다. 그날 밤 그는 늘 그와 함께 걷던 보이즈를 그리워했다. 그는 보이즈의 자식 중의 하나인 어깨가 크고, 목이 무겁고, 얼굴이 넓고, 턱수염이 크고, 검은색인 빅 고트를 데리고 산책을 나갔다. 빅 고트는 사냥을 해 본 적이 없다. 하지만 그는 투사였고, 스터드 고양이였으며 또한 새끼였기 때문에 늘 매우 분주했다. 하지만 명랑했다. 그리고 그는 토머스 허드슨이 때때로 멈춰 서서 옆으로 납작 엎드리도록 발로 세게 밀면 옆으로 쓰러지곤 했다. 그러면 토머스 허드슨은 발로 고양이의 배를 쓰다듬었다. 빅 고트는 너무 세게 또는 너무 거칠게 쓰다듬을 수 없었으므로, 그는 맨발이나 혹은 신발을 신은 채로 배를 어루만져 주었다.

 토머스 허드슨은 손을 뻗어 그를 쓰다듬고 있었다. 그는 큰 개 한 마리를 쓰다듬는 것만큼이나 강한 힘으로 자신을 쓰다듬어 주는 걸 좋아했다. 그가 위를 올려다보며 아보카도 나무에 있는 보이즈를 살폈다. 고트도 고개를 들고 그를 보았다.

 "너 뭐 하는 거야, 이 잡종 녀석아." 토머스 허드슨은 그에게 "결국은 네가 나무로 올라가 그것들을 먹기 시작했구나!"라고 소리쳤다.

 보이즈는 그를 내려다보았고, 빅 고트를 보았다.

 "내려와, 우리는 산책을 할 거야." 토머스 허드슨이 그에게 말했다. "저녁으로 아보카도를 줄게."

 보이즈는 고트를 내려다보며 아무 말도 하지 않았다.

 "짙은 녹색 나뭇잎들 사이에 있으니 정말 잘생겨 보이는걸. 원한다면 일어나서 움직여."

 보이즈는 그들에게서 눈길을 돌렸고 토머스 허드슨과 큰 검은 고양이는 계속해서 나무 사이로 나아갔다.

 "고트, 저 녀석 미친 것 같지 않니?" 그 남자가 물었다. 그는 고양이를 기쁘게 하기 위해 말했다. "우리가 약을 찾지 못했던 그날 밤을 기억해?"

약이란 고트에게 마법과도 같은 말이었기 때문에, 그 말을 듣자마자 그는 자신을 쓰다듬어 달라며 옆으로 누웠다.

"약을 기억하니?" 그 남자가 물었고, 큰 고양이는 몸부림으로 자신의 강한 기쁨을 표현했다.

어느 밤, 그 남자는 정말로 술에 취해 있었고 보이즈가 그와 함께 잠을 자려 하지 않았을 때, 약은 보이즈에게 마법 같은 단어가 되었다. 프린세사도 그가 술에 취했을 때는 그와 함께 자지 않았고, 윌리 역시도 마찬가지였다. 술에 취했을 때 그와 함께 자는 고양이는 빅 고트의 애칭인 '프렌들리스(친구가 없는)'와 그 누이동생인 '프렌들리스 브라더' 외에는 아무도 없었다. 고트는 아마도 술을 마시지 않은 그보다 술에 취한 그를 더 좋아했거나, 아니면 토머스 허드슨이 술에 취했을 때만 그와 함께 잤기 때문에 술에 취한 그의 모습이 익숙했을 수도 있다. 하지만 오늘 밤 토머스 허드슨은 4일째 해안가에서 술에 취해 있었다. 그는 플로리다에서 정오부터 마시기 시작했는데 잠깐 들렀던 쿠바의 정치인들과 술을 마셨고, 사탕수수와 쌀 재배업자들과도 함께 마셨으며, 쿠바 정부 관리들과는 점심시간 내내 술을 마셨고, 대사관 2, 3등 서기관들과 함께 누군가를 플로리다로 데려갔다. 상냥하고 평범하며 깔끔한 젊은 미국인으로 보이려고 애쓰는 피할 수 없는 FBI 요원들과도 함께 마셨는데, 그들은 마치 흰색 리넨이나 시어서커 정장에 사무용 어깨 패치를 두른 듯 너무도 선명하게 눈에 띄었다. 그는 콘스탄테가 만들어 준 찬 럼주를 더블로 마셨다. 술맛이 전혀 느껴지지 않는 그 술은 한 잔 마시면 스키어가 눈가루 속을 빠지며 언덕을 내려가는 기분을 맛보게 되고, 여섯 잔이나 여덟 잔을 마시고 나면 로프를 풀고 내리막길을 달리는 스키어가 된 기분을 느낄 수 있다. 도 그가 얼굴을 아는 어느 해군 녀석이 들어와서 그와 함께 마셨고, 계속 그 자리에서 한때 해군이었다는 경비대원들과도 마셨다. 그는 욕정을 피하려고 술을 마셨음에도 그런 기분을 피할 수 없어서, 지난 20년간 플로리디타에서 한때 술을 마신 친구라면 누구든지 잔 적이 있는 훌륭하지만 늙은 매춘부가 앉아 있는 바의 맨 끝으로 걸어가서 그들과 한자리에 앉아 샌드위치를 먹고 다시 차디찬 더블을 마셨다.

그날 밤 그가 농장에 돌아왔을 때 그는 매우 취했고, 역시 고양이들 중 누구도 그와 함께 잠을 자려 하지 않았다. 하지만 고트만은 술에 대한 편견을 가지고 있지 않았다. 오히려 풍만한 매춘부의 냄새를 맛좋은 크리스마스 과일 케이크 냄새처럼 용케도 알아냈다. 그들은 함께 잠을 깊은 잠에 들었는데, 고트는 잠에서 깨면 큰 소리로 그르렁거렸고 이윽고 토머스 허드슨이 잠에서 깨고 나면 전날 그가 얼마나 술을 마셨는지를 기억하며 고트에게 말했다. "약을 찾아야겠어."

고트는 그가 공유하고 있는 이 모든 풍요로운 삶을 상징하는 '약'이라는 단어의 소리를 좋아했고, 그 어느 때보다도 강하게 그르렁거렸다.

"고트, 약은 어디에 있니?" 토머스 허드슨이 물었다. 그가 침대 옆에 있는 독서 등을 켰지만 불이 들어오지 않았다. 그를 해안가로 몰아넣었던 폭풍우 때문에 전선이 끊어지거나 합선된 탓에 전기가 들어오지 않는 것이었다. 그는 침대 옆 탁자를 마지막 남은 수면제를 더듬어 찾았다. 그것은 그를 다시 잠들게 할 것이고, 아침에 숙취 없이 일어나게 할 것이다. 그는 어둠 속으로 손을 뻗어서 그것을 찾다가 탁자 밑으로 떨어뜨렸다. 그는 온 바닥을 조심스럽게 더듬었지만 찾을 수 없었다. 그는 평소 담배를 피우지 않기 때문에 침대 곁에 성냥을 두지 않았고, 비상용 플래시는 그가 떠나 있는 동안 하인이 전지를 다 써 버려서 불이 켜지지 않았다.

"고트." 그가 말했엇. "우리는 약을 찾아야만 해."

그는 침대에서 일어났고 고트도 바닥으로 내려와 함께 약을 찾기 위한 사냥에 나섰다. 고트는 자신이 무엇을 사냥하는지도 모른 채 침대 밑으로 들어갔고, 모든 방법을 동원해 그 무언가를 찾았다. 토머스 허드슨이 그에게 말했다. "약이다, 고트. 약을 찾아야 해."

고트는 침대 아래에서 낑낑거리며 그 주위를 모두 뒤졌다. 마침내 그는 킁킁거리며 기어 나왔고 토머스 허드슨은 마룻바닥을 더듬다가 캡슐의 감촉을 느꼈다. 손가락 밑으로 만져진 그것은 먼지가 끼고 거미줄투성이였다. 고트가 그것을 찾아낸 것이다.

"약을 찾았구나." 그가 고트에게 말했다. "너는 아주 쓸모 있는 고양이란다." 그는 침대 곁에 있는 물병에서 물을 따라 두 손바닥으로 그 캡슐을 비벼 씻고는 물을 따라 그것을 목으로 함께 넘긴 다음 약 기운이 서서히 퍼지는 것을 느끼며 고트를 칭찬했다. 그러자 그 큰 고양이는 자신을 칭찬하는 소리에 흥흥거렸고, 그 후에도 '약'은 그 고양이에게 언제나 신비로운 단어가 되었다.

바다에서 그는 보이즈뿐만 아니라 고트에 대해서도 생각하곤 했다. 하지만 고트에게 비극적이라고 할 만한 일은 없었다. 비록 한때 힘든 시기를 겪었지만 그는 절대적으로 완전했고, 심지어 가장 끔찍한 싸움에서 패배했을 때도 그는 결코 불쌍하지 않았다. 그가 집까지 걸어가지 못하고 숨을 헐떡이며 땀에 흠뻑 젖은 채 망고나무 아래에 누워 있을 때조차도 말이다. 어깨는 굉장히 넓었고 옆구리는 또 얼마나 좁고 가냘팠는지, 움직이기 힘들 정도로 축 처진 채 폐 속으로 공기를 넣으려고 애쓰는 모습을 지켜보았을 때도 그는 결코 불쌍하지 않았다. 그는 사자처럼 넓은 머리를 가졌고 무적이었다. 고트는 사람을 좋아했고, 토머스 허드슨도 그를 좋아했으며 사랑했다. 그러나 고트가 그와 사랑을 하고 있거나 또는 그가 고트와 사랑을 하고 있거나 하는 것은 보이즈와 함께 있게 되는 것에 비하면 아무런 문제가 되지 않았다.

보이즈의 상태는 갈수록 점점 더 나빠졌다. 그와 고트가 아보카도 나무에서 보이즈를 발견했던 그날 밤, 보이는 늦게까지 밖에 있었고 사람들이 잠자리에 들었을 때까지도 안으로 들어오지 않았다. 그는 삼면이 큰 창으로 둘러싸인 큰 침대에서 잠이 들었는데 밤이면 훈풍이 불어왔다. 문득 잠에서 깬 그가 밤새들의 소리를 듣고 있었는데, 계속 귀를 기울이자 보이즈가 창문 선반 위로 올라오는 소리를 들을 수 있었다. 보이즈는 원래 매우 조용한 고양이였다. 하지만 그는 지금 창문 선반에 올라서자마자 누군가를 불렀고, 토머스 허드슨이 그 창문을 열어 주었다. 안으로 뛰어 들어온 보이즈의 입에는 과일을 갉아먹는 쥐가 두 마리나 물려 있었다.

창문으로 들어오는 달빛 속에서 넓고 하얀 침대 너머로 세이바 나무줄기의 그림자를 던지며, 보이즈는 과일 쥐들을 데리고 놀았다. 깡충깡충 뛰면서 돌아서기도 하고, 그들을 바닥에 때려눕히기도 했으며, 한 마리를 멀리까지 물고 갔다가 또 다른 놈에게로 달려가는 등 그는 마치 새끼 고양이 때처럼 난폭하게 놀았다. 그러고 나서 그는 그들을 목욕탕 안으로 옮겼고, 그러면 토머스 허드슨은 침대 위로 펄쩍 뛰어 오르면서 그의 몸무게를 느꼈다.

"그럼 넌 나무에서 망고를 먹는 게 아니었구나?" 허드슨이 그에게 물었었다. 보이즈는 허드슨에게 머리를 비볐다.

"사냥을 하고 흥미로운 물건을 찾으러 다닌 거였어. 나의 귀여운 고양이이자 동생인 보이스. 지금 네가 갖고 있는 그것을 먹지 않겠니?"

보이즈는 단지 머리를 그 남자에게 비벼 댔을 뿐이고 조용히 그르렁거리다가 오랜 사냥으로 피곤했는지 금세 잠이 들어 버렸다. 그는 쉴 새 없이 잠을 잤고 아침이 되면 죽은 과일 쥐들에게 전혀 관심을 보이지 않았다.

이제 날이 밝아 오고 있었고, 끝내 잠을 잘 수 없었던 토머스 허드슨은 빛이 창문을 통과하는 모습을 지켜봤다. 또 첫 햇살을 받아 회색으로 반짝이는 종려나무도 바라보았다. 처음에는 나무둥치와 꼭대기의 윤곽만 보였다. 이후 빛이 점점 강해지면서 그는 강풍에 흔들리는 종려나무 윗부분을 볼 수 있었고, 태양이 언덕 뒤로 떠오르기 시작하면서 종려나무 둥치는 희뿌연 회색이 되었고, 흔들리는 나뭇가지들은 밝은 녹색이 되었으며, 언덕의 풀들은 하얀 가뭄으로 인해 갈색이 되었고, 먼 언덕 꼭대기의 석회석들은 마치 그들을 나무처럼 보이게 만들었다. 그것은 눈으로 덮여 있는 것 같았다.

그는 마룻바닥에서 일어나 노루 가죽신을 신고 오래된 창살 무늬가 그려져 있는 담요로 만든 윗저고리를 입었다. 그런 다음 보이즈는 담요 위에 아무렇게나 늘어져 자게 내버려 둔 채 거실을 지나 식당을 거쳐서 다시 부엌으로 들어갔다. 부엌은 집의 한 모퉁이 북쪽에 자리 잡고 있었고, 바깥에서는 강한 바람에 벌거벗은 플람보얀 나뭇가지가 벽과 창에 부딪치면서 흔들리고 있었다. 냉장고 안에는 먹을 게 아무것도 없었다. 속이 들여다보이는 찬장 속에는 조미료와 미국제 커피, 립톤차, 요리할 때 쓰는 땅콩기름 외에는 아무것도 없이 텅텅 비어 있었다. 요리사인 중국인이 매일 먹을 것을 시장에서 날라 왔었지만, 그는 토머스 허드슨이 돌아오리라고 생각하지 못했고, 그 중국인은 틀림없이 하인들에게 먹일 음식물을 사러 벌써 시장에 갔을 것이다. 토머스 허드슨은 누군가 오면 시내로 보내서 과일과 달걀을 좀 사 오도록 해야겠다고 생각했다.

그는 약간의 물을 끓인 다음 차 한 주전자를 만들어 거실로 가져갔다. 해는 높이 떠 있었고 방 안은 밝았다. 그는 상쾌하고 밝은 햇살 아래 큰 의자에 앉아서 뜨거운 차를 마시며 벽에 걸린 사진들을 바라보았다. 저것들 중 일부를 바꿔야 할 것 같아, 그는 생각했다. 가장 좋은 것들은 내 침실에 있지만, 나는 더 이상 내 침실에 들어가지 않는다.

큰 의자에 앉아 보니 거실이 넓어 보였다. 그는 그 방이 얼마나 긴지 몰랐다. 물론 매트를 주문했을 때 알고 있었지만 다시 까맣게 잊어버린 상태였다. 하지만 오늘 아침은 평소보다 세 배는 더 긴 것 같았다. 그는 마치 선선한 해안가에 앉아 있는 것 같았다. 냉장고 속에는 아무것도 없었다. 강한 북서풍이 일어 거대한 물결이 밀려와 대해 위에서 혼돈에 빠져 흔들리던 보트의 움직임은 더 이상 느껴지지 않았다. 그것은 이제 그로부터 바다 자체처럼 멀리 떨어져 갔다. 그는 하얀 방의 열린 문을 통해 바다를 볼 수 있었고, 시선이 나무를 가로질러 가면 고속도로로 끊어진 수풀의 우거진 언덕을 볼 수 있었으며, 더 멀리로는 이 도시와 항구의 옛 요새였던 벌거벗은 언덕과 그 너머로 하얀 빛깔로 보이는 시내가 펼쳐졌다. 그러나 바다는 하얗게 멀리 뻗어 간 시가 너머로 푸른빛 일색이었다. 그것은 이미 지나가 버린 모든 것처럼 아득히 멀게 느껴졌고, 그러한 움직임이 사라져 버리고 만 지금은 다시 그곳으로 나갈 때까지 이곳에 머물러 있기로 그는 작정했다.

크라우츠 가족은 앞으로 4일 동안은 견딜 수 있을 거라고 생각했다. 오늘 같은 날씨에 물고기들은 바다 밑바닥으로 가라앉으면 잠수함 가까이 다가와 그 주변을 빙빙 돌면서 노는지 궁금했다. 그것이 가라앉을 만한 깊이의 물이라면 어디에나 물고기는 있을 것이다. 물고기는 아마 굉장히 재미있어할 것이다. 잠수함 밑바닥은 몹시 더러울 테지만 물고기들은 틀림없이 그 주위에서 놀 것이다. 그들이 예정대로 바닷속을 달렸다면 아마 그렇게 많이 더럽지는 않았을 것이다. 어쨌든 물고기들은 그 주위로 몰려들 것이다. 그는 바다의 한 순간을 생각해 보았다. 그리고 그것이 어떻게 푸른 물의 언덕과 물마루에서 불어오는 흰 물보라와 함께 연안에 존재할 수 있었을까 생각했다.

담요 위에서 자고 있던 고양이는 남자가 쓰다듬자 깨어났다. 그는 하품을 하고 앞다리를 쭉 뻗었다가 다시 몸을 웅크렸다.

"내가 깰 때 같이 깬 여자를 한 번도 본 적 없어." 그 남자는 말했다. "그리고 그런 고양이도 가져 본 적이 없지. 가서 자렴, 보이즈. 어쨌든 그건 빌어먹을 거짓말이거든. 사실 내가 깨어났을 때 심지어 내가 깨어나기도 전에 먼저 깬 여자가 있었지. 너는 그녀를 전혀 알지 못하고, 그렇게 좋은 여자는 지금껏 본 적이 없을 거야. 너는 운이 나빴어, 보이즈. 제기랄."

"그거 알아? 우린 좋은 여자를 만나야 해. 우린 둘 다 그녀와 사랑에 빠져야 하지. 만일 네가 그녀를 도와준다면 그녀를 가질 수 있을 거야. 과일 쥐만 먹고 사는 동물은 본 적이 없어."

그 차는 그의 공복감을 잠시 누그러뜨리긴 했지만, 지금 그는 또다시 배가 몹시 고팠다. 바다에 있었더라면 그는 한 시간 전에 푸짐한 아침을 먹었을 것이고, 아마도 그보다 한 시간 전에 차를 한 잔 마셨을 것이다. 배가 움직이는 상황에서 요리하기란 어려울 것이므로, 그는 최상층 선교 위에서 두껍게 썬 양파가 얹힌 옥수수 소고기 샌드위치 두 개를 먹었을 것이다. 하지만 그는 지금 배가 매우 고팠고 부엌에 먹을 것이 아무것도 없다는 사실에 짜증이 났다. 통조림 몇 개를 미리 사서 보관해야겠다고 그는 생각했다. 하지만 하인들이 음식 재료들을 미리 다 사용하지 않도록 하기 위해, 별로 좋아하는 방법은 아니지만 자물쇠가 달린 찬장을 준비해야겠다고도 생각했다.

마침내 스카치위스키와 물을 따른 그는 의자에 앉아 일간 신문을 읽으며 그 음료가 허기를 달래고 긴장을 풀어 주는 것을 느꼈다. 원한다면 오늘 술을 마셔도 된다고 그는 혼잣말을 했다. 일단 체크인하고 나면. 날씨가 이렇게 추우면 플로리디타에는 사람이 별로 없을 것이다. 하지만 그곳에 다시 가는 것이 좋겠는데. 그는 그곳에서 식사를 해야 할지 태평양 위에서 뭔가를 먹어야 할지 몰랐다. 태평양도 추울 것이라고 그는 생각했다. 하지만 그에게는 스웨터와 코트 그리고 바람막이 벽이 세워진 바 옆의 테이블이 있지 않은가.

"나는 네가 여행하는 것을 좋아하길 바라, 보이즈," 그가 고양이에게 말했다. "그럼 우린 시내에서 좋은 하루를 보낼 수 있을 거야."

보이즈는 여행하는 것을 좋아하지 않았다. 그는 여행을 수의사에게 가는 일이나 되는 듯 두려워했다. 그는 여전히 수의사들을 무서워했다. 고트는 좋은 자동차 고양이가 되었을 것이라고 그는 생각했다. 스프레이를 뿌리는 것만 빼면 보트 고양이도 엄청 좋아했을 거야. 전부 내보내야겠어. 선물 같은 걸 가져갔으면 좋았을 텐데. 만약 개박하가 있다면 오늘 밤 마을에 가서 고트와 윌리와 보이를 박하에 취하게 할 거야. 동이 나지 않았다면 고양이 방의 서랍 선반에도 개박하가 아직 좀 남아 있을 것이다. 그는 고양이가 아닌 사람들도 개박하와 동일한 효과를 낼 수 있는 것을 먹을 수 있었으면 좋겠다고 생각해 보았다. 우리에게는 왜 그런 마실 것이 없는 것일까?

그 고양이들은 개박하에 대해 매우 이상하게 생각하는 것 같았다. 보이즈, 윌리, 고트, 프렌들리스 브라더, 귀염둥이들, 복실이와 특공대 등 모두가 개박하 중독자였다. 하인들이 아기에게 지어 준 이름인 프린세사와 푸른 페르시아종은 개박하를 건드리지도 않으려고 했다. 회색 페르시아종인 울피 삼촌도 건드리지 않을 것이다. 아름다운 만큼 멍청했던 울피 삼촌이 있었더라면, 그것은 어리석음이나 고립감일 수도 있었다. 울피 삼촌은 다른 고양이들이 음식을 다 먹어 치우고 아무것도 남기지 않을 때까지 새로운 음식을 절대 시도하지 않고 조심스럽게 냄새를 맡곤 했다. 하지만 모든 고양이들의 할머니인 프린세사는 영리하고 미묘하며 고도의 주장을 지키고 귀족적이며 무엇보다 가장 사랑스러웠다. 그는 개박하의 냄새를 겁내했고 그것이 무슨 큰 쥐약이나 되는 것처럼 멀리 달아나 버리곤 했다. 프린세사는 그처럼 미묘하고 귀족적인 고양이였으므로 연기처럼 회색 빛깔을 띤 털에 황금 빛깔의 눈과 아름다운 몸, 근엄한 태도를 가진 것이리라. 프린세사는 교미기에는 마치 자신이 왕궁의 모든 스캔들을 소개하고 설명하며 드러내는 것 같았다. 그는 교미기의 프린세사를 본 이래 비극적인 순간을 몇 번 더 보기도 했지만, 그녀가 아름답게 자란 뒤에는 존엄하고 안정된 태도로 돌변하여 제멋대로 노는 것을 보았다. 토머스 허드슨은 프린세사만큼 아름다운 공주와 사랑을 해 보기 전에는 죽고 싶지 않다고 생각했다.

그녀는 그들이 사랑에 빠지기 전에 공주처럼 진지하고 섬세하며 아름다웠음에 틀림없다. 그러고 나서 또 공주처럼 파렴치하고 그들의 침대에서 빈둥거리게 된다. 그는 때때로 밤에 이 공주에 대한 꿈을 꿨고 실제로 일어날 수 있는 그 어떠한 일도 꿈만큼 좋을 수는 없었지만, 그는 실제로 그리고 진정으로 그런 공주를 원했고, 만약 그런 여자가 있다면 반드시 가질 수 있을 것이라고 꽤 자신했다.

문제는 이탈리아 출신의 공주를 제외하면 그와 사랑을 나눈 단 한 사람의 공주는 두터운 무릎과 별로 좋지 않은 다리를 가진 극히 평범한 여자였다는 것이다. 하지만 그녀는 북쪽 스타일의 사랑스러운 피부를 가졌고, 잘 빗겨지는 머리카락을 지녔다. 그는 그녀의 얼굴과 눈을 좋아했는데, 특히 이스마일리아의 불빛 위로 올라오는 운하 옆에 서서 잡았던 그녀의 손은 촉감이 매우 좋았다. 그들은 서로를 매우 좋아했고 사랑에 빠졌었다. 그녀가 다른 사람들과 함께 있을 때 말소리에 신중을 기해야 할 만큼 둘은 충분히 가까웠다. 그들은 너무도 가까웠으므로 그들이 어두운 난간에서 손을 잡고 있을 때는 둘 사이에 있는 모든 것을 그대로 느낄 수 있었다. 이러한 것을 느끼고 확신을 가진 그는 그녀에게 그것에 대해 얘기했다. 그들이 솔직하게 지내기 위해 서로가 모든 것을 교감하고 나눈 상태였으므로 그는 그녀에게 다른 무엇인가를 요구했다.

"나는 너무 하고 싶어요." 그녀가 말했어요. "하지만 알다시피 난 못해요. 아시잖아요."

"방법이 있을 거야." 토머스 허드슨이 말했다. "방법은 언제나 있게 마련이니까."

"구명보트 안에서 말인가요?" 그녀가 말했다. "구명보트에서는 하고 싶지 않아요."

"이봐." 그는 자신의 손을 그녀의 가슴에 갖다 대었다. 그의 손가락을 향해서 불룩 솟아오른 그것은 마치 살아 있는 것처럼 느껴졌다.

"좋은 생각이 떠올랐어요." 그녀가 그의 말을 가로막았다. "당신이 아는 두 가지 방법이 있어요."

"내가 아는?"

"정말 멋져요." 그녀가 말했다. "내가 당신을 사랑하는 거 알죠, 허드슨? 난 오늘 알았어요." "어떻게?"

"아, 방금요. 별로 어렵지는 않아요. 당신은 아직도 알아내지 못했나요?"

"나는 아무것도 알아낼 필요가 없다고 생각하는데."그가 거짓말을 했다.

"좋아요, 그건." 그녀가 말했다. "하지만 구명보트는 별로 좋지 않아요. 당신의 선실도 그렇고요. 그리고 마찬가지로 나의 선실도요."

"그럼 우리는 배런의 선실로 가는 수밖엔 없겠군."

"배런의 선실에도 항상 누군가가 있더군요. 사기꾼 배런. 옛날처럼 그 사악한 배런을 그냥 내버려 두는 것도 좋지 않을까요?"

"좋아." 그가 말했다. "하지만 그의 선실에 아무도 없을 거라는 걸 확신할 수 있어."

"그건 좋은 방법이 아니에요. 당신은 그냥 언제나처럼 저를 힘껏 사랑해 줘요. 당신이 할 수 있는 모든 힘을 다해 나를 사랑하고 생각해 줘요. 당신이 지금 하고 있는 것을 그대로 하면 돼요."

그는 그녀의 말대로 했다. 그리고 그 이상의 것도 했다.

"안 돼요." 그녀가 말했다. "이러지 마세요. 전 참을 수 없다고요." 그녀는 무언가를 하고는 또 말했다. "당신은 참을 수 있어요?"

"그럼."

"좋아요. 그럼 잘 잡고 있을게요. 아니, 키스는 하지 마세요. 여기 갑판에서 키스하면 모든 것을 다 해 버린 것이나 마찬가지니까요."

"왜 우리는 모든 것을 할 수 없다는 거야?"

"어디서요, 허드슨? 어디서 하잔 말이에요? 대체 어디에서 하자는 것인지 장소를 말해 주세요."

"그 이유를 말해 주지."

"그 이유는 다 알고 있어요. 장소가 문제일 뿐이죠."

"나는 당신을 너무 사랑해."

"오, 그래요. 저도 사랑해요. 하지만 사랑이 무조건 좋은 결과만 가져다 주는 것은 아니에요. 서로 좋은 사랑을 해야 좋은 결과가 나오는 거예요."

그가 또 다른 짓을 하자 그녀는 말했다. "제발,. 이러지 마세요. 계속 이러면 전 돌아갈 거예요."

"자, 앉지."

"아니에요. 지금처럼 서 있어요."

"지금 하는 일이 마음에 들어?"

"네, 좋아요. 혹시 마음에 걸리세요?"

"아니, 하지만 영원히 지속되지는 않을 거야."

"알았어요." 그녀가 이렇게 말한 뒤 고개를 돌려 재빨리 그에게 키스했다. 깜깜한 밤, 그들은 미끄러지듯 지나가고 있는 운하 옆의 사막을 다시 내다보았다. 겨울이었고 밤은 시원했다. 그들은 정면을 바라보며 서로 가까이 붙어서 있었다. "그럼 이제 해도 괜찮아요. 열대 지방에서는 밍크코트가 결국 어떤 일에는 좋은 역할을 하지요. 제 앞에서는 안 할 거죠?"

"안 하지."

"약속해요?"

"그럼."

"오, 허드슨. 제발요, 제발. 지금."

"당신이?"

"오, 그래요. 언제라도 당신과 함께 있겠어요. 지금 당장, 아, 네, 지금."
"정말 지금?"
"오, 그래요. 제발 저를 믿어 주세요."
그 후 그들은 그곳에 서 있었고, 불빛은 훨씬 더 가까워졌으며, 운하의 둑과 저 너머의 거리로 여전히 미끄러져 나아가고 있었다.
"당신은 지금 제게 수치심을 느끼고 있나요?" 그녀가 물었다.
"아니, 난 당신을 너무나 사랑하고 있어."
"하지만 그것은 당신에게 좋지 않았고, 나는 이기적이었어요."
"아니, 그건 나에게 결코 나쁘지 않았어. 그리고 당신도 이기적이지 않았고."
"그게 낭비였다고 생각하지 마세요. 아깝지 않은 시간이었으니까요. 내겐 그 일은 절대로 쓸데없는 일이 아니었어요."
"그럼 나에게 키스해 줘. 응?"
"아니, 난 못해요. 내 손을 꽉 잡고 있어요."
잠시 후 그녀가 말했다. "내가 그를 얼마나 좋아하는지 당신은 상관하지 않는군요."
"아니, 그는 매우 자랑스럽지."
"한 가지 비밀을 말해 줄게요."
그녀는 그에게 별로 놀랍지 않은 비밀을 말해 주었다. "그게 그렇게 나쁜 것인가요?"
"아니." 그가 말했다. "그거 재미있군."
"오, 허드슨." 그녀가 말했다. "전 당신을 너무 사랑해요. 돌아가서 모든 수단을 다 동원해서 편히 쉬었다가 여기 내게로 돌아오세요. 리츠에서 샴페인을 한 병 가져올까요?"
"그거 좋겠군. 당신의 남편은 어때?"
"그는 아직도 브리지 게임을 하고 있을 거예요. 저는 창문으로 그를 볼 수 있거든요. 아마 게임이 끝나면 우리를 찾아와서 함께 어울릴 거예요."

그들은 배의 선미에 있는 리츠로 가서 페리에 주에 브뤼 1915년산 한 병을 마셨다. 그러고 나서 그들이 또 한 병을 마시고 얼마 지나자 왕자가 합류했다. 왕자는 매우 친절했고 허드슨은 그를 좋아했다. 그들은 허드슨처럼 동아프리카에서 사냥을 하고 있었는데, 그들은 나이로비의 두타이가 클럽과 토르 클럽에서 만난 이후 함께 어울리면서 몸바사에서부터 같은 배를 탔다. 그 배는 수에즈, 지중해 그리고 사우샘프턴으로 향하는 길에 몸바사에 기항한 세계 일주 유람선으로, 모든 객실이 개인 스위트룸으로 이루어진 초호화 여객선이었다. 이 배는 그 당시 배들이 그랬던 것처럼 세계 유람선으로 팔린 것인데, 승객들 중 일부가 인도에서 내렸던 것이다. 이런 모든 상황을 잘 알고 있는 사람들 중 한 명이 무타이가 클럽에서 만난 토머스 허드슨에게 그 배에는 빈방이 몇 개 있으며, 그 배를 타면 꽤 합리적으로 여행할 수 있을 거라고 일러 주었다. 그리하여 그는 핸들리 페이지호가 너무 느려서 항해 시간이 길어진 탓에 케냐를 가 보지 못한 왕자 부부에게 그 배로 갈아타면 어떻겠느냐고 했더니, 그들은 그가 제안한 여행 계획이 아주 좋다며 기뻐했고, 비용 또한 아주 만족스러워했다.

"우리는 당신 덕분에 즐거운 여행을 하게 될 것입니다. 당신은 정말로 멋진 친구예요." 왕자가 말했다. "내일 아침 그들에게 전화할게요."

그것은 정말 즐거운 여행이었다. 그들은 푸른 인도양과 함께 새로운 항구를 서서히 빠져나왔고 아프리카는 바로 그들 뒤에 있었다. 그리고 큰 나무들이 서 있는 오랜 흰 도시와 녹색의 덩어리 또한 그들 뒤에 있었다. 배가 지나가는 길을 따라 바닷물이 부서졌고, 그렇게 배는 또다시 속력을 얻어 어느덧 망망한 대해의 한복판으로 나아가 있었다. 날치들이 물 밖으로 뛰어 오르며 배를 앞질러 갔다. 아프리카는 그들 뒤에 푸른 줄 모양으로 떨어져 있었는데, 승무원이 징을 치는 동안 그와 왕자 부부 그리고 그의 오랜 친구로 거기서 살아온 정말로 사기꾼 같은 친구 배런이 함께 바에서 마티니를 마시고 있었다.

"그 징에는 신경 쓰지 마세요. 우리는 리츠에서 점심을 먹을 거예요." 배런이 말했다. "제 생각에 동의하세요?"

그는 배에서 공주와 잠을 자지 않았지만 하이파에 도착했을 때 그들은 너무나 많은 다른 일들을 했고, 둘 다 극심한 절망의 황홀경에 도달했다. 그들은 단지 그들의 불안감을 해소시키기 위해, 다른 이유가 없다면 견딜 수 없을 때까지 서로 자도록 정해 두었어야 했다. 하이파로부터 다마스쿠스까지 그들은 모터보트로 여행을 했다. 다마스쿠스로 가는 길에 토머스 허드슨은 운전사와 함께 앞자리에 앉았고 왕자 부부는 뒷자리에 있었다. 토머스 허드슨은 성지의 조그만 일부를 보았고, T. E. 로렌스의 나라의 일부분을 보았으며, 여러 차가운 언덕과 오르막으로 되어 있는 사막들을 보았다. 돌아오는 길에는 토머스 허드슨은 왕자와 운전사의 뒤통수를 보았다. 그리고 그는 다마스쿠스로부터 그들의 배가 정박해 있는 하이파까지 오는 길에는 강줄기를 탄 것으로 기억하고 있다. 그 강에는 가파른 협곡이 하나 있었는데, 그것은 작은 지도에서도 보았듯 정말로 아주 작았고 거기에는 섬이 하나 있었다. 그가 그 여행에서 가장 잘 기억하는 부분은 바로 그 섬이었다.

다마스쿠스 여행은 그들에게는 별로 도움이 안 되었다. 그들이 하이파를 떠났을 때 배는 지중해로 선수를 돌리고 있었다. 그들은 갑판에 나와 있었다. 날씨가 추웠다. 북동풍을 따라 배가 서서히 움직이기 시작했다. 그녀가 그에게 말했다. "우리도 뭔가를 해야겠어요."

"당신은 절제된 표현을 좋아하나?"

"아뇨, 전 침대에서 일주일 동안 쉬고 싶어요."

"일주일은 그리 길지 않은 것 같은데."

"그럼 한 달. 지금 당장 그러고 싶은데 그럴 수가 없군요."

"우리는 배런의 선실로 내려갈 수 있는데."

"아뇨, 우리가 마음 편히 할 수 있을 때까지는 하고 싶지 않아요."

"지금은 기분이 어때?"

"전 미쳐 가고 있는 것 같아요. 이미 꽤 멀리 떨어져 있었던 것처럼…."

"파리에서는 침대에서 사랑을 나눌 수 있어."

"하지만 어떻게 도망치죠? 난 도망쳐 본 경험이 없어요."
"쇼핑 가는 척하며 나오면 되지 않을까?"
"하지만 저는 쇼핑을 갈 땐 누군가와 꼭 함께 가야 해요."
"정말로 누군가랑 쇼핑하러 가면 되잖아. 믿을 수 있는 사람이 없나?"
"오, 있어요. 하지만 그렇게 하고 싶지는 않았어요."
"그럼 그렇게 하지 않아도 돼."
"아니, 난 해야겠어요. 아무래도 해야겠어요. 다른 방법을 생각한다 해도 더 잘될 것 같지는 않아요."
"당신은 한 번도 바람을 피운 적 없어?"
"아뇨, 그리고 앞으로도 절대 그러지 않을 줄 알았어요. 하지만 지금 내가 하고 싶은 건 이것뿐이에요. 게다가 누군가 이 일을 알게 된다는 게 마음이 아파요."
"좋은 아이디어를 생각해 봅시다."
"제발 두 팔로 저를 힘껏 안아 주세요." 그녀가 말했다. "제발 말하거나, 생각하거나, 걱정하지 말아요. 그저 저를 꽉 끌어안고 많이 사랑해 주세요. 왜냐하면 나는 지금 그 어떤 곳을 간다 해도 병이 날 것 같아요."
잠시 후 그는 그녀에게 말했다. "이봐, 내가 이러는 건 당신에게 좋지 않을 거야. 당신은 바람을 피우고 싶지도 않고, 아무도 알기를 원하지도 않지. 하지만 당신에게 좋지 않다는 건 늘 마찬가지일 거야."
"저는 그걸 하고 싶어요. 하지만 그이에게 해를 끼치고 싶진 않아요. 저는 그것을 해야 돼요. 그것은 이제 더 이상 내 손 안에 있지 않아요."
"그럼 하자고. 지금."
"하지만 지금은 매우 위험해요."
"당신은 이 배에 탄 사람 중에서 우리를 보고, 우리가 하는 말을 듣고, 우리 사이를 알고 있는 사람이 있다고 생각해? 그리고 우리가 함께 자지 않았다고 생각하는 사람이 있다고 생각해? 우리가 하고 싶어 하는 일이 그것과 다른 데가 있다고 생각하냐고."

"오, 물론 그들은 달라요. 완전히 다르지요. 우리가 한 일 때문에 아이를 가질 수는 없어요."

"당신은 멋지군." 그가 말했다. "정말 멋져."

"하지만 만약 우리에게 아기가 생긴다면 저는 무척 기쁠 거예요. 그는 아기를 매우 원하지만 우리는 아기를 가져 본 적이 없지요. 당신과 자고 난 다음에 바로 그이와 또다시 자면 그이는 당신의 아기인 줄 전혀 모를 거예요."

"지금 당장 그이와 함께 자지는 않을 거예요."

"아니, 그렇진 않을 거야. 하지만 다음 날 밤."

"그 사람하고 잔 지 얼마나 됐지?"

"아, 그와는 매일 밤 자요. 그렇게 해야만 해요, 허드슨. 내가 너무 흥분해서 어쩔 수 없어요. 그것이 그가 늦게까지 브리지 게임을 하는 이유 중 하나라고 생각해요. 그는 침실에 들어올 때쯤이면 제가 잠들어 있기를 원해요. 그이와 사랑하게 된 이래 그이는 점점 피로해지는 것 같아요."

"남편과 결혼한 이후 사랑에 빠진 것은 이번이 처음인가?"

"아뇨, 그렇지 않아요. 저는 여러 번 사랑에 빠졌어요. 하지만 저는 남편에게 성실하지 않았다거나 그랬다고 생각한 적이 없어요. 그이는 훌륭한 남자이자 좋은 남편이어서 저는 그이를 무척 사랑해요. 그이도 저를 사랑하고 항상 저에게 친절해요."

토머스 허드슨은 "우리 리츠에 내려가 샴페인을 마시는 게 좋을 것 같아."라고 말했다. 그의 감정은 매우 착잡해지고 있었다.

리츠에는 사람이 별로 없어서인지 쓸쓸한 분위기가 감돌았다. 웨이터는 벽쪽의 테이블 중 하나로 안내하고 와인을 가져다주었다. 그들은 1915년산 페리에 주에 브뤼 와인을 얼음에 채우고는 물었다. "같은 와인입니까, 허드슨 씨?"

그들은 서로에게 잔을 들었고, 공주는 "저는 이 와인을 좋아해요. 당신은 안 그런가요?"라고 말했다.

"아주 좋아해."

"지금 무슨 생각을 하고 있나요?"

"당신."

"물론 제 생각의 전부도 당신이에요. 그런데 저의 무엇에 관해 생각하고 있죠?"

"이제 나의 선실로 내려가야겠다고 생각하고 있었어. 우리는 대화도 많이 했고 놀기도 많이 놀았지만 아무것도 한 게 없지. 지금 몇 시지?"

"11시 10분이요."

"지금 몇 시인가요?" 허드슨은 웨이터에게 물었다.

"11시 15분입니다." 웨이터는 바 안에 있는 시계를 보면서 말했다.

웨이터가 그들의 말이 들리지 않을 정도로 멀어져 가자, 그는 그녀에게 물었다. "그는 얼마나 늦게까지 브리지 게임을 하지요?"

"그는 늦게까지 게임을 할 테니 먼저 자도 된다고 말했어요."

"와인을 다 마시고 내 선실로 갑시다. 거기에도 술이 좀 있으니."

"하지만 허드슨, 그건 매우 위험한 행동이에요."

토머스 허드슨은 "그건 항상 위험할 거야."라고 말했다. "하지만 그렇게 하지 않는 것은 더 위험한 광경이 될 수도 있지."

그날 밤 그는 그녀와 세 번이나 사랑을 나눴고, 그녀의 선실로 두 사람이 내려갔을 때 그녀는 그러지 말아야 한다고 말했다. 하지만 그는 그녀에게 왕자가 아직 브리지 게임을 하고 있으니 그 어느 때보다도 오히려 안전하다고 말해 주었다. 토머스 허드슨은 아직 영업이 끝나지 않은 리츠로 돌아가 같은 와인을 한 병 더 주문했고 하이파에서 실은 신문을 읽었다. 그는 오랜만에 신문을 읽으며 지금 이 순간이 매우 편안하고 행복하다는 것을 깨달았다. 브리지 게임을 끝내고 돌아온 왕자가 리츠 안을 들여다봤고, 토머스 허드슨은 그에게 잠자리에 들기 전에 와인 한 잔을 마시길 권했다. 그는 왕자를 그 어느 때보다도 좋아했고, 그에게 강한 친밀감을 느꼈다.

그와 배런은 마르세유에서 내렸다. 그들을 제외한 대부분의 사람들은 나머지 순항지를 향해 떠났다. 마지막 기항지는 사우샘프턴이었다. 마르세유에서 그와 배런은 뷰 항구의 노변에 위치한 레스토랑에 앉아 물 마리니에르(프랑스식 홍합 찜)를 먹으며 포도주를 마시고 있었다. 토머스 허드슨은 몹시 배가 고팠고,

그들이 하이파를 떠난 이후로 지금까지 죽 시장기를 느끼고 있었음을 깨달았다.

그는 지금도 역시 엄청나게 배가 고프다고 생각했다. 그 하인들은 대체 어디 있었던 거야? 적어도 한 명은 나타났어야 했어. 밖에서는 바람이 그 어느 때보다도 쌀쌀하게 불고 있었다. 이 날씨는 마르세유 항구로 내려온 가파른 거리의 추운 날을 떠올리게 했다. 녹은 버터가 떠 있는 뜨거운 후추 맛 우유 육수에서 건져 올린 얇고 검은 껍데기 속의 조개를 먹으며, 프로방스 맛의 와인을 마시며, 그는 카페 테이블에 앉아 있었다. 그 자리에서 그는 여성 어부들과 유람선 승객들, 그리고 항구의 더러운 옷을 입은 창녀들이 강풍을 맞으며 가파른 자갈길을 어기적거리며 올라가는 모습 등을 구경했었다.

"자네는 정말 철없는 인간이야." 배런이 말했었다. "정말로 철이 없지."

"홍합을 좀 더 드릴까요?"

"아니, 나는 좀 더 단단한 것을 먹고 싶어."

"우리도 부야베스(향신료를 많이 넣은 프랑스 남부의 생선 수프)를 먹어야 하지 않을까?" "그럼 수프 두 개?"

"나는 지금 너무 배고파. 그리고 우리는 아마 오랫동안 여기 다시 오기 힘들 거야."

"그럼 자네가 배가 고프다니 어쩔 수 없지. 좋아, 부야베스와 질 좋은 샤토브리앙을 먹기로 하지. 그렇게 자네 배를 좀 채워 보거나, 이 악당아."

"자넨 이제 뭘 할 작정인가?"

"그보다 더 급한 문제는 자네가 무엇을 할 작정이냐는 거야. 그녀를 사랑하나?"

"아니."

"그럼 잘됐군. 지금 떠나는 게 자네에겐 훨씬 좋은 일일 거야. 암, 좋고말고."

"그들과 낚시를 함께 하기로 약속했는데."

"낚시? 사격이라면 함께 할 가치가 있겠지만," 하고 배런이 말을 받았다. "낚시는 너무 춥고 불쾌해. 그리고 그녀는 분명 그의 남편을 병신으로 만들 거야."

"그 사람도 사실을 알아야만 해."

"그럴 필요 없어. 그 사람은 자기 아내가 자네가 서로 사랑하고 있다는 걸 이미 알고 있거든. 그것뿐이야. 너는 신사야. 따라서 네가 하는 일은 모두 옳지. 그러나 그녀가 자기 남편을 바보로 만들 자격 같은 건 없어. 자네는 그녀와 결혼할 것도 아니잖아. 안 그래?"

"결혼은 안 해."

"그녀도 어차피 자네와 결혼할 수 없다는 걸 알지 않는가? 그러니 자네가 그녀를 사랑하지 않는다면 그 사람이 불행해질 이유는 없다고 생각하네."

"나는 절대로 결혼하지 않아. 그 누구보다 나 자신이 그걸 잘 알고 있지."

"그러니 자네가 먼저 빠져 나와야 되지 않겠어?"

"걱정 말게. 난 분명히 잘 빠져나올 테니."

"내 말에 동의해 줘서 정말 기쁘군. 이제 솔직히 말해 봐. 그녀는 어때?"

"그녀는 아주 잘 지내."

"바보 같은 소리 하지 마. 나는 그녀의 어머니를 잘 알아. 자네도 그녀의 어머니를 알았어야 하고."

"몰라서 미안하군."

"그래야지. 자네 같은 사람이 어쩌다 그렇게 고루한 사람과 어울리게 되었는지 모르겠네. 자네 혹시 그림이나 그 외의 목적을 위해서 그녀를 옆에 두고 있는 건 아니지?"

"아니, 그런 건 아니야. 나는 그녀를 매우 좋아해. 그리고 지금도 여전히 그녀가 좋아. 하지만 나는 그녀와 사랑에 빠지지는 않았고, 그냥 상황이 점점 더 복잡해졌을 뿐이야."

"내 말을 이렇게나 잘 들어주다니 매우 고맙군. 자네는 이제 어디로 갈 생각인가?"

"우린 방금 아프리카에서 오는 길이 아닌가?"

"바로 그거야. 그래서 말인데, 잠시 쿠바나 바하마로 가 있지 않겠나? 집에 돈이 좀 남아 있으면 나도 자네와 함께 갈 수 있을 것 같거든."

"자네가 집에서 돈을 가지고 올 수 있을 거라고 생각하나?"

"아니."

"난 당분간 파리에 있었으면 해. 오랫동안 도시를 떠나 있었거든."

"파리는 도시가 아니야. 런던이 도시지."

"파리에서 무슨 일이 일어나고 있는지 직접 보고 싶군."

"무슨 일이 일어나고 있는지 내가 말해 주지."

"아니야. 그러니까 내 말은, 내가 직접 가서 그림도 보고 사람들도 만나 본 다음 식스데이, 오퇴유, 앙갱, 르 트램블레에도 가 보고 싶네. 자네는 여기 있는 게 어때?"

"난 경마를 좋아하지 않고 도박도 할 수 없어."

왜 그들과 함께 가지 않았던가? 그는 지금 이렇게 생각해 보았다. 배런은 죽었고, 크라우츠는 파리에 갔으며, 공주는 아이를 갖지 않았다. 그가 만일 언젠가 버킹엄 궁전에다 코피라도 쏟지 않는다면 왕실에서 그의 피를 찾기란 불가능할 것이라고 그는 생각했다. 그러나 버킹검 궁전에서 코피를 쏟는 일 또한 극히 어려운 일이다. 만일 20분 이내에 아이들 중에서 아무도 돌아오지 않는다면 그가 직접 시내로 들어가 계란과 빵을 사 와야겠다고 결심했다. 자기 집에서 배를 곯고 있다니 좀 기가 찬 일이다. 그러나 막상 나가려고 하니 너무나 지쳐서 어쩔 도리가 없었다.

바로 그때 부엌에서 누군가가 움직이는 소리를 들렸고, 그가 큰 테이블 아래쪽에 설치된 부저를 누르자 부엌에서 두 번 울리는 소리가 났다.

서열 두 번째 하우스 보이가 달려왔다. 나약한 요정 같기도 하고, 성 서배스천 같은 가냘프고도 약삭빠른 그리고 오랫동안 고생을 한 듯한 얼굴이었다. "부르셨습니까?"

"도대체 내가 뭘 하고 있었다고 생각하니? 마리오는 어디 있지?"

"우체국에 갔습니다."

"고양이는 모두 잘 지내나?"

"잘 지내고 있습니다. 별다른 소식도 없고요. 빅 고트가 엘 고르도와 싸웠어요. 하지만 저희들이 상처를 잘 치료해 주었습니다."

"보이즈는 좀 야윈 것 같은데?"

"밤에 외출을 많이 해서 그런 것 같아요."

"프린세사는 어떤가?"

"요즘 좀 슬픈 표정이긴 해요. 그래도 잘 먹고 있었어요."

"고기를 사는 데 어려움은 없었고?"

"코토로에서 가져오고 있습니다."

"개들은 어떤가?"

"모두들 잘 지내고 있어요. 네그리타는 다시 새끼들과 함께 지낸답니다."

"그 개의 입은 틀어막을 수 없었나?"

"그러려고 시도했지만 결국 도망쳤어요."

"그 밖의 다른 일은?"

"없었습니다. 항해는 어떠셨나요?"

"사고 없이 무사했어."

이 소년과 이야기하고 있으면 언제나 그랬듯 그는 역정을 내면서 짧은 말을 내뱉었다. 그가 이 소년을 두 번이나 내보냈다가 다시 불러들였을 때, 이 소년의 아버지인 서열 첫 번째 하우스 보이인 마리오가 신문과 우편물을 가지고 들어왔다. 그는 미소를 짓고 있었는데, 그의 갈색 얼굴은 즐겁고 친절하며 사랑스러웠다.

"항해는 어떠셨어요?"

"끝이 좀 힘들었지."

"생각해 보세요. 상상해 보세요. 북쪽은 아주 커요. 무얼 좀 드셨나요?"

"집 안에 먹을 게 없더군."

"달걀과 우유, 빵을 가져왔어요. 당신을 위해서요." 그는 두 번째 하우스 보이를 부르더니, "들어가서 카바예로의 아침을 준비하렴."이라고 일렀다. "달걀은 어떻게 해 드릴까요?"

"평소처럼."

"달걀은 평소처럼," 마리오가 말했다. "보이즈를 보셨나요?"

"봤지."

"이번에 몹시 앓았어요. 어느 때보다도 심하게요."

"다른 녀석들은?"

"고트와 패츠 사이에서 딱 한 번 싸움이 있었어요." 그는 동물들의 영어 이름들을 자랑스럽게 사용했다. "프린세사가 좀 슬픈 표정이긴 했지만 별것 아니었어요."

"자네는?"

"저요?" 그가 수줍은 듯하면서도 매우 기쁘다는 듯 웃었다. "잘 지내고 있어요. 정말 감사합니다."

"가족은?"

"모두 아주 좋아요, 감사합니다. 아버지께서도 다시 일을 시작하셨고요."

"참 잘됐군."

"저도 그렇게 생각해요. 다른 신사분들은 여기서 주무시지 않으셨나요?"

"아니, 그들은 모두 시내로 갔어."

"그분들도 피곤하시겠군요."

"그렇겠지."

"여러 친구들로부터 전화가 왔었어요. 제가 다 적어 놨답니다. 그 목록을 제대로 알아볼 수 있기를 바랍니다만. 영어 이름은 저도 어쩔 수 없거든요."

"소리 나는 대로 적어 두지 그랬나."

"하지만 제게 들리는 소리는 나리께 들리는 소리와 다르거든요."

"그 대령한테도 전화가 왔었나?"

"아뇨, 없었습니다."

"위스키와 탄산수를 좀 가져오게." 토머스 허드슨이 말했다. "그리고 고양이에게 줄 우유도 가져오고."

"식당으로 가져갈까요, 이리로 가지고 올까요?"

"위스키는 이리로 가지고 오고, 고양이에게 줄 우유는 식당으로 가져다 두게."

"네, 즉시 그렇게 하겠습니다." 마리오는 이렇게 말하고 부엌으로 가더니 위스키와 탄산수를 들고 왔다. "매우 센 술 같군요." 마리오가 말했다.

지금 면도를 할까, 아니면 아침 식사를 마칠 때까지 기다려야 할까? 토머스 허드슨은 생각했다. 나는 면도를 해야 한다. 그래서 위스키를 가져오라고 했는데. 면도를 끝내려고. 좋아, 지금 들어가서 면도하자. 빌어먹을, 그는 생각했다. 아니, 들어가서 해. 그렇게 하는 편이 기분도 좋을 뿐 아니라 아침 식사가 끝나면 곧 시내로 들어가야 할 테니까.

면도를 하면서 그는 얼굴에 비누 거품이 묻은 채로 술을 반쯤 마셨다. 비누 거품을 칠하고 또 칠한 뒤 면도날을 세 번이나 갈아서 2주일 동안 자란 볼과 목덜미의 수염을 말끔히 깎았다. 그가 면도를 하는 동안 고양이는 주위를 돌아다니면서 그 모습을 지켜보고는 그의 다리를 툭툭 건드렸다. 그러다가 갑자기 녀석은 방을 뛰어나갔다. 토머스 허드슨은 녀석이 식당의 타일 바닥에 우유 통을 내려놓는 소리를 들은 것이라고 생각했다. 하지만 그 자신은 우유 통이 철썩하고 바닥에 닿는 소리를 못 들었을 뿐 아니라, 자신을 부르는 소리도 듣지 못했다. 그러나 보이즈는 용케 그 소리를 들었던 것이다.

토머스 허드슨은 면도를 마치고 오른손 가득 90도짜리 순수 알코올을 부었다. 그것은 이곳 쿠바에서는 미국 본토에서 문지르는 알코올 정도로 싼 것이었다. 그것을 얼굴에 붓고 문지르자 면도한 뒤의 따끔따끔한 느낌이 확 가셨다.

나는 설탕을 사용하지도 않고 담배를 피지도 않아, 그는 생각했다. 하지만 나는 이 나라에서 증류하는 것에서 즐거움을 찾고 있지.

화장실 창문 유리의 아랫부분이 더러워져 있었다. 집 주변으로 돌이 깔린 정원이 둘러싸고 있기 때문이었다. 그러나 유리창의 윗부분은 깨끗해서 종려나무가 바람에 흔들리는 모습을 볼 수 있었다. 생각보다 바람이 심하게 부는구나, 그는 생각했다. 이제 바람이 바뀔 시간이 거의 되었다. 그러나 그것은 아무도 알 수 없었다. 바람이 북동쪽으로 갈 때 어떻게 부느냐에 달려 있는 것이기 때문이다. 지난 몇 시간 동안 바다에 대해서 생각하지 않았다는 건 확실히 흥미로웠다. 바다에 관한 생각은 이제 접어 두자고 그는 생각했다.

바다 자체에 대해서뿐만 아니라 그 밑에 무엇이 있고, 그 위에 무엇이 있으며, 그것과 관련된 것에는 무엇이 있는지 생각하는 것조차 그만두자. 무엇을 생각하지 말자는 생각조차 아예 하지 말자. 그냥 모든 것을 생각하지 말자. 바다는 있는 그대로 내버려 두자. 그리고 그 외의 다른 것들도 생각하지 않기로 하자.

"나리, 어디에서 아침을 드시겠어요?" 마리오가 물었다.

"바다에서 멀리 떨어진 곳이라면 어디든지 좋아."

"거실에서 드시겠어요, 아니면 침실에서 드시겠어요?"

"침실에서. 고리버들 의자를 꺼내서 옆에 있는 테이블 위에 아침을 갖다주게." 그는 뜨거운 차를 마시고 달걀프라이와 오렌지 마멀레이드를 곁들인 토스트를 먹었다. "과일은 없나?"

"바나나만 있습니다."

"좀 가져오게."

"알코올에 나쁘지 않을까요?"

"미신일 뿐이야."

"하지만 나리가 안 계신 동안 동네에서 한 남자가 럼주를 마시다가 바나나를 먹고 죽었거든요."

"그 사람이 럼주를 마시다가 죽은 바나나를 먹는 보통 사람이 아니라는 것을 어떻게 알지?"

"그야 저도 알 도리가 없지요, 나리. 그 사람은 바나나를 많이 먹은 뒤 럼주를 조금 마시고는 갑자기 죽었거든요. 그 바나나는 자기 정원에서 열린 것이었답니다. 그 사람은 동네 뒤편 언덕에서 살았는데 7번 버스 노선에서 일했어요."

"그가 편히 잠들기를." 토머스 허드슨이 말했다. "바나나 몇 개 더 가져오게."

마리오가 정원의 나무에서 노랗게 잘 익은 작은 바나나를 따 왔다. 사람의 손가락보다 크다고는 할 수 없었지만 껍질을 벗겨 먹으니 매우 맛이 좋았다. 토머스 허드슨은 그것을 다섯 개나 먹었다.

"혹시 무슨 증세가 나타나는지 나를 잘 지켜봐 주게. 그리고 달걀을 좀 먹이려고 하니 프린세사를 데리고 와 주게."

"나리께서 돌아오신 것을 축하하는 뜻에서 제가 프린세사에게 달걀을 주었습니다. 보이즈와 윌리에게도 주었고요." 소년이 말했다.

"고트는?"

"정원사 아저씨가 상처가 다 나을 때까지 고트에겐 무얼 많이 주면 안 된다고 하셨어요. 상처가 좀 심했거든요."

"어떤 싸움이었기에 그래?"

"정말 큰 싸움이었어요. 그들은 싸우면서 1마일이나 이동했어요. 싸우는 모습을 지켜보며 쫓아갔는데 정원 너머 가시덤불에서 잃어버렸어요. 그들은 소리도 없이 싸웠지요. 요즘도 계속 그렇게 싸우고 있고요. 결국 누가 이겼는지는 잘 모르겠어요. 어쨌든 빅 고트가 먼저 집에 들어왔기에 상처를 치료해 주었어요. 녀석은 자갈 깔린 정원으로 가더니 수조 옆에 눕더군요. 수조의 통 꼭대기까지는 뛰어오르지 못하더라고요. 그러고 나서 한 시간 뒤에 패츠가 집에 들어와서 상처를 치료해 주었어요."

"그 둘이 형제일 때 얼마나 사랑스러웠는지 알고 있니?"

"물론 알고말고요. 하지만 요즘 저는 패츠가 고트를 죽일까 봐 겁이 나요. 패츠는 고트보다 몸무게가 약 1파운드 정도 더 나가거든요."

"고트는 훌륭한 싸움 고양이야."

"네, 나리. 하지만 1파운드의 무게가 어느 정도일지 생각해 보세요."

"고양이 싸움에서는 닭싸움에서처럼 몸무게가 그렇게 문제되지 않아. 너는 모든 것을 싸우는 병아리에 비유해서 생각하는구나. 사람의 경우에 있어서는 어떤 무게를 유지하기 위해 스스로를 약하게 만들어야 하지 않는 이상, 몸무게가 무거운 것은 별로 의미가 없단다. 잭 뎀프시가 세계 선수권을 차지했을 때 그의 몸무게는 185파운드밖에 안 되었어. 윌러드는 230파운드였지. 고트와 패트는 둘 다 큰 고양이야."

"하지만 두 고양이가 싸우는 걸 보면 1파운드의 무게도 굉장히 큰 영향을 미친다는 걸 알 수 있어요." 마리오가 말했다. "그들이 만약 돈을 위해서 싸우단면 누구도 1파운드를 버리려고 하지 않을 거예요. 몇 온스라도 마찬가지겠죠."

"바나나 좀 더 갖다줘."

"네, 나리."

"그런 난센스를 정말로 믿니?"

"그건 난센스가 아니에요, 나리."

"위스키와 미네랄워터를 한 잔 더 갖다줘."

"나리께서 명령하신다면요."

"부탁하는 거야"

"나리께서 부탁하시는 건 명령이지요."

"그럼 가져와."

소년은 위스키와 얼음, 차가운 탄산수를 가지고 왔다. 그걸 받아 든 토머스 허드슨이 말했다. "나에게 무슨 증세가 나타나는지 잘 보렴." 그러나 소년의 어두운 얼굴과 걱정스런 표정은 그를 지치게 만들었다. "나는 이것들이 나를 병에 걸리게 하지 않는다는 걸 분명히 알고 있단다."

"나리께서는 스스로가 하는 일을 알고 있겠지만 거기에 이의를 제기하는 것이 저희의 의무입니다."

"맞았어. 이의 제기가 자네들의 의무지. 페드로는 아직 안 왔니?"

"네, 아직 안 왔어요."

"그가 돌아오거든 즉시 시내에 갈 수 있도록 캐딜락 자동차를 준비시키라고 하렴."

이제 목욕을 해야지, 하고 토머스 허드슨은 혼잣말을 했다. 그러고는 아바나로 갈 옷차림을 해야지. 시내에서 대령을 만나기로 했으니. 그런데 뭐가 잘못된 거지? 나에겐 풍요가 문제야. 풍요, 풍요한 땅, 풍요한 바다, 풍요한 공기.

그는 고리버들 의자에 앉아 의자 아래로 뻗어 나온 발걸이에 발을 올려놓고 침실 벽에 걸린 그림을 바라보았다. 다툼이 있을 때를 제외하고는 자 본 적이 없었기 때문에 싸게 사들인 좋지 못한 매트리스의 머리맡에는 후안 그리스(Juan Gris)의 '기타 연주자'가 걸려 있었다. 방 건너편 책장 위에는 파울 클레(Paul Klee)의 '기념비'가 걸려 있었다. 그는 그 그림을 '기타 연주자'만큼은 좋아하지 않았지만 그것을 바라보는 것은 좋아했다. 그는 베를린에서 그것을 샀을 때 얼마나 더러워 보였는지 기억하고 있었다. 그 색채는 그의 아버지의 의학 서적에 나오는 여러 가지 형태의 췌장과 성병 등을 나타내는 그림의 빛깔처럼 품위 없는 것이어서, 그의 아내는 그것을 단지 하나의 그림으로 보기 전까지는 그 더러운 빛깔에 대해 놀라워하곤 했다. 그는 그들 부부가 무척 행복했던 베를린에서의 어느 즐거운 가을날 강변에 있는 플레히트하임 미술관에서 그것을 처음 보았을 때 이상으로 그 그림에 대해 더 잘 알지는 못했다. 그러나 그것은 분명 좋은 그림이었으므로, 그는 그 그림을 보는 것이 즐거웠다.

다른 책장 위에는 마송(Masson)의 선집이 있었다. 그는 '기타 연주자'를 좋아하는 방식으로 이 그림집을 좋아했다. 그것이 바로 그 그림들의 훌륭한 점이었다. 그래서 누구나 아무런 실망도 느끼지 않고 사랑할 수 있다. 사람들은 슬픔 없이 그것들을 사랑할 수 있었고, 좋은 작품들은 사람들이 항상 그러려고 노력했듯이 그들을 행복하게 해 주었다. 비록 행복하게 하지 못했더라도 상관없었다.

보이즈가 방으로 들어오더니 그의 무릎 위로 뛰어올랐다. 그러더니 큰 침실에 있는 높은 서랍장 꼭대기로 힘들이지 않고 멋지게 점프했다. 이제 조용하고 날씬한 몸동작으로 뛰어내린 그 녀석은 토머스 허드슨의 무릎에 사뿐히 내려앉았고, 앞발로 사랑스럽게 그의 다리를 눌러 댔다.

"이 녀석아, 난 지금 그림을 보고 있는 중이야. 너도 그림을 좋아한다면 좀 내려앉아 있어 줄래."

그러나 누가 알겠는가? 녀석이 뛰어오르는 데서 그리고 밤 사냥에서 얻는 것이 내가 그림을 보고 얻는 것만큼이나 될까, 하고 토머스 허드슨은 속으로 생각했다. 그러나 보이즈가 그림을 볼 수 없다는 것은 큰 수치이다. 하긴,

알 수 없는 일이다. 녀석이 그림에 놀란 만한 취미를 가지고 있을지도 모른다.

"이봐, 난 네가 어떤 화가를 좋아하는지 잘 몰라. 아마도 물고기와 굴 그리고 아름다운 사냥감을 소재로 한 정물화를 그리던 네덜란드 시대의 화가일까? 아, 나 좀 눕게 해 다오. 지금은 낮이야. 넌 낮에는 이런 짓을 안 하기로 되어 있잖아."

보이즈는 계속 애교를 부렸고, 토머스 허드슨은 그를 진정시키려고 옆으로 밀어붙였다.

"너는 예의 바른 행동을 배워야 해. 난 너를 즐겁게 해 주려고 다른 고양이를 보러 나간 일은 없었어."

보이즈는 행복했고 토머스 허드슨은 손가락을 통해 그의 목의 그르렁거리는 소리를 느꼈다.

"얘야, 나는 이제 목욕을 할 거야. 한 30분 정도는 걸리겠지. 그런데 넌 네 혀로 몸을 씻는구나. 네가 언제나 내게 관심을 두지 않을 때 하는 짓이지. 네가 몸을 씻을 때는 마치 자기 사무실에 서 있는 못난 실업가 같아. 하긴, 그것도 사업이지. 방해해서는 안 되는. 하지만 대신 나는 못난 속물처럼 아침 내내 여기 앉아 술을 마시고 있어. 그것이 너와 나의 차이점이야. 너는 18시간 동안 배를 운전할 수는 없어. 그러나 나는 그렇게 할 수 있지. 언제든 12시간은 꼭 할 수 있어. 꼭 필요한 경우엔 18시간도. 어제와 오늘 아침엔 19시간을 했거든. 그러나 나는 너처럼 뛸 수도, 밤 사냥을 할 수도 없어. 우리는 밤이면 못된 환상의 사냥을 하지. 너는 콧수염에 레이더를 달고 있잖니. 비둘기는 아마 그의 부리 껍질에 허프 터프 탐지기를 숨기고 있을 거야. 어쨌든 집으로 돌아오는 모든 비둘기는 부리 껍질을 갖고 있지. 너는 어떤 고공 주파수를 갖고 있니, 보이즈?"

보이즈는 무겁고 단단해 보이는 몸을 길게 뻗은 채 조용히 그리고 매우 행복하게 그르렁거리며 누워 있었다.

"네 검색 수신기에서 뭐라고 하니, 보이즈? 맥박의 간격이 어떻게 되니? 맥박 반복 빈도는 얼마나 돼? 실은 내겐 자석이 내장되어 있단다. 아무에게도 말하지 마. 그러나 결과적으로 UHF가 더 높은 해상도를 얻으면, 우리의 적 창녀들은 더 먼 거리에서 탐지될 수 있어. 그것은 전자파란다, 보이즈, 지금 그르렁거리고 있잖니."

그래서 여기에 다시 올 때까지 그것에 대해 생각하지 않겠다는 결심을 했던 거로구나. 네가 잊고 싶어 했던 건 바다가 아니었어. 너는 네가 바다를 사랑하기에 다른 곳으로는 가지 않을 거란 걸 알고 있었지. 현관 밖으로 나가서 바다를 보렴. 바다는 잔인하지도, 무정하지도 않단다. 그것은 단지 거기 있을 뿐이야. 바람과 조류가 그것을 움직여서 표면에서는 그것이 싸우는 것으로 보이지만 밑으로 내려가면 아무런 문제도 없단다. 다시금 네가 바다로 나갈 수 있다는 것을 고맙게 생각하렴. 그리고 그것이 너의 고향이 되어 준다는 것에 대해서도 감사하게 생각해야 돼. 그곳은 너의 고향이야. 그러니 바다에 대해서 당치도 않은 이야기나 생각은 하지 말렴. 그것은 너에게 말썽거리가 아니야. 너는 그래도 좀 분별력이 있구나, 라고 그는 혼자 중얼거렸다. 나는 바다에 대해 많은 분별력을 가져야 하기 때문에 해변에 가고 싶지 않단다.

해변은 아름다운 곳이라고 그는 생각했다. 오늘 우리는 그것이 얼마나 사랑스러울 수 있는지 볼 것이다. 그 빌어먹을 대령을 만난 뒤, 하고 그는 생각했다. 음, 나는 항상 바다를 보는 것을 즐긴다. 왜냐하면 그것은 나의 사기를 북돋우기 때문이다. 대령을 만나지 않는 것이 좋겠다고 그는 생각했다. 그것은 아름다운 하루를 보내는 동안 떼어 버리고 싶은 것들 중 하나이다. 하지만 나는 그를 보러 갈 것이다. 그래도 그에게 굽히고 들어가지는 않을 거야. 이미 빠져 나올 수 없을 정도로 그에게 빠져들어 가 버렸다. 그리고 그는 돌이킬 수 없을 정도로 많은 것을 내어 놓았다. 그래서 난 네가 그에게 빠져들지 않을 거라고 생각했어. 난 안 그래. 나는 단지 보고를 하기 위해 그를 만나러 가는 거야.

그는 술을 다 마시고, 그의 무릎에서 고양이를 내려놓은 다음, 의자에서 일어나 그림 세 개를 더 보고, 목욕탕에 들어가서 샤워를 했다. 아침에 소년들이 와서 온수기를 틀어 놓았기 때문에 뜨거운 물은 많이 남아 있지 않았다. 하지만 그는 깨끗이 비누칠을 하고 머리를 감은 뒤 찬물로 마무리했다. 그런 다음 하얀 플란넬 셔츠와 짙은 색 넥타이, 플란넬 바지, 양모 양말, 10년 된 영국식 생가죽 구두, 캐시미어 풀오버 스웨터, 오래된 트위드재킷을 입었다. 그는 버저를 눌러 마리오를 불렀다.

"페드로는 들어왔나?"

"네, 나리. 밖에 차를 세워 두고 기다리고 있습니다."

"코코넛 워터와 쓴맛을 곁들인 톰 콜린스를 만들어서 코르크 홀더에 넣어 주게."

"네, 알겠습니다. 코트는 필요 없으세요?"

"추워지면 다시 돌아와서 입고 가지."

"점심 식사 하러 오실 건가요?"

"아니, 저녁 식사도 필요 없어."

"가시기 전에 고양이를 보시겠어요? 녀석들은 모두 양지 바른 쪽 바람 부는 곳에 모여 있습니다."

"아닐세. 오늘 밤에 보겠네. 녀석들에게 선물을 가져다주고 싶어."

"그럼 저는 음료수를 만들러 가겠습니다. 코코넛 워터는 시간이 좀 걸려서요."

도대체 왜 고양이들을 보러 가지 않는 거야, 라고 그는 스스로에게 물었다. 몰라, 그가 대답했다. 그것만은 그 스스로도 전혀 이해할 수 없는 새로운 기분이었다.

보이즈가 그를 따라오고 있었다. 그가 떠나는 데 대해 약간 걱정이 되는 모양이었다. 그러나 짐도 보따리도 없었기 때문에 그렇게 당황하지는 않은 듯했다. "얘야, 널 위해서 떠나는지도 몰라." 토머스 허드슨이 말했다. "걱정 말렴. 오늘 밤이나 내일 아침에는 돌아올 테니까. 내 유해와 함께 말이야. 그래, 그러길 바란다. 그러면 이 근처에 대해 더 잘 이해할 수 있을 텐데. 엽총을 가지러 가자."

그는 여전히 거대해 보이는 길고 밝은 거실에서 나와 쿠바의 겨울 아침을 더 밝게 해 주는 곳으로 나아가는 돌계단을 걸어 내려갔다. 개들은 그의 다리 주변에서 놀았고, 그 우울한 포인터는 굽실거리며 그의 머리를 흔들며 다가왔다.

"이 불쌍한 짐승아." 그가 포인터를 향해 말했다. 그가 개를 쓰다듬자 개가 그에게 알랑거렸다. 다른 잡종견들은 추위와 바람에 흥겨워 즐겁게 뛰어 돌아다니고 있었다. 테라스에서 자란 판야나무에서 떨어진 죽은 나뭇가지들이 바람에 휩쓸려 계단에 떨어져 있었다. 운전기사는 과장되게 몸을 떨면서 자동차 뒤로 나오며 말했다. "안녕하세요, 허드슨 씨. 항해는 어떠셨나요?"

"좋았어. 자동차는 어때?"

"완벽합니다."

"확실히 그렇군." 토머스 허드슨이 영어로 말했다. 그런 다음 코르크로 싼 길고 칙칙하고 거무스름한 빛깔의 술병을 들고 차가 세워져 있는 계단까지 나와 있는 마리오에게 말했다. "페드로에게 스웨터를 갖다주게. 톰즈 상회에서 산 단추가 앞에 달린 것으로. 그리고 이 계단의 쓰레기도 좀 치워 주게."

토머스 허드슨은 운전기사에게 잠시 들고 있으라며 술을 건네고는 몸을 구부려 개들을 쓰다듬었다. 보이즈는 계단에 앉아서 그들을 경멸의 눈으로 지켜보고 있었다. 나이가 듦에 따라 점차 회색으로 변해 가는 작고 검은 암캐인 네그리타가 앉아 있었다. 그녀의 꼬리는 등을 감싸고 있었고, 작은 발과 섬세한 다리는 움직일 때 더욱 반짝거렸으며, 코와 주둥이는 폭스테리어처럼 날카롭고, 눈은 사랑스럽고 총명했다.

그는 어느 날 밤 술집에서 몇몇 사람들이 나가고 난 뒤에 그녀가 어떤 종류의 개인지 물어본 적이 있었다.

"쿠바종입니다." 웨이터가 말했다. "그 개는 이곳에 나흘 동안 있었어요. 가게에 들어오는 사람들을 따라다녔지만 손님들은 항상 그 개 앞에서 자동차 문을 닫아 버렸답니다."

그들은 그 개를 핀카(Finca)로 데리고 가서 그녀의 고향으로 삼아 주었지만 2년 동안 암내를 피우지 않았다. 토머스 허드슨은 그 개가 너무 늙어 새끼를 낳을 수 없을 거라고 생각했다. 그러던 어느 날 그 개는 어느 경찰견과 일을 벌이고 난 뒤부터 경찰견 강아지, 작은 새끼 불도그, 포인터 강아지와 교미를 해 이름도 알 수 없는 잡종 강아지를 낳기 시작했다. 그녀가 낳은 잡종은 작은 불도그의 가슴과 어깨 그리고 네그리타처럼 등 위까지 꼬부라져 올라간 꼬리를 제외하고도 마치 수놈이 아일랜드계인 듯 보이는 연한 붉은빛의 털을 가진 것들이었다.

이제 그녀의 자손들이 그녀의 주위에서 놀고 있었고, 그녀는 또다시 임신했다.

"네그리타는 어떤 수캐의 새끼를 뱄을까?" 토머스 허드슨이 운전기사에게 물었다.

"모르겠어요."

낡아 빠진 제복 윗옷을 벗고 있는 운전기사에게 주기 위해 스웨터를 갖고 나온 마리오는 "배 속 새끼의 아버지는 마을에서 싸움 잘하기로 유명한 개예요."라고 말했다.

"자, 개들아, 모두 안녕. 잘 있어, 보이즈." 그는 개들과 개들을 따라 자동차를 향해 오고 있는 고양이에게 말했다. 자동차에 탄 토머스 허드슨은 코르크로 싸인 술병을 들고 창밖으로 몸을 내밀어 뒷다리를 쳐들고 서 있는 고양이를 쓰다듬어 주었다. "걱정 마라. 꼭 돌아올 테니까."

"가여운 보이즈." 마리오가 이렇게 말하며 그 고양이를 팔에 안았다. 고양이는 자동차가 화단을 돌아 도랑들에 씻겨서 울퉁불퉁해진 길을 내려가 언덕배기와 키 큰 망고나무 뒤에 가려져 보이지 않을 때까지 자동차가 사라져 가는 모습을 바라보고 있었다. 마리오는 고양이를 집으로 데려가 내려놓았다. 고양이는 창문틀 위로 펄쩍 뛰어 올라가서 언덕 밑으로 사라져 버린 자동차 길을 내려다보고 있었다.

마리오가 그를 쓰다듬었지만 고양이는 긴장을 풀지 않았다.

"가엾어라. 보이즈." 키가 큰 흑인 소년이 말했다. "가엽고 또 가여운 보이즈."

토머스 허드슨과 운전기사는 차도를 따라 내려가다가 잠시 멈춘 뒤 운전사가 차에서 내려 대문의 철사를 푼 뒤 계속 앞으로 나아갔다. 한 흑인 소년이 그 길을 따라오고 있었다. 토머스 허드슨은 그를 불러 대문을 닫으라고 했다. 소년은 빙그레 웃고는 머리를 끄덕였다.

"저 아이는 마리오의 남동생입니다."

"알고 있네." 토머스 허드슨이 말했다.

그들은 지저분한 마을의 옆길을 따라가다 중앙 고속도로로 접어들었다. 그들은 마을을 지나 두 개의 채소 가게를 더 지나쳤고, 통조림 깡통들이 선반에 놓여 있고 그 가운데 각종 병들이 줄지어 있는 상점과 술집 들이 자리한 거리를 통과했다. 그들이 마지막 술집을 지나자 길 위로 온통 가지를 뻗치고 있는 거대한 스페인 월계수가 나타났다. 그들은 오래된 돌길을 따라 곧장 언덕 아래로 내달렸다. 바닥에 돌이 깔린 그 고속도로의 한쪽에는 크고 늙은 나무들이 3마일이나 늘어서 있었다. 거기에는 탁아소와 작은 농장, 여러 갈래로 나누어진 낡아 빠진 스페인 식민지 주택들이 즐비한 큰 농장이 있었다. 그들의 오래된 언덕 위의 목장은 새로 난 도로들로 조각이 났고, 그 도로들은 풀로 뒤덮인 언덕배기에서 끝나고 있었는데 풀들은 한결같은 갈색이었다. 수많은 초목으로 뒤덮인 이 나라에서 지금 땅 위에서 찾아볼 수 있는 녹색이란, 바람을 맞아 녹색 꼭대기가 비스듬히 자란 대왕야자들이 자라고 있는 수로뿐이었다. 이곳의 바람은 건조하고 매섭고 차가운 북풍이었다. 플로리다 해협은 그전에 불어온 북풍으로 날씨가 추웠는데, 이 바람은 안개와 비는 동반하지 않았다.

토머스 허드슨은 얼음처럼 찬 술을 한 모금 마셨다. 그것은 아무 맛이 없는 코코넛 워터를 섞은 신선한 풋 라임 주스 맛으로 다른 무엇을 채운 물보다 훨씬 맛이 좋았는데, 혀에 생기를 불어넣고 삼킬 때 보람이 느껴지는 진짜 고든의 진을 탄 센 술로 그 쓴맛이 더욱 짜릿하게 느껴졌다. 마치 길고 긴 항해를 끝냈을 때의 기분 같았다. 정말이지 훌륭한 음료였다.

코르크로 된 잔 손잡이가 얼음이 녹는 것을 막아 주었고, 따라서 농도를 계속 강하게 유지시켜 주었다. 그는 즐거운 마음으로 그것을 손에 들고 차를 달리면서 창밖의 시골 풍경을 바라보았다.

"해안 길로 가면 기름이 절약될 텐데 왜 이 길로 가지?"

"그렇게 말씀하신다면 분부대로 그렇게 하겠습니다." 운전기사가 대답했다. "하지만 이 차의 연료는 정부가 제공한 것이지요."

토머스 허드슨은 "시험 삼아 해안 길로 가 보지."라고 말했다. "그러면 정부의 기름이 아닌 우리의 기름일 땐 어떤 길로 가야 하는지 알게 될 테니까 말이야."

그들이 탄 차는 이제 평지로 내려와 있었다. 길 위쪽에는 꽃을 키우는 사람들의 밭이 있고, 오른쪽에는 바구니를 짜는 사람들의 집이 줄지어 있었다.

"바구니 짜는 사람을 한 사람 불러서 우리 집 거실의 낡아 빠진 큰 매트리스를 손봐야겠는데."

"예, 알겠습니다."

"아는 사람이 있나?"

"물론입니다."

일반적으로 잘못 알고 있는 게 많고, 어리석고, 사람을 속이고, 모터에 대한 지식도 부족하며, 자동차에 대한 수리 또한 잘하지도 않으며, 또한 게을러빠진, 그래서 토머스 허드슨이 무척 싫어하는 이 운전기사는 해안 길로 가지 않는다고 꾸지람을 들어서인지 토머스 허드슨의 질문에 무척 사무적인 태도로 짧게 대답했다. 이처럼 결점이 많은 사람임에도 불구하고 그는 운전 실력에 있어서만큼은 뛰어난 사람이었다. 즉, 다시 말해 비논리적이고 신경질적인 쿠바의 교통을 멋지게 요리해 나가는 뛰어난 자동차 운전기사였던 것이다. 그는 또한 누군가에게 해고당하는 원인과 그 과정에 대해서도 잘 알고 있었다.

"스웨터를 입으니 따뜻한가?"

"네, 그럼요."

젠장, 토머스 허드슨은 생각했다. 계속 그렇게 대답하면 보기 좋게 쫓아내 버릴 테다.

"어젯밤 자네 집은 무척 추웠나?"

"끔찍하게 추웠습니다. 말도 마십시오. 허드슨 씨는 상상도 못할 정도였답니다."

이렇게 두 사람 사이의 딱딱한 분위기는 풀어졌고 그들은 지금 다리를 건너고 있었다. 한 경찰관이 자기 애인의 신체를 여섯 토막으로 잘라 갈색 종이에 싸서 중앙 고속도로를 따라 여기저기 흩어 놓은 사건이 있었는데, 이 다리는 바로 그 죽은 여인의 트렁크가 발견된 곳이었다. 강물은 지금은 말라 있었다. 그러나 그 사건이 일어난 날 밤은 물이 흐르고 있었고, 자동차들이 반마일이나 비를 맞고 줄지어 서 있는 동안 운전기사들을 그 역사적인 사건 현장을 지켜보고 있었다.

다음 날 아침 모든 신문의 일면에는 토막 시체의 사진이 실렸고, 어떤 기사는 그 여인이 북아메리카에서 온 여행자임이 틀림없다고 기록했다. 그 이유는 열대 지방에 사는 여자라면 그만한 나이에 육체적으로 그렇게 발달되었을 리가 없다는 것이었다. 아직 머리 부분이 발견되지 않았는데 그들이 어떻게 그녀의 정확한 나이를 알게 되었는지 토머스 허드슨은 알 수 없었다. 머리는 그로부터 얼마가 지난 뒤 바타바노라는 어항(漁港)에서 발견되었다. 그러나 신문 일면에 난 토막 시체의 사진은 그 어떤 훌륭한 그리스 조각품도 명함을 내밀지 못할 정도였다. 그런데 훗날 밝혀진 바에 의하면 그녀는 미국 관광객이 아니었다. 그녀는 그저 열대 지방에 살면서 그녀가 갖고 있던 모든 매력이 발달될 대로 모두 다 발달된 여성일 뿐이었다. 당분간 토머스 허드슨은 핀카 이외의 지역에서는 길에서 작업하는 것을 그만둘 수밖에 없었다. 왜냐하면 그곳에서는 뛰거나 달리기만 해도 사람들이 "저기 간다. 저놈이다. 저놈이 여자를 토막 내서 죽인 놈이다!" 하고 소리치며 따라올 위험성이 많았기 때문이다.

이제 그들은 다리를 넘어서 루야노로 향하는 언덕을 오르고 있었다. 그곳에서 왼쪽을 바라보면 토머스 허드슨으로 하여금 언제나 톨레도를 연상시키는 엘 체도를 볼 수 있었다. 엘 그레코의 톨레도가 아니다. 하지만 언덕 옆에서 톨레도의 일부가 보일 뿐이었다. 자동차가 마지막 언덕을 오르자 그들은 이제 그 위에 있었다. 그는 그것을 다시 한 번 똑똑히 보았다. 그것은 완벽한 톨레도였다. 그러나 그 시간도 잠깐일 뿐 언덕은 곧 내리막을 내달렸고 쿠바는 양쪽 가까이 다가왔다.

이것은 그가 시내로 가는 길 중에 썩 좋아하지 않았던 부분이다. 그가 술을 마시며 가야 하는 것도 바로 이 부분 때문이었다. 가난, 더러움, 400년 묵은 먼지, 아이들의 코딱지, 조각난 종려나무 잎사귀들, 망치로 두들겨 만든 양철 지붕, 치료되지 않은 매독의 가진 사람들, 오래된 개울 밭의 하수, 병든 가금류의 목에 달라붙어 있는 이, 노인들의 목에 걸친 자, 늙은 여인의 냄새, 있는 대로 큰 소리를 내는 라디오, 이 모든 것들이 싫어서 그는 술을 마시는 거라고 생각했다. 그건 정말이지 못할 짓이었다. 나는 그것을 자세히 보고 뭔가 조치를 취해야 한다. 대신에 너는 그들이 예전에 냄새나는 소금을 들고 다니던 방식으로 술을 마셔라. 아니, 꼭 그렇게 할 필요는 없지. 그는 생각했다. 그러한 양식에다 호가스의 진 레인에 나오는 술 마시는 방식을 혼합한 그런 종류의 방법이 좋겠군. 너는 또 그 대령을 보러 가는 게 역겨워 술을 마시고 있지, 하고 그는 생각했다. 너는 언제나 어떤 일은 좋아서, 또 어떤 일은 나빠서와 같은 식으로 핑계를 대며 술을 마시고 있구나, 하고 그는 또 생각하는 것이었다. 넌 정말 못난 놈이야. 그토록 많은 시간을 마시는 데 쓰고 있으니 말이야. 넌 오늘 할 일이 아주 많다고.

그는 술을 길게 한 모금 마셨다. 깨끗하고 차갑고 신선한 느낌이 입안에 퍼졌다. 이곳은 노면 위로 차들이 달리는 도로 중 최악의 구간이었고, 게이트가 내려졌을 때 철도의 평탄한 교차로에서 차량들이 줄줄이 몰렸다. 이제 정차한 차와 트럭 들이 줄지어 서 있는 그 너머에는 아타레스성이 자리한 언덕이 있었다. 그가 태어나기 40년 전 바히아 혼다에서의 원정이 실패했을 때, 그리고 그들이 그 언덕을 향하는 122명의 미국 자원 봉사자들을 쐈을 때 크리텐던 대령과 다른 사람들도 쐈다. 그 너머로는 아바나 전기 회사의 높은 굴뚝에서 나오는 연기가 하늘을 가로질러 곧장 날아갔고, 고속도로는 유조선 탱크 바닥에서 뿜어져 나오는 물이 검고 기름진 항구의 상단과 평행하게 육교 아래의 오래된 자갈길을 따라 뻗어 있었다. 게이트가 열리자 그들은 다시 움직이기 시작했고, 북쪽으로 가는 행렬 속에 끼어 있었다. 전시에 만들어진 불쌍하고 기괴하게 생긴 목선들이 나무 부두의 목조 기둥에 기대어 놓여 있었고, 항구에 끼어 있는 찌꺼기들은 목조 기둥보다 더 검었으며 마치 하수구처럼 더러웠다.

그는 자기가 알고 있는 한도 내에서 여러 가지 배를 알아봤다. 그중 세 개의 돛대가 달린 범선은 잠수함도 귀찮아할 만큼 충분할 만큼 컸으므로 잠수함은 그 배에 포격을 가했다. 그 배는 목재를 가득 실은 채 설탕을 가지러 오던 참이었다. 그 배는 현재 수리를 마쳤는데 어디에 포격을 당했는지 토머스 허드슨은 알 수 없었다. 그는 바다에서 자신의 배를 포격한 그 잠수함의 갑판 위에 있었던 산 중국인과 죽은 중국인을 잘 기억하고 있었다. 잠깐, 너는 오늘 바다에 대한 생각을 하지 않기로 했잖아.

난 그것을 바라보아야만 했어, 하고 그는 혼자 말했다. 그 위에 있던 사람들은 우리가 방금 지나온 곳보다 더욱 보기 싫은 것이다. 300년 혹은 400년에 걸쳐 더럽혀진 이 항구는 어쨌든 바다는 아니다. 그리고 이 항구는 말로 하기에는 나쁘지 않다. 카사블랑카 쪽에서도 그렇게 나쁘지 않았다. 너는 이 항구의 좋은 밤들에 대해 알고 있었고, 지금도 알고 있다.

"저것 좀 봐." 그가 말했다. 그가 어딘가를 쳐다보는 것을 본 운전사가 차를 멈추기 시작했다. 하지만 그는 그에게 계속 가라고 말했다. "대사관으로 계속 가게." 그가 말했다.

그는 철도 선로와 항구에서 석탄을 하역하는 전기 회사가 석탄을 저장해 놓은 땅바닥을 분리한 벽에 판자와 야자수를 기대어 만든 움막에 살고 있는 노부부를 바라보았다. 그 벽은 석탄을 내리는 기계에서 나오는 석탄 먼지로 새카맣게 변해 있었는데, 철로 길에서 불과 4피트 정도밖에 떨어져 있지 않았다. 이 움막은 가파른 경사지에 세워져 있었는데, 그 안에는 두 사람이 누울 만한 자리조차 없었다. 노부부는 움막 입구에 앉아 양철 캔에 커피를 끓이고 있었는데, 나이를 먹어서 피부가 푸석푸석하며 더러워 보였고 설탕 부대로 만든 낡은 옷을 입고 있었다. 그는 개를 볼 수 없었다.

"그런데 개는?" 그는 운전기사에게 물었다. "오랫동안 보이지 않더군요." 그들은 몇 년 동안이나 이 노부부의 움막 옆을 지나쳐 갔었다. 어젯밤 그가 읽었던 편지를 쓴 소녀는 한때 그곳에 살았었는데, 그들이 그 움막을 지나갈 때마다 부끄럽다고 소리를 지르곤 했었다.

"그러면 어떤 방법을 써서라도 이런 생활을 면하려고 해 보지 그랬니?" 그는 그녀에게 물어보았다. "너는 편지에 언제나 모든 것이 끔찍하고 비참하다고 쓰면서 왜 그에 대한 조치는 하지 않는 거지?"

이 말은 그 소녀를 화나게 만들었고 소녀는 차를 세웠다. 그는 자동차에서 내린 뒤 그 움막 쪽으로 가서 늙은 노파에게 20달러를 주고는 그 돈으로 좀 더 살기 좋은 곳을 찾고 먹을 것을 좀 사라고 말했다.

"네, 알았습니다." 노파가 말했다. "당신은 친절한 분이시군요."

다음에 그들이 왔을 때 그들은 여전히 같은 장소에 살고 있었고, 그들을 향해 즐거운 표정으로 손을 흔들었다. 그들은 개를 한 마리 샀다. 그 개는 작고 털이 복슬복슬한 흰색 개였는데, 주변의 먼지 때문에 제대로 키울 수 있는 개가 아니라고 토머스 허드슨은 처음부터 생각했다.

"자네는 그 개가 어떻게 되었다고 생각하나?" 토머스 허드슨이 운전기사에게 물었다.

"아마도 죽었겠지요. 먹을 게 없었거든요."

"개를 또 한 마리 갖다주어야겠군." 토머스 허드슨이 말했다.

그들은 움막집을 뒤로하고 왼쪽으로 벽에 흙탕물이 잔뜩 튀어 있는 쿠바 육군 참모 본부 건물을 통과했다. 백인의 피가 좀 섞인 듯한 한 쿠바 병사가 나태한 자세로 서 있었다. 그러나 그는 그의 부인이 빨아서 색이 바랜 카키색 제복을 자랑스럽게 입고 있었고, 그가 쓰고 있는 운동모자는 스틸웰 장군의 것보다 깔끔했다. 그의 스프링필드 소총은 깡마른 그의 어깨의 안전한 부분에 걸쳐져 있었다. 토머스 허드슨은 그 병사가 북풍을 맞아 추워하고 있다는 것을 알 수 있었다. 그 병사는 자동차를 정신 나간 듯이 보고 있었다. 서 있는 자리에서 이리저리 왔다 갔다 하면 좀 따뜻해질 텐데, 하고 토머스 허드슨은 생각했다. 그러나 만일 한 자리에 가만히 서서 쓸데없이 에너지를 소모하지 않으면 해가 곧 그에게 볕을 내려 따뜻하게 해 줄 것이다. 저렇게 야윈 걸 보니 군대 생활을 오래하지는 않은 것 같군, 하고 그는 생각했다. 다가오는 봄에 우리가 여기를 지나칠 때면 나는 아마 저 병사를 알아보지 못할 것이다. 저 스프링필드 총은 그에게 무척 무거울 것이다. 투우사들이 목검을 사용하여 손목에 무리가 가지 않도록 하는 것처럼, 가벼운 플라스틱 총을 메고 보초를 설 수 없다는 것은 유감스러운 일이다.

"베니테스 장군이 유럽의 전쟁터로 끌고 가려던 사단은 어떻게 되었나?" 그는 운전기사에게 물었다. "아직 떠나지 않았나?"

"아직은요." 운전사가 말했다. "아직 떠나지 않았습니다. 하지만 그 장군은 오토바이 타는 법을 배우고 있어요. 이른 아침 말레콘 강가에서 연습을 하더군요."

토머스 허드슨은 "그럼 그가 이끄는 사단은 분명 기동 사단이 되겠군."이라고 말했다. "병사들과 장교들이 에스타도 메이어를 빠져나올 때 가지고 있던 소포는 무엇인가?"

"쌀입니다." 운전기사가 말했다. "쌀 화물이 들어왔지요."

"요즘도 구하기가 어려운가?"

"불가능합니다. 구름 속에 있는 것과 다름없지요."

"자네도 요즘 식량을 구하기 어려운가?"

"아주 좋지 않습니다."

"왜? 자네는 집에서 먹잖아. 가격이 아무리 올라도 내가 모든 것을 사 주지 않나."

"제가 집에서 먹을 때 말입니다."

"자네는 언제 집에서 먹나?"

"일요일에요."

"자네에게도 개를 한 마리 사 줘야겠군." 토머스 허드슨이 말했다.

"저희 집에는 개가 있습니다." 운전기사가 말했다. "정말 아름답고 똑똑한 개이지요. 그는 이 세상 그 누구보다도 저를 사랑합니다. 만약 그가 저와 함께 가고 싶어 하지 않는다면 저는 한 발짝도 움직이지 않습니다. 하지만 허드슨 씨, 없는 것이 없는 당신은 이 전쟁이 쿠바 사람들에게 얼마나 끔찍한 고통을 안겨 주고 있는지 알 수 없을 것입니다."

"기아가 심한 것은 확실하지."

"하지만 그것을 완전히 이해하지는 못할 거예요."

그렇지, 나는 알 수 없지. 토머스 허드슨은 생각했다. 나는 전혀 그것을 깨닫지 못할 거야. 나는 왜 이 나라에 항상 배고픔이 존재하는지도 이해할 수 없어. 그런데 너, 이 개자식아. 자동차 모터를 손질하는 데 드는 품삯을 생각해 보면 너는 그냥 쏴 죽여 버려야 된단 말이야. 나는 최대의 즐거움으로 너를 쏴 죽일 거야. 그러나 그는 말했다. "자네 집에 쌀을 좀 갖다주려면 어떻게 해야 하는지 한번 생각해 보지."

"정말 감사합니다. 우리 쿠바인들의 삶이 얼마나 어려운지 상상도 못하실 거예요."

"정말 형편없긴 할 거야." 토머스 허드슨은 말했다. "자네를 쉬게 해 주기 위해 바다로 데려가지 않았던 내 자신이 부끄럽군."

"바다에서도 쉬기는 어려웠을 거예요."

"나도 그렇게 생각하네." 토머스 허드슨은 말했다. "때로는, 오늘 같은 날에도, 자네는 쉬지 못할 거라 생각되는군."

"우리 모두는 각자 져야 할 십자가가 있으니까요."

"나는 내 십자가를 떼어서 내가 아는 많은 사람들에게 붙여 주고 싶군."

"모든 일에는 조용히 그리고 인내심을 가지고 대처하려는 마음이 필요합니다, 허드슨 씨."

"정말 고맙네." 토머스 허드슨이 말했다.

그들은 메인 기차역 아래인 마이애미와 키웨스트의 배들이 정박하곤 했던 오래된 PO 부두 입구 반대편 그리고 오래된 쾌속 범선을 운항하고 있을 때

팬아메리칸 항공사들이 운영하던 터미널의 입구 반대편 쪽에 있었다. PO 회사의 배들이 해군에 넘어가고, 팬아메리칸 항공사에서 DC-2와 DC-3기를 란초 보예로스 공항으로 취항시키고, 또 쿠바 해군이 잠수 추적함으로 하여금 비행선이 내리는 곳을 언제나 묶어 두게 하고 있는 지금에 와서 그 선창은 이미 버려진 곳이었다.

 토머스 허드슨은 옛날부터 아바나시의 이곳을 가장 잘 기억하곤 했다. 그가 좋아했던 곳은 이제 마탄사스로 향하는 도로가 되어 있었다. 시내에 추하게 뻗어 나간 곳, 아타레스성, 이름도 모르는 교회 그리고 벽돌 길 등으로 변해 있었다. 이것들이 있는 곳으로 달려 보라. 그중 아무것도 기억해 내지 못할 것이다. 당시 그는 술집이란 술집은 모두 다 알고 있었고, 시내의 그곳에서 다이빙을 했었다. 산이시드로는 방파제 근처에 있는 큰 사창가였지만 지금은 그런 기능을 하는 곳이 하나도 없이 죽어 있다. 그런 집들이 문을 닫고 창녀들이 모두 유럽으로 실려 간 뒤부터 그곳은 죽어 버렸다. 그 대수송은 지중해 항에 있던 미국 배들이 떠날 때 모든 여자들이 손을 흔들어 대던 빌프랑슈와는 반대 현상이었다. 프랑스 배가 여자들을 싣고 아바나를 떠날 때 모든 방파제는 사람들로 붐볐고, 해안과 선창과 해변과 해벽에서 손을 흔들며 그들을 향해 이별을 고하는 것은 비단 남자들뿐만이 아니었다. 그 배의 주위를 돌고 있는 전세 낸 똑딱선이나 장화를 팔러 다니는 작은 배에도 많은 여자들이 타고 있었다. 대다수의 사람들은 이 광경이 퍽 재미있다고 생각했겠지만, 그는 당시 매우 슬펐다고 기억한다. 왜 창녀들은 시시덕거려야만 하는지 그는 결코 이해할 수 없었다. 그러나 사실 그 수송은 무척 희극적인 것이었다. 많은 사람들은 그 배가 가고 난 뒤 슬퍼했고, 산이시드로는 다시 회복되지 않았다. 따라서 지금 그곳은 무료하기 짝이 없는 거리가 되었고, 트럭 운전기사나 마차를 밀고 다니는 사람을 제외하고는 백인 남자나 여자를 거의 찾아볼 수 없지만 그 이름만은 아직 그의 감정을 움직이게 했다. 아바나에는 흑인들만 사는 회색의 거리가 있었고, 거기서 얼마 떨어져 있지 않은 곳에 지저스 마리아와 같은 거친 거리와 지역이 있었다. 그러나 그 지역 또한 창녀들이 가고 난 뒤의 거리와 마찬가지로 슬픈 곳이었다.

이제 자동차는 레글라로 가는 나룻배가 정박해 있고 해안을 따라서만 가는 순항선이 매어져 있는 방파제로 나왔다. 항구는 갈색이고 거칠었다. 그러나 흐르는 바다는 흰 파도를 만들지 않았다. 그 빛은 너무나도 회색이었다. 검고 더러운 것이 속에서 걷히고 나면 신선하고 깨끗한 회색으로 보였다. 바다 저편으로는 카사블랑카 위의 언덕 쪽으로 누워 있는 조용한 만이 보였다. 그곳에는 산 물고기를 잡아 가두어 두는 통발이 떠 있었고, 쿠바 해군의 회색빛 포함들이 정박해 있었으며, 그가 있는 곳에서는 보이지는 않았지만 그의 배가 정박해 있다는 것도 알고 있었다. 만 너머로 노란 빛깔의 오래된 교회당과 핑크, 초록, 노란색 등 레글라의 집들이 띄엄띄엄 흩어져 있는 것이 보였고, 벨로트 회사의 저장 탱크와 정유 굴뚝이 보였으며, 그 뒤로는 코히마르를 향해 있는 언덕들이 늘어서 있었다.

"그 배가 보입니까?" 운전기사가 물었다.

"여기서는 안 보이는데."

그들은 전기 회사의 굴뚝으로부터 뿜어져 나오는 연기의 방향을 따라가고 있었다. 아침은 밝고 깨끗했다. 공기는 마치 농장의 언덕 공기처럼 맑고 새로 씻은 듯했다. 선창 주위에서 움직이고 있는 사람들은 모두가 북풍을 맞아 추운 듯 보였다.

"먼저 플로리디타로 가 보세." 토머스 허드슨이 운전기사에게 말했다.

"여기서 대사관까지는 네 블록밖에 떨어져 있지 않습니다."

"알고 있네. 하지만 내가 플로리디타에 먼저 가고 싶다고 말했잖나."

"분부대로 하겠습니다."

그들이 곧장 시내로 들어가자 바람은 멈춰 있었다. 창고와 상점들을 지나던 토머스 허드슨은 자루 안에 넣어 둔 밀가루와 밀가루 먼지 냄새를 맡았다. 꼭 닫아 두었던 통을 새로 열었을 때 나는 냄새, 아침에 마시는 한 잔의 커피보다 훨씬 강력한 흥분을 주는 커피 끓이는 냄새, 그리고 자동차가 플로리디타를 향해 오른쪽으로 돌기 직전 풍겨 온 담배 냄새가 코를 시큼하게 찔렀다. 이 거리는 그가 좋아하는 거리 중의 하나였지만 그 거리를 걷는 것은 싫어했다. 그 이유는 인도가 너무 좁고 교통이 혼잡할 뿐만 아니라 거리가 별로 붐비지 않는 밤에는 커피를 끓이는 냄새도 나지 않았고, 창고 문을 닫아 버려서 담배 냄새도 나지 않기 때문이었다.

"문이 닫혔군요." 운전기사가 말했다. 카페의 양 옆에 있는 철 셔터는 내려져 있었다.

"이럴 줄 알았어. 이제 오비스포로 내려가서 대사관으로 가세."

이 거리는 그가 밤낮을 가리지 않고 수천 번이나 걸어 다니던 길이었다. 자동차를 타면 길이 너무 빨리 끝나 버리기 때문에 그는 이 거리에서는 자동차를 타는 걸 싫어했다. 그는 지체할 수 없어 마지막 술잔까지 비우고 앞에 가는 자동차를 구경하며 인도 위를 걸어가는 사람들과 남북로가 교차되는 지점의 차량들을 바라보면서 그가 나중에 걸을 수 있는 길을 아끼며 남겨 두곤 했었다. 자동차는 대사관과 영사관 건물 앞에 멈추었다. 그는 차에서 내린 뒤 걸어 들어갔다.

그 건물 안으로 들어가면 쥐어뜯어 놓은 듯한 눈썹과 윗입술 바로 아래까지 내려온 콧수염을 기른 서글픈 표정의 서기가 내미는 종이에 이름과 주소와 방문 목적을 쓰는 과정을 거친다. 그러나 그는 서기를 쳐다보지도 않고 곧장 엘리베이터 안으로 들어갔다. 서기는 어깨를 으쓱하더니 눈썹을 문질렀다. 그는 아마도 그것을 너무 강조했던 모양이다. 그러나 그것은 털이 덥수룩하게 난 것보다 훨씬 깨끗하고 깔끔했다. 또 그것들은 콧수염과도 썩 잘 어울렸다. 그는 자신이 생각하기에 가장 가느다란 콧수염을 가지고 있었다. 그러나 그 콧수염은 그냥 보통의 것이었다. 에롤 플린 조차도 그만큼 좁은 콧수염을 가져 본 적이 없었고, 핀초구티에레스나 호르헤 네그레테도 그런 콧수염을 길러 보지 못했을 것이다. 그래도 개자식 허드슨에게는 그런 식으로 들어가 그를 무시할 권리가 없었다.

"요즘 문에는 어떤 종류의 마리콘을 사용하고 있나?" 토머스 허드슨이 엘리베이터 기사에게 물었다.

"아, 그건 마리콘이 아닙니다. 그것은 아무것도 아니지요."

"여기 모두는 잘 지내는가?"

"좋습니다. 변함없이 똑같습니다."

그는 4층에서 홀로 걸어 나갔다. 그는 세 번째 가운데 문 앞으로 가서 책상에 앉아 있는 해병 준위에게 안에 대령이 있는지 물어보았다.

"대령님은 오늘 아침 비행기를 타고 관타나모에 가셨습니다."

"그는 언제쯤 돌아올까요?"

"대령님은 아이티에 가실지도 모른다고 말씀하셨습니다."

"내게 전하라는 것은 아무것도 없었나요?"

"제게 따로 맡겨 두신 것은 없었습니다."

"혹시 메시지를 남기진 않았나요?"

"남아 있으라고 하셨습니다."

"기분이 어때 보였나요?"

"굉장히 무서워 보였습니다."

"안색은 어떻던가요?"

"끔찍했습니다."

"그가 나에 대한 이야기를 여러 번 하던가요?"

"그렇지 않았습니다. 대령님은 허드슨 씨께 기다리라는 메시지만 남기셨습니다."

"그 외에 내가 알아야 할 것이 있소?"

"모르겠습니다. 더 알아야 할 게 있나요?"

"그만둡시다."

"알겠습니다. 보아하니 구질구질하게 나오시는군요. 당신은 이 사무실에서 대령님을 위해 일하는 사람이 아닙니다. 바다에나 나가십시오. 빌어먹을, 당신에겐 더 이상 해 줄 말이—"

"진정하세요."

"시골에서 살고 계시나요?"

"그렇습니다. 하지만 오늘과 오늘 밤은 시내에 있을 예정입니다."

"그는 오늘이나 오늘 밤 안으로는 돌아오시지 않을 겁니다. 그분이 돌아오시면 제가 당신이 있는 시골로 전화를 드리겠습니다."

"그런데 그 사람이 내 이야기를 떠들어 대지 않은 것이 확실한가요?"

"그분은 당신의 이야기를 떠들어 대지 않은 것으로 알고 있습니다. 혹시 무슨 일이 있었나요? 뭐 걸리는 것이라도 있는 건가요?"

"아니요. 그렇다면 또 다른 누군가가 내 이야기를 하지는 않았습니까?"

"제가 아는 한, 제독께서도 당신 이야기는 전혀 하지 않았습니다. 그러니 이제 제발 나가서 술이나 한잔하십시오."

"그럼 나가서 내 자신을 위해 한잔해야겠군요."

"저를 위해서도 마셔 주십시오."

"혹시 당신에게도 무슨 일이 있는 건가요? 당신은 매일 밤 술을 마시잖소?"

"그 정도로는 충분하지 않습니다. 헨더슨은 요즘 잘 지냅니까?"

"잘 지냅니다. 왜 그러죠?"

"아닙니다."

"왜 묻는 겁니까?"

"아무것도 아닙니다. 그냥 물어본 것일 뿐인데 무슨 불만이라도 있습니까?"

"우리는 불평을 하지 않습니다."

"훌륭하시군요. 역시 지도자들다워요."

"우리는 불평을 공식화합니다."

"당신들은 그럴 수 없어요. 민간인이잖아요."

"지옥이나 가시오."

"굳이 그럴 필요 없습니다. 이미 와 있거든요."

"대령이 돌아오는 대로 내게 연락해 주십시오. 그리고 대령에게 내 칭찬도 좀 해 주시고, 내가 다녀갔다고도 전해주시오."

"네, 나리."

"갑자기 나리라는 말은 왜 쓰는 건가요?"

"예의를 갖추려구요."

"안녕히 계십시오, 홀린스 씨."

"안녕히 가십시오. 허드슨 씨. 급할 때 찾을 수 있도록 사람들을 대기시켜 두십시오."

"감사합니다, 홀린스 씨."

복도를 따라 걷던 그는 그가 알고 있는 부사령관이 암호실에서 나오는 모습을 보았다. 그의 얼굴은 골프와 하이마니타스 해변 덕분에 갈색으로 그을려 있었다. 그는 건강해 보였고 적어도 그의 불행이 겉으로 드러나 보이지는 않았다. 그는 젊고 매우 훌륭한 극동 사람이었다. 토머스 허드슨은 그가 마닐라에 자동차 대리점과 홍콩 지점 대리점을 가지고 있을 때부터 그를 알고 있었다. 그는 타갈로그어와 광둥어에 능통했다. 물론 스페인어도 자연스럽게 구사했다. 그래서 아바나에서도 잘 지내고 있는 것이었다.

"안녕하세요, 토미. 시내엔 언제 들어오셨나요?"

"어젯밤에요."

"도로 사정은 어땠어요?"

"먼지가 많더군요."

"언젠가는 망할 자동차가 뒤집히겠군요."

"나는 조심성 있는 운전수인걸요."

"당신은 항상 그랬죠." 부사령관 프레드 아처가 말했다.

그는 토머스 허드슨의 어깨에 팔을 둘렀다. "당신에게 한 번쯤은 이렇게 해 보고 싶었어요."

"왜요?"

"당신은 항상 나를 응원해 주니까요. 당신만 생각하면 힘이 나거든요."

"파시피코에서 식사를 해 본 적이 있나요?"

"몇 주 동안 못 갔어요. 같이 갈까요?"

"언제든지."

"점심은 같이 할 수 없지만, 저녁 식사는 어떤가요? 혹시 오늘 밤에 약속이 있나요?"

"없습니다. 그 후에는 있지만요."

"그 후엔 저도 일이 있어요. 그럼 어디에서 만날까요? 플로리디타?"

"가게가 문을 닫을 때쯤 그곳에서 봅시다."

"좋습니다. 나는 그 후에 이곳에 다시 와야 하니까요. 그러니 너무 많이 마시면 안 됩니다."

"젠장, 밤에도 일을 해야 하는 건가요?"

"그럼요." 아처는 말했다. "저는 보통 사람들과는 다른 일을 하니까요."

"프레드, 당신을 만나서 너무 기쁩니다. 당신도 나를 기쁘게 해 주는 사람이었군요." 토머스 허드슨이 말했다.

"당신은 기뻐할 필요가 없습니다. 당신 자신이 이미 그걸 가지고 있으니까요." 프레드 아처가 말했다.

"내가 이미 기쁨을 갖고 있다는 말인가요?"

"그럼요. 당신은 이미 갖고 있는걸요. 그리고 당신은 그것을 두 배로 늘릴 수도 있습니다." "스페이드가 그렇게 많지는 않아요."

"스페이드는 당신에겐 소용도 없습니다. 당신은 이미 그걸 지니고 있으니까요."

"프레드, 그것을 언젠가 내게 한 번 써 주시오. 아침에 일찍 일어나서 읽어 보게 말입니다."

"아직도 그 여자에게 정신이 팔려 있나요?"

"아니요, 내 머릿속은 온통 내가 서명한 3만 5,000달러짜리 고물로 가득 차 있는걸요."

"나도 알고 있습니다. 당신이 서명한 것을 금고에서 보았거든요."

"너무 부주의하게 놓아 둔 모양이로군요."

"그 말씀 한 번만 다시 해 보세요."

"사람은 누구나 부주의하단 말 말입니까?"

"아니요. 그리고 사물들은 그보다 훨씬 낫지요. 정말이에요, 토미."

"좋아요." 토머스 허드슨이 말했다. "그것이 바로 오늘의 생각입니다."

"안으로 들어오시겠요? 당신이 좋아할 만한 멋진 놈들이 많거든요. 그중

두 명은 정말 좋은 사람들입니다. 또 다른 한 명은 당신이 보면 정말 놀랄 겁니다."

"됐습니다. 그자들은 사업에 대해 뭔가를 알고 있나요?"

"아니요, 물론 모르지요. 그들은 단지 당신이 거기 있다는 것을 알고 있습니다. 그리고 당신을 만나고 싶어 해요. 당신도 분명 그 녀석들을 좋아할 것입니다. 좋은 녀석들이니까요."

"다음 기회에 만나 보지요." 토머스 허드슨이 말했다.

"알겠습니다, 대장님." 아처가 말했다. "그 집이 문을 닫을 때쯤 당신 있는 곳으로 가지요." "플로리디타로."

"내 말이 바로 그 뜻이었습니다."

"이런, 내가 점점 바보가 되어 가는 것 같군요."

"그냥 양치기의 광기일 뿐입니다." 아처는 말했다. "혹시 그 작자들 중 몇 명을 데려가기를 원하신다면 그렇게 하겠습니다."

"아니요, 당신이 매우 좋아하는 놈이 아니면 데려오지 마시오. 내 쪽에서도 몇 명이 그 주변에 있을 테니까요."

"당신과 그 녀석들은 해안가에서 서로 마주치고 싶지 않을 것 같은데요."

"하지만 때로는 그들도 고독을 느낀답니다."

"그들이 해야 할 일은 그들을 모두 그물로 잡아 가두고 자물쇠로 채우는 겁니다."

"그래도 그들은 분명 뛰쳐나올 텐데요."

"이제 그만 가 보십시오." 아처가 말했다. "약속시간에 늦으시겠어요."

프레드 아처는 암호실 맞은편에 있는 문으로 들어갔고, 토머스 허드슨은 복도를 따라가다가 엘리베이터를 타지 않고 계단으로 걸어 내려갔다. 바깥은 너무 밝아서 눈이 부실 정도였고 북북서풍이 여전히 세차게 불고 있었다.

그는 차에 올라타서 운전수에게 오레일리를 거쳐 플로리디타로 가자고 말했다. 자동차가 대사관 건물과 시 의회 건물 앞에 있는 광장을 빙 돌아 오레일리 쪽으로 틀기 전, 그는 항구 입구에서 거대한 파도와 해협 부표가 웅장한 자태로 올라갔다 내려갔다 하는 것을 보았다. 항구 입구는 물결이 매우 거칠고 혼돈되어 맑은 녹색 물이 모로의 해상에 있는 바위 위에서 부서지고 바다 마루터기는 햇빛을 받아 하얗게 흔들리고 있었다.

정말로 장관이다, 라며 그는 혼잣말을 했다. 그것은 아름답게 보일 뿐만 아니라 실제로도 아름다운 광경이었다. 그 광경을 바라보며 술이나 한잔 마시자. 프레드 아처가 생각하는 것처럼 내가 실제로도 확고한 사람이라면 얼마나 좋을까, 하고 그는 생각했다. 제기랄, 나는 확고하다. 나는 언제나 간다. 그리고 나는 언제나 가고 싶어 한다. 그들은 도대체 무얼 더 원한다는 것인가? 아침 식사로 토르펙스를 먹을 수 있기를 바라는가, 아니면 담배처럼 겨드랑이 밑에 꼭 붙어 있기를 바라는가? 그것은 황달 걸리기에 매우 좋은 방법이야, 라고 그는 생각했다. 무엇 때문에 그런 생각을 하게 되었을까? 이봐, 허드슨, 너는 유령처럼 되고 싶은 거야? 아니야, 난 아니야, 하고 그는 혼잣말을 했다. 나는 확실히 피치 못할 반응을 하는 거야. 그들 중 많은 것들이 분류되지 않고 있어. 나는 단지 프레드 아처가 생각하는 것처럼 인간적인 대신 확고한 인간이 되고 싶은 것이다. 비록 그것이 훨씬 더 고통스럽더라도 너는 인간으로서 보다 많은 재미를 갖고 살아야 한다고 생각해. 그건 정말 더럽게 고통스러운 것이다. 그러나 그들이 생각하는 것처럼 되는 것도 괜찮다. 오케이, 이제 그 문제는 생각하지 말자. 네가 그것에 대해 생각하지 않으면 그 문제는 존재하지 더 이상 존재하지 않아. 그 망할 놈의 것은 존재하지 않는 것이라고. 하지만 그것은 내가 살아가고 있는 시스템이야, 라고 그는 생각했다.

플로리디타는 지금 문을 열고 있었고, 그는 밖에서 크리솔과 알레르타 두 개의 신문을 사서 바에 가지고 들어갔다. 그는 바의 맨 왼쪽 끝에 있는 높은 의자에 자리를 잡고 앉았다. 그의 등은 길 쪽으로 향한 벽에 기대어 있었고, 그의 왼쪽은 바 뒤의 벽에 가려져 있었다. 그는 페드리코에게 설탕을 섞지 않은 럼주를 더블로 주문해 놓고는 크리솔 신문을 읽기 시작했다. 페드리코는 갑자기 허리가 부러져 죽은 사람의 표정과도 비슷한 그만의 독특한 미소를 지었다. 전투는 이제 이탈리아에서도 벌어지고 있었다. 그는 미 제5군이 싸우고 있는 나라가 어느 나라인지 모르고 있었다. 미 제8군이 싸우고 있는 나라는 알고 있었다. 그리고 그는 이그나시오 나테라 레벨로가 바 안으로 들어와 그의 옆에 섰을 때조차 그것들에 대해 생각하고 있었다.

페드리코는 빅토리아 바트 병과 큰 얼음 덩어리를 넣은 잔 그리고 캐나다산 건조 소다 병을 이그나시오 나테라 레벨로 앞에 내놓고 급히 하이볼을 만들어서 토머스 허드슨에게 건네주었다. 그는 녹색 뿔테 안경을 통해 토머스 허드슨을 방금 알아본 것처럼 처다보고 있었다.

이그나시오 나테라 레벨로는 키가 크고 말랐으며, 시골 사람들이 종종 입는 흰색 리넨 셔츠와 흰 바지를 입고, 검은색 실크 양말과 광택이 잘 나는 갈색 영국제 가죽 구두를 신고 있었다. 붉은 얼굴에 노란색 칫솔 같은 콧수염 그리고 근시에다 충혈된 눈은 초록색 안경이 보호하고 있었다. 그의 머리는 모래투성이였고 엷은 고동색 머리카락은 뻣뻣하게 빗겨 내려가 있었다. 그가 하이볼을 마시고 싶어 하는 것을 보면 그것이 그날의 첫 잔이라고 생각하겠지만, 그렇지 않았다.

"당신네 대사는 스스로를 바보로 만들고 있어요." 그는 토머스 허드슨에게 말했다.

"나는 슬픈 개자식이 될 거예요." 토머스 허드슨이 대답했다.

"아니, 아닙니다. 심각하게 생각해야 돼요. 제 얘기 좀 들어 보세요. 이건 전적으로 당신과 나만의 문제입니다."

"술이나 마셔요. 그런 얘기는 듣고 싶지 않아요."

"글쎄요, 일단 들어 보세요. 그리고 그것에 대해 뭔가 조치를 취해야 할 것 같습니다."

"춥지 않아요?" 토머스 허드슨이 그에게 물었다. "그 셔츠에 그렇게 얇은 바지를 입고 있으면 꽤 추울 텐데요."

"난 조금도 춥지 않아요."

너는 또 술을 마시겠지, 하고 토머스 허드슨은 속으로 중얼거렸다. 너는 집 옆에 있는 작은 술집에서 술을 마시기 시작해서 여기 와서 첫 잔을 주문할 때쯤이면 이미 술독에 빠져 있지. 네가 옷을 챙겨 입을 땐 날씨조차도 분간 못할 정도였을 거야. 그렇지, 하고 그는 생각했다. 그런데 나는? 오늘 아침엔 몇 시에 첫 잔을 마셨으며 여기서 이 잔을 들기 전까지는 얼마나 마셨던가? 그러니 다른 속물 인간에게 그렇게 돌을 던지지는 말게나. 그는 속물이 아니야, 하고 그는 생각했다. 그가 속물이든 아니든 나는 상관하지 않는다. 단지 그가 지겹게 생각될 따름이야. 너는 싫증나는 인간을 불쌍히 여길 필요도 없고 그들에게 친절할 필요도 없어. 자, 이리 와. 오늘도 재미있게 놀아야지. 마음 푹 놓고 즐겨, 하고 그는 생각했다.

"이걸 하나 굴려 볼까요?" 그가 말했다.

"좋아요. 굴려 보세요." 이그나시오가 말했다.

그는 한 번에 킹을 세 개나 굴렸다. 물론 그가 이겼다.

그건 즐거운 기분이었다. 그렇다고 술맛이 더 좋아진 건 아니지만, 한 번에 킹을 세 번이나 굴린다는 것은 꽤 즐거운 경험이었다. 왜냐하면 그는 속물이고 싫증나는 인물이었기 때문에 이그나시오 나테라 레벨로에게 이겼다는 즐거움을 만끽할 수 있었다. 그리고 그에게 이겼다는 것은 어떤 유용한 의미를 주었다.

이그나시오 나테라 레벨로는 "이번에는 이걸 한번 굴려 볼까?"라고 말했다. 토머스 허드슨이 그를 속물이며 지겨운 인간으로 생각하는 것처럼 또 언제나 자기의 이름 세 개 전부를 생각하고 있는 속물과 지겨운 인간 유형이라고 생각했다. 그것은 아마 이름 뒤에 3세를 붙인다는 사람과도 같을 것이다. 토머스 허드슨 3세처럼.

"당신은 절대로 우연히 이그나시오 나테로 레벨로 3세가 된 것은 아니죠?"

"물론 아니지요. 당신은 내 아버지 이름을 잘 알고 계시죠."

"맞아요. 물론 잘 알죠."

"우리 형제들 이름도 다 아시잖아요. 우리 할아버지 이름도 알지요? 그렇게 바보 같은 짓은 하지 마세요."

"하지 않으려고 노력하지요. 정말 나는 열심히 노력하고 있어요." 토머스 허드슨이 말했다. "네, 그렇게 하는 편이 당신에게 좋을 것입니다." 이그나시오 나테라 레벨로가 말했다.

최상의 형태로 가죽 컵을 만들고 거기에 열중하면서 그날 아침 최고의 열성과 실력을 발휘한 그는 온종일 네 개의 잭을 굴렸다.

"친애하는 나의 가엾은 친구." 토머스 허드슨이 말했다. 그는 무거운 가죽 컵에 주사위를 넣고 흔들며 거기서 나는 소리를 즐겼다. "정말로 좋은 주사위로군. 이렇게 풍부한 감정을 느끼게 해 줄 만큼 소리가 좋은 주사위."라고 그는 말했다.

"어서 와서 던져 보세요. 그리고 사람 좀 웃기지 마시고요."

토머스 허드슨은 세 개의 킹과 두 개의 10을 습기가 차 있는 바위에 가볍게 굴렸다. "내기 할까? 요"

"우리는 이미 내기 중인걸요." 이그나시오 나테라 레벨로는 말했다. "2차를 위해서입니다." 토머스 허드슨은 주사위를 귀엽게 흔들더니 퀸과 잭을 굴렸다. "이번에도 내기할까요? "

"행운은 언제나 당신에게 가는군요."

"오케이, 난 술을 마시겠소."

그는 킹과 에이스를 굴려 놓았다. 셰이커에서 나는 소리는 마치 단단하고 자랑스러운 듯한 느낌을 주었다. "당신은 정말 운이 좋군요."

"설탕 빼고 차가운 럼주를 더블로 또 한 잔 주고, 이그나시오가 달라는 것은 무엇이든 다 주게." 토머스 허드슨이 말했다. 그는 이그나시오에 대해 호감을 느끼기 시작했다.

"이그나시오, 보시오." 그가 말했다. "난 녹색 안경을 통해 세상을 보는 사람이 있다고는 들어보지 못했소. 장미색 안경은 들어보았지만. 그러나 녹색 안경은 못 들어보았단 말이오. 그 안경을 쓰고 있으면 모든 것이 풀처럼 보이겠군요. 잔디밭에 있는 듯한 기분이 들지 않나요? 당신은 마치 목장에 나와 있는 것 같은 기분을 느껴 본 적이 없소?"

"제 눈에는 이 빛깔이 가장 편해요. 위대한 광학자들에 의해서도 증명된 사실이지요."

"나 역시 위대한 광학자들과 많이 어울려 보았죠. 그들은 정말 거친 군상들일 겁니다."

"나는 내 자신을 제외하고는 개인적으로 아는 광학자는 아무도 없어요. 그러나 그는 다른 것들을 발견하는 데 능숙하지요. 그는 뉴욕에서 제일가는 사람입니다."

"나는 런던에서 제일가는 과학자를 보고 싶소."

"런던에서 제일가는 광학자를 한 명 알고 있어요. 그러나 최고의 일인자는 뉴욕에 있지요. 그에게로 카드를 보내 드리지요."

"자, 이걸 굴려 보시오."

"좋습니다. 내게로 다시 굴려 보십시오."

토머스 허드슨은 다시 가죽 컵을 집어 들고 플로리디타의 커다란 주사위를 넣어 그 무게를 자신 있게 느꼈다. 그는 그 주사위들의 다정함과 관대함을 깨뜨리지 않기 위해 몇 번 흔들지도 않고 굴렸다. 그 결과는 킹 세 개, 10 한 개, 퀸 한 개가 나왔다.

"한꺼번에 킹이 세 개라니. 최고로군요."

"당신은 정말 행운아예요." 이그나시오 나테라 레벨로가 이렇게 말한 뒤 에이스 하나, 퀸 둘, 잭 두 개를 굴렸다.

"설탕은 하나도 안 넣은 차가운 럼주 더블로 하나, 그리고 이그나시오가 먹고 싶은 것 하나." 토머스 허드슨이 페드리코에게 말했다. 페드리코는 미소를 지으며 술을 만들었다. 그는 토머스 허드슨 앞에 믹서를 내려놓고 럼주가 가득 찬 병도 함께 놓았다.

토머스 허드슨은 이그나시오에게 "하루 종일 상대해 줄 수 있소."라고 말했다. "끔찍한 건 내가 당신을 겁내는 것이오."

"주사위가 나를 좋아하는군요."

"뭔가를 한다는 것은 좋은 현상이지요."

토머스 허드슨은 지난달에도 그를 여러 번 찾아왔던 두피의 잔잔한 통증을 느꼈다.

"이그나시오, 그게 무슨 뜻이오?" 토머스 허드슨은 정중하게 물었다.

"내 말은, 당신이 내 돈을 다 땄기 때문에, 난 절대 안 된다는 말입니다."

"아." 토머스 허드슨이 말했다. "당신의 건강을 위해서인걸요."

"나는 당신이 죽기를 바랍니다." 이그나시오 나테라 레벨로는 말했다.

토머스 허드슨은 또다시 그의 두피가 따끔따끔함을 느꼈다. 그는 이그나시오 나테라 레벨로가 볼 수 없는 막대기에 왼손을 대고 손가락 끝으로 부드럽게 그것을 세 번 두드렸다.

"당신은 멋진 사람이군요." 그가 말했다. "주사위 놀음 한 판 더 하겠소?"

"아니오. 하루 동안 당신한테 꽤 많은 돈을 잃었는걸요."

"당신은 돈은 한 푼도 잃지 않았어요. 술은 잃었지만요."

"이 계산은 제가 합니다."

"이그나시오."라고 토머스 허드슨이 말했다. "당신은 지금 가시 돋친 말을 세 번이나 내뱉었소."

"좋아요. 나는 가시가 돋친 사람이오. 만일 잔인한 당신 나라의 대사가 내게 한 것처럼 당신이 누구를 시켜 내게 그처럼 무례하게 대한다면 말이오."

"나는 여전히 그 이야기에 대해서는 듣고 싶지 않아요."

"그것 보세요. 당신은 나더러 가시가 돋쳤다고 말했소. 이봐요, 토머스. 우리는 훌륭한 친구가 아니오. 난 당신과 당신 아들 톰을 오래전부터 알고 있어요. 참, 당신 아들은 어떻게 지내고 있나요?"

"그는 죽었어요."

"정말 유감입니다. 몰랐어요."

"괜찮아요." 토머스 허드슨이 말했다. "내가 한잔 사겠소."

"정말 너무 안됐군요. 제가 지금 얼마나 미안한 마음인지 알아주세요. 그는 어떻게 죽었나요?"

"아직은 나도 잘 몰라요. 알게 되면 말해 주리다." 토머스 허드슨이 말했다.

"어디서 사고가 벌어졌던 건가요?"

"나도 모르겠소. 그가 비행하고 있던 곳은 알고 있지만 그 외에는 아무것도 모릅니다."

"그가 런던으로 가서 우리 친구들을 만나 보았나요?"

"오, 그래요. 그는 시내에 여러 번 갔는데 매번 화이트 씨네 집에 들렀고 그 주위 사람들은 모두 다 만나 보았지요."

"어쨌든 그 말씀은 조금 위안이 되네요."

"뭐라고요?"

"그러니까 제 말은, 그가 우리 친구들을 만났다는 것을 알게 되어 기쁘다는 이야기입니다."

"그럼요. 그는 분명히 즐거운 시간을 보냈을 겁니다. 항상 그랬으니까요."

"그를 위해 건배할까요?"

"쉿, 안 돼요." 토머스 허드슨이 말했다. 그는 가슴 깊은 곳에서 모든 감정들이 치밀어 올라오는 것을 느낄 수 있었다. 그가 생각하지 않았던 모든 것들, 그가 제쳐 두었던 모든 슬픔. 두꺼운 벽을 쌓아 둔 채 여행 중에도, 그리고 오늘도 단 한 번도 생각하지 않았던 그 슬픔이 와락 솟구쳤다. "그 얘기는 하지 맙시다."

"저는 그것이 최선이라고 생각합니다." 이그나시오 나테라 리벨로는 말했다. "가장 적절하면서도 가장 최선이지요. 하지만 저는 술을 사야 합니다."

"좋아요. 그를 위해 잔을 듭시다."

"그의 계급이 무엇이었나요?"

"공군 중위였습니다."

"그는 지금쯤 아마 비행 단장이나 적어도 중대장은 되었겠군요."

"그의 계급 얘기는 하지 맙시다."

"그러지요." 이그나시오 나테라 레벨로가 말했다. "내 사랑하는 친구이자 당신의 아들인 톰 허드슨을 위하여. 국가를 위해 전사한 그를 위하여(Dulce es moriré pro patria)!"

"돼지에 당나귀 구멍이라." 토머스 허드슨이 말했다. "무슨 말이죠? 내 라틴어가 틀렸나요?"

"그건 알고 싶지 않아요, 이그나시오."

"하지만 당신의 라틴어는 훌륭했어요. 당신과 함께 학교에 다녔던 사람들을 통해 알고 있지요."

"내 라틴어는 정말 훌륭해요. 그리스어와 영어와 내 머리와 그리고 내 마음과 함께 말이오. 그러나 내가 지금 말할 수 있는 것은 차가운 럼주뿐이로군요. 얼어붙은 럼주를 말하나요 (Tú hablas frozen daiquiri tú)?"

"톰에게 조금 더 조의를 표하는 것이 좋을 것 같군요."

"톰은 정말로 훌륭한 농담가였어요."

"정말 그랬지요. 그는 정말 보기 드문 훌륭하고 미묘한 유머 감각을 지니고 있었어요. 그리고 빼어난 용모를 갖춘 데다 몸가짐 또한 너무나 훌륭했어요. 거기다 운동 실력까지 뛰어났어요. 그는 운동을 제일 잘했으니까요."

"맞아요. 그는 원판을 142피트나 되는 거리까지 던졌지요. 공격 때는 풀백, 방어 때는 레프트 태클을 했어요. 테니스도 썩 잘했고, 낚시도 수준급이었지요."

"그는 뛰어난 육상 선수였고, 훌륭한 스포츠맨이었어요. 나는 그가 최고의 스포츠맨 중 한 사람이라고 생각했으니까요."

"그런 그에게 정말로 잘못된 점이 하나 있어요."

"그게 뭐지요?"

"그가 죽었다는 거죠."

"톰, 이제 냉정을 찾읍시다. 당신은 아들 톰을 살아 있었던 그때 그대로 생각해야 해요. 그의 쾌활한 성격과 휘광 그리고 멋진 장례식까지. 이런 것들을 생각하면 병적인 생각까지는 들지 않을 겁니다."

"절대로 그런 것은 아닙니다." 토머스 허드슨이 말했다. "그래요, 우리 병적으로 굴지 맙시다."

"동의해 줘서 기쁘군요. 그에 대해 이야기할 기회를 갖게 되어 정말 좋았어요. 그 소식을 듣게 된 것은 유감입니다만, 제가 그렇듯이 당신도 고통을 잘 참아 낼 것으로 압니다. 비록 저와는 다르게 아버지의 입장이다 보니 저보다 몇 천 배는 더 곤란하시겠지만 말입니다. 그는 무슨 비행기를 탔었죠?"

"스핏파이어를 탔었습니다."

"스핏파이어라…. 그럼 스피티기를 타고 있는 그를 생각해 봐야겠군요."

"그걸 직접 보러 가기가 상당히 귀찮아요."

"아니, 그렇지 않아요. 난 그 비행기를 영화관에서 봤어요. 그리고 영국 공보원에서 간행물을 보내 줘서 전 영국 공군에 관한 책이 몇 권 있지요. 그들은 좋은 자료를 갖고 있어요. 그래서 생전에 그가 어떤 모습이었는지 정확하게 알 것 같아요. 아마 낙하산을 들고 비행복을 입고 장화를 신었을 겁니다. 나는 그를 정확하게 그려 볼 수 있어요. 자, 이젠 점심 먹으러 집으로 가야겠어요. 저와 함께 가시겠어요? 당신이 가면 루테시아가 좋아할 겁니다."

"아니요, 난 여기서 만나야 할 사람이 있습니다. 어쨌든 초대해 주셔서 감사합니다."

"그럼 잘 있어요, 올드 보이." 이그나시아 나테라 레벨로가 말했다. "난 앞으로 당신이 해야 할 일을 할 거라고 믿어요."

"당신은 친절하게 나를 도와주었어요."

"아니요, 난 별로 친절하지 않았는걸요. 난 그냥 톰을 좋아했을 뿐입니다. 당신처럼 그리고 우리 모두처럼 말이에요."

"술을 사 줘서 고마워요."

"언젠가는 되갚을 작정입니다."

그는 그렇게 바를 나갔다. 그 너머로 술집 아래 보트장에 내린 사람들 중 하나가 허드슨에게로 다가왔다. 피부가 검은 그 친구는 짧게 자른 검은색 곱슬머리를 하고 있었고, 왼쪽 눈이 약간 아래로 처져 있었다. 그 눈은 인조 눈이었다. 정부는 그에게 네 개의 눈, 즉 충혈된 눈, 약간 충혈된 눈, 거의 깨끗한 눈 그리고 매우 깨끗한 눈을 제시했는데 그는 약간 충혈된 눈을 선택했고 벌써 술에 좀 취해 있었다.

"안녕, 톰. 언제 도착했지?"

"어제." 그런 다음 그는 입술을 거의 움직이지 않고 천천히 말했다. "이봐, 너무 서두르지 마. 개그맨 노릇 좀 하지 말란 말이야."

"아니, 단지 술을 좀 마셨을 뿐이야. 술은 나를 잘라 먹었지만 내 간에 씌어 있는 안전함을 발견하게 해 주었지. 이래봬도 난 안전의 왕이야. 자네도 알 잖아. 들어 봐, 톰. 난 그 가짜 영국 사람 바로 옆에 서 있었어. 그래서 그냥 가만히 듣고 있는 수밖에 별 도리가 없었지. 자네 아들 토미도 죽었고."

"그래."

"망할 놈의 세상." 그가 말했다. "제기랄!"

"그 이야기는 하고 싶지 않아."

"물론 말하고 싶지 않겠지. 그런데 그 소식은 언제 들었나?"

"내가 마지막 여행을 떠나기 전에."

"저런, 제기랄."

"오늘은 무엇을 할 예정인가?"

"바스크 바에서 다른 몇 사람들과 함께 식사하고 거기에서 자려고 하네."

"내일 점심은 어디에서 할 예정인가?"

"그것도 바스크 바에서."

"파코에게 내일 점심때쯤 내게 전화하라고 전해 주게나. 응?"

"알았네. 집에서."

"그래, 집에서."

"우리와 함께 가지 않겠나? 우린 지금 헨리의 신 하우스로 가려던 참이거든."

"그쪽으로 가게 될지는 모르지."

"헨리는 지금 여자들을 사냥하고 있어. 아침 식사 이후로. 벌써 몇 번이나 여자들과 몇 번이나 잤는걸. 하지만 그는 우리가 잤던 두 여자보다 더 나은 여자를 찾고 있다네. 그 여자들은 쿠어잘에서 만났는데, 낮에 보니 아주 형편 없더군. 이후로 우린 여자들을 찾을 수 없었지. 이 마을은 정말 지옥처럼 변했더군. 그는 만약을 대비해서 신 하우스에 그 여자 둘을 남겨 두고 어네스트 릴과 함께 여자들을 사냥하러 나갔어. 그는 자동차를 한 대 가지고 있거든."

"그들이 잘하고 있다는 건가?"

"아니, 그렇게 생각하지 않아. 헨리는 그 작은 여자를 원해. 그는 프론톤에서 언제나 그 작은 여자만 만났지. 어네스트 릴은 덩치가 너무 커서 그녀가 겁을 내더군. 그녀는 나를 위해서는 몸을 줄 수 있다고 말했어. 하지만 헨리에게는 그럴 수가 없다고 해지. 왜냐하면 그녀는 그의 몸집과 몸무게 그리고 그에 관해 들었던 것들 때문에 겁을 먹었기 때문이야. 하지만 헨리는 이제 두 여자들과 잤기 때문에 아무것도 원하는 것이 없다네. 이제는 여기에 또 다른 작은 여자가 있고, 그는 그녀를 사랑하고 있어. 전처럼 말이지. 그는 아마 그것에 대해선 다 잊고 지금은 다른 여자 엉덩이를 두들기고 있을 거야. 그래도 먹기는 해야 하지 않겠어? 그래서 우리는 바스크 바에서 만나기로 했다네."

"그에게 뭔가를 좀 먹이게." 토머스 허드슨이 말했다.

"자네는 그를 위해 아무것도 할 수 없을 거야. 아니, 할 수 있을지도 모르지. 하지만 난 할 수 없어. 그래서 그에게 좀 먹으라고 간청하려고 하네. 그러기 위해선 먼저 내가 먹는 시범을 보여야겠지."

"파코를 데리고 가서 먹이지 그러나?"

"좋은 생각이로군. 파코라면 아마 그를 먹게 할 수 있을 테니."

"그 일을 치르고 나면 배가 고파지지 않을까?"

"글쎄, 자네 생각은 어떤가?"

바로 그때 토머스 허드슨이 알고 있는 남자들 중 가장 키가 큰, 그리고 가장 명랑하고 넓은 어깨와 최고의 매너를 가진 한 남자가 추운 날씨임에도 땀으로 흥건한 얼굴로 술집 문을 열고 들어왔다. 그는 토머스 허드슨에게 손을 내밀어 인사했다. 그는 키가 너무 큰 나머지 술집에 있는 모든 사람들을 놀라게 했다. 사랑스러운 미소를 짓고 있는 그는 푸른 빛깔이 도는 낡은 바지와 쿠바의 시골 사람들이 입는 셔츠를 입고 있었고, 로프로 창을 댄 구두를 신고 있었다. "톰." 그가 말했다. "이 사람아, 우린 예쁜이들을 찾아 다녔어."

그의 잘생긴 얼굴을 스치던 바람이 잦아들자 그는 땀을 더 흘렸다.

"페드리코, 나도 저것과 같은 것을 주되 크기는 두 배로 해 주게나. 할 수만 있다면 더 큰 것도 괜찮고. 여기에서 만날 줄 알았네, 톰. 어네스트 릴도 여기 왔네. 어서 와, 나의 예쁜이."

어네스트 릴이 다른 문을 열고 들어왔다. 바의 저쪽 먼 끝에 앉아 있는 어네스트 릴의 귀여운 검은 얼굴만 보고 있자면 정말이지 최고로 느껴졌다. 그 상태로 앉아 있기만 한다면 밖으로 삐져나올 것 같은 거대한 몸집이 바의 잘 닦여진 나무 등걸에 가려지기 때문이다. 그러나 그녀가 그들을 향해 다가오자 숨겨졌던 그녀의 몸집이 드러났으므로, 그녀는 몸을 흔들며 그들이 있는 바까지 최대한 빠르게 움직였고, 눈에 띄게 서두르지 않는 몸짓으로 토머스 허드슨이 앉아 있는 곳까지 다가왔다. 그는 오른쪽 의자로 옮겨 앉고는 그녀에게 왼쪽 자리를 양보했다.

"안녕하셨어요, 톰." 그녀는 이렇게 말하고는 토머스 허드슨에게 키스했다. "헨리는 정말이지 끔찍해요."

"나는 전혀 끔찍하지 않아, 나의 예쁜이." 헨리가 그녀에게 말했다.

"당신은 지긋지긋해요." 그녀가 말했다. "당신을 볼 때마다 더욱 그런 생각이 들죠. 토머스, 저 사람으로부터 저를 보호해 주세요."

"저 사람의 무엇이 지긋지긋한 거지?"

"그는 조그마하고 날씬한 여자를 미치도록 원하고 있어요. 그런데 그 조그맣고 날씬한 여자는 그와 어울릴 수 없어요. 그런 여자는 저 사람의 너무 커다란 몸집과 230파운드나 나가는 몸무게 때문에 보기만 해도 깜짝 놀라 버리니까요."

헨리 우드는 얼굴을 붉히고 눈에 띄게 땀을 흘리며 술을 한 모금 크게 마셨다. "225파운드야." 그가 말했다.

"내가 뭐라고 했지?" 피부가 까만 남자가 말했다. "내가 한 말이 바로 그거 아닌가?"

"누구에게 무슨 얘기를 하던 자네가 무슨 상관이야?" 헨리가 그에게 물었다. "두 명의 방랑자와 두 여자. 두 개의 깨진 방파제 바다. 하나의 생각밖에 못 하는 두 여자. 임대. 우리는 그녀들과 놀았지. 여자들과 거래를 하고 또 놀 았어. 꽤 젖은 갑판 위에서였는데. 나는 지금 다정스럽게 꼬시는 말을 하는 거야. 난 신사가 아니니까."

"그들은 정말 매우 좋은 사람들이었어. 그렇지?" 헨리가 다시 얼굴을 붉 히면서 말했다.

"매우 좋았다고? 우리는 그들에게 휘발유를 끼얹은 다음 불을 질렀어 야 했어."

"무서운 소릴 하네." 어네스트 릴이 말했다.

"들어 봐, 아가씨." 그 까만 소년이 말했다. "나도 끔찍하거든."

"윌리." 헨리가 말했다. "신 하우스 열쇠를 가지고 가서 괜찮은지 확인해 보고 와."

"싫어, 난 신 하우스의 열쇠를 가지고 있지만 그곳에 가서 아무 일도 없었 는지 확인하고 싶지 않아. 모든 것이 제대로 되어 가는 유일한 방법은 자네 나 내가 그 여자들을 길바닥으로 차 내버리는 거라고." 피부가 검은 남자가 말했다.

"그런데 다른 어떤 것도 얻을 수 없으면 어쩌지?"

"우리는 다른 무언가를 얻어야 해, 릴리언. 이제 그 의자에서 내려와 전화기 쪽으로 가는 게 어때? 그 작은 난쟁이는 잊어버리시고. 마음속에서 지워 버 리라고, 헨리. 그런 것들을 계속 마음속에 지니고 있다가는 결국 정신병자가 될 거야. 난 그걸 확실히 알 수 있어. 전에 정신 신경증을 앓았던 적이 있거든."

"자네, 정신병자로군." 토머스 허드슨이 그에게 말했다.

"아마도 그럴 거야, 톰. 자네도 알아야 해요. 하지만 난 땅속 요정과 그 짓 은 안 해요." (그는 구노메이즈라고 발음했다.) "헨리가 요정을 가져야 한다면 그건 헨리의 문제일 뿐이지. 하지만 전 그가 외팔이나 외발 여성을 가질 필요가 있 는 것처럼 더 이상 요정을 가질 필요가 없다고 생각하네. 제발 그 망할 놈의

294

요정은 잊어버리고 릴리언에게 전화하라고 하게나."

"나는 우리가 얻을 수 있는 모든 좋은 여자들을 차지할 거야." 헨리는 말했다. "자네는 끼어들지 않으면 좋겠군, 윌리."

"우리는 좋은 여자들을 원하지 않아." 윌리가 말했어요. "자네가 그렇게 하면 결국 다른 방식으로 금세 정신 신경증에 걸리고 말 거야. 내 말이 맞지, 토미? 착한 소녀들이 가장 위험한 법이거든. 게다가 그런 여자들은 남자들이 범행을 저지르도록 만들거나 강간, 강간 미수를 저지르도록 유도하기도 하지. 그러니 좋은 여자들은 단념하게나. 우리는 그저 창녀를 원할 뿐이야. 아름답고, 깨끗하고, 매력적이고, 흥미롭고, 비싸지 않은 창녀들이 말이지. 릴리언, 왜 전화기 가까이에 있지 않는 거지?"

"첫 번째 이유는 어떤 남자가 전화기를 사용하고 있고, 이어서 또 다른 남자가 담배 가게 옆에서 통화가 끝나기를 기다리고 있기 때문이야." 어네스트 릴은 말했다. "넌 정말 나쁜 사람이야, 윌리."

"난 끔찍한 소년이지." 윌리가 말했다. "난 당신이 지금까지 한 번도 본 적 없는 아주 나쁜 남자야. 그러나 우리는 이제 지금보다 더욱 조직적으로 놀아야겠어."

"우리는 술을 한두 잔 더 할 거야." 헨리가 말했다. "그러면 릴리언이 그녀가 아는 사람을 찾아 줄 거야. 안 그래, 내 사랑?"

"물론이지." 어네스트 릴이 스페인어로 말했다. "제가 그러지 않을 이유가 어디 있겠어요? 하지만 나는 부스에 있는 전화기로 전화를 하고 싶어요. 여기에서는 할 수가 없어요. 여기서 전화하는 것은 적절하지도, 어울리지도 않아요."

"또 연기되는군." 윌리가 말했다. "좋아, 받아들이지. 한 번만 더 연기하는 거야. 그럼 이제 술이나 마시기네."

"도대체 뭘 하고 있었던 거야?" 토머스 허드슨이 물었다.

"토미, 난 자네를 좋아해." 윌리가 말했다. "도대체 뭘 하고 있었던 거야?"

"이그나시오 나테라 레벨로와 몇 잔 마셨어."

"이름이 꼭 이탈리아 순양함 같군." 윌리가 말했다. "이런 이름의 이탈리아 순양함이 있지 않았나?"

"그렇지 않은 것 같은데."

"어쨌든 그렇게 들리는군."

"계산서 좀 봅시다." 헨리가 말했다. "톰, 거기 몇 명이 있었지?"

"됐어. 이그나시오가 다 갚았어. 내가 주사위 놀이를 해서 이겼거든."

"몇 잔이나 마셨어?" 헨리가 물었다.

"네 잔 정도."

"그전에는 뭘 마셨어?"

"톰 콜린스를 마셨지."

"그리고 집에서는?"

"많이."

"wkspss 정말 지독한 술꾼이로군." 윌리가 말했다. "페드리코, 차가운 럼주 세 잔 더 주고 여자분에게는 아무거나 원하는 걸로."

"탄산수와 하이볼." 어네스트 릴이 말했다. "토미, 나와 반대편 끝에 앉아요. 저들은 내가 이 바의 끝에 앉는 것을 좋아하지 않아요."

"망할 자식들." 윌리가 말했다. "서로 모르는 훌륭한 친구들도 우리를 좋아한다네. 그런데 이쪽 끝에 앉아서 술도 못 마신다니, 빌어먹을 것들."

"당신은 아무렇지도 않지, 예쁜이?" 헨리가 말했다. 그러고 나서 그는 바 아래쪽에 그의 아버지의 농부 친구들 두 명이 앉아 있는 것을 보고는 시켜 놓은 술을 기다리지도 않고 그들과 이야기하기 위해 내려갔다.

"그는 이제 사라졌군." 윌리가 말했다. "이제 그 난쟁이는 잊을 거야."

"그는 얼이 빠져 있어." 어네스트 릴이 말했다. "끔찍할 정도로."

"그것이 바로 우리가 사는 인생인걸." 윌리가 말했다. "쾌락을 위해서 끊임없이 그것을 추구할 뿐이지. 맙소사, 그러니까 우리는 진지하게 쾌락을 추구해야 하네."

"하지만 톰은 그렇게 넋을 놓고 있지 않아." 어네스트 릴이 말했다. "톰은 슬픈 사람이니까."

"그런 소린 집어치워." 윌리가 그녀에게 말했다. "왜 화가 났지? 첫 번째로 누군가는 얼이 빠졌다, 다음엔 어떤 사람이 슬프다니. 그보다 앞서 나는 무섭군. 그래서 어떻다는 거야? 당신처럼 늘 누군가를 헐뜯는 여자가 어디 가겠어? 그렇다면 당신은 게이여야 하는 걸 모르나?"

어네스트 릴은 영화 속 그 어떤 주인공보다도 펑펑 눈물을 흘리며 울기 시작했다. 그녀는 언제든지 자기가 원할 때나 필요할 경우 진짜 눈물을 흘릴 수 있었다.

"저 여자는 어머니가 흘리던 눈물보다 더 많은 눈물을 흘리는군." 윌리가 말했다.

"윌리, 넌 날 그렇게 부르면 안 돼."

"그만해, 윌리." 토머스 허드슨이 말했다.

"윌리, 너는 정말로 잔인하고 끔찍한 남자야. 나는 네가 싫어." 어네스트 릴이 말했다. "토머스 허드슨이나 헨리 같은 남자들이 왜 너와 함께 다니는지 모르겠어. 너는 사악하고 역겨운 말이나 해 대는데 말이야."

"당신은 숙녀야." 윌리가 말했다. "숙녀가 그런 말을 하면 안 돼 역겹다는 말은 나쁜 말이야. 당신이 잘라 버리는 시가의 끝 부분과 같은 거지."

토머스 허드슨은 그의 팔을 남자의 어깨에 얹고 말했다. "윌리, 한잔하지. 여기서 기분 좋은 사람은 아무도 없어."

"헨리는 기분이 좋다네. 자네가 나한테 한 말을 그에게 전해 줄 수 있어. 그러면 그는 정말 기분이 나쁠 거야."

"자네가 나한테 말했잖아."

"그런 뜻이 아니야. 자네느 왜 그 빌어먹을 슬픔을 나누지 않는 건가? 지난 2주 동안 자네는 왜 그걸 혼자 간직하고 있었던 거지?"

"슬픔은 나누어지지 않는 거야."

"슬픔을 쫓는 사람." 윌리가 말했다. "자네가 그 빌어먹을 슬픔의 노예가 될 줄은 꿈에도 생각지 못했다네."

"난 그런 건 필요 없어, 윌리." 토머스 허드슨이 그에게 말했다. "하지만, 무척 고마워. 그리고 내 일엔 신경 쓰지 않아도 돼."

"좋아, 그렇다면 혼자 품고 있게나. 하지만 그건 분명 자네에게 하나도 좋을 게 없을 거야. 난 이런 빌어먹을 것들을 보면서 자라 왔거든."

"나도 그랬어." 토머스 허드슨은 말했다. "그렇게 화내지 마."

"정말 그랬나? 그럼 그런 방식이 자네에게는 최고일 수도 있겠군. 그런데 왜 그렇게 이상해 보이지?"

"그건 내가 늘 술을 마시고 피곤하고 긴장을 풀지 않았기 때문이야."

"그 여자한테서는 연락이 왔나?"

"그럼, 편지를 세 통이나 받았는걸."

"그건 무슨 뜻이지?"

"더 나쁘게 되어 간다는 얘기는 아니야."

"글쎄." 윌리가 말했다. "자네도 무언가를 가져야 하니까, 그 정도는 품고 있는 게 좋겠군."

"난 이미 뭔가를 가지고 있는걸."

"그럼. 자네의 고양이 보이즈는 자네를 사랑하지. 전에 본 적이 있어서 알고 있어. 그 미친 것 같은 늙은 고양이는 어때?"

"그냥 그대로야."

"그 녀석한테 호되게 당했었지." 윌리가 말했다. "그는 그랬어."

"녀석은 분명히 끝까지 해냈을 거야."

"그렇지 않나? 만약 내가 그 고양이처럼 고통을 받았다면 아마 미쳐 버렸을 거라네. 지금 무슨 술을 마시는 거지, 토머스?"

"똑같은 것으로 한 잔."

윌리는 어네스트 릴의 풍만한 허리에 팔을 둘렀다. "들어 봐, 릴리." 그가 말했다. "당신은 좋은 여자야. 당신을 화나게 할 생각은 없었어. 내가 잘못했어. 나도 모르게 감정이 북받쳐 올라서 그만…"

"이제 더 이상 그런 식으로 말하지 않을 거죠?"

"그럼. 감정이 격해지지 않는 한 절대 안 그럴게."

"여기 술잔." 토머스 허드슨이 그에게 말했다. "건배, 이 개자식아."

"이제 그렇게 말하는군." 윌리가 말했다. "자넨ㄴ 북쪽을 가리키는 오래된 곡괭이를 가지고 있다네. 우리는 고양이 보이즈를 여기로 데려와야 해. 그는 자네를 자랑스러워할 거야. 그것을 공유한다는 게 무슨 뜻인지 알겠나?"

"알지." 토머스 허드슨이 말했다. "알고 있고말고."

"좋아." 윌리가 말했다. "그것을 떨어뜨리자고. 쓰레기 청소부가 오니까, 자네가 갖고 있는 깡통을 내려놓으란 말이야. 저기 헨리를 좀 보게. 오늘같이 추운 날 왜 저렇게 땀을 흘리는 걸까?"

"여자 때문이지." 어네스트 릴이 말했다. "그는 여자라면 사족을 못 쓴단 말이야."

"사족을 못 쓰다니." 윌리가 말했다. "그럼 당신이 그의 머리 아무데나 반 인치짜리 송곳으로 구멍을 하나 내 봐. 그러면 여자들이 다 달아날 테니까. 사족을 못 쓰다니. 당신은 왜 좀 더 적절한 말을 고르지 못하는 거지?"

"어쨌든 사족을 못 쓴다는 단어는 스페인어로 강한 표현이야."

"사족을 못 쓴다는 말은 아무것도 아닌데. 오늘 오후에 시간이 나면 그 말을 한번 곰곰이 생각해 보지요."

"톰, 우리가 좀 더 편하게 얘기할 수 있도록 다른 쪽으로 가서 앉아요. 샌드위치를 하나 사 주시겠어요? 아침 내내 헨리와 쏘다녔거든요."

"난 바스크 바로 갈 거야. 그에게 그리로 오라고 전해 줘, 릴"

"알았어요." 어네스트 릴이 말했다. "그를 보낼게요."

그녀는 자신의 옆을 지나치는 많은 남자들에게 말을 걸고 다른 사람들에게 미소를 지으며 술집 끝으로 위풍당당하게 걸어갔다. 모두가 그녀를 정중히 대했다. 그녀가 말을 건넨 거의 모든 사람들이 지난 25년 중 언젠가 한 번은 그녀를 사랑한 사람들이었다. 어네스트 릴이 자리를 잡고 앉은 다음 그에게 미소를 보내자, 토머스 허드슨은 계산서를 들고 술집 맨 끝으로 내려갔다. 그녀의 미소는 아름다웠고 검은 눈과 머리카락은 멋있는 동시에 귀여웠다. 그녀의 앞이마에 닿은 머리카락의 뿌리가 흰색으로 변하기 시작하면, 그녀는 토머스 허드슨에게 돈을 요구했었다. 그녀가 그 돈으로 머리 염색을 하고 돌아오면 그녀의 머리카락은 마치 젊은 여자의 그것처럼 광택이 나고 자연스러웠으며 아름다웠다. 만일 연기가 자욱하게 낀 장밋빛을 띤 올리브 빛깔의 상아가 있다면, 그것이 바로 그녀의 매끄러운 피부색일 것이다. 사실 그녀의 피부색은 토머스 허드슨으로 하여금 방금 잘라내서 모래로 매끄럽게 문지르고 가볍게 왁스칠을 한 잘 자란 마하구아 나무를 연상하게 했다. 그는 윤기가 흐르는 듯한 연한 녹색을 그 어디서도 본 적이 없었다. 또 마하구아 나무는 장밋빛을 띠지 않는다. 그 장밋빛은 바로 그녀가 피부에 직접 칠한 것으로, 마치 중국 여자들의 피부처럼 매끄러웠다. 이렇게 아름다운 얼굴이 바 끝에서 그를 바라보고 있었다. 그가 가까이 갈수록 그녀는 더욱 아름답게 보였다. 하지만 그녀와 점점 가까워지고 결국 몸이 닿을 거리에 이르자 거기에는 큰 몸집에 인공적인 장밋빛을 띤, 신비한 느낌은 찾아볼 수 없는 여인이 앉아 있었다. 그러나 그녀의 얼굴은 여전히 사랑스러웠다.

"어네스트, 당신은 아름다워요." 그가 그녀에게 말했다. "오, 톰, 저는 살이 너무 쪘는걸요. 창피해요."

그는 그녀의 커다란 엉덩이에 손을 얹으며 말했다. "당신은 아름다운 뚱보야."

"바에서 내려오면서도 부끄러웠어요."

"그래도 아름답게 걸어 내려갔어. 마치 배처럼."

"우리의 친구는 어떤가요?"

"그는 잘 지내고 있어."

"언제 그를 볼 수 있을까요?"

"언제든지. 지금 볼까?"

"아니요, 톰. 윌리가 무슨 말을 하고 있었죠? 제가 이해할 수 없었던 부분요?"

"그는 그냥 미친놈이야."

"아니에요, 그는 그렇지 않았어요. 그 얘기는 당신과 당신의 슬픔에 관한 것이었어요. 혹시 당신의 부인에 대한 얘기 아니었던가요?"

"아니, 난 내 아내를 속이려고 했어."

"당신이 그렇게 할 수 있었으면 좋겠어요. 하지만 그녀와 있을 때는 그렇게 할 수 없지요." "그래, 내가 그것을 알아냈지."

"그럼 당신의 슬픔이 뭔가요?"

"아무것도 아니야. 그냥 슬픔일 뿐이야."

"그것에 대해 얘기 좀 해 줘요. 제발요."

"얘기할 것이 없어."

"당신은 저에게 얘기할 수 있어요. 헨리는 어느 날 밤 그의 슬픔과 눈물에 대해 얘기해 줬어요. 윌리는 무서운 것에 대해 얘기해 줬고요. 그것은 슬픔도 아니고 끔찍한 것도 아니에요. 저한테 말해도 돼요. 모두가 제게 말하지만 당신만은 말해 주지 않아요."

"말하는 것은 내게 전혀 도움이 되지 않기 때문이야. 말하는 것보다 말하지 않는 것이 더 좋은 거야."

"톰, 윌리는 좀 전에 나에게 나쁜 말을 했어요. 그는 제가 그런 말을 들으면 마음이 아프다는 것을 몰랐을까요? 저는 그런 말들을 한 적도 없고 돼지 같은 행동이나 변태적인 행동을 한 적도 없다는 것을 몰랐을까요?"

"그래서 우리가 너를 어네스트 릴이라고 부르는 거야."

"만약 제가 부자로 욕되게 살 수도 있고 가난뱅이로 정상적인 삶을 살 수도 있다면, 저는 가난뱅이 쪽을 택할래요."

"알지. 샌드위치는 어떻게 하지?"

"아직 배가 고프지 않아요."

"한 잔 더 하고 싶어?"

"네, 한 잔 더 주세요, 톰. 말해 줘요. 윌리가 그러는데 당신을 사랑하는 고양이가 있다면서요? 그렇지 않죠?"

"아니, 그건 사실이야."

"참 끔찍한 일이로군요."

"아니, 그렇지 않아. 난 고양이와 사랑에 빠졌거든."

"정말 안됐군요. 톰, 제발 놀리지 마세요. 윌리도 저를 놀려서 울게 만들었는걸요."

"난 고양이를 사랑해."라토머스 허드슨은 말했다.

"저는 그 얘기에 대해서는 듣고 싶지 않아요. 톰, 정신 나간 술집에는 언제 데려가 줄 거예요?"

"며칠 내에 가도록 하지."

"평범한 사람들이 와서 술을 마시는 것처럼 미친 사람들이 정말로 그곳에 오나요?"

"그렇지. 그들이 평범한 사람들과 유일하게 다른 점은 설탕 자루로 만든 셔츠와 바지를 입고 있다는 거야."

"당신은 정말 나병 환자들을 상대로 미친놈들의 야구팀에서 뛰었나요?"

"물론이지. 나는 미치광이 팀에서 최고의 너클볼 투수였어."

"어떻게 그들을 알게 되었나요?"

"란초 보예로스에서 돌아오는 길에 한 번 들렀는데, 그 장소가 마음에 들었어."

"정말 저를 그 미치광이들의 바에 데려가 줄 건가요?"

"그럼, 당신이 무서워하지 않으면."

"전 무서워할 거예요. 하지만 당신과 함께라면 그리 무섭지 않을 것 같아요. 무서워지는 것. 그것이 제가 그곳에 가고 싶은 이유예요."

"거기엔 멋진 미치광이들이 몇 명 있어. 당신도 좋아하게 될 거야."

"저의 첫 남편도 미친놈이었어요. 하지만 그는 매우 어려운 사람이기도 했지요."

"당신은 윌리가 미쳤다고 생각하나?"

"아뇨. 하지만 그는 너무 어려운 성격을 가졌어요."

"고생을 너무 많이 해서일 거야."

"누구는 고생 안 해 봤나요? 윌리는 자신의 고생을 이용하고 있어요."

"난 그렇게 생각하지 않는데. 그것만은 확실해. 약속하지."

"그럼 다른 얘기를 해 보죠. 저기 아래 술집에서 헨리하고 얘기하고 있는 사람 보이나요?"

"응."

"그는 침대에서 돼지 같은 짓을 하는 걸 좋아해요."

"불쌍한 친구로군."

"아뇨, 불쌍하지 않아요. 돈이 많거든요. 그는 포르퀘리아스에만 정신을 쏟고 있어요."

"당신은 포르퀘리아스를 좋아해 본 적이 있나?"

"절대요. 아무한테나 물어보세요. 나는 평생 소녀들과 무엇을 해 본 적이 없어요."

"어네스트 릴." 토머스 허드슨이 말했다.

"그런 방식으로 저를 가져 보시겠어요? 당신은 포르퀘리아스를 좋아하지 않아요. 당신은 사랑을 나누고 행복해하고 잠드는 걸 좋아하죠. 전 당신을 알아요."

"모두가 나를 알지."

"아니, 그렇지 않아요. 그들은 당신에 대해 별의별 생각을 다 하고 있어요. 하지만 전 당신을 알아요."

그는 설탕을 넣지 않은 차가운 럼주를 또 한 잔 마시고 있었다. 그는 가장자리에 하얀 성에가 얼어붙은 잔을 무겁게 쳐들며 얼음으로 차가워진 술잔 꼭대기 선명한 부분을 바라보았다. 그것은 바다를 연상시켰다. 술의 냉각된 부분은 배가 지나간 자리 같았고, 선명한 부분은 이회토 바다 위의 얕은 물속에서 뱃머리가 물을 가를 때의 모습 같았다. 그것은 정말 실제와 거의 똑같은 색깔이었다.

"수심이 800패덤쯤 되는 바닷물의 색깔을 가진 술이 있다면 얼마나 좋을까. 그런 술이라면 곧장 떴다가 지는 태양과 함께 고요함이 있을 것이고, 플랑크톤으로 가득 찬 바다를 느낄 수 있을 텐데." 그가 말했다.

"뭐라고요?"

"아무것도 아냐. 이 얕은 물 같은 술이나 한 잔 합시다."

"톰, 무슨 일이에요? 무슨 문제라도 있나요?"

"아니오."

"당신은 몹시 슬픈 얼굴이에요. 오늘따라 약간 늙어 보이는 것 같아요."

"북풍 때문이야."

"하지만 당신은 항상 그 북풍이 당신에게 활력을 주고 힘을 북돋워 준다고 말하곤 했잖아요. 그 북풍 때문에 우리가 얼마나 많은 사랑을 나누었나요?"

"많이 했지."

"당신은 항상 북풍을 좋아했어요. 그래서 북풍이 올 때 입으라고 이 코트도 사 줬지요."

"코트가 아주 예쁘군."

"저는 이것을 여섯 번이나 팔려고 했어요." 어네스트 릴은 말했다. "당신이 상상할 수 있는 것보다 훨씬 더 많은 사람들이 이 코트에 열광했거든요."

"그 코트에는 좋은 북풍이지."

"행복하세요, 톰. 당신은 술을 마시면 항상 행복해지죠. 그 술을 마시고 한 잔 더 하세요."

"너무 빨리 마시면 이마 앞부분이 아파."

"그럼 천천히 그리고 꾸준히 마셔요. 저는 하이볼을 한 잔 더 마실게요."

그녀는 바에 놓인 세라핀 병에 술을 만들었다. 토머스 허드슨은 그 모습을 보며 말했다. "신선한 물 같군. 그래, 그 술 색깔이 말야. 마치 메디슨강을 이루기 위해 기본 강과 합류하기 전의 파이어홀강의 물과 같은 색깔이야. 거기에다가 위스키를 조금 더 섞으면 왑메머라는 곳에 있는 베어강으로 흘러가는, 삼목 늪에서 빠져나오는 물줄기의 색깔이 되지."

"왑메메. 재미있는 이름이군요." 그녀가 말했다. "그게 무슨 뜻이죠?"

"나도 모르겠어." 그가 말했다. "인디언의 지명이야. 그게 무슨 뜻인지 알아 뒀어야 하는데 잊어버렸어. 오지브웨이족이지."

"인디언에 대해 말해 줘요." 어네스트 릴이 말했다. "저는 그 미치광이들에 대해 듣는 것보다 인디언들에 대해 더 듣고 싶어요."

"해안에는 극소수의 인디언들이 있어. 그들은 바다 인디언이고 물고기들을 낚고 말려서 숯불에 구워 먹으며 살지."

"쿠바 인디언들에 대해선 듣고 싶지 않아요. 모두 물라토(흑인과 백인의 혼혈)거든요."

"아니, 그렇지 않아. 몇몇은 진짜 인디언이야. 그들은 아마도 초기에 이곳으로 끌려왔거나 유카탄에서 데려왔을지도 모르지."

"난 유카탄 사람은 별로 좋아하지 않아요."

"난 좋아해. 많이."

"왑메메에 대해 말해 주세요. 극서 지방에 있나요?"

"아니, 북쪽에 있어. 캐나다 근처야."

"캐나다라면 저도 알아요. 프린세스호를 타고 강 상류 몬트리올까지 간 적이 있거든요. 하지만 그날은 비가 와서 아무것도 볼 수 없었고, 우리는 그날 저녁 기차로 뉴욕을 향해 출발했지요."

"비가 계속 내렸어?"

"하루 종일 왔어요. 그리고 밖에서는 우리가 강으로 가기 전에는 안개가 끼었고 때로는 눈까지 왔었어요. 당신은 캐나다를 아시죠. 왑메메 얘기나 해 주세요."

"강가에 제재소가 있는데 기차가 지나가던 마을이었어. 철길 옆에는 항상 톱밥 더미가 산더미처럼 쌓여 있었지. 그들은 통나무를 보관하기 위해 강을 가로질러 붐을 이루었고 재목들은 강을 건너도 될 만큼 견고했지. 강은 재목으로 덮여서 시내로 가는 기다란 길을 만들었어. 한번은 낚시를 즐기고 있는데 문득 강을 건너고 싶은 생각이 들었고, 난 그 즉시 물 위에 뜬 통나무 위로 기어 올라갔어. 그런데 그 통나무가 구르는 바람에 난 물속으로 빠지고 말았지. 머리를 내밀려고 보니 물 위에 온통 재목들이 떠다니고 있어서 도저히 그 사이를 비집고 나갈 수가 없었어. 그 밑은 어둡고 손에 잡힌 것은 나무껍질뿐이어서 공기가 있는 물 위로 올라오려고 해도 빽빽한 나무들 사이에 틈을 낼 수가 없었어."

"그래서 어떻게 되었어요?"

"그렇게 계속 물속에 빠져 있고 말았지."

"아." 그녀가 말했다. "그렇게 말하지 말고요. 무슨 일이 있었는지 빨리 말해 줘요."

"이거 어렵겠구나, 하고 생각하면서도 빨리 저것들을 비집고 나가야 된다는 것을 알았지. 난 한 통나무의 밑을 조심스럽게 만져 본 뒤에 다른 재목에 의해 떠밀려 가는 곳까지 따라갔어. 그러고는 두 손을 모아 힘껏 밀어 붙였더니 사이가 조금 벌어지더군. 그 사이로 손을 넣어서 팔과 팔꿈치를 내밀고 다시 팔꿈치로 재목 사이를 벌어지게 해서 머리를 쳐들고는 재목 위에 팔을 하나씩 올려놓았어. 그런데 그 재목의 느낌이 너무 좋아서 그 사이에서 오랫동안 그렇게 누워 있었어. 그 물은 물속에 있는 재목들 때문에 갈색을 띠고 있었어. 당신의 술과 같은 빛깔의 그 물은 그 강으로 흘러가는 시내에 있었단 말이야."

"저 같으면 그 나무들 사이를 비집고 올라올 수 없었을 거예요."

"나도 오랫동안 그렇게 할 수 없었을 거라고 생각했어."

"그래서 얼마 동안 물속에 있었나요?"

"모르겠어. 내가 무슨 짓을 해 보려고 노력하기도 전에 내 팔을 재목 위에 얹은 채 오랫동안 쉬고 있었다는 것만 기억날 뿐이야."

"좋은 얘기인걸. 그렇지만 그 얘기 때문에 꿈자리가 좋지 않을지도 몰라요. 뭔가 즐거운 얘기를 해 주세요, 톰."

"좋아." 그가 말했다. "생각할 시간을 좀 줘."

"아니에요. 생각할 것 없이 그냥 떠오르는 걸로 바로 해 주세요."

"좋아." 토머스 허드슨이 말했다. "톰이 귀여운 어린 아기였을 때—"

"정말 잘생긴 소년이었죠!" 갑자기 어네스트 릴이 그의 얘기를 막았다. "그 아이에 대한 소식이 있나요?"

"아주 잘 지내."

"기쁘군요." 비행사가 된 어린 톰을 생각하면서 어네스트 릴이 눈물을 글썽이며 말했다. "나는 제복 입은 그의 사진과 델 코브레을 항상 지니고 있어요."

"당신은 성녀 델 코브레에 대해 대단한 믿음을 가지고 있군."

"절대적으로 맹목적인 믿음이지요."

"지켜야 해."

"그녀가 밤낮으로 톰을 돌보고 있어요."

"다행이군." 토머스 허드슨이 말했다. "세라핀, 큰 걸로 한 잔 더 주게나. 행복한 이야기를 듣고 싶다고?"

"네, 제발요." 어네스트 릴이 말했다. "행복한 이야기를 해 주세요. 또 슬픈 생각이 들어요."

"행복한 이야기라면 아주 간단해." 토머스 허드슨은 말했다. "우리가 톰을 처음 유럽에 데려갔을 때 톰은 태어난 지 불과 석 달밖에 되지 않았지. 그 배는 매우 오래되고 작고 느린 정기선이었고, 바다는 대부분 거칠었지. 배는 바닥에서 나는 냄새와 둥근 창의 놋쇠에 묻은 기름 냄새, 세면대와 화장실 찌꺼기 등으로 인한 냄새와 살균제 냄새를 풍기고 있었지."

"제기랄, 이건 그리 행복한 이야기가 아니군요."

"네, 숙녀분. 그건 잘못된 생각이야. 이건 분명 즐거운 이야기지. 아주 즐거운. 계속할게. 그 배는 또 목욕탕의 놋으로 된 대롱 주둥이에서 나오는 뜨거운 소금물 냄새와 바닥 위에 놓인 젖은 나무 시렁 냄새, 목욕탕 시중꾼이 입고 있는 풀 먹인 재킷에서 나는 냄새를 풍겼어. 게다가 기분을 상하게 하는 싸구려 영국 배 요리 냄새를 풍겼고, 죽은 인동 덩굴 그루터기냄새와 어디를 둘러 봐도 항상 있는 흡연실의 배우들과 그물 시렁 냄새가 났었지. 그 배는 어느 것 하나 좋은 냄새를 풍기는 것이 없었고, 영국 사람들은 잘 알겠지만 남자, 여자 할 것 없이 모두가 독특한 냄새를 풍겼는데 그 냄새는 마치 우리가 흑인에게서 그걸 느끼듯 자기들끼리도 그랬지. 따라서 그들은 자주 목욕을 하지 않으면 안 되었어. 영국 사람들은 암소의 숨결처럼 결코 좋은 냄새가 나지 않아. 그리고 파이프 담배를 피우는 영국인 또한 절대로 그 냄새를 숨기지 못하지. 그렇게 하면 오히려 냄새를 더할 뿐이야. 그러나 그들의 양복천에서는 좋은 냄새가 나고 그들의 장화 가죽도 마구도 그렇지. 하지만 그 배에 마구가 있을 리 없었고 양복에는 그 망할 놈의 파이프 담배 냄새가 늘 배어 있어. 그 배에서 좋은 냄새를 맡을 수 있는 유일한 방법은 데본에서 온 거품을 뿜는 사이다 잔에 코를 처박고 있는 것뿐이야. 그 냄새는 무척이나 좋았지. 그래서 나는 시간이 날 때마다 코를 사이다 잔에다 갖다 대놓고 있었지. 아마 내가 생각했던 것보다 더 했을 거야."

"휴, 이제야 조금 재미있는 이야기가 되어 가는군요."

"자, 이제부터 재미있는 부분이 나와. 우리 선실은 너무 낮은 층에 있어서 바닷물 바로 위였는데 좌현은 언제나 닫혀 있어야 했어. 우리는 포트홀을 통해 바닷물의 흐름을 보았고, 또 바닷물이 지나가면서 굳어진 진한 녹색을 구경할 수 있었어. 우리는 톰이 침대에서 떨어지지 않게 트렁크와 손가방 등으로 옆에 담을 쌓았지. 톰의 어머니와 내가 톰이 어떻게 하고 있나 싶어서 들여다보면 그때마다 그는 깨어서 웃고 있었어."

"생후 3개월밖에 안 되었는데 정말 웃고 있었나요?"

"그는 항상 웃고 있었어. 그가 애기였을 때에도 우는 소리를 별로 못 들었는걸. 그 녀석에 관한 다른 재미있는 이야기를 들려줄까?"

"얼마나 귀엽고 잘생긴 소년이었는지!"

"맞아." 토머스 허드슨이 말했다. "매우 고급스럽게 생긴 소년이었지. 그에 대한 또 다른 재미있는 이야기를 해 줄까?"

"당신은 왜 그의 사랑스러운 어머니를 떠난 거죠?"

"정말 이상한 상황의 조화지? 또 다른 행복한 이야기를 듣고 싶어?"

"네, 하지만 그 많은 냄새 이야기는 빼고 해 주세요."

"이 차가운 럼주는 말야, 30노트의 속도로 달리는 배의 선수에서 파도가 떨어져 나가는 바닷물 같아. 만일 럼주가 인광을 내는 것이라면 뭐가 될 것 같다고 생각해?"

"인을 그 속에 넣을 수 있겠지요. 하지만 그건 건강에 좋지 않을 거예요. 한때 쿠바 사람들이 성냥개비 머리에 있는 인을 먹고 자살하는 경우도 있었어요."

"그리고 틴토 라피도를 마시기도 하지. 래피드 잉크가 뭐지?"

"구두를 검게 물들이는 염색약이에요. 하지만 사랑이 깨어지거나 약혼자에게 버림받은 여자들은 구두를 까맣게 물들인 다음 멀리 떠나서 자신의 몸에 술을 붓고 불을 질러 자살하지요. 그건 고전적인 방식이에요."

"나도 알아." 토머스 허드슨이 말했다. "믿음의 자아."

"그것은 틀림없는 방법이에요." 어네스트 릴이 말했다. "그들은 언제나 거의 죽어 가요. 맨 처음 머리에 불을 지르면 몸 전체로 번지는 거죠. 래피드 잉크는 제스처에 가까워요. 요오드도 제스처를 좋아하는 사람들이 즐기는 거고요."

"송장 같은 둘이서 무슨 얘기를 하고 있는 거죠?" 바텐더인 세라핀이 물었다.

"자살 얘기."

세라핀은 "그건 아주 가난한 사람들 사이에서나 일어나는 일이고, 나는 쿠바에서 부자인 사람들이 자살하는 경우는 보지 못했어요."라고 말했다.

"맞아요." 어네스트 릴이 말했다. "하지만 몇 가지 사례를 알고 있어요. 좋은 사람들도 자살은 하죠."

"그럴 겁니다." 세라핀이 말했다. "토머스 씨, 이 음료들과 함께 뭐 좀 드시겠어요? 생선을 드릴까요? 튀긴 돼지고기는요? 차가운 고기는 어떻습니까?"

"좋아." 토머스 허드슨이 말했다. "아무거나."

세라핀은 갈색으로 바삭하게 구운 돼지고기 편육 접시와 우유, 달걀, 밀가루 반죽을 묻힌 빨간 도미를 구웠다. 그 핑크빛이 감도는 고기에 노란 껍질을 붙은 요리는 속에 하얀 고기를 품고 접시 위에 내어졌다. 바텐더는 키가 크고 원래부터 말이 거칠었는데, 술집 뒤로 나 있는 습하고 질척거리는 길을 잘 다닐 수 있도록 나무 구두를 신고 있어서 언제나 발걸음 소리가 요란했다.

"차가운 고기 좀 더 드릴까요?"

"아니, 이 정도면 됐네."

"톰, 그들이 주겠다는 건 무엇이든 받으세요. 당신은 여기가 어떤 곳인 줄 아시잖아요."

어네스트 릴이 말했다.

그 바는 공짜 술을 주지 않는 것으로 유명했다. 그러나 사실 알고 보면 매일 셀 수 없이 따뜻한 점심을 무료로 제공해 주고 있었다. 생선 프라이와 돼지고기는 물론 따뜻한 고기 튀김과 구운 치즈, 햄과 프랑스식으로 구운 빵으로 만든 샌드위치 등을 공짜로 내주곤 했다. 바텐더들은 역시 럼주를 거대한 셰이커에 넣고 섞었는데, 술을 다 따르고 나면 셰이커에는 적어도 한 잔 반 정도는 남아 있었다.

"이젠 좀 덜 슬퍼졌나요?" 어네스트 릴이 물었다.

"응."

"말해 봐요, 톰. 무엇 때문에 슬퍼요?"

"모든 세상이 다."

"세상일에 대해 슬퍼하지 않는 사람이 어디 있어요? 세상이란 갈수록 나빠져 가는 것 아닌가요? 그런데 그것 때문에 슬퍼하다니요. 그런 식으로 시간을 낭비하지 마세요."

"슬퍼하는 것을 막을 방법은 없지."

"막을 수 없다고 해서 나쁠 것은 없어요."

토머스 허드슨은 어네스트 릴과의 이러한 논쟁이 자신에게는 필요하지 않다고 생각했다. 그럼 필요한 게 뭐야, 이 개자식아. 네가 지금 하고 있는 것이 스스로에게 그렇게 보이지 않더라도 취해야만 하는 거야. 네가 필요한 것을 얻을 수 있는 방법은 없으며 다시는 네가 원하는 것을 가질 수 없을 거야. 그렇다고 해서 네가 취해야 할 방법이 아예 없는 것은 아니야. 자, 계속 전진해. 그리고 하나를 잡아.

"설탕을 넣지 않은 이 럼주를 큰 잔으로 한 잔 더 부탁해." 그는 세라핀에게 말했다.

"알겠습니다. 토머스 씨." 세라핀은 말했다. "혹시 기록을 깨려고 하는 겁니까?"

"아니, 난 그저 조용히 마시고 있을 뿐인걸."

"기록을 세울 때마다 당신은 언제나 조용히 마셨어요. 아침부터 밤까지 아주 참을성 있게 말입니다. 그러고는 당신 발로 걸어 나가죠."

"기록 같은 것 따윈 집어치워."

"당신은 그것을 깰 기회가 있어요." 세라핀은 그에게 말했다. "지금처럼 술을 마시면서 무언가를 조금씩 먹는다면 좋은 기회가 올 것입니다."

"톰, 기록을 깨 보세요." 어네스트 릴이 동조했다. "제가 여기 증인으로 있잖아요."

세라핀은 "그는 증인이 필요 없어요."라고 말했다. "내가 증인이니까요. 내가 떠난 뒤에는 콘스탄테가 이어서 카운트를 할 거예요. 전에 기록을 세웠을 때보다 지금 더 멀쩡하군요."

"기록 따윈 집어치우라니까."

"컨디션이 좋으시네요. 술을 많이 마시고 있는데도 술기운이 하나도 없는 것 같아요."

"빌어먹을 기록 따위."

"알겠습니다. 당신이 원하신다면. 혹시나 마음이 바뀔지도 모르니 저 혼자 숫자를 세고 있겠어요."

"그도 아마 계속 숫자를 셀걸요." 어네스트 릴이 말했다. "그는 이중 티켓을 가지고 있거든요."

"뭘 원하는 거지? 이 여자야, 아니면 진짜 기록을 원하는 거야? 그것도 아니면 가짜 기록을 원하는 건가?"

"둘 다 아니에요. 탄산수와 하이볼을 원해요."

"여전하군." 세라핀은 말했다.

"나는 브랜디를 마시겠어요."

"당신이 브랜디를 마신다면, 나는 여기 있지 않겠어."

"톰, 제가 전차에 타려다가 넘어져서 거의 죽을 뻔했던 거 아세요?"

"가여운 어네스트 릴." 세라핀이 말했다. "위험하고 모험적인 인생이로군."

"바 뒤에서 나무 신발을 신고 주정뱅이들이나 대접하는 당신보다는 낫지 않소."

"그게 내 직업인걸요." 세라핀은 말했다. "당신처럼 훌륭하고 고명하신 주정뱅이들을 모시게 되는 것이 이 직업의 특권입니다."

헨리 우드가 왔다. 그는 계획이 변경되어 새로운 흥분을 느끼며 땀에 젖은 채 서 있었다. 그를 기쁘게 하는 일은 아무것도 없었어, 라고 토머스 허드슨은 생각했다.

"우리는 알프레드의 신 하우스로 갈 거야." 그가 말했다. "톰, 같이 가겠나?"

"윌리가 바스크 바에서 자넬 기다리고 있어."

"난 윌리를 이번 일에 참여시키고 싶지 않아."

"그럼 그에게 말하게나."

"그에게 전화를 해야겠어. 같이 가지 않겠나? 정말 좋을 것 같은데."

"자네 뭐 좀 먹어야지."

"저녁을 많이 먹으면 되네. 즐거운 시간 보내고 있나?"

"그렇네." 토머스 허드슨이 말했다. "정말 좋아."

"자네 지금 새로운 기록에 도전하고 있는 건가?"

"아니."

"오늘 밤에 만날까?"

"별로 좋은 생각이 아닌 것 같은데."

"자네가 와 준다면 내가 나가서 집에서 자도록 하지."

"아니, 괜찮아. 재밌게 놀게. 그나저나 뭘 좀 먹어야지."

"맛있는 저녁을 먹을 거라니까. 명예의 말씀이네."

"윌리에게 꼭 전화해."

"꼭 전화하지. 믿어도 돼."

"알프레드의 신 하우스는 어디 있지?"

"거긴 정말 아름다운 곳이야. 항구가 내려다보이고 가구노 잘 갖춰져 있으며 정말 즐거운 곳이지."

"내 말은 그 집의 주소가 어디냐는 거야."

"그건 나도 잘 모르네. 윌리에게 물어보도록 하지."

"그럼 윌리가 마음 상하지 않을까?"

"그가 그렇다면 어쩔 수 없어, 톰. 하지만 이번만큼은 정말 이것에 대해 윌리에게 물어볼 수가 없어. 내가 윌리를 얼마나 좋아하는지 알잖아. 하지만 그에게 부탁할 수 없는 것들이 있다네. 그 점에 대해선 자네도 나만큼 잘 안다고 생각해."

"그래, 하지만 그에게 전화는 꼭 해 줘."

"내가 한 말은 반드시 지켜. 그에게 전화하지. 그리고 명예롭게 최고급 저녁을 먹을 거야."

그는 웃으면서 어네스트 릴의 어깨를 토닥거린 다음 바에서 사라졌다. 그는 덩치가 큰 남자치고는 매우 아름답게 움직였다.

"그의 집에 있는 여자들은 어떻게 되는 거지?" 토머스 허드슨이 어네스트 릴에게 물었다.

"어머 그들은 지금쯤 떠났을 거예요." 어네스트 릴이 말했다. "거긴 먹을 게 아무것도 없거든요. 그리고 마실 것도요. 그곳을 한 바퀴 돌아볼 건가요, 아니면 우리 집으로 올 건가요?"

"당신 집으로 가지." 토머스 허드슨이 말했다. "하지만 조금 더 있다가."

"그럼 행복한 이야기를 하나 더 들려주세요."

"알았어. 무엇에 대해서?"

"세라핀." 릴이 말했다. "토머스에게 설탕 없는 차가운 럼주를 더블로 한 잔 주세요. 내 하이볼이 아직 있나요?" 그리고 토머스 허드슨에게, "당신이 기억하는 가장 행복한 시간에 대해서요. 냄새 이야기는 빼고요."

"냄새 이야기는 꼭 해야지." 토머스 허드슨은 말했다. 그는 헨리 우드가 광장을 가로 질러 설탕을 재배하는 대부호 알프레드의 스포츠카로 향하는 것을 바라보았다. 헨리 우드는 자동차에 비해 몸집이 너무 크다고 생각했다. 헨리는 그 어떤 것에 비교해도 너무 큰 몸집이라고 그는 생각했다. 그러나 서너 가지는 그렇게 크지 않다는 것도 알고 있었다. 아니야, 하고 그는 혼잣말을 했다. 오늘은 너의 날도 끝났어. 너의 날은 지나갔어.

"무슨 이야기를 했으면 좋겠나?"

"제가 부탁한 걸로요."

그는 세라핀이 셰이커에 담긴 술을 긴 잔에 따르고 있는 것을 바라보았다. 세라핀은 잔 밑바닥을 두꺼운 종이로 된 보호대 안으로 끼워 넣었다. 토머스 허드슨은 무겁고 차가운 그 잔을 들어 손가락 사이에 끼우고는 크게 한 모금을 들이켜서 입속에 머금었다. 목구멍으로 넘기기 전 혓바닥과 이빨이 시린 듯했다.

"좋아." 그가 말했다. "내가 가장 행복했던 날은 내가 어렸을 때 아침에 일어나서 학교에 가지 않아도 되고 직장에 가지 않아도 되는 날이었어. 아침에 일어났을 때 나는 항상 배가 고팠고, 풀숲의 이슬 냄새를 맡을 수 있었지. 또 바람이 불지 않을 때면 숲과 호수의 고요함을 느낄 수 있었고 아침의 첫 소리를 들을 수 있었어. 때때로 첫 번째 소음은 아주 잔잔한 물 위를 날고 있는 물총새가 물 위에 그림자를 던지면서 달가닥거리며 울부짖는 소리였지. 어떤 때는 다람쥐가 집 밖에 있는 나무들 중 하나에서 꼬리를 흔들며 윙윙거리는 소리가 아침에 듣는 첫 번째 소리이기도 했어. 또 종종 산비탈에서 물떼새가 지저귀곤 했지. 하지만 나는 아침에 일어나서 이런 첫 아침 소리를 들으면서 배고픔을 느꼈고, 학교에 가지 않아도 되고 일하러 가지 않아도 된다는 것을 인식했을 때가 그 어느 때보다 행복했어."

"여자들과 있을 때보다 더 행복했군요."

"여자들과 있을 때도 물론 행복했지. 절망적일 정도로 행복했어. 견딜 수 없을 정도로 말이야. 내가 그 순간을 만끽하고 있다는 걸 믿을 수 없을 정도로 행복했어. 그것은 마치 취했거나 미친 것 같은 기분이야. 하지만 그런 행복도 우리 모두가 행복할 때나 이른 아침에 아이들과 함께 일어날 때만큼 행복하지는 않았어."

"어떻게 누군가와 함께 있는 것보다 혼자서 더 행복할 수 있죠?"

"그건 바보 같은 소리야. 생각나는 대로 말해 달라고 했잖아."

"그게 아니에요. 저는 당신이 기억하는 가장 행복한 때에 대한 이야기를 해 달라고 한 거예요. 그건 이야기가 아니었어요. 당신은 그저 아침에 일어난 것이 행복하다고 말한 것뿐이잖아요. 이제 진짜 이야기를 들려주세요."

"무엇에 대한 이야기를 할까?"

"사랑에 관한 이야기요."

"어떤 종류의 사랑? 신성한 사랑? 아니면 불경한 사랑?"

"아니, 그냥 재미가 있는 좋은 사랑이요."

"그에 관한 것이라면 좋은 얘기가 있지."

"그럼 그 이야기를 해 주세요. 한 잔 더 하실래요?"

"아니, 술이 아직 남아 있어. 자, 그럼 얘기하지. 내가 홍콩에 있을 때였어. 그곳은 정말 멋있는 도시야. 그곳에서 나는 무척 즐거웠고 미친 듯이 재미있는 시간을 보냈지. 그곳에는 아름다운 만이 있는데 그 만의 중국 본토 쪽이 주룽시라는 곳이야. 홍콩이라는 도시 자체는 나무가 아름답게 우거진 언덕이 많은 섬이지만, 그곳에는 언덕 꼭대기까지 꾸불거리며 올라가는 도로가 있고, 언덕 높이 지은 집도 많지. 그런데 그 도시는 주룽시를 마주보는 언덕의 기슭에 있어. 현대적인 나룻배들을 타고 빠르게 왔다 갔다 할 수 있지. 주룽시는 아름다운 도시인데 당신도 가 보면 무척 마음에 들어 할 거야. 깨끗하고 잘 설계된 도시인데 수풀이 도시의 가장자리까지 뻗어 있어. 나는 여자 교도소 바로 밖에서 아주 아름다운 나무 비둘기를 사냥했지. 그때 나는 목이 자색으로 빛나고 아름다운 날개를 가진 빠른 비행 능력이 있는 크고 예쁜 비둘기를 총으로 쏘곤 했어. 그 녀석들은 황혼이 되면 종종 깨끗하고 하얀 감옥 벽 밖의 거대한 월계수에 보금자리를 치러 왔거든. 나는 거기서 기다리고 있다가 높이 날아오르는 놈을 총으로 쏘았지. 바람을 등지고 빠른 속도로 내 머리 위에까지 날아오르는 비둘기를 쏘면 녀석은 감옥 구내에 떨어졌고, 그러면 그 새를 서로 빼앗겠다고 좋아서 고함을 지르는 여자 죄수들의 떠드는 소리가 들려왔어. 그러면 경비원들이 달려가서 여자들을 쫓아내고는 비둘기를 돌려주었지. 그 경비원들은 거의 의무적으로 경비실을 통해 우리에게 비둘기를 돌려주었어."

"주룽시 주변의 본토는 신도시라고 불리었는데 언덕이 많고 숲이 무성해서 나무 비둘기들이 많았어. 저녁때가 되면 그놈들이 서로를 부르는 소리가 들리지. 여자들이나 어린아이들이 도로변의 흙을 파내서 바구니에 담는 모습도 볼 수 있었어. 기관총이라도 가진 사람이 눈에 띄면 그들은 얼른 숲에 가서 숨어 버렸어. 나중에 알고 보니 그 흙속에 볼프람, 즉 텅스텐 광석이 들어 있기 때문에 도로변 흙을 판다는 거야. 그때는 그것이 꽤 잘 팔렸거든."

"그 이야기는 너무 지루하잖아요."

"아니야, 어네스트 릴. 이건 절대로 지루한 이야기가 아니야. 잠깐 더 기다려 봐. 텅스텐은 무거운 광물이야. 그리고 그건 정말 이상한 사업이지. 그것이 발견되는 곳은 광산이 존재할 가능성이 많은 지역이라는 뜻이거든. 그냥 흙을 파서 들어내 보면 되는 거야. 아니면 돌을 주워서 운반하면 되는 거지. 스페인의 에스트레마두라에 가면 텅스텐 광석이 많이 함유되어 있는 암석으로 된 마을이 있어. 그 마을 농부들의 논밭을 둘러싸고 있는 돌담도 모두 이 광석으로 되어 있거든. 그런데 농부들은 매우 가난해. 당시엔 그것이 가치가 매우 큰 광물이어서 우리는 여기서 마이애미까지 비행하는 것처럼 중국의 남융으로부터 주룽의 카이탁 공항까지 운행되는 DC-2와 같은 수송기를 이용해서 자유롭게 실어 날랐어. 그런 다음 미국으로 다시 수송되었지. 텅스텐은 강철을 굳히는 데 필요한 광물이었기 때문에 매우 귀했을 뿐만 아니라 전쟁 준비에도 아주 필수적인 것이었어. 그리고 누구든지 신도시의 어느 언덕에 나가 자기가 갖고 갈 수 있을 만큼 파내어서 납작한 바구니에 담은 뒤 머리에 이고 비밀 장소로 가서 몰래 팔아먹으면 되는 것이었지. 나는 나무 비둘기 사냥을 하다가 이것을 알아냈는데, 이 사실을 이용해 여러 사람들의 주의를 끌려고 했어. 하지만 아무도 내 얘기에 관심을 갖지 않더군. 나는 계속해서 고위층 인사들에게 이 사실을 얘기했어. 그랬더니 어느 날 누구나 자유롭게 파 갈 수 있는 텅스텐 광석이 있다는 사실에 대해 전혀 흥미를 갖지 않던 한 고위 관리가 오더니 내게 이렇게 말하더군. '형씨, 결국 남융 팀에서 일은 제대로 하고 있군요.' 하지만 우리들이 저녁 때 여자 교도소 앞에서 사냥을 하고 있으면 낡은 쌍발 더글러스 수송기가 언덕을 넘어 공항으로 내려오는 것이 보이곤 했어. 그러면 저 비행기는 텅스텐 광석을 싣고 가는 것이구나 하는 것을 알게 되지. 이상했던 것은 여자 교도소에 있는 여죄수들이 그것을 불법적으로 캐는 데 동원된 현장을 목격했던 거야."

"네, 정말 이상하군요." 어네스트 릴이 말했다. "그런데 사랑 이야기는 언제 나오지요?"

"원한다면 언제든지." 토머스 허드슨이 말했다. "하지만 그 일이 어떤 장소에서 일어났는지 알고 있다면 더 좋을 텐데."

"홍콩 주변에는 섬과 만이 많고 바다는 맑고 아름답지. 그 신도시는 실제로 본토에서 뻗어 나온 숲이 많고 언덕이 많은 반도야. 홍콩섬은 남중국해에서 광동까지 이어지는 크고, 푸르고, 깊은 만에 위치해 있지. 겨울의 기후는 북풍이 부는 오늘 날씨와 같았고, 비가 오고 파도가 거세게 몰아치는 날씨엔 잠자기에도 춥지."

"나는 비가 오는 날에도 아침에 일어나면 생선 시장으로 갔어. 그곳 생선들은 우리 생선과 비슷한데 기본적인 식용 어류는 붉은색 계열이야. 하지만 그것들은 주로 전갱이류였고 내가 먹어 본 것 중 가장 큰 거대한 새우도 있어. 아침 일찍 바로 잡힌 물고기들이 신선하게 빛을 내는 생선 시장은 정말로 멋있어. 내가 모르는 물고기는 별로 없었지만 생선 종류가 그리 많은 편은 아니었어. 간혹 덫으로 잡은 야생 오리도 있었는데 고방오리, 검둥오리, 홍머리오리 등 각종 겨울털을 가진 암놈과 수놈 등이 있었지. 우리 나무오리처럼 미묘하고 복잡하게 생긴 털을 가진 야생 오리도 있었어. 나는 오리들을 구경하면서 그 믿을 수 없을 만큼 기묘한 깃털과, 아름다운 눈과, 싱싱하게 빛나는 살찐 새로 잡은 생선과, 그리고 그들이 밤비료라고 부르는 인간의 배설물로 키운 아름다운 채소들도 보았지. 그 채소는 뱀만큼이나 아름다웠어. 나는 매일 아침 그 시장에 갔고, 그것 또한 매일 아침의 즐거움이었지."

"아침이면 늘 하얀 소복을 입은 추모객들과 유쾌한 곡을 연주하는 악대와 함께 길거리를 누비며 장례 행렬이 지나가곤 했어. 그들이 그해 장례 행렬에서 가장 자주 연주한 곡은 'Happy Days Are Here Again(행복한 날들은 다시 찾아와요)'이었어. 하루 중 그 소리를 안 듣고 지나는 날은 거의 없었지. 왜냐하면 그곳에는 죽는 사람이 많았고 주룽시에 수백 만 명이 살고 있는 데다가 그 섬에만 400명의 백만장자들이 있다고 하더군."

"중국의 백만장자요?"

"대부분이 중국 백만장자들이었어. 하지만 백만장자에도 여러 가지 종류가 있지. 나도 많은 백만장자들을 알고 있었는데 우리는 훌륭한 중국 음식점에서 함께 점심을 먹곤 했어. 그들은 세계 어느 나라보다도 훌륭한 식당을 여러 개 가지고 있었고, 그중에서도 광둥요리가 최고였어. 그해 나와 가장 친한 친구는 모두 백만장자였는데 총 10명이었어. 나는 그들의 이름을 처음 두 개의 이니셜로밖에 몰랐었어. H.M., M.Y., T.V., H.J. 등으로 말이야. 모든 중요한 중국인들은 이런 식으로 알려졌어. 또한 세 명의 중국 장군들 중 한 명은 경찰 조사관인데 런던의 화이트채플 출신으로 정말 훌륭한 남자였지. 중국 국영 항공의 조종사 여섯 명은 어머어마하게 돈을 벌어들이는 사람들이지; 경관 1명; 약간 정신이 나간 호주인; 영국장교들. 그리고 나머지 친구들은 당신이 싫증낼 것 같아 그만두기로 하지. 그 외에도 나는 홍콩에서 그 어느 때보다 많이 가깝고 절친한 친구들과 지냈어."

"대체 사랑 얘기는 언제 나오죠?"

"나는 지금 어떤 사랑 얘기를 먼저 넣어야 할지 고민하고 있어. 좋아, 사랑이 오고 있어."

"이미 중국 얘기 때문에 조금 지루하니까 어서 해 주세요."

"안 그랬을 텐데. 당신도 나처럼 좋아했을 거야."

"그럼 왜 거기에 계속 머물지 않았어요?"

"일본인들이 언제든 쳐들어와 그곳을 점령할 수도 있었기 때문에 당신은 그곳에 머물 수 없어."

"전쟁으로 모든 것이 망가졌어요."

"맞아." 토머스 허드슨이 말했다. "동의해." 그는 어네스트 릴이 그렇게 강한 단어를 사용하는 것을 들어 본 적이 없어서 내심 놀랐다.

"전쟁이 지겨워요."

"나도 그래." 토머스 허드슨이 말했다. "정말 지쳤어. 하지만 홍콩에 대해 생각하다가 지쳐본 적은 없어."

"그럼 얘기해 보세요. 난 그냥 사랑 얘기를 듣고 싶으니까요."

"사실 그곳의 모든 것이 너무 재미있어서 사랑을 할 시간이 많지 않았어."

"당신은 누구와 먼저 사랑을 나눴나요?"

"그때 나는 키가 매우 크고 아름다운 중국인 소녀와 사랑을 했지. 그녀는 매우 유럽적이고 자유분방한 성격이었는데 나와 함께 호텔로는 가지 않겠다고 했어. 다른 사람들이 모두 알게 된 거지. 그래서 그녀 집에서도 재워 주지 않았어. 하인들이 알게 되면 안 되니까. 그녀의 경찰견도 이미 우리 사이에 대해 알고 있었어. 그래서 더더욱 사랑을 나누기 어렵게 되었지."

"그래서 어디서 사랑을 나눴나요?"

"당신이 어린 시절에 하던 식으로 했어. 아무데서나 되는대로 그녀를 꼬셨거든. 특히 자동차 또는 운송 수단 등에서 말이야."

"우리의 친구 X 씨에겐 아주 안 좋은 일이었음에 틀림없군요."

"그랬어."

"당신이 한 사랑은 그게 전부였나요? 하룻밤도 같이 안 잤어요?"

"그렇지. 하룻밤도 같이 못 잤어."

"불쌍한 톰. 그렇게 힘들면서까지 사랑할 가치가 있는 여자였어요?"

"모르겠어. 그런 것 같아. 호텔에 묵지 말고 셋집에서 살걸 그랬어."

"여기 있는 사람들처럼 신 하우스를 빌릴 걸 그랬어요."

"나는 신 하우스를 좋아하지 않아."

"알아요. 하지만 당신이 그 여자를 정말로 원했다면 말이죠."

"그 문제는 다른 방법으로 해결되었어. 지루하지 않아?"

"아니에요, 톰. 이제는 지루하지 않아요. 그 문제는 어떻게 해결되었나요?"

"어느 날 밤, 우리는 함께 저녁을 먹은 뒤 오랫동안 보트를 탔어. 멋있는 일이긴 했지만 꽤 불편했었어. 그녀의 피부는 무척 부드러웠고 사랑을 위한 모든 준비는 그녀를 매우 흥분시켰으며 그녀의 입술은 얇았지만 사랑의 무게 때문이지 매우 무거웠어. 그러고 나서 우리는 보트에서 그녀의 집으로 갔지만 경찰견이 그곳에 있어서 아무도 깨워서는 안 됐기에 결국 나는 홀로 호텔로 돌아왔어. 그날 나는 몹시 기분이 좋지 않더군. 논쟁하는 것에도 지쳤고 결국 그녀가 옳다는 것을 알았지만 같이 잠자리도 할 수 없는 여자가 무슨 자유분방한 여자냐고 생각했지. 우리가 진정으로 해방되었다면 껍질을 깰 수 있어야 한다고 생각했어. 어쨌든 나는 우울했고 절망 상태였어."

"나는 당신이 좌절하는 것을 본 적이 없어요. 그 모습을 보게 된다면 무척 재미있을 텐데." "아니야, 난 비열했을 뿐이야. 난 그날 밤 나 스스로에 대해 비열함과 역겨움을 느꼈어."

"계속 이야기해 주세요."

"그래서 나는 매우 절망한 상태로 속으로 제기랄만 되뇌며 데스크에서 내 열쇠를 받았어. 그곳은 매우 크고, 부유하고, 풍부하며 우울한 호텔이었지. 나는 그렇게 엘리베이터를 타고 내게는 너무 크고, 부유하고, 음침하고 외로운 방으로 향했지. 그 안에는 키가 크고 아름다운 중국인 소녀는 없었어. 나는 복도를 걸어가 거대하고 침울한 내 방의 문을 열었어. 그런데 거기에 무엇인가가 있더군."

"그게 뭐였어요?"

"기가 막히게 아름다운 중국 세 명의 소녀. 그들이 어찌나 아름다운지 내가 잠자리를 같이 하지 못했던 그 미인은 마치 학교 선생처럼 느끼게 될 정도였어. 그 여자들은 너무나 아름다웠기 때문에 참을 수가 없었어. 그런데 그들은 아무도 영어를 할 줄 모르더군."

"그들은 어떻게 그곳에 있었던 건가요?"

"나의 백만장자 친구 중 한 명이 그들을 보낸 거였어. 그 미인들 중 한 명이 양피지 봉투에 담긴 매우 두꺼운 종이에 적힌 메모를 나에게 내밀더군. 'C.W. 로부터의 사랑'이라고만 적혀 있었어."

"그래서 당신은 어떻게 했어요?"

"나는 그들의 관습을 몰라서 그들과 악수를 하고 그들 각각에게 키스를 한 다음, 그들과 친해지는 가장 좋은 방법은 함께 샤워를 하는 것이라고 생각한다고 말했지."

"어떻게 말했나요?"

"영어로."

"그들이 이해했나요?"

"정확하게 이해하도록 만들었지."

"그리고 무엇을 하셨어요?"

"나는 세 명의 여자들과 자 본 적이 없어서 매우 당황스러웠어. 두 여자아이는 아주 재미있더군. 당신이라면 좋아하지 않았겠지만 말이야. 두 명이라고 해서 한 명의 여자보다 두 배로 좋지는 않았지만 좀 다르더군. 술에 취하면 더 좋겠지. 하지만 세 명의 소녀들은 나에게는 꽤 많은 수였고, 그래서 당황스러웠어. 그들에게 술을 마시고 싶은지 물어봤는데 안 마시겠다고 하더군. 그래서 나 혼자 술을 한 잔 하고 우리는 모두 침대에 앉았어. 다행히 그 여자들은 작았지만 침대는 굉장히 컸지. 그리고 나는 불을 껐어."

"재밌었어요?"

"정말 좋았지. 내가 알고 있는 그 중국 여자보다 훨씬 더 부드럽고, 수줍음이 많고, 대담하고, 전혀 해방되지 않은 중국 여자와 함께 잔다는 것. 그것도 세 배의 맛을 본다는 것, 어둠속에서 잔다는 건 정말이지 기분 좋은 일이었어. 나는 이전에 여자 셋을 품에 안은 적이 없었어. 하지만 할 수 있었어. 그들은 세련되었고 내가 모르는 많은 것들을 알고 있더군. 그것은 모두

어둠속에서 알아낸 거야. 나는 절대 잠들기를 원하지 않았어. 하지만 결국 잠이 들었지. 아침에 일어나 보니 그녀들은 모두 잠들어 있더군. 내가 처음 방에 들어왔을 때 보았던 것처럼 그들은 여전히 아름다웠지. 내가 본 여자들 중 가장 아름다운 여자들이었어."

"25년 전에 날 처음 알았을 때보다 더 아름다웠나요?"

"아니, 릴. 그건 아니야. 그들은 중국 소녀들이었고 당신도 중국 소녀가 얼마나 아름다운지 알잖아. 난 어쨌든 중국 여자를 좋아했어."

"난 당신의 변태 같은 모습을 본 적이 없어요. 당신은 아마 재미있는 변태였을 거예요."

"아니, 난 변태가 아니야."

"하지만 상대가 셋이었잖아요."

"세 사람은 여럿이야. 그리고 사랑은 한 사람과 해야 된다는 것에 대해서는 나도 동의해."

"어쨌든 당신이 그녀들을 모두 가졌었다니 기쁘군요. 제가 질투한다고 생각하지는 마세요. 그건 당신이 의도한 것이 아니라 선물로 받은 것일 뿐이니까요. 당신과 같이 자지 않겠다던 그 여자가 밉군요. 아침에 일어났을 때 공허한 기분이 들지 않았나요?"

"그 공허한 마음은 당신도 짐작할 수 있을 거야. 그래, 정말 공허했어. 나는 머리 위부터 발가락 사이까지 더럽혀졌다는 느낌이 들었지. 등은 꼼짝도 할 수 없었고 척추 밑이 아파 왔어."

"그럼 술을 한 잔 하셨겠군요."

"맞아. 술을 마시니 기분이 조금 나아졌고 매우 행복해졌어."

"그래서 그 뒤엔 어떻게 하셨어요?"

"나는 그들이 잠들어 있는 것을 바라보며 사진을 하나 찍어 두고 싶다는 생각을 했어. 그들이 잠들어 있는 모습은 아마 멋진 사진이 되었을 거야. 난 너무 배가 고프고 공허한 기분이 들어 커튼을 열고 밖의 날씨를 내다보았어. 비가 오고 있었지. 잘됐구나 하고 생각했어. 하루 종일 침대에서 뒹굴까 하고 생각했었거든. 그러나 난 아침 식사를 하고 싶었고, 그들에게 줄 아침 식사도 생각해 보았어. 그래서 샤워를 한 뒤 최대한 조용히 옷을 입고는 소리가 나지 않도록 문을 닫고 밖으로 나왔어. 나는 아래층으로 내려가 이른 아침에 문을 여는 호텔 식당에서 연어와 말아 놓은 고기, 마멀레이드, 버섯, 베이컨 등으로 아침 식사를 했지. 거기다가 큰 잔에 차를 담아 마시고 위스키에 탄산수를 타서 더블로 아침 식사와 함께 마셨어. 그런데도 여전히 공복이 느껴지더군. 난 홍콩의 영어판 신문을 읽으면서 저들이 왜 저렇게 늦게까지 잘까 하고 생각했지. 결국 난 호텔의 정문을 나와 밖을 내다보았는데 여전히 비가 내리고 있었어. 술집에도 가 보았는데 너무 이른 시간이라 문을 열지 않았어. 호텔의 서비스 바에서 아침 식사 때 마시던 술을 갖다주더군. 난 더 이상 기다릴 수가 없어서 도로 방으로 올라가서 문을 열었어. 하지만 그들은 모두 가 버리고 없었지."

"저런, 정말 끔찍하군요."

"내가 생각한 대로였어."

"그래서 어떻게 하셨어요? 술을 계속 마셨겠군요."

"그래, 술을 한 잔 마시고 들어가서 비누 거품으로 목욕을 했더니 기분이 좋아지더군. 그다음 순간, 난 이중으로 후회하기 시작했어."

"이중의 후회요?"

"아니, 말하자면 두 가지 후회지. 세 명의 여자아이와 잤다는 것에 대한 후회 하나, 그리고 그녀들이 사라진 것에 대한 또 다른 후회."

"저하고 함께하고 난 후에도 당신이 후회하곤 했던 게 기억나요. 그러나 당신은 그것을 극복했잖아요."

"나도 알아. 나는 항상 모든 것을 극복해 왔어. 또한 항상 크게 후회하는 사람이었지. 하지만 그날 아침 호텔에서는 이중의 회환이 복받쳐 오르는 걸 느꼈어."

"그래서 또 한 잔 더 하셨겠군요."

"어떻게 그걸 짐작하지? 나는 그 백만장자 친구에게 전화했어. 하지만 그는 집에 없었어. 사무실에도 없었고."

"그는 틀림없이 신 하우스에 있었을 거예요."

"물론이지. 그 여자들이 지난밤의 일에 대해 이야기하려 그에게 찾아간 곳이었지."

"그런데 그는 어디서 그렇게 예쁜 여자들을 셋이나 구했을까요? 여기 아바나에서는 온 사방을 다 뒤져도 정말 아름다운 여자들을 셋이나 구하는 건 불가능해요. 오늘 아침에는 헨리와 윌리에게 좋은 일을 해 주려고 아무리 애써 보았지만 잘 안 된다는 것을 알았어요. 물론 지금은 때가 좋지 않지만 말이에요."

"오, 그 백만장자들은 홍콩의 전국 방방곡곡에 신인 스카우터를 두고 있어. 중국 전역에도. 그것은 마치 브루클린 다저스의 야구팀이 능력 있는 야구 선수들을 찾는 것과도 같아. 어느 도시에서나 예쁜 여자가 발견되면 백만장자의 하수인들이 돈을 투자해 그 여자를 데려와서 훈련을 시키고 몸치장을 시키면서 도와주지."

"분명 중국식 머리 장식을 했을 텐데 아침까지도 어떻게 그렇게 예쁘게 보였을까요? 머리치장을 정성 들여 하면 할수록 그런 밤을 보낸 뒤의 아침에는 더 볼썽사납게 망가져 버리게 마련이거든요."

"그들은 그런 머리 장식을 하고 있지 않았어. 그들은 그 당시 미국 여자들이 하는 식으로 어깨까지 머리를 길게 늘어뜨리고 있었는데 요즘도 많은 여자들이 그런 스타일을 하고 있지. 또 아주 부드럽고 곱슬거리는 데가 있었지. 그건 C.W.가 좋아하는 스타일이야. 그는 물론 미국에도 가 봤고 미국 영화도 본 적이 있겠지."

"이후에 다시는 그들을 가져 보지 못했나요?"

"한 번에 한 여자밖에 가져 보지 못했어. C.W.는 한 번에 여자 한 명을 선물로 보냈어. 셋을 모두 보내는 일은 더 이상 없었지. 그들은 모두 새롭고 자연스러웠으며, 그는 그 스스로가 원해서 여자들을 보냈던 거야. 그리고 그는 내가 도덕적으로 나쁘다고 느끼는 것은 그 자신도 원하지 않는다고 말했었거든."

"그는 좋은 사람 같군요. 그래서 그 사람은 어떻게 되었어요?"

"아마도 총살을 당하지 않았을까 생각해."

"가엾어라. 하지만 정말 좋은 이야기였어요. 그런 이야기치고는 매우 미묘했어요. 당신은 지금 매우 유쾌해 보여요."

그런 것 같아, 하고 토머스 허드슨은 생각했다. 그렇지, 그게 내가 하려던 것이었어. 그렇지?

"이봐, 릴." 그가 말했다. "이 정도면 충분히 마셨다고 생각하지 않아?"

"당신 기분은 어때요?"

"아주 좋아."

"토머스에게 설탕 없이 찬 럼주를 한 잔 더 만들어 줘요. 난 조금 취한 것 같아요. 아무것도 마시고 싶지 않아요."

기분이 훨씬 더 좋은데, 하고 토머스 허드슨은 생각했다. 그게 재미있는 부분이야. 넌 언제나 기분이 더 좋아지고 언제나 후회를 극복하지. 극복할 수 없는 것이 단 한 가지 있다면 그것은 죽음뿐이야.

"당신은 죽어 본 적이 있나?" 그는 릴에게 말했다.

"물론 없죠."

"나도 그래."

"왜 그런 말을 하세요? 그런 식으로 말하면 무서워요."

"여보, 당신을 겁주려고 한 건 아니야. 난 누구도 겁주고 싶지 않으니까."

"나는 당신이 나를 '여보'라고 부르는 게 좋아요."

이러면 안 되는데, 라고 토머스 허드슨은 생각했다. 라 플로리디타의 낡은 한구석에 앉아서 늙은 어네스트 릴과 함께 술이나 마시는 것보다는 그와 동일한 효과를 가져다줄 수 있는 뭔가 다른 일은 없을까? 만일 너에게 나흘의 여유가 있다면 그것을 좀 더 바람직하게 이용할 수 없을까? 어디서, 하고 그는 생각했다. 알프레드의 신 하우스에서? 네가 지금 있는 곳으로도 족해. 술을 마신다는 것은 이 세상 어디에서든 좋을 게 하나도 없어. 그런데 넌 술에 빠져 들어가고 있어. 이봐, 넌 아마 한없이 그 속으로 빠져들어 가는 것이 나을 것이고 언제든 자주 즐기는 게 좋을 거야. 넌 언제나 그것을 좋아하고 사랑할 거라는 걸 알고 있고, 또한 네가 지금 그럴 수밖에 없는 상황에 처해 있다는 사실을 알고 있으니까. 그러니 지금처럼 그것을 사랑하는 것이 좋을 거야.

"너무 좋아." 그가 큰 소리로 말했다.

"뭐가요?"

"술 마시는 것. 그냥 마시는 것 말고 이렇게 설탕을 뺀 찬 럼주 더블로 마시는 것 말이야. 당신이 만약 그 많은 술에 설탕을 타서 마셨더라면 병이 들었을 거야."

"네, 그 말이 맞아요. 그리고 다른 누군가가 설탕 없이 그렇게 많이 마셨다면 그는 이미 죽었을 거예요."

"아마 나도 죽었을 거야."

"아니에요. 당신은 또 기록을 깰 것이고 그런 다음 우리 집으로 가서 잠을 잘 거예요. 앞으로 일어나게 될 가장 최악의 일은 당신이 코를 고는 것이지요."

"지난번에 내가 코를 골았나?"

"끔찍하게요. 그리고 밤에 제 이름을 열 번이나 바꾸어 가며 불렀어요."

"미안하군."

"아니에요. 전 오히려 재미있다고 생각했는걸요. 제가 몰랐던 두세 가지를 배우기도 했고요. 그렇게 많은 이름으로 불러도 다른 여자들은 화내지 않아요?"

"난 다른 여자가 없어. 마누라밖엔."

"저는 당신의 부인을 좋아하려고 노력했지만 그건 매우 어려운 일이더군요. 물론 누구도 그녀를 비난할 자격은 없지만요."

"난 그녀를 욕할 거야."

"아니에요. 하지 마세요. 그건 저속한 짓이에요. 전 두 가지 행동을 가장 싫어해요. 우선 남자들이 울 때요. 남자들도 울고 싶은 때가 있다는 것을 알아요. 하지만 난 그게 싫어요. 그리고 또 하나는 남자들이 자신의 아내에게 욕된 말을 하는 것을 듣고 싶지 않아요. 하지만 거의 대부분의 남자들은 자기 부인을 욕해요. 당신은 그러지 마세요. 지금 우리는 너무 즐거운 시간을 보내고 있으니까요."

"좋아, 젠장. 마누라 얘기는 하지 않기로 하지."

"제발, 톰. 난 그녀가 아름다운 여자라고 생각해요. 정말로. 그러나 그녀는 당신에게 여자가 아니지요. 그러니까 그녀 욕은 하지 마세요."

"알았어."

"즐거운 이야기를 또 하나 해 주세요. 당신이 생각하기에 즐거운 이야기라면 사랑과 관련이 없는 것도 괜찮아요."

"이제 내가 아는 즐거운 이야기는 없는 것 같아."

"그러지 마세요. 당신은 아마 몇 천 개는 알고 있을 거예요. 술을 한 잔 더 드시고 즐거운 얘기를 해 주세요."

"일을 좀 해 보는 게 어때?"

"무슨 일을요?"

"빌어먹을 사기 건물."

"빌어먹을 사기 건물."

"그래, 잘 알고 있어. 하지만 몇 가지 사례를 통해 이야기를 꾸며 보는 것은 어떨까?"

"직접 하셔야 해요. 당신도 그걸 알잖아요. 당신이 원하는 것은 무엇이든지 할게요."

"좋아." 토머스 허드슨이 말했다. "당신 정말 또 다른 즐거운 이야기를 듣고 싶어?"

"그래요, 부탁이에요. 당신 술 여기 있어요. 즐거운 이야기 하나 더 하고 술 한 잔 더 마시면 기분이 좋아질 거예요."

"당신 그 말에 책임질 수 있어?"

"아니요." 그녀는 그를 쳐다보면서 울기 시작했다. 그녀는 마치 샘에서 물이 솟아나듯이 쉽고 자연스럽게 눈물을 흘렸다. "톰, 왜 나한테 무슨 일이 있었는지 말하지 않아요? 당신에게 물어보기가 겁나요. 정말 그럴 거예요?"

"그래." 토머스 허드슨이 말했다. 그러자 그녀는 다시 울기 시작했다. 그는 그녀를 팔로 감싸 주었고 바에 있는 모든 사람들과 함께 그녀를 위로하려고 노력했다. 그녀는 이제 더 이상 예쁘게 울고 있지 않았다. 그녀는 울음이 나오는 대로 곧장 그리고 파괴적으로 울고 있었다.

"오, 나의 불쌍한 톰." 그녀가 말했다. "오, 나의 불쌍한 톰."

"자, 이제 진정해. 그리고 브랜디 한 잔 마셔. 그럼 좀 유쾌해질 거야."

"오, 저는 지금 유쾌해지고 싶지 않아요. 다시는 유쾌해질 수도 없고요."

"이봐." 토머스 허드슨이 말했다. "사람들에게 무언가를 말하는 것이 얼마나 좋은지 알아?" "저도 유쾌해지고 싶어요." 그녀가 말했다. "잠시만 시간을 주세요. 여자들이 있는 곳에 갔다 오면 괜찮아질 거예요."

넌 정말로 괜찮아져야 할 거야, 제기랄, 하고 토머스 허드슨은 생각했다. 난 지금 정말로 기분이 나쁘단 말이야. 네가 만일 울음을 그치지 않거나 그것에 관한 얘기를 한다면 난 여기서 나가 버리겠어. 그런데 내가 여기를 나가면 도대체 어디를 가야 하지? 그는 분명 한계를 알고 있었고 누구의 신 하우스이던 그것은 해답을 줄 수 없었다.

"설탕을 넣지 말고 차가운 럼주를 더블로 한 잔 더 줘. 저 여자가 대체 왜 저러는지 모르겠어."

"마치 물뿌리개처럼 우는군요." 바텐더가 말했다. "수도관 대신 그녀를 써도 될 정도예요."

"수도는 어떻게 되어 가고 있지?" 토머스 허드슨이 물었다.

그의 왼쪽 옆에 앉아 있던 키가 작고 납작한 코에 즐거운 표정을 한 사람, 그도 그의 얼굴은 잘 알고 있었지만 그의 이름과 정치적인 경향은 알지 못했던 사람이 말했다. "물이란 우리에게 아주 중요한 것이기 때문에 그들은 물을 주는 대가로 돈을 받아 갑니다. 물을 대용할 수 있는 것도 없고 또 물 없이는 아무것도 할 수 없습니다. 그러니 그들은 언제나 물을 갖다주고 돈을 가져가지요. 그러니 완전한 수도란 있을 수 없어요."

"제가 당신을 완전히 이해하는지 잘 모르겠군요."

"그렇군요. 그들은 언제나 수도에 대해 돈을 받아 가지요. 수도는 절대적으로 필요한 것이거든요. 그러니까 그들은 수도를 공짜로 줄 수 없어요. 당신 같으면 황금 수도를 낳는 거위를 죽이겠어요?"

"수도를 놓아서 돈을 좀 벌지 그래요? 물처럼 사람을 잘 속일 수 있는 것도 없거든요. 물을 생산한다는 약속으로 언제나 돈을 받아 갈 수 있어요. 어떤 정치가도 수도를 건설하려는 목적으로 트루코를 그처럼 파괴하지는 않을 거예요. 포부가 큰 정치가는 정치의 최저 수준에서 서로 공격하는 경우가 종종 있습니다. 그러나 정치적 경제의 진정한 토대를 공격하는 정치가는 없어요. 세관과 복권 장사, 고정된 설탕 가격 그리고 영원한 수도 부족에 축배를 들게 해 주세요."

토머스 허드슨은 "축하합니다."라고 말했다.

"당신은 독일인이 아니죠?"

"아뇨, 미국인입니다."

"그럼 루스벨트, 처칠, 바티스타 그리고 수도관의 부족을 위해 건배합시다."

"스탈린을 위하여."

"그럼요. 스탈린, 센트럴 허시, 마리화나, 수도관의 부족을 위하여."

"아돌프 루케를 위하여."

"아돌프 루케, 아돌프 히틀러, 필라델피아, 진 터니, 키웨스트 그리고 수도관의 부족을 위하여."

어네스트 릴은 그들이 이야기하고 있는 동안 여자들의 방에서 나와 바 쪽으로 다가왔다. 그녀는 얼굴 화장을 고쳤고 더 이상 울고 있지는 않았지만 감정이 상한 것만은 알 수 있었다.

"당신도 이 신사분을 아나?" 토머스 허드슨은 그녀에게 그의 새로운 친구 혹은 새롭게 발견한 그의 오랜 친구를 소개하며 말했다.

"침대에서만 알죠." 그 신사가 말했다.

"닥쳐요." 어네스트 릴이 말했다. "그는 정치인이죠." 그녀가 토머스 허드슨에게 설명했다.

"지금 정말 배가 고파요."

"목이 마르군." 그 정치가는 정정했다. "난 당신이 하라는 대로 하겠소." 그가 토머스 허드슨에게 말했다. "무얼 드시겠습니까?"

"설탕을 넣지 않은 차가운 럼주를 더블로. 주사위 놀이로 술값 내기를 할까요?"

"아니요. 술은 제가 사지요. 여기선 무제한으로 외상이 통하거든요."

"그는 좋은 사람이에요." 다른 사람이 바텐더의 관심을 끄는 동안 어네스트 릴이 토머스 허드슨에게 속삭이며 말했다. "정치인이긴 하지만 매우 정직하고 명랑한 사람이죠."

그 남자는 팔을 뻗어 릴을 안더니 "당신은 날마다 날씬해지는군. 우리 함께 같은 정당에 가입하는 건 어때?" 하고 말했다.

"수도를 위하여." 토머스 허드슨이 말했다.

"맙소사, 안 돼. 뭘 하시려는 거요? 우리 입에서 빵을 꺼내고 물을 넣을 작정이오?"

"종전할 때를 위하여 마시죠." 릴이 말했다. "건배."

"암시장을 위하여. 시멘트 부족을 위하여. 그리고 검정콩 공장을 통제하는 자들을 위하여." 그 남자가 말했다.

"건배." 토머스 허드슨이 말했고 이어서 "쌀을 위하여."라고 덧붙였다. 그 정치인도 "쌀을 위하여."라고 말했다. "건배."

"이제 기분이 좀 나아졌나요?" 어네스트 릴이 물었다.

"훨씬 나아졌어."

그는 그녀가 다시 울기 시작하려는 것을 보았다. "당신 또 우는 거야? 또 그러면 당신 턱을 부러뜨릴 거야." 그가 말했다.

흰색 정장을 입고 있는 그 정치가가 앉아 있는 기둥 뒤에는 석판으로 인쇄된 포스터가 있었다. 그 포스터에는 '더 좋은 시장'이라고 쓰여 있었다. 그

포스터는 크기가 아주 컸는데 보다 '훌륭한 시장'은 술을 마시고 있는 모든 사람들의 눈을 직시하고 있었다.

"알칼데 페오르(더 나쁜 시장)를 위하여." 그 정치가는 말했다.

"당신도 출마할 거요?" 토머스 허드슨이 그에게 물었다.

"물론입니다."

"정말 멋지군요." 어네스트 릴이 말했다. "정강을 세워 보죠."

"그건 어렵지 않아요." 그 정치가는 말했다. "알칼테 페오르를 위하여. 우리는 이미 승리하기 위한 구호를 가지고 있어요. 어떤 용도로 정강이 필요하죠?"

"그래도 정강이 있어야 해요." 릴이 말했다. "그렇지 않아요, 토머스?"

"나도 그렇게 생각해. 시골 학교를 폐교하겠다는 계획은 어떻게 되는 거죠?"

"그만두라고 해요." 후보자가 말했다.

"더 적고 더 나쁜 버스." 어네스트 릴이 제안했다.

"좋군요. 더 적고 더 나쁜 버스."

"왜 교통수단을 완전히 폐지하지 않는 거지?" 후보자가 제안했다. "훨씬 더 간단한데."

"그거 좋군." 토머스 허드슨이 말했다. "교통 제거."

"짧고 고상하게." 후보자가 말했다. "그리고 그것은 우리가 공정하다는 것을 보여 주죠. 하지만 그것을 다시 세부적으로 다듬어야 해요. '항공, 육상, 해상 운송 제로'라고 하면 어떨까요?"

"멋져요. 우리는 진짜 정강을 거의 완성한 거예요. 그럼 나병에 대해서는 어떤 태도를 취해야 하죠?"

"쿠바의 더 큰 나병을 위하여." 후보가 말했다.

토머스 허드슨 역시 "쿠바의 암을 위하여"라고 이어서 말했다.

"쿠바와 쿠바 국민을 위한 확장되고 적절하며 영구적인 결핵 퇴치를 위하여"라고 후보자가 또다시 말했다. "이건 좀 길긴 하지만 라디오에서는 잘 들리겠죠. 매독에 대한 입장은 어떤가요, 나의 지지자들?"

"매독에 걸린 수백 명의 사람들을 위하여!"

"좋아요." 후보자가 말했다. "페니실린과 양키 제국주의의 속임수를 타도하라."

"타도하라." 토머스 허드슨이 말했다.

"우리 뭘 좀 마셔야 할 것 같아요." 어네스트 릴은 말했다. "상관 시나리오에 대해서는 어떻게 생각하십니까, 우리 동료들?"

"훌륭한 생각이로군." 후보자가 말했다. "당신이 아니면 누가 그런 생각을 해낼 수 있을까요?"

"당신이 있잖아요." 어네스트 릴이 말했다.

"자, 내 외상 장부를 습격해 보시오. 내 외상 장부가 여러분의 맹렬한 포화를 받고 어떻게 견뎌 내는지 봅시다. 바 친구, 술친구, 모두가 마찬가지예요. 그리고 나의 정치적 동료를 위해 설탕은 넣지 않았습니다."

"그걸 슬로건에 이용하면 되겠군요. 쿠바의 설탕은 쿠바인에게." 어네스트 릴이 말했다.

"북쪽의 거대한 권세를 타도하라." 토머스 허드슨이 말했다.

"타도하라." 다른 사람들도 되풀이했다.

"우리는 국내 문제에 대한 슬로건과 시정에 관한 슬로건을 좀 더 많이 만들어야 할 필요가 있어요. 우리가 전쟁을 하고 있고 동맹국으로 있는 동안 국제 문제 분야에는 너무 지나치게 간섭하지 않는 것이 좋을 거요."

"북부의 거상을 쓰러뜨려야 한다고 생각해요." 토머스 허드슨이 말했다. "거상들이 세계적으로 전쟁을 치르는 동안이 정말 이상적인 시기입니다. 우리는 그들을 타도해야 한다고 생각해요."

"제가 당선된 후에 그를 타도하겠습니다."

토머스 허드슨은 "알칼데 페오르를 위하여."라고 말했다.

"우리 모두를 위하여. 우리의 당을 위하여." 알칼데 페오르는 이렇게 말한 다음 잔을 들었다.

"우리는 당의 창설 조건을 기억해야 하고 선언문을 써야 해요. 하여튼 날짜가 언제죠?"

"20일 전후. 그 즈음."

"몇 월이죠?"

"2월 20일 전후. 플로리디타에서."

토머스 허드슨은 "엄숙한 순간이로군요."라고 말했다. "쓸 줄 알아, 어네스트 릴? 이 모든 것을 영구적으로 보관할 수 있나?"

"쓸 수 있어요. 하지만 지금은 쓸 수가 없어요."

"우리가 맞서야 할 문제들이 몇 가지 더 있습니다." 알칼데 페오르는 말했다. "들어 봐요, 북부의 거상들. 왜 이럴 때 술 한 잔 사지 않는 거죠? 내 외상 장부가 얼마나 용감한지 보셨잖습니까? 그리고 그것이 여러분의 공격을 어떻게 견디어 냈는지도요. 하지만 그가 지고 있다는 것을 아는 우리로서는 더 이상 불쌍한 새를 죽일 수는 없어요. 자, 거상." 알칼데 페오르가 말했다.

"나를 거상이라고 부르지 마시오. 우리는 망할 거상을 타도하려는 것이오."

"알겠습니다, 주지사님. 그런데 무슨 일을 하고 계시죠?"

"나는 과학자예요."

"특히, 침대에서요." 어네스트 릴이 말했다. "그는 중국에서 광범위한 연구를 했답니다."

"음, 당신이 무엇을 하던 간에, 이것을 한잔 사세요." 알칼데 페오르는 말했다. "그리고 정강을 계속 만들어 봅시다."

"가정에 대해서는 어떻게 하죠?"

"신성한 문제로군. 가정은 종교와 동등한 존엄성을 누리고 있어요. 우리는 가정에 관한 문제에 있어서는 신중하고 민감해야 해요. 이건 어떨까요? 부모님과 함께?"

"가정은 위엄을 지니고 있어요. 그러나 '가정을 타도하라?'는 왜 안 될까요?"

"가정을 타도하라. 그것은 아름다운 감정이지요. 그러나 많은 사람들이 야구와 혼동할지 몰라요."

"어린이들은 어떨까요?"

"그들이 유권자가 되기 전까지는 제게 맡겨 두세요." 알칼데 페오르는 말했다.

"이혼은요?" 토머스 허드슨이 물었다.

"또 다른 난감한 문제로군." 알칼데 페오르가 말했다. "난감한 문제야. 그런 당신은 이혼에 대해 어떻게 생각하시죠?"

"이혼 문제는 다루지 않는 것이 좋을 것 같아요. 가정을 중시하는 선거 운동과는 상반되는 문제이니까요."

"좋습니다. 그럼 그 문제는 빼기로 하죠. 그런데 가만 있자—"

"그건 안돼요. 당신은 엉터리로군요." 어네스트 릴이 말했다.

"날 욕하지 마세요." 알칼데 페오르가 그녀에게 말했다. "우리가 꼭 해야 할 일이 있습니다."

"그게 무엇이오?"

"오줌이요."

"맞아요. 그것은 기본 중에 기본이지요." 토머스 허드슨이 말했다. "수도의 부족만큼이나 기본적인 문제예요. 게다가 그것은 물을 기반으로 하고 있으니까요."

"그것은 술의 기반이기도 해요."

"하지만 물에 비하면 아주 적은 비율에 불과해요. 물은 기본입니다. 당신은 과학자지요. 우리 몸은 몇 퍼센트의 물로 구성되어 있나요?"

"87과 3/10." 토머스 허드슨은 운에 맡기고 자신이 틀렸다는 것을 알면서 이렇게 말했다.

"바로 그거야." 알칼데 페오르가 말했다. "움직일 수 있을 때 갈까요?"

남자 화장실에는 조용하고 고상한 흑인 하나가 장미십자회의 팸플릿을 읽고 있었다. 그 흑인은 그가 수강하고 있는 주간 강좌를 듣고 있었다. 토머스 허드슨이 그를 향해 정중하게 인사를 했더니 그 흑인도 친절하게 응대해 왔다.

"제법 추운 날이군요." 그 종교 문학 강좌를 듣는 사람이 인사를 했다.

"정말로 날씨가 차군. 공부는 잘 되고 있나?" 토머스 허드슨이 물었다.

"네, 아주 잘 되고 있어요. 기대해도 좋을 정도로요."

"그것 정말 기쁜 소식이로군." 토머스 허드슨이 말했다. 그리고 뭔가 어려움을 겪고 있는 것임이 분명한 알칼데 페오르에게 "난 한때 런던에서 절반은 소변을 보려고 하고 나머지 절반은 소변을 보지 않으려고 하는 클럽에 속해 있었어요."라고 말했다.

"정말 근사하군요." 알칼데 페오르가 귀찮은 일을 끝내며 말했다. "그 클럽의 이름이 무엇인가요? 월드 클럽?"

"아니요. 사실은 그 이름을 잊어버렸어요."

"당신이 속했던 클럽의 이름을 잊었다고요?"

"그래요. 왜, 그러지 말라는 법이라도 있소?"

"가서 하나 더 사는 게 좋을 것 같아요. 배뇨비는 얼마인가?"

"마음대로 주시면 됩니다. 선생님"

"내게 맡겨요. 내가 사고 싶거든요. 그것은 마치 꽃 같아요." 토머스 허드슨이 말했다.

"혹시 그 클럽 이름이 로얄 자동차 클럽 아닌가요?" 흑인이 수건을 내밀면서 물었다.

"아니, 그럴 리가 없어."

"죄송합니다. 선생님." 장미십자회원이 말했다. "그게 런던에서는 가장 큰 클럽 중의 하나인 것으로 알고 있습니다."

"맞았어." 토머스 허드슨이 말했다. "가장 큰 클럽 중의 하나지. 이것으로 멋진 걸 하나 사게." 그는 1달러를 주었다.

"페소를 주지 그랬어요?" 알칼데 페오르가 물었다. 그들은 문 밖으로 나왔다가 소란한 술집으로 돌아갔다가 또다시 교통이 혼잡한 바깥 거리로 나갔다가 하곤 했다.

"난 그게 별로 소용이 없거든요."

"신사님." 알칼데 페오르가 말했다. "기분은 괜찮아요? 아무렇지도 않아요?"

"괜찮아요." 토머스 허드슨이 말했다. "정말로 괜찮아요. 고마워요."

"여행은 잘 다녀오셨나요?" 어네스트 릴이 바 앞에 있는 의자에 앉아서 물었다. 토머스 허드슨은 그녀를 쳐다보았다가, 처음으로 한 번 더 그녀를 바라보았다. 그녀는 더 검고 더 비대해 보였다.

"멋진 여행이었어."라고 그가 말했습니다. "여행을 가면 항상 재미있는 사람들을 만나지." 어네스트 릴은 허벅지에 올려 둔 손을 꽉 쥐었다. 그는 어네스트 릴로부터 고개를 돌려 바 밑으로 파나마모자를 지나 쿠바인의 얼굴들과 술꾼들의 주사위 컵을 지나쳐 광장의 밝은 빛으로 통하는 열린 문을 바라보고 있었다. 그때 그는 자동차 한 대가 멈추어 서고 도어맨이 모자를 손에 든 채 뒷문을 열자 한 여자가 내리는 것을 보았다.

그녀였다. 그런 식으로 숙련되어 보이는 동시에 아름다운 자세로, 발을 내려놓을 때 자신이 마치 그 거리에 큰 선심이나 쓰는 것 같은 그런 동작으로 자동차에서 내릴 사람은 그녀 외에는 아무도 없었다. 물론 많은 사람들이 수년 동안 그녀처럼 보이려고 노력했고, 또 실로 몇몇은 그녀와 아주 비슷하게 보이는 사람도 있었다. 하지만 실제로 그녀를 보면, 그녀를 닮은 모든 사람들은 단지 모조품에 불과했다. 그녀는 지금 제복을 입고 있었고, 도어맨에게 미소를 지으며 질문을 던졌으며, 도어맨은 행복하게 대답하며 고개를 끄덕였다. 그녀는 인도를 가로질러 바를 향해 다가오기 시작했다. 그녀의 뒤에는 제복을 입은 또 다른 여성이 따르고 있었다.

토머스 허드슨은 마치 숨을 쉴 수 없을 정도로 가슴이 답답함을 느꼈다. 그녀는 그를 보았고 바에 있는 사람들과 테이블 사이의 틈을 따라 그를 향해 걸어오고 있었다. 다른 여자는 그녀의 뒤를 따라오고 있었다.

"실례 좀 할게요." 그가 알칼데 페오르와 어네스트 릴에게 말했다. "친구를 만나야 해서요."

두 사람은 바와 테이블 사이에 있는 복도 중간 지점에서 만났다. 그는 두 팔을 벌려 그녀를 안았다. 그들은 둘 다 있는 힘을 다해 서로를 꼭 껴안고 있었다. 그런 다음 그는 그녀에게 강렬한 키스를 퍼부었고 그녀 또한 그에게 키스를 했으며 두 손으로 그의 양팔을 동시에 느끼고 있었다.

"오, 당신. 당신. 당신."이라고 그녀가 말했다.
"이 악마." 그가 말했다. "여긴 어떻게 온 거야?"
"물론, 카마궤이에서 왔어요."
사람들이 그들을 바라보고 있었고, 그는 그녀를 번쩍 들어 올려 꼭 껴안은 채 다시 한 번 키스를 한 뒤에 그녀를 내려놓고는 손을 잡고 구석에 있는 테이블을 향해 걷기 시작했다.
"여기서는 이렇게 하면 안 돼." 그가 말했다. "우리는 체포될 거야."
"체포되죠, 뭐." 그녀가 말했다. "이쪽은 지니예요. 제 비서."
"안녕, 지니." 토머스 허드슨이 말했다. "이 미친 여자를 저 테이블 뒤로 데려가시오." 지니는 멋지고 못생긴 여자였다. 두 사람은 같은 유니폼을 입고 있었다. 휘장이 달려 있지 않은 장교용 블라우스, 셔츠와 넥타이, 스커트, 스타킹, 생가죽 구두 등 모두 같은 것들을 입고 있었다. 그들은 그가 전에 보지 못했던 외국제 모자를 쓰고 있었고, 왼쪽 어깨에는 헝겊이 붙어 있었다.
"모자를 벗어, 이 악마."
"벗으면 안 돼요."
"벗어."
"알았어요."
그녀는 모자를 벗은 뒤 얼굴을 치켜들고는 머리칼을 부드럽게 흔들며 머리를 뒤로 움직여 그를 바라보았다. 그리고 그는 그녀의 높은 이마와 언제나 똑같은 은빛의 잘 익은 밀 빛깔 같은 머리칼의 기묘하게 구부러진 선, 높은 광대뼈, 그리고 보는 사람의 애간장을 녹이는 코 밑에 자리한 보조개, 약간 납작한 코, 방금 전의 키스로 일그러져 있는 입, 귀여운 턱과 목선을 보았다.
"내 모습이 어떤가요?"
"당신도 알고 있잖아."
"당신도 전에 이런 옷을 입고 키스한 적이 있나요? 아니면 군복 단추에 긁혀 본 적이 있나요?"

"없어."

"날 사랑하나요?"

"난 언제나 당신을 사랑해."

"아니, 지금 이 순간 날 사랑하나요? 바로 지금 말이에요."

"그럼." 그가 이렇게 대답할 때 그는 목의 통증을 느꼈다.

"좋아요." 그녀가 말했다. "만약 그렇지 않으면 당신에게 꽤 끔찍한 일이 벌어졌을 거예요." "여긴 언제부터 와 있었지?"

"바로 오늘이요."

"키스할까?"

"그럼 체포될 거라면서요."

"그래, 우린 기다릴 수 있을 거야. 뭐 좀 마시겠어?"

"여기 좋은 샴페인 있어요?"

"있지. 하지만 그것 말고도 아주 좋은 이 지역의 술이 있어."

"그렇겠죠. 그 술을 얼마나 드셨어요?"

"나도 모르겠어. 열두어 잔쯤."

"눈언저리가 경직되어 있는 것처럼 보여요. 음, 당신은 지금 누군가와 사랑을 하고 있나요?"

"아니, 당신은?"

"두고 보면 알 거예요. 당신 그 여편네는 어디에 있어요?"

"태평양에."

"그랬으면 좋겠군요. 그 넓고 깊은 천길 바닷속 깊이 말이에요. 오, 토미, 토미, 토미, 토미."

"당신은 누군가를 사랑하고 있어?"

"유감스럽게도 그래요."

"깍쟁이 같으니라고."

"끔찍하지 않나요? 제가 떠나고 난 뒤 처음으로 당신을 만났는데 당신은 누구와도 사랑을 하지 않고 있고 저는 어떤 사람과 사랑을 하고 있으니 말예요."

"당신이 달아났어?"

"그건 제 얘기예요."

"그는 잘해 주나?"

"그는 착해요. 마치 어린아이처럼요. 저는 그이에게 매우 필요한 사람이에요."

"그 사람은 어디 있지?"

"그건 군사 기밀이에요."

"당신이 가는 곳에 있단 말이야?"

"네."

"너 뭐야?"

"우리는 USO예요."

"OSS와 같은 건가?"

"아니에요. 바보 같은 소리 하지 말아요. 그렇게 바보스런 체하지 마시라고요. 제가 누군가와 사랑에 빠졌다고 해서 그렇게 무뚝뚝하게 굴면 안 돼요. 당신은 다른 사람과 사랑에 빠졌을 때 저와 의논 한마디 없었잖아요."

"그를 얼마나 사랑하지?"

"저는 그를 사랑한다고는 말하지 않았어요. 단지 그와 사랑에 빠져 있다고 말했어요. 만약 당신이 원하지 않는다면 오늘 그이와 사랑에 빠지지 않겠어요. 하지만 저는 오늘 하루 일정으로 이곳에 왔어요. 예의를 지키고 싶어요."

"지옥에나 떨어져." 그가 말했다.

"제가 차를 타고 호텔로 간다면 어떻게 될까요?" 지니가 물었다.

"아니야, 지니. 먼저 샴페인부터 마셔야지. 당신 차를 가지고 왔어요?" 그녀는 토머스 허드슨에게 물었다.

"응, 광장 밖에."

"당신이 있는 곳으로 타고 갈 수 있어요?"

"물론이지. 일단 뭐 좀 먹고 난 다음 나가면 돼. 아니면 거기 가서 먹을 수 있도록 여기서 가지고 갈 수도 있고."

"여기까지 올 수 있었다는 것이 우리에게 행운이 아니었나요?"

"그렇지." 토머스 허드슨이 말했다. "내가 여기 있는지 어떻게 알았어?"

"카마궤이의 들판에 있던 한 소년이 당신이 여기 있을지도 모른다고 말해 줬어요. 당신을 찾지 못하면 아바나로 갈 예정이었어요."

"아바나도 구경할 수 있어."

"아니에요." 그녀가 말했다. "지니는 가능해요. 혹시 지니를 데리고 나갈 수 있는 사람이 있나요?"

"있지."

"오늘 밤 카마궤이로 돌아가야 해요."

"몇 시 비행기지?"

"6시인 것 같아요."

"모든 것을 바로잡아 놓을게." 토머스 허드슨이 말했다. 그때 한 남자가 그들의 테이블로 다가왔다. 그는 이 지역 사람이었다.

"실례합니다." 그가 말했다. "사인 좀 해 주시겠어요?"

"물론입니다."

그는 그녀에게 콘스탄테가 바 뒷전에서 칵테일을 만들고 있는 모습이 그려진 카드를 내밀었고, 그녀는 토머스 허드슨도 잘 알고 있는 유명한 배우들 풍의 글씨체로 거기에 사인을 해 주었다.

"제 어린 딸이나 학교에 다니는 아들에게 주려는 것이 아닙니다." 그 남자는 말했다. "이것은 저를 위한 거예요."

"좋아요." 그녀가 미소를 지어 보이며 말했다. "저에게 사인을 청해 주셔서 고맙습니다."

"저는 당신이 나오는 영화를 모두 보았어요." 그 남자가 말했다. "나는 당신이 세상에서 가장 아름다운 여자라고 생각해요."

"그것 정말 기쁘군요." 그녀가 말했다. "계속 그렇게 생각해 주세요."

"제가 술 한잔 대접해도 될까요?"

"저는 지금 친구랑 술을 마시고 있는 중이라서요."

"저도 이분을 압니다." 라디오 아나운서가인 그 남자가 말했다. "저는 오래전부터 이분을 알고 있었지요. 앉아도 될까요, 톰?"

토머스 허드슨은 여자를 향해 "이분은 로드리게스 씨야."라고 말했다. "당신은 성이 뭐지, 지니?"

"왓슨입니다."

"왓슨 양."

"당신을 알게 되어서 매우 기쁘군요, 왓슨 양." 라디오 아나운서가 말했다. 그는 미남에다 머리털은 검고 피부는 햇볕에 그을려 있었다. 게다가 유쾌한 눈, 매력적인 미소, 야구 선수처럼 큰 손을 가지고 있었다. 그는 야구 선수이자 도박꾼이었고, 요즘의 도박꾼들이 지닌 훌륭한 풍채를 가지고 있었다.

"세 분 모두 저와 점심을 같이하시겠어요?" 그가 물었다. "이제 점심시간이 거의 다 되어서요."

"허드슨 씨와 저는 시골로 여행을 가야 해요." 그녀가 말했다.

"전 당신과 함께 점심을 먹고 싶어요." 지니가 말했다. "당신은 정말로 멋진 분 같아요."

"이분은 좋은 분이죠?" 그녀가 토머스 허드슨에게 물었다.

"그분은 멋쟁이야. 당신이 도시에서 만날 수 있는 그 누구보다도 멋쟁이지."

"고마워요, 톰." 그 남자가 말했다. "그럼 여러분 모두는 저와 함께 식사를 할 수 없는 건가요?"

"우리는 정말로 가야 해요." 그녀가 말했다. "지금도 이미 늦었고요. 그럼 호텔에서 봐, 지니. 정말 감사합니다, 로드리게스 씨"

"당신은 정말 세상에서 가장 아름다운 여성입니다." 로드리게스 씨가 말했다. "그 사실을 전에는 미처 몰랐다 해도 지금은 확실히 알았습니다."

"아무쪼록 계속 그렇게 생각해 주세요." 그녀는 이렇게 말한 뒤 토머스 허드슨과 함께 거리로 나왔다.

"좋군요." 그녀가 말했다. "그렇게 나쁘지 않은 것 같아요. 지니도 그분을 마음에 들어 하고, 그분도 멋진 사람인 것 같고요."

"그는 멋쟁이지." 토머스 허드슨이 말했고 운전기사가 그들을 위해 차 문을 열어 주었다.

"당신도 멋있어요." 그녀가 말했다. "저는 당신이 술을 그렇게 많이 마시지 않았으면 좋겠어요. 그래서 샴페인을 거른 거예요. 그런데 바 끝 쪽에 앉아 있던 당신의 그 새까만 친구는 누구예요?"

"그저 바 끝 쪽에 있는 내 새까만 친구일 뿐이지."

"한잔 더 하실래요? 다른 데 들러서 한잔 더 할 수도 있어요."

"아니, 당신은?"

"전 별로 술을 좋아하지 않는 거 알잖아요. 그래도 와인은 좀 마시고 싶어요."

"집에 와인이 있어."

"잘됐군요. 자, 이제 키스해 주세요. 설마 우릴 체포하지는 않겠지요."

"어디로 갈까요?" 운전기사가 정면을 바라보며 물었다.

"농장으로 가세." 토머스 허드슨이 말했다.

"오, 토미, 토미, 토미." 그녀가 말했다. "그대로 계속해 줘요. 저 사람이 우리를 본다고 달라지지는 않겠죠. 그렇죠?"

"아니. 아무 상관없어. 당신이 원한다면 그의 혀를 잘라 버릴게."

"아니, 그런 것은 원하지 않아요. 어떻게 그렇게 잔혹한 짓을 저지를 수 있겠어요. 하지만 그 제안 자체는 마음에 들어요."

"그 정도는 별로 나쁜 생각이 아닌 것 같은데. 당신은 어떻게 생각해? 내 평생의 사랑스런 나의 옛집."

"저도 마찬가지예요."

"정말로?"

"언제나 그래 왔어요. 이 동네에서 난 당신의 것이에요."

"비행기가 떠날 때까지 그렇다는 것이지."

"바로 그거예요." 그녀가 이렇게 말한 뒤 차 안에서 앉은 자세를 더 편하게 고쳐 앉았다. "저것 보세요." 그녀가 말했다. "포장도로를 지나고 나니 먼지가 어마어마하게 나는군요. 언제 다시 포장된 도로를 달릴 수 있나요?"

"언젠가는."

"그렇겠죠." 그녀가 말했다. "언젠가는."

그들은 더러운 먼지가 잔뜩 날리는 광경을 보았고, 그녀의 빠른 눈과 사랑스러운 지능은 그가 보는 데 수년이 걸릴 모든 것을 즉시 보았다.

"이제 나아지겠지요." 그녀가 말했다. 그녀는 그에게 단 한 번도 거짓말을 해 본 적이 없었고 그도 그녀에게 거짓말을 하지 않으려 노력했다. 하지만 그는 번번이 실패하고 말았다.

"당신은 아직도 저를 사랑하나요?" 그녀가 물었다. "꾸밈없이 사실대로 말해 줘요."

"사랑하고말고. 그것만은 당신이 꼭 알아 줬으면 좋겠어."

"저도 알아요." 그녀가 말했다. 그녀는 그것을 증명하려는 듯 그를 꼭 껴안았다.

"지금 같이 사는 남자는 누구야?"

"그에 대한 얘긴 제발 하지 말아요. 당신은 그에 대해 걱정하지 않아도 돼요."

"아마 그렇겠지." 그가 말했다. 그는 여자를 꼭 끌어안았다. 두 사람은 서로의 뼈가 으스러질 만큼 꼭 끌어안았다. 이것은 그들의 오래된 게임이었다. 이윽고 여자가 먼저 팔을 풀었다.

"당신은 가슴이 없어요. 하지만 당신이 늘 이겼죠." 그녀가 말했다.

"난 당신을 홀딱 반하게 할 만큼 미남도 아니고 당신이 가진 것과 같은 길고 멋진 다리를 갖고 있지도 않아."

"하지만 당신은 그 밖의 다른 것을 가지고 있어요."

"그렇긴 하지." 그가 말했다. "어젯밤 나는 베개와 고양이와 사랑을 나누었어."

"제가 고양이를 단장시켜야겠군요. 이제 얼마나 남았어요?"

"11분 정도 더 가면 돼."

"아, 너무 멀군요."

"내가 운전대를 잡고 8분 안에 도착하게 만들어 버릴까?"

"아니요, 제발요. 제가 인내심을 기르라고 했던 것을 기억하세요."

"그것은 내가 배운 가장 영리하고도 어리석은 교훈이었어. 그러니까 다시 가르쳐 줘."

"다시 가르쳐 드려야 하나요?"

"아니, 이제 진짜로 8분밖에 안 남았어."

"아늑한 곳일까요? 침대도 큼직한가요?"

"그건 곧 알게 되겠지." 토머스 허드슨은 말했다. "벌써 옛날처럼 의심하기 시작하는 거야?"

"그렇지 않아요." 그녀가 말했다. "나는 아주 커다란 침대를 원해요. 군대에 대한 모든 것을 잊기 위해서요."

"큰 침대가 있긴 하지." 그가 말했다. "군대의 침대만큼 크지 않을지도 모르지만."

"그렇게 얘기해선 알 수 없어요." 그녀가 말했다. "군대에 있는 침대들 끝에는 모두 침대 주인의 아내 사진이 걸려 있어요. 당신은 하늘을 떠다니는 공수 부대가 어떤 곳인지 아셔야 돼요."

"모르고 있어서 다행이군. 우리는 약간 물속으로 잠겨 다니거든. 그러나 우리는 결코 물위에 뜬다거나 그런 말을 한 적은 없어."

"그에 대해 뭐라도 얘기해 주지 그래요?" 그녀가 그에게 물었고, 그녀의 손은 이제 그의 호주머니 안으로 들어가 있었다.

"싫어."

"당신은 절대로 그것에 대해 얘기해 주지 않을 것을 알기 때문에 당신을 사랑해요. 그렇지만 난 늘 궁금해요. 사람들이 물어보면 걱정이 되고요."

"그냥 궁금해하기만 해." 그가 말했다. "그리고 걱정하지 말고. 호기심이 고양이를 죽인다는 말 알고 있지? 나도 고양이를 한 마리 기르고 있고 그 녀석도 꽤나 호기심이 많지." 그는 보이즈를 생각하며 말했다. "걱정은 성공한 사업가라도 망하게 할 수 있거든. 그런데 내가 당신을 걱정해야 할까?"

"여배우로서만요. 그렇지만 그조차도 너무 걱정할 필요는 없어요. 이제 겨우 2분 남았군요. 여기는 참 멋진 시골인 것 같아요. 맘에 들어요. 침대에서 점심을 먹을까요?"

"그러고도 우리 잘 수 있을까?"

"네, 비행기만 놓치지 않는다면 그런다고 죄가 되지는 않을 거예요."

그들을 태운 차는 큰 나무들이 양쪽에 늘어서 있고 돌로 포장된 오래된 길 위를 가파르게 기어 올라갔다.

"당신은 그리워하는 게 있었나요?"

"당신." 그가 말했다.

"제 말은 일에 관해서 말이에요."

"내가 근무 중인 것처럼 보여?"

"그럴 수도 있잖아요. 당신은 훌륭한 배우예요. 제가 본 중 가장 최악의 배우. 당신을 사랑해요. 미친 듯이." 그녀가 말했다. "저는 당신이 그 모든 큰 역할들을 훌륭하게 소화하는 것을 다 지켜보았어요. 그중에서 가장 마음에 들었던 건 당신이 충실한 남편 역을 맡아서 그것을 아주 기가 막히게 해냈을 때였어요. 당신의 바지에는 주스를 흘린 자국이 있었고, 매번 당신을 나를 보았고, 그 자국은 더 커졌었죠. 그곳은 아마도 리츠였던 걸로 기억해요."

"그곳이야말로 내가 충실한 남편 역을 가장 잘 연기했던 곳이지." 그는 말했다. "올드 베일리에서의 개릭처럼."

"당신은 약간 혼동한 것 같군요." 그녀가 말했다. "노르망디에서 그 역할을 가장 잘 수행한 걸로 생각하는데요."

"그들이 그녀를 태웠을 때 나는 6일 동안 아무것도 신경 쓰지 않았어."

"그건 당신 기록이 아니에요."

"아니." 그가 말했다.

차가 그의 집 문 앞에 정차했다. 운전기사는 그 문을 열었다.

"우리가 오늘 정말 여기에서 지내는 거예요?"

"그럼. 저 언덕 위. 드라이브 상태가 안 좋아서 미안해." 차는 망고 나무와 꽃이 피지 않는 화염목 사이로 언덕을 올라갔고, 소의 헛간을 지나 집으로 향하는 원형 드라이브를 올라갔다. 그가 먼저 내린 다음 차 문을 열자, 그녀는 마치 땅바닥에 관대한 호의라도 베푸는 듯한 몸동작으로 차에서 내렸다.

그녀는 그 집을 바라보았다. 침실의 열린 창문이 보였다. 커다란 창문은 어떤 면에서는 그녀에게 노르망디를 연상케 했다.

"나는 비행기를 놓칠 거예요." 그녀가 말했다. "왜 저는 아프지 않을까요? 다른 여자들은 잘도 아프던데."

"당신의 건강이 좋지 않다고 진찰을 내려줄 수 있는 두 명의 좋은 의사들을 알고 있지."

"아, 그래요." 그녀가 계단을 올라가며 말했다. "우리가 그들을 저녁 식사에 초대할 필요는 없겠죠? 그렇죠?"

"초대하지 않아도 돼." 그가 문을 열면서 말했다. "그들에게 전화해서 운전기사를 보낼 테니 진단서를 써 주라고 하면 되니까."

"난 정말로 몸이 불편해요." 그녀가 말했다. "결심했어요. 병사들이 이번 한 번만 자신들만의 위문 공연을 갖도록 해야겠어요."

"당신은 가게 될 거야."

"아니요. 난 당신을 위문해야겠어요. 최근에 근사하게 위문을 받아 본 적 있어요?"

"아니."

"저한테만 그랬다는 거예요, 아니면 다른 여자들한테서도 전혀 받아 보지 못했다는 말인가요?"

"잘 모르겠어." 그는 이렇게 말하고는 그녀를 꼭 껴안고 그녀의 눈을 쳐다본 다음 다른 곳을 바라보았다. 그는 큰 침대가 놓인 커다란 방문을 열었. "전혀 없었어."라고 그는 생각에 잠긴 어조로 말했다.

창문은 열려 있었고 바람이 방 안으로 불었다. 그러나 햇빛이 들어 상쾌했다.

"노르망디와 비슷해요. 혹시 저를 위해 노르망디처럼 꾸몄나요?"

"당연하지, 여보." 그가 거짓말을 했다. "무슨 생각을 하고 있지?"

"당신은 저보다 더 거짓말쟁이예요."

"당신보다 빠르지는 못하지."

"거짓말은 하지 말아요. 그냥 당신이 나를 위해 꾸며 준 걸로 하죠."

"당신을 위해 만든 거야." 그가 말했다. "다른 사람을 위한 것처럼 보였을 뿐이지."

"저 침대는 당신이 다른 누군가와 함께 쓸 수 있을 정도로 튼튼한가요?"

"부러지지도, 쓰러지지도 않을 거야." 그가 말했다.

"다른 누군가가 여기에 눕는 게 싫은가요?"

"난 아냐." 그가 이렇게 말하고는 그녀를 안아 침대로 데려갔다.

"질투는 하지 않을게. 나는 당신이 군대에 위문 공연을 가는 건 개의치 않아. 하지만 우리에겐 즐거움을 주는 라디오가 부엌에 있지. 그냥 둡시다."

"지금 말인가요?" 그녀가 말했다.

"응."

"이제 제가 가르쳐 드린 모든 것을 기억하세요."

"아, 그랬던가?"

"가끔요."

"그러면," 그가 말했다. "우리가 그를 어디서 알게 되었지?"

"만난 적이 있어요. 기억 안 나세요?"

"이봐, 아무것도 기억하지 말고, 말하지 말고, 말하지 말고, 말하지 말자."

한참 후 그녀는 말했다. "노르망디에서도 이럴 땐 배가 고팠었죠?"

"벨을 눌러서 하인을 부를게."

"하지만 하인은 절 모르잖아요."

"알게 되겠지."

"아니에요. 밖으로 나가서 집을 구경하고 싶어요. 그동안 무얼 그리셨나요?"

"아무것도 안 그렸어."

"시간이 없었나요?"

"뭘 생각하고 있지?"

"하지만 상륙했을 때 시간이 없었어요?"

"상륙을 했을 때라니, 무슨 말이야?"

"톰." 그녀가 말했다. 그들은 거실에 놓인 크고 오래된 의자에 앉아 있었다. 그녀는 바닥에 깔린 매트의 감촉을 느끼기 위해 신발을 벗었다. 그러고는 의자에 웅크리고 앉아 그를 기쁘게 하기 위해 머리를 빗었다. 그녀는 그 행동이 그를 기쁘게 한다는 것을 알고 있었다. 그녀는 자신이 머리를 움직일 때마다 머리카락이 비단처럼 출렁대도록 자세를 취하고 앉았다.

"당신은 정말로 나빠." 그가 말했다. "여보."

"당신은 나를 저주했을 거예요." 그녀가 말했다.

"그 얘기는 하지 맙시다."

"왜 그녀와 결혼했어요, 톰?"

"당신이 다른 남자와 사랑에 빠졌기 때문이지."

"그건 타당한 이유가 아니었어요."

"아무도 타당한 이유라고 말하지 않았어. 나조차도 그렇게 생각했고. 하지만 내가 실수를 저지르고 그것을 후회하고 그 문제에 대해 의논할 필요는 없지. 그렇지?"

"당신이 원한다면."

커다란 흑백 고양이가 들어오더니 그녀의 다리에 자신의 몸을 비벼 댔다.

"녀석이 우릴 혼동하는군." 토머스 허드슨이 말했다. "아니면 그 녀석의 분별력이 아주 뛰어나거나."

"그럴 리가요…?"

"그럼, 물론이지. 보이즈." 그가 불렀다.

고양이가 그에게 다가오더니 그의 무릎 위로 뛰어올랐다. 고양이에게는 어느 쪽이건 별로 상관이 없는 모양이었다.

"우리 둘 다 저 여자를 사랑하게 될 거야, 보이즈. 그녀를 잘 봐. 넌 저런 여자를 더 이상 볼 수 없을 거야."

"당신이 데리고 자는 고양이인가요?"

"맞았어. 왜, 그렇게 하면 안 되는 이유라도 있어?"

"없어요. 나는 저 고양이가 지금 나와 함께 자는 남자보다 더 좋은걸요. 그 남자는 꽤 슬퍼하겠지만."

"그 남자 얘기를 꼭 해야 하나?"

"아니요. 당신은 눈에 화상을 입었고 눈 가장자리에 하얀 자국이 나 있고 머리카락이 마치 햇볕에 그을린 것처럼 변했는데도 바다에 나가 있지 않은 척할 필요는 없어요."

"그리고 난 절뚝거리며 어깨 위에 앵무새를 얹어 놓고 목발로 사람들을 때린다 이거야. 봐, 여보. 난 가끔 바다에 가지. 왜냐하면 나는 자연사 박물관을 위해 해양 생물을 그리는 화가니까. 전쟁도 우리의 연구를 방해하지는 못해."

"그것은 신성한 일이에요." 그녀는 말했다. "저는 그 거짓말을 기억하고 고수할 거예요. 톰, 당신은 정말 그 여자가 전혀 마음에 걸리지 않아요?"

"전혀."

"아직도 절 사랑하세요?"

"내가 당신을 사랑하고 있다고 충분히 표현하지 않았나?"

"하지만 그것 역시 연기에 지나지 않을 수도 있어요. 내가 널 어떤 창녀들과 함께 찾든 넌 항상 나의 충실한 애인 중 한 명이야. 너는 너의 방식으로 내게 충실하지 않았지."

"내가 항상 당신에게 말해 왔던 건 당신은 당신의 좋은 점을 너무 모른단 거야. 나는 열아홉 살 때 그 시를 썼어."

"맞아요. 그리고 저도 항상 당신에게 말했었죠. 당신이 공상에만 빠져 있거나 다른 사람과 사랑에 빠지는 대신 그림을 그리거나 일을 한다면…."

"그들과 결혼하라는 말이지?"

"아니요, 그 사람들과 결혼하는 것은 정말 나쁜 일이에요. 하지만 당신은 그들과 사랑에 빠져요. 그럼 난 당신을 존경하지 않아요."

"그게 내가 기억하는 낡아 빠진 이야기들이야. '그럼 난 당신을 존경하지 않아요'라는 거지. 난 당신이 요구하는 대로 할 것이고, 절대 그들과 사랑에 빠지지 않을 거야."

"당신을 존경해요. 당신은 그녀를 사랑하지 않죠? 그렇죠?"

"난 널 사랑하고 존경해. 그녀를 사랑하지는 않아."

"좋아요. 내가 몸이 좋지 않아 비행기를 탈 수 없게 되어서 너무 기뻐요."

"당신도 알다시피 나는 정말로 당신을 존경해. 그리고 당신이 존경하고 있거나 존경했던 빌어먹을 모든 것들을 존경해."

"그리고 당신은 나를 훌륭하게 대해 주고 모든 약속을 지켜 줘요."

"마지막 약속이 뭐였지?"

"모르겠어요. 그게 약속이었다면 당신은 그걸 지키지 않은 거예요."

"그럼 그건 건너뛰는 것이 좋을까, 예쁜이?"

"건너뛰었으면 좋겠어요."

"아마 그럴 수 있을 거야. 우린 대부분 건너뛰었으니까."

"아니, 그건 사실이 아니에요. 눈에 보이는 증거가 있거든요. 하지만 당신은 여자와 사랑을 하는 것으로 충분하다고 생각하고 있어요. 당신은 여자가 당신을 자랑스러워하고 싶은 것에 대해서는 고려하지 않지요. 여자에게 작은 부드러움을 주는 것조차 생각하지 않아요."

"당신이 사랑하고 아끼는 남자들처럼 어린아이가 되는 것도."

"당신에겐 필요한 게 없지만 나에게는 필요한 것이 있어도 주지 않고 오히려 빼앗아 가 버리기만 하죠. 전 배가 고프지 않아요."

"우리가 왜 여기 나온 거지? 도덕 강의하려고?"

"당신을 사랑하기 때문에, 그리고 당신이 얼마나 가치 있는 사람인가를 깨닫기를 바라기 때문에 나온 거예요."

"당신이나 신이나 모든 것이 다 추상적이야. 나는 추상화가가 아니라고.

그냥 툴루즈 로트레크에게나 가서 창녀촌 출입을 금하라고 하고, 고갱에게는 매독에 걸리지 말라 하고, 보들레르에게는 일찍 집에 들어가라고 말해. 난 그 사람들만큼 착하지 않으니까. 제기랄."

"저는 절대 그럴 수 없어요."

"당연하지. 당신은 일만 하니까. 빌어먹을 근무 시간."

"하지만 저는 그걸 포기했을 거예요."

"물론이지. 당신은 그럴 거란 걸 알아. 그래서 당신은 나이트클럽에서 노래하고 나는 당신을 지켜 주는 사람이 될 수 있었지. 우리가 언제 이것을 계획했는지 기억하지?"

"톰에게서는 무슨 소식을 들었나요?"

"그는 멋진 녀석이야." 그는 이렇게 말했고 그와 동시에 이상한 따끔거림이 그의 피부를 스치는 것을 느꼈다.

"그 아이는 3주 동안 내게 편지를 쓰지 않았어요. 당신은 그 아이가 엄마한테 편지를 썼다고 생각하겠죠. 그 애는 항상 편지 쓰는 걸 즐겼으니까."

"전쟁 때 아이들이 어떻게 지내는지는 당신도 잘 알잖아. 그게 아니면 모든 편지가 발송되지 못하고 묶여 있는지도 모르지. 때때로 그랬으니까."

"당신은 그 애가 영어를 전혀 할 줄 몰랐던 때를 기억하나요?"

"그리고 그 앤 그슈타트에 친구들이 있지? 엥가딘과 추크에도?"

"그 아이의 최근 사진을 가지고 있나요?"

"당신이 가진 것뿐이야."

"한잔할 수 있을까요? 여기서는 어떤 술을 마시나요?"

"원하는 건 모두 있어. 난 나가서 고양이를 찾아볼게. 포도주는 지하실에 있고."

"제발 오래 기다리게 하지 말아요."

"서로 이렇게 말하는 건 참 재미있는 말이야."

"제발 오래 기다리게 하지 마세요."라고 그녀가 반복했다."들었어요? 전 결코 당신에게 일찍 들어오라고는 말하지 않았어요. 그건 문제가 안 된다는 걸 당신도 알고 있잖아요."

"알고 있어." 그가 말했다. "오래 있지 않을게."

"아마 먹을 것을 구했을 수도 있어요."

"그럴 수도 있겠지." 토머스 허드슨이 말했다. 그리고 고양이에게 "넌 이 여자와 함께 있어라, 보이즈."라고 말했다.

그리고 그는 생각했다. 내가 왜 이런 말을 했지? 내가 왜 거짓말을 했을까? 별것 아닌 일로 왜 약속을 어겼지? 윌리가 말한 대로, 나는 내 슬픔을 혼자 간직하고 싶었던 걸까? 내가 그런 인간이었나?

그렇지, 넌 그렇게 했지, 하고 그는 생각했다. 네가 다시 그 여자와 막 사랑을 시작했는데 아들이 죽었다는 것을 그 엄마에게 어떻게 말했지? 네 아들이 죽었다는 걸 네 스스로에게 어떻게 말할 거야? 너는 모든 대답을 알고 있어. 그러니 나에게 대답해 봐.

아무 대답도 없다. 너는 지금 그 대답을 알아야 한다. 하지만 어떠한 대답도 없다.

"톰." 그녀의 목소리가 들려왔다. "난 지금 외로워요. 이 고양이는 당신이 아니잖아요? 이 녀석은 자기가 당신이라고 생각할지도 모르지만."

"그 녀석을 바닥에 내려놔. 사환이 마을로 가서 곧 얼음을 가지고 올 거야."

"술 마시는 것은 관계없어요."

"나도 마찬가지야." 그는 이렇게 말하고 바닥에 깔아 둔 카펫의 촉감을 느끼면서 방으로 걸어 들어왔다. 그는 그녀를 보았다. 그녀는 여전히 그곳에 있었다.

"그에 대한 이야기를 하고 싶지 않은 거죠?" 그녀가 말했다.

"그래."

"왜요? 난 즐거운 일이라 생각하는데."

"그 앤 당신을 너무 많이 닮았어."

"그렇지 않아요." 그녀가 말했다. "말해 주세요. 그 아이, 죽었나요?"

"그래."

"나를 꼭 껴안아 주세요. 몸이 아파요." 그는 그녀가 떨고 있음을 느꼈다.

그는 의자 곁에 무릎을 꿇고 앉아 그녀를 껴안았다. 그녀는 분명 떨고 있었다. 그때 그녀가 말했다. "당신은 바보예요. 가련한 사람."

얼마 후 그녀는 "이제까지 제가 했던 모든 행동과 말은 잘못된 것이었어요. 미안해요."라고 말했다.

"나도 마찬가지야."

"당신이나 저나 모두 가련해요."

"모두가 가련하지." 그가 말했다. 하지만 '가엾은 톰'이라는 말은 디하지 않았다.

"당신이 아는 것은 뭔가요?"

"아무것도 없어. 그것뿐이야."

"그걸 어떻게 받아들여야 할지 알아야 할 것 같아요."

"아마도."

"죽어 버릴 수 있다면 좋겠어요. 하지만 멍청하게 몸만 아프다니."

"알고 있어."

"다른 사람들에게도 그런 일이 일어나나요?"

"그런 것 같아. 어쨌든 우리에게는 단 한 번만 일어날 수 있는 일이야."

"이제 이곳은 죽은 사람의 집 같군요."

"만났을 때 말하지 못해서 미안해."

"괜찮아요." 그녀가 말했다. "당신은 항상 일을 미루는 걸 아니까요. 난 미안하지 않아요."

"나는 당신을 너무 원했고 이기적이었고 어리석었어."

"이기적이지 않았어요. 우리는 항상 서로를 사랑했으니까요. 다만 몇 가지 실수를 저질렀을 뿐예요."

"이번 실수가 가장 최악이었어."

"아니에요. 실수는 우리 둘 다 저질렀는걸요. 그러니 더 이상은 싸우지 말도록 해요." 갑자기 그녀에게 무슨 일이 엄습한 듯 그녀는 소리 내어 울며 말했다. "오, 토미, 갑자기 참을 수가 없군요."

"알고 있어." 그가 말했다. "이 착하고 사랑스러운 여자. 나 역시 견딜 수가 없어."

"우리는 너무 어리고 멍청했어요. 둘 다 아름다웠지만, 토미는 정말 너무나 아름다웠죠."

"꼭 자기 엄마처럼."

"이제는 더 이상 눈에 띄는 증거가 없군요."

"아 가엾은 나의 사랑."

"이제 우린 무얼 해야 하죠?"

"당신은 당신이 하던 일을 할 것이고, 난 내가 하던 일을 하겠지?"

"우리 잠깐 같이 있으면 안 될까요?"

"바람이 계속 이렇게 분다면 가능하겠지."

"그럼 계속 불라지. 당신은 사랑을 하는 게 나쁘다고 생각해요?"

"톰이 반대할 거라고는 생각하지 않아."

"아니에요, 절대로 그렇지 않을 거예요. 당신이 그 아이를 어깨 위에 올리고 스키를 타던 것과 어둠 속에서 여관을 뒤로하고 과수원을 노래하면서 내려오던 일들을 기억해요?"

"전부 다 기억하고 있지."

"나도 그래요."라고 그녀가 말했다. "우리는 왜 그렇게 멍청했지요?"

"우리는 연인이자 라이벌이었으니까."

"알아요. 그러지 말았어야 했는데. 하지만 당신은 다른 사람을 사랑하지 않았죠. 그렇죠? 지금 이게 우리가 가진 모든 것이죠?"

"그렇지 않아."

"나 역시 그렇지 않아요. 우리는 서로를 되찾을 수 있을까요?"

"그럴 수 있을지는 나도 모르겠어. 하지만 노력해야지."

"전쟁은 얼마나 걸릴까요?"

"그건 전쟁에 참여하는 사람에게 물어봐야지."

"몇 년이나 걸릴 것 같아요?"

"아무래도 2년은 걸리겠지."

"당신이 죽을 가능성도 있나요?"

"아주 많아."

"그건 별로 좋지 않군요."

"그럼 내가 죽지 않는다면?"

"모르겠어요. 이제 톰이 사라졌으니 우리는 더 이상 서로 못되게 굴지 않겠죠?"

"그렇게 되지 않으려고 노력했지. 또 나쁜 상황을 극복하는 법도 배웠어. 정말이야."

"어떻게요? 창녀들과?"

"그런 것 같아. 하지만 우리가 함께라면 더 이상 창녀들은 필요 없을 거야."

"당신은 항상 일을 아주 멋지게 해결하는군요."

"그래? 그럼 하지 맙시다."

"그래요. 죽은 사람의 집에서는 말이죠."

"당신은 그 말을 또 한 번 더 언급했어."

"알아요." 그녀가 말했다. "미안해요. 하지만 이 말을 어떻게 표현해야 할지 모르겠어요. 이미 말을 시작할 때 마비되어 버렸어요."

"더 마비될 거야." 그가 말했다. "처음부터 마비된 것은 나쁘지만 점점 더 마비될 거야."

"제가 더 빨리 감각이 없어질 수 있도록 그 일에 대해 알고 있는 모든 안 좋은 사실을 얘기해 줘요."

"그러지." 그가 말했다. "맙소사. 당신을 사랑해."

"당신은 항상 그랬죠." 그녀가 말했다. "이제 말해 줘요."

그는 그녀의 발치에 앉아 있었고 더 이상 그녀를 쳐다보지 않았다. 그는 햇빛을 받으며 매트 위에 누워 있는 암고양이 보이즈를 바라보았다. "그는 아브빌을 정상 순회하던 중 고사포함에 의해 격추되었어."

"낙하산으로 탈출하긴 했나요?"

"아니, 비행기가 타 버렸어. 직통으로 맞은 게 틀림없어."

"차라리 그랬다면 좋겠군요." 그녀가 말했다. "그랬기를 바라요."
"거의 확실해. 낙하산으로 탈출할 시간은 충분히 있었어."
"정말이에요? 낙하산이 타지는 않았나요?"
"아니야." 그는 거짓말을 했다. 그리고 오늘은 그 정도면 충분하다고 생각했다.
"누구한테 들었어요?"

그는 그녀에게 그 남자의 이름을 말했다. "그럼 사실이겠군요." 그녀가 말했다. "이제 나에게는 더 이상 아들이 없고 당신도 마찬가지예요. 그 아이에 대해서 더 알고 싶어요. 더 이상 아는 게 없어요?"

"없어." 그가 그녀에게 가능한 한 진실된 말투로 말했다.
"그럼 우린 이대로 계속 살아가는 거예요?"
"바로 그거야."
"어떻게요?"
"아무것도 없이 그냥 계속 살아가는 거지." 그가 말했다.
"내가 여기 남아서 당신과 함께 있을 수는 없을까요?"
"난 날씨가 좋아지면 항상 멀리 나가야 하니까 그건 좋지 않다고 생각해. 당신은 내가 지금껏 말한 것들을 모조리 잊도록 해. 잊어버려야 돼."
"하지만 전 당신이 돌아올 때까지 기다릴 수 있어요."
"그건 좋은 생각이 아니야." 그가 말했다. "난 떠나면 언제 돌아올지 몰라. 그리고 당신이 일을 하지 않고 집에만 있는 것은 더 옳지 않아. 내가 떠날 때까지만이라고 여기 있고 싶으면 그래도 좋아."
"좋아요." 그녀가 말했다. "난 당신이 떠날 때까지 여기 있겠어요. 그러는 동안 우린 톰에 대한 모든 걸 생각할 거예요. 그리고 당신이 원하기만 한다면 우린 사랑을 할 거예요."
"토미는 저 방과는 아무 관련이 없었어."
"아니에요. 난 저 방과 관련된 사람은 모두 쫓아낼 거예요."
"자, 이제 진짜로 뭘 좀 먹고 포도주나 한잔 합시다."
"한 병 주세요." 그녀가 말했다. "톰은 사랑스러웠죠? 또 멋지고 착하기도

했고요."

"당신은 대체 무엇으로 만들어진 사람이지?"

"당신이 사랑하는 것으로요." 그녀가 말했다. "그리고 거기에 강철도 추가되어 있지요."

"이 집에서 일하는 아이들이 어떻게 생각할지 모르겠어." 토머스 허드슨이 그녀에게 말했다. "그들은 내가 오늘 돌아오기를 바라지 않을 거야. 그러나 한 아이는 아마 전화를 기다리겠지. 술을 가져올게. 이제 날이 제법 춥군."

그는 병을 열고 두 잔을 따랐다. 그것은 그가 집으로 돌아오면 마시려고 아껴 둔 좋은 와인이었다. 잔에 술을 따르자 조촐하고 깔끔하면서도 충실한 거품이 일었다.

"우리와 우리의 모든 실수와 모든 손실과 이익을 위해 건배해요."

"건배." 그가 말했다.

"건배." 그녀가 말했다. 그리고 그녀는 "당신이 항상 성실하게 대하는 상대는 오직 좋은 술뿐이에요."라고 말했다.

"나를 존경할 만하지. 안 그래?"

"오늘 아침 술 마실 때 그런 말을 해서 미안해요."

"오히려 나한텐 좋은 거야. 재미있지만, 좋은 거야."

"당신이 마시던 거 말이에요? 아니면 비판?"

"뭘 마시든. 크고 차가운 것들."

"아마 그럴 거예요. 그리고 지금 이 집에서 먹을 것을 구하기가 너무 힘들 때를 제외하고는 어떤 비난도 하지 않겠어요."

"조급하게 굴지 마. 나한테 그것을 충분히 말하지 않았어."

"저는 인내심이 있어요." 그녀가 말했다. "그리고 배가 고플 뿐이에요. 왜 사람들이 일어나서도 먹고 장례식 전에도 먹는지 이제 알 것 같아요."

"하고 싶은 만큼 거칠게 해 봐."

"걱정 마세요. 그럴 거예요. 우린 계속 서로에게 미안하다고 말할 건가요? 이 말을 한 번 했어요."

"당신, 잘 들어 봐." 그가 말했다. "난 당신보다 3주나 더 오래 이 말을 해 왔어. 그리고 이제 난 그때와 다른 처지에 있는 것 같아."

"맞아요, 당신은 나와 다르고 좀 더 재미있는 처지에 있지요." 그녀가 말했다. "난 당신을 알아요. 그럼 이제라도 창녀들에게 돌아가는 게 어때요?"

"그 말은 그만 좀 해 주겠어?"

"아니요, 그 말을 하니 기분이 훨씬 좋아지는걸요."

"누가 그랬지? '마리아, 여자를 불쌍히 여기소서'라고."

"어떤 남자가 그랬죠." 그녀가 말했다. "어떤 빌어먹을 남자가요."

"당신, 정말로 모든 사실을 듣고 싶어?"

"아니요, 난 이미 당신에게 지쳤어요. 그리고 당신은 이 사실을 3주 전에 이미 알았잖아요. 이 사실이 전부예요. 난 싸움을 좋아하는 사람이 아니에요. 그리고 당신은 뭔가 비밀을 가지고 있으니 고양이와 자야만 할 거예요. 그러면 더 이상 말하지 않아도 되니까요."

"우리가 왜 헤어졌는지 아직도 모르겠어?"

"난 당신이 지겨워서 헤어졌어요. 당신은 항상 나를 사랑했고, 그래서 어쩔 수 없었고, 지금도 어쩔 수 없단 말이에요."

"그건 사실이야."

일하는 남자아이가 식당에 서 있었다. 그는 앞방 거실에서 일어나고 있는 이 싸움을 어쩔 수 없이 보고 들었다. 그리고 좋지 않은 기분 때문에 갈색 얼굴에 땀방울이 맺혔다. 그는 그의 주인과 개들과 고양이들을 사랑했고, 아름다운 여인들에게 찬사를 보냈다. 그러나 싸움이 일어날 때는 무서워했다. 하지만 그는 이렇게 아름다운 여인을 단 한 번도 본 적이 없었다. 더불어 신사가 여인과 싸움을 하고 또 숙녀가 화가 나서 신사에게 뭐라고 대드는 것도 본 적이 없었다.

"나리." 남자아이가 말했다. "죄송합니다만 부엌에서 말씀 좀 드릴 수 있을까요?"

"여보, 잠깐 실례할게."

"뭔가 비밀이 있는가 보죠." 그녀가 이렇게 말하며 잔에 와인을 가득 따랐다.

"나리." 소년이 말했다. "중위님이 스페인어로 말했어요. 그는 선생님이 즉시, 다시 한 번 되풀이해서 즉시 오시라고 말했어요. 그는 선생님께서 오실 장소를 알고 있을 것이고 그것은 사업상의 문제라고 말했어요. 저는 집 전화로 걸지 않으려고 마을에 나가서 전화를 했어요. 그리고 거기에서 사람들한테 선생님이 여기 와 계시다는 것을 들었어요."

"좋아." 토머스 허드슨이 말했다. "고맙다. 그럼 저 숙녀와 나를 위해 달걀 프라이를 해 주고, 운전기사에게 차를 준비하라고 말해 주렴."

"네, 알겠습니다."라고 소년이 말했다.

"무슨 일이에요, 톰?" 그녀가 물었다. "나쁜 일인가요?"

"일하러 가야 할 것 같아."

"하지만 이렇게 바람이 불면 나가지 않을 거라고 말했잖아요?"

"알고 있어. 하지만 이건 나로서도 어쩔 수 없는 일이야."

"제가 여기 있어도 괜찮아요?"

"당신만 좋다면 여기 남아서 톰의 편지를 읽어 봐도 돼. 그러면 운전기사가 당신을 비행기 타는 곳까지 데려다줄 테니까."

"좋아요."

"그리고 편지는 당신이 가져도 좋아. 원한다면 사진이든 무엇이든 당신 눈에 띄는 무엇이든 가져도 돼. 그것들은 내 책상에 있어."

"당신, 변했군요."

"아, 약간 변했을 수도 있지." 그가 말했다. "스튜디오에 나가서 물건들을 살펴봐. 우리가 이 일을 시작하기 전부터 좋은 것들을 몇 개 가지고 있었어. 마음에 드는 것은 뭐든지 가져도 돼. 당신이 쓸 만한 게 분명 있을 거야."

"알겠어요." 그녀가 말했다. "당신은 잘할 때는 정말이지 엄청나게 잘하는군요."

"그리고 원한다면 그녀의 편지를 읽어 봐도 돼. 그것들 중 몇몇은 박물관 작품들이야. 재미있다고 생각하는 건 뭐든지 가져."

"당신은 내가 커다란 트렁크라도 들고 여행을 다니는 것처럼 말하는군요."

"비행기에서 그것들을 읽은 다음 존에게 떨어뜨릴 수도 있잖아."

"알았어요."

"당신이 떠나기 전에 돌아오도록 노력할게. 하지만 신경 쓰지 마. 내가 운전기사를 써야 하니까 당신을 호텔이나 공항까지 바래다 줄 택시를 보내 줄게."

"좋아요."

"그 소년이 당신을 돌봐 줄 거야. 당신에게 필요한 것은 뭐든지 해도 좋아. 내 옷도 꺼내 입고 주위에 있는 것들은 뭐든지 사용해."

"알겠어요. 톰, 저를 사랑하려고 노력할 건가요? 마지막 그 어떤 것도 망치지 않게 말이에요."

"물론이지. 그것들은 쓸모없는 것들이야. 그리고 당신은 내가 어쩔 수 없었다고 말하지 않았어."

"어떻게 좀 해 보세요."

"나로선 어쩔 수 없어. 당신이 원하는 책은 어떤 것이든 가져. 내 달걀 프라이는 보이즈에게 주고. 그는 작게 자른 것을 좋아해. 이제 출발해야겠어. 시간이 많이 지체되었군."

"잘 가요, 톰." 그녀가 말했다.

"잘 가, 이 악마야. 그리고 잘 지내. 어쨌든 이 일은 아무것도 아닐 거야."

그는 문밖으로 나갔다. 그러나 고양이는 그를 따라 방을 나와 그를 올려다 보고 있었다.

"괜찮아, 보이즈." 그가 말했다. "우리가 떠나기 전에 돌아올게."

"어디로 모실까요?" 운전기사가 그에게 물었다.

"시내로."

이렇게 험난한 바다에 무슨 용무가 있다니 믿을 수가 없다. 하지만 그들은 뭔가를 찾았을는지도 모른다. 아마 누가 어딘가에서 문제를 저질렀는지도 모른다. 제발, 이번에는 일을 끝냈으면 좋겠다. 나는 유언장을 하나 만들어 그녀에게 술집을 주려고 생각했다. 대사관에서 유언장에 증인을 세워 금고 속에 남겨 두어야지. 나중에 그녀가 이것을 본다면 크게 좋아할 것이다. 그러나 그 전까지는 그녀를 진정으로 감동시키진 않을 것이다. 난 나의 이러한 행위가 그녀를 감동시키게 될 때, 그녀를 돕게 되길 바란다. 내가 그녀에게 정말 잘해 줄 수 있었으면 좋겠다. 이번 것과 다음 것, 또 그다음 것을 얻게 된다면 아마도 그럴 수 있지 않을까.

먼저 이것부터 하자. 그녀가 정말로 그 물건들을 가져갈지 궁금하다. 나는 진심으로 그녀가 그러길 바란다. 그리고 그녀가 보이즈에게 달걀을 주는 것을 기억하길 바란다. 그 녀석은 날씨가 추우면 허기를 느끼니까.

일하는 아이들은 찾기 어렵지 않을 것이다. 그녀는 우리가 그녀를 끌어내기 전에 매질을 할 수도 있다. 어쨌든 한 번 더, 한 번 더. 우리는 그 일에 도박을 할 것이다. 거의 모든 것에 대한 여분은 준비되어 있다. 가까이 가면 또 한 번 두들겨 맞을 게 뭐가 있을까? 집에 있으면 좋았을 텐데. 어쩌면 그랬을지도 모른다. 젠장, 그랬을지도 모른다.

똑바로 해. 네가 잃은 네 아들. 그 아들을 사랑하라. 명예는 사라진 지 오래다. 그게 당신이 해야 할 일이야.

그럼, 너의 의무는 무엇인가? 내가 하겠다고 한 것. 그리고 네가 하겠다고 했던 다른 모든 일들은?

노르망디처럼 보이는 그 농장의 침실에서, 그녀는 옆에 보이즈라는 이름의 고양이를 두고 침대에 누워 있었다. 그녀는 달걀을 먹을 수 없었고 샴페인 맛도 느낄 수 없었다. 그녀는 보이즈를 위해 달걀을 잘게 썰었다. 책상 서랍을 여니 파란 봉투와 검열 도장이 찍힌 소년의 필적이 보였다. 그녀는 침대에 얼굴을 파묻었다.

"두 사람 모두 얘기해 줘." 달걀과 그 옆에 누운 여자의 냄새에 만족해하는 고양이에게 말했다.

"두 사람 다." 그녀가 말했다. "보이즈, 말해 봐. 우린 이제 어떻게 해야 하지?"

고양이는 그녀가 알아채지 못할 정도의 작은 소리로 그르렁거렸다.

"넌 어느 누구도 모르는구나." 그녀가 말했다. "어느 누구도 그들을 모르지."

제3부

바다에서

1

 길고 하얀 해변의 뒤쪽에는 코코넛 나무들이 줄지어 서 있었다. 암초가 펼쳐진 항구의 입구에 심한 동풍이 불어 파도가 암초에 부서지고 있었는데, 이 항구가 개통된 뒤에는 그 광경을 더 자주 볼 수 있었다. 해변엔 아무도 없었고, 모래는 너무 하얘서 바라보면 눈이 아플 지경이었다.
 부교 위의 사람은 해안을 조사했다. 오두막집들이 있어야 할 곳에는 아무것도 보이지 않았다. 초호에는 배가 한 척도 정박해 있지 않았다.
 "자넨 전에 여기 온 적이 있었지?" 그는 그의 친구에게 물었다.
 "그래."
 "판잣집들은 저쪽에 있지 않았나?"
 "그땐 그랬지. 해도에는 마을로 나와 있었어."
 "그런데 그놈의 판잣집들이 지금은 없단 말이야. 맹그로브 속에 들어와 있는 배가 보이나?"
 "아무것도 안 보이는데."
 "저 배를 끄집어내서 닻을 내려야겠어. 나는 이 물의 깊이를 알고 있지. 겉으로 보는 것보다 여덟 배나 더 깊다니까."
 그는 초록빛의 물을 내려다보았고 바닥에 비치는 그의 배의 그림자로 크기를 가늠해 보았다.
 "마을이 있던 동쪽에 배를 댈 만한 좋은 곳이 있어." 그의 친구가 말했다.
 "알아. 우현 닻을 내리고 기다리고 있게. 난 해안에서 저쪽으로 떨어져 있을 테니까. 밤낮으로 바람이 이렇게 불다간 벌레 한 마리도 남아나지 않겠는걸."

"그러게 말일세.

그들은 닻을 내렸다. 과거 그 배의 선장이었던 사람이 아니고는 배라고 부를 수 없을 정도로 크기가 작은 그 보트는 바람에 고개를 숙인 채 하얗게 그리고 초록색으로 돛에 부딪치는 파도에 넘실거리고 있었다.

부교 위에 있는 사람은 배가 흔들리는 것을 지켜보고는 꼭 붙잡았다. 그러고는 해안을 바라보고 모터를 껐다.

"세 사람을 안으로 들어오게 해서 한번 보도록 하게. 난 잠깐 누워 있을 테니까. 자네들은 과학자들이란 걸 알아야 돼."

그들이 과학자들로 행세할 때는 아무 무기도 보이지 않았다. 그들은 마체테를 차고 있었고 바하마의 해면 채집자들이나 쓰는 넓은 밀짚모자를 쓰고 있었다. 선원들은 이것을 '과학적인 모자(Sombreros Cientificos)'라고 불렀다. 그 모자가 크면 클수록 그만큼 더 과학적인 것이라 생각한 것이었다.

"누가 내 과학 모자를 훔쳐 갔군." 넓은 어깨에 코 위에 까지 오는 짙은 눈썹을 가진 바스크인(Basque, 스페인 서부 피레네 산맥 지방 사람)이 말했다. "과학을 위해 수류탄 한 가방 주게."

"내 과학 모자를 가져가." 또 다른 바스크인이 말했다. "네 것보다 두 배는 과학적일 거야."

"정말 과학적인 모자로군." 바스크인들 중 가장 덩치가 큰 사람이 말했다. ""아인슈타인이라도 된 기분이야. 토머스, 표본을 채취해도 괜찮을까?"

"아니." 그 남자가 말했다. "안토니오는 내가 뭘 원하는지 알고 있네. 자네는 그 빌어먹을 과학적 눈이나 뜨고 있으라고."

"물을 찾아보겠네.""

"마을이 있던 곳 뒤에 있어." 남자가 말했다. "어떤지 한번 보게. 채울 때가 되긴 했지."

"H_2O." 바스크인이 말했다. "과학적인 물질. 이봐, 이 쓸모없는 과학자야. 모자 도둑놈 같으니라고. 왔다 갔다 하는 데 시간 낭비하지 않게 네 5갤런짜리 병을 줘."

다른 바스크인들은 고리버들 덮개로 덮인 항아리 네 개를 딩기에 실었다.

그 남자는 그들이 말하는 것을 들었다. "그 빌어먹을 과학적인 노로 내 등을 때리지는 마."

"나는 오직 과학만을 위해서 움직이지."

"과학과 그의 남동생을 속여라."

"과학의 여동생."

"페니실리나(Penicilina)는 그녀의 이름이야."

그 남자는 그들이 지나치게 하얀 해변을 향해 노를 젓는 것을 지켜보았다. '내가 들어갔어야 했어'라고 그는 생각했다. '하지만 나는 밤을 새웠고 열두 시간 동안 배를 몰았어. 안토니오는 나만큼 그것을 평가할 수 있지. 하지만 대체 무슨 일이 일어났는지 궁금하군.'

그는 그 암초를 한 번 보았고, 그다음 해안가를 바라보았으며, 옆으로 흐르는 깨끗한 물의 물살을 보았고, 바람이 부는 방향으로 작은 소용돌이가 생긴 것을 보았다. 그러고 나서 그는 눈을 감고 옆으로 돌아누워 잠을 청했다.

그는 딩기가 옆에 왔을 때 잠에서 깼고, 그들의 얼굴을 보았을 때 상황이 좋지 않음을 알았다. 그의 친구는 그가 항상 문젯거리나 나쁜 소식을 가지고 올 때 그랬던 것처럼 땀을 흘리고 있었다. 그는 마른 남자였고, 평소에는 별로 땀을 흘리지 않았다.

"판잣집이 불타 버렸네." 그가 말했다. "누군가가 불을 끄려고 했는데 잿더미 속에 시체가 있었어. 바람 때문에 냄새를 맡을 수도 없고."

"시체가 몇 구나 있던가?"

"총 아홉 구를 봤네. 더 있을 수도 있어."

"남자 아니면 여자?"

"둘 다."

"무언가 흔적이 남아 있던가?"

"아니, 없었어. 비가 심하게 내렸나 봐. 모래가 아직도 젖어 있더군."

아라라는 이름의 어깨가 넓은 바스크인이 말했다. "죽은 지 최소 일주일은 됐어. 새들이 시체를 뜯어 먹진 못했지만 그 대신 땅게가 활동을 시작했지."

"그들이 죽은 지 일주일이나 된 걸 어떻게 아나?"

"정확한 건 아무도 모르지." 아라가 말했다. "하지만 아마 일주일 정도 되었을 거야. 땅게들의 흔적들을 보면 알 수 있고 비도 3일 전쯤에 온 것 같았어."

"물은 어땠나?"

"괜찮아 보였네."

"그래서 가져왔나?"

"그럼."

"왜 그들이 물을 오염시켰을지 모르겠군." 아라가 말했다. "냄새가 괜찮은 것 같아서 맛을 보고 가져왔어."

"그걸 맛보면 어쩌나."

"냄새가 괜찮았고 오염됐다고 생각될 만한 건 하나도 없었으니까."

"누가 사람들을 죽였지?"

"누군가겠지."

"확인하지 않았나?"

"아니, 곧바로 자네에게 말하러 왔지. 자네가 선장이잖나."

"좋아." 토머스 허드슨이 말했다. 그는 아래로 내려가서 권총을 찼다. 벨트 반대편에는 높이 솟은 칼이 든 칼집이 채워져 있었고, 총의 무게는 그의 다리에 실려 있었다. 그는 주방에 멈춰 서서 숟가락을 집어 주머니에 넣었다.

"아라, 자네와 헨리는 같이 가지. 윌리는 딩기를 운전하고 가서 소라게를 좀 캘 수 있는지 봐. 피터는 잠을 좀 자게 하고." 그는 그의 친구에게 말했다. "엔진 좀 확인해 주게, 제발. 그리고 연료통도 전부."

하얀 모랫바닥이 비쳐 보이는 바닷물은 맑고 아름다웠다. 물 밑바닥 모래의 굴곡이 그대로 보일 정도였다. 딩기가 모래 언덕에 닿고, 그들이 내려서 해안의 물속을 걸어갈 때 발가락 주위에서 스멀거리는 작은 물고기들의 움직임을 느낀 그는 발밑을 내려다보았다. 그것은 작은 전갱이류의 물고기들이었다. 하지만 아마도 그것들은 진짜 전갱이류의 물고기들이 아닐지도 모른다. 그러나 그 물고기들은 그것과 꼭 닮았고 무척 다정했다.

"헨리." 그들이 해안에 닿자 그가 말했다. "자네는 바람 부는 쪽으로 해안을 따라서 맹그로브가 있는 데까지 쭉 올라가면서 발자국 같은 게 있나 찾아보게. 그리고 다시 여기서 합류하자고. 아라, 자네는 다른 해안으로 가서 같은 일을 해."

그는 시체들이 어디에 있는지 묻지 않았다. 그는 그들 앞으로 나 있는 발자국을 보았다. 그리고 마른 덤불 위로 땅게들이 기어가는 소리를 들었다. 그는 배를 향해 시선을 돌렸고 배와 배가 갈라놓은 바다, 그리고 윌리가 선미의 끝에서 물안경을 끼고 소라를 찾는 모습을 바라보았다.

'어차피 해야 하는 일이니까 빨리 처리해 버리자.'라고 그는 생각했다. 하지만 그날은 무언가 조금 달랐다. 그들은 비가 필요 없는 이곳에서 어떻게 그런 비를 만났는지 신기했다. 우리는 비 한 방울 못 본 지 얼마나 되었는가?

바람은 심하게 불고 있었다. 그 바람은 밤낮으로 50일간이나 불고 있었다. 그 바람은 어느덧 그들 생활의 일부가 되어 있었으므로 그것 때문에 신경질이 나는 일은 없었다. 그것은 오히려 그를 강하게 만들었고 그에게 힘을 주었다. 그리고 그는 그 바람이 멈추지 않기를 바랐다.

그는 그들이 언제나 오지 않는 그 무엇을 기다려 왔다고 생각했다. 그러나 고요한 분위기나 변덕스럽고 괴악한 광풍과 함께 기다리는 것보다는 이 바람과 함께 기다리는 편이 훨씬 수월했다. 물은 언제나 어디에나 있다. 우리는 언제든지 물을 찾아낼 수 있다. 찾을 줄만 알면 물은 모든 관문에 있다.

자, 이제 들어가서 끝장을 내지, 라고 그는 생각했다.

바람은 일을 끝내게 하는 데 도움을 주었다. 그는 불에 그슬린 모자반 수풀 밑을 기어가면서 두 움큼의 모래를 걸러 보았다. 그러나 바람이 냄새를 날려 버렸다. 그는 모래에서 아무것도 발견하지 못했다. 이상하다. 그는 그가 옮겨 오기 전 타 버린 판잣집들로부터 불어오는 바람의 방향을 향해 모래를 샅샅이 살펴보았다.

그는 자신이 찾고자 하는 것이 쉽게 발견되기를 바랐다. 그러나 아무것도 없었다. 그러자 그는 바람을 등지고 돌아서서 숨을 크게 쉬고 호흡을 가

다듬고는 칼을 가지고 땅게들이 먹고 있는 검게 탄 조해를 검사하기 시작했다. 그는 갑자기 딱딱한 것이 닿는 느낌이 들자 숟가락을 갖고 그곳을 파 보았다. 파낸 것을 숟가락과 함께 모래 위에 놓고는 검사해 본 뒤 다시 파서 세 개를 더 발견하였다. 그러고는 바람 부는 쪽으로 내민 다음 모래 속에 있던 숟가락과 칼을 털었다. 그는 한 줌의 모래 속에서 네 개의 총알을 집어냈다. 그런 다음 칼과 숟가락을 왼손에 쥐고 덤불을 헤치며 돌아오기 시작했다.

음란할 정도로 하얗고 커다란 땅게 한 마리가 그의 뒤를 따르면서 집게발을 앞으로 쳐들었다.

"돌아오는 길이니, 꼬맹아? 나는 나가는 길이야." 그는 말했다.

게는 여전히 집게발을 높이 쳐들고 지면 위에 똑바로 서 있었다.

"너는 네 힘으로 무척이나 컸구나." 그가 말했다. 그는 칼을 천천히 칼집에 꽂은 다음 숟가락을 호주머니에 넣었다. 그러고는 총알 네 개가 들어 있는 모래를 왼손으로 옮겨 쥐었다. 그는 오른손을 조심스럽게 자신의 짧은 바지에 닦은 뒤 거뭇하게 기름칠이 잘 된 .357 매그넘을 뺐다.

"네겐 아직 기회가 있어." 그가 땅게에게 말했다. "아무도 네 탓을 하지 않아. 너는 그냥 네 일을 하며 즐기고 있구나."

게는 가만히 서서 그의 집게발을 높이 쳐들었다. 그것은 지름이 1피트에 육박하는 큰 게였고, 그 남자는 게의 두 눈 사이로 총을 쐈으며 게는 분해되었다.

"이 망할 놈의 357구경 권총은 징집 기피자인 FBI들이 또 다른 징집 기피자들을 잡기 위해 사용하느라고 요즘은 구하기 어렵단 말이야. 하지만 남자는 때때로 총을 쏴야 해. 그렇지 않으면 자기가 어떻게 총을 쏘고 있는지도 모르거든."

불쌍한 늙은 게. 그가 하고 있던 짓 모두가 그의 삶을 위해서였다. 그는 발을 질질 끌며 걸었다.

그는 이제 해변으로 나와서 그의 배가 달리는 모습과, 서서히 물결치는 파도의 모습과, 닻을 내리고 조개를 찾아 물속으로 들어가는 윌리를 보고 있었다. 그는 칼과 숟가락을 깨끗이 문질러서 닦은 다음 총알 네 개를 씻었다. 그는 그것을 손에 들고 냄비로 사금을 이는 사람이 작은 알맹이를 기대하면서 냄비 속에 남은 천연의 금덩이 네 개를 보듯 그것을 바라보고 있었다. 그 총알 네 개는 끝이 까맸다. 총알 속에 들었던 납덩이는 사라지고 없었는데 보아하니 짧은 라이플총으로 쏜 게 분명했다. 그것들은 슈마이서 연발 권총용 9미리 표준 구경이었다.

그 총알들은 남자로 하여금 행복감을 느끼게 해 주었다.

그들은 탄피를 모두 주워 갔으리라. 그러나 총알만은 명함처럼 버려두고 갔다.

나는 이 일에 대해 생각해 내야겠다. 우리는 두 가지 사실을 알고 있다. 산호초에는 아무도 없었다. 배도 떠나고 없었다. 거기서부터 시작하자. 너는 생각해 낼 수 있을 것이다.

그러나 그는 생각하지 않았다. 그 대신 그는 권총을 뽑아 다리 사이에 놓고 모래 위에 누웠다. 그러고는 바람과 모래가 만든 표류목의 조각품을 지켜보았다. 그것은 회색에 모래투성이였고 희고 밀가루 같은 모래 위에 놓여 있었다. 그것은 마치 전시회장에 있는 것처럼 보였다. 그건 살롱 도톤 (Salon d'Automne, 프랑스식 가을 전람회) 박물관에나 있어야 할 것이었다.

그는 암초 위에서 부서지는 바다 소리를 들으며 이것을 그려야겠다고 생각했다. 그는 드러누운 채 하늘을 쳐다보았다. 하늘엔 돌풍이 불 뿐 아무것도 없었다. 네 개의 총알은 그의 짧은 바지 호주머니 속에 넣은 뒤 단추를 채워 챙겨 놓았다. 그는 그것들이 그의 여생이라는 것을 알았다. 그러나 그는 지금 그것들에 대해 생각하고 싶지 않았고, 또 그가 해야 할 실질적인 일에 대해서도 생각하고 싶지 않았다. 난 그저 저 회색의 나무를 보며 즐길 것이다, 하고 그는 생각했다. 우리는 이제 우리의 적이 있다는 것을 알았고, 그들은 도망갈 수 없다는 것을 알고 있었다. 우리 역시 마찬가지로 도망칠 수 없다. 그러나 헨리와 아라가 돌아올 때까지는 그에 대해 생각할 필요가 없다. 아라도 무언가를 찾아올 것이다. 거기에도 무언가 찾을 것이 있을 것이다. 그는 바보가 아니다. 해변은 수많은 거짓말을 품고 있지만 분명 어딘가에 진실 또한 묻혀 있을 것이다. 그는 호주머니에 총알이 있다는 것을 느끼면서 더 마르고, 또 만일 흰색에도 비교 대상이 있다면 보다 더 하얀 모래밭을 헤치면서 돌아왔다. 그러고는 회색의 표류목에 머리를 대고 권총을 다리 사이에 끼운 채 누워 있는 것이다.

"내 여자가 된 지 얼마나 됐지?" 그가 권총에게 말했다.

"대답하지 마." 그는 다시금 권총에게 말했다. "그냥 거기 누워서 기다려. 다음번엔 땅게보다 더 훌륭한 것을 죽이게 해 줄 테니."

2

그는 누워서 파도와 섬을 바라보고 있었다. 그러다가 아라와 헨리가 해변으로 내려오는 모습을 봤을 때는 생각을 꽤 잘 정리했다고 느끼던 참이었다. 그는 그들을 보다가 그들로부터 눈길을 돌리고는 다시 바다를 보았다. 그는 그것에 대해서는 생각하지 않으려고 노력했지만 그건 불가능했다. 그는 그들이 올 때까지 쉬기로 했다. 돌 위의 바다만 생각하기로 했다. 그러나 그럴 시간이 없었다. 그들은 너무 빨리 와 버렸던 것이다.

"뭐라도 찾았는가?" 그가 회색 포류목에 옆에 앉은 아라에게 물었다. 헨리는 그의 옆에 앉았다.

"찾긴 했지. 젊은 양반. 이미 죽어 있었지만."

"독일인이었던 것 같아." 헨리가 말했다. "그는 반바지만 입은 채였고 머리는 금발에 매우 길었는데 피부는 햇볕에 많이 그을려 있었어. 그리고 얼굴은 모래 속에 묻혀 있었지."

"총상은 어디에 있던가?"

"척추의 밑부분과 목의 뒷부분." 아라가 말했다. "빌어먹을. 총알이 있기에 씻어 왔어."

"그렇군." 토머스 허드슨이 말했다. "나도 똑같은 걸 네 개 찾았네."

"9미리 루거에서 나온 거겠지?" 헨리가 물었다. "우리가 가진 38구경 총들과 같은 구경인 것 같은데."

"끝이 검은 걸 보니 기계식 권총에서 나온 게 맞아." 토머스 허드슨이 말했다. "그걸 가져와 줘서 고맙네, 의사 양반."

"자네의 명령에 따랐을 뿐이지." 아라가 말했다. "목에 쏜 건 깔끔하게 뚫고 지나가서 모래에서 찾았네. 다른 건 헨리가 시체에서 파냈고."

"그렇게 나쁘진 않았네." 헨리가 말했다. "바람과 햇볕이 그를 말려 놨었거든. 마치 파이를 자르는 것 같더군. 저기 때로 죽은 사람들과는 다른 것 같던데. 그를 왜 죽였을까, 톰?"

"모르겠네."

"어떻게 생각하나?" 아라가 물었다. "그들이 여기에 수리를 하러 온 것 같나?"

"아니. 그들은 보트를 잃었어."

"그렇지." 아라가 말했다. "그래서 그들이 보트를 빼앗아 간 거야."

"그럼 선원은 왜 죽였을까?" 헨리가 물었다. "내가 너무 멍청하게 보인대도 어쩔 수 없네, 톰. 하지만 내가 할 수 있는 건 다 하고 있는 데다가 드디어 그들을 만났다는 게 얼마나 기쁜지 자네도 알지 않는가."

"만나지는 못했지." 토머스 허드슨이 말했다. "하지만 빌어먹을 정도로 사랑스러운 흔적은 찾았지."

"가슴 높이까지?" 헨리가 희망적으로 물었다.

"그 단어를 나에게 언급하지 말게."

"하지만 톰, 누가 선원을 죽였고 왜 그랬을까?"

"아마 가족 문제일 거야." 토머스 허드슨이 말했다. "친절함을 가장해서 척추 밑부분에 총을 쏘는 것을 본 적이 있나? 목을 쏜 사람은 친절함을 가장해서 쏜 것 같지만 말이야."

"두 명이 있었을지도." 아라가 말했다.

"탄피들은 찾았나?"

"아니." 아라는 말했다. "있을 만한 곳은 다 둘러봤네. 아무리 기계 권총이었어도 내가 살펴본 곳보다 더 멀리 날아가진 않았을 테니."

"다른 사람들을 납치한 그 체계적인 빌어먹을 놈들일지도 모르지."

"그들이 어디로 갔을 거라고 생각하나?" 아라가 물었다. "보트를 타고 어디로 갔을 것 같은가?"

"남쪽으로 가지 않았을까?" 토머스 허드슨이 말했다. "그들이 북쪽으로 갈 수 없다는 건 잘 알지 않는가."

"그리고 우리는?"

"그들처럼 생각하려 하고 있어." 토머스 허드슨이 말했다. "하지만 그들처럼 생각하기엔 정보가 부족하군."

"하지만 죽은 사람들이 있고 보트가 없어졌다는 사실도 알고 있지." 헨리가 말했다. "생각해 낼 수 있을 거야, 톰."

"무기도 한 자루 찾았고 어디에서 배가 가라앉았는지, 또 몇 명이나 되는지도 알고 말이지. 그것들과 어젯밤에 관타나모(Guantanamo) 쪽을 볼 수 없었던 것과 이곳에서 남쪽으로 몇 개의 섬이 남아 있는지와 그리고 우리가 언제 기름을 채워야 하는지까지 생각해야 해. 또 그것에 더해서 피터스까지 생각해야 하지."

"괜찮을 거야, 톰."

"그럼." 토머스 허드슨이 말했다. "이 업계에서 옳고 그름은 마치 일란성 쌍둥이와 같으니까."

"말은 그렇게 해도 잡을 거라고 확신하고 있지 않나, 자네?"

"당연하지." 토머스 허드슨이 말했다. "이제 가서 윌리를 불러들이고 안토니오에게 소라게를 요리하라고 알리게. 차우더(Chowder, 생선이나 조개류로 끓인 걸쭉한 스프)나 먹지. 아라, 자네는 그러고 나서 세 시간 동안 실을 수 있는 최대한의 물을 실어 주고. 안토니오에게 시동을 켜라고도 전해 주게. 어두워지기 전에 여기서 떠나고 싶군. 섬에는 아무것도 없었나? 돼지나 새 같은 것도?"

"없었네." 아라가 그에게 말했다. "그들이 모두 가져가 버렸어."

"그것들을 먹긴 해야 할 거야. 먹일 모이도 없고 얼음도 없을 테니. 독일인들이니 섬에 박혀서 거북이마냥 몇 달간이고 살아남을 수 있을 거야. 로보스

(Lobos)에서 찾을 수 있을 것 같네. 그들이 로보스에 갈 거라고 생각하는 게 논리적이지. 윌리에게 얼음 통을 소라게로 채우라고 말하게. 다음 섬에 도착할 때까지 쓸 만큼 충분한 물만 있으면 될 것 같아."

그는 멈춰 서서 다시 생각했다. "아니, 미안하네. 내가 잘못 생각했어. 해가 질 때까지 물을 채우고 내가 달이 뜰 때 배를 운전해서 나가도록 하지. 당장은 세 시간을 잃겠지만 나중에는 여섯 시간을 얻을 거야."

"물은 먹어 봤나?" 아라가 물었다.

"그래." 그가 말했다. "깨끗하고 좋더군. 자네가 말한 것처럼."

"고맙네." 아라가 말했다. "이제 가서 윌리를 부르겠네. 물속으로 계속 뛰어들고 있으니."

"톰." 헨리가 물었다. "여기 같이 있을까, 아니면 물을 떠올까? 난 무얼 하면 되지?"

"피곤해질 때까지 물을 나르게. 그런 다음엔 잠을 좀 자고. 오늘 밤에 여기 선실에서 같이 있어 줘야 하니까."

"셔츠나 스웨터를 가져다줄까?" 헨리가 물었다.

"셔츠 한 벌과 가벼운 담요 좀 가져다주게." 토머스 허드슨이 말했다. "햇볕을 받으며 모래가 좀 말라 있을 때 잘 수 있겠지. 하지만 밤엔 바람 때문에 쌀쌀해질 거야."

"모래가 아주 멋지지 않나? 이렇게 바짝 말라서 밀가루처럼 고운 모래는 처음이야."

"바람에 수년 동안 잘게 부서졌을 테니."

"그들을 잡을 수 있겠지, 토미?"

"당연하지." 토머스 허드슨이 말했다. "전혀 의심할 여지가 없어."

"내가 바보 같은 소리를 했군. 용서해 주게." 헨리가 말했다.

"자네는 태어났을 때 이미 용서를 받았네." 토머스 허드슨이 말했다. "자네는 용감한 소년이야, 헨리. 그리고 나는 자네가 마음에 들어. 믿기도 하고. 자네는 바보가 아니야."

"진짜 싸움이 일어날 거라고 생각하나?"

"이미 그럴 걸 알고 있지. 하지만 그 생각은 하지 마. 지금은 조그마한 일에만 신경 쓰게. 자네가 할 수 있는 모든 것들과 싸움이 일어나기 전에 배를 관리하는 일 같은 걸 말이야. 싸움에 대한 생각은 내가 하도록 하지."

"내가 할 수 있는 일들은 최대한 하겠네." 헨리가 말했다. "단지 그들과 싸우기 전에 연습이라도 할 수 있었으면 좋겠어. 내가 해야 하는 일을 더 잘하기 위해서 말이야."

토머스 허드슨은 "자네는 분명 잘할 거야. 못할 거라고는 생각하지 않네." 라고 말했다.

"참 오래되었군." 헨리가 말했다.

"하지만 모든 것이 그래." 토머스 허드슨이 그에게 말했다. "그리고 그중 추격이 가장 길고 말이지."

"잠 좀 자게." 헨리가 말했다. "요샌 통 자지를 않더군."

"그러지." 토머스 허드슨이 말했다.

"그들이 그들의 보트를 어디서 잃었을 것 같나, 톰?" 아라가 물었다.

"그들은 여기까지 보트를 몰아서 왔고, 죽은 사람들에게 대략 일주일 전에 저런 짓을 했다고 치세. 그렇다면 카마게이가 말한 그들이 틀림없어. 하지만 그들은 여기 근처까지 와서 배를 잃었을 것이 분명해. 저 바람을 타고 고무보트를 몰았다는 건 말이 안 되거든."

"그럼 동쪽에서 배를 잃었겠군."

"그랬겠지. 그리고 날씨가 한창 개었을 때 잃었을 거야." 토머스 허드슨이 말했다.

"그래도 아직 집까진 먼 길이군." 헨리가 말했다.

"이젠 집에서 더 멀어졌겠고." 아라가 말했다.

"재밌는 사람들이야." 토머스 허드슨이 말했다. "그들은 모두 용감하고 게다가 몇몇은 빌어먹게도 존경할 만하기까지 해. 하지만 몇몇은 이렇게 질 나쁜 놈들도 있는 것 같아."

"이제 할 일을 하는 게 좋겠어." 아라가 말했다. "얘기를 나누는 건 오늘 밤에 서로가 깨 있는지 확인하면서 해도 돼. 자네는 좀 쉬게, 톰."

"잠 좀 자." 헨리가 말했다.

"쉬는 것도 자는 거나 마찬가지야."

"아니, 그렇지 않아." 아라가 말했다. "자네는 잠을 좀 자야 해, 톰."

"좀 자도록 노력해 보지." 토머스 허드슨이 말했다. 하지만 그들이 떠난 뒤에도 그는 잠을 잘 수 없었다.

그들은 이토록 극악무도한 짓을 과연 무엇 때문에 저질렀을까, 하고 그는 생각했다. 어쨌든 우리는 그들을 잡을 것이다. 우선 알아내야 할 일은 그들이 몇 명인지, 어떻게 무장하고 있는지에 대한 것이다. 그놈들 처지에서 보면 사람들을 죽일 가치가 있었다고 여겼겠지. 특히 그들이 사람들을 흑인으로 생각했다면 더욱 죽일 가치가 있었을 것이다. 그러나 그 모든 것들은 그들에 관한 무언가를 보여 주고 있다. 그처럼 사람들을 죽인 걸 보면 그들에게는 무슨 계획이 있었음이 틀림없고, 누군가가 구해 주리라는 희망을 품고 있었음이 틀림없다. 그뿐만 아니라 그들은 그 계획에 대해 불만이 있었거나 아니면 그들은 선원을 살해하지 않았을 것이다. 그것은 어떤 죄에 대한 처형일 수도 있다. 그가 배를 집까지 몰고 갈 수 있었지만 미리 가라앉혔을 수도 있다.

그것은 우리에게 무엇을 가져다주었는가, 하고 그는 생각해 보았다. 너는 그것에만 의지해서는 안 된다. 그것은 어디까지나 하나의 가능성일 뿐이다. 그러나 그것이 만약 사실이었다면 그 배는 육지에서 볼 수 있는 곳에서 빠르게 내려갔을 것이다. 그렇다면 그들에게는 물자가 얼마 없었으리라는 것을 알 수 있다.

여기서 빠져나간 배가 한두 척일 수도 있기 때문에 그드리 배를 얼마나 갖고 있는지 알 수가 없다. 따라서 그저 짐작하고 관문을 조사해 보는 수밖에는 다른 도리가 없었다.

그러나 그들이 올드 바하마 해협을 건너서 쿠바 해안으로 갔다고 생각해 보면? 그럴 수도 있지. 그는 생각했다. 그걸 왜 전에 생각하지 못했지? 그게 그들에게는 최선책이었을 수도.

만일 그들이 그렇게 했다면 스페인 배를 타고 아바나를 빠져나갈 수 있을 것이다. 킹스턴에 가면 검사를 해야만 하지. 하지만 그건 통과하기 쉬울 뿐더러 그렇게 통과한 많은 사람들을 이미 알고 있지 않는가. 그 빌어먹을 피터스와 그가 내버린 무전기. 이젠 연락도 못하게 됐지. FCC(Frankly Can't Communicate), 라고 그는 생각했다. 솔직히 통신은 못할 거야. 그 아름다운 큰 걸 구해 줬지만 그에겐 너무 큰 것이었지. 어떻게 그걸 망쳐 버렸는지 모르겠어. 하지만 어젯밤 관타나모에 연락했지만 연락이 되지 않았고, 오늘 밤에도 연락이 안 된다면 우린 알아서 해야 할 거야. 빌어먹을. 그는 생각했다. 잠이나 좀 자지. 그는 스스로에게 되뇌었다. 그것보다 건설적인 일은 없을 거라며. 그는 어깨를 모래에 기대고 암초에 부딪히는 파도 소리를 들으며 잠이 들었다.

3

토머스 허드슨은 잠을 자는 동안 꿈을 꾸었는데, 꿈속에서 그의 아들 톰은 죽지 않았고 다른 아들들도 괜찮았으며 전쟁도 끝나 있었다. 그는 또 톰의 어머니가 때때로 하는 버릇처럼 그의 머리맡에 누워 잠들어 있는 꿈도 꾸었다. 그는 그의 다리에 와서 닿는 그녀의 부드러운 다리와 그의 몸에 닿는 그녀의 몸과 그의 가슴에 닿는 그녀의 앞가슴 그리고 입과 입술을 모두 느끼고 있었다. 그녀의 머리는 길고 무겁게 늘어져 있었는데 그의 눈과 뺨에 닿는 그 느낌은 마치 비단과도 같았다. 그는 그의 입은 그녀의 입술을 떠나 머리칼을 잡았다. 그러곤 한 손으로 .357 매그넘 권총을 슬슬 쓰다듬으면서 깊은 잠에 빠져 있었다. 그는 그녀의 몸무게에 깔려 있었고 그녀의 머리칼이 커튼처럼 그의 얼굴 위에서 서서히, 그리고 리드미컬하게 움직였다.

그때가 바로 헨리가 그에게 가벼운 담요를 덮어 줄 때였다. 토머스 허드슨은 잠이 든 채 혼잣말을 지껄이고 있었다. "그렇게 촉촉하고 다정하게 나를 꼭 눌러 주다니 고마워. 빨리 돌아와 준 것도 고맙고. 너무 여위지 않아서 다행이야."

"가여운 개자식." 헨리가 그렇게 말하며 그의 몸에 조심스럽게 이불을 덮어 주었다. 그러곤 목이 좁은 5갤런들이 큰 병을 어깨에 메고 가 버렸다.

"제가 여위기를 바라셨잖아요, 톰." 꿈속의 그녀가 말했다. "제가 여위었을 때 어린 염소와 같다고 하셨어요. 그리고 어린 염소보다 살결에 닿았을 때 기분이 좋은 건 없다고도 하셨고요."

"당신," 그가 말했다. "누가 누구와 사랑을 나누는 거지?"

"우리 둘 다요." 그녀가 말했다. "달리 원치 않으신다면."

"당신이 내게 해 줘. 피곤하군."

"게으르군요. 권총을 가져가서 다리 옆에다 둘게요. 이 권총이 뭘 하지도 못하게 막고 있어요."

"침대 옆에 둬." 그가 말했다. "그렇게 하면 될 대로 될 거야."

그렇게 될 대로 된 뒤에 그녀는 말했다. "제가 당신이 될까요, 아니면 당신이 제가 될래요?"

"선택권은 당신에게 있어."

"그럼 제가 당신이 될게요."

"나는 당신이 될 수 없어. 시도는 할 수 있지만."

"재밌어요. 시도해 봐요. 자신을 아끼려고 하지 말고요. 모든 걸 내려놓고 동시에 모든 걸 가져 봐요."

"알겠어."

"시도하고 있나요?"

"그래." 그가 말했다. "정말 멋지군."

"지금 우리가 뭘 가지고 있는지 아나요?"

"응." 그가 말했다. "알고 있고말고. 생각보다 포기하기 쉽군."

"모든 걸 포기하실 건가요? 제가 애들을 도로 데려오고, 게다가 제가 밤의 악마가 되어서 기쁜가요?"

"그럼. 난 모든 게 기뻐. 당신의 머리칼을 내 얼굴에 쓸어 흔들고 나에게 입술을 준 뒤 죽을 것만큼 꽉 껴안아 주겠어?"

"물론이죠. 저를 위해서도 해 주실 거죠?"

그는 잠에서 깨어나 담요의 감촉을 느끼는 순간까지 그것이 꿈이었다는 것을 알지 못했다. 그가 옆으로 돌아눕자 양 다리 사이로 권총집이 느껴졌다. 그리고 그의 내부에 있는 공허감이 두 배로 공허해졌으며 꿈으로 인해 새로운 공허감이 하나 더 생겼음을 느꼈다. 그는 아직 날이 환한 것을 보았고, 딩기가 그의 선박에 물을 나르고 있는 것과 암초에서 휜 파도가 세차게 부서지는 것을 보았다. 그는 옆으로 돌아누워 담요로 몸을 감은 뒤 팔을 베고 다시 잠을 청했다. 그들이 그를 깨우러 왔을 때 그는 잠이 들어 있었고, 이번에는 아무런 꿈도 꾸지 않았다.

4

그는 그날 밤 내내 키를 잡았고, 자정까지는 아라를 그다음에는 헨리를 그와 같이 선교에 있도록 했다. 그들은 강렬하게 빛나는 바다 위를 내달렸다. 키를 잡는 것은 마치 말을 타고 언덕길을 내려가는 기분이라고 그는 생각했다. 온통 내리막길이었고 가끔은 언덕의 경사진 면을 넘었다. 물길에도 많은 언덕이 있다.

"얘기 좀 해 봐." 그가 아라에게 말했다.

"무엇에 관해, 톰?"

"아무거나."

"피터스는 관타나모에 연락을 하지 못했어. 그가 망쳐 놨지. 새로운 큰 걸 말이야."

"알고 있네." 토머스 허드슨은 이렇게 말하고 물의 언덕 옆쪽을 타고 있는 배를 최대한 덜 기울어지게끔 했다. "그가 고칠 수 없는 부분을 태워 버렸지."

"그가 듣고 있네." 아라가 말했다. "윌리가 그를 깨우고 있지."

"그럼 윌리는 누가 깨우고 있나?"

"그는 잘 일어나 있네." 아라가 말했다. "그도 자네만큼 잠을 잘 못자니까 말이야."

"자네는 어때?"

"원한다면 밤을 새도 괜찮아. 내가 키를 잡길 원하나?"

"아니, 나도 달리 할 일이 없어."

"톰, 기분이 얼마나 안 좋은 거야?"

"모르겠어. 얼마나 안 좋아 보이나?"

"쓸모가 없는 얘기로군." 아라는 말했다. "와인스킨(Wineskin, 포도주가 들어 있는 가죽 주머니) 좀 줄까?"

"아니, 차가운 차 한 병만 가져다주고 피터스와 윌리 좀 확인해 봐. 모든 걸 말이야."

아라는 내려갔고 토머스 허드슨은 밤과 단둘이 남았다. 바다는 여전히 거칠었고 마치 시골 언덕을 너무도 빨리 내려가는 말을 타고 있는 것과 같은 기분이었다.

헨리가 차가운 차 한 병을 들고 올라왔다.

"어때, 톰?" 그가 물었다.

"완벽해."

"옛날 라디오로 피터스가 마이애미 경찰서와 연결했어. 윌리가 그들과 대화하고 싶어 하더군. 하지만 내가 그럴 수 없다고 말해 뒀어."

"그래."

"피터스가 UHF에서 무언가 독일어로 중얼거리며 나오고 있다고 하지만 늑대 무리가 내는 소리처럼 알아들을 수 없다고 그러더군."

"그럼 정말로 알아들을 수 없는 거야."

"정말 재미있는 밤이야, 톰."

"그렇게 재미있지는 않아."

"실은 나도 그냥 그렇게 말하는 것뿐이야. 갈 길을 알려 주면 내가 키를 잡

379

겠네. 자네는 그만 내려가 봐."

"피터스가 기록을 했나?"

"물론이지."

"후안에게 수정 사항을 알려 주고 피터스에게 기록하라고 하게. 언제 그 개자식이 웅얼거리고 있다고 했지?"

"내가 올라왔을 때."

"후안에게 수정하고 바로 기록하라고 하게."

"그러지, 톰."

"모두들 뭐 하고 있나?"

"자고 있지. 길도 말이야."

"걸레를 꺼내고 피터스에게 수정 사항을 기록하게 해."

"가져다줄까?"

"나는 우리가 어디에 있는지 너무 잘 알고 있으니 괜찮네."

"그래, 톰." 헨리가 말했다. "할 수 있으면 쉬엄쉬엄 하게."

헨리가 다가왔지만 토머스 허드슨은 더 이상 대화를 하고 싶지 않았다. 헨리는 그의 옆에 서서 배가 기울어질 것을 대비해 자세를 잡았다. 한 시간이 지난 뒤 그가 말했다. "저기 불빛이 보이네, 톰. 우현으로 20도 정도에."

"그렇군."

불빛이 정우현에서 반짝일 때 그가 경로를 바꿨고, 이제 그것은 선미 쪽에서 반짝였다.

"이제 집으로 돌아가 목초를 먹일 수 있겠군." 그가 헨리에게 말했다. "수로에 들어왔어. 후안을 깨우고 여기로 올라오라고 전해 주게. 그리고 눈을 똑바로 뜨고. 불빛을 본 타이밍이 좀 늦었어."

"미안하네, 톰. 후안을 데려오지. 네 명에서 보는 게 낫지 않겠나?"

"새벽이 아니라면 괜찮네." 토머스 허드슨이 말했다. "때가 되면 말해 주지."

그들이 얕은 곳을 가로질러 갔는지도 모르겠군. 토머스 허드슨은 생각에 잠겼다. 그러나 그러지는 않았으리라, 그들은 밤이건 낮이건 간에 건너가지 않았으리라, 얕은 곳이란 심해 항해자에게는 그리 반가운 곳이 아니니까. 내가 회전한 데서 방향을 돌렸겠지. 그리고 우리가 가고 있는 길을 순탄하게 건너서 필경 쿠바 해안의 가장 높은 지점에 도달했겠지. 그들은 어느 항구에도 들어가길 원치 않기 때문에 바람을 타고 달렸을 거야. 콘피테스(Confites) 근처엔 무전소가 있다는 걸 알고 그 근처로는 다가가지 않았을 테고. 하지만 음식과 물이 필요할 텐데. 아바나 근처로 최대한 가까이 가서 바라쿠노(Baracuno)에 잠입했겠지. 내가 콘피테스에 연락을 넣어야겠어. 뭘 할지는 말하지 않는 게 좋을 거야. 그가 자리에 없다면 괜히 우리만 시간을 낭비할 테니. 내가 하고 있는 일만 통보해야겠어. 그 정보를 가지고 무얼 하던 간에 그건 그들의 결정이겠지. 관타나모도 카마게이도 알아서 결정할 테고 라 페(La Fe)도 그렇고 FBI도 마찬가지야. 그러면 아마 일주일 안에 무슨 일이 일어나겠지.

젠장, 이번 주 안에 꼭 잡고야 말겠어. 그들은 물을 구하기 위해서라도 멈춰야 하고 가지고 있는 동물들이 썩어 없어지거나 굶어죽기 전에 요리해야 할 거야. 낮엔 자고 밤에만 움직일 가능성이 커. 그게 논리적이지. 내가 그들이었다면 그렇게 했을 거야. 똑똑한 독일 선원이 문제 있는 잠수함 지휘관을 데리고 있는 상황에서 생각할 법한 것들을 생각하자.

문제를 가지고 있고말고. 토머스 허드슨은 생각했다. 그리고 그중 가장 큰 문제는 우리이고, 그들은 우리에 대해 전혀 모르고 있어. 또 우리는 그들에게 위험해 보이지도 않아. 오히려 잘 이용할 수 있겠다고 생각하겠지.

피에 굶주린 방식으로 받아들이지 말아야 한다고 그는 생각했다. 그런 생각들이 아무도 되살려 내지는 못할 테니. 머리를 쓰고 무언가 할 수 있다는 것과 그걸 함께할 수 있는 좋은 사람들이 있다는 것에 기뻐하자.

"후안." 그가 말했다. "뭐가 보이나?"

"혈기왕성한 바다."

"다른 신사분들은 보이는 게 없나?"

"빌어먹을 정도로 없어." 길이 말했다.

"내 빌어먹을 배는 커피를 보고 있네. 하지만 더 가까워지진 않는군." 아라가 말했다.

"나는 육지가 보이는군." 헨리가 말했다. 그는 그 순간 낮고 흐린 네모난 얼룩을 보았다. 마치 맑은 하늘에 엄지로 잉크를 문댄 것처럼 보였다.

"그건 로마노 뒤일세." 토머스 허드슨이 말했다. "고맙네, 헨리. 이제 자네들은 내려가서 커피를 마시고 신기하고 재미있는 것들을 보고 싶어 안달이 난 네 명의 다른 사람들을 올려 보내게."

"커피 좀 마시겠나, 톰?" 아라가 물었다.

"아니. 차가 끓으면 마시겠네."

"우린 겨우 몇 시간밖에 못 봤는걸." 길이 말했다. "그러니 벌써 내려갈 필요는 없어, 톰."

"내려가서 커피를 마시고 다른 간절한 녀석들에게 영광을 차지할 수 있는 기회를 주게나."

"톰, 그들이 로보스에 있을 거라고 하지 않았나?"

"그랬지. 하지만 마음이 바뀌었어."

다른 이들은 내려가고 또 다른 네 명이 올라왔다.

"신사 여러분." 토머스 허드슨이 말했다. "사분면을 각각 하나씩 맡아주게. 밑에 커피가 좀 남아 있나?"

"충분히." 그의 선원이 말했다. "그리고 차도 있어. 엔진도 잘 돌아가고 있고. 이런 바다에서 갈 수 있는 만큼 최대한 가고 있지."

"피터스는 어때?"

"밤중에 위스키를 마셨어. 어린 양의 사진이 그려진 그것 말이야. 하지만 깨어는 있네. 윌리가 계속 깨어 있게 했고 그는 위스키를 마셨지."

"콘피테스에서 기름을 채우고 거기에 있는 모든 걸 보충해야 해."

"그들은 짐을 빨리 실을 수 있고 내가 돼지 한 마리를 잡아 토막 내고 구울 수 있어." 그의 선원이 말했다. "무전소에 있는 자들에게 쿼터(Quarter, 25센트)를 주고 돼지를 도축할 때 도와달라고 하면 돼. 자네가 깨어 있는 동안에. 그러곤 우리가 짐을 나를 때 자네는 조금 자도 되고. 내가 키를 잡을까?"

"아니. 콘피테스에는 세 개의 신호만 보내면 되고 잠은 자네가 짐을 실을 때 자겠네. 그런 다음 추적하지."

"집 방향으로?"

"물론이지. 그들은 우리를 한동안 피할 수 있네. 하지만 우리로부터 도망갈 수는 없지. 나중에 얘기하세. 그들은 어떤가?"

"알지 않는가. 나중에 얘기하지. 조금 더 안쪽으로 꺾어 보게, 톰. 반류 때문에 속도가 느려지는 것 같네."

"기울어지는 것 때문에 속도가 많이 줄었나?"

"신경 쓸 만큼은 아니야. 빌어먹을 옆 파도였네." 그의 선원이 말했다.

"정말로." 토머스 허드슨이 말했다. "믿고 있네."

"이 근처엔 잠수함 사람들밖에 없을 거야. 그들이 가라앉았다고 말하는 그것 말이야. 라 구에이라(La Guayra)를 떠나서 킹스턴 위에 있는 휘발유가 있는 곳들에. 그리고 그 늑대 떼와 같이 있을 걸세."

"또한 때때로 여기에도 있겠지."

"그래, 우리의 죄 때문에."

"그리고 그들의 죄 때문에도."

"이 건에 대해선 잘 추적할 걸세."

"그럼 시작하지." 토머스 허드슨이 말했다.

"지연된 것은 없네."

"하지만 내겐 너무 느리게 가는 것 같군."

"그렇겠지." 그의 선원이 말했다. "콘피테스에서 잠을 좀 자고 나면 자네가 희망하는 것보다 더 빨리 지나갈 것이라고 내가 약속하네."

5

토머스 허드슨은 모래사장에 높이 선 전망대와 신호용 첨탑을 보았다. 그것은 하얗게 색칠되어 있었고 그들의 눈에 띈 첫 번째 물체였다. 그다음 그는 땅딸막한 무전용 첨탑과 바위 위에 높이 쌓여 있는 배의 잔해를 보았으며, 무전소 통나무집의 전망을 어렴풋이 분별했다. 배에서 보이는 모래사장은 별로 멋있어 보이지 않았다.

태양이 등 뒤에 있어서 암초 사이를 훌쩍 지나 얕은 물과 산호초 사이를 맴돌다가 바람막이가 된 곳으로 들어서기가 쉬웠다. 그곳은 반달형의 모래사장이었고 섬의 이편으로는 마른 풀이 덮여 있었으며 바람머리 쪽으로는 평평하고 바위가 많았다. 해변가 모래 위를 덮고 있는 물은 맑은 초록빛이었다. 토머스 허드슨은 모래사장의 중앙으로 다가가서 뱃머리가 거의 해변에 닿을 정도의 위치에 닻을 내렸다. 어느덧 해가 높이 떴고 무전소 통나무집과 창고 위에 쿠바 국기가 날리고 있는 모습이 보였다. 신호용 첨탑이 바람 속에 무방비 상태로 드러나 있었다. 사람은 보이지 않았고 새로이 깨끗하게 마련된 쿠바 국기만이 바람을 맞으며 펄럭거리고 있었다.

"새로 교체를 한 모양이군." 토머스 허드슨이 말했다. "우리가 떠나올 때의 국기는 많이 닳아 있었는데."

그는 자신이 가스 드럼통을 남겨 놓고 간 곳을 바라보았고, 또 그가 얼음을 묻은 곳의 모래에 남겨 놓은 자국을 보았다. 모래는 새로 만들어진 무덤마냥 높았고 섬의 갈매기들은 바람을 타고 날고 있었다. 그들은 바람머리가 머무는 쪽에 위치한 돌들에 둥지를 텄으며 몇몇은 바람이 닿지 않는 풀밭에 둥지를 만들었다. 그들은 낮게 날면서 날카롭게 바람을 파고들어 풀밭과 돌들 쪽으로 내려오고 있었다. 갈매기들은 마치 슬프고 간절한 듯한 소리를 내며 울고 있었다.

누군가 아침으로 그들의 알을 가져오고 있나 보지, 라고 토머스 허드슨은 생각했다. 그때 그는 조리실에서 구워지고 있는 햄의 냄새를 맡았고 선미 쪽으로 움직여 아래를 향해 선교에서 아침을 먹겠다고 얘기했다. 그는 섬을 조심스럽게 탐색했다. 그들이 여기 있을지도 몰라, 그는 생각했다. 아니면 이미 그들이 여길 점령했을지도.

그때 무전소에서 해변가로 내려오는 길을 따라 반바지 차림의 한 남자가 걸어왔다. 그는 중위였다. 피부는 매우 갈색이었으며 기운이 넘쳐 보였고 머리를 3개월은 자르지 않은 듯했다. 그가 외쳤다. "여행은 어땠나?"

"좋았지." 토머스 허드슨이 말했다. "맥주 한잔 하러 배에 올라오지 않겠나?"

"나중에." 중위가 말했다. "그들이 이틀 전에 자네들의 얼음과 물자 그리고 맥주 조금을 가져왔네. 얼음은 묻어 두었고. 다른 것들은 집에 있네."

"뭐 새로운 소식은 없나?"

"공군이 귄초스(Guinchos) 부근에서 잠수함 하나를 침몰시켰다더군. 하지만 그건 자네가 떠나기 전 얘기지."

"그렇지." 토머스 허드슨이 말했다. "2주 전 얘기야. 그것과 같은 얘긴가?"

"그래."

"다른 소식은?"

"다른 잠수함이 카요 살(Cayo Sal) 근처에서 침몰됐다더군. 그저께 말이야."

"확인됐나?"

"그렇다더군. 그러곤 자네의 돼지가 있었지."

"뭐?"

"그 소식이 들어온 날 그들이 돼지 한 마리를 자네의 물자와 함께 데려왔었다네. 하지만 다음 날 그 녀석은 바다로 헤엄쳐 나가서 죽었지. 먹이도 줬었는데."

"자살하는 돼지라니!" 토머스 허드슨이 말했다.

중위는 웃었다. 그는 갈색이 도는 명랑한 얼굴을 가지고 있었고, 멍청하지 않았다. 그는 연기를 하고 있었다. 재미있었기 때문이다. 그는 토머스 허드슨을 위해 무엇인들 해 주고 아무것도 묻지 말라는 명령을 받았었다. 한편 토머스 허드슨은 그 무전소의 어떤 시설이건 사용해도 되고 아무것도 말하지 말라는 명령을 받았다.

"또 새로운 소식은 없나?" 그는 물었다. "바하마에서 온 스펀지나 거북잡이 배 같은 건 본 적 없어?"

"거기도 거북이나 스펀지가 수두룩한데 여기 가져와서 무얼 하겠나? 하지만 이번 주에 바하마에서 온 거북잡이 배가 있긴 했었네. 그들은 방향을 틀어 여기로 들어온다고 무전을 했었지. 하지만 그들은 카요 크루즈(Cayo Cruz) 방향으로 갔네."

"그들이 여기서 뭘 하고 있었을까?"

"모르겠어. 자네는 이 근방 해안을 과학적 목적으로 돌아다니는구먼. 어째서 거북잡이 배들이 거북이가 제일 잘 잡히는 곳을 떠나 이곳으로 왔을까?"

"남자는 몇 명쯤 되어 보이던가?"

"조타실의 사람만 봤네. 배들의 갑판 위에는 야자수 가지들이 펼쳐져 있었지. 마치 오두막처럼 말이야. 거북이들에게 그늘을 만들어 주려고 했을지도 모르지."

"조타수들은 백인이었나, 흑인이었나?"

"백인이었고 피부가 검게 그을렸더군."

"배 위의 숫자나 이름을 알아볼 수 있던가?"

"아니, 그러기엔 너무 멀리 있었네. 덕분에 그날 밤 섬은 방어 태세에 들어갔지. 그 다음 날과 그 밤에도 말이야. 그러고는 아무 일도 없었네."

"그들은 언제 갔나?"

"얼음과 식료품 그리고 자살 충동 돼지가 오기 전 날일세. 그 공군이 침몰시켰다는 잠수함의 소식이 들어온 지 11일 만의 일이지. 또 자네가 여기 오기 3일 전의 일이고. 자네의 친구들인가?"

"당연히 신호를 보냈겠지?"

"당연하지. 그리고 아무것도 듣지 못했네."

"전보 세 개만 보내 줄 수 있겠나?"

"물론이지. 준비되는 대로 말해 주게."

"이제 가스와 얼음을 배에 싣겠네. 그 물자들도 배 위로 싣고. 자네가 사용할 만한 것이 있던가?"

"모르겠네. 목록이 있긴 하네만. 서명은 했지만 영어로 읽지는 못했네."

"그중에 닭이나 칠면조가 있지 않았나?"

"있지." 중위가 말했다. "놀라게 해 주려고 말은 안 했지만."

"그것들을 나누세." 토머스 허드슨이 말했다. "맥주도 나누고 말이야."
"내 사람들이 가스와 얼음을 싣는 것을 돕도록 하겠네."
"좋군. 아주 고마워. 두 시간 내에 떠나고 싶었거든."
"이해하네. 참, 우리의 전역 날이 한 달 정도 미뤄졌네."
"또?"
"또."
"자네 부하들은 어떻게 받아들이던가?"
"그들은 징계를 받고 여기에 온 것일세."
"어쨌든 도와준다니 정말 고맙네. 온 과학계가 고마워할 걸세."
"관타나모도?"
"과학의 아테네, 관타나모 역시도."
"그들이 어딘가로 숨어 들어갔을지도 모른다고 생각하네."
"나도 그래." 토머스 허드슨이 말했다.
"보호소는 코코넛 야자수로 만들어졌었고 아직 초록색이었네."
"다른 거 아무거나라도 말해 봐."
"다른 건 아무것도 모르네. 전보를 보내게나. 배 위에 올라가서 시간을 뺏거나 민폐를 끼치기는 싫으니까."
"내가 나가 있는 동안 부패할 만한 물건이 오면 사용하게. 썩기 전에."
"고맙네. 자네의 돼지가 그렇게 자살하게 된 건 참 유감이네."
"내가 더 고맙지." 토머스 허드슨이 말했다. "우리 모두 작은 문제를 가지고 있을 뿐이야."
"부하들에게 배에 오르지 말고 선미 쪽에서 싣는 것을 도와주라고 하겠네."
"고마워." 토머스 허드슨이 말했다. "거북잡이 배에 관해 무언가 더 기억나는 건 없나?"
"그들은 그냥 전형적이었네. 다른 배들과 거의 다를 게 없었지. 배를 만든 사람이 마치 한 명인 것 같았어. 암초 쪽에서 방향을 돌리더니 이쪽으로 들어오려 했지. 그러곤 카요 크루즈 쪽으로 바람을 타고 도망갔지."

"암초 안쪽?"

"안쪽에 있었지. 보이지 않을 때까지."

"카요 살 앞바다의 잠수함은?"

"해면에 남아 있기에 쏴 버렸어."

"내가 자네라면 방어 태세에 머물러 있겠네."

"그러고 있네." 중위가 말했다. "그래서 아무도 보지 못한 거지."

"새들이 움직이는 것은 봤네."

"가엾은 새들." 중위가 말했다.

6

그들은 선미 쪽으로 바람을 받으며 서쪽을 향해 암초 속을 항해하고 있었다. 연료 탱크는 가득 채워졌고 얼음도 채워졌으며 밑에서 한 감시원이 닭의 목을 따서 물에 씻고 있었다. 다른 감시원은 무기를 닦고 있었다. 브리지와 위쪽 갑판 천장을 가려서 막은 천막에 끈이 늘어져 있고, 이 배의 과학적 임무를 12인치의 큰 글자로 알려 주는 두 개의 긴 판자가 놓여 있었다. 뱃전에서 물 깊이를 살펴보던 토머스 허드슨은 닭 깃털 조각들이 바닷물 위로 둥둥 떠가는 것을 보았다.

"모래톱에 닿지 않으면서 될 수 있는 한 바짝 붙어서 가도록 해" 그는 아라에게 말했다. "자네는 이 해안을 잘 알고 있지."

"그래 봤자 소용 없다네." 아라가 말했다. "어디에서 닻을 내릴 건가?"

"카요 크루즈의 상부에 가 보고 싶네."

"확인은 해 볼 수 있지만 그다지 쓸모가 있을 것 같진 않은데. 거기에 그들이 있을 거라고 생각하는 건가?"

"아니, 하지만 거기에 그들을 본 어부들이 있을지도 몰라. 아니면 숯꾼들이라도."

"이 바람이 실패했으면 좋겠군." 아라가 말했다. "잔잔한 평화를 며칠만이라도 더 즐기고 싶거든."

"로마노를 넘으면 돌풍이 불 거야."

"알고 있네. 하지만 이곳은 바람이 산을 타고 흘러가듯 그렇게 불고 있어. 만약 이게 지속된다면 그들을 절대 따라잡을 수 없을 거야."

"지금까진 잘 쫓아가고 있지 않은가." 토머스 허드슨이 말했다. "그리고 운이 좋을지도 모르지. 그들이 로보스를 점령해서 그 다른 잠수함을 불렀을지도 모르고."

"그건 거기에 다른 잠수함이 있다는 사실을 그들이 몰랐다는 걸 증명하는 것일 텐데."

"그렇겠지. 10일 동안 그들은 많은 거리를 움직였으니."

"그들이 원하는 동안 말이야." 아라가 말했다. "말은 그만 하지, 톰. 내 머리가 다 아프군. 차라리 연료 드럼통을 옮기는 게 낫겠어. 자네가 생각해 본 다음 어디로 갈지 말만 해 주게."

"이대로 계속 가게. 쓸데없는 미네르바를 조심하고. 해안선 안쪽으로 유지하게. 모래톱에 닿지 않도록 말이야."

"알겠네."

배가 강타당했을 때 무전기가 망가진 걸까, 하고 토머스 허드슨은 생각했다. 배에는 틀림없이 비상용 무전기가 있어서 사용할 수 있었을 것이다. 그러나 피터스는 그 배가 강타를 당한 후 초고주파에서 그 배를 붙잡아 내지 못했다. 그러나 그것은 그 어떤 것도 필연적으로 증명해 내지 못한다. 그 배들이 지금으로부터 사흘 전 우리가 가고 있는 이 항로에 그 모습을 보였다는 사실 이외에는 아무것도 입증된 것이 없다. 그들이 갑판에 딩기를 싣고 있는지 그에게 물어보았던가? 아니, 내가 잊었었군. 그러나 그는 그 배가 야자나무로 이어 만든 오두막 이외에는 보통의 바하마 거북잡이 배였다고 말했으니까, 그 배는 작은 배를 가지고 있음에 틀림없다.

그렇다면 인원수는? 모른다. 부상자는? 모른다. 무장 상태는? 아는 것은 권총뿐. 그들의 항로는? 지금까지 우리가 그 뒤를 따라 달려가고 있지 않은가.

카요 크루즈와 메가노 사이에서는 뭔가를 좀 발견할 수 있을까, 그는 생각했다. 아마 도요새 떼와 모래에 남겨진 물구멍을 향해 지나간 도마뱀을 흔적을 발견하게 되겠지.

자, 이제 일은 그만 생각하자. 일이라니, 이제 더 이상 일이라는 건 없다. 아니, 있다. 이 배가 있고, 배에 탄 사람들이 있고, 바다와 우리가 쫓고 있는 그 녀석들이 있다. 좀 있으면 그 놈들을 보게 될 거고, 시내에 들어가서 실컷 마신 다음 녹초가 되어 질질 끌려다니다가, 그다음에는 바다에 나올 준비를 하고 이 짓을 다시 하겠지.

아마도 이번엔 그 녀석들을 만나게 될 거야. 너는 그들의 잠수함을 파괴하지는 못했지만, 그것을 파괴하는 데 약간은 도움을 주었지. 네가 그 승무원들을 모두 모아 올 수만 있다면 정말로 유익할 텐데.

그런데 너는 어째서 무슨 일에 대해서도 하등 염려하지 않는 거지? 그는 자문했다. 왜 너는 그들을 살인자로 생각하지 않고 그들에 대해 마땅히 지녀야 할 감정을 갖지 않는가? 왜 너는 기수 없는 말이 아직도 경주에서 달리고 있듯 쉬지 않고 시달리고만 있는가? 우리는 모두 살인자이기 때문이지. 그는 스스로에게 말했다. 우리가 설사 지금은 어떤 좋은 입장에 서 있더라도 결국 우리는 양면을 다 가진 인간이니까. 즉, 좋지 않은 면이 즉시 나타날 수도 있으니까.

그러나 그 일은 해야만 한다. 그렇고말고. 그는 말했다. 그러나 나는 그 일에 자만할 필요는 없다. 단지 잘해 내기만 하면 된다. 나는 그 일이 좋아서 고용된 것이 아니다. 아니, 너는 고용조차도 되어 있지 않아. 그는 혼잣말을 했다. 그 점이 더욱 나쁜 점이지.

"아라, 내가 키를 잡을게." 그가 말했다.

아라는 그에게 키를 넘겨주었다.

"우현을 잘 지켜보게. 햇빛에 눈 상하지 않게 조심하고."

"안경을 가져와야겠어. 봐, 톰. 그냥 내가 키를 잡게 놔두고 위쪽에서 네 명이 망을 보는 건 어때? 자네는 지금 몹시 피곤해 보이는 데다가 섬에서는 전혀 쉬지를 못했잖아.”

"지금은 네 명씩이나 망을 볼 필요가 없어. 나중에 그렇게 하도록 하지."

"하지만 자넨 너무 피곤하잖나."

"지금은 졸리지 않네. 이봐, 만약 그들이 해안가 가까이에서 밤을 보낸다면 문제가 발생했을 걸세. 수리가 필요할 테지. 그러면 우리가 그들을 찾을 수 있을 거야."

"아무리 그래도 자네가 그렇게 쉬지 않고 있을 이유는 못 돼, 톰."

"자랑하려고 하는 게 아니라네." 토머스 허드슨이 말했다.

"아무도 그렇게 생각하지 않아."

"자네는 이 망할 자식들을 어떻게 생각하나? "

"그들을 꼭 잡을 것이고 필요하다면 그들을 죽이고 나머지는 데려올 거라는 생각."

"학살은 생각지 않나? "

"우리가 그들과 같은 일을 할 거라곤 생각지 않네. 하지만 그들은 그게 반드시 필요한 일이라고 생각했을 거야. 물론 즐기려고 하진 않았을 걸세." 아라가 말했다.

"그들의 죽은 남자는? "

"헨리는 피터스를 여러 번 죽이고 싶어 했지. 그건 나도 마찬가지고."

"그렇지." 토머스 허드슨이 동의했다. "피터스를 생각하면 그렇게 드문 감정은 아니지."

"나는 평소에 이런 것들을 생각하지 않네. 그러니 걱정이 없지. 자네도 평소처럼 책이나 읽으면서 걱정을 좀 내려놓는 건 어떤가? "

"오늘 밤엔 좀 자야겠어. 닻을 내리고 난 뒤에 책을 읽다가 잠들면 돼. 아직 눈에 보이지는 않지만 그들을 쫓아온 지 벌써 4일이나 지났어. 이제 조심히 찾아야 하네."

"우리가 그들을 잡거나 누군가에게 잡히도록 밀어 낼 거야." 아라가 말했다. "그게 무슨 상관인가? 우리는 우리의 자존심이 있지만, 남들이 모르는 자부심도 있지 않은가."

"내가 잊고 있던 게 그거군." 토머스 허드슨이 말했다.

"그건 자만이 없는 자부심이네." 아라가 계속했다. "실패는 그의 형제이며 똥은 그의 누이이고 죽음이 그의 부인이지."

"큰 자부심이겠군."

"그렇지." 아라가 말했다. "잊지 말아야 하네, 톰. 그리고 자신을 파멸로 몰고 가서도 안 돼. 이 배 위에 있는 모두가 그 자부심을 가지고 있어. 피터스마저도 말이야. 마음엔 들지 않지만."

"말해 줘서 고맙네." 토머스 허드슨이 말했다. "가끔 난 그냥 이 빌어먹을 것들에 좌절하곤 해서 말이야."

"톰." 아라가 말했다. "남자는 자부심이 전부라 해도 과언이 아니야. 가끔은 너무 많아 죄가 되기도 하지. 불가능하다고 생각했던 걸 자부심으로 해낸 적도 많아. 상관하지 않았지. 하지만 자부심은 지혜와 주의를 바탕으로 시행되어야 하네. 자네가 자기 자신을 주의하지 않고 있으니 내가 부탁하겠네. 제발 주의하게. 우리와 배 모두를 위해."

"우리?"

"우리 모두."

"알았네." 토머스 허드슨이 말했다. "검은 안경을 달라고 해 주게."

"톰, 제발 이해해 줘."

"이해하네. 정말 고마워. 배부르게 저녁을 먹은 다음 아이처럼 잠을 자겠네."

아라는 그것이 재미있다고 생각하지 않았다. 그는 항상 재미있는 것들이 재미있다고 생각했다.

"그렇게 해 보게, 톰." 그가 말했다.

7

그들은 두 섬 사이의 모래 언덕에 위치한 카요 크루즈의 바람이 불지 않는 곳에 정박했다.

"여기에 닻을 하나 더 놓도록 하지." 토머스 허드슨이 그의 선원에게 말했다. "여기 바닥이 마음에 들지 않아."

선원은 어깨를 으쓱하고는 몸을 숙여 두 번째 닻을 내렸고, 토머스 허드슨은 파도를 거슬러 배를 천천히 앞으로 전진시켰다. 그는 해안의 풀이 파도를 타고 밀려 들어오는 것을 바라보고 있었다. 그는 두 번째 닻이 깊숙이 잘 고정될 때까지 배를 정면으로 전진시켰다. 뱃머리가 바람을 헤치고 파도를 갈랐다. 바람이 없는 곳임에도 불구하고 상당히 센 바람이었다. 그는 파도가 바뀌면 바다의 큰 놀에 배가 걸릴 것을 알고 있었다.

"빌어먹을." 그가 말했다. "그냥 옆으로 돌게 놔두지 뭐."

하지만 그의 선원은 이미 딩기를 내린 상태였고 그들은 선미의 닻을 내린 상태였다. 토머스 허드슨은 그들이 작은 댄포스(Danforth) 선을 파도가 몰아쳤을 때 바람에 가두어 둘 수 있는 곳으로 내리는 걸 지켜보았다.

"몇 개 더 내리는 건 어때?" 그가 불렀다. "그러면 빌어먹을 거미한테 팔 수도 있겠는걸."

그 친구는 그를 보더니 씩 웃었다.

"뱃전에다 범선을 대게. 내가 타지."

"안 돼, 톰." 그의 선원이 말했다. "아라와 윌리가 들어가게 돼. 내가 그들을 데리고 가고 다른 일행을 메가노로 보낼 테니게. 니노(Nino, 기관총 이름)를 들게 할까?"

"아니, 과학자들처럼 행동해야 돼."

제기랄, 요리조리 조종당하는 기분인데, 그는 생각했다. 분명 내가 휴식을 취해야 한다는 의미겠지. 사실 나는 피곤하지도 즐겁지도 않은데.

"안토니오." 그가 말했다.

"그래." 그의 선원이 말했다.

"에어 매트리스와 쿠션 두 개 그리고 큰 음료를 주게."

"어떤 음료?"

"앙고스투라와 라임이 들어간 진과 코코넛워터."

"토미니(Tomini, 칵테일)?" 그의 선원이 그가 술을 마실 거라는 사실에 기뻐하며 말했다.

"양은 두 배로."

헨리는 공기 매트리스를 위로 던지고 책과 잡지를 든 채 그 뒤를 따라 올라갔다.

"여기는 바람이 불지 않을 거야." 그가 말했다. "환기를 위해 캔버스를 열어 줄까?"

"내가 언제부터 이런 걸 전부 평가했지?"

"톰, 우리 모두가 얘기해 봤는데 휴식을 좀 취해야 할 것 같아. 자네는 사람이 견딜 수 있는 한계치만큼 자신을 몰아붙이고 있어. 물론 이미 그 한계를 지났지만."

"제길." 토머스 허드슨이 말했다.

"아마도." 헨리가 말했다. "나는 자네가 괜찮을 것이고 이 상태로 계속 더 갈 수 있을 거라 말했네. 하지만 다른 사람들은 걱정을 했고 그들은 나를 설득시켰어. 자네가 나를 다시 설득시킬 수도 있지만, 지금은 조금 쉬게, 톰."

"난 지금 최고의 컨디션인걸. 그냥 신경 쓰지 않아서 그렇지."

"바로 그거야. 자넨 선교에서 내려오지도 않잖아. 그리고 망보는 걸 멈추지도 않고 계속 키를 붙잡고 있어. 그 외엔 아무것도 신경 쓰지 않고 있지."

"알겠네." 토머스 허드슨이 말했다. "알아들었어. 하지만 그렇다고 내가 자네들에게 지시 내리는 걸 그만두지는 않을 걸세."

"나쁜 뜻으로 말한 건 아니었네. 정말로."

"잊어버려." 토머스 허드슨이 말했다. "이제 쉬고 있잖나. 섬을 수색하는 방법은 알지?"

"그럴 거야."

"메가노에 뭐가 있는지 한번 찾아보게."

"그래, 그건 내 일이니까. 윌리와 아라는 이미 들어갔네. 나는 다른 일행과 안토니오가 딩기를 몰고 돌아오길 기다리고 있는 중이고."

"피터스는 어때?"

"오후 내내 큰 라디오를 고치는 작업을 하고 있어. 그리고 이미 고쳤다고 생각하고 있고."

"정말 멋지군. 자네가 다시 돌아왔을 때 내가 아직 자고 있다면 나를 깨워주게."

"알았네, 톰." 헨리가 손을 뻗어 그에게 건네진 걸 받았다. 얼음이 가득하고 녹이 슨 듯한 색의 액체가 들어 있는 큰 잔이었다. 그 잔은 두 겹의 페이퍼 타월로 싸여 있었고 움직이지 않도록 고무줄로 고정되어 있었다.

"토미니 더블." 헨리가 말했다. "마시고 책이나 좀 읽다가 잠 좀 자게. 다 마시고 나면 빈 잔은 수류탄 놓는 자리에 놔둬도 돼."

토머스 허드슨은 잔에 든 술을 한 모금 마셨다.

"좋군." 그가 말했다.

"예전에는 다 그랬었지. 모든 게 괜찮아 질 거야, 톰."

"우리가 할 수 있는 모든 게 그러길 바라야지."

"좀 쉬게."

"그러겠네."

헨리는 아래로 내려갔다. 토머스 허드슨은 범선의 엔진이 웅웅거리며 다가오는 소리를 들었다. 배가 정지하고 말소리가 들리더니 다시 뱃소리가 멀어져 갔다. 그는 귀를 기울이며 기다렸다.

그는 술을 한 모금 더 마신 다음 잔을 옆으로 높이 들고는 쏟아 버렸다. 바람이 쏟아지는 술을 선미 쪽으로 몰고 갔다. 그는 빈 잔을 잘 맞게 만들어진 구멍 속에 집어넣고 두 팔로 에어 매트리스를 감싸 안으며 그 속에 얼굴을 파묻었다.

천막 속에서 많이들 다쳤나 보군, 그는 생각했다. 물론 그것은 많은 사람들을 숨길 수 있었지. 그러나 나는 그걸 믿질 않아. 그들은 첫 번째 밤에 여기에 왔었을 거야. 내가 해변에 나가 봤어야 하는 건데. 지금부터라도 해 봐야지. 그런데 아라와 헨리는 이보다 더 좋을 수 없었고, 게다가 윌리는 매우 훌륭했어. 오늘 밤 열심히 해 보자. 그는 자신에게 말했다. 열심히 멋있게 그리고 실수 없이 뒤쫓아야지. 그리고 지나치게 심하게는 추적하지 말아야지.

8

그는 그의 어깨에 손이 닿는 것을 느꼈다. 아라였다. 그가 말했다. "하나 찾았네, 톰. 윌리와 내가."

토머스 허드슨은 아라와 함께 아래로 내려왔다. 독일인은 이불에 둘러싸인 채 선미 쪽에 누워 있었다. 그의 머리는 쿠션 두 개에 받쳐져 있었다. 피터스는 물 한 잔을 들고 그의 옆에 있었다.

"우리가 뭘 찾았는지 봐." 그가 말했다.

그 독일인은 체격이 말랐고 턱과 움푹 들어간 볼에는 금발 수염이 나 있었다. 긴 머리칼은 엉켜 있었으며 늦은 오후 햇살에 비친 그의 모습은 성인인 듯 보였다.

"말을 못하더군." 아라는 말했다. "윌리와 내가 시험해 봤네. 자네도 해 보게."

"내려오면서 냄새를 맡았어." 토머스 허드슨이 말했다. "그가 원하는 게 있는지 물어보게." 그가 피터스에게 말했다.

무선 통신원은 독일어로 그에게 말을 했지만 독일인은 그를 쳐다볼 뿐, 말을 하지도 고개를 움직이지도 않았다. 토머스 허드슨은 밖의 모터 쪽에서 나는 콧노래를 들었고 만 건너편에서 노을을 등지고 다가오는 딩기를 보았다. 그 배에는 물을 싣기 위한 선이 연결되어 있었다. 그는 다시 독일인을 내려다보았다.

"몇 명인지 물어보게. 인원이 몇이나 되는지 알아야 한다고 말해. 정말 중요한 일이니까.”

피터스는 독일인에게 부드럽게 말했고 토머스 허드슨은 그 모습이 왠지 다정하게 느껴졌다.

독일인은 극적으로 세 단어를 말했다.

"아무것도 중요하지 않다고 말했네." 피터스가 말했다.

"그건 잘못된 생각이라 말하게. 알아야만 해. 그가 혹시 모르핀을 원하는지도 물어보게."

그 독일인은 토머스 허드슨을 다정하게 바라보며 세 단어를 말했다.

"그는 더 아프지 않다고 하네." 피터스가 말했다. 그는 빠르게 다시 독일어로 말했고 토머스 허드슨은 그 사랑스러운 말투를 들었다. 아니면 그저 그 언어가 그렇게 들렸을지도.

"입 좀 닥쳐 봐, 피터스." 토머스 허드슨이 말했다. "내가 말한 것만을 정확하게 통역하게. 알아들었나?"

"알겠네." 피터스가 말했다.

"그에게 내가 그를 말하게 할 수 있다고 전해."

피터스는 독일인에게 말했고 그는 눈을 토머스 허드슨 쪽으로 돌렸다. 그의 눈은 마치 늙은 자의 눈 같았고 얼굴은 오래된 유목처럼 거의 회색빛이었다.

"나인." 독일인이 천천히 말했다.

"싫다고 하네." 피터스가 통역했다.

"그래, 그 부분은 이해했네." 토머스 허드슨이 말했다. "따뜻한 수프 좀 가져다주게, 윌리. 그리고 코냑도 좀 가지고 오고. 피터스, 그에게 모르핀을 원하냐고 물어봐 주게. 우리가 충분히 가지고 있다는 것도 말해 주고."

피터스는 그의 말을 통역했고, 독일인은 토머스 허드슨 쪽을 바라보며 얇은 미소를 지었다.

그는 피터스에게 거의 들리지 않게 말했다.

"고맙지만 필요 없다고 하네. 그냥 가지고 있는 게 나을 거라고 하는군."

그 독일인은 피터스에게 부드럽게 뭔가를 얘기했다. 피터스는 그걸 통역하여 말했다. "지난주에 있었으면 좋았을 거라는군."

"그를 존경한다고 말해 주게." 토머스 허드슨이 말했다.

그의 선원인 안토니오는 옆의 딩기에서 메가노로 향했던 일행과 같이 있었다.

"천천히 올라오게." 토머스 허드슨이 그들에게 말했다. "선미에서 떨어져 있어야 해. 크라우트(Kraut, 독일인을 칭하는 비하 단어)가 선미에서 죽어 가고 있네. 무언가 찾았는가?"

"아무것도." 헨리가 말했다. "아무것도 못 찾았네."

"피터스." 토머스 허드슨이 말했다. "원하는 만큼 그와 대화를 나누게. 무언가 얻어 낼 수 있을지도 몰라. 나는 아라와 윌리와 함께 술 한잔 마시겠네."

아래로 내려간 그는 "수프는 어때, 윌리?"라고 말했다.

"처음 찾은 건 조개 육수였어." 윌리가 말했다. "충분히 따뜻해."

"그에게 소꼬리나 멀리거토니(Mulligatawny, 향신료가 많이 들어간 인도식 수프)를 주지 그러나?" 토머스 허드슨이 말했다. "지금 그의 상태로는 그게 더 적합할 텐데. 이 빌어먹을 닭은 어디 있어?"

"그에게 닭은 주고 싶지 않았네. 그건 헨리의 것이니까."

"그렇지." 헨리가 말했다. "그런데 왜 그를 달래야 하지?"

"정말 그러고 싶지 않지만 수프와 술이 그가 말하는 데 도움을 줄 것 같아서 그랬어. 하지만 어떤 방법을 써도 그가 얘기를 할 것 같진 않군. 진 한 잔만 주겠나, 아라?"

"그들은 그를 위해 오두막을 만들었어, 톰. 나뭇가지로 만든 괜찮은 침대가 있었고 그릇에는 물과 음식도 담겨 있었지. 그들은 그를 편하게 하려고 했고 화장실로 사용하도록 모래에 구멍까지 파 놨지. 해변에서는 많은 흔적들을 발견했는데, 그들의 숫자는 대략 여덟에서 열 명 정도 되는 것 같았네. 그보다 많지는 않은 것 같아 보여. 윌리와 나는 그를 데리고 오는데 엄청나게 조심해야 했지. 그의 양손에는 모두 괴저가 발생했고 오른쪽 허벅지에도 괴저가 상당히 진행되어 있었네. 그를 데려오는 것보다는 차라리 자네와 피터스가 그의 오두막에 가서 심문을 하게 했어야 했겠군. 그러니 만약 문제가 있다면 그건 내 잘못이네."

"무기를 가지고 있던가?"

"아니, 신분증도 없어."

"내 음료 좀 주게." 토머스 허드슨이 말했다. "오두막을 지은 나뭇가지들은 언제쯤 잘린 것 같던가?"

"아무리 오래됐다고 해도 어제 아침 정도? 확실하진 않네만."

"그가 말을 하던가?"

"아니, 우리가 권총을 들고 있는 걸 보았을 때 그는 거의 통나무 같았어. 윌리를 겁내는 모습을 한 번 보이더군. 그러곤 우리가 그를 들었을 때 웃더군."

"그럴 수 있다는 걸 보여 주기 위해서인 것 같았어." 윌리가 말했다.

"그러더니 바로 웃음을 거뒀지." 아라가 말했다. "그가 얼마나 더 살 것 같은가, 톰?"

"모르겠네."

"그럼 나가서 음료나 마시자고." 헨리가 말했다. "피터스는 믿음이 가지 않아."

"조개 육수를 먹어 봐." 윌리가 말했다. "지금 내가 배고프거든. 헨리가 괜찮다면 그의 닭고기 한 캔만 데워서 가 봐야겠네."

"그게 그가 말하게 하는 데 도움이 된다면." 헨리가 말했다. "물론 괜찮지."

"아마 그렇진 않을 거야." 윌리가 말했다. "하지만 몸이 저런 상태인데 조개 국물을 주는 건 좀 잔인하잖아. 코냑을 좀 가지고 나가지, 헨리. 그가 좋아할지도 모르니까. 자네와 나처럼."

"그를 귀찮게 하지 마." 토머스 허드슨이 말했다. "그는 좋은 크라우트야."

"그럼." 윌리가 말했다. "죽으면 모두가 좋은 크라우트지."

"아직 죽진 않았어." 토머스 허드슨이 말했다. "죽어 가고 있을 뿐이지."

"긍지를 가지고 말이야." 아라가 말했다.

"자네도 크라우트를 사랑하는 사람이 된 건가?" 윌리가 그에게 물었다. "이제 피터스와 같은 처지가 됐군."

"닥쳐, 윌리." 토머스 허드슨이 말했다.

"뭐가 문제야?" 윌리가 토머스 허드슨에게 말했다. "자넨 그저 크라우트를 사랑하는 사람들의 작은 모임의 장일 뿐인걸."

"앞으로 나와, 윌리." 토머스 허드슨이 말했다. "아라, 수프가 아직 따뜻할 때 선미로 가져다주게. 나머지는 가서 크라우트가 죽는 걸 지켜봐도 좋아. 그러고 싶다면 말이야. 그래도 괴롭히지는 말게."

안토니오는 토머스 허드슨과 윌리가 밖으로 나갈 때 그 뒤를 따라가려고 했지만 토머스 허드슨은 그를 향해 고개를 흔들었다. 그러곤 대장은 주방으로 들어갔다.

그들은 앞 조종석에 있었고 이제 날은 어두워지고 있었다. 토머스 허드슨은 겨우 윌리의 얼굴을 볼 수 있었다. 조명 아래에서 윌리의 얼굴은 더 잘 보였고, 그가 잘 볼 수 있는 쪽에 서 있기도 했다. 토머스 허드슨은 윌리를 쳐다본 다음 다시 닻줄로 시선을 돌렸다가 그다음엔 어떤 나무로, 그러곤 또다시 해변으로 시선을 돌렸다. 어려운 모랫바닥이군, 그가 이렇게 생각한 뒤 말했다. "좋아, 윌리. 하고 싶은 말 다 해."

"톰." 윌리가 말했다. "자식이 죽었다고 그렇게 자책하지는 말게. 모두의 자식들이 죽는걸."

"알고 있네. 또 있나?"

"저 빌어먹을 피터스와 크라우트가 선미에서 냄새를 풍기고 있지 않은가. 그리고 무슨 배의 선원이 요리사로 일을 하지?"

"그의 요리가 어떤데?"

"그는 요리를 아주 잘하는 데다 작은 배를 조종하는 법에 대해선 우리를 모두 합친 것보다 더 잘 알지. 자네까지 합해서."

"훨씬 더."

"빌어먹을, 톰. 나는 화를 내는 게 아니야. 화를 낼 기운도 없고. 그냥 다른 방법으로 하는게 더 익숙할 뿐이지. 배를 타는 것도 마음에 들고 배에 타고 있는 모두 다 마음에 들어. 저 빌어먹을 피터스만 빼고. 그리고 자네가 스스로를 채찍질한다는 사실도 빼고 말이야."

"난 정말 아니네." 토머스 허드슨이 말했다. "일 이외의 것은 절대 생각하지 않아."

"자네는 너무 고귀해서 배를 채우고 십자가에 올려야 될 지경이군." 윌리가 말했다. "그리고 저 빌어먹을 놈에 대해도 생각 좀 해 봐."

"그걸 향해 가고 있지 않은가."

"말투 하고는."

"윌리, 자네 지금 괜찮은가?"

"괜찮고말고. 괜찮지 않을 이유가 있나? 그 크라우트가 날 어떻게 했나 봐. 그들은 그를 극진히 대접해 놨었어. 마치 우리는 그러지 않을 거라는 듯이. 아니면 우리는 그럴 시간이 없을 거라는 듯이 말이야. 하지만 그들은 시간을 들여 잘 차려 놨지. 그들은 우리가 얼마나 가까이 접근했는지 몰라. 그래도 그들은 누군가가 자신들을 쫓고 있다는 걸 알 거야. 이젠 모두가 그들을 쫓고 있을걸. 하지만 그들은 그를 최대한 대접해 주고 갔네."

"그래." 토머스 허드슨이 말했다. "그 섬에 있는 사람들도 극진히 대접해 주고 갔지."

"그래." 윌리가 말했다. "그게 바로 빌어먹을 점 아닌가?"

그때 피터스가 들어왔다. 그는 자신이 최고의 상태가 아닐 때에도 자신이 해병이라는 것을 마음에 두고 행동했으며, 항상 배의 규칙인 형식적이지 않은 진짜 절제에 대해 자부심을 가지고 있었다. 그리고 그 스스로가 그 규칙을 제일 잘 지키고 있었다. 그는 들어와서는 이내 멈췄고, 차렷 자세를 취했으며 경례를 올렸다. 그가 취했다는 걸 보여 주는 행동이었다. 그리고 그가 말했다. "톰, 아니 선장님, 그가 죽었습니다."

"누가?"

"죄수가 죽었습니다, 선장님."

"그렇군." 토머스 허드슨이 말했다. "발전기를 돌리고 관타나모에 연락할 수 있는지 알아보게."

그들은 우리를 위해 무언가 소식을 가지고 있을 거야, 라고 그는 생각했다.

"포로가 말을 하던가?" 그가 피터스에게 물었다.

"아니요."

"윌리." 그가 물었다. "어때?"

"괜찮아."

"플래시벌브(Flashbulb, 촬영용 섬광 전구) 좀 가져와서 포로를 선미에 눕힌 다음 옆얼굴 사진 두 장을 찍게. 그다음 담요를 벗기고 한 장, 바지를 벗기고 한 장, 선미에 가로 질러 눕힌 전신 한 장, 그리고 머리 한 장, 뒤집어 눕힌 사진 한 장을 찍게."

"네, 알겠습니다." 윌리가 말했다.

토머스 허드슨은 선교 위로 올라갔다. 그는 발전기가 가동하는 소리를 듣고 섬광이 번쩍번쩍하는 것을 보았다. 그들이 어떻게 감정해 내든 간에 ONI에서는 우리가 독일 놈을 잡았다는 것조차도 믿지 않을 거야. 그는 생각했다. 증거가 될 만한 건 없으니까 누군가 버린 시체를 우리가 집어 올린 거라고 주장하겠지. 사진을 좀 더 빨리 찍어 둘 걸 그랬어. 제기랄, 애들과 함께 있는 걸 찍어둘걸. 내일쯤 다른 놈들을 붙잡을지도 모르겠군.

아라가 다가왔다.

"톰, 누군가 그를 뭍으로 데려가서 묻어 주길 원하나?"

"오늘 누가 가장 일을 적게 했지?"

"모두가 열심히 일했지. 내가 길과 함께 그를 처리하지. 제일 높게 들어오는 파도 선 바로 위에다가 묻어 줄게."

"조금 더 높이."

"윌리를 올려 보낼 테니 그에게 묘비판에 글씨 쓰는 걸 지시해 주게. 내가 창고에서 궤짝 판자를 가져오겠네."

"윌리를 올려 보내게."

"그를 자루에 집어넣어은 다음 꿰맬까?"

"아니, 그냥 담요에 싸 주게. 윌리를 올려 보내고."

"내가 뭘 하면 되지?" 윌리가 물었다.

"묘비에 '무명의 독일인 선원'이라고 쓰고 그 밑에 날짜를 쓰게."

"알았네. 시체를 묻을 때 나도 함께 내려갈까?"

"아니, 아라와 길이 갈 거야. 묘비를 만들고 쉬게. 한잔해도 좋고."

"피터스가 관타나모에 연락한 뒤 소식이 오면 바로 올라오겠네. 내려가고 싶지는 않나?"

"아니, 난 위에서 쉬엄쉬엄 하고 있어."

"이렇게 큰 배의 브리지에서 대체 이게 뭐람. 온통 책임투성이인 일에다가 더러운 일뿐이라니."

"판자에 글씨 쓰는 것도 마찬가질세."

이윽고 관타나모에서 신호가 왔고 다음과 같이 해석되었다.

서쪽으로 주의 깊게 계속 탐색하라.

올 것이 왔구나. 토머스 허드슨은 혼자 중얼거렸다. 그는 드러누워 곧 잠이 들었다. 헨리가 그에게 가벼운 담요를 덮어 주었다.

9

해가 뜨기 한 시간 전 잠에서 깬 그는 청우계를 바라보았다. 10분의 4가 아래로 내려와 있었다. 그는 그의 동료를 깨워 모래시계를 보여 주었다.

항해사는 그를 쳐다보고 고개를 끄덕였다.

"어제 자네도 본 로마노 쪽에 불던 돌풍 말일세." 그가 속삭였다. "이제 남쪽으로 향한 것 같군."

"차 좀 끓여 주겠나. 부탁하네." 토머스 허드슨이 말했다.

"얼음을 띄워 놓은 차가운 차가 좀 있네."

그는 선미 쪽으로 가서 대걸레와 양동이를 발견하고 선미 갑판을 문질러 닦았다. 전에도 닦은 듯한 흔적이 있었지만, 그는 다시 갑판을 문질러 닦고는 대걸레를 물에 헹궜다. 그러고 나서 그는 차가운 차 한 병을 선교로 들고 올라가 날이 더 밝아지기를 기다렸다.

날이 밝기 전에 그의 동료가 선미 닻에 올랐고, 아라와 함께 우현 닻을 내린 다음 그들과 길과 함께 딩기를 배로 끌어올렸다. 그러고 나서 그의 동료는 배 아래쪽에 고인 물을 빼 내고는 엔진을 확인했다.
　그는 고개를 들고 말했다. "언제든."
　"물이 왜 이리 많이 들어온 것 같나?"
　"틈막이 관 때문이네. 내가 약간 죄어 놨거든. 물 좀 덜 잡아먹었으면 좋겠군."
　"알겠네. 아라와 헨리를 올려 보내게. 출발하지."
　그들이 닻을 내렸고 그는 아라를 향해 돌아섰다. "나무를 다시 보여 줘."
　아라는 그들이 떠나고 있는 해변 바로 위에 있던 그것을 손가락으로 가리켰고, 토머스 허드슨은 작은 연필로 된 십자가를 차트에 만들었다.
　"피터스는 관타나모에 연락을 넣지 못했나?"
　"아니, 다시 한 번 태워먹었지."
　"음, 우리는 그들의 뒤에 있고, 그들의 앞에는 사람들이 있네. 그리고 우리는 명령을 받았고"
　"바람이 정말 남쪽으로 갈 거라고 생각하나, 톰?" 헨리가 물었다.
　"청우계에는 그렇게 나타났네. 남쪽으로 가기 시작하면 알게 되겠지."
　"4시경에는 바람이 거의 없어졌네만."
　"모래파리들에게 물렸나?"
　"낮에만."
　"내려가서 청소하는 편이 낫겠군. 데리고 다녀 봤자 소용이 없을 테니."
　멋있는 날이었다. 그들이 정박했던 모래사장과 그들이 너무도 잘 알고 있는 카요 크루즈의 해변, 그리고 잡목 숲을 뒤돌아보다가 토머스 허드슨과 아라는 육지 위에 높이 떠 있는 부드러운 구름을 보았다. 카요 로마노가 마치 대륙인 듯 불쑥 떠올랐다. 구름이 그 위에 높이 걸려 있는 모습은 남풍이나 조용한 내지 돌풍을 약속해 주는 것만 같았다.
　"자네가 독일인이었다면 어떻게 생각하겠나?" 토머스 허드슨이 물었다. "저걸 보고 바람이 곧 멎을 거라는 생각을 하겠나?"

"안쪽으로 들어가겠네." 아라가 말했다. "내 생각엔 그렇게 할 것 같아."

"안쪽으로 들어가려면 안내자가 한 명 필요할 텐데."

"한 명 데려오겠지." 아라가 말했다.

"어디서 데려올까?"

"안톤에서 온 낚시꾼이나 로마노의 안쪽에서 데려오겠지. 아니면 코코에서. 지금 그쪽에는 생선을 염장하고 있는 낚시꾼들이 있을 거야. 안톤에는 활어 선창이 있는 배가 있을지도 모르지."

"안톤으로 가 보세." 토머스 허드슨이 말했다. "아침에 일어나서 해를 등지고 갈 수 있다는 건 참 괜찮은 일이군."

"만약 항상 이런 날씨에 태양을 등지고 항해를 할 수 있다면 바다는 얼마나 아름다운 곳일까."

그야말로 여름 날씨였고 아침 돌풍은 아직 일지 않았다. 날씨는 온화하게 미소 짓고 바다는 잔잔하고 매끄럽게 놓여 있었다. 배가 측면이 닿지 않는 깊은 곳을 달릴 때 그들은 바다 밑까지 선명히 볼 수 있었다. 그러자 멀리 있어야 할 바로 그 자리에 미네르바섬이 떠오르고 바닷물이 평화로이 산호 바위 위에서 부서지고 있었다. 그것은 두 달 동안 그치지 않고 불어온 심한 무역풍이 남겨 놓은 물결이었지만, 오늘 그 물결은 부드럽고 평화롭고 규칙적으로 아무런 저항 없이 부딪혀 왔다.

마치 바다가 우리는 서로 친구이고 다시는 어떠한 고통도, 어떠한 난폭도 부리지 않겠다고 말해 주는 것 같다고 토머스 허드슨은 생각했다. 왜 바다는 그렇게도 변덕스러운가? 강은 믿을 수 없고 잔인하다가도 어떨 땐 친절한 친구가 될 수 있다. 시냇물은 그야말로 친구같이 다정하다. 우리가 배반하지만 않는다면 언제나 믿을 수 있다. 그러나 바다는 항상 우리를 속인다.

그는 다시 부드럽게 오르락내리락 춤추는 바다를 보았다. 물결은 미네르바섬을 마치 그들에게 팔기라도 하려는 듯 정기적으로 그리고 매혹적으로 오르락내리락 선을 보였다.

"샌드위치 좀 가져다주겠나?" 그는 아라에게 물었다. "콘비프와 생양파 아니면 햄과 달걀, 생양파를 넣어서 말이야. 아침을 먹고 난 뒤에는 네 명이 쌍안경을 통해 망을 보도록 하자고. 안톤에 들어가기 전 밖에 한 번 나가고 싶거든."

"그러지, 톰."

저 친구 아라가 없었다면 난 아무것도 하지 못했을 거야. 토머스 허드슨은 생각했다. 한숨 잘 잤군. 그는 자기 자신에게 말했다. 이 이상 더 기분 좋을 수는 없을 거야. 우리는 명령을 받고 그들 뒤를 쫓아 곧장 배를 몰아가고 있어. 나는 기가 막히게 멋진 날 아침에 명령을 수행하고 있단 말이야. 그런데 제기랄, 일이 너무 순조롭게 진행되고 있는 것 같아 불안하군.

그들은 조심조심 살피면서 해협 아래쪽으로 움직여 갔다. 그러나 평화롭게 물결치는 고요한 이른 아침 바다 가운데에 많은 모래톱이 깔린 로마노섬 내륙의 기다란 녹색의 선 이외에는 아무것도 보이지 않았다.

"그들이 그렇게 멀리 항해하지는 않았을 거야." 헨리가 말했다.

"그들은 전혀 항해하지 않았을 거야." 토머스 허드슨이 말했다.

"안톤으로 들어가는 건가?"

"그래, 그리고 거기서 모든 일을 해치우는 거야."

"난 안톤을 좋아하네." 헨리가 말했다. "바다가 잔잔하다면 머물기에 괜찮은 곳이 있네. 바다에 잡아먹히지 않고 말이지."

"안쪽에선 떠밀려 내려갈지도 몰라." 아라가 말했다.

소형 수상 비행기 한 대가 저공비행을 하며 그들을 향해 다가왔다. 해를 등지고 날아온 비행기는 하얗고 조그마했다.

"비행기로군." 토머스 허드슨이 말했다. "큰 깃발을 펼치라고 전달해 주게."

비행기는 그들 위를 닿을 듯 말 듯 날아왔다. 그러고는 그들 위를 두 바퀴 돌더니 동쪽으로 날아가 버렸다.

"무언가를 찾았다면 저렇게 얌전히 돌아가진 않을 텐데." 헨리가 말했다. "그들이 비행기를 격추시켰을 거야."

"그가 위치를 보내면 카요 프랜시스(Cayo Frances)가 받을 거야."

"아마도." 아라가 말했다. 다른 두 명의 바스크인들은 아무 말도 하지 않았다. 그들은 뒤에 서서 각자 그들이 맡은 사분면을 수색하고 있었다.

피터스가 유지니오(Eugenio)라는 이름을 발음하지 못해 조지라고 불리게 된 바스크인 한 명이 얼마 뒤 말했다. "비행기가 동쪽에서 돌아오고 있네. 다른 섬들과 로마노 사이로."

"아침 먹으러 집에 가나 보지." 아라가 말했다.

"아마 우리를 보고하겠지." 토머스 허드슨이 말했다. "그러니 아마도 한 달 뒤에는 우리가 오늘 어디에 있었는지 알 수 있겠지."

"그가 차트 위에서 우리 위치를 헷갈리지만 않는다면 말이지." 아라가 말했다. "파레돈 그란데(Paredon Grande)네, 톰. 우현에서 약 20도 정도 떨어진 곳에."

"자네 좋은 눈을 가지고 있군 그래." 토머스 허드슨이 말했다. "자네 말이 맞는 것 같아. 배를 만 쪽으로 돌려서 들어가야겠어. 안톤으로 가려면 말이야."

"좌현으로 90도 정도 돌면 선두 앞으로 떨어질 걸세."

"섬의 기슭을 따라서 올라가서 그 빌어먹을 운하를 찾을 때까지 쭉 진행하겠네."

그들은 줄지어 선 녹색의 산호초 쪽으로 들어갔다. 산호초는 마치 물속에서 불쑥 솟아 오른 까만 생울타리처럼 보이다가 점차 외곽이 드러나면서 녹색으로 변해 갔고, 이윽고 모래가 깔린 해변이 나타났다. 토머스 허드슨은 마지못해 하듯 꺼림칙한 기분으로 활짝 트인 해협과 양양한 바다로부터 섬 안쪽의 산호초까지 심해의 아름다운 아침을 즐겨 가며 차근차근 수색해 나갔다. 그러나 비행기가 해안의 이쪽 방향으로 날다가 방향을 돌려서 태양을 뒤로 하고 그 위로 날아갔다는 것은 아마도 동쪽에서는 배를 발견하지 못했다는 의미일 것이다. 그것은 또한 단순한 정규 순찰 비행일 수도 있다. 그러나 이것은 어디까지나 가정이기 때문에 그 반대일 수도 있다. 정규 순찰 비행이었다면 해협의 양쪽 편을 모두 날았어야 할 것이다.

그는 산림이 꽤 우거지고 안락해 보이는 안톤섬이 점점 다가오는 것을 지켜보았다. 얕은 물 쪽으로 나아가는 동안 그는 표지물을 찾기 위해 전방을 조사했다. 그는 그 섬의 머리 부분에 있는 가장 높은 나무를 택해서 로마노의 좁은 해협 속에다 배를 꽉 끼워 맞추었다. 그렇게 하면 설사 눈앞에 해가 비쳐 눈을 못 뜰 정도라 해도, 또 바닷물이 타는 유리같이 반짝거리더라도 그런 방향에서 배는 무난히 들어갈 수 있었다.

오늘은 굳이 그럴 필요가 없었다. 그러나 그는 훈련 삼아 그렇게 해 보았다. 나무를 발견한 그는 태풍 해안 위에 방향을 잡기 위한 좀 더 영구적인 표지물을 찾았다고 생각하면서 제방을 따라 서서히 배를 몰아 그 나무를 해협의 구멍 속에 조심해서 끼워 맞추고는 급커브를 틀었다. 배는 회암질의 얕은 물 사이에 있는 운하로 들어서고 있었다. 그는 아라에게 말했다. "안토니오한테 고기잡이 화살을 내려놓으라고 하게. 먹을 것 좀 잡을 수 있겠어. 이 해협 바닥은 아주 훌륭한 어장이야."

그러고 나서 그는 그 방향으로 곧장 키를 잡았다. 그는 제방은 보지 않고 곧장 배를 밀고 나가고 싶다는 유혹을 느꼈다. 그러나 그는 문득 그렇게 하는 것이 아라가 얘기했던 지나친 자존심의 하나라는 것을 깨달았다. 그래서 그는 오른쪽 제방 쪽으로 주의해 가며 배를 몰고 가다가 처음에 잡아 놨던 두 번째 방향이 아닌 제방 옆으로 지나면서 우현 쪽으로 키를 돌렸다. 새로 구획 정리가 된 정규 도로를 달리는 기분이었다. 조수가 몰려오고 있었다. 처음에는 갈색이었는데 차차 맑고 깨끗해졌다. 그가 닻을 내리려고 계획했던 곳에 들어서자 윌리가 소리쳤다. "물고기다! 물고기!" 그와 함께 선미 쪽에서 햇빛을 받고 펄쩍펄쩍 뛰는 타폰(Tarpon, 북미 남해산의 큰 물고기)이 보였다. 입을 쩍 벌린 상당히 큰 놈인데 태양이 녀석의 은빛 비늘과 초록빛이 감도는 기다란 등지느러미의 뾰족한 끝에서 반짝거렸다. 녀석은 햇빛 아래에서 절망적으로 몸을 흔들더니 물을 툭툭 뿌리고는 이내 늘어져 버렸다.

"사발로(몸길이 70cm가 안 되는 청어)." 안토니오가 역겹다는 듯 소리쳤다.

"가치 없는 사발로." 바스크인이 이어서 말했다.

"가지고 놀아도 될까, 톰?" 헨리가 물었다. "먹지 못하는 고기라도 잡아

보고 싶은데."

"안토니오에게 받게나. 윌리가 이미 가져가지 않았다면 말이야. 안토니오에게 앞으로 전진하라고 해. 닻을 내릴 거야."

큰 타폰을 잡은 데 대한 흥분은 선미에서 계속되었다. 하지만 살짝 미소 짓는 것 외엔 그 누구도 크게 신경 쓰지 않았다. 그들은 닻을 내렸다.

"닻 하나를 더 내릴 건가?" 토머스 허드슨이 앞쪽을 향해 말했다. 그의 선원은 고개를 저었다. 닻이 내려지고 배가 안정을 찾았을 때, 그의 선원이 선교로 올라왔다.

"그 어떤 것에도 버틸 걸세, 톰." 그가 말했다. "강력한 돌풍이 분다 해도 말일세. 그 무엇에 흔들리던 간데 이 배는 절대 움직이지 않을 거야."

"돌풍은 언제 쯤 올 것 같나?"

"2시 이후에." 그의 선원이 하늘을 바라보며 말했다.

"딩기를 타고 해안가로 가게." 토머스 허드슨이 말했다. "그리고 내게 가스 캔 하나만 추가로 더 주게. 움직여야겠어."

"누구랑 같이 갈 건가?"

"아라와 윌리 그리고 나뿐일세. 빠르게 움직이고 싶어."

10

딩기 안에서 그들 세 사람은 니노를 비옷으로 감쌌다. 이것은 몸통 전체가 양털로 덮인 케이스 속에 들어 있는 톰슨 기관 단총이었다. 상자는 일부분이 터져서 아라가 꿰맨 자국이 있었고, 토머스 허드슨은 짧게 깎인 양털 속에 스며들도록 석탄 냄새가 약간 나는 방부제 기름을 칠해 놨다. 왜냐하면 그 총들은 선교에 매어 놓으면 흔들리기 때문에 양털로 안을 댄 포안 속에 보관해야 했다. 바스크인들은 이 총을 '니노', 즉 '어린 녀석들'이라고 불렀다.

"물 한 병만 주게." 토머스 허드슨이 선원에게 말했다. 안토니오가 무겁고 차가운 마개를 돌려서 딴 다음 병을 윌리에게 건네주었고, 그는 그걸 받아 앞으로 건넸다. 범선을 조종하는 것을 좋아하는 아라는 선미에 있었고, 토머스 허드슨은 가운데에, 윌리는 우현에 쭈그려 앉아 있었다.
　아라는 곧장 섬으로 향했고 토머스 허드슨은 땅에서부터 위로 쌓아올린 듯한 구름을 쳐다봤다.
　그들이 얕은 물 쪽으로 들어왔을 때, 토머스 허드슨은 모래에서 튀어나온 회백색의 소라들을 볼 수 있었다. 아라는 몸을 앞으로 숙이더니 "톰, 해변을 보고 싶나?"라고 말했다.
　"비가 오기 전에 보는 것이 낫겠군."
　아라는 마지막 돌진을 위해 발동기를 위로 치켜 올리면서 딩기를 해안으로 몰았다. 조수는 모래를 밑으로 깎아 들어가 돌출부에 조그마한 해협을 만들어 놓았다. 그는 배를 몰고 그 안으로 들어가서 모래 위에 비스듬히 정박해 놓았다.
　"다시 돌아왔군." 윌리가 말했다. "이년 이름이 뭐였지?"
　"안톤."
　"안톤 그란데, 안톤 치코, 안톤 엘 카브론이 아니고?"
　"그냥 안톤. 자네가 동편을 맡아서 끝까지 쭉 가게. 우리가 자네를 찾겠네. 내가 이 해안을 재빨리 훑고 난 다음 아라가 다음에 나오는 갑 어디쯤에 딩기를 내리고 앞으로 나아갈 걸세. 내가 그 녀석하고 딩기에서 만난 다음 자네를 도와주러 함께 오겠네."
　윌리는 니노를 비옷에 싸서 어깨에 걸쳤다.
　"만약 크라우트를 찾게 되면 죽여도 괜찮은가?"
　"대령이 말하길 한 명 빼곤 괜찮다더군." 토머스 허드슨이 말했다. "똑똑한 놈 한 놈은 살려 두도록 해."
　"총을 쏘기 전에 IQ 검사를 먼저 해 보도록 하지."
　"일단 자네 자신에게 해 보는 건 어떤가?"
　"내 IQ는 정말 낮을 거야. 그렇지 않으면 여기에 있을 이유가 없거든." 윌리가 말했다. 그는 거만한 자세로 걸어갔다. 그러고는 해변과 시골을 최대한 조심스럽게 수색하며 나아갔다.

토머스 허드슨은 아라에게 스페인어로 무엇을 할 건지 말해 주고 딩기를 밀어냈다. 그는 니노를 팔 아래에 끼고 해변을 걸어갔는데 그는 그의 맨 발가락으로 모래를 느끼고 있었다. 앞에서는 딩기가 한 바퀴 돌고 있었다.

그는 뭍으로 올라와서 기뻤고 최대한 빨리 걸으면서도 해변을 자세히 확인하려 했다. 쾌적한 해변이었으며 전에 바다에서 느꼈던 것과 같은 불길함은 일절 느낄 수 없었다.

오늘 아침은 으스스했지, 라고 그는 생각했다. 바다가 잔잔했기 때문일지도 모르지. 그는 머리 위에서 구름층이 여전히 두꺼워지고 있는 것을 보았다. 그러나 아무것도 나타나지 않았다. 태양이 뜨거워 이제는 등에도 없고, 모기도 없었다. 그는 그의 앞쪽에서 키가 큰 백왜가리가 머리와 목을 구부린 채 얕은 물속을 굽어보고 서 있는 것을 보았다. 백왜가리는 아라가 딩기를 타고 그곳을 지나갈 때까지도 날아가지 않았다.

비록 여기에 아무것도 없다고 확신이 들어도 우리는 주의 깊게 탐색해야만 해. 그는 생각했다. 그들은 오늘 잠잠하니 우리가 손해 볼 것은 없지만 그들보다 앞서가면 치명적일 수 있어. 나는 왜 그들에 대해 좀 더 아는 게 없을까, 하고 그는 생각했다. 내 잘못이지. 내가 그들이 지어 놓은 집을 직접 찾아가서 자세히 살펴보고 그 흔적도 보아 두었어야 했는데. 난 그걸 윌리와 아라에게 물어봤지. 둘 다 정말 좋은 녀석들이지만, 내가 직접 가 봤어야 하는 건데.

그들을 만나게 되었을 때 내가 느낄 감정은 혐오감일 거야, 하고 그는 생각했다. 이것은 내 의무이고, 나는 그들을 잡고 싶고, 또 반드시 그렇게 할 거야. 그러나 그들에 대한 내 감정은 마치 사형수가 감방의 동료에게서 느끼는 그런 기분이야. 사형수들은 감방 안에 있으면서도 서로 미워할까? 미치기 전에는 그럴 것 같진 않군.

바로 그때 그 왜가리가 일어서서 해변의 저 앞으로 날아갔다. 왜가리는 커다란 흰 날개를 활짝 펴고 속도를 줄인 다음 몇 발짝 뒤뚱거리더니 완전히 땅에 착륙했다. 저놈을 훼방 놔서 미안한걸, 토머스 허드슨은 생각했다.

그는 밀물 위로 해변을 샅샅이 살폈다. 그러나 거북이 한 마리가 두 번 뒹군 것 외에는 아무 흔적도 발견할 수 없었다. 그 거북이는 바다를 향해 널찍이 길을 내더니 다시 돌아와 그가 알을 낳은 자리에서 절망적으로 울었다.

나는 알을 파내 줄 시간이 없어, 하고 그는 생각했다. 구름이 점점 짙어지는 듯하더니 다시 물러갔다.

그들이 만약 모래톱의 이 부분에 있었다면 틀림없이 구덩이를 팠을 거야. 이렇게 생각하며 그는 앞을 바라봤으나 굽이에 걸려 딩기를 볼 수 없었다.

그는 만조의 습기로 모래가 단단해진 곳을 따라 걸으면서 집게가 조개를 나르는 모습과 달랑게가 모래 언덕에서 빠져나와 바닷물로 들어가는 것을 보았다. 또 오른편 바닥의 얕은 수로에서 회색의 숭어 무리를 보았고, 그들이 모랫바닥에서 움직일 때의 그림자를 보았다. 그는 잔챙이 고기 떼들을 덮치는 엄청나게 큰 창꼬치의 그림자와, 이내 길고 창백한 회색에 움직이지 않고 있는 그 고기의 행렬을 보았다. 그는 차근차근 걸음을 옮기며 고기 떼를 지나 다시 왜가리가 있는 곳까지 왔다.

저놈을 날아가지 않게 하면서 그 옆으로 지나갈 수 있을까, 하고 그는 생각했다. 그러나 그가 왜가리 곁으로 가까이 다가가자 숭어 떼가 큰 눈과 딱딱한 머리를 쳐들고 수면 위로 팽팽히 솟아올랐다. 햇빛을 받아 은빛으로 빛나기는 했지만 아름답지는 않았다. 토머스 허드슨은 그들을 바라보다 고개를 돌려 큰 창꼬치가 그들 사이로 뛰어드는지 보았다. 그런 다음 그가 그 고기 떼가 다시 회색의 집단이 되는 것을 보고 고개를 돌리자 왜가리는 이미 가고 없었다. 그는 그 왜가리가 흰 날개를 편 채 푸른 물 위로 나는 것을 보았고, 그의 앞에는 황금빛 모래사장과 갑을 따라 늘어선 나무들이 나타났다. 로마노 너머로 구름이 드리워지기 시작했고, 그는 갑을 돌아 아라가 딩기를 어디에 두고 갔는지 보기 위해 걸음을 재촉했다.

걸음을 빠르게 옮기자 그는 흥분되어 발기했고 아마 이 주위에는 독일 놈이 없나 보다고 생각했다. 독일 놈이 이 근처에 있다면 이런 일은 생기지 않을 테니까. 하지만 또 모르지, 하고 그는 다시 생각했다. 네가 틀렸다는 걸 모르고 있으면 그럴 수도 있겠지.

갑의 끝 쪽에 펼쳐진 빛나는 흰 모랫바닥을 본 그는 여기 드러누웠으면 좋겠다고 생각했다. 아주 좁은 곳이긴 하지만. 그러자 그는 긴 해변의 끝에 있는 딩기를 보았다. 이런 빌어먹을. 그는 생각했다. 오늘 밤 잠자리에서는 에어 매트리스와 갑판을 사랑해야겠군. 하지만 난 갑판을 좀 더 사랑해야겠어. 우리는 결혼해도 될 만큼 서로 오랜 시간 함께 있었지. 이제 너하고 선교에 대해 할 말이 상당히 있는 것 같군, 하고 그는 생각했다. 너는 갑판을 제대로 대우해 줘야 할 거야. 하지만 네가 할 수 있는 일이라야 그 위를 거닐고 그 위에 서 있는 거지. 그렇다면 해 줄 만한 게 뭐가 있을까. 차가운 홍차를 갑판 위에 부어 줄까. 그건 좋지 않은 생각인걸. 대체 너는 갑판을 위해 뭘 아껴 둔 거야. 그 위에서 죽는다? 그렇게 한다면 갑판이 칭찬해 주긴 할 거야. 그 위에서 걷고, 서 있고, 죽는다. 그야말로 멋지게 대접한 거지. 네가 지금 당장 할 수 있는 것은 이곳에서 해안을 수색하고 아라를 만나는 거야.

그는 해변을 따라 걸어가며 무언가를 찾아내는 것 외에 다른 생각은 하지 않으려고 애썼다. 그는 그의 임무를 잘 알고 있었고, 게으름을 부리지 않으려고 애썼다. 그러나 오늘 다른 사람이 훌륭히 해낼 수 있는데도 그가 이처럼 상륙한 이유는, 그만이 배에 남고 다른 사람들이 나간 뒤 아무것도 발견하지 못하고 돌아오면 죄책감을 느낄 것이기 때문이었다. 그는 보이는 무엇이든 조사했다. 그러나 그는 생각을 멈출 수가 없었다.

아마 윌리가 있는 쪽이 더 뜨거울 거라고 그는 생각했다. 아라는 뭘 찾았을 거야. 내가 만약 그들이었다면 이곳에 왔으리라는 걸 잘 알아. 여기가 가장 좋은 장소야. 그들은 여기를 지나 똑바로 갔을 거야. 아니면 파레돈과 크루즈 사이에서 돌아섰겠지. 아니, 그들이 그랬을 것 같진 않다. 그랬다가는 등대 쪽에서 누군가 그들을 발견했을 것이고, 안내인이 있건 없건 밤에 그곳을 통과할 수가 없었을 테니 말이야. 내 생각엔 그들이 훨씬 더 밑으로 내려갔을 것 같군. 코코 근처의 아래쪽에서는 그들을 찾을 수 있을 거야. 수색해 봐야 할 모래톱이 또 하나 있어. 그들이 언제나 계획표에 따라 움직였다는 걸 잊지 말아야지. 그들이 여기서 어부를 하나 골라내지 않았다면 그렇단 거야. 어디서 숯을 태우고 있는 연기 같은 건 아예 자취도 없구나. 그렇더라도 비가 오기 전에 이 모래톱에 닿아서 작업을 할 수 있어 다행이야. 난 그 일을 사랑해, 하고 그는 생각했다. 다만 나는 끝장은 좋아하지 않아.

그는 딩기를 끌어당겨 그 안으로 들어가기 전 발에 묻은 모래를 물에 씻었다. 그는 니노를 고무 코트에 싸서 손이 닿는 곳에 넣어 놓고 모터를 가동했다. 그는 아라처럼 배 바깥을 좋아하지 않았다. 그는 발화 장치와 점화전 그 밖에 소형 모터의 부속품들을 일일이 기억해내야만 배를 움직일 수 있었다. 그러나 아라는 발화하는 데 절대로 어려움을 겪은 적이 없었다. 모터가 잘 돌아가지 않으면 아라는 마치 체스 놀이를 하는 사람이 상대편의 재치 있는 수에 감탄하는 것처럼 모터를 대했다.

토머스 허드슨이 해안을 따라 배를 몰아갔으나 아라는 벌써 훨씬 앞으로 나아가서 보이지 않았다. 그 녀석이 윌리가 있는 곳의 반 정도는 갔겠지, 하고 그는 생각했다. 그러나 막상 눈에 띈 그를 보니 아라는 모래사장이 끝나고 관목이 있는 굽이에 다가가고 있었다. 관목들은 무성히 자라서 물속에 짙푸른 그림자를 드리웠으며 그 뿌리는 이리저리 얽힌 갈색의 지팡이들 같았다.

그때 그는 돛대가 관목 바깥에 꽂혀 있는 것을 알아챘다. 그가 볼 수 있는 것은 그것이 전부였다. 그러나 그는 아라가 위쪽을 바라보기 위해 작은 모래언덕 위에 누워 있는 것을 보았다.

그는 갑자기 자동차가 엉뚱한 곳에서 들이닥친 것처럼 정수리가 곤두서는 것을 느꼈다. 그러나 그때 아라가 배의 모터 소리를 듣고 고개를 돌려 자신이 있는 쪽으로 오라고 손짓했다. 토머스 허드슨은 아라 뒤쪽으로 가서 그와 만났다.

그 바스크인은 비옷으로 감싼 니노를 그의 오래된 줄무늬 비치 셔츠의 오른 어깨에 들쳐 메고 배로 올라왔다. 그는 기분이 좋아보였다.

"수로가 있는 곳까지 멀리 가 보게." 그가 말했다. "윌리를 찾을 수 있을 거야."

"보트들 중 하나던가?"

"불론이지." 아라가 말했다. "하지만 버려진 게 분명해. 곧 비가 올 걸세, 톰."
"뭐라도 봤나?"
"아무것도."
"나도 그렇네."
"좋은 섬이야. 맑은 물로 향하는 오래된 길을 찾았어. 하지만 사용된 것 같진 않더군."
"윌리 쪽에도 물이 있는 것 같더군."
"윌리가 저기 있네." 아라가 말했다. 그는 모래 위에 앉아 있었다. 그는 무릎을 세우고 그 사이에 니노를 놓은 채였다. 토머스 허드슨이 그쪽으로 딩기를 몰아갔다. 윌리가 그들을 봤다. 그의 검은 머리는 앞이마를 덮고 있었고 온통 땀에 젖어 있었으며 그의 선량한 두 눈은 푸르고 수줍어 보였다.
"이 멍청한 친구들아, 어디 있었나?" 그가 물었다.
"그들이 언제까지 여기에 있었나, 윌리?"
"똥을 봐서는 어제까지." 윌리가 말했다. "아니, 배설물이라고 해야 하나?"
"몇 명?"
"배설물로 보면 모두 여덟 명. 그중 세 명은 거품똥을 쌌더군."
"또 뭐가 있지?"
"가이드인지 조종사인지가 한 명 있는 것 같아."
그들이 골라낸 안내인은 종려나무 지붕의 오막살이에 사는 어부였다. 그 어부는 중국인 소매 식품상에 생선을 팔기 위해 소금에 절인 창꼬치 고기를 벽에다 늘어놓고 말리는 일을 했는데, 중국인들은 대구라는 그 마른 생선을 판매한다. 어부는 그물에 상당한 양의 생선을 걸고 소금 뿌려 말리고 있었다.
"크라우트 놈들은 대구를 배 터지게 먹겠군." 윌리가 말했다.
"그건 어느 나라 말인가?"
"내가 만든 언어지." 윌리가 말했다. "여기엔 누구나 자기만의 언어를 가지고 있어. 바스크 녀석들처럼 말이야. 내가 나만의 독창적 말을 하는 데 혹시 반대하는 건가?"

"어디 지껄여 보시지."

"여기서 잠 담배 한 개." 윌리가 말했다. "돼지고기를 먹음. 마사케어 모래탑과 다아아 똑같지. 크라우트 주인은 캔이 없거나 구하고 있대."

"장난은 그만하고 제대로 말해 봐."

"우리 허드슨 나리는 오늘 오후에 뭔가를 더 하시지 못할 것입니다요. 비와 돌풍이 올 거라고 했거든요. 팜파스의 유명한 수색자인 윌리의 얘기나 들어 보십죠. 윌리의 이야기는 재밌어요."

"그만해."

"들어 봐, 톰. 크라우트를 두 번이나 찾아낸 게 누구지?"

"보트는?"

"다 똑같습죠. 썩은 판자가 너무 많습죠. 그리고 하나는 선미가 부서졌습니다요, 나리."

"불빛 없이 섬으로 오다가 무언가에 부딪혔나 보군."

"그런 것 같아. 그래, 이제 장난은 그만하지. 그들은 서쪽 태양을 향해 나아갔어. 여덟 명과 가이드 한 명. 우리의 대단하신 지도자님을 닮아 그쪽 선장도 책임감이 강해서 똥을 싸지 않으셨다면 아홉 명. 그들이 두고 간 보트는 악취가 진동했고, 돼지와 닭 그리고 우리가 묻은 그 녀석과 같이 썩어 가고 있겠지. 부상당한 남자가 한 명 더 있었지만 붕대 등을 봐선 크게 다친 것 같진 않더군."

"고름이 많던가?"

"그랬지. 하지만 깨끗한 고름이었어. 직접 보겠나, 아니면 내 말을 그대로 믿겠나?"

"자네 말을 전부 믿긴 하지만 그래도 보고 싶군."

그리고 그는 모든 것을 보았다. 그들이 잔 곳, 불을 피운 곳, 요리를 한 곳, 발자국, 붕대들, 화장실로 쓴 곳, 그리고 결국 침몰한 거북잡이 배를 정박해 두었던 곳까지 전부 다 둘러보았다. 어느덧 비가 세차게 내리고 있었고 돌풍이 시작되고 있었다.

"코트를 입고 그 밑에 니노를 넣게." 아라가 말했다. "어차피 오늘 밤엔 그 놈들을 잡을 테니."

"내가 도와주지." 윌리가 말했다. "우리는 그들 목 뒤로 숨을 내뱉고 있는 거나 마찬가지야, 톰."

"하지만 이 주변은 엄청난 시골이고 그들은 근방을 잘 아는 사람을 데리고 있지 않은가."

"자네는 계속 그렇게 생각하게." 윌리가 말했다. "우리가 그들보다 현지에 대한 지식이 없다고 생각하는가?"

"충분히 있을 거라 믿네."

"그 망할 놈. 나는 비누로 선미를 닦을 걸세. 신이시여, 맑은 물과 비누의 느낌을 느끼고 싶군."

이제는 비가 너무 거세게 내려서 그들이 물가로 나왔을 때 배를 알아보기가 어려울 정도였다. 돌풍은 바다를 향해 이동하고 있는 데다 너무도 험악하고, 폭우가 쏟아지는 틈으로 배를 바라보려고 애쓰는 것이 마치 폭포 뒤에 있는 물체를 쳐다보려는 것처럼 느껴졌다. 배의 탱크에는 물이 가득 차겠구나, 하고 토머스 허드슨은 생각했다. 빗물이 취사실 수도꼭지로 곧장 흘러가겠군.

"마지막으로 비가 온 지 며칠이나 됐지, 톰?" 윌리가 물었다.

"일지를 확인해 봐야 확실하게 알 수 있어. 50일은 넘었지."

"이건 마치 빌어먹을 폭풍우가 쏟아지는 것 같군." 윌리가 말했다. "박 하나만 주게, 고인 물을 좀 퍼내야 할 것 같아."

"니노가 젖지 않게 잘 가려 주게."

"그녀의 엉덩이는 내 가랑이에 있고 그녀의 코는 내 왼쪽 어깨 밑에 있네." 윌리가 말했다. "그녀도 지금보다 더 좋은 시간은 못 보냈을 테지. 박이나 주게."

그들은 선미에서 모두 벌거벗은 채 목욕을 했다. 비누칠을 하고 한발로 서서 등을 굽히며 세차게 내리는 빗줄기에 비눗물을 씻어 냈다. 그들의 피부는 모두 갈색으로 탔으나 이렇게 이상한 빛 아래서는 새하얗게 보였다. 토머스 허드슨은 세잔의 '목욕하는 여인들' 화폭을 떠올렸고 에이킨스가 그것을 그렸더라면 좋았을걸, 하고 생각했다. 그리고 그는 돌풍의 회색빛을 타고 밀려오는 흰색의 요란한 파도에 맞서는 배와, 억수같이 쏟아지는 비를 은빛으로 만드는, 그리고 선미에서 목욕하는 사람들을 비추는 빛이 순간적으로 뚫고 나가는 이 풍경을 직접 그려야겠다고 생각했다.

그는 딩기를 운전했고 아라가 줄을 던져 다시 큰 배로 돌아갔다.

<h2 style="text-align:center">11</h2>

그날 밤, 비가 그친 후 오랜 가뭄으로 인한 선체의 정비를 시작했다. 우선 물이 새는 부분을 연필로 표시하고 각자에게 임무를 분담시킨 후 감시병을 배치했다. 이 모든 일은 항해사와 아라가 상의한 끝에 이루어졌다. 저녁 식사를 마치고 포커 게임이 한창 무르익어 갈 때쯤 그는 플리트 권총과 엷은 담요 하나, 에어 매트리스를 가지고 선교 위로 올라갔다.

그는 여느 때처럼 잡념 없이 그냥 누워만 있으리라 마음을 먹었다. 그저 멍하게 별을 바라보고만 싶을 뿐, 해가 뜨면 어떤 일이 일어날 것인가에 대해서는 생각조차 하기 싫었다.

수일간 세차게 쏟아진 비에 흠뻑 젖었던 기억은 날려 버리고, 이젠 허벅지에서부터 발끝까지 편안히 다리 쭉 펴고 그저 누워 있고만 싶었다. 톰의 어머니와의 사이에 일어났던 그 모든 일들 그리고 어떻게 그들이 파경에 이르게 되었는가에 대해서도 생각하고 싶지 않았다. 자신의 아들인 톰에 대한 생각도 더 이상 아무 소용이 없었지만, 기억이 되살아나자 그것 또한 억지로 무시해 버렸다.

그 밖에 다른 사람들에 대한 생각도 하기 싫었고, 생각해 본들 아무 소용이 없었다. 그는 지금 자신이 자기와는 아무 관계도 없는, 전혀 다른 일에 손을 대고 있는 것만 같은 느낌이 들었다. 그는 그저 조용히 누워서 비바람에 젖었던 기억에서 해방감을 느끼며 텅 빈 마음으로 있고 싶었다. 언제부터인지 이런 행동에 익숙해졌고 재미있는 꿈이나 꾸며 그저 아무 생각 없이 잠이 들면 아라나 헨리가 깨워 주겠지, 하고 그는 생각했다.

잠깐 잠이 든 사이, 그는 꿈속에서 다시 소년이 되어 말을 타고 험준한 계곡을 달리고 있었다. 계곡은 길게 뻗어 있었으며 강 옆에 모래사장이 있고 강물은 어찌나 맑은지 바닥의 자갈이 환히 내려다보였다. 물줄기를 타고 숭어 떼들이 오르락내리락하는 것을 그가 내려다보고 있을 때 아라가 깨워서 눈을 떴다.

아라는 그에게 '서쪽 방향으로 탐색을 계속하기 바람'이라고 적힌 암호문을 전달해 주었다.

"고맙네." 그가 말했다. "또 내가 알아야 될 상황이 생기면 전달해 주게."

"물론이지. 다시 잠 좀 자게, 톰."

"멋진 꿈을 꾸고 있었는데."

"내게 말해 주지 말게." 아라가 말했다. "그러면 혹시 나중에 현실이 될지도 모르니까."

그는 다시 잠에 빠졌다. 명령에 따라 그들은 서쪽으로 탐색을 계속하고 있고, 이미 배를 상당한 거리만큼 서쪽으로 몰고 왔는데 어떻게 해서 이토록 서쪽으로 멀리 오게 된 것인지는 알 수 없었다.

그가 다시 잠든 사이 꿈속에서 그는 오두막집이 불에 타 버리고, 누군가가 어릴 때부터 길러 오던 사슴을 죽이고, 그의 개도 죽은 채 나무 옆에 쓰러져 있는 광경을 보고는 땀에 흠뻑 젖은 채 깨어났다.

꿈은 해결책이 아니군. 그는 스스로에게 말했다. 꿈이 항상 마취제의 역할을 해 준다는 기대를 가지지 말고 그냥 있는 그대로 생각하는 게 낫겠어. 자, 또 생각해 보자.

지금 네가 가진 것은 기본적이면서도 중추적인 문제야. 그것이 바로 네가 가진 전부이기 때문에 더욱 반겨야 하는 것이지. 이제 좋은 꿈은 더 이상 꿀 수 없을 테니까 차라리 잠을 자지 않는 편이 낫겠어. 꼭 필요한 만큼만 휴식을 취하고 꿈이니 뭐니 꿀 틈도 없이 그냥 머리를 쥐어짜 내기마나 해. 만일 잠들면 공포를 맛볼 각오를 해야겠지. 그 끔찍한 게임에선 네가 이긴 게 바로 공포였어. 너는 주사위를 금 위에 올려놓고 굴러가게 함으로써 결국 불안

하고 불쾌한 잠이라는 선물을 끄집어내게 되는 것이야. 제기랄, 너는 결코 잠이라는 선물을 끄집어내지 않을 수 없단 말이다. 그러나 너는 네가 가진 것 전부를 꿈과 맞바꾸는 셈이니까 반기는 편이 차라리 나을 거야. 너는 지금 즐거워. 그러니까 자다가 땀에 흠뻑 젖어 깨어날 거나 생각해. 그런데 그게 다 무슨 소용이지? 아무런 소용이 없다. 매일 밤을 그 여인과 함께 잠들 때 항상 행복했고, 그녀가 사랑을 나누기 위해 깨우기 전까지 넌 절대로 깨지 않았던 일을 기억하는가? 그때 일을 기억하자. 자, 토머스 허드슨. 잠이 얼마나 너에게 멋있는 일을 선사해 줄 것인가를 알아보는 거야.

그들은 그 부상당한 사람을 위한 치료 약품들을 아주 많이 가지고 있었을 터였다. 만일 그들이 그 정도의 치료 약품을 갖출 여유가 있다면 분명 다른 물건들도 가지고 있었을 것이다. 그들이 가지고 있을 것이라 예상되는 물건들 외에, 또 무슨 물건을 가지고 있을 거라고 생각하는가? 아마 권총일 것이다. 또는 그들이 만들어 낼 수 있는 어떤 파괴용 물품이겠지. 나는 그들이 기관단총을 가졌다고 추리할 수밖에 없다. 그러나 그렇게는 생각지 말자. 그들은 싸우기를 원치 않을 것이다. 제기랄, 그들은 도망을 쳐서 스페인 배에 타기를 원한다. 만일 그들이 정말로 싸울 의지가 있었다면 그날 밤 돌아와서 콘피테스를 점령했을 것이다. 따라서 그들은 싸울 의사가 없었을 것이다. 아마도 무언가가 그들을 의심하게 만들어서 해변에 놓인 우리의 드럼통들을 보고 우리가 그곳에 야간 기지를 만들고 있다고 생각했겠지. 그들은 우리들의 정체를 알지 못할 것이다. 그러나 또 한편으로 그들은 그 드럼통들을 보고 타 버린 그 많은 가스 주위에 무언가가 있을 거라고 추리했겠지. 또 부상자를 데리고는 싸우기를 원하지 않았겠지. 그러나 만일 그들이 다른 잠수함을 타고 도망가기를 원했다면 그들이 돌아와서 무선 송신소를 점령하는 동안 환자를 태운 배를 밤에 떠나보낼 수도 있었다. 대체 그 배에 무슨 일이 일어난 건지 궁금하기 짝이 없단 말이다. 그 일에는 분명 무언가 이상한 점이 있다.

사태를 유리하게 생각해 보자. 태양을 등에 지고 출발할 방법이나 떠올리는 거야. 그리고 그들은 지금 이 지방에 대해서는 그 소금 고기들이 우글거린다는 것밖에 아는 게 없다는 것도 기억해 두자. 자, 머리를 좀 더 짜내야 할 일이 생길 것이다. 그는 해 뜨기 두 시간 전에 파리가 그를 간질여 잠에서 깨어나기 전까지 계속해서 푹 잤다. 지금 그가 당면하고 있는 문제를 생각했던 것이 그의 기분을 썩 좋게 만든 덕분에 그는 꿈을 꾸지 않고 푹 잘 수 있었던 것이다.

12

그들은 해가 떠오르기 전에 그곳을 떠났다. 토머스 허드슨은 양 옆으로 회색의 제방이 보이는 꼭 운하같이 생긴 해협 아래로 배를 몰아갔다. 해가 뜰 무렵 모랫바닥이 보이는 얕은 물 사이의 인공 수로를 통과한 그는 푸른 바다로 향하기 위해 정북으로 키를 돌려 바깥쪽 암초의 위험한 바위 머리를 통과해서 나갔다. 해안에서 달릴 때보다는 시간이 오래 걸렸지만 훨씬 안전했다.

해가 떠오르자 바람은 잔잔하고 파도가 바위 위에 부딪쳐 출렁일 정도의 물결은 일지 않았다. 이제 날씨가 뜨겁고 무더워질 것이고 오후에는 한 차례 돌풍이 닥칠 거라는 걸 그는 알고 있었다.

그의 선원이 올라와서 주위를 휘둘러보았다. 그러고 나서 그는 육지와 높이 서 있는 그 보기 흉한 등대 탑이 보이는 곳을 바라보았다.

"해안에서 좀 더 편하게 달릴 수 있었을 텐데."

"나도 아네." 토머스 허드슨이 말했다. "하지만 이게 더 나을 거라고 생각했어."

"어제 같은 날이로군. 그보다 더 덥지만."

"그들한테는 시간이 충분치 않을 거야."

"시간을 만들어 낼 수는 없으니까. 그들은 분명 어딘가 숨어 있겠지. 파레돈과 코코 사이의 어딘가에 있을지 등대에서 확인할 셈이지?"

"그럼."

"내가 들어가겠네. 그곳의 등대지기를 알거든. 자네는 그냥 이 안에 있게.

오래 걸리지는 않을 거야." 안토니오가 말했다.

"닻을 내릴 필요도 없겠군."

"닻을 올릴 만한 체격이 훌륭한 사람들이 충분히 있지 않은가."

"아라와 윌리가 식사를 다 마쳤다면 올려 보내 주게. 등대 가까이에선 아무것도 볼 수 없을 테니. 빌어먹을 햇빛 때문에 말일세. 조지와 헨리도 같이 올려 보내게. 다 같이 하는 게 낫겠지."

"톰, 여기 푸른 물 위에 바위들이 삐쭉삐쭉 솟아 있다는 걸 주의하게."

"알겠네. 잘 보이는군."

"시원한 차를 가져다줄까?"

"부탁하네. 그리고 샌드위치도. 그 친구들을 먼저 올려 보내 주고."

"바로 올라올 걸세. 차도 금방 올려 보내지. 그리고 곧 해안으로 나갈 준비도 하겠네."

"그들에게 말을 걸 때 조심하게나."

"그게 바로 내가 들어가는 이유일세."

"낚싯줄도 몇 개 띄워 보게나. 등대에 다가갈 때 더 안전하게 보이도록 말이야."

"그러지." 그의 선원이 말했다. "등대지기에게 줄 만한 무언가를 잡을지도 모르니까."

토머스 허드슨이 말한 네 명의 선원이 올라왔고, 그들이 평소 자신들이 앉던 자리에 앉자 헨리가 말했다. "뭔가 보았는가, 톰?"

"거북이 주변을 배회하는 갈매기. 등껍질을 쪼아 먹을 것 같았어. 하지만 그러지 않았지."

"미 카피탄(My captain, 나의 선장님)." 조지가 말했다. 그는 아라보다 키가 큰 바스크인으로 훌륭한 운동선수인 동시에 바다에 친숙한 남자였다. 하지만 아라만큼 여러 분야에 강하지는 못했다.

"미 세뇨 오비스포(Mi senor obispo, 나의 주교님)." 토머스 허드슨이 말했다.

"좋아, 톰." 조지가 말했다. "내가 만약 큰 잠수함 같은 걸 본다면 자네에게도 말해 주길 원하나?"

"그때 본 것만큼 큰 걸 보거든 그냥 혼자만 알고 있게."

"난 그것에 대한 꿈을 꾸네." 조지가 말했다.

"그 얘긴 하지 말지." 윌리가 말했다. "방금 아침을 먹었단 말이네."

"우리가 그것에 접근할 때 나는 내 심장이 엘리베이터처럼 오르락내리락하는 걸 느낄 수 있었네, 톰. 자네는 솔직히 어떤 기분이었나?"

"두려웠지."

"난 그게 올라오는 모습을 봤네." 아라가 말했다. "그 직후에 내가 들은 건 헨리가 '항공 모함이네, 톰'이라고 말하는 소리였지."

"그렇게 보였을 뿐이야." 헨리가 말했다. "다시 본다 해도 똑같이 말할 걸세."

"내 삶을 망쳐 버렸어." 윌리가 말했다. "그 이후로 똑같았던 적이 없어. 한 푼이라도 받을 수 있었다면 바다에 다시 나오지 않았을 텐데."

"자, 여기 있네." 헨리가 말했다. "20센트를 받고 파레돈 그란데에서 내리게. 거기에서 잔돈을 줄지도 모르지."

"난 변화를 원하지 않아. 차라리 다른 배로 갈아타고 말겠네."

"정말 그러겠나?" 헨리가 물었다. 지난번 아바나에서 있던 일 이후로 그들 사이의 분위기가 좋지 않았다.

"들어 봐, 이 비싼 양반아." 윌리가 말했다. "우리는 잠수함과 싸우지도 못할 것이고 또 만일 싸우게 된다 한들 자네는 몰래 도망가겠지. 우리는 갑판 위가 절반이나 노출된 배를 타고 도망가는 크라우트들을 쫓아서 잡아 죽이면 돼. 자네 같은 사람이라도 그 정도는 할 수 있지 않겠나?"

"어쨌든 20센트는 받아 가시게." 헨리가 말했다. "언젠간 필요할 테니."

"콱 찔러 죽일까 보다."

"집어치워. 둘 다. 집어치우라고." 토머스 허드슨이 둘을 바라보며 말했다.

"미안하네, 톰." 헨리가 말했다.

"나는 미안하진 않네." 윌리가 말했다. "하지만 사과는 하지."

"톰, 저기 좀 보게." 아라가 말했다. "정우현 해안가."

"해면과 같은 높이에 있는 돌일 뿐이야." 토머스 허드슨이 말했다. "지도에는 좀 더 동쪽에 있다고 적혀 있는데."

"아니, 내 말은 그보다 0.5마일 정도 더 안쪽에."

"가재를 잡거나 그물을 잡아당기는 어부일 뿐일세."

"그와 대화를 해 봐야 한다고 생각하지 않나?"

"아마 등대 쪽에서 왔을 것이고 안토니오가 등대 쪽으로 가서 얘기를 할 걸세."

"무울고기! 무울고기!" 그의 선원이 불렀고 헨리가 물었다. "내가 같이 가도 되겠나, 톰?"

"그럼. 대신 길을 올려 보내게."

헨리가 내려가고 얼마 후에 고기가 펄쩍 솟아올랐다. 창꼬치였다. 그리고 잠시 후 안토니오가 작살로 고기를 후려치면서 투덜거리는 소리와 물고기 머리 위로 둔탁하게 떨어지는 곤봉 소리를 들었다. 그는 물고기가 뒤로 던져진 뒤 솟아오를 물보라를 기다렸다. 물고기의 크기를 가늠해 보기 위해서였다. 하지만 물보라는 튀지 않았다. 그는 이런 해안 지방에서는 창꼬치가 먹기에 좋은 물고기라는 것과, 안토니오가 그것을 등대로 가져갈 것이란 사실을 떠올렸다. 바로 그때 "물고오오기!" 하고 여러 사람이 외치는 소리를 들었다. 이번에는 물고기가 뛰어오르지 않았고 낚싯줄이 물속으로 가라앉고 있었다. 그는 심해 쪽으로 좀 더 배를 틀어서 두 개의 엔진을 서서히 꺼트렸다. 낚싯줄이 계속 끌려 나가자 그는 발동 하나를 꺼버리고 배를 반쯤 회전시켜 물고기 쪽으로 향하게 두었다.

"와후." 그의 선원이 외쳤다. "큰 놈이군."

헨리가 물고기를 끌어당겼고 그들은 선미 쪽에 끌려오는 녀석을 보았다. 그 물고기는 길이가 길고 괴상한 모양으로 뾰족하게 생겼다. 물고기의 줄무늬가 심해의 푸른 빛깔을 뚫고 선명하게 드러나 보였다. 물고기가 작살을 던져도 될 만한 범위 안으로 들어오자 갑자기 녀석이 고개를 돌리고는 다시 한 번 물속 깊이 빠르게 달아나 눈 깜짝할 사이에 자취를 감추어 버렸다.

"녀석들은 항상 저렇게 도망가지." 아라가 말했다. "총알 같다니까."

헨리가 급히 물고기를 다시 끌어당겼다. 그들은 선미 너머로 물고기가 작살을 맞고 갑판 위로 끌려오는 모습을 지켜보았다. 줄무늬는 밝은 푸른색으로 반짝였고 주둥이는 꼭 면도날같이 날카롭게 깎여 있었는데, 간헐적으로 벌어졌다 닫혔다 했다. 안토니오가 물고기를 선미에 놓자 물고기는 꼬리로 갑판을 툭툭 쳤다.

"케 페토 마스 에르모소(얼마나 아름다운 생선인가!)" 아라가 말했다.

"정말로 아름다운 생선이군." 토머스 허드슨이 동의했다. "하지만 이걸 계속 잡으려고 하다간 하루 종일 여기에 머무르고 말겠어. 낚싯줄은 그대로 놔두고 목줄만 제거하게." 그는 선원에게 말했다. 그는 등대 외곽의 높은 바위 끝 쪽으로 배를 몰면서 허비해 버린 시간을 메우고 마치 고기잡이 배인 것처럼 보이려고 했다. 물속 낚싯줄의 마찰이 낚싯대를 휘어 놓았다.

헨리가 올라와서 말했다. "아름다운 생선이었네. 안 그런가? 녀석과 가벼운 씨름을 하고 싶었지. 저놈 머리 모양이 정말 특이하지 않나?"

"무게가 얼마나 나갈까?" 윌리가 물었다.

"안토니오는 대략 60 정도 나갈 거라고 했네, 윌리. 시간이 없어서 자네를 부르지 못했어. 미안하네. 자네 것이어야 했는데."

"괜찮아." 윌리가 말했다. "난 자네보다는 빨리 잡지 못했을 거야. 빌어먹을. 우린 정말 친하게 지내야 해. 여기 있는 동안 둘이 낚시를 하면 좋은 물고기를 많이 잡을 수 있을 거야."

"전쟁이 끝나면 같이 오도록 하세."

"그러지." 윌리가 말했다. "전쟁이 끝난 후 나는 할리우드로 가서 기술 고문을 할 거야. 바다에서 어떻게 하면 멍텅구리처럼 행동할 수 있는지에 대해서 말이지."

"자네라면 아주 잘할 걸세."

"그래야지. 일 년 넘도록 공부를 하며 내 이력에 도움이 되도록 이러고 있으니까."

"자네 도대체 오늘은 왜 그렇게 기분이 좋지 않았던 건가, 윌리?" 토머스 허드슨이 물었다.

"모르겠네. 그냥 자고 일어나니 그랬어."

"그럼 주방으로 내려가서 차가운 차 한 잔 가지고 올라오게. 안토니오가 생선을 해체하고 있으니. 샌드위치 하나도 부탁하네."

"어떤 샌드위치를 원하나?"

"양파가 있다면 땅콩버터와 양파를 넣은 샌드위치."

"땅콩버터와 양파 말씀이로군요, 선장님."

"그리고 자네의 그 화는 좀 덜어 내도록 하고."

"알겠습니다. 화를 식히겠습니다, 선장님."

그가 내려간 뒤에 토머스 허드슨이 말했다. "그를 좀 편하게 대하게, 헨리. 나에겐 그가 꼭 필요하고 그의 능력도 필요해. 그는 단지 성격이 나쁠 뿐이야."

"나도 잘 지내려고 하고 있네. 그게 좀 어려울 뿐이지."

"그럼 조금 더 노력해 보게. 20센트 가지고 그를 괴롭히지 않았나."

토머스 허드슨은 눈앞의 잔잔한 바다와 좌현 뱃머리의 암초를 보았다. 그는 햇빛을 등 뒤로 하고 그 기분 나쁜 암초를 비껴 지나가자 기분이 좋아졌다.

"미안하네, 톰." 헨리가 말했다. "앞으로는 내가 말하고 생각하는 것에 대해 조금 더 신경 쓰겠네."

윌리는 빈 럼주 병에 차를 가득 채워 올라왔다. 그 럼주 병은 고무줄로 고정이 된 종이 타월로 감싸여 있었다.

"차갑게 가져왔어요, 대장." 그가 말했다. "그리고 보냉도 해 뒀죠."

그는 종이 타월 쪼가리에 싸여 있는 샌드위치를 토머스 허드슨에게 건네며 말했다. "지금껏 만들어진 샌드위치들 중 가장 예술적이라고 할 수 있을 정도로 최고이지요. 특별 에베레스트산 샌드위치라고 합니다. 지휘관 전용 샌드위치죠."

토머스 허드슨은 좌현 뱃머리에서 잔잔한 바다와 천진난만해 보이는 암초의 맹렬함 같은 것을 바라보았다.

"조금 이른 것 같지 않나, 윌리?"

"아니요."

토머스 허드슨은 그를 가늠하듯 바라보았다.

"뭐라고 했나, 윌리?"

"아니요., 라고 했습니다. 못 들으셨습니까?"

"좋아." 토머스 허드슨이 말했다. "두 번 들었네. 그리고 자넨 한 번에 알아듣게. 아래로 내려가게. 주방을 제대로 청소하고 뱃머리에 올라가 닻 옆에 서서 내 명령을 기다리게."

"네, 선장님." 윌리가 말했다. "몸 상태가 좋지 않은 것 같지만요."

"네 몸 상태는 엿이나 처먹어, 이 바다 변호사 새끼야. 몸 상태가 안 좋으면 시야도 엉망이겠군."

"네, 그렇습니다." 윌리가 말했다. "몸 상태가 좋지 않은 것 같습니다, 선장님. 선의를 좀 봐야 할 것 같습니다."

"뱃머리에서 찾을 수 있을 걸세. 들어가기 전에 문을 두드려 보고 그 안에 있는지 확인해 보게."

"제가 말한 게 그것입니다."

"무슨 말이지?"

"아무것도 아닙니다."

"그는 술에 취했어." 헨리가 말했다.

"아니, 그렇지 않아." 토머스 허드슨이 말했다. "술을 마시긴 했지만, 그보다는 미친 것에 더 가깝지."

"그는 꽤 오랫동안 이상했네." 아라가 말했다. "하지만 원래부터도 이상했지. 우리들 중에 그만큼 고통 받은 사람은 없네. 그에 비하면 나는 하나도 고통받지 않았지."

"톰은 고통을 받았네." 헨리가 말했다. "그리고 그는 차가운 차를 마시고 있군."

"소름끼치는 얘기는 그만하고 감정적으로 얘기하지도 말아 주게." 토머스 허드슨이 말했다. "나는 고통받은 적도 없고 원래 차가운 차를 좋아하네."

"하지만 처음 있는 일이잖나."

"우리는 항상 새로운 것을 배우며 살지, 헨리."

배는 등대에 가까워지고 있었고, 그는 바위를 보았으며, 바깥쪽에 머물러야 한다는 것을 알았다. 그리고 무엇보다 그는 이 대화가 쓸모없다고 생각했다.

"그와 함께 선미로 가게, 아라. 그가 어떤지도 좀 살펴보고. 그와 함께 있어 주게. 헨리, 자네는 줄을 회수하게. 조지, 내려가서 안토니오가 작은 배를 내리는 걸 도와주게. 그리고 만약 그가 원한다면 같이 가 주고."

선교 위에 혼자 남은 그는 바위에서 나는 새똥 냄새를 맡았다. 그는 키를 한 바퀴 돌리고 두 길 물속에 닻을 내렸다. 바다 밑바닥은 깨끗했고 큰 조류가 흐르고 있었다. 그는 하얗게 칠한 집과 우뚝 선 낡은 양식의 등대를 바라보다가 높은 바위를 지나 모래와 바다의 경계에 자라난 푸른 맹그로브를 보았다. 그들 너머로 카요 로마노의 낮고 바위투성이의 메마른 끝이 보였다. 그들은 때때로 오랫동안 저 기다랗고 낯선 염병할 놈의 산호초가 보이는 곳에 머물렀기 때문에 그 지역을 잘 알았다. 그들은 여러 번, 그것도 좋은 환경과 나쁜 환경을 두루 갖춘 육지의 목표물에 가 보았기 때문에 그곳을 바라보거나 그곳이 시야에서 사라져 갈 때면 항상 그의 마음속에는 묘한 정감이 흘렀다. 이제 그곳은 마치 볼품없는 사막이 불쑥 튀어나온 것처럼 헐벗고 황량하기 이를 데 없는 모습으로 거기에 있었다.

그 넓은 모래톱에는 야생말과 소와 돼지가 있었다. 그는 얼마나 많은 사람들이 이곳을 식민지로 만들려고 허망한 꿈을 꾸었던가를 생각했다. 그곳의 아름다운 계곡에는 풀이 무성한 언덕과 수목이 있었고, 한때는 프랑스 사람이 로마노에서 살아 볼 생각으로 지었던 베르사유란 거류지가 있었다.

그러나 이제 모든 목조 건물들은 황폐해졌고 언젠가 토머스 허드슨이 수통을 채우려고 들렀던 커다란 집이 한 채 있을 뿐이었다. 통나무집에서는 진창을 뒤집어 쓴 돼지와 개들이 뛰어 다니고 있었고, 개나 돼지들 모두 모기 떼를 잔뜩 뒤집어써서 온통 먹빛이었다. 밤낮으로 동풍이 불 때는 참 멋진 모래톱이었으며 총을 들고 이틀씩은 걸어갈 수 있을 정도로 근사한 전원이었다. 그곳은 콜럼버스가 이 해안에 왔을 때처럼 깨끗한 상태 그대로였다. 그러나 바람이 그치면 늪에서 나온 모기 떼가 마치 구름처럼 그곳을 덮었다. 구름처럼 덮었다는 표현이 조금도 과장이 아님을 그는 알았다. 그놈들은 정말 구름처럼 모여 사람이 죽을 때까지 피를 빨 수 있다. 우리가 찾고 있는 그 사람들은 로마노에 멈추지 않았을 것이다. 그들은 해안선 위로 더 올라갔을 것이다.

"아라." 그가 불렀다.

"왜 그래, 톰?" 아라가 물었다. 그는 항상 선교 위로 마치 곡예사처럼 가볍게 올라왔지만 무게는 강철과 같았다.

"어떤가?"

"윌리는 평상시의 그가 아니네, 톰. 그를 햇빛 바깥으로 끌고 나와서 물을 좀 마시게 한 뒤 눕게 했네. 지금은 조용하지만 시야가 뿌옇다고 하더군."

"그의 나쁜 머리에 햇빛이 너무 많이 비쳤나 보군."

"아마도. 다른 것일 수도 있어."

"또 무언가 있나?"

"길과 피터스는 자고 있네. 길은 어젯밤 피터스를 계속 깨워야 하는 일을 했지. 헨리도 잠을 자고 있고 조지는 안토니오와 함께 들어갔네."

"그들은 곧 돌아올 거야."

"그렇겠지."

"윌리를 햇빛에 노출시키지 않도록 해야겠네. 그를 앞으로 보낸 건 멍청한 짓이었어. 하지만 그를 벌하기 위해 생각지 않고 한 행동이었네."

"지금 물고기를 해체한 다음 청소를 하고 있고 어제 내린 비에 퓨즈들이 괜찮은지 확인해 보았네. 포커 게임이 끝난 뒤 분해하고 청소하고 기름을 쳐 놓았지."

"자, 습기에 대해서는 우리는 매일같이 확인해야 되네. 무언가를 쏘았건 쏘지 않았건 간에 말이야."

"알고 있네." 아라는 말했다. "윌리를 배에서 내리게 해야겠네. 하지만 여기선 그렇게 할 수 없어."

"카요 프랜시스?"

"그럴 수도 있겠지. 하지만 아바나가 더 나을 거야. 거기라면 그가 배편을 찾기도 더 편할 거고. 그는 얘기를 할 걸세, 톰."

토머스 허드슨은 무언가를 생각했고 후회하였다.

"의가사 제대를 한 사람을 받는 게 아니었어. 특히 머리가 안 좋은 사람을 말이야." 아라가 말했다.

"알고 있네. 하지만 그렇게 했지. 우리가 얼마나 빌어먹을 정도로 실수를 했는지 알겠나?"

"그렇게 많지는 않아." 아라가 말했다. "이제 내려가서 마저 일을 끝내도 괜찮을까?"

"그러게." 토머스 허드슨이 말했다. "고맙네."

"아 수스 오르데네스(명하는 대로)." 아라는 말했다.

"더 나은 명령이었다면 좋았을걸." 토머스 허드슨이 말했다.

안토니오와 조지는 딩기를 타고 돌아왔고, 안토니오가 선교로 곧장 올라와서는 조지와 헨리에게 모터를 시동을 걸게 했으며 딩기를 올리도록 했다.

"그래서?" 토머스 허드슨이 물었다.

"그 녀석들은 지난밤에 분 마지막 연풍을 타고 가 버린 게 틀림없네." 안토니오가 말했다. "그들이 지름길로 들어섰다면 등대에 안 비쳤을 리가 없는데 어망과 소형 보트를 가진 노인의 말에 따르면 무장선을 본 적이 없다고 하는군. 뭐든지 잘 지껄여 대는 노인이니 그 배를 봤다면 분명 자신에게도 얘기를 했을 거라고 등대지기가 그러더군. 되돌아가서 그 노인을 데려와 다시 조사해 볼까?"

"아니, 그들은 푸에르토 코코(Puerto Coco)나 기예르모(Guillermo)의 어딘가에 있을 걸세."

"바람을 타고 간 것으로 가정했을 시엔 그쯤 갔겠지."

"그들이 바람을 타고 지름길을 지나가지는 않았다고 확신하나?"

"역대 최고의 조종사를 데리고 그러진 않았을 걸세."

"그럼 그들을 코코 근방이나 기예르모에서 찾아야겠군. 닻을 올리고 출발하지."

그곳은 매우 더러운 해안이었다. 그는 뭐든지 닥치는 대로 조사해 봤고 백 패덤 정도 되는 곡선의 끝을 달렸다. 해안 안쪽에는 암벽이 얕은 해변과 모래톱과 썰물 때문에 바싹 마른 갯벌이 있었다. 토머스 허드슨의 왼편엔 4인의 보초와 길이 있었다. 토머스 허드슨은 해변을 바라보고 맹그로브가 자라고 있는 푸른 지대를 보면서 이렇게 조용한 곳에 이런 장소가 있다니 정말 빌어먹을 데로군, 하고 생각했다. 구름이 두껍게 끼어 있는 것을 보니 돌풍이 보통 때보다 일찍 닥칠 것 같았다. 그는 푸에르토 코코를 지나면서는 세 군데를 꼭 조사해봐야겠다고 생각했다.

"헨리." 그가 말했다. "285 방향으로 키를 잡아 주겠나? 밑으로 내려가 윌리의 상태를 좀 보고 싶네. 만약 무언가를 찾게 되거든 나를 부르게. 뭍 방향으로는 찾을 필요는 없네. 길, 우현 말고 앞쪽을 봐 주게. 어차피 뭍 쪽에는 너무 물이 얕아서 거기에 있지는 못할 테니."

"해안 쪽 뭍을 보고 싶군." 길이 말했다. "괜찮다면 말일세, 톰. 해안을 거꾸러 거슬러 올라가는 미친 듯한 수로 하나가 있는데, 가이드가 그들을 거기로 안내해서 맹그로브 안쪽으로 들어갔을 수도 있거든."

"그렇군. 그럼 그렇게 하게." 토머스 허드슨이 말했다. "안토니오를 올려 보내겠네."

"이 큰 안경을 쓰면 맹그로브 안쪽의 돛대를 볼 수 있을 걸세."

"의심스러운걸. 정말로 볼 수도 있지만."

"제발, 톰. 괜찮다면."

"나는 이미 동의했네."

"미안하네, 톰. 하지만 가이드가 데리고 들어갔을 수도 있어. 우리도 한 번 갔다 왔기 때문에 하는 말일세."

"그리고 들어간 방식 그대로 나왔어야 했지."

"알고 있네. 하지만 바람이 그들을 돕지 않을 경우 그들이 충분히 숨을 만한 곳이라네. 그런 곳을 그냥 지나칠 순 없지 않은가."

"그렇지. 하지만 돛을 보기에는 너무 멀리 떨어져 있어. 그리고 만약 그들이 안으로 들어갔다면 돛을 숨기기 위해 맹그로브의 나무들을 꽤나 깎아 냈을 걸세."

"알고 있네." 길이 스페인 사람 특유의 고집을 부리며 말했다. "하지만 난 시력이 좋고 이 12배 망원경이라면 충분히 볼 수 있을 거란 말일세."

"아까도 괜찮다고 하지 않았나."

"알고 있네. 하지만 설명을 꼭 해야 했어."

"설명이라면 충분히 했네." 토머스 허드슨이 말했다. "그리고 돛을 발견한다면 땅콩을 달아서 내 궁둥이에 쑤셔 넣어 주게."

길은 이 말에 상처를 받았지만 그래도 나름 웃기다고는 생각했다. 땅콩에 대해서는 특히 더. 그리고 그는 망원경으로 맹그로브 안쪽을 눈이 뽑혀 나갈 정도로 수색했다.

아래층에서는 토머스 허드슨이 윌리와 이야기하며 바다와 육지를 감시하고 있었다. 선교에서 아래로 내려가면 눈이 잘 보이지 않는 것이 이상했다. 그리고 아래층에서 모든 일이 순조롭게 흘러가면 그는 자신의 자리가 아닌 곳에 있는 것이 어리석다고 느꼈다. 그는 언제나 그들과 필요한 접촉만 했을 뿐 불필요한 감시를 하는 어리석은 짓은 피했다. 그리고 점점 더 안토니오에게 기대를 걸었다. 왜냐하면 안토니오가 자신보다 더 나은 항해사인 동시에 더 나은 남자라고 생각했기 때문이었다. 둘 다 나보다 나은 사람이지, 그가 생각했다. 그래도 내가 지휘해야 해. 그들의 지식과 재능 그리고 성격을 이용해서.

"윌리." 그가 말했다. "정말로 기분은 좀 어떤가?"

"바보같이 굴어서 미안하네, 톰. 하지만 좋지 않아."

"자네도 이 배의 음주에 관한 규칙을 잘 알고 있지 않은가." 토머스 허드슨이 말했다. "아무것도 없지. 난 명예 제도 같은 닭이 똥 싸는 소리를 하러 온 게 아니야."

"알고 있네." 윌리가 말했다. "내가 술고래가 아닌 건 자네도 잘 알지."

"우리는 술고래를 배에 태우지 않아."

"피터스는 제외하고."

"그는 우리가 태우지 않았어. 그들이 우리에게 억지로 넘겼을 뿐이지. 그는 그 자신만의 문제도 있어."

"올드 앵거스가 그의 문제지." 윌리가 말했다. "그리고 그의 빌어먹을 문제들은 너무 빠르게 우리의 문제가 되기도 하고."

"그 얘긴 그냥 건너뛰자고." 토머스 허드슨이 말했다. "또 다른 신경 쓰이는 일이 있나?"

"그냥 전반적으로 모두 다."

"어떻게?"

"글세, 나는 반쯤 미쳤고 자네도 반쯤 미쳤지. 그리고 이 배의 선원들은 반쯤 성인이고 반쯤은 간절한 사람들이지 않은가."

"반쯤 성인이고 반쯤 간절한 건 그렇게 나쁘지 않은 것 같은데."

"알고 있네. 참 멋지지. 하지만 난 조금 더 정상적인 것에 적응이 돼서 말이야."

"윌리, 자네를 괴롭히는 건 아무것도 없네. 그저 햇빛이 자네의 머리를 조금 괴롭게 했을 뿐이야. 거기에 술을 마신 것도 도움이 되지 않은 것 같고."

"나도 그렇게 생각하네." 윌리가 말했다. "난 병신이 되려는 게 아니야, 톰. 하지만 자네는 정말 미쳐 본 적이 있나?"

"아니. 하지만 늘 그러고 싶었지."

"정말 귀찮은 일이야." 윌리가 말했다. "그리고 그게 얼마나 지속되던 간에 너무 오래 지속된단 말이지. 하지만 술은 그만 마시겠네."

"아니, 평소처럼 편하게 마시게나."

"항상 그걸 피하기 위해 술을 마셨지."

"우리 모두 무언가를 위해 술을 이용한다네."

"그럼. 하지만 이건 우스갯소리가 아니야. 내가 자네에게 거짓말을 할 것 같은가?"

"우리는 모두 거짓말을 하지. 하지만 자네가 내게 일부러 거짓말을 할 것 같진 않아."

"이만 선교로 올라가 보게." 윌리가 말했다. "자네는 바다를 마치 꼭 잡고 싶지만 매번 도망치는 여성을 바라보듯 쳐다보는 것 같더군. 술을 마시느니 차라리 바닷물을 마시겠네. 그리고 아라를 도와주지."

"술 마시지 말게, 윌리."

"내가 안 한다고 하면 안 하는 줄 알아."

"알겠네."

"이봐, 톰. 뭔가 좀 물어봐도 괜찮은가?"

"아무거나."

"자네에게 얼마나 안 좋은 상황인 건가?"

"제법 안 좋은 것 같아."

"잠은 좀 잤나?"

"별로."

"어젯밤에?"

"그래."

"그건 자네가 해변을 걸어서 그럴 거야." 윌리가 말했다. "내 일에 관한 건 잊고 어서 올라가게나. 난 아라와 함께 내가 할 일을 하겠네."

13

그들은 발자국을 찾기 위해 푸에르토 코코에서 해안을 뒤졌고, 딩기를 타고 열대 해안에서 자라는 관목 숲인 맹그로브를 수색하고 다녔다. 그곳에는 거북잡이 배가 숨기에 안성맞춤인 장소가 있었다. 그러나 그들은 아무것도 발견하지 못했고 돌풍이 폭우를 몰고 일찌감치 휘몰아쳐서 바다는 마치 백색의 제트기가 뿜은 분류의 대기 속에서 춤을 추는 것 같았다.

토머스 허드슨은 모래사장을 걷다가 갯벌 뒤의 내륙으로 되돌아갔다. 그곳에서 그는 홍학들이 밀물 때에 나타났던 장소를 발견했고, 숲에 사는 따오기 무리들을 보았으며, 갯벌 끝 쪽의 진흙 속에서 교미하고 있는 한 쌍의 장미색 저어새들을 보았다. 그들은 회색 진흙을 배경으로 선명한 장미색을 아름답게 빛내며 섬세하고 재빠르며 과격하게 움직이고 있었다. 그것들은 또한 다리가 긴 새 종류가 그렇듯 맹렬하고 굶주린 것 같았다. 그는 그들이 찾고 있는 사람들이 맹그로브 속에 보트를 버리고 모기를 피해 높은 지대에 캠프를 친 건 아닌지에 대해 조사하고 있었으므로 그 새들을 오래 지켜볼 수가 없었다.

오래된 숯 풍로 자국 외에는 아무것도 찾지 못한 그는 첫 번째 돌풍이 지나간 다음 해변으로 다시 나왔다. 아라가 그를 딩기로 데리고 왔다.

아라는 배 밖으로 나와 강한 바람과 빗속에서 달리는 걸 좋아했다. 그는 토머스 허드슨에게 수색자들이 샅샅이 뒤져 보았지만 아무것도 찾지 못했다고 보고했다. 그렇게 맹그로브 너머 해변의 맨 가장자리 위치를 선택한 윌리를 제외하고는 전원이 배에 올랐다.

"자네는?" 아라가 물었다.

"나도. 아무것도 못 찾았네."

"이 비가 윌리를 차갑게 식혀 줄 걸세. 자네를 옮겨서 태워 놓고 그를 데리러 갈 거야. 그들이 어디에 있을 것 같은가, 톰?"

"기예르모. 나라면 거기에 있을 거야."

"나도 그렇게 생각하네. 윌리도 그렇게 생각하고."

"그는 어때 보이던가?"

"열심히 노력하고 있네, 톰. 그를 잘 알지 않는가."

"그렇지." 토머스 허드슨이 말했다. 그들은 함께 배에 올라탔다.

토머스 허드슨은 아라가 선미 방향에서 딩기를 돌려 하얀 돌풍 속으로 들어가는 것을 지켜보았다. 그러곤 수건을 달라고 외친 다음 선미에서 몸을 말렸.

헨리는 "한잔하지 않겠나, 톰? 많이 젖었는걸."이라고 말했다.

"한 잔 주게."

"럼주를 스트레이트로 한 잔?"

"아주 좋군." 토머스 허드슨이 답했다. 그는 밑으로 내려가 추리닝 상의와 반바지로 갈아입으면서 전원이 무사한 걸 확인했다.

"우리 모두 럼주를 스트레이트로 한 잔씩 마셨네." 헨리가 잔을 반쯤 채워서 들고 오며 말했다. "그렇게 빨리 몸을 말리면 감기에 걸리지 않을 것 같은데, 자넨 어떤가?"

"안녕, 톰." 피터스가 말했다. "건강을 위해 마시는 자들의 모임에 들어오기로 결정한 건가?"

"언제 일어났나?" 토머스 허드슨이 그에게 물었다.

"꿀꿀거리는 소리를 들었을 때."

"한밤중에 꿀꿀거리는 소리를 내 보도록 하지. 자네가 일어나는지 확인해야겠어."

"걱정하지 말게, 톰. 윌리가 이미 매일 밤마다 그렇게 해 주고 있으니."

토머스 허드슨은 럼주를 마시지 않기로 했다. 그러곤 이 재미없는 임무를 수행하는 와중에도 기뻐하며 좋아하는 그들을 보며 자기 혼자 술을 마시지 않는다면 거만하고 융통성 없어 보일 거라고 생각했다. 물론 그도 술을 마시고 싶었다.

"나와 이걸 반 나누지." 그가 피터스에게 말했다. "자네는 내가 아는 빌어먹을 자식들 중에 이어폰을 낀 채로 잘 잘 수 있는 유일한 사람이니 말일세."

"그건 나눌 수가 없어." 피터스가 격식을 허무는 도중에도 자신을 단단히 지키며 말했다. "그걸 나눠 봤자 자네나 나나 얼마 못 마시잖나."

"그럼 자네 몫을 가지고 오게나." 토머스 허드슨이 말했다. "나도 이 빌어먹을 것들을 자네들만큼이나 좋아하니까."

토머스 허드슨은 자신을 지켜보고 있는 다른 사람들의 시선을 느꼈고, 그 가운데 헨리의 턱이 움찔거리는 것을 보았다.

"마시게." 토머스 허드슨이 말했다. "그리고 오늘 밤에 자네의 그 기이한 기계들을 할 수 있는 한 최대로 작동시켜 주게나. 자네와 우리 모두를 위해서."

"우리 모두를 위해서." 피터스가 말했다. "이 배에서 가장 열심히 일하는 사람은 누구라고 생각하나?"

"아라." 토머스 허드슨이 말했다. 그는 주변을 둘러보면서 처음으로 럼주를 홀짝였다. "그리고 이 배에 타고 있는 빌어먹을 선원 전부 다."

"자네를 위하여, 톰." 피터스가 말했다.

"위하여." 토머스 허드슨이 입안에서 그 단어들이 식어 가는 것을 느끼며 말했다. "이어폰의 왕을 위하여." 그는 잃어버린 말들을 주워 담기 위해 계속 말했다. "그리고 모든 꿀꿀대는 소리를 위하여." 처음 시작했을 때보다 럼주를 많이 마신 그가 말했다.

"내 함장에게." 피터스가 전신줄을 길게 잡아당기며 말했다.

"내게 그런 말을 지껄이다니." 토머스 허드슨이 말했다. "우리 사이에 그런 말을 하는 놈은 없어. 방금 자네가 한 말에 기분 상했네. 다시 말해 봐."

"톰, 자네에게."

"고맙네." 토머스 허드슨이 말했다. "하지만 나는 자네들과 무전기들이 다시 제대로 일하기 전까진 슬픈 개자식으로 남을 것 같군."

그를 쳐다본 피터스의 얼굴에 다시금 규율이 되살아났으며 흐트러져 있던 그의 자세에는 세 번이나 징집에 응했던 처신 방식, 즉 윤리처럼 그가 믿는 것과 무언가를 남기기 위해 행동하는 태도가 되돌아온 듯 그는 자동적으로 즉각 "예, 선장님." 하고 말했다.

"자네를 위해 건배." 토머스 허드슨이 말했다. "그리고 그 빌어먹을 기적들을 만들어 내게."

"그래, 톰." 피터스가 또다시 풀어져서 말했다.

자, 됐어. 이만하면 충분해, 하고 토머스 허드슨은 생각했다. 이 녀석은 이대로 놔두고 선미로 돌아가서 또 하나의 말썽꾸러기 자식이 배에 오르는 것을 봐야겠군. 다른 녀석들 모두가 피터스에 대해 느끼는 감정을 나는 도무지 느낄 수가 없는걸. 대체 그 녀석의 결점이 무엇인지 다른 사람들처럼 나도 알았으면 좋겠어. 하지만 그에게는 뭔가 남다른 구석이 있어. 마치 가짜지만 진짜처럼 여겨지는 놈이라니까. 물론 그그가 우리처럼 부지런하게 행동하지 못하는 것은 사실이야. 하지만 그는 다른 일, 즉 우리가 하는 일보다 더 나은 일은 잘 해낼 거야.

윌리도 마찬가지야, 라고 그는 생각했다. 각자 나름대로 글러먹은 데가 있다니까. 그 녀석들이 지금쯤은 돌아왔겠군.

그는 비가 섞인 돌풍이 휘몰아치는 흰 파도를 헤치며 딩기가 다가오는 것을 보았다. 그들이 배로 올라왔을 때 그 둘은 온몸이 흠뻑 젖어 있었다. 비옷을 몸에 걸치는 대신 그들의 니노를 감쌌기 때문일 것이다.

"여어, 톰." 윌리가 말했다. "미안하지만 배고픈 위장과 젖은 궁둥이밖에는 없네."

"이 아이들을 가져가게." 아라가 비옷으로 감싼 기관단총을 넘겨주며 말했다.

"아무것도?"

"그 아무것도에 10을 더 곱한 만큼." 윌리가 말했다. 그는 선미에 선 채 물을 뚝뚝 흘리고 있었고 토머스 허드슨은 길을 불러 수건 두 장을 가져오게 했다.

아라는 딩기를 옆에 받쳐 두고 올라왔다.

"아무것도 없는 데다가 아무것도 없고 또 아무것도 없어." 그가 말했다. "톰, 이렇게 비가 올 때 일하는 건 연장 근무로 쳐 주나?"

"그 무기들을 지금 바로 청소해야 할 거야." 윌리가 말했다.

"먼저 몸을 말려야 해." 아라가 말했다. "온몸이 홀딱 젖었거든. 엉덩이에까지 닭살이 돋았어."

"톰." 윌리가 말했다. "저 개자식들이 돛을 내릴 만한 배짱이 있다면 이 돌풍 속에서도 항해할 수 있다는 걸 알고 있잖나."

"나도 그 생각을 했어."

"내 생각엔 그 녀석들이 낮에는 조용히 멈춰 있다가 비가 몰아치는 오후에나 항해할 것 같아."

"그들이 어디쯤 있을 것 같나?"

"기예르모를 지나진 않았을 걸세. 물론 지났을 수도 있지."

"내일 낮에 기예르모에서 그들을 잡도록 해 보세."

"찾을지도 모르고 놓칠지도 모르지."

"그럼."

"근데 우린 왜 도대체 레이더도 없는 건가?"

"그게 지금 우리에게 도움이 되겠나? 스크린으로 무얼 볼 수 있나, 윌리?"

"알았어. 조용히 하겠네." 윌리가 말했다. "하지만 톰, UHF를 가진 그들을 무전기 없이 쫓아간다는 건…."

"알고 있네." 토머스 허드슨이 말했다. "지금 우리가 쫓는 것보다 더 열심히 쫓고 싶은가?"

"그렇다네. 괜찮겠나?"

"알겠네."

"그 개자식들을 한 명도 빠짐없이 잡아 죽여 버리고 싶군."

"그게 무슨 소용이 있겠나?"

"그들이 벌인 학살을 벌써 잊은 건 아니겠지?"

"그 빌어먹을 학살 얘기는 하지 말게, 윌리. 그런 얘기를 하기엔 여기 너무 오래 머무르지 않는가."

"알았네. 난 그저 그들을 죽이고 싶을 뿐이야. 이 얘기는 괜찮은가?"

"학살 얘기보단 낫군. 하지만 나는 U보트를 조종하던 녀석들을 포로로 잡아 입을 열게 하고 싶어."

"전에 본 녀석은 말을 별로 안 하던데."

"그랬지. 하지만 그와 같은 상황이었다면 자네도 마찬가지였을 걸세."

"알았네." 윌리가 말했다. "리갈 한 잔 마셔도 괜찮겠나?"

"물론이지. 마른 반바지와 셔츠를 입고 말썽만 부리지 말게."

"아무한테도?"

"자네도 좀 성숙해져야지." 토머스 허드슨이 말했다.

"쓰러져서 죽어 버리게." 윌리가 씨익 웃으며 말했다.

"자네의 그런 모습이 내가 좋아하는 모습이야." 토머스 허드슨이 그에게 말했다. "그 모습을 계속 보여 주게나."

14

그날 밤에는 심한 천둥번개를 동반한 비가 오전 3시까지 내렸다. 피터스는 무전기에서 아무 소리도 들을 수 없었다. 모두가 후덥지근한 공기 속에서 잠이 들었다. 비가 그친 후 나방파리가 그들을 한 사람씩 깨웠다. 토머스 허드슨이 아래쪽에서 돌아다니며 살충제를 뿌렸고, 기침 소리와 함께 부산한 움직임 소리가 들려왔다.

토머스 허드슨이 뿌린 살충제는 피터스를 한 방에 깨웠다. 피터스는 헤드폰을 쓴 채로 고개를 끄덕이며 부드럽게 말했다.

"톰, 계속 열심히 해 봤지만 아무것도 없었어."

토머스 허드슨은 손전등을 들고 유리창을 바라보았다. 해가 떠오르고 있었다. 그것은 그들에게 미풍을 선사할 것이다. 뭐, 행운이 또다시 찾아오지 말라는 법은 없잖아. 이제 이 정도는 염두에 둬야지.

그는 선미로 되돌아가서 누구도 깨우지 않고 가지고 있는 모든 살충제를 선실에 분사했다.

그는 선미에 앉아서 밤이 맑아지는 것을 지켜보다가 이따끔씩 자기 몸에 살충제를 뿌렸다. 기피제는 모자랐지만 살충제는 충분했다. 땀 흘리는 사람의 몸에 살충제를 뿌리면 불에 덴 듯 쓰라린 통증을 느낀다. 그러나 차라리 그 편이 나방파리로부터 공격을 당하는 것보다는 나았다. 나방파리의 공격 효과는 모기와는 또 달랐다. 그들은 소리 없이 날아와서 순식간에 물고 간다. 그러면 물린 자리가 작은 콩만 하게 부어오른다. 해안과 산호초에 사는 나방파리가 다른 곳에 사는 놈들보다 훨씬 더 독하다. 처음 물렸을 때는 좀 짜증만 날 뿐 별것 아니게 느껴졌다. 그러나 이제는 그놈의 나방파리들 때문에 다들 살가죽이 그슬리고 단단해지는 것 같은 기분을 느꼈다. 현지인들은 대체 무슨 수로 이놈들을 견뎌 내는지 알 수 없었다. 무역풍이 불지 않을 때 이 해안과 바하마 군도에서 살아가기 위해서는 튼튼하지 않으면 안 되었다.

그는 선미에 앉아서 주변 소리를 들었다. 하늘 높이 항공기 두 대가 날고 있었다. 그 항공기들의 엔진 소리가 더 이상 들리지 않게 될 때까지 그는 그 소리에 귀를 기울였다.

카마궤이나 아프리카, 혹은 그 밖의 어딘가로 향하는 대형 폭격기들이었다. 우리와는 아무 상관없었다. 뭐, 어찌됐든 그들은 적어도 나방파리 때문에 골치 아플 일은 없을 거라고 그는 생각했다. 나는 지금 그놈의 나방파리 때문에 골치가 꽤 아프지만 말이다. 반면 그들도 나와는 상관없는 골칫거리가 있을 것이다. 그러나 나는 햇볕을 쬐고 싶었다. 나가고 싶었다. 윌리 덕분에 나는 끝까지 철저하게 점검했다. 그리고 물가 언저리를 따라 작은 수로를 달릴 것이다. 나쁜 곳은 단 한 군데 있을 뿐이었고, 그나마도 아침 햇살 속에서 보니 맨 정신으로 봐도 별다른 이상은 없어 보였다. 얼마 지나지 않아 우리는 기예르모에 도착할 것이다.

그들은 주간에도 항해를 계속했다. 가장 시력이 좋은 길이 녹색 해안선을 12배율 쌍안경으로 관찰하고 있었다. 길이 잘린 맹그로브 나뭇가지를 볼 수 있을 만큼 그들은 해안에 가까이 다가가 있었다. 토머스 허드슨은 조타를 맡았고 헨리는 바다를 자세히 살폈으며 윌리는 길을 돕고 있었다.

"그들은 분명 여기를 지나갔어." 윌리가 말했다.

"그래도 확인해 봐야 돼." 헨리를 돕고 있던 아라가 대답했다.

"그래." 윌리가 말했다. "그냥 해 본 말일 뿐이야."

"카요 프랜시스에서 새벽 초계를 하는 빌어먹을 놈들은 대체 어디서 오는 거야?"

"그놈들은 일요일에는 초계를 안 하는 걸로 아는데, 내 말이 틀렸어?" 윌리가 물었다. "오늘은 일요일이야."

"바람이 세게 불 것 같군." 아라가 말했다. "저 권운을 좀 봐봐."

"한 가지 걱정되는 게 있어. 그놈들이 기예르모를 지나갔으면 어쩌지?" 토머스 허드슨이 말했다.

"곧 알 수밖에 없겠지."

"빨리 가서 알아보자고." 윌리가 말했다. "계속 신경 쓰이는군."

"나도 가끔씩 그런 기분이 들어." 헨리가 말했다.

윌리는 헨리를 보고 나서는 뱃전 너머로 침을 뱉었다. "고마워, 헨리. 바로 그런 기분을 들게 해 주고 싶었거든."

"그만들 해." 토머스 허드슨이 말했다. "우현에 수면 위로 조금 솟아오른 산호초 꼭대기가 보이나? 저기에 부딪치면 절대 안 되네. 그 안쪽이 기예르모야. 이 얼마나 푸르른 약속의 땅인가?"

"또 하나의 망할 산호초일 뿐일세." 윌리가 맞받아쳤다.

"숯을 땔 때 연기가 나게 할 수 있나?" 토머스 허드슨이 길에게 물었다.

길은 신중히 생각한 끝에 답했다. "그건 불가능해, 톰."

"어젯밤에 비가 그렇게 쏟아져 내렸는데 지금 연기가 날 리는 없지." 윌리가 말했다.

"자네는 또 틀렸네." 토머스 허드슨이 대꾸했다.

"그럴지도 모르지."

"아니야, 밤새 비가 억수로 내려도 큰 불을 못 잡는 경우도 있다네. 난 3일 동안 비가 왔는데도 불을 끄지 못하는 걸 본 적이 있어."

"나보다 그들에 대해 더 잘 알고 있군." 윌리가 말했다. "그래, 연기가 날 수도 있겠군. 나도 연기가 났으면 해."

"거기는 안 좋은 여울이야." 헨리가 말했다. "그들이 이런 스콜 속에서 이곳을 항해할 수 있다고는 생각 안 해."

아침 햇살이 쏟아져 내리는 여울 근처에 제비갈매기 네 마리와 갈매기 두 마리가 날아다니는 것이 보였다. 그런데 그들은 뭔가를 발견한 듯 수면으로 급강하했다. 제비갈매기들은 시끄럽게 울어 대기 시작했고 갈매기들은 그보다 더 높은 소리로 울부짖었다.

"뭘 봤기에 저러는 걸까, 톰?" 헨리가 물었다.

"모르겠네. 물속에 많은 물고기가 있지만 너무 깊어서 사냥을 못 하는 것 아닐까?"

"저 불쌍한 새들은 우리보다 더 먼저 일어나야 해. 그래야 살아갈 수 있다네." 윌리가 말했다. "그런데도 사람들은 저 새들의 노력을 인정하지 않지."

"어떻게 가고 있나, 톰?" 아라가 물었다.

"가능한 한 물가에 가까이 다가가서 산호초 꼭대기 쪽으로 직진 중이야."

"반달 산호초에 잔해가 있는지 확인할 건가?"

"그곳 가까이로 가서 주변을 한 바퀴 빙 돌 거야. 모두가 쌍안경으로 확인해 봐야겠지. 그런 다음 기예르모 끄트머리 후미에 닻을 내릴 걸세."

"우리는 닻을 내릴 거야." 윌리가 말했다.

"그래, 그런 뜻이야. 자네 오늘은 아침 일찍부터 왜 그리 심기가 뒤틀렸나?"

"내 심기는 정상이라네. 콜럼버스가 제일 먼저 발견한 이 바다와 아름다운 해안에 경의를 표할 뿐이지. 콜럼버스의 선원으로 근무하지 않아서 다행이군."

"자네는 늘 그럴 것 같았네." 토머스 허드슨이 말했다.

"샌디에이고의 병원에서 콜럼버스에 관한 책을 읽었네." 윌리가 말했다. "덕분에 그 사람에 대해 많은 것을 알게 되었지. 그 사람은 이 배보다도 훨씬 더 형편없는 장비를 가지고 탐험에 성공했어."

"이 배는 그렇게까지 형편없지 않은데."

"형편없지는 않지." 윌리가 말했다. "아직은 말일세."

"그래, 콜럼버스 전문가 나리. 우현으로 20도 방향에 있는 저 잔해가 보이나?"

"자네가 있는 자리에서 우현이지." 윌리가 답했다. "하지만 내 멀쩡한 한쪽 눈으로도 잘 보이긴 하는군. 잔해 위에는 바하마 군도에서 날아온 가마우지도 앉아 있어. 우리를 도우러 온 것 같군."

"좋아." 토머스 허드슨이 말했다. "우리는 저런 걸 원했어."

"나는 위대한 조류학자가 될 수도 있었을 걸세." 윌리가 말했다. "예전에 할머니가 닭을 키우셨거든."

"톰." 아라가 말했다. "좀 더 가까이 접근할 수 있을까? 조수가 높잖아."

"물론이지." 토머스 허드슨이 대답했다. "안토니오에게 선수에 서서 수심을 확인해 보라고 하게."

"수심은 충분해, 톰." 안토니오가 말했다. "해안까지 문제없겠어. 이 물길이라면 자네도 잘 알지 않나."

"물론 알지. 다만 확실하게 하고 싶을 뿐이야."

"내가 길을 안내할까?"

"고맙지만 괜찮네." 토머스 허드슨은 대답했다.

"이제 고지가 아름답게 보이는군." 아라가 말했다. "전체 모습이 눈에 다 들어오는걸. 길, 이제 자네를 돕기만 해도 되겠어. 저 배를 잘 보게."

"바다의 4분의 1을 가장 먼저 정복한 게 누구지?" 윌리가 질문했다. "왜 이리 흥분되는 걸까?"

"톰이 잔해를 보라고 했을 때 우리는 모두 흥분했어. 자네가 우현으로 갔을 때 나는 좌현으로 갔지."

"내겐 너무 어려운 해사 용어로군." 윌리가 말했다. "제대로 알아듣지도 못하는 사람한테 해사 용어 좀 쓰지 말게. 조타를 할 때처럼 그냥 오른쪽, 왼쪽이라고 말해 주면 안 되나?"

"우현 견시라고 말한 건 자네였어." 헨리가 말했다.

"그 말은 맞아. 그럼 이제부터 나는 아래층, 위층, 앞, 뒤라고 말하겠네."

"윌리, 길과 아라와 함께 해안을 관측해 주게. 이제 됐나?" 토머스 허드슨이 말했다. "산호초의 첫 3분의 1 지점까지 살펴봐 주고."

"알았네, 톰." 윌리가 말했다.

카요 기예르모에 위치한 이곳에 누군가가 거주하고 있는지 살피는 일은 쉬웠다. 거의 1년 내내 바람을 받는 쪽이었기 때문이다. 그러나 해안을 따라 접근하는 그들의 눈에는 아무것도 보이지 않았다. 그들은 끝부분의 바로 옆까지 왔다. 토머스 허드슨이 말했다. "반달형 산호초의 주변을 돌아봐야겠네. 가능한 한 가까이서 말이야. 만약 자네들이 뭔가를 발견하면 대기하고 있다가 딩기를 띄워 보내지."

바람이 강해지면서 해면이 출렁이기 시작했다. 그러나 만조였기 때문에 배가 해저에 부딪치지는 않았다. 토머스 허드슨은 전방의 작은 바위투성이 산호초를 바라보았다. 그는 그 산호초의 서쪽 끝에 침몰한 잔해가 있음을 알고 있었다. 그러나 만조 때인 지금은 적갈색의 돌출부만 보일 뿐이었다. 산호초 안쪽으로는 얕은 물가도 있고 모래사장 해안도 있다. 그러나 그 잔해를 돌아가지 않으면 모래사장은 보이지 않을 것이다.

"산호초에 사람이 사는 것 같아. 연기가 보이는군." 아라가 말했다.

"맞아." 윌리도 말했다. "바람이 부는 방향을 따라 연기가 나고 있어. 서쪽으로 움직이고 있군."

"해안이 있어야 할 곳의 중간 지점에서 연기가 나고 있군그래." 길이 말했다.

"돛대가 보이나?"

"아니." 길이 말했다.

"낮에는 빌어먹을 돛대 위에 올라갈 수 있을 텐데." 윌리가 말했다.

"다들 각자 위치로 돌아가게." 토머스 허드슨이 말했다. "아라, 자네는 내 옆에 있어. 윌리, 피터에게 무전 통신을 계속 시도하라고 전하게. 듣는 사람이 있건 없건 상관없어."

"자네 생각은 어떤가?" 다른 사람들이 모두 각자 맡은 역할을 하기 위해 사라진 뒤 아라가 질문했다.

"내가 낚시를 하고 생선이나 말리는 사람이라면, 모든 게 잠잠해진 뒤에 기예르모에서 모기를 데리고 여기에 왔겠지."

"나도 마찬가지네."

"그들이 숯을 때는 건 아닌 것 같네. 연기의 양도 적고. 불을 땐 지 얼마 되지 않았어."

"큰 불을 때고 난 뒤에 남은 작은 불이 아니라면 말이지."

"나도 그렇게 생각했네."

"5분만 있으면 직접 보게 되겠지."

그들은 잔해를 돌아서 지나갔다. 또 한 마리의 가마우지가 잔해 위에 앉아 있었다. 그리고 토머스 허드슨은 동지들이 빠르게 확인 작업을 하고 있다고 생각했다. 이들은 산호초의 바람이 불어 가는 쪽으로 들어갔다. 토머스 허드슨은 모래사장을 보았고 그 뒤에는 녹지가 있었다. 그곳에는 연기가 뿜어져 나오는 오두막이 있었다.

"하느님, 감사합니다." 토머스 허드슨은 말했다.

"그런데 말이야." 아라가 끼어들었다. "나는 다른 것 때문에 지금 꽤 걱정이 되기도 하는군."

배가 어디에도 보이지 않았던 것이다.

"우리는 그들과 매우 근접해 있다고 생각하네. 안토니오랑 빨리 저 안으로 들어가서 발견한 것들을 알려 주게. 물가를 따라 배를 이동시켜서 바로 옆에 대겠네. 모두 각자의 위치를 지키고 자연스럽게 행동하라고도 말해 주고."

딩기가 빙그르르 돌며 해안을 향해 나아갔다. 토머스 허드슨은 안토니오와 아라가 오두막을 향해 걸어가는 것을 보았다. 그들은 뛰지는 않았지만 빠르게 걷고 있었다. 잠시 후 오두막을 향해 안에 누구 없냐고 소리쳤다. 그러자 피부색이 어두운 한 여자가 밖으로 나왔다. 바다 인디언인 것 같았다. 여자는 맨발이었고 허리까지 내려오는 긴 머리카락을 가지고 있었다. 그녀가 안토니오와 아라와 이야기하는 사이 또 다른 여자가 집 밖으로 나왔다. 두 번째 여자 역시 피부색이 어두웠고 머리카락이 길었다. 그 여자는 아이를 데리고 있었다. 이야기를 마치자마자 아라와 안토니오는 두 여자와 악수를 한 뒤 딩기로 되돌아왔다. 그런 다음 딩기를 바다 쪽으로 밀어내고는 모터에 시동을 걸고 그곳을 빠져나왔다.

안토니오와 아라는 최상 선교로 올라왔다.

"그곳엔 여자 두 명이 있더군." 안토니오가 말했다. "남자들은 고기를 잡으러 나갔다네. 아이를 데리고 있던 여자 말로는 아이가 수로 안으로 들어오는 거북잡이 배를 보았다더군. 바람이 불어오기 시작할 때 들어왔다나 봐."

"그렇다면 한 시간 반 전의 일이로군." 토머스 허드슨이 말했다. "지금은 조수가 빠지고 있어."

"매우 세고 빠르게 말이지." 안토니오가 말했다.

"조수가 빠지면 배를 띄울 수 없을 거야."

"안 돼."

"무슨 생각을 하는 거지?"

"이건 자네의 배잖아."

토머스 허드슨은 타기를 크게 꺾어 모터 회전수를 2,700회로 높였다. 그런 다음 배를 산호초의 끄트머리로 몰고 갔다.

"그들은 좌초될지도 몰라." 그가 말했다. "망할."

"우리도 상황이 안 좋아지면 닻을 내릴 수 있네." 안토니오가 말했다. "좌초하면 이회토 바닥에 묻힐 거야. 진흙 바닥에 말이지."

"그리고 군데군데 바위들도 있군." 토머스 허드슨이 말했다. "길을 데려와서 말뚝이 있는지 감시하게 해. 아라, 자네와 윌리는 모든 병기를 점검하고. 안토니오는 여기서 대기해 주게."

"이 수로는 정말이지 거지 같군." 안토니오가 말했다. "하지만 통행이 아주 불가능한 곳은 아니지."

"이 배는 수위가 얕아지면 움직일 수 없네. 하지만 우리가 쫓고 있는 그들 역시 좌초하겠지. 어쩌면 바람이 멈출 수도 있고 말이야."

"바람은 멈추지 않을 거야." 안토니오가 말했다. "지금 부는 건 확실한 무역풍이라고."

토머스 허드슨이 하늘을 올려다보자 동풍에 실려 가는 길고 하얀 깃털 구름이 보였다. 그러고 나서 눈앞에 펼쳐진 큰 산호초의 끄트머리를 보았다. 그곳에서 점점이 있는 산호초들과 평지들이 보이기 시작했다. 그는 이제 골치 아픈 일들이 시작될 수도 있음을 깨달았다. 그리고 물 위에 있는 녹색 점 같은 작은 산호초 무리를 보았다.

"말뚝은 찾았나, 길?" 그가 물었다.

"아니, 톰."

"그건 아마도 나뭇가지거나 막대기일 거야."

"아직 아무것도 안 보이는데."

"우리의 바로 앞에 있어야 돼."

"찾았네, 톰. 기다란 막대기야. 우리 바로 앞에 있어."

"고맙네." 토머스 허드슨이 말했다.

양면의 평지는 햇살을 받아 밝은 누런색을 띠고 있었다. 수로에서 흘러나오는 조수는 초호 안쪽의 녹색 물이었다. 바람이 바다를 거칠게 흔들 시간이 없었으므로 조수는 물가에서 나온 진흙으로 탁해지지 않았다. 덕분에 배의 방향을 잡는 데 큰 어려움은 없었다.

그는 막대기 뒤에 있는 틈이 매우 좁다는 것을 알고는 머리가 아파 왔다.

"할 수 있어, 톰." 안토니오가 말했다. "오른쪽 물가에 가까이 달라붙으라고. 틈이 생기면 볼 수 있을 걸세."

톰은 오른쪽 물가 쪽으로 가까이 달라붙은 채 나아갔다. 왼쪽 물가를 본 다음, 왼쪽 물가와의 거리가 오른쪽 물가와의 거리보다 줄어들자 키를 좀 더 오른쪽으로 돌렸다.

"배 아래에서 진흙이 튀기고 있나?" 그가 물었다.

"구름 같군."

이윽고 그들은 급선회를 해야 하는 구간에 닿았다. 하지만 생각했던 것만큼 나쁘지는 않았다. 그들이 지나왔던 곳 중 좁은 곳보다는 나았다. 바람은 이제 강해져 있었다. 뱃전을 돌린 채로 달리고 있던 토머스 허드슨은 자신의 벌거벗은 어깨를 강하게 때리는 바람을 느꼈다. "말뚝이 바로 앞에 있네." 길이 말했다. "나뭇가지로군."

"확인했네."

"배를 우현 물가 쪽으로 세게 갖다 대게, 톰." 안토니오가 말했다. "한 번에 해내야 되네."

토머스 허드슨은 마치 커브 길에 차를 주차시키듯이 우현 물가에 배를 세게 가져다 댔다. 우현 물가는 커브 길처럼 생기지는 않았지만 포탄을 엄청나게 많이 얻어맞은 옛 전쟁터의 톱니 모양 같은 진흙 지대였다. 그것은 갑자기 바닷속에서 튀어나와 마치 부조 지도 마냥 그의 오른쪽에 펼쳐져 있었다.

"배가 얼마나 많은 진흙을 튕겨 내고 있나?"

"아주 많이, 톰. 이 틈새로 들어가 닻을 내릴 수 있겠어. 이 콘트라반도(밀수)

쪽에 말이지." 안토니오가 답했다.

토머스 허드슨은 고개를 돌려 카요 콘트라반도(밀수의 섬)를 보았다. 작지만 녹색을 띠는 그 섬은 보는 사람으로 하여금 기운이 나게 하는 곳이었다. 그가 말했다. "젠장, 저 산호초와 거북잡이 배가 있었다는 수로를 지나가게, 길. 다음 두 개의 말뚝이 보이는군."

이 수로는 지나가기 수월한 편이었다. 그러나 전방 우측에 모래톱이 드러나기 시작했다. 카요 콘트라반도에 다가갈수록 수로는 좁아졌다.

"배를 말뚝 좌현에 갖다 대." 안토니오가 말했다.

"그렇게 하고 있어."

그들은 사실은 죽은 나뭇가지인 말뚝을 통과했다. 갈색의 가지는 바람에 나부끼고 있었다. 토머스 허드슨은 바람이 저렇게 부는 걸 보니 수심은 평균 저조보다도 얕을 거라고 생각했다.

"진흙은 어떤가?" 그가 안토니오에게 물어보았다.

"충분하네, 톰."

"뭐가 보이는 게 있나, 길?"

"말뚝들만 보이는걸."

바람이 거칠게 불면서 바다 쪽에서 밀려들어 오는 물도 탁해졌다. 배가 지나가며 물을 걷어내지 않는 한 바닥도 물가도 보이지 않았다.

토머스 허드슨은 상황이 좋지 않다고 생각했다. 그러나 이는 자신들뿐만 아니라 그들에게도 좋지 않을 것이다. 그들 역시 이런 상황을 이겨 내야 할 것이다. 그들 또한 바닷사람이 틀림없었다. 이제 나는 그들이 옛 수로로 갔을지, 혹은 새 수로로 갔을지 생각해 내야 해. 그건 그들의 조타수가 어떤 사람인지에 달려 있지. 젊은이라면 새 수로로 갔을 가능성이 클 거야. 그 수로는 허리케인이 휩쓸고 간 곳이지. 또 늙은이라면 오래된 수로로 갔을 테지. 경험에 의해 더 안전한 곳을 선택했을 거니까.

"안토니오." 그가 말했다. "오래된 수로와 새 수로 중 어느 쪽으로 갔으면 좋겠나?"

"둘 다 좋지 않아. 어디로 가든 별 차이 없네."

"자네 같으면 어떻게 하겠나?"

"콘트라반도 쪽에 닻을 내린 다음 조수를 기다리겠네."

"하지만 낮에는 수심이 충분치 않잖아."

"그게 문제지. 자네는 내가 할 수 있는 것만 물어봤잖아."

"나는 이 망할 배를 어떻게든 몰고 가야겠어."

"이건 자네 배잖아, 톰. 우리가 그들을 따라잡지 못하면 다른 누군가가 할 거야."

"카요 프랜시스 항공 초계는 왜 전혀 보이지 않을까?"

"오늘 아침에 이미 초계했다네. 못 봤나?"

"못 봤네. 자네는 봤으면서 왜 얘기하지 않았지?"

"자네도 본 줄 알았지. 작은 수상기를 띄웠더군."

"망할." 토머스 허드슨이 말했다. "그땐 분명 내가 단단히 화가 나 있고 발전기가 돌아가던 때였을 거야."

"뭐, 이제는 아무래도 상관없는 일이지." 안토니오가 말했다. "그런데 톰, 다음 두 개의 말뚝이 나와 있군."

"길, 말뚝이 보이는가?"

"전혀 안 보이는데."

"뭐 상관없네." 토머스 허드슨이 말했다. "이제 남은 일은 배를 다음에 나올 닭똥만 한 산호초에 최대한 가까이, 그리고 그 산호초의 남북을 잇는 모래톱에서는 최대한 멀리 떼어 놓는 거야. 그러고 나면 맹그로브가 있는 더 큰 산호초가 나오겠지. 그 산호초를 조사한 다음에 오래된 수로와 새 수로 중 어느 쪽으로 갈지를 정하자고."

"동풍이 물을 모두 밀어내고 있군."

"망할 놈의 동풍." 토머스 허드슨이 말했다. 그 말은 지극히 근본적이고 오래된, 심지어 기독교가 생기기 이전부터 있었던 저주의 말처럼 들렸다. 토머스 허드슨도 알고 있었다. 그가 모든 바닷사람의 가장 중요한 친구를 욕하고 있다는 걸 말이다. 하지만 그는 방금 자신이 내뱉은 욕설에 대해 사과하지 않았다. 오히려 그는 같은 욕설을 또 했다.

"그런 말 하면 안 되네, 톰." 안토니오가 말했다.

"나도 알아." 토머스 허드슨이 말했다. 그리고 나서 그는 혼잣말을 했다. 회개의 마음을 담긴 했지만 운율은 부정확했다. "불어라, 불어라, 서풍이여 불어라. 작은 비여 내려라. 그리스도여, 내 사랑을 품에 안고 다시 잠들게 하소서." 망할 놈의 바람, 위도만 다를 뿐이라고 그는 생각했다. 그들은 여러 대륙으로부터 불어왔다. 그러나 충성스럽고 친밀하며 선하다. 그는 아까 했던 말을 되뇌었다. 그리스도여, 내 사랑을 품에 안고 다시 잠들게 하소서.

물은 이제 완전히 질척한 흙탕물이 되어 있었다. 따라서 배가 물가에서 빨아들이는 물의 범위와 부피 말고는 제어할 수 있는 게 아무것도 없었다. 조지는 선수에서 밧줄을 들고 있었고 아라는 긴 장대를 들고 있었다. 이들은 물의 수심을 측정하고 그것을 선교에 보고했다.

토머스 허드슨은 예전에 꾼 악몽에서 이런 모습을 본 것 같은 느낌이 들었다. 그들은 예전에도 통행하기 힘든 수로를 수없이 통과해 왔다. 지금 이 상황은 예전에도 그들이 겪었던 적이 있는 것 같았다. 마치 그의 인생 내내 있었던 일 같았다. 그러나 그는 이번만큼은 자신이 상황의 통제자이자 포로가 되었다는 느낌을 강하게 받았다.

"뭐라도 찾았나, 길?" 그가 길에게 물었다.

"아무것도 없네."

"윌리를 보내 줄까?"

"괜찮아. 윌리가 볼 수 있는 거라면 나도 볼 수 있네."

"그래도 윌리가 올라가야 할 것 같아."

"톰, 자네가 원한다면."

10분 후, 그들은 좌초했다.

15

그들이 좌초한 곳은 모래 바닥 위의 진흙판이었는데 말뚝으로 표시가 되어 있어야 할 곳이었다. 조수는 여전히 빠지고 있었다. 게다가 바람은 세차게 불고 있었고 물은 흙탕물이었다. 눈앞에는 높이가 낮고 중간 크기의 녹색 산호초가 보였다. 왼편에는 매우 작은 산호초들이 점점이 흩어져 있었다. 왼쪽에도 오른쪽에도 물이 계속 빠지면서 물가가 바닥을 드러내기 시작했다. 토머스 허드슨은 물새 떼가 하늘을 맴돌다가 먹이를 먹으러 물가에 내려앉는 것을 보았다.

안토니오는 딩기를 내렸다. 그리고 아라와 함께 선수의 닻 하나와 선미의 가벼운 닻 두 개를 내렸다.

"선수의 닻을 하나 더 내려야 한다고 생각하나?" 토머스 허드슨이 안토니오에게 물었다.

"아니, 톰. 그럴 필요는 없어 보이네."

"바람이 세게 불면 배가 물이 있는 쪽으로 밀릴지도 모르잖아."

"그럴 거라고는 생각지 않아, 톰. 하지만 만에 하나 그럴 수도 있지."

"작은 닻 하나를 더 바람이 불어오는 쪽으로 놓고, 큰 닻은 바람이 불어나가는 쪽으로 옮기세. 그러면 걱정할 필요가 없을 거야."

"좋아." 안토니오가 말했다. "좋지 않은 곳에 또 좌초하는 것보다는 낫겠지."

"그래, 예전에도 다 겪어 봤던 일이잖아." 토머스 허드슨이 말했다.

"하지만 닻을 내리는 건 옳다고 생각하네."

"나도 알아. 다만 작은 닻을 하나 더 놓고 큰 닻의 위치를 옮기는 게 더 나을 거란 거야."

"알았네, 톰." 안토니오가 말했다.

"아라는 닻을 올리고 싶어 해."

"닻을 올리고 싶어 하는 사람은 없는데."

"아라."

안토니오가 미소를 지으며 말했다. "아마도. 어찌 되었든 나는 자네와 같은 생각이라네."

"우리는 늦건 이르건 언제나 의견이 일치했지."

"하지만 너무 늦게 일치시켜선 안 되네."

토머스 허드슨은 범선의 움직임을 살폈다. 그리고 눈앞에 있는 녹색 산호초를 보았다. 조수가 빠지면서 맹그로브 나무의 짙은 색 뿌리가 드러났다. 그 산호초의 남쪽에 있는 굴곡일지도 모른다고 그는 생각했다. 이 바람은 오전 2, 3시까지는 계속될 것이다. 그러고 나면 만조가 될 것이고, 그들은 이곳에서 탈출하여 두 수로 중 하나로 갈 수 있다. 그 뒤 밤새 걱정할 필요가 없는 만의 큰 호수로 갈 수 있다. 그들에게는 조명이 있고, 반대편 끝까지 갈 수 있는 수로도 있다. 모든 것은 바람에 달려 있다.

좌초한 이후 처음으로 그는 일종의 안도감을 느꼈다. 배가 좌초했을 때 그 거대한 선체가 느꼈을 충격을, 그는 자신의 온몸으로 느끼고 있었다. 그는 배가 암석에 부딪치는 않은 것을 알았다. 그것은 손과 발을 통해 느낄 수 있었다. 그러나 좌초 자체는 자신의 몸에 난 상처처럼 느껴졌다. 이후 그 상처는 그에게 안도감을 주었다. 아직도 악몽을 꾸는 것 같았다. 이 모든 것이 예전에도 일어난 일 같았다. 그러나 이런 식으로는 일어나지 않았다. 배가 좌초한 뒤에 느낀 일시적 안도감 덕택에 그는 긴장을 풀 수 있었다.

아라가 선교에 올라와서 말했다. "지면의 상태가 꽤 괜찮네, 톰. 닻들은 잘 내려놓았어. 큰 닻에는 밧줄을 걸어 놨지. 큰 닻을 올리면 빨리 빠져나갈 수 있을 거야. 선미의 닻 역시 밧줄을 이용해서 수면에 띄워 놨다네."

"알았네. 고마워."

"기분 나빠하지 말게, 톰. 그 개자식들은 분명 이 근처 산호초 뒤에 있을 거야."

"기분 나쁘지 않아. 그저 늦으면 어쩌나 하는 생각이지."

"뭐, 차가 부서진다거나 배가 침몰하는 것보다는 낫잖아. 우리 배는 그저 좌초해서 만조를 기다릴 뿐이지."

"나도 알고 있다네."

"양현 추진기 이상 무! 배는 그저 진흙탕에 빠졌을 뿐일세."

"나도 알아. 그건 내 탓이었어."

"빠졌을 때처럼 수월하게 나와 줄 걸세."

"반드시 그래야지."

"톰, 뭐 걱정되는 거라도 있나?"

"자네는 걱정되는 게 있나?"

"없네. 혹시 자네가 걱정할까 봐 걱정이지."

"걱정도 팔자로군." 토머스 허드슨이 말했다. "길과 함께 내려가서 모두가 식사는 잘 하고 있는지 그리고 사기가 꺾이지는 않았는지 살펴보게. 그다음에는 저 산호초에 들어가서 조사할 거야. 그것 말고는 할 일이 없어."

"윌리와 나는 지금이라도 갈 수 있네. 뭘 먹을 필요가 없거든."

"아냐. 난 나중에 윌리와 피터스를 데리고 가겠어."

"내가 아니고?"

"응, 피터스는 독일어를 할 줄 알잖나. 아직은 그 친구한테 이 말을 전하지는 말게. 그냥 그 친구를 깨운 다음 커피나 많이 먹이라고."

"왜 난 안 보내는 건가?"

"딩기가 너무 작잖아."

길은 큰 망원경을 벗어 놓고 아라와 함께 내려갔다. 토머스 허드슨은 그 큰 망원경을 집어 들고 산호초를 꼼꼼히 살폈다. 그러나 맹그로브 나무의 키가 너무 커서 그 안에 있는 것들이 제대로 보이지 않았다. 산호초의 단단한 부분에는 맹그로브 나무 외에 다른 나무들도 자라고 있었다. 그 나무들의 높이는 더욱 높았다. 때문에 토머스 허드슨은 말굽 모양의 산호초 반대편에 돛대가 나와 있는지 알 길이 없었다. 큰 망원경 때문에 눈이 아팠다. 그는 망원경을 케이스에 넣은 다음 케이스의 끈을 고리에 걸었다. 그리고 망원경을 수류탄 거치대에 두었다.

최상 선교에 혼자 남아 있으니 기분이 좋았다. 잠시나마 할 일이 없어져서인지 마음이 편안한 느낌마저 들었다. 그는 가만히 갯벌에서 사냥을 하는 물새들을 보았다. 그리고 소년 시절의 자신에게 물새들이 어떤 존재였는지에 대해 생각했다. 지금 물새를 보는 그의 기분은 분명 그때와 같지 않았다. 이제 그는 물새를 죽이고 싶지 않았다. 그러나 자신의 어린 시절은 기억했다. 눈가리개를 한 아버지와 함께 양철 미끼를 들고 모래톱에 나갔다가 간조가 되고 갯벌이 드러나면 물새들이 오던 모습, 하늘을 맴돌던 물새들에게 휘파람을 불던 것이 생각났다. 슬픈 휘파람 소리였다. 지금도 그는 물새들을 향해 휘파람을 불었다. 한 무리의 물새들이 고개를 돌렸다. 그러나 이내 그들은 좌초한 배에서 고개를 돌리고는 먹이를 찾으러 갔다.

그는 큰 망원경으로 수평선을 한 번 훑었다. 다른 배의 징후는 전혀 없었다. 아마도 그들은 새 수로로 나아가 내부 통로로 들어간 것 같다고 그는 생각했다. 다른 누군가가 이미 그들을 잡았다면 더없이 좋은 일일 것이다. 우리는 분명 전투 없이 그들을 잡을 수 없을 것이다. 그들은 결코 작은 딩기 따위를 보고 항복할 자들이 아니다.

그는 그들이 무슨 생각을 하고 있을지에 대해 오랫동안 생각했다. 피곤해질 정도로 오래 생각했다. 결국 피로만 얻었군, 하고 그는 생각했다. 뭐, 우리가 해야 할 일은 알고 있어. 그건 간단하지. 임무는 멋진 일이야. 어린 톰이 죽은 이후, 임무와 상관없는 일은 이제 나도 몰라. 그림을 그릴 수도 있었고, 뭔가 유용한 일을 할 수도 있었어. 아마도. 하지만 임무는 아주 간단한 쪽에 속하는 일이야.

이 일은 유용한 일이라고 그는 생각했다. 이 일에 방해가 되는 건 생각하지 말자. 내 모든 생각은 이 일을 마무리 짓는 데에만 쏟는 거야. 우리 모두가 이 임무만을 위해 일하고 있어. 그다음에 뭐가 있을지는 아무도 몰라. 우리는 여태까지 그들을 잘 추적해 왔지. 이제 10분간 휴식할 뿐이야. 휴식이 끝나면 우리는 또다시 임무를 수행하겠지. 우리는 정말이지 빌어먹을 정도로 잘해 왔어. 놈들을 아주 훌륭하게 추적해 왔다고.

"톰, 뭐 먹고 싶은 것 없나?" 밑에서 아라가 불렀다.

"배는 고프지 않다네, 친구." 토머스 허드슨이 답했다. "얼음을 넣은 차가운 차 한 잔 부탁하네."

잠시 후 아라는 허드슨이 주문한 차 한 잔을 그의 손에 쥐여 주었다. 토머스 허드슨은 차를 마시며 최상 선교의 한 편에 몸을 기대고 긴장을 풀었다. 그는 차를 마시며 눈앞에 있는 가장 큰 산호초를 보았다. 맹그로브 나무뿌리는 이제 또렷이 보였다. 그것은 마치 산호초를 떠받치는 기둥처럼 보였다. 한 무리의 플라밍고들이 왼쪽에서 날아오는 것이 보였다. 햇살을 받으며 물 위를 저공비행 중이던 그들의 모습은 정말로 아름다웠다. 기다란 목은 아래로 살짝 구부러져 있었고, 분홍색과 검은색의 날개를 열심히 퍼덕이며 전방 우측의 갯벌로 이동하는 중에도 그들의 다리는 꼼짝도 안 했다. 토머스 허드슨은 플라밍고의 아래로 꺾인 검고 흰 부리, 그리고 장미색 몸체를 보며 경이로움을 느꼈다. 그 화려한 색채에 비하면 플라밍고의 기묘한 체형도 별것 아닌 것처럼 느껴졌다. 플라밍고 한 마리 한 마리가 여전히 그의 경탄을 자아내었다. 플라밍고들이 녹색 산호초에 도달하자, 그들은 산호초를 건너지 않고 오른쪽으로 급선회했다. 그 모습은 토머스 허드슨의 눈에도 잘 보였다.

"아라." 그가 아라를 불렀다.

아라가 올라와 말했다. "톰, 무슨 일인가?"

"기관단총 3정을 준비해. 탄창은 정당 6개씩 준비하고. 수류탄 12발과 중형 구급낭도 준비해. 다 보트에 실어야 해. 그리고 윌리보고 이리로 좀 오라고 해 줘."

플라밍고들은 우측의 물가에 내려앉아 부지런히 먹이를 찾아 먹고 있었다. 토머스 허드슨이 플라밍고들을 보고 있는데 윌리가 와서 말했다. "저 플라밍고들 좀 봐."

"쟤들은 산호초를 넘어가지 않고 있어. 분명 그들의 배나 또 다른 배가 산호초 안에 있다는 얘기야. 윌리, 나와 함께 가 보지 않겠나?"

"물론 가야지."

"식사는 했나?"

"아주 잘 먹었다네."

"그럼 아라를 도와줘."

"아라도 같이 가야 돼?"

"피터스를 데려갈 거야. 그는 독일어를 할 줄 아니까."

"아라를 대신 데려가면 안 될까? 피터스를 전투에 데려가고 싶지는 않네"

"하지만 피터스가 있어야 상대와 교섭을 할 수 있어. 잘 듣게, 윌리. 지금은 포로를 잡아야 돼. 특히 저쪽의 조타사는 죽으면 안 되네."

"조건이 참 까다롭군, 톰. 상대의 수는 여덟에서 아홉 명 정도 될 거야. 하지만 우리는 세 명이지. 그리고 상대편에 조타사가 있는지 누가 알겠나?"

"우리가 알잖아."

"소설을 쓰고 있구먼."

"그럼 같이 가지 않겠나?"

"나도 갈 거야. 하지만 피터스는 빼 주게."

"피터스도 싸울 거야. 안토니오와 헨리를 불러 줘."

"톰, 놈들이 저기 있다고 생각하나?" 안토니오가 물었다.

"확신한다네."

"나도 같이 가면 안 될까?" 헨리가 물었다.

"안 되네. 저기엔 세 명밖에 못 타니까. 혹시 우리에게 무슨 일이 생기거나 그 배가 빠져나오려고 하면 여기에 있다가 50구경 기관총으로 녀석들을 쏴 버리게. 그다음 긴 만에서 배를 찾으라고. 아마 손상되어서 도망가기는 어려울 거야. 가능하다면 포로 한 명을 잡아서 카요 프랜시스로 데려가 신문하라고."

"내가 피터스 대신 가면 안 되나?" 헨리가 질문했다.

"안 돼, 헨리. 미안하네. 피터스는 독일어를 할 수 있지 않나. 자네는 좋은 승조원일세." 토마스 허드슨은 안토니오에게 말했다. "모든 것이 잘 되면 윌리와 피터스가 그 배에 남아 물건을 지키게 할 것이고, 나는 포로를 잡은 다음 딩기를 타고 돌아오겠네."

"지난번에 잡은 포로는 금방 죽어 버렸지."

"가능하면 힘세고 건강한 놈으로 잡아 오도록 애써 보지. 내려가서 모든 게 이상 없는지 살펴보라고. 나는 저 플라밍고들을 좀 더 보고 싶군."

그는 최상 선교에 서서 플라밍고들을 보았다. 이제 그들은 단순한 색의 덩어리로만 보이지 않았다. 검은 점이 박힌 장미 같은 분홍색 덩어리로만 보이지 않았던 것이다. 이제 그들은 크기를 짐작할 수 있고 못생긴 부분이 보일 만큼 가까이 있었다. 그러나 여전히 터무니없이 아름다웠다. 태곳적 태어나 나이를 아주 많이 먹은 새 같았다. 그는 쌍안경으로 플라밍고를 보지 않았다. 더 이상 그 새들의 세부적인 모습을 보고 싶지 않았기 때문이다. 그는 회갈색 갯벌 위에 내려앉은 장미색 덩어리만을 원했다. 잠시 후 두 떼의 새들이 더 날아왔다. 이제 물가는 그가 감히 따라 그릴 수도 없을 만큼 화사한 색조로 변했다. 새들만 없었다면 저 물가를 그릴 수 있었을 텐데, 하고 그는 생각했다. 떠나기 전에 플라밍고를 보다니, 기분이 좋았다. 플라밍고가 없었다면 분명 그는 쓸데없는 걱정이나 생각으로 시간을 때웠을 것이다.

그는 선교에서 내려와 말했다. "길, 선교에 올라가서 쌍안경으로 산호초를 계속 관찰해 주게. 헨리, 뭔가 이상한 소리가 나면 거북잡이 배가 산호초 뒤에서 나오고 있는 거란 점 명심하고. 만약에 배가 나오면 그 배의 선수를 쏴 버려. 그러면 나머지 사람들은 쌍안경으로 생존자가 있는 곳을 살피고, 내일 회수하러 가면 돼. 그 배를 수리해서 재사용하는 거야. 그 배에는 작은 보트도 실려 있을 걸세. 그것도 너무 손상이 크지 않으면 수리해서 재사용할 수 있지."

안토니오가 말했다. "그 외에 다른 지시 사항은?"

"가기 전에 똥을 누고 가세. 그럼 그곳에 가서도 당황스러운 일이 생기지 않을 거야. 잠시 후에 돌아오지. 자, 멋진 두 분의 개자식들. 함께 가세나."

"할머니는 언제나 말씀하셨지. 난 개자식 아니라고." 피터스가 말했다. "우리나라에서 가장 멋지고 당당한 아이라고 말씀해 주셨어."

"우리 어머니도 나한테 단 한 번도 개자식이라 한 적이 없어." 윌리도 말했다. "톰, 우리는 어디에 탈까?"

"자네가 선수에 있어야 균형이 가장 잘 잡힐 거야. 하지만 자네가 원한다면 내가 선수에 타지."

"어서 배를 타고 가 보자고." 윌리가 말했다. "아주 좋은 배로군."
"정성을 다해서 잘 손봐 놨다네." 토머스 허드슨이 말했다. "어서 타, 피터스."
"승함하게 되어 영광입니다, 제독님." 피터스가 말했다.
"행운을 비네." 헨리가 말했다.
"어서 꺼져 버려." 윌리가 말했다. 곧이어 모터에 시동이 걸렸고 그들은 산호초가 있는 곳을 향해 나아갔다. 산호초는 원래도 높이가 그리 높지 않았기 때문에 이제는 조금 전보다 훨씬 더 낮아 보였다.
"나란히 가면 놈들로부터 사격을 당하지 않고 도달할 수 있을 거야."
나머지 두 사람이 고개를 끄덕였다. 한 사람은 배의 중간에, 다른 한 사람은 선수에 있었다. "자세를 최대한 낮추게. 놈들에게 들켜도 난 몰라." 토머스 허드슨이 말했다.
"대체 어디 숨으라는 거야?" 피터스가 말했다. "이건 뭐 할머니의 노새라도 된 느낌이군."
"그럼 노새가 되라고. 우라지게 좋은 동물이지."
"톰, 조타사에 대한 걸 다 외워야 돼?"
"외우되 머리를 써야지"
"알았네." 피터스가 말했다. "더 이상은 문제가 없었으면 하는군."
"이제부터 아무 소리도 내지 말자고." 토머스 허드슨이 말했다. "우리 세 명이 동시에 상대편 배에 올라가는 거야. 적들이 배 안에 있다면 자네가 손들고 나오라고 얘기를 해. 그 외의 다른 얘기는 해서는 안 돼. 놈들은 선외의 모터 소음을 뚫고 우리의 목소리를 들을 수 있으니까."
"만약 그들이 안 나오면 어쩌지?"
"그럼 윌리가 수류탄을 던질 거야."
"그들이 갑판 위에 있다면?"
"우리가 각각 맡은 책임 구역에서 사격을 해야지. 나는 선미, 피터스는 가운데, 윌리 자네는 선수에 있는 적을 쏘라고."
"그러고 나서 나더러 또 수류탄을 던지라는 말인가?"

"그렇지. 살릴 수 있는 부상자는 살려야 해. 그래서 구급낭을 가져온 거야."
"나는 우리를 위해 구급낭 가져온 줄 알았는데."
"물론 우리를 위한 것이기도 하네. 자, 이제 다들 입 다물어. 알아듣겠나?"
"아주 잘 알아들었네." 윌리가 대답했다.
"똥구멍 마개는 어떡하지?" 피터가 질문했다.
"오늘 아침에 비행기에서 떨어뜨려 줬는데. 자네 거 안 챙겼나?"
"챙겼네. 하지만 할머니는 내가 남부 전체 사람들 중에서 가장 소화 속도가 늦다고 늘 말씀하셨거든. 아마 내 기저귀 중 하나는 스미스소니언 연방 연구소에 있을 거야."
"헛소리 그만해." 윌리가 목소리를 높이지 않기 위해 몸을 뒤로 젖히고 말했다. "이 모든 걸 낮에 할 건가, 톰?"
"지금 당장 해야지."
"나도 유감스럽게도 개새끼가 되고 말았군." 윌리가 말했다. "이런 도둑놈과 개자식 무리에 끼어 있다니."
"조용히 해, 윌리. 자네 싸움 실력을 좀 봐야겠어."
윌리는 고개를 끄덕인 다음 좋은 눈으로 녹색 맹그로브 산호초를 바라보았다. 산호초의 맨 아랫부분에는 적갈색 뿌리가 발끝처럼 뻗어 나와 있었다.
산호초 끄트머리를 돌아가기 전에 윌리는 한 마디를 더 했다.
"저 뿌리에서 맛있는 굴을 캐 갔겠군."
토머스 허드슨도 고개를 끄덕였다.

16

산호초 끄트머리를 돌아서 나아간 그들은 다른 산호초와의 사이에 있는 수로로 들어갔다. 그때 그들의 눈에 거북잡이 배가 보였다. 거북잡이 배의 선수는 해안을 향해 있었고, 돛에는 덩굴이 매달려 있었으며, 갑판은 갓 자른 맹그로브 가지들로 덮여 있었다.

윌리는 몸을 구부린 뒤 피터스의 귓가에 얼굴을 가까이 대고 낮은 목소리로 말했다.

"저 배, 보트가 없네. 전달해."

피터스는 검버섯과 주근깨로 뒤덮인 얼굴을 뒤로 기울이고 말했다.

"보트가 없어, 톰. 분명히 해안에 누군가가 있네."

"저 배에 승선해서 침몰시킨다." 토머스 허드슨이 말했다. "같은 계획이야. 전달해."

피터스는 다시 앞으로 몸을 굽힌 다음 윌리의 귀에 토머스의 말을 전달했다. 윌리는 고개를 끄덕였다. 그리고 손가락으로 OK 신호를 만들어 보였다. 손으로 만든 그 신호가 마치 똥구멍 같다고 토머스 허드슨은 생각했다. 그들은 작은 커피 머신 같은 엔진이 낼 수 있는 최대한의 힘으로 가급적 빠르게 달린 다음, 그 배의 옆구리에 부딪침 없이 가서 닿았다. 윌리는 거북잡이 배의 거널뱃전 위로 갈고리를 던진 다음, 연결된 밧줄을 빠르게 잡아당겼다. 세 사람은 거의 동시에 거북잡이 배의 갑판 위로 올라섰다. 그들의 발밑에는 특유의 나무 냄새를 풍기는 맹그로브 가지가 널려 있었다. 토머스 허드슨은 마치 꿈속의 한 장면처럼 덩굴로 뒤덮인 돛대를 보았다. 전방에 해치가 열려 있었는데, 그것은 나뭇가지로 덮여 있었다. 갑판에는 아무도 없었다.

토머스 허드슨은 윌리에게 수신호로 그 해치를 지나가라고 지시한 다음, 가지고 있던 기관단총을 다른 해치를 향해 겨누었다. 그는 안전 레버가 완전 자동 위치에 있는가를 확인했다. 그의 맨발을 통해 단면이 둥글고 단단한 나뭇가지, 미끄러운 나뭇잎, 목제 갑판의 열기가 느껴졌다.

"손들고 나오라고 해." 그가 피터스에게 조용히 말했다.

피터스는 그의 말을 거칠고 쉰 소리로 독일어로 말했다. 하지만 대답 소리가 들리지 않았고 아무런 일도 일어나지 않았다. 토머스 허드슨은 이 정도면 자신들로서도 충분히 예의를 차린 거라고 생각했다. 그는 피터스에게 지시했다.

"10초의 시간을 줄 테니 항복하라고 해. 나오면 전쟁 포로로 대우해 주겠다고도 하고. 그런 다음 1에서 10까지 세."

피터스는 마치 판결문을 읽는 듯한 어조로 그 말을 독일어로 전했다. 그의 목소리가 좀 전보다 크고 높아졌다고 생각한 토머스 허드슨은 고개를 빠르게 돌려 보트가 있는지 살폈다. 하지만 그의 눈에 들어오는 것은 맹그로브 나무의 갈색 뿌리와 녹색 잎사귀들뿐이었다. 토머스 허드슨이 다시 지시했다.

"10까지 다 세고 나면 해치에 수류탄을 던져 넣어. 그런 다음 망할 전방 쪽 해치를 살피라고, 윌리."

"전방 해치를 덮고 있는 나뭇가지가 날아갈 거야."

"피터스가 수류탄을 던질 때 자네도 수류탄을 한 발 꺼내 들고 있어. 아직 던지지는 말고."

피터스는 10까지 다 세었다. 키가 큰 피터스는 마치 마운드에 선 투수처럼 유연한 동작으로 기관단총을 왼쪽 옆구리에 낀 다음, 치아로 수류탄 안전핀을 제거했다. 그의 손 안에 들린 수류탄은 마치 피터스의 체온으로 달궈지기라도 한 듯이 연기를 뿜어냈다. 다음 순간 피터스는 마치 칼 메이스와도 같은 동작으로 수류탄을 해치 안 어둠 속으로 던져 넣었다.

토머스 허드슨은 피터스를 보면서 생각했다. 아주 훌륭한 배우 같군. 해치 속에 뭐라도 있을 거라는 생각은 전혀 안 하고 있어.

토머스 허드슨은 납작 엎드려서 톰슨 기관단총으로 해치를 조준했다. 피터스가 던진 수류탄은 번쩍이는 섬광과 폭음을 일으키며 터졌다. 토머스 허드슨은 윌리가 전방 해치 안으로 수류탄을 던지기 위해 해치를 덮은 나뭇가지를 걷어 내는 것을 보았다. 그때 덩굴이 늘어진 돛대의 오른쪽, 윌리가 걷어 내고 있던 나뭇가지 속에서 총구가 튀어나오는 것이 보였다. 윌리는 그 총구를 향해 사격을 가했으나, 그 총구도 아이가 마치 웃어 대듯이 다섯 번의 연사를 가했다. 그러고 나서 윌리가 던진 수류탄이 큰 섬광을 내며 폭발했다. 토머스 허드슨은 배수구에 있던 윌리가 두 번째 수류탄의 안전핀을 제거하는 것을 보았다. 윌리의 옆에 있던 피터스는 거널뱃전에 머리를 기대고 있었다. 그의 머리에서 흐른 피가 배수구로 흘러들고 있었다.

윌리는 들고 있던 수류탄을 던졌다. 이번 수류탄은 이전의 수류탄보다 더 깊이 들어가서 폭발했기 때문에 폭발음이 달랐다.

"놈들이 또 있을까?" 윌리가 물었다.

"여기서 수류탄을 하나 더 던져 보겠네." 토머스 허드슨이 대답했다.

그는 자세를 낮춰 큰 해치의 사각에서 빠져나온 다음, 수류탄 한 개를 빼 들어 안전핀을 제거했다. 그는 묵직하고 단단하며 층이 진 회색 물체를 손에 쥐었다. 그리고 해치 앞을 건너 선미 쪽으로 수류탄을 굴려 넣었다. 이번에도 폭발음과 함께 갑판이 부서져 나가고 연기가 뿜어져 나왔다. 윌리는 피터스를 보고 있었다. 톰 역시 피터스를 보았다. 그는 평소와 별로 크게 달라 보이지 않았다.

"저기, 우리 통역사가 전사했네." 윌리가 말했다. 그의 좋은 눈은 경련을 일으키고 있었다. 그러나 목소리는 평소와 같았다.

"배가 빠르게 가라앉고 있어." 토머스 허드슨이 말했다.

"좌초야 진작에 됐지. 그리고 지금은 옆쪽으로 기울어지고 있네."

"아직 해야 할 일이 많은데, 윌리."

"그리고 우리는 공정하게 거래했지. 하나에 하나씩. 하지만 망할 배는 가라앉히고 말았군."

"자네는 빨리 우리 배로 가서 아라, 헨리를 데려오는 게 좋겠어. 안토니오에게는 조수가 허용하는 대로 가급적 빨리 산호초 끄트머리에 나란히 배를 대라고 전하게."

"갑판 안쪽을 먼저 확인해야 돼."

"그건 내가 하겠네."

"안 돼." 윌리가 말했다. "그건 내가 해야 할 일이야."

"자네, 괜찮은가?"

"괜찮아. 다만 피터스가 죽은 게 유감이야. 피터스 얼굴에 덮을 것도 가져오겠네. 배가 기우는 반대 방향으로 피터스의 머리를 눕혀 놔야 돼."

"선수에 있던 독일 놈은 어찌 되었나?"

"박살이 나 버렸지."

17

윌리는 아라와 헨리를 데리러 갔다. 토머스 허드슨은 거북잡이 배의 거널 뱃전이 만든 난간 뒤에 누워 있었다. 그의 발은 해치 쪽에 있었고, 눈은 보트를 찾고 있었다. 피터스는 해치 반대편에 발을 아래로 하고 누워 있었다. 그의 얼굴에는 독일 해군의 작업복 상의가 덮여 있었다. 피터스가 이렇게 키가 컸었다니 전혀 몰랐군. 토머스 허드슨은 생각했다.

그는 윌리와 함께 거북잡이 배를 수색했다. 배는 난장판이 되어 있었다. 배에 타고 있던 독일군은 한 명뿐이었다. 피터스를 쏜 것도 그였는데, 계급을 보아하니 장교인 것 같았다. 선내에는 슈마이저 기관단총이 한 자루 더 있었고, 펜치 또는 깡통 따개로 연 금속제 탄약 상자 안에는 약 2,000발의 탄약이 들어 있었다. 그 외에 다른 무기가 선내에 없는 것을 보면 상륙한 인원들은 아마도 무장을 하고 있을 터였다. 갑판에 있는 고임목과 자국으로 추정해 보건대, 이 배에 실려 있던 보트의 길이는 최소 16피트(4.8m)는 될 것이었다. 큰 축에 속하는 거북잡이 배였다. 또한 배에는 상당한 양의 식량이 실려 있었는데, 대부분은 건어물과 바싹 구운 돼지고기였다. 배에 남아서 피터스를 쏜 독일군은 부상자였다. 넓적다리에는 중상을 입었고 왼쪽 어깨에도 부상의 흔적이 있었지만 둘 다 나아 가는 중이었다. 해안과 서인도 제도에 대해 잘 나와 있는 해도도 있었다. 스탬프는 없지만 '선박 보급품'이라고 적힌 카멜 담배 한 보루도 있었다. 반면 커피나 차, 술은 전혀 없었다.

아직 풀리지 않은 의문도 있었다. 상륙한 인원들은 대체 어디로 간 것인가? 그들은 무엇을 할 것인가? 상륙한 인원들은 조금 전 거북잡이 배에서 벌어진 전투를 보거나, 최소한 그 소음이라도 들었을 것이다. 만약 그랬다면 그들은 배로 돌아올 수 있다. 그들은 자신들의 배를 공격한 일행 중 한 명이 딩기를 타고 거북잡이 배를 떠나는 모습을 보았을지도 모른다. 총성과 수류탄 폭발음을 통해 세 명쯤은 죽거나 중상을 입었을 거라고도 추측했을 것이다. 그들은 물건을 챙기러 분명 이 배로 돌아올 것이다. 숨겨 둔 뭔가가 더 있을지도 모른다. 그리고 밤의 어둠을 틈타 본토로 잠입을 시도할지도 모른다. 또는 보트를 밀어서 좌초시킬 지도 모른다.

보트는 튼튼한 배일 것임에 틀림없다. 토머스 허드슨에게는 이제 통신사가 없다. 때문에 보트의 특징을 설명해 다른 사람에게 전달할 수도 없고, 다른 사람에게 보트를 찾아 달라고 할 수도 없었다. 그러니 보트를 잡으려는 의지가 있다면 밤에 공격하는 수밖에 없었다. 그조차도 지금으로써는 실현 가능성이 매우 희박해 보였다.

토머스 허드슨은 깊이 생각해 본 끝에 결론을 내렸다. 상대방은 맹그로브 나무 속에 들어가서 보트를 끌어올려 숨겼을 거라는 결론이었다. 섣불리 추적하다가는 그들의 매복에 걸릴 수 있다. 이후 그들은 탁 트인 내만으로 가서 계속 나아간 다음 야간에 카요 프랜시스를 통과하려 시도할 수도 있다. 그 편이 쉽기 때문이다. 또 보급품을 확보하거나, 누군가를 습격할 수도 있다. 그리고 서쪽으로 계속 나아가서 아바나 주변의 독일인 주거지까지 갈 것이다. 거기에 가면 은신처는 물론 더 좋은 배도 구할 수 있다.

남의 배를 얻어 탈 수도 있고, 훔쳐서 탈 수도 있다. 그러니까 한시라도 빨리 카요 프랜시스에 가서 피터스의 시신을 인도해 주고 명령을 내려야겠어. 아바나에 도착할 때까지는 문제가 없을 거야. 카요 프랜시스에는 해군 대위 한 명이 지휘를 하고 있어. 그러면 피터스의 시신을 그에게 맡기고, 아무 문제없이 진행할 수 있을 거야.

거기엔 피터스의 시신을 보존할 만큼의 충분한 얼음도 있어. 그곳에서 연료를 보충하고, 얼음은 카이바리엔에서 보충하면 된다. 일단 그곳에 가면 좋건 나쁘건 말이 나오겠지. 그러나 윌리, 아라, 헨리를 아무런 이득도 없을 게 뻔한 맹그로브 숲의 총격전 속으로 밀어 넣지는 않을 테다. 어찌되었건 상대는 여덟 명이다. 그리고 손바닥 보듯 모든 것을 훤히 보고 있다. 오늘 놈들을 붙잡아 팬티까지 벗겨 버릴 기회가 있었는데, 아쉽게도 날려 버렸다. 놈들이 너무 똑똑했거나, 너무 운이 좋았거나, 너무 일을 잘 처리했기 때문이겠지.

우리 편에서는 한 명이 죽었다. 통신사였다. 대신 놈들의 이동 수단도 보트 한 척으로 줄었다. 만약 보트를 먼저 발견했다면 그걸 부숴 버리고 섬을 봉쇄한 다음에 녀석들을 사냥했을 것이다. 그러나 세 개의 덫을 가진 여덟 명의 적 앞에 목을 내놓는 건 아무래도 무리다. 어찌 되었든 나중에 내 책임이 될 일이라면 지금도 분명 내 책임이다. 그리고 현재 나는 피터스를 잃었다. 비정규 병력은 잃어도 절대 비난받지 않는다. 다만 내 자신과 배가 손실되면 비난을 받는다. 내 휘하의 비정규 병력들도 모두 살아남기를 바랐다. 적들이 이 배의 갑판에서 벌어진 일을 보러 오는 건 싫다. 또 만약 그렇게 돼서 이름 없는 산호초에서 나 혼자 전투를 치르기도 싫다. 그들이 지금 뭘 하고 있을지 궁금했다. 굴을 따러 갔을지도 모른다. 윌리도 굴 이야기를 했다. 어쩌면 그들은 그저 비행기가 날아다녀 발각되기 쉬운 낮 시간에 이 거북잡이 배에 있기 싫었을지도 모른다. 그러나 그러려면 적어도 비행기의 운항 시간을 알아야 한다. 차라리 놈들이 나와서 끝장을 봤으면 좋겠군. 지금 내 위장은 아주 편안하니까. 그놈들은 승선하려면 먼 거리를 와야 하지. 우리가 뱃전을 넘었을 때 독일 부상자가 우리에게 총을 쐈을지도 모르는 일 아닌가? 그는 분명히 선외에서 나는 모터 소리를 들었을 거야. 어쩌면 그는 잠을 자고 있었을지도 몰라. 선외 모터는 매우 작은 소리를 내니까.

이번 일에는 너무나 궁금한 부분이 많다고 그는 생각했다. 하지만 그 궁금증을 제대로 풀어 왔다고는 말할 수 없다. 어쩌면 이 배에 올라타지 말았어야 할지도 몰라. 그러나 이 일은 분명 해야 된다고 생각했다. 우리는 배를 침몰시켰고, 그 과정에서 피터스는 전사했다. 적도 한 명이 죽었다. 뭐 엄청나게 화려한 일은 아니지만, 그래도 여전히 말이 되는 이야기다.

그는 선외 모터가 웅웅거리는 소음을 듣고 고개를 돌렸다. 범선이 산호초 끄트머리를 돌고 있는 것이 보였다. 그러나 범선에는 한 사람밖에 보이지 않았다. 선미에 있는 아라였다. 하지만 범선은 흘수가 깊었다. 그는 곧바로 윌리와 헨리가 바닥에 납작 엎드려 있다는 걸 알아챘다. 윌리는 정말로 똑똑하군, 하고 그는 이제 산호초에 있는 사람들 역시 범선에 한 사람만 있는 줄 알 것이다. 그리고 딩기를 몰고 나갔던 사람과는 다른 사람인 걸로 알 것이다. 이게 과연 똑똑한 짓인지는 모르겠다. 그러나 분명 윌리의 생각이었을 것이다.

딩기는 거북잡이 배 쪽으로 점점 가까워졌다. 토머스 허드슨의 눈에 아라의 넓은 가슴이 들어왔다. 그리고 그의 긴 팔과 심각한 표정을 지은 갈색 얼굴도 보였다. 신경질적으로 다리를 떠는 모습도 보였다. 헨리와 윌리는 양팔 속에 얼굴을 묻고 납작 엎드려 있었다. 딩기가 산호초 반대편으로 기울어진 거북잡이 배에 완전히 닿았을 때 아라는 레일을 잡았다. 윌리는 헨리 쪽으로 몸을 돌리고 말했다. "배 위로 올라가, 헨리. 그리고 톰이 있는 저기까지 기어가게. 아라가 무기를 줄 거야. 피터스의 무기도 챙기라고."

헨리는 기울어진 갑판에 배를 붙이고 조심스럽게 기어 올라갔다. 그러던 중에 누워 있는 피터스를 한 번 쳐다보았다.

"이봐, 톰." 그가 톰에게 말을 걸었다.

토머스 허드슨은 헨리의 팔에 손을 올리고 부드럽게 말했다. "선수에 가서 최대한 납작 엎드려 있게. 거널뱃전 위로 그 어떤 것도 보여서는 안 돼."

"알았네, 톰." 덩치 큰 헨리는 그렇게 답한 다음 선수로 기어가기 위해 조금씩 자세를 낮추기 시작했다. 거기까지 가려면 피터스의 다리 위를 넘어가야 했다. 헨리는 피터스의 기관단총과 탄창을 집어 든 다음, 탄창을 자신의 벨트에 끼워 넣었다. 또 피터스의 주머니를 뒤져 수류탄을 찾아내고는 그것을 빼내 자기 벨트에 걸었다. 그는 마지막으로 피터스의 다리를 몇 번 두들긴 다음 두 자루의 기관단총 총구를 잡고 선수로 기어갔다.

토머스 허드슨은 수류탄 폭발로 부서진 전방 해치를 통해 헨리를 내려다보았다. 헨리는 부서진 맹그로브 가지를 넘어 기울어진 갑판 위를 기어갔다. 헨리의 표정만 봐서는 그가 뭘 보고 있는지 알 수 없었다. 거널뱃전 아래에 도달한 그는 오른손 곁에 기관단총 두 자루를 두었다. 그러고는 피터스에게서 회수한 기관단총이 잘 작동하는지 살펴본 다음, 탄이 가득 든 탄창을 끼웠다. 그는 남은 탄창들을 뱃전을 따라 늘어놓고는 벨트에서 수류탄을 꺼내 손이 닿는 곳에 두었다. 헨리가 자기 위치에 무사히 도착한 것을 확인하고 푸르른 산호초로 고개를 돌린 토머스 허드슨은 고개를 돌려 윌리에게 말을 걸었다. 윌리는 두 눈을 질끈 감은 채 햇살을 받으며 딩기 바닥에 누워 있었다. 그는 빛바랜 카키색 셔츠와 너덜너덜해진 반바지, 스니커즈를 착용하고 있었다. 아라는 선미에 앉아 있었다. 토머스 허드슨은 그의 무성한 검은 머리와 거널뱃전을 움켜잡은 커다란 양손에 주목했다. 그는 여전히 다리를 떨고 있었다. 토머스 허드슨은 오래 전부터 알고 있었다. 큰일이 있기 전 아라가 얼마나 불안해하는지, 그러나 막상 그 일이 터지고 나면 얼마나 잘 해치우는지를 말이다.

"윌리." 토머스 허드슨이 말했다. "무슨 생각을 하고 있나?"

윌리는 안 좋은 눈은 감고, 좋은 눈만 뜬 채로 누워 있었다.

"산호초의 반대편으로 가서 상황을 정찰할 수 있는지 살펴본 다음 허가를 내려 줘. 그놈들을 여기서 내보내면 안 돼."

"나도 자네와 같이 가 주지."

"필요 없어, 토미. 이건 내가 제일 잘 아는 내 일이야."

"그래도 자네 혼자 보낼 수는 없네."

"이것 말고는 방법이 없네. 날 믿으라고, 토미. 난 반드시 돌아와서 자네를 도와줄 거야. 내가 그들을 제거하면 아라도 여기로 돌아와서 자네를 도와주겠지."

그는 이제 두 눈을 모두 뜨고 강렬한 눈빛으로 토머스 허드슨을 바라보고 있었다. 마치 돈만 있다면 어떤 가전제품이라도 반드시 사야 하는 소비자에게 그것을 팔려고 하는 영업 사원의 눈빛이었다.

"그래도 난 자네와 같이 가 봐야겠어."

"같이 가면 너무 시끄러워진다고, 톰. 난 이곳에 대해 아주 잘 안다고 이미 말했잖아. 여기를 나보다 더 잘 아는 사람은 아마 없을 거라고."

"알았네. 그럼 가 보게." 토머스 허드슨은 말했다. "하지만 놈들의 보트는 반드시 부숴야 하네."

"그럼 내가 가서 뭘 할 줄 알았나? 실수라도 할까 봐?"

"들어가고자 한다면 들어가는 편이 낫겠지."

"톰, 자네는 배와 이곳에 덫을 하나씩 두었어. 그리고 아라 덕분에 기동력도 갖추었지. 소모품 하나에 의사나 제대한 해병 대원도 하나 있고. 걔는 없어도 되지만. 망설일 게 뭐 있나?"

"너무 말이 많군." 토머스 허드슨이 말했다. "어서 가기나 해. 행운이 함께 하길 빌겠네."

"당연하지."

"그런 말을 들으니 안심이군." 토머스 허드슨은 그렇게 말한 다음 아라에게 앞으로의 계획을 스페인어로 빠르게 설명했다. 그때 윌리가 끼어들었다.

"뭘 그렇게 구질구질하게 설명하고 앉아 있나? 납작 엎드려 있으라는 정도의 스페인어는 나도 할 수 있다고."

아라가 말했다. "나도 반드시 돌아올 거야, 톰."

토머스 허드슨은 모터에 시동이 걸리는 소리를 들었다. 그리고 딩기는 그렇게 멀어져 갔다. 선미에 있던 아라의 넓은 등과 검은 머리, 배의 바닥에 납작 엎드린 윌리의 모습과 함께. 윌리는 아라와 대화하기 편하게끔 몸을 돌려 자신의 고개를 아라의 발치 근처로 옮겼다.

훌륭하고 용맹하지만 별로 쓸데는 없는 개새끼 같으니, 토머스 허드슨은 생각했다. 늙은 윌리. 그는 내가 하는 일이 틀어지기 시작하자 내 마음을 다 잡아 주었다. 문제가 생겼을 때 내게 그 무엇보다도 필요한 것은 한 사람의 해병 대원이다. 설령 부상을 입은 해병 대원이라도 상관없다. 그리고 지금 우리는 문제에 처해 있다. 윌리, 행운을 비네. 절대 죽지 말라고.

"헨리, 자네는 지금 어떤가?" 그가 조용히 물었다.

"괜찮네, 톰. 윌리가 저길 갔다니, 정말 용감하군. 그렇지 않은가?"

"윌리는 용감이라는 말을 들어 본 적도 없을 거야." 토머스 허드슨은 말했다. "그저 자신의 임무라고 생각하겠지."

"우리가 친구가 아닌 게 유감스럽군."

"상황이 많이 곤란해지면 누구와도 친구가 될 수 있다네."

"이제부턴 내가 자네의 친구가 되어 주지."

"자, 우리는 이제 많은 일을 해야 할 거야." 토머스 허드슨은 말했다. "나 역시도 이제부터 자네와 친구가 되고 싶네."

18

그들은 뜨겁게 달구어진 갑판에 엎드려 산호초의 공제선을 바라보았다. 햇빛은 그들의 등을 무자비하게 달궜다. 그나마 다행인 것은 때때로 바람이 불어 그들의 몸을 식혀 주었다는 점이다. 그들의 등은 오늘 아침에 만났던 오두막 안의 인디언 여자 피부색만큼이나 새카매졌다. 토머스 허드슨에게 있어 이 순간은 평생만큼이나 길게 느껴졌다. 이곳과 근처에 열린 바다, 그리고 바다를 막은 긴 사주와 그 너머에 펼쳐진 깊이를 알 수 없는 열대의 바다. 그 모든 것들이 평생 동안 가도 도달할 수 없을 만큼 멀게만 느껴졌다. 이 바람을 타고 열린 바다로 나아가면 카요 프랜시스에 도달할 수도 있었어. 피터스가 발광 신호에 답하고 나면 우리 모두 오늘 밤 차가운 맥주를 즐길 수 있었을 텐데. 하지만 그런 생각은 하지 말자. 바로 이것이 우리가 해야 할 일이야.

"헨리." 그가 말했다. "잘 하고 있나?"

"엄청 잘 하고 있다네." 헨리는 매우 부드럽게 대답했다. "수류탄이 햇볕을 너무 오래 받아 뜨겁게 달궈지면 불발이 된다던데, 사실인가?"

"그런 건 겪어 본 적이 없는걸. 만에 하나 그럴 가능성도 있겠지."

"아라가 물을 좀 마셔야 할 텐데." 헨리가 말했다

"자네, 물 챙기는 걸 잊지는 않았겠지?"

"그럴 리가 없지, 톰. 장비를 잘 챙겼는지 살펴보았는데 아직까지는 문제없다네."

바람을 가르며 딩기의 선외 모터 소리가 들려왔다. 토머스 허드슨은 고개를 조심스럽게 돌려 딩기가 산호초 끄트머리를 도는 모습을 보았다. 딩기의 흘수는 얕았다. 선미에는 아라가 있었는데, 꽤 먼 거리임에도 그의 넓은 어깨와 검은 머리를 볼 수 있었다. 토머스 허드슨은 고개를 돌려 산호초를 보았다. 산호초 가운데의 나무들 사이에서 밤왜가리 한 마리가 하늘로 날아올랐다. 따오기 두 마리도 날아올라 날개를 빠르게 퍼덕이면서 바다 위를 날았다. 그들은 그렇게 바람을 타고 작은 산호초를 향했다.

헨리가 그 새들을 바라보며 말했다. "윌리가 저 안으로 잘 들어간 게 분명하군."

"그래." 토머스 허드슨이 말했다. "산호초 가운데의 높은 산마루에서 날아오른 새들이야."

"그럼 다른 사람은 아무도 없다는 얘긴가?"

"저 새들이 윌리를 보고 놀란 거라면 그렇겠지."

"가는 길에 별 문제가 없었다면 윌리는 지금쯤 저만큼은 갔을 거야."

"아라가 올 때까지 계속 자세를 낮추고 있게."

아라는 딩기를 몰고 기울어진 거북잡이 배 쪽으로 왔다. 그런 다음 배의 거널뱃전에 갈고리를 걸었다. 그는 마치 곰처럼 조심스러우면서도 자연스러운 동작으로 배 위로 올라왔다. 그는 물병과 차가 담긴 오래된 진 병을 굵은 낚싯줄로 연결해 목에 걸고 있었다. 그는 자세를 낮추고 토머스 허드슨 옆으로 기어 왔다.

"그 물병은 웬 거야?" 헨리가 물었다.

아라는 가져온 물건들을 토머스 허드슨 옆에 내려놓았다. 그러고는 물병에 매여 있던 낚싯줄을 푼 다음 두 개의 해치를 지나 기울어진 갑판을 기어서 헨리가 있는 자리까지 왔다.

"마시게." 아라가 말했다. "목욕은 안 되는 거 알지?"

아라는 헨리의 등을 찰싹 한 대 치고는 토머스 허드슨 옆으로 돌아왔다.

"톰." 그는 매우 낮은 목소리로 말을 걸었다. "아무것도 보지 못했네. 윌리를 산호초 반대편에 상륙시킨 다음 나는 배로 돌아갔어. 산호초에서 보이지 않는 곳까지 갔지. 안토니오에게 모든 걸 설명했고 그도 잘 알아들었네. 그다음 선외 모터에 가솔린을 채워 넣고 예비 연료 탱크에도 채워 두었지. 얼음차와 물도 얻었다네."

"잘했군." 토머스 허드슨은 그렇게 말하고 얼음차를 꽤 오랫동안 들이켰다. 그의 얼음차가 입가를 따라 흘러 갑판으로 떨어졌다.

"차를 가져다줘서 고맙네."

"안토니오가 생각한 거야. 시작할 때 너무 서둘러서 잊은 게 몇 가지 있었거든."

"이제 선미로 가서 몸을 숨기게나."

"알았네."

그들은 햇살과 바람을 맞으며 그곳에 엎드린 채 산호초를 바라보았다. 이따금 한두 마리의 새가 날아올랐다. 그들은 그 새들이 윌리나 또는 그 밖의 사람을 보고 놀라서 날아오른 거라는 걸 알고 있었다.

"저 새들은 분명 윌리를 화나게 했을 걸세." 아라가 말했다. "윌리는 저 안으로 들어갈 때 새들에 대해서는 생각하지 않았지."

"그는 풍선을 띄우는 일을 하는 게 더 나았을지도 몰라." 토머스 허드슨이 대답했다.

그는 생각에 잠긴 채 고개를 돌려 어깨너머를 바라보았다.

그는 지금 자신이 맞닥뜨리고 있는 상황이 조금도 마음에 들지 않았다. 산호초에서 날아오르는 새들의 수는 너무 많았다. 섬에 다른 사람이 있다고 믿을 만한 근거가 있긴 한가? 그들이 거기 처음 들어갔다고 볼 만한 이유는 무엇인가? 갑판 위에 엎드린 그는 가슴 한구석이 텅 빈 것 같았다. 그리고 점점 자신과 윌리가 속은 것 같다는 느낌이 들었다. 물론 그들이 우리를 유인한 건 아닐 것이다. 그러나 저렇게 많은 새가 날아오른다는 건 별로 좋은 징조는 아니었다. 해안에서 멀리 떨어지지 않은 곳에서 따오기 두 마리가 또 날아올랐다. 토머스 허드슨은 헨리에게 몸을 돌리고 말했다. "전방 해치 속으로 들어가서 산호초 안을 감시해 주게."

"거긴 지금 난장판일 텐데."

"알고 있네."

"알았어, 톰."

"수류탄과 탄창은 놔두고. 수류탄 한 발과 기관단총 한 자루만 챙겨 가게."

헨리는 해치 안으로 들어간 다음 수로를 가리고 있는 안쪽 산호초를 살폈다. 그의 표정은 변함이 없었지만, 뭔가 하고 싶은 말이 잔뜩 있는데 섣불리 하지 못하고 있다는 느낌이 들었다.

"미안하네, 헨리." 토머스 허드슨이 말했다. "조금만 더 버텨 줘."

"괜찮네." 그의 얼굴에 드러나 있던 부자연스러운 근엄함은 이 말과 동시에 조금씩 금이 가기 시작했다. 그리고 그는 이내 활짝 미소를 지어 보였다. "이건 내가 보내고자 했던 여름과는 아주 많이 다르지만 말이야."

"나도 마찬가지일세. 하지만 지금은 확실한 게 하나도 없어 보이는군."

맹그로브에서 알락해오라기 한 마리가 날아올랐다. 토머스 허드슨은 그 새의 시끄러운 울음소리를 들었고, 또 신경질적으로 날개를 파닥이며 날아가는 모습도 보았다. 그는 새들의 움직임을 보며 맹그로브 속으로 나아가는 윌리의 움직임을 추측해 보았다. 더 이상 새들이 날아오르지 않자, 토머스 허드슨은 윌리가 왔던 길로 돌아오고 있음을 확신했다. 그러고 나서 잠시 후 새들이 다시 날아오르자 그는 윌리가 산호초의 바람받이 커브를 따라 움직이는 것을 알았다. 45분 후 그는 대백로 한 마리가 커다란 날개를 느리게 퍼덕이며 바람을 받아 허겁지겁 날아오르는 것을 보고 아라에게 말했다. "윌리가 곧 나올 거야. 산호초 끄트머리로 가서 데려오는 것이 좋겠어."

"내 눈에도 보이는걸." 아라가 즉시 대답했다. "손을 흔들고 있군. 해안으로 나오자마자 자세를 낮추고 있네."

"그를 그 자세 그대로 데려오게."

아라는 무기를 챙겨 들고 딩기에 올랐다. 그의 주머니 안에는 수류탄 두어 발도 들어 있었다. 그는 선미에 올라 시동을 걸었다.

"차 병 좀 던져 주겠나, 톰?"

아라는 평소 같으면 한 손으로 받았겠지만, 이번에는 양손으로 받았다. 그는 한 손으로 수류탄을 잡고 이로 안전핀을 물어 빼내기를 좋아했다. 그건 안전핀을 빼내는 가장 어려운 방법이다. 그러나 그가 받아 든 차는 윌리를 위한 것이었다. 비록 아무런 소득도 없었지만 그는 윌리가 해낸 일을 인정했다. 그는 차가 담긴 병을 조심스레 선미 아래에 두고 냉기가 오래 유지되기를 바랐다.

"무슨 생각을 하고 있나, 톰?" 헨리가 물었다.

"당분간 우린 망했다는 생각."

잠시 후 딩기는 다시 뱃전에 대어졌고, 윌리는 차 병을 양손으로 든 채 범선 바닥에 누워 있었다. 윌리가 바닷물로 대충 씻어 내기는 했지만 그의 얼굴과 양손은 심하게 까진 상처로 피범벅이었다. 윌리의 셔츠 한쪽 소매는 뜯겨 나간 채였고, 모기에 물린 얼굴 곳곳이 부어오르고 있었다. 얼굴뿐 아니라 맨살이 드러난 곳이면 어김없이 혹처럼 부어올라 있었다.

"뭐, 특이한 건 없었네." 윌리가 말했다. "놈들은 그 산호초에 온 적이 없었어. 자네와 나는 그리 똑똑하지 않은가 봐."

"아니, 틀렸어."

"무슨 말이야?"

"놈들은 좌초한 다음 분명 그 안으로 들어갔어. 그 후 계속 행군했는지 수로를 정찰했는지는 알 수 없지만."

"그렇다면 놈들이 우리가 배에 있는 걸 봤다는 말인가?"

"그럴 수도 있고 아닐 수도 있지. 하지만 그들이 뭔가를 보기에는 물속 너무 낮은 위치에 있었네."

"그래도 바람을 타고 소리는 분명히 들었을 거야."

"그랬겠지."

"그럼 지금은?"

"배에서 내리게. 그리고 아라를 헨리와 내게 보내. 놈들이 돌아올 가능성은 아직 남아 있으니까."

"피터스는 어쩌지? 그를 데려갈 수 있어."

"그럼 지금 데려가세."

"토미, 자네 지금 잘못 생각하는 거야." 윌리가 말했다. "물론 우리 둘 다 잘못 생각했고 나는 이제 어떤 조언도 하지 않겠네."

"나도 알아. 아라가 피터스를 싣는 대로 후방 해치로 들어가 볼 거야."

"아라 혼자서 하는 게 더 나을걸. 놈들은 우리의 형태를 볼 수도 있어. 하지만 망원경이 없으면 갑판 위에 납작 엎드린 물체는 볼 수 없겠지."

토머스 허드슨은 아라에게 상황을 설명했다. 그러자 아라는 그 즉시 배로 올라가서 간단하면서도 사심 없는 듯한 동작으로 피터스를 다루었다. 피터스의 머리를 덮고 있던 옷은 머리 뒤로 매듭을 지어 두었다. 그의 동작은 부드럽지도 딱딱하지도 않았다. 피터스를 들어 올린 다음 딩기 안으로 머리부터 밀어 넣으며 그가 한 유일한 말은 이것이었다. "몸이 매우 뻣뻣하군."

"시체는 원래 그래." 윌리가 말했다. "몰랐어?"

"그래." 아라가 대답했다. "우리 스페인에서는 시체를 '피암브레(fiambre)'라고도 부르지. 그런데 식당에서 취급하는 냉육을 부를 때도 피암브레라고 해. 생전의 피터스는 정말로 유연했는데."

"피터스를 되돌려 보내겠네, 톰. 더 필요한 게 있나?"

"내게는 행운이 필요해." 토머스 허드슨이 답했다. "정찰해 줘서 고맙네, 윌리."

"늘 하던 대로 했을 뿐이야."

"자네 그 상처에 메르티올레이트를 발라 달라고 길에게 말하게."

"그깟 상처 좀 있으면 뭐 어때. 나는 정글 원주민처럼 달릴 거야."

토머스 허드슨과 헨리는 두 해치에서 부서지고 찌그러진 산호초의 선을 살피고 있었다. 내륙 수로를 이루고 있는 긴 만과 그들 사이의 선이었다. 그들과 이 작은 녹색 섬들 사이에는 아무도 없었기 때문에, 그들은 평상시와 다름없는 어조로 이야기했다.

"자네가 망을 보게." 토머스 허드슨이 말했다. "나는 놈들의 탄약을 배 밖으로 던지고 나서 아래를 한 번 더 살펴봐야겠어."

그는 해치 아래에서 좀 전까지도 알아채지 못했던 몇 가지 것들을 발견했다. 그는 탄약 상자를 갑판 위로 올린 다음 옆으로 밀었다. 모든 상자들을 서로 떨어뜨려 놨어야 했다. 하지만 이미 어쩔 수 없는 일이었다. 그는 슈마이저 기관단총을 살펴보고는 그것이 제대로 작동되지 않는 것을 확인했다. 그는 그 총을 자신의 물건 옆에 내려놓았다.

아라에게 이걸 부숴 달라고 해야겠어, 하고 그는 생각했다. 최소한 적들이 이걸로 사격을 가하지 않은 이유는 알게 되었다. 혹시 놈들은 부상자를 후위에 남겨 두고 철수해 버린 것일까? 아니면 이 녀석을 쉽게 놔두고 자기들끼리 정찰을 떠난 것일까? 놈들은 대체 뭘 본 것일까? 얼마나 알고 있는 것일까?

"이 탄약들을 증거물로 챙겨 놔야 하지 않을까?" 헨리가 물었다.

"증거가 필요한 시점은 지났네."

"하지만 탄약이 있어서 나쁠 건 없잖아. 놈들이 얼마나 꽉 막혀 있는지 알고 있지 않은가. 그들은 모든 것을 의심할지도 몰라. ONI조차도 의심하지 않을 일을 말이지. 지난번 일을 기억하나, 톰?"

"그래, 기억해."

"그녀는 미시시피 강 어귀까지 다 가 놓고도 의심을 하더군."

"그랬지."

"난 탄약을 챙겨 놔야 한다고 생각해."

"헨리." 토머스 허드슨이 말했다. "편하게 생각하게. 우리는 산호초에서 학살당한 사람들을 발견했고, 그 사람들과 죽은 독일 놈의 시신에서 슈마이저 탄환을 추출했지. 일지에는 또 다른 죽은 독일 놈을 매장한 위치가 적혀 있어. 우리는 이 거북잡이 배를 가라앉혔고, 이 배의 선수에는 독일 놈이 하나 또 죽어 있지. 슈마이저 기관단총도 두 자루 있고. 한 자루는 작동이 되지 않고, 다른 한 자루는 수류탄에 맞아 부서졌지만 말이야."

"허리케인이 한 번만 지나가도 다 날아가 버릴 것들일세. 그러면 또 모든 게 의심스럽다는 얘기가 나올 거라고."

"그래." 토머스 허드슨이 말했다. "모든 게 의심스러워질 수 있음을 인정하세. 그럼 피터스는?"

"우리 중 한 명이 쏴 죽였다고 할지도 모르지."

"그래, 그 모든 문제점을 헤쳐 나가야 하겠지."

그들은 선외 모터의 소리를 들었다. 그리고 아라가 산호초 끄트머리를 돌아오는 모습을 보았다. 아라가 탄 딩기는 선수가 높이 들려 있었다. 그 모습이 마치 카누 같다고 토머스 허드슨은 생각했다.

"물건을 챙겨, 헨리." 그가 말했다. "배로 돌아가세."

"자네가 원한다면 기꺼이 여기 머무르고 싶은데."

"아니, 배로 돌아가세."

아라가 뱃전에 범선을 대자, 토머스 허드슨은 마음을 바꾸었다.

"여기 좀 있게, 헨리. 잠시만 기다리면 아라를 보낼게. 만약 적들이 탄 보트가 나타나면 놈들에게 수류탄을 먹여 주라고. 뒤쪽 해치에는 자네가 쓸 공간이 많아. 머리를 쓰게."

"그래, 톰. 여기 있게 해 줘서 고맙네."

"내가 남고 자네를 보내고 싶지만, 안토니오와 할 말이 좀 많아서."

"알겠네. 그런데 만약 놈들이 나타나면 수류탄을 던지기 전에 총부터 쏘면 안 될까?"

"그렇게 해도 돼. 하지만 총을 쏘고 나서는 자세를 낮추고 다른 해치로 이동한 다음에 수류탄을 던지게. 최대한 납작 엎드리는 것도 잊지 말고."

그는 바람받이 속에 누워 그의 물건들을 아라에게 건네준 다음, 가장자리에 몸을 기댔다.

"물이 너무 많아서 머물기 불편하지 않나?" 그가 헨리에게 물었다.

"아니, 이 정도면 딱 좋은 것 같군."

"폐소공포증 주의하고, 사주 경계를 철저히 해야 하네. 만약 놈들이 나타나면 이 배에 접근하기 전까지는 아무 짓도 해서는 안 돼."

"물론이지, 톰."

"오리잡이용 매복 장소라고 생각하게."

"그렇게까지 생각할 필요도 없을 것 같군, 톰."

토머스 허드슨은 이제 딩기의 바닥에 납작 엎드렸다.

"자네가 필요하면 곧바로 아라를 보내겠네."

"걱정 말게, 톰. 나는 자네가 원한다면 여기 밤새도록 있을 수도 있어. 하지만 아라가 먹을 것과 럼주, 음료수를 갖다주었으면 좋겠군."

"아라는 곧 자네를 데리러 올 거야. 돌아오면 배 위에서 럼주나 한잔 하자고."

아라가 선외 모터의 코드를 당겨 시동을 걸었다. 그들은 그들의 배를 향해 나아갔다. 토머스 허드슨은 다리에 매달린 수류탄의 촉감을 느꼈다. 가슴에 매달린 기관단총의 무게도 느꼈다. 그가 양팔로 총을 꼭 끌어안자 아라가 그 모습을 보고 몸을 기울여 오며 말했다. "착한 아이는 이러고 살면 안 돼."

19

모든 사람이 승선했다. 늦은 저녁 바람은 한낮의 더위를 식혀 줄 만큼 시원했다. 갯벌에는 아직 물이 차지 않았지만 플라밍고들은 모두 떠나간 뒤였다. 저녁의 일광 속에서 갯벌은 온통 회색빛을 띠고 있었다. 그 위에서는 도요새 무리가 사냥 중이었다. 그 너머로 얕은 물과 수로도 있었지만 갯벌 때문에 잘 보이지 않았다. 그리고 군데군데 서 있는 산호초들이 그 배경을 이루고 있었다.

토머스 허드슨은 최상 선교 구석에 몸을 기대고 서 있었다. 안토니오가 그에게 말을 걸었다.

"오늘 밤 11시는 넘어야 만조가 될 걸세. 바람이 만과 갯벌에서 물을 빼내고 있는데 수심이 어느 정도나 될지 알 수 없군."

"배가 뜰까, 아니면 우리가 닻줄을 당겨서 이동시켜야 할까?"

"뜨긴 뜰 거야. 하지만 오늘 밤에는 달이 뜨지 않는군."

"그래, 그래서 이 커다란 스프링이 필요한 거야."

"이 배는 어젯밤만 겨우 견뎌 냈을 뿐이야." 안토니오가 말했다. "아직은 새 배라고. 어젯밤 돌풍 때문에 상태를 확인할 수가 없었어."

"그것도 그렇군."

"조지와 길을 보내서 잡목을 잘라 수로를 표시하라고 시켰네. 그래야 빠져나갈 수 있으니까. 딩기를 이용해 소리를 내서 산호초 끄트머리에 있는 말뚝에 도달할 수 있을 거야."

"이봐, 만약 배가 뜨면 난 배를 몰고 가서 탐조등이랑 50구경 기관총을 가져올 걸세. 거북잡이 배를 견제하기 위해서지. 그리고 거북잡이 배를 감시하는 보초도 세워 놓고 싶네. 그래야 적들이 보트를 타고 나올 때를 대비해 감시할 수 있으니까."

"그게 제일 이상적이긴 하지, 톰. 하지만 어두울 때는 거기 들어갈 수 없네. 물론 탐조등과 딩기를 가지고 수심을 측정하면서 말뚝을 세울 수는 있어. 하지만 그러고 난 뒤에는 누구도 빠져나오지 못할 거야. 그들도 빠져나오지는 못했어."

"자네 말이 옳은 것 같군. 난 오늘 하루 동안 두 번이나 틀렸고."

"그래, 하지만 틀리는 것도 운이라네. 카드를 잘못 뽑은 것과 마찬가지일 뿐이지."

"중요한 건 틀렸다는 사실이야. 이제 자네 생각을 말해 주게."

"만약 놈들이 떠나가지 않았고, 우리가 좌초되지 않은 양 아무런 행동도 하지 않는다면, 놈들은 오늘 밤 나와서 배를 타려고 할 거야. 우리 배는 외관상 완벽한 유람선이잖아. 나는 오늘 낮 전투가 벌어졌을 때 놈들이 분명 산호초 안에 있었을 거라 확신하네. 그들은 우리를 경멸할 것이고, 우리가 약하다고 생각할 거야. 그들이 낮에 우리를 보았다면 단 한 사람밖에 못 봤을 것이기 때문이지."

"우리가 그렇게 보이도록 했지."

"그러다가 놈들이 거북잡이 배에서 벌어진 일을 알아차리면 어쩌지?"

"윌리더러 여기로 좀 오라고 해 주게." 그가 안토니오에게 말했다.

잠시 후 윌리가 나타났다. 여전히 모기에 물려 퉁퉁 부은 채였다. 물린 자국이 얼마나 심했는지 긁힌 상처가 차라리 나아 보일 지경이었다. 그는 카키색 반바지만 걸친 채 올라왔다.

"좀 어떤가, 정글 사나이?"

"괜찮네, 톰. 아라가 모기 물린 데에 클로로포름을 발라 줬더니 더 이상 가렵지 않군. 그 망할 모기들은 몸길이가 6mm나 되는 데다 색깔도 까맣더라니까."

"윌리, 우리는 염병할 일에 자진해서 뛰어든 거야."

"망할. 처음부터 거지 같긴 했지!"

"피터스는 어떻게 했나?"

"캔버스 천으로 싼 다음 얼음을 올려 뒀어. 아주 신선하지는 않지만, 그래도 며칠은 버텨 주겠지."

"잘 들어, 윌리. 난 거북잡이 배에 50구경 기관총과 탐조등을 퍼부을 수 있는 곳으로 들어가고 싶다고 안토니오에게 말했어. 하지만 안토니오는 바다 전체를 속이지 않는 한 그리로 들어갈 방법은 없고, 또 들어간다 해도 좋을 게 없다고 하는군."

"맞는 말이구먼." 윌리가 말했다. "그 친구 말이 옳아. 이로써 자네는 오늘 하루 동안 세 번이나 틀렸군. 나보다 한 번 더 틀린 거야."

"놈들이 나와서 배에 오르려고 할까?"

"솔직히 그 생각에는 지극히 회의적일세." 윌리가 답했다.

"하지만 그럴 가능성도 있긴 있지."

"그들은 분명 제정신이긴 할 걸세. 하지만 그런 짓을 시도할 만큼 절박할지도 모르지."

두 사람은 스테이와 캔버스에 등을 기댄 채 최상 선교의 바닥에 앉아 있었다. 윌리는 다시 가려워 오기 시작하는 오른쪽 어깨를 캔버스에 대고 문질렀다.

"그들은 나올 수 있어." 그가 말했다. "학살이라는 미친 짓도 저질렀잖아."

"하지만 그들의 시각에서는 미친 짓이 아니지. 놈들이 배를 잃고 난 뒤 매우 절박하던 시점이었다는 걸 기억하라고."

"그래, 그들은 오늘 또 배 한 척과 동료 한 명을 잃었지. 운수도 오지게 없는 것들."

"그래, 아니면 그놈이 공간을 차지하는 게 싫었을지도 모르고."

"죽은 놈은 정말 좋은 놈이야." 윌리가 말했다. "우리한테 아무런 적대 행위도 하지 않고 항복 권유를 끝까지 다 듣고 난 뒤 수류탄까지 맞아 줬으니 말일세. 그놈은 피터스가 우리들 대장이라고 생각했을 거야. 장교다운 태도로 독일어를 유창하게 구사했기 때문일 수도 있지."

"나도 그렇게 생각한다네."

"자네도 알겠지만 수류탄은 갑판 아래에서 터졌어. 그래서 놈들은 그 폭발음을 못 들었을 수도 있을 걸세. 톰, 자네는 몇 발이나 쐈나?"

"다섯 발도 안 되었지."

"상대방도 한 번 연사를 가했어."

"총성이 얼마큼 크게 들리던가, 안토니오?"

"그리 크게 들리지는 않았네." 안토니오가 대답했다. "우리는 바람이 불어가는 쪽에 있었고, 산호초는 여기서 거북잡이 배를 지나 북쪽에 있어. 소리는 그리 크게 들리지는 않았지만, 분명히 들리기는 했다네."

"그들은 소리를 못 들었을지도 몰라." 토머스 허드슨이 말했다. "그러나 우리 쪽 딩기가 돌아다니고 그들의 배가 기울어지는 건 분명히 봤을 거야. 따라서 배에 뭔가 덫이 있을 거라고 생각할 이유는 충분해. 놈들이 배 근처로 나올 거라고는 생각할 수 없군."

"나도 자네 생각과 같아." 윌리도 동의했다.

"하지만 놈들이 여기 올 거라고 생각하나?"

"자네건 누구건 나만큼은 알 수 있겠지. 자네는 늘 독일인들의 생각을 알아내고자 하지 않았나?"

"맞아." 토머스 허드슨이 답했다. "물론 어떤 때는 놈들의 생각을 잘 맞추기도 하지만 오늘은 아닌 것 같군."

"자네 생각은 언제나 옳았네." 윌리가 말했다. "운이 없었을 뿐이야."

"우리는 거기에 덫을 설치할 수 있었어."

"자네는 배에 덫을 설치하려다 덫에 걸린 거야." 윌리가 말했다.

"아직 날이 밝을 때 배로 가서 부비 트랩을 설치하게나."

"이제야 이야기를 하는군." 윌리가 말했다. "그래, 그래야 톰 답지. 나는 두 해치와 독일군 시체 그리고 뱃전 난간에 부비 트랩을 설치할 거야. 지금부터 자네는 빠져나갈 생각이나 하고 있게나."

"재료는 충분히 사용하게. 얼마든지 있으니까."

"예수님도 용납하지 못할 만큼 부비 트랩을 아주 많이 설치할 거야."

"그들이 딩기를 타고 오는군." 안토니오가 말했다.

"필요한 물건들을 챙긴 뒤 아라와 함께 가겠네." 윌리가 말했다.

"조심해. 잘못하면 터져 죽는다고."

"너무 깊이 생각하지 말게." 윌리가 말했다. "좀 쉬어 둬, 톰. 오늘 밤엔 한숨도 못 잘 테니까."

"자네도 마찬가지잖아."

"물론이지. 필요하면 날 깨우라고."

"내가 견시를 보겠네." 토머스 허드슨이 안토니오에게 말했다. "조수가 언제 바뀔까?"

"이미 바뀌었네. 그런데 동풍이 너무 강해서 만에서 물을 밀어내고 있어."

"길을 50구경에 배치하고 조지는 좀 쉬라고 해. 모두 야간에 대비해 휴식을 취하도록 하게나."

"한잔하겠나, 톰?"

"난 필요 없어. 오늘 저녁 메뉴는 뭐였지?"

"스패니시 소스를 넣고 졸인 큰 꼬치삼치와 검은콩 밥일세. 과일 통조림은 더 이상 없고."

"메뉴 목록에는 콩피테스(설탕에 절인 과일)가 있었는데."

"있었지. 하지만 지금 그 목록에는 취소선이 그어졌지."

"견과류는 있나?"

"살구가 있네만."

"밤새 물에 담가 뒀다가 내일 아침으로 내야겠군."

"헨리는 아침에는 안 먹을걸."

"그럼 담배부터 주고 나서 주게. 그러면 잘 먹을 거야. 수프는 충분한가?"

"충분하네."

"얼음은?"

"피터스에게 너무 많이 쓰지만 않는다면 일주일은 버틸 수 있어. 그래서 말인데, 피터스를 수장하는 게 어떨까, 톰?"

"그래야겠지." 토머스 허드슨은 말했다. "피터스도 생전에 늘 자기는 수장을 원한다고 말했지."

"그는 참 말이 많았어."

"그랬지."

"톰, 한잔하지 않겠나?"

"좋지." 토머스 허드슨이 말했다. "진이 아직 남아 있나?"

"자네 술병은 라커에 있네."

"코코넛 주스도 있나?"

"그럼."

"진과 코코넛 주스를 섞어 줘. 라임도 있으면 주고."

"라임이야 아직 많이 있지. 피터스는 스카치도 잔뜩 숨겨 놨다네. 만약 그걸 찾으면 그것도 함께 마시겠나?"

"아니, 찾으면 잘 보관해 두게. 나중에 필요할 수도 있으니까."

"자네 것도 챙겨 놨다가 주지."

"고맙네. 이제 우리는 운이 매우 좋을 거고 놈들은 오늘 밤 반드시 나올 거야."

"하지만 나는 그렇게 생각하지 않네. 나는 철저한 회의주의자거든. 뭐, 나올 가능성도 있긴 하지."

"놈들에게 우리는 매우 매력적인 표적일 거야. 게다가 놈들은 배가 필요하지."

"그 말이 맞아, 톰. 그러나 놈들도 바보는 아니야. 그들이 바보라면 자네도 굳이 그들의 생각을 점칠 필요는 없네."

"그래, 일단 한잔 마시자고." 토머스 허드슨은 큰 쌍안경으로 산호초를 살폈다. "놈들의 생각을 좀 더 읽어야겠어."

그러나 그는 도저히 독일인들의 생각을 알아챌 수 없었다. 조금도 감이 잡히지 않았다. 그는 딩기를 보았다. 아라는 딩기의 선미에 있었고 윌리는 보이지 않았다. 딩기는 산호초의 끄트머리를 돌고 있었다. 도요새 떼가 하늘로 날아올라 외곽의 다른 산호초로 날아가는 모습이 눈에 들어왔다. 이제 그는 혼자가 되었고, 안토니오가 만들어 준 술을 홀짝였다.

그는 이번 여행에서는 절대로 술을 마시지 않겠노라고 다짐했던 것을 떠올렸다. 저녁에 마시는 차가운 술조차도 말이다. 그렇게 해야만 일 외의 다른 것을 생각하지 않을 수 있었다. 그는 완전히 탈진한 상태로 잠이 들도록 스스로를 몰아세울 계획을 세웠던 것도 떠올렸다. 그러나 지금 그는 술을 마신 것에 대해서도, 다짐을 저버린 것에 대해서도 스스로에게 변명할 생각은 없었다.

나는 열심히 했어. 모든 것을 제대로 해냈다고. 지금 나는 이 술을 마시면서 놈들 외에 다른 것을 생각하고 있는지도 몰라. 설령 놈들이 오늘 밤에 나온다면, 우리는 그에 대비해 모든 준비를 다 해 놓을 것이다. 놈들이 나오지 않으면 내일 아침 만조 때 가서 그들을 추격해야지.

그런 생각을 하며 그는 술을 홀짝였다. 차갑고 깨끗한 맛이었다. 그는 정면과 서쪽에 위치한 산호초들이 이루고 있는 망가진 선들을 바라보았다. 술을 마시면 언제나 소중한 기억들이 되살아나곤 한다. 눈앞의 산호초는 그로 하여금 아들 톰이 작은 소년이었을 때 견지낚시로 타폰(북미 남해에 서식하는 큰 물고기)을 잡았던 기억을 떠오르게 했다. 물론 그때의 산호초와 지금의 산호초는 달랐다. 수로도 그때보다 더 넓어졌다.

플라밍고들은 이제 다 사라지고 없었다. 그러나 그 밖의 새들은 큰 검은가슴물떼새 무리를 제외하고는 아까와 거의 같았다. 검은가슴물떼새들의 털빛이 회색이고, 다른 새들은 금빛을 약간 머금은 검은색을 띠던 계절을 떠올렸다. 그리고 어린 톰이 처음으로 단총열 12게이지 산탄총으로 잡은 새를 집에 자랑스레 가져왔던 때도 떠올렸다. 톰이 새의 푹신한 하얀 가슴을 쓰다듬는 모습, 그 속에 숨어 있는 사랑스런 검은색 무늬를 만지는 모습, 그 새를 끌어안고 잠이 든 모습을 떠올렸다. 토머스 허드슨은 톰이 깨지 않도록 조심스럽게 새를 빼냈다. 톰은 깨지 않았다. 그러고는 여전히 새를 안고 있는 양 양팔을 굳게 잡고 몸을 뒤척였다.

그가 검은가슴물떼새를 아이스박스가 있는 뒷방으로 들고 왔을 때, 그는 왠지 톰의 것을 훔치는 것 같다는 느낌이 들었다. 그러나 새의 깃털을 조심스럽게 쓰다듬은 다음, 아이스박스의 창살 모양 선반 위에 올려놓았다. 다음 날 그는 어린 톰에게 검은가슴물떼새의 그림을 그려 주었다. 톰은 그 그림을 그해 학교에 갈 때마다 가지고 다녔다. 그림 속에는 톰도 그려져 있었는데, 코코넛 농장이 있는 긴 해안을 배경으로 빠르게 달리며 검은가슴물떼새를 따라잡으려 하는 모습이었다.

그리고 그는 여행 캠프에 갔었던 때도 떠올렸다. 그는 매우 일찍 일어났지만 톰은 아직 자고 있었다. 톰은 등을 바닥에 대고 팔짱을 낀 자세로 잠들어 있었다. 마치 무덤에 안장된 젊은 기사의 모습 같았다. 토머스 허드슨은 그런 톰의 모습을 스케치했다. 배경은 솔즈베리 성당에서 본 무덤 모양을 떠올려 그렸다. 색칠도 할까 생각했으나 하지 않았다. 왠지 재수 없을 것 같다고 느꼈기 때문이다. 하지만 한편으로는 색칠까지 해서 완성했으면 좋았을 텐데 하는 생각도 들었다.

토머스 허드슨은 이제 고도가 낮아진 태양을 보고 있었다. 그 위를 스피트파이어를 몰고 높이 비행하는 톰의 모습이 눈앞에 어른거렸다. 비행기의 고도는 너무 높았기 때문에 아주 조그맣게 보였고 마치 깨진 거울 조각처럼 빛나고 있었다. 그는 하늘을 나는 걸 좋아했지, 하고 그는 혼잣말을 했다. 술을 마시지 않겠다는 규칙을 정한 건 좋은 일이야.

그러나 종이로 싸인 유리잔에는 아직 술이 반이 넘게 남아 있었다. 얼음도 있었다.

피터스 덕분이야. 그는 생각했다. 그리고 그는 과거 섬에 살던 때를 떠올렸다. 톰이 학교에서 빙하 시대에 관한 이야기를 읽은 일, 그리고 빙하 시대가 또 올까 봐 두려워했던 일 등을 말이다.

"아빠." 톰이 말했다. "그게 제 유일한 걱정이에요."

"여기까지 빙하 시대가 닥쳐 올 리는 없어." 토머스 허드슨은 이렇게 답했다.

"저도 알아요. 하지만 미네소타, 위스콘신, 미시건 같은 곳에 빙하 시대가 다시 닥치면 어찌 될지 생각만 해도 끔찍하네요. 일리노이나 인디애나 같은 곳도 마찬가지고요."

"그런 걱정은 할 필요 없을 것 같은데. 설령 빙하 시대가 다시 온다고 해도 엄청나게 천천히 올 테니 말이다."

"저도 알아요. 하지만 그게 여행비둘기의 멸종과 더불어 저의 유일한 걱정거리인걸요."

그런 톰이었지, 하고 토머스 허드슨은 생각했다. 그는 술잔을 수류탄이 있어야 할 구멍으로 밀어 넣은 다음, 쌍안경으로 산호초를 주의 깊게 살폈다. 보트 같은 것은 전혀 보이지 않았으므로 그는 쌍안경을 내려놓았다.

토머스 허드슨은 자신과 톰에게 있어 가장 즐거웠던 시간은 섬과 서부에서 보냈던 시간이라고 생각했다. 물론 유럽은 제외하고. 유럽을 생각하면 자동적으로 그 여자도 함께 떠오르니까. 그 여자는 정말 별로였어. 그런데 지금쯤 뭘 하고 있을까. 어떤 장군과 함께 자고 있을지도 몰라. 그녀가 좋은 남자를 만났으면 좋겠군.

아바나에서 본 그녀는 정말로 잘 지내는 것 같았어. 여전히 매우 아름다웠고. 그녀 생각이라면 밤새도록 할 수도 있어. 하지만 그러고 싶지 않아. 톰을 생각하는 일은 나만의 특권이야. 하지만 술을 마시지 않으면 톰을 떠올릴 수도 없어. 그래도 술을 마시니 기쁘군. 내가 정한 모든 규칙을 다 깨 버릴 시간이야. 어쩌면 모두 다는 아닐 수도 있지. 그 애 생각을 조금 더 하다가 윌리와 아라가 돌아오면 우리가 당면한 작은 문제를 해결할 거야. 그들은 참 멋진 팀이야. 윌리는 필리핀에서 엉터리 스페인어를 배웠지만, 의사소통만큼은 기가 막히게 잘하지. 혹시 아라가 바스크인이라 엉터리 스페인어를 구사하는 건 아닐까. 세상에. 그래도 윌리와 아라가 손을 본 배에 오르는 건 사양하겠어.

남은 술이나 다 마셔 버리고 좋은 생각만 해. 톰의 죽음을 떠올려도 이제는 괜찮잖아. 그건 어쩔 수 없는 일이었어. 하지만 이제는 그 일로 인해 동요하지 않을 수 있어. 톰과 지냈던 좋은 시간을 떠올려 봐. 그런 시간은 아주 많았었지.

그는 생각했다. 언제가 가장 행복했던가? 정말로 모든 시간이 다 행복했다. 순수했던 시간이었다. 남아도는 돈은 없지만 일해서 밥을 먹을 수는 있는 정도였다. 자전거가 자동차보다 더 재미있었다. 자전거를 타면 밖이 더 잘 보였고, 게다가 건강에도 도움이 된다. 귀가할 때 브와에서 자전거를 타고 샹젤리제를 달려 원형 교차로를 지나치며 뒤를 돌아보면, 두 줄로 늘어서 움직이는 자동차들과 황혼을 배경으로 높이 솟아오른 회색의 큰 개선문이 보였다. 지금쯤 그곳엔 칠엽수가 만개했을 것이다. 콩코르드 광장을 향해 페달을 밟아 가는 동안 황혼 속에 서 있는 나무들은 검게 보였다. 반면 곧게 피어난 꽃들은 희고 부드러워 보였다. 그는 달리던 자전거에서 내리고는 자갈길 위로 자전거를 밀며 걸어갔다. 그리고 찬찬히 길가의 칠엽수를 바라보았다. 자전거를 밀고 가면서 그는 머리 위의 칠엽수를 느끼고, 밑창이 얇은 신발을 통해 자갈의 감촉을 느꼈다. 그의 운동화는 '셀렉트'에서 알게 된 올림픽 챔피언이었던 웨이터로부터 사 온 중고품이었다. 그는 운동화 값으로 돈 대신 웨이터의 초상화를 그려 주었다. 그것도 웨이터가 원하는 방식대로.

"무슈 허드슨, 할 수만 있다면 마네식으로 부탁해요."

물론 마네의 사인까지 들어간 진짜 마네 그림은 아니었다. 그러나 허드슨식보다는 그가 원하는 마네에 더 가까운 화풍으로 그려졌다. 게다가 모델의 실제 모습과도 매우 닮았다. 토머스 허드슨이 이 그림을 그려 주자, 웨이터는 운동화를 내어 준 것뿐만 아니라 꽤 오랫동안 공짜로 술을 내 주었다. 그러던 어느 날 토머스 허드슨이 이제는 술값을 내겠다고 제안했고, 웨이터는 그 제안을 받아들였다. 그때 토머스 허드슨은 알았다. 자신이 그려 준 초상화에 대한 지불이 끝났다는 것을 말이다.

'클로제리 데 릴라'의 웨이터도 그들을 좋아했다. 저녁에 술을 딱 한 잔만 마시고 싶을 때면 그 웨이터는 언제나 물을 타서 두 배 용량의 술을 만들어 주었다. 그러면 그들은 저 아래로 이동하여 어린 톰을 침대에 눕혀 주기도 하고, 함께 오래된 카페에 앉아 저녁을 보내기도 했다. 함께 있을 때 그들은 매우 행복했다. 또 그들은 생 주느비에브산의 어두운 거리를 걷기도 했는데, 그 길은 오래된 집들이 아직 철거되지 않아 매일 밤 귀가할 때마다 새로운 길로 가 보고 싶어지는 곳이었다. 그들은 침대에 누워 어린 톰의 숨소리와 함께 자는 큰 고양이의 가르랑 소리를 들었다.

　토머스 허드슨은 톰과 고양이를 자게 놔두고 외출을 했을 때 사람들이 얼마나 놀랐는지를 기억했다. 그러나 톰은 언제나 잘 잤다. 만약 자다가 일어나면 그의 가장 친한 친구인 고양이가 있었다. 고양이는 다른 사람이 침대에 가까이 오는 것을 허용하지 않았는데 어린 톰은 매우 좋아했다.

　그리고 톰은 지금… 이런, 하고 그는 혼잣말을 했다. 누구에게나 생길 수 있는 일이었다. 지금쯤이면 깨달았어야지. 그러나 그건 정말로 마지막에 일어나야 할 단 하나의 일이었다.

　넌 어떻게 알게 된 거지? 하고 그는 자문했다. 이별도 마지막이 될 수 있다. 문밖으로 나가도 마지막이 될 수 있다. 어떤 형태의 배신도 마지막이 될 수 있다. 부정직함도 마지막이 될 수 있다. 매진도 마지막이다. 그러나 지금은 그저 이야기하고 있을 뿐이지 않은가. 죽음이야말로 진정한 마지막이다. 아라와 윌리가 돌아오기를 바라. 그 배를 유령의 집처럼 꾸며 놔야지. 나는 살인을 좋아한 적이 없지만 윌리는 그것을 좋아하지. 그는 이상한 사람인 동시에 매우 좋은 친구이기도 해. 더 잘할 수 없는 것에 만족하지 못할 뿐.

　그의 눈앞에 작은 점이 나타났고 그 점은 점차 딩기의 모양을 갖추었다. 엔진 소리도 들려왔다. 딩기의 모습은 점점 더 커지고 뚜렷해지더니 어느덧 바로 옆에 다가와 있었다.

　곧이어 윌리가 모습을 드러냈다. 그는 어느 때보다도 상태가 안 좋아 보였다. 그의 좋지 않은 눈에는 흰자위가 너무 많이 드러나 있었다. 그는 일어나서 멋지게 경례하며 말했다. "함장님께 말씀드려도 되겠습니까?"

"자네, 취했나?"

"아니, 토미. 그저 열심을 내고 있을 뿐인걸."

"술 마셨잖아."

"그렇긴 하지, 톰. 시체 주변에서 일을 해야 하니 럼주를 조금 마셨거든. 그러고는 빈 술병에 아라가 오줌을 채워 넣게 한 다음, 그 술병을 부비 트랩의 재료로 사용했지. 이중 부비트랩이야."

"배는 잘 수리해 놨나?"

"토미, 사람 손보다 작은 놈(gnome, 땅 속 요정)이래도 이 배에 발을 함부로 들여놨다가는 그놈이 살던 나라로 도로 날아가 버릴걸? 심지어 바퀴벌레 한 마리도 얼씬거릴 수 없다고. 아라는 시체에 들러붙은 파리 때문에 부비트랩이 터지지는 않을까 하고 걱정할 정도야. 정말 정성을 다해 세심하게 부비트랩을 설치했다네."

"아라는 뭐 해?"

"정말 열정적으로 모든 것을 분해 소제하고 있다네."

"둘이 합쳐 럼주를 얼마나 마신 건가?"

"반병이 좀 안 돼. 아라가 마시자고 한 게 아닐세. 내가 먼저 마시자고 했어."

"알았네. 어서 아라한테 가서 함께 병기를 소제하고 50구경을 점검하게."

"50구경은 실사격을 하지 않는 이상 확실히 점검할 방법은 없네."

"나도 알아. 하지만 다른 방법도 있긴 있어. 약실에 있었던 탄약을 빼 버리라고."

"그거 좋은 방법이군."

"헨리에게 여기 이만 한 잔에 이 술을 좀 담아 달라고 전해 주게. 안토니오는 이 술이 뭔지 알 거야."

"자네가 조금이나마 다시 술을 마시는 걸 보니 기쁘군, 톰."

"내가 술을 먹든 말든 그 일을 가지고 자네 기분이 바뀌지는 않았으면 해."

"알겠네, 톰. 하지만 말이 다른 말 등에 올라탄 것처럼 자네가 자네 자신 위에 올라탄 꼴은 보기 싫어. 차라리 켄타우로스 같은 건 어떤가?"

"켄타우로스는 어떻게 알았나?"

"책에서 읽었지, 토미. 나도 배운 사람이라고. 경험한 것 이상의 지식을 갖고 있는 사람."

"자넨 정말 훌륭한 개새끼로군. 얼른 가서 내가 시킨 대로 하고."

"그래, 토미. 이 항해가 끝나면 음식점에서 자네가 그린 바다 그림을 하나 사도 되겠나?"

"헛소리 하지 말게."

"안 돼. 아마 자네는 평생 이해 못할걸."
"어쩜 그럴지도 모르지."
"토미, 웃자고 한 말에 죽자고 덤벼드는군."
"내일 보세. 어서 헨리더러 술 좀 가져오라고 해. 그 외의 것은 바라지 않아."
"그래, 토미. 오늘 밤 우리가 할 일은 작은 전투 하나뿐이야. 하지만 그조차도 생길 것 같지가 않군."
"뭐, 어떻게 되든 좋아." 토머스 허드슨이 말했다. "빨리 술을 올려 보내. 그리고 어서 이 망할 선교에서 내려가서 일을 하라고."

20

헨리는 술잔 두 개를 올려 보낸 다음 그 술잔들을 따라 몸을 일으켰다. 그는 토머스 허드슨의 옆에 서서 멀리 떨어진 산호초의 그림자를 보기 위해 몸을 앞으로 구부렸다. 하늘에 뜬 상현달이 서쪽으로 기울고 있었다.
"톰, 자네의 건강을 위해!" 헨리가 말했다. "난 왼쪽 어깨 너머로 달을 보지 않았네."
"달은 오늘 차오른 게 아닐세. 어젯밤부터였지."
"물론이지. 그리고 스콜 때문에 달을 보지 못했어."
"그래. 아래 상황은 어떤가?"
"최고야, 톰. 모두가 열심히 일하고, 즐거워하고 있네."
"윌리와 아라는 어때?"
"럼주를 좀 마셔서인지 매우 즐거워해. 하지만 지금은 술을 마시지 않고 있어."
"설마, 그럴 리가 없어."
"이 순간을 무척이나 기다려 왔다네." 헨리가 말했다. "그건 윌리도 마찬가지고."
"난 그렇지 않아. 하지만 그것 때문에 우린 여기에 온 거지. 자네도 알다시피 우리는 포로가 필요해, 헨리."

"나도 알지."

"산호초 학살에서의 실수 때문에 놈들은 포로가 되려 하지 않을 거야."

"그건 너무 약한 표현 같군." 헨리가 말했다. "놈들이 오늘 밤 우리를 공격해 올 거라고 생각하나?"

"아니, 하지만 그럴 가능성에 대비해야겠지."

"물론 그럴 거야. 하지만 톰, 자네는 놈들이 정확히 어떻게 나올 거라고 생각하나?"

"그건 알 수 없어, 헨리. 놈들이 정말로 필사적이라면 어떻게든 배를 확보하려고 할 거야. 그리고 그들에게 아직 통신사가 있다면 그가 우리 무전기를 고치겠지. 그리고 안길라스까지 간 다음에 집으로 가는 택시를 기다릴 거야. 그들이 배를 확보해야 할 이유는 충분해. 아바나에서 누군가 소문을 퍼뜨렸다면 놈들도 우리의 정체를 알고 있을지 몰라."

"누가 그런 말을?"

"죽은 사람을 욕하지 말라는 말이 있지." 토머스 허드슨이 말했다. "그런데 누군가가 술을 마시다가 비밀을 발설했을지도 모르잖아. 난 그게 두려워."

"윌리는 자기가 그랬을 거라고 확신하더군."

"그 친구는 뭔가 알고 있었나?"

"아니, 근거 없는 확신일 뿐이지."

"가능성일 뿐이지만, 놈들은 본토에 상륙해서 육로로 아바나까지 간 다음 스페인 배를 타고 빠져나갈 수도 있어. 아르헨티나 배를 탈지도 모르지. 또한 자신들을 학살 사건과 연관 짓지 않으려 할 거야. 그래서 놈들이 필사적일 거라고 생각한다네."

"내 생각도 같아."

"우리가 막지 못하면 그건 현실이 되겠지." 토머스 허드슨은 말했다.

그러나 그날 밤에는 아무 일도 일어나지 않았다. 흘러가는 별들과 꾸준히 불어오는 동풍, 배를 지나쳐 가는 해류만이 그 밤의 유일한 움직임이었다. 조수, 나아가 해저까지 휘저어 놓은 강한 바람으로 인해 바다는 흔들리고 있었다.

그 속의 해초들 역시 발광하듯 흔들리고 있었다. 병기가 느껴지는 창백한 빛을 내뿜는 띠와 반점처럼 보이는 해초들의 끄트머리가 수면 밖으로 계속해서 들락날락하고 있었다.

이윽고 새벽이 되기 전 바람이 조금 약해졌다. 그리고 동이 트자 토머스 허드슨은 갑판 위에 누워 잠을 잤다. 배를 갑판 바닥에 대고, 얼굴은 캔버스 한구석에 댄 채였다. 안토니오가 토머스의 몸과 병기에 캔버스를 덮어 주었다. 그러나 이미 잠이 든 토머스 허드슨은 그걸 알아채지 못했다.

안토니오가 견시 근무를 섰다. 만조가 되어 배가 수면 위로 떠올라 자유롭게 흔들리자 그는 토머스 허드슨을 깨웠다. 그들은 함께 닻을 올리고 딩기를 앞세워 수심을 재면서 의심스러운 부분마다 말뚝으로 표시를 해 가며 출발했다. 만조의 바닷물은 맑디맑았다. 배를 조종하기가 어려웠지만 전날만큼은 아니었다. 그들은 전날 좌초했던 곳에도 나뭇가지로 표시를 해 놓았다. 토머스 허드슨은 고개를 뒤로 돌려 바닷물 속에서 나뭇잎이 움직이는 것을 보았다.

토머스 허드슨은 앞을 바라보며 수로를 항해하는 딩기 뒤를 바짝 쫓아갔다. 멀리서 볼 땐 작고 둥근 것처럼 보이던 산호초가 그 옆을 지나갈 때는 긴 형태에 녹색를 띠고 있는 걸 알 수 있었다. 그러다 그 안으로 들어가면 끊김이 없고 깔쭉깔쭉한 맹그로브로 이루어진 외곽선을 지닌 산호초로 보였다. 쌍안경을 잡고 있던 길이 말했다. "말뚝이야, 톰. 딩기 바로 앞, 맹그로브 사이."

"확인." 토머스 허드슨이 말했다. "저기 수로인가?"

"그런 것 같긴 한데 수로 입구가 안 보이는군."

"해도에도 매우 좁게 나와 있어. 양쪽의 맹그로브 나무에 쓸리면서 지나가야겠군."

이렇게 말하던 그는 문득 이런 생각을 했다. 난 왜 이리 바보 같지? 그러나 지금 이 수로를 통해 가는 편이 그나마 나을 거야. 그러고 나면 그들을 돌려보낼 수 있지. 그는 윌리와 아라에게 거북잡이 배 잔해에 설치한 부비 트랩을 해체하라고 지시하는 것을 잊었다. 어느 불운한 어부가 그 배에 올라타기라도 한다면 낭패. 돌아가서 부비 트랩을 해체해야 한다.

딩기에서는 산호초에 있는 세 개의 작은 점의 오른쪽, 맹그로브 나무들에 바짝 붙을 것을 지시했다. 그러고 나서 토머스가 제대로 알아들었는지 확인이라도 하듯이, 딩기는 선수를 돌려 배로 접근해 왔다. "수로의 오른쪽에는 맹그로브 나무들이 있어." 윌리가 소리쳤다. "왼쪽에는 말뚝이 있고. 그 사이로 가고 있는 중이야. 내 말이 잘 안 들리면 무조건 앞으로 계속 나가. 여긴 그냥 깊은 시냇물이라고 보면 돼."

"우리가 깜박하고 거북잡이 배의 부비 트랩을 해제하지 않았어."

"나도 알아." 윌리가 소리쳤다. "나중에 돌아가면 되잖아."

아라는 미소를 지으면서 딩기를 돌리고는 다시 배를 앞질러 나아갔다. 윌리는 문제없다는 신호를 보냈다. 그들은 좌우로 선수를 돌려 가며 산호초를 덮은 녹음 속으로 사라져 갔다.

토머스 허드슨은 딩기의 항적을 따라갔다. 그들이 가는 길은 물이 풍부했지만 해도에 나와 있지 않았다. 허리케인 때문에 생긴 수로일 거라고 그는 생각했다. USS 노코미스함이 보트를 내려 이곳의 수심을 측량한 이래로 많은 일들이 있었기 때문이다.

그는 딩기가 수풀이 무성한 수로의 작은 강으로 들어가는데도 맹그로브에서 단 한 마리의 새도 날아오르지 않는 걸 알아챘다.

그는 키를 돌리면서 전성관을 통해 전방 조타실의 헨리에게 말했다. "이 수로에서 적의 습격이 있을지도 모른다. 전방 및 측방으로 사격할 수 있도록 50구경을 준비하도록. 방탄판 뒤에 숨어 있다가 사격 섬광이 보이면 그곳을 향해 사격한다."

"알았다, 톰."

헨리가 안토니오에게도 말했다. "여기서 적의 습격이 있을지도 모른다. 몸을 잘 숨기고 있다가 적의 사격이 있으면 사격 섬광 아래에다가 총알을 퍼부을 예정이다. 그러니 몸을 계속 잘 숨기고 있도록."

"길." 그가 이어서 말했다. "쌍안경 내려놔. 수류탄 두 발을 꺼내서 안전핀을 편 다음 내 오른손 옆 거치대에 놔 줘. 그리고 이 소화기 안전핀도 펴 주고 제발 그 쌍안경 좀 내려놔. 놈들은 분명히 양면에서 공격해 올 거야. 그 수밖에는 없어."

"언제 투척해야 할지 알려 줘, 톰."

"적의 사격 섬광이 보이면 던져. 충분히 멀리 던져야 해. 그래야 수풀을 넘어서 떨어질 테니까."

조수 수위는 높았다. 그렇다면 새는 분명 맹그로브 나무 사이에 있어야 했다. 그런데 새가 전혀 없었다. 배는 좁은 강으로 들어가고 있었다. 토머스 허드슨은 모자도 신발도 착용하지 않은 채 카키색 반바지만 입고 있었다. 왠지 벌거벗은 느낌이었다.

"길, 엎드려. 내가 신호하면 일어서서 투척하라고."

길은 바닥에 엎드려 있었다. 그의 옆에는 다이너마이트와 전폭약이 들어간 소화기가 있었다. 일반 수류탄은 신관 조립체를 사용해 격발되는데, 그 신관 조립체는 원래 달려 있던 장약이 잘려 나가고 그 대신 다이너마이트용 뇌관이 붙어 있었다.

땀을 뻘뻘 흘리고 있는 길의 모습이 토머스 허드슨의 눈에 들어왔다. 그는 고개를 돌려 양편의 맹그로브 나무를 보았다.

배를 돌리기엔 아직 늦지 않았어, 라고 그는 생각했다. 그러나 조수가 흐르듯 매끄럽게 해낼 수 있을지는 자신이 없었다.

그는 초록색 물가를 바라보았다. 물은 어느새 다시 갈색이 되어 있었다. 맹그로브 나뭇잎들은 니스라도 칠해진 듯이 빛났다. 그는 나뭇잎이 잘리거나 흐트러진 부분이 없는지 잘 살펴보았다. 그러나 초록색 잎사귀들과 어두운 색 나뭇가지들, 배의 흡수구와 함께 드러난 뿌리 말고는 아무것도 보이지 않았다. 밖으로 드러난 맹그로브 나무뿌리 아래의 구멍에서 나온 게 몇 마리만 보일 뿐이었다.

그들은 계속 앞으로 나아갔고 수로는 조금씩 좁아졌다. 그러나 저 앞에 굉장히 넓어 보이는 출입구가 보였다. 그는 순간 신경과민인가 하는 생각이 들었다. 그때 게 한 마리가 높은 맹그로브 뿌리에서 미끄러져 뛰어나와 물속으로 뛰어드는 모습이 보였다. 그는 게가 빠져나온 맹그로브 나무를 노려보았으나 나무줄기와 가지 뒤로 아무것도 보이지 않았다. 그때 또 다른 게 한 마리가 매우 빠르게 뛰어나와 물속으로 뛰어들었다.

바로 그때 적들이 토머스를 향해 사격을 개시했다. 그는 사격 섬광을 미처 보지 못했다. 사격 소리를 듣기도 전에 총알이 먼저 그를 덮쳤던 것이다. 길은 여전히 토머스의 옆에 서 있었다. 안토니오는 사격 섬광을 향해 예광탄을 쏘아 대었다.

"예광탄이 날아가는 곳으로." 토머스 허드슨이 길에게 말했다. 야구 방망이로 세 대는 얻어맞은 듯한 느낌이 들었다. 그와 동시에 왼쪽 다리가 축축했다. 길이 하이 오버핸드 동작으로 폭탄을 던졌다. 토머스 허드슨은 긴 황동 실린더와 원뿔형 대가리가 햇빛 속에 빛나는 것을 보았다. 날아가는 폭탄은 쓸데없이 흔들리지 않았고, 제대로 스핀이 먹어 있었다.

"엎드려, 길." 그가 말했다. 그리고 자신도 엎드려야겠다고 생각했다. 하지만 그럴 수 없음을 알았다. 그러나 배를 원래 위치에 있도록 유지시켜야 한다는 생각이 들었다. 2연장 50구경 기관총이 발포를 시작했고 그 총성이 들려왔다. 총이 발사될 때의 진동이 맨발을 통해 전해져 왔다. 정말 시끄럽군. 그는 생각했다. 적들이 고개도 못 들게 해 주고 말 거야.

폭탄이 터지며 눈이 멀 듯한 강한 섬광이 빛을 발하는 것이 보였다. 잠시 후 우렁찬 폭음이 나며 연기가 피어올랐다. 이어서 연기 냄새가 났다. 부러진 가지와 불탄 잎사귀의 냄새도 났다.

"일어나, 길. 수류탄 두 발을 던져. 저기 연기가 나는 곳 양옆으로."

길은 수류탄을 높이 던지지 않았다. 3루수가 1루로 공을 던지듯이 낮고 길게 던졌다. 가느다란 연기를 뿜으며 하늘을 나는 수류탄의 모습은 마치 회색의 철제 아티초크 같았다.

그가 던진 수류탄들이 맹그로브 숲에서 흰 섬광을 발하며 폭발하기도 전에 토머스 허드슨은 전성관에 대고 말했다.

"헨리, 저기다 대고 사격해. 놈들은 저기서 도망갈 수 없어."

수류탄이 터지면서 생긴 연기의 냄새는 좀 전의 소화기 폭탄이 일으킨 냄새와는 또 달랐다. 토머스 허드슨이 길에게 말했다. "수류탄 두 발을 더 던져. 한 발은 소화기 폭탄이 터진 곳 뒤에, 또 한 발은 그 앞에!"

그는 수류탄이 날아가는 모습을 보고 난 뒤 엎드렸다. 그의 다리에서 흐른 피 때문에 갑판이 미끄러웠으므로, 그는 자신이 갑판 위에 엎드린 건지 갑판이 일어나 자신을 덮친 건지 구분할 수 없을 정도로 너무 세게 넘어졌다. 두 번째 연사가 시작되자 두 개의 파편이 캔버스를 뚫는 소리가 들렸다. 다른 파편들은 선체를 타격했다.

"나 좀 일으켜 줘." 그가 길에게 말했다. "마지막 수류탄은 아주 가깝게 던지게."

"톰, 혹시 총을 맞은 거야?"

"몇 군데 맞은 것 같아."

배 앞쪽을 보니 윌리와 아라가 딩기를 타고 수로를 올라오는 모습이 보였다.

그는 길에게 구급약을 달라고 전성관을 통해 안토니오에게 말했다.

바로 그때 윌리가 딩기 선수에 납작 엎드리더니 우측의 맹그로브 숲속으로 사격을 가하는 모습이 보였다. 윌리의 톰슨 기관단총의 느린 연사음이 타타타 하는 소리를 냈다. 그러더니 이어서 긴 연사음이 들려왔다. 그는 양현 모터의 회전수를 높이고 수로에서 낼 수 있는 최대의 속도로 상대방을 향해 달렸다. 이 모습은 토머스 허드슨의 눈에 그다지 정밀하게 들어오지 못했다. 그는 총상으로 인해 몹시 큰 통증을 느끼고 있었기 때문이다. 뼈도, 가슴도, 배도, 심지어 고환까지 아파 왔다. 조금 더 버틸 수는 있었지만 지독한 무력감이 느껴졌다. "총을 우측 물가에 겨눠." 그는 헨리에게 말했다. "윌리가 적들을 더 찾아낸 것 같아."

"알았네. 톰, 자네 괜찮나?"

"한 방 먹었지만 아직 괜찮아. 자네와 조지는?"

"팔팔해."

"뭐가 보이면 그 즉시 쏴 버려."

"그러지."

토머스 허드슨은 엔진을 멈추고 배를 다시 후진시키기 시작했다. 배를 윌리의 사정거리 밖에 두기 위해서였다. 윌리는 톰슨 기관단총에 예광탄이 든 탄창을 끼우고, 자신의 배를 공격하는 표적을 찾아 쏘고 있었다.

"보이나, 헨리?" 토머스 허드슨은 전성관에다 대고 물었다. "보이네."

"표적과 그 주변에 짧은 연사를 가하게."

곧이어 50구경 총의 사격음이 들려왔다. 그는 아라와 윌리를 향해 손을 뻗어 가까이 오라고 신호했다. 그들은 작은 배의 모터가 낼 수 있는 최대한의 속력으로 다가왔다. 윌리는 딩기가 뱃전에 닿기 직전까지 사격을 멈추지 않았다.

아라가 딩기를 빠르게 모는 동안 윌리는 배로 뛰어올라 최상 선교로 올라왔다.

윌리는 톰과 길을 바라보았다. 길은 톰의 왼쪽 다리에 지혈대를 묶는 중이었다. 가급적 고환과 가깝게, 세게 매고 있었다.

"이런 세상에. 대체 뭐에 당했나, 토미?"

"나도 몰라." 토머스 허드슨이 말했다. 그는 자신의 환부를 볼 수 없었다. 그의 눈에 보이는 것은 단지 피가 가진 색뿐이었다. 어두운 색의 피였으므로 그는 크게 걱정하지 않았다. 그러나 출혈량과 통증이 너무나도 컸다.

"윌리, 상대의 전력은?"

"정확히는 몰라. 기관단총을 든 놈이 한 명 있는 건 봤어. 그놈은 내가 제압했네. 최소한 제압했다고 확신하고 있어."

"자네 총 소리 때문인지 그런 소리는 듣지 못했는데."

"자네들은 마치 탄약고를 터뜨리는 것처럼 엄청난 소리를 내더군. 저 뒤에 또 적이 있다고 생각하나?"

"아직 있을 수도 있지. 그렇다면 처리해야 하고."

"그래야겠군."

"우리는 놈들을 충분히 괴롭혀 줄 수 있어. 물론 지금 쳐들어가서 다 죽여버릴 수도 있고."

"그보다는 자네 몸부터 챙기는 게 나을 것 같은데."

헨리는 숲속을 향해 50구경 기관총을 겨누고 있었다. 그의 기관총 사격 솜씨는 강력하면서도 정확했다. 그리고 그가 기관총 두 자루를 손에 쥐면 그 능력은 두 배가 되었다.

"윌리, 놈들이 어디 있는지 아나?"

"놈들이 갈 곳은 한 곳뿐이야."

"그럼 쳐들어가서 박살내 버리세."

"장교답게 말하자면 말이지," 윌리가 말했다. "우리는 놈들의 보트를 침몰시켜 버렸어."

"오, 난 그런 소리도 들은 적이 없는데." 토머스 허드슨이 말했다.

"그렇게 큰 소리가 나지는 않았네." 윌리가 말했다. "아라가 마체테로 놈들의 선체를 부수고 돛을 찢어 버렸거든. 목수의 아들 예수 그리스도가 온다 해도 한 달 내로는 수리할 수 없을 걸세."

"전방에 헨리와 조지, 우현에 아라와 안토니오를 세우고 쳐들어가자고."

토머스 허드슨은 그렇게 말했지만 몹시 아프고도 기묘한 느낌이 들었다. 하지만 아직까지 어지럼증이 나타나지는 않았다. 길이 감아 준 붕대는 다행히도 지혈을 잘 해 주고 있었다. 이를 통해 확실히 내상인 걸 알 수 있었다.

"엄청난 화력을 퍼부어야 하네. 그리고 진행 상황에 대해서도 신호를 주고. 적과의 거리는 얼마나 되나?"

"저 작은 융기 바로 너머에. 해안을 등지고 있어."

"길이 그 방향으로 중화기를 날릴 수 있을까?"

"내가 예광탄으로 표적을 지시해 주겠네."

"이런 상황에 놈들이 거기 계속 머물러 있을까?"

"그렇다고 다른 곳으로 갈 수도 없을 걸세. 그들은 우리가 보트를 파괴하는 모습도 보았지. 맹그로브 속에서 커스터 장군의 최후 항전을 하고 있지. 앤호이저 부시(Anheuser Busch, 미국의 유명한 주류 메이커)를 들고 오는 건데."

"깡통에 든 얼음으로 차갑게 해서 말이지." 토머스 허드슨이 말했다. "자, 어서 쳐들어가자고."

"자네 안색이 너무 창백해, 토미." 윌리가 말했다. "과다 출혈이라는 소리야."
"어서 빨리 쫓아가게. 나는 멀쩡하니까."

그들은 배를 빠르게 몰고 나아갔다. 윌리는 선수 우현으로 고개를 내밀고 가끔씩 손을 저어 방향 정정을 지시했다.

헨리는 높은 나무가 있는 융기부의 앞뒤를 번갈아 가며 살피고 있었다. 조지 역시 융기부의 주위를 살피고 있었다.

"윌리, 상황은?" 토머스 허드슨이 전성관에 대고 물었다.

"여기에 있는 배 잔해를 모아서 고철상을 차려도 되겠어." 윌리가 답했다. "배의 선수를 둑에 대고, 아라와 안토니오가 엄호 사격을 할 수 있도록 배를 돌리게."

그때 길이 뭔가를 보았는지 사격을 몇 번 가했다. 그러나 그것은 헨리가 대충 쳐낸 낮게 걸린 나뭇가지였다.

토머스 허드슨은 둑이 점점 가까워지는 것을 보았다. 잎사귀 하나하나가 다 보일 때까지 말이다. 그다음 뱃머리를 돌려 뱃전을 둑에 가져다 대었다. 이어서 안토니오가 사격을 가하는 소리가 들리고, 그의 예광탄 줄기가 윌리가 쏜 예광탄 줄기 우측으로 다가가는 모습이 보였다. 아라도 사격을 개시했다. 그는 모터를 조작해 배를 아주 느리게 후진시키면서 배를 둑으로 더 가까이 가져다 대었다. 그러나 길이 폭탄을 던질 만큼의 거리는 유지했다.

"윌리가 총을 쏘는 방향으로 소화기 폭탄을 던지게." 그거 길에게 지시했다.

길은 소화기 폭탄을 던졌다. 토머스 허드슨은 황동으로 만들어진 소화기 폭탄이 원통형 몸체를 빛내며 하늘 높이 날아가 거의 정확한 지점에 떨어지는 광경을 보고 다시 한 번 경탄했다. 이윽고 섬광과 폭음, 연기가 피어올랐다. 그리고 잠시 후 토머스 허드슨은 한 사람이 머리 위로 손을 들어 올린 채 연기를 헤치고 그들을 향해 다가오는 것을 보았다.

"사격 중지." 그 모습을 본 토머스 허드슨은 두 전성관에 대고 외쳤다.

그러나 아라는 그 사람을 향해 사격을 가했다. 처음에는 그의 양 무릎이

땅 위에 닿더니, 그다음에는 머리가 앞으로 기울며 그는 바닥에 쓰러졌다.

"사격 재개." 토머스 허드슨은 이렇게 소리치고 난 다음 길게 매우 피곤한 목소리로 말했다. "가능하면 아까 거기로 소화기 폭탄 한 발을 던지게. 그다음에 수류탄 두 발을 던지고."

코앞까지 다가온 포로 획득의 기회를 그는 아쉽게도 놓치고 말았다.

잠시 후 그는 이렇게 말했다. "윌리, 아라와 함께 저 안으로 들어가 보지 않겠나?"

"좋지. 우리가 들어가는 동안 지원 사격을 계속해 주게. 뒤쪽으로 들어가는 게 나을 것 같군."

"헨리에게 어떻게 들어갈 건지 알려 주게. 언제 출발할 건가?"

"입구를 확보하는 대로 즉시."

"좋아, 정글 원주민."

그렇게 말한 토머스 허드슨은 처음으로 자신이 죽어 가고 있는 건지도 모른다는 것을 깨달았다.

21

작은 능선 뒤에서 수류탄 한 발이 터지는 소리를 들었다. 그 이후 더 이상의 소음도 사격음도 들리지 않았다. 그는 타기에 깊이 몸을 기댄 채 수류탄 폭발 연기가 바람을 타고 흩어지는 모습을 보았다.

"딩기가 보이는 대로 배를 몰고 가겠네." 그가 길에게 말했다.

그는 그때 안토니오가 자신을 끌어안는 것이 느껴졌다. 그와 동시에 안토니오의 목소리가 들렸다. "누워 있게, 톰. 배는 내가 맡지."

"알았네." 그는 이렇게 말하고 마지막으로 좁고 푸른 둑이 있는 강을 내려다보았다. 물은 갈색이었지만 맑았고, 조류는 강하게 흐르고 있었다.

길과 안토니오가 그를 선교 바닥에 조심스럽게 뉘였다. 안토니오는 타기를 잡고 조류에 맞서기 위해 배를 약간 뒤로 물렸다. 토머스 허드슨은 큰 모터가 내는 규칙적인 진동을 온몸으로 느낄 수 있었다.

"지혈대를 좀 느슨하게 해 줘." 그가 길에게 말했다.

"에어 매트도 갖다주겠네."

"그래, 갑판 위에 깔아 줬으면 좋겠군. 내가 잘 못 움직일 수도 있으니까."

"그의 머리 아래에 쿠션을 대 주게." 안토니오가 말했다. 그는 수로를 내려다보고 있었다.

잠시 후 그가 말했다. "저 친구들이 오라고 손짓하는군, 톰."

토머스 허드슨은 모터가 돌아가며 배가 앞으로 나아가는 것을 느꼈다.

"수로를 빠져나가자마자 배를 정박하게나."

"알았네, 톰. 말하지 마."

닻을 내리자마자 헨리가 타기와 제어 장치를 잡았다. 이제 그들은 다시 탁 트인 곳에 있게 되었다. 토머스 허드슨은 선체가 바람을 받아 흔들리는 것을 느꼈다.

"여기는 물이 많아, 톰." 헨리가 말했다.

"나도 알아. 카이바리엔으로 가는 길과 두 수로는 확실히 잘 표시되어 있지."

"톰, 아무 말도 하지 말게. 그냥 누워만 있으라고."

"길에게 얇은 담요 좀 갖다달라고 해 줘."

"내가 갖다주지. 제발 많이 아프지 않았으면 좋겠네, 토미."

"아파. 하지만 그리 심하지는 않네. 자네와 내가 동시에 총을 맞은 것만큼은 말이야."

"윌리가 왔어." 헨리가 말했다.

"이런 늙은 개자식." 윌리가 말했다. "아무 말도 하지 마. 죽은 놈들은 모두 네 명이었어. 안내원도 별도로 있었고. 그놈들이 바로 몸통이었네. 그리고 아라가 실수로 사살한 한 놈이 더 있고. 아라는 자네가 포로를 간절히 원했다는 걸 알고 어안이 벙벙해 있더군. 막 울기까지 했다니까. 그래서 내가 아라더러 아래에 대기하고 있으라고 했어. 지금은 다행히 다른 사람들처럼 긴장이 풀어져 있다네."

"자네는 수류탄을 어디로 던졌나?"

"내가 별로 보고 싶어 하지 않는 곳에 던졌지. 이제 그만 이야기해, 톰."

"자네는 얼른 거북잡이 배의 잔해로 돌아가서 부비 트랩을 해제해야 해."

"곧바로 가서 다른 곳도 점검해 볼 거야. 고속정이 있었으면 정말 좋았을 텐데, 토미. 그 망할 소화기 폭탄들이 81mm 박격포보다도 낫더군."

"하지만 사거리는 달리잖아."

"어차피 우리에게 긴 사거리는 필요 없는걸. 길은 그 폭탄들을 부셸 바스켓에 담아 던졌지."

"계속 말해 주게."

"얼마나 안 좋은 건가, 토미?"

"꽤."

"견딜 수 있을 것 같아?"

"노력해 봐야지."

"가만히 있게. 미동도 하면 안 돼."

이후 어느 정도의 시간이 흘렀다. 그러나 토머스 허드슨에게는 꽤나 긴 시간이었다. 그는 바닥에 등을 댄 채 안토니오가 만들어 준 차양의 그늘 밑에 누워 있었다. 길과 조지가 바람 불어오는 쪽의 바람막이 캔버스를 걷어 주었으므로 신선하고 부드러운 바람이 그의 몸을 스치었다. 전날만큼 강한 바람은 아니었지만 꾸준히 불어오는 동풍이었다. 구름의 고도는 높았고 밀도는 낮았다. 무역풍이 강하게 부는 섬 동쪽의 하늘은 새파란 물감을 칠해 놓은 듯했다. 토머스 허드슨은 바닥에 누운 채 그 모습을 보며 통증을 억누르려 애썼다. 헨리가 모르핀 주사를 맞을 것을 권했지만 그는 거부했다. 아직은 생각이 좀 필요하다고 느꼈기 때문이었다. 그런 주사는 다 끝나고 난 뒤에 맞아도 된다는 것을 그는 알고 있었다.

그는 세 곳의 환부에 붕대를 감고, 얇은 모포를 덮고 누워 있었다. 길은 붕대를 감기 전 그의 환부에 설파제를 아낌없이 뿌렸다. 얼마나 많이 뿌려

댔던지 설파제가 설탕처럼 갑판 위로 쏟아져 내렸다. 그 갑판은 토머스 허드슨 자신이 타기를 잡고 있던 곳이었다. 그가 바람을 더 잘 쐴 수 있도록 동료들이 캔버스를 걷자, 세 곳에 난 작은 총알구멍이 보였다. 왼편과 오른편에 난 다른 총알구멍들도 보였다. 수류탄 파편 때문에 캔버스에 난 구멍들도 보였다.

토머스 허드슨이 누워 있는 곳으로 나온 길은 모포 위로 튀어나온 토머스의 새하얀 머리카락과 회색 얼굴을 보았다. 길은 단순한 사람이었다. 운동을 엄청나게 잘했고 힘도 아라만큼은 셌다. 변화구만 쳐낼 수 있다면 야구 실력도 매우 수준급이었으며 던지기 실력도 좋았다. 토머스 허드슨은 그를 보며 미소 지었다. 그러면서 수류탄을 떠올렸다. 그다음 길과 길의 긴 팔의 근육을 보며 그는 다시 한 번 미소 지었다.

"자네는 투수가 되었어야 했는데." 그렇게 말하는 토머스 허드슨의 목소리는 길에게 이상하게 들렸다.

"난 구질 조절을 잘 못하는걸."

"오늘 잘했잖아."

"어쩌면 예전에는 그럴 필요가 없었을지도 몰라, 토미." 길은 미소를 지으며 말했다. "입을 물로 적시고 싶다면 고개만 끄덕이게."

토머스 허드슨은 고개를 저었다. 그리고 안쪽 통로였던 호수를 바라보았다. 지금은 흰 파도로 덮여 있었지만 항해하기 좋은 작은 파도였다. 그 뒤에는 투리구아뇨의 푸른 언덕들이 보였다.

다음에는 저기에 갈 거야, 하고 그는 생각했다. 의사가 있는 센트럴 또는 다른 곳으로 가야겠지. 아냐, 이 계절에는 너무 늦을 수 있어. 대신 좋은 의사를 비행기로 보내 줄 수도 있을 거야. 거기에 있는 사람들은 다 좋아. 실력이 안 좋은 의사라면 없으니 못하지만. 아무튼 의사를 보내 준다면 가만히 누워서 기다렸다가 함께 후송될 수 있어. 그때까지 설파제를 엄청 뿌려야겠지. 물은 마시면 안 될 거야. 걱정하지 마. 그는 스스로에게 이야기했다. 나의 온 인생은 그곳을 향해 달려왔을 뿐이다. 그런데 아라는 왜 그 개자식을 쏴 버렸던 것일까. 포로를 획득했다면 우리가 한 일이 뭔가 좋은 결과를 가져왔음을 모두에게 보여 줄 수 있었을 텐데. 아, 물론 그 좋다는 게 일반적으로 생각하는 뜻과 딱 맞아 떨어지는 건 아니야. 쓸모 있는 일이었다는 뜻이지. 만약 놈들에게도 우리만큼의 화력이 있었다면 어떻게 되었을까. 그놈들은 분명 우리를 그곳으로 유인하기 위해 수로의 다른 말뚝들을 뽑아 버린 게 분명해. 하지만 우리가 설령 포로를 획득했다고 해도 그 포로가 아무것도 모르는 멍청이였을 수도 있잖아. 그래도 그런 포로라도 없는 것보다는 낫지. 지금 우리는 별로 큰 쓸모는 없어. 분명해. 그리고 우리는 지금 낡은 거북잡이 배의 부비 트랩을 해체하고 있다.

전쟁이 끝난 후, 다시 그림을 그리게 될 날을 생각해 보자. 그릴 만한 좋은 것들은 정말 많이 있을 거야. 전력을 다해 그림을 그리고, 또 그 외에 다른 어떤 일도 하지 않는다면 분명 잘 그릴 수 있을 거야. 그렇다면 바다만큼은 누구보다도 잘 그릴 자신이 있어. 이제부터라도 진정으로 하고픈 일에 굳게 매달리자. 그러려면 반드시 살아야 해. 한 인간이 이루어 낼 수 있는 업적에 비하면 생명조차도 하찮은 것이 아니던가. 그래, 놓치지 말자. 지금이야말로 내 실력을 발휘할 수 있는 진짜 기회가 온 거야. 쓸데없는 희망 따위는 품지 말고 일단 살아남자. 그리고 자네들은 언제나 잘 뭉쳤고, 제 실력을 보여 줄 기회가 한 번 더 남아 있어. 우리는 룸펜 프롤레타리아가 아냐. 우리는 정말 최고이고, 아무런 대가 없이 일을 해냈어.

"톰, 물을 좀 줄까?" 길이 다시 물었다.

토머스 허드슨은 고개를 저었다.

그는 생각했다. 좆같은 총알 세 발이면 제아무리 훌륭한 그림도 아무 짝에도 쓸모없게 만들 수 있어. 왜 그들은 학살 산호초에서 실수를 저지른 걸까? 거기서 항복했으면 아무 문제도 없었을 텐데. 그러고 보니 항복하려고 나왔다가 아라에게 사살당한 놈이 누군지도 궁금하군. 학살 산호초에서 쏴 죽였던 놈과 마찬가지로, 나이가 어린 녀석일지도 몰라. 그들은 왜 이런 미친 짓을 벌인 걸까? 우리는 이익을 추구하고 언제나 싸울 거야. 하지만 미친놈이 되고 싶지는 않아.

그때 그들을 향해 접근하는 선외 모터 소리가 들려왔다. 그도 일어나서 다른 사람들과 함께 그 소리의 근원을 알아보고 싶었지만 그럴 수 없었다. 잠시 후 아라와 윌리가 다가왔다. 아라는 땀을 흘리고 있었는데, 두 사람의 몸에는 나뭇잎에 쓸린 듯한 생채기들이 나 있었다. "톰, 미안해." 아라가 말했다.

"빌어먹을." 토머스 허드슨은 대답했다.

"어서 여기서 빠져 나가자고." 윌리가 말했다. "아라, 닻이 있는 곳으로 내려가게. 그리고 안토니오를 여기로 보내. 와서 배를 몰라고 전하게."

"우리는 센트럴로 간다. 그쪽이 빠르지."

"똑똑하군." 윌리가 말했다. "그리고 제발 그 입 열지 마, 톰. 나만 이야기할 거야."

그는 말을 멈추고 토머스 허드슨의 이마에 자신의 손을 가볍게 갖다 대었다. 그런 다음 모포 아래 토머스의 몸에 다시 부드럽게 손을 대고 맥박을 확실히 재었다.

"죽지 마, 이 개자식아. 숨을 계속 쉬어. 움직이지 말라고."

"알았어."

"첫 전투에서 세 명이 죽었어." 윌리가 설명했다. 그는 토머스 허드슨을 향해 불어오는 바람을 가로막은 채 앉아 있었다. 그의 몸에서는 지독한 땀 냄새가 났고 그의 안 좋은 쪽 눈은 다시 빠르게 움직이기 시작했다. 얼굴에 성형 수술을 한 부분이 하얘졌다. 토머스 허드슨은 아무 말도 않고 누워서 그의 이야기를 들었다.

"그들에게는 무기가 기관단총 두 자루뿐이었지만 꽤 좋은 위치에 자리 잡고 있었지. 그런데 길이 처음 던진 소화기가 놈들을 작살냈고 50구경이 마무리를 해 주었다네. 안토니오도 그들을 명중시켰어. 헨리는 50구경을 정말 잘 쏘더군."

"그는 언제나 그랬지."

"제압 사격을 잘했다는 얘기야. 그리고 우리는 부비 트랩을 제거했어. 아라와 나는 모든 와이어를 잘라 버렸지만 나머지는 그냥 놔뒀지. 지금 배는 아무 문제없어. 그리고 해도에 다른 독일 놈 세 명의 위치를 정확히 표시해 줄게."

닻이 오르고 모터가 돌아가기 시작했다.

"우린 그리 잘해 내지는 못했군. 그렇지 않은가?" 토머스 허드슨이 말했다.

"그들은 우리보다 지략이 뛰어났지만 우리에게는 강한 화력이 있었지. 놈들 역시 그리 잘하지는 못했어. 그리고 아라에게 포로에 관해서는 아무 말도 하지 마. 그렇지 않아도 충분히 기분이 안 좋을 테니까. 생각할 틈도 없이 방아쇠를 당겼다더군."

배는 푸른 바다의 언덕들을 향해 나아가며 속도를 더했다.

"토미." 윌리가 말했다. "사랑해, 이 개자식. 그러니까 죽지 말라고."

토머스 허드슨은 고개를 움직이지 않은 채 그를 보았다.

"너무 어렵지 않다면 내 말을 좀 이해하려고 해 봐."

토머스 허드슨은 그를 보았다. 그리고 그는 모든 것에서 동떨어져 아무 문제도 없는 것 같은 기분이 들었다. 배가 속도를 높이는 것이 온몸에 그대로 전해졌다. 엔진이 내는 익숙한 진동이 갑판 위에 놓인 그의 견갑골을 울리는 것도 느껴졌다. 그가 언제나 사랑했던 하늘이 그의 시야를 넘어 끝없이 펼쳐져 있었다. 그는 큰 초호 너머를 보았다. 이제 초호는 절대로 두 번 다시 그리지 않을 것이었다. 그는 통증을 줄여 보려 자세를 좀 더 편하게 했다. 그가 보기에 엔진 분당 회전수는 이제 약 3,000 정도가 된 것 같았다. 엔진의 진동은 여전히 갑판을 통해 그의 몸으로 전해지고 있었다.

"난 이해했다고 생각하는데, 윌리." 토머스 허드슨은 말했다.

"제길." 윌리가 답했다. "자네는 자네를 아끼는 사람들의 마음을 결코 이해하지 못할 거야."

옮긴이 **이동훈**
중앙대학교 철학과 졸업, 〈월간 항공〉 기자 및 〈파퓰러사이언스〉 외신 기자 역임, 현재 자유기고가 겸 번역가. 옮긴 책으로 〈댐버스터〉, 〈쿠르스크〉, 〈제국의 전략가〉 외 다수

해류 속의 섬들

1판 1쇄	2022년 10월 27일
지은이	어니스트 헤밍웨이
옮긴이	이동훈
Translation editorial supervision	이재진
편집번역	유엔제이
펴낸이	김병곤
책임편집	이제야
교정	한영숙
디자인	이제야1호점
마케팅	이제야, 신희장, 배문재
사진	연합뉴스
인쇄	한영인쇄
펴낸곳	도서출판 고유명사
출판등록	2021년 1월 7일 제 2021-000004호
주소	서울마포구 성산동 200-341, 402호
전자우편	properbook@naver.com
ISBN	979-11-977273-3-7 (03840)